베난단티

베난단티

카를로 긴즈부르그 지음

조한욱 옮김

16세기와 17세기의 마법과 농경 의식

교유서가

사람들은 책에 기재되어 있는
유명한 여인숙에서만 먹고, 잠자고,
앉아 있을 수 있을 뿐이다.

—

보들레르, 『가난한 사람들의 죽음』

일러두기

· 이 책은 1966년에 출간한 *I BENANDANTI*(Giulio Einaudi Editore)를 옮긴 『마녀와 베난
단티의 밤의 전투』(2004년, 길)를 일부 오류를 바로잡고 재출간한 책으로, 50주년 기념판
(2020)에 추가된 원고를 번역해 넣었다.

『베난단티』, 50년 이후[1]

1. 기념식에는 큰 관심이 없다. 그렇지만 나는 50주년이 되기 이전에도 1966년에 나온 나의 첫 책 『베난단티』로 여러 차례 되돌아가곤 했다.[2] 거의 집착에 가까운 이 반복적인 탐구는 자서전으로 기록하고 싶은 충동이라기보다는 방법론적인 충동으로부터 나온 것이다. 그것은 지금의 나 자신과 그 당시의 나 자신 사이의 연속성을 염두에 두면서 어떤 의식적·무의식적 동기에 의해 그 책을 쓰려는 시도를 선택했는지 이해하려는 것이었다. 나는 프로이트 이전의 순진한 시각으로 당시까지 무시되었던 것처럼 보였던 무의식적 요인을 강조했던 것인데, 그것은 역사적

1 2017년 3월 10일 피사고등사범학교의 학술발표회에서 기고했던 글을 확대시킨 것으로서 이후 2018년 스페인어로, 2019년 불어로, 2020년 포르투갈어로 출판되었다. 귀중한 비판을 해준 가에타노 레티에리에게 감사한다. 코라 프레세치, 잔 파올로와 로사리아 그리의 틀림없는 눈에도 감사한다. 이 새로운 판본의 『베난단티』에 합당한 특별한 능력을 갖고 이 책에 신경을 썼던 프란체스카 사바스타노에게는 다시 한번 나의 깊은 고마움을 표시한다.

2 초판본 *I benandanti. Ricerche sulla stregoneria e sui culti agraria tra Cinquecento e Seicento*, Einaudi, Torino, 1966; 1972년에 후기를 덧붙여 재판본이 나왔음.

이고 대단히 권위적인 방법에 근거한 많은 생각으로부터 나온 것이었다. 따라서 나의 방법은 자기분석적인 수련이었다. 다음으로 그것은 사례에 대한 나의 반응을 이해하려는 시도였다. 정확하게 말하자면 아무리 유별나게 주변적이라 할지라도 하나의 문서나 하나의 이름과 예기치 못하게 씨름을 벌여야 했던 일에 대한 나의 반응을 이해해 보려는 것이었다. 또한 그것은 하나의 연구가 어떻게 태어나고 어떻게 전개되는지 논할 때 때로는 말해지지 않는 요인이기도 하다. 그런 종류의 처리 방식에 대해 말할 때 나는 위대한 학자 카를로 디오니소티Carlo Dionisotti의 말을 지치지 않고 반복한다. [그것은] "단순한 우연을 통해, 정확하게 말하자면 알려지지 않은 사람들에 대한 연구를 지배하는 규범을 통해"[3] [이루어진다는 것이다]. 물론 사례란 홀로 작동하지 않는다. 그렇지만 가설과 전제조건과 (의지라기보다는) 편견으로 무장한 채 연구를 수행하는 사람은 개인이다. 예상하지 못했던 사례들을 대조함에 내재하는 반응에 이러한 가변성이 있을 수 없다면 우리는 기껏해야 우리가 찾는 것을 발견하게 될 것이다. 관점은 충분하다. 전망은 어느 정도 매력적이다.

2. 1959년 가을에 피사고등사범학교 학생이었던 나는 학교의 도서관에서 갑자기 하나의 결심을 하게 되었다. (나는 그 정확한 순간을 기억하는데, 나는 유리로 된 선반에 몸을 고정시키고 있었다.) 그것은 하나라기보다는 세 가지의 결심이었다. 첫째로 나는 역사가라는 직업을 추구하게 될 것

---

3 Cfr. C. Dionisotti, "Resoconto di una ricerca interotta," in *Annali del la Scuola Normale Superiore di Pisa. Calsse de Lettere, Storia e Filosofia*, seconda sefie, XXXVII (1968), 3~4, p. 259 (cfr. C. Ginzburg e A. Posperi, *Giochi de Pazienza. Un seminario sul "Beneficio de Cristo"*, Einaudi, Torino, 1975, p. 125).

이며, 둘째로 나는 마녀사냥의 과정을 연구하기 시작할 것이며, 셋째로 나는 마녀사냥이라는 것 자체보다는 그 희생자에, 정확하게는 마술의 혐의로 고발당한 남자와 여자들에게 초점을 맞추리라는 것이었다. 그 당시에는 세번째의 논점이 가장 큰 어려움을 내포하고 있다고 생각하지 않았다. 내가 그런 생각에 도달하게 된 것은 여러 해가 지나면서였다. 역사적 방법론을 숙고해보려는 충동이 그때 생긴 뒤 점차 확연해진 것이다. 즉, 그 충동은 심문 문서를 통해 희생자들의 태도와 신앙을 이해해보고자 하는 역설적인 결심으로부터 나온 것이었다.

그러한 선택의 이면에는 무엇이 있었을까? 나는 여러 차례에 걸쳐 스스로에게 그 물음을 던지곤 했다. 함축된 의미는 조금씩 바뀌었다. 오랫동안 나는 그러한 충동의 이면에는 안토니오 그람시Antonio Gramsci의 『옥중수고Quaderni del carcere』, 카를로 레비Carlo Levi의 『그리스도는 에볼리에 머물렀다Cristo si è fermato a Eboli』, 에르네스토 데 마르티노Ernesto De Martino의 『마술의 세계Il Mondo magico』와 같은 내가 열여덟과 열아홉 사이에 읽었던 여러 책이 있었을 것이라고 생각했다. 모두가 옳다. 그렇지만 오랜 시간이 지난 뒤 자전적인 요인이 드러나기 시작했다. 전쟁과 박해의 기억이었다. 나를 인터뷰했던 나의 친구 아드리아노 소프리Adriano Sofri에게 1982년에 처음으로 말했던 것처럼 내가 다섯 살이었던 1944년 여름에 나는 어머니와 외할머니와 함께 피렌체에서 멀지 않은 한 언덕에 숨어있었다. 예기치 못하게도 우리가 있었던 장소에서는 앞의 길이 잘 보였다. 그곳에 독일인들이 있었고, 그들은 퇴각하고 있었다. (그 당시에는 알지 못했지만 나의 가족 중에서 유일하게 유대인이 아니었던) 할머니께서 내게 말씀하셨다. "네 이름이 뭐냐고 사람들이 물으면 네 이름은 카를로 탄지Carlo Tanzi라고 말해라"(이것 역시 그 당시에는 몰랐지만 그것이 할머니의 아버지의 이름이었다). 나는 그 이름을 당시에 읽고 있던 『세상에서 가장 행복한 아기』라는 제목의 책의 첫 페이지에 적어놓았다.[4] 오랜 시간이 지난 뒤에야 이해하게 되었지만 바로 그 순간에 나는 유대인이 된 것이었다.[5]

내가 마녀사냥에 의한 박해의 희생자들에 대해 연구하기로 마음을 먹었을 때 나는 사실상 그 어렸을 적의 경험을 생각하지 않았다. 당시로서는 마녀와 유대인 사이의 유사성을 전혀 인식하지 못했다. (나는 서른 살이 넘었고 그사이에 여러 책을 썼는데) 느닷없이 에이나우디 출판사에 근무하던 예술사가 파올로 포사티Paolo Fossati가 유대인으로서 마녀와 이단을 연구하기로 한 것은 명백한 선택이었으리라고 내게 알려주는 일이 일어났다. 즉각적으로 그렇다고 인정할 수밖에 없었던 바로 그 명백함이 나를 전율 속에 남겨두었다. 오랜 세월 동안 그 사실을 방치해두었다는 일이 오히려 믿기 어려웠다. 돌이켜보며 나는 그러한 [심리적] 억압이 그 둘 사이의 유사성을 더 깊이 천착하도록 허용했다고 생각한다.

3. 의식의 수준에서 나의 연구를 처음에 주도했던 가설은 다양했다(오늘날 나는 그 독창성에 놀라고 있다). 나는 1500년대의 마녀에 대한 재판의 기록을 초보 단계 계급투쟁의 문서처럼 연구하려고 했다. 이러한 가설의 이면에는 한 편으로 그람시와 하위주체의 문화가 있었고 다른 한 편으로는 미슐레와 반역으로서의 마술에 대한 낭만주의적 상상력이 있었다. 그런 종류의 관점을 갖고 마녀의 재판 기록을 연구한다는 생각은 한 편으로 좌파의 이탈리아 학생에게는 진부하게 보일 수도 있었지만, 다른

---

4 C. Prosperi, *Il più felice bambino del mondo*, Bemporad, Firenze, 1920.
5 혹시라도 독일군에게 발각될 경우 유대인이 아니라고 주장하라고 할머니는 유대인이 아닌 할머니의 아버지의 이름을 알려줬던 것.-옮긴이

한편으로는 1960년대의 초입에 그것은 이탈리아는 물론 어느 곳에서도 역사학자들 사이에서 통용되는 주제가 결코 아니었다(아주 천천히 그렇게 되었을 뿐이다). 더 정확하게 말하자면, 당시에 역사가로서 마녀사냥에 따르는 박해를 연구한다는 것은 받아들여질 수 있는 주제이긴 하지만 통상적인 것은 아니었다. 박해의 희생자들을 연구한다는 것은 사실상 받아들여질 수 없는 주제였다. 암묵적으로 그것은 인류학자들의 몫이었다. 나의 연구의 초기 단계에서 나는 이탈리아 공산당의 이념적인 학술지인 『사회Società』에 실린 에릭 홉스봄Eric Hobsbawm의 논문 하나를 마주치게 되었다. 그것은 "하위주체 계급의 연구를 위하여"라는 제목을 달고 있었는데, 그것은 맨체스터의 인류학자에 의해 걸러진 그람시의 『옥중수고』 중의 한 편지였다.[6] 오랜 시간이 지난 다음에야 나는 나의 연구가 역사학과 인류학의 대화의 일부가 되었다는 것을 이해했다. 그 대화는 당시에 시작된 것으로서, 대단히 큰 결실을 맺게 될 것이었다.

이후 나는 홉스봄에 대해 아무것도 읽지 않았지만 그의 이름은 잊은 적이 없었다. 나의 형성기에 큰 영향을 미친, 뼛속까지 역사가였던 델리오 칸티모리Delio Cantimori가 그에 대해 내게 말한 적이 있을 뿐이다. 나는 칸티모리에게 마녀 재판에 대한 내 연구 계획을 이야기했다. "너까지도!"가 그의 반응이었다. 여기에서 나는 마음이 크게 상했다. 나는 대단히 독창적인 생각을 갖고 있다고 생각했던 것이다. 나는 칸티모리가 곧 출판될 알베르토 테넨티의 논문을 염두에 두고 있음을 알았다. 테넨티는 뤼시앵 페브르의 주제를 다시 채택하여 마녀 사냥에 믿기지 않을 정도

---

6 E. J. Hobsbawm, "Per lo studio delle classi subalterne," in *Società*, XVI (1960), pp. 436~449.

로 역사적 전환점을 부여했던 것이다.[7] 그러나 나의 열정에 찬물을 끼얹은 뒤 칸티모리는 낡은 메모로 가득한 공책을 꺼낸 뒤 모데나주의 문서보관소에 보존되어 있는 이단 심문의 기록을 연구하라고 자극했다. 나는 그의 조언을 따랐다. 그 문서들을 바탕으로 나는 학위 논문을 준비하였던 것이다. 그리고 모데나에서 재판 기록 하나를 발견했는데 그것에 대해 1961년에 나온 나의 첫 논문을 썼다. 그것은 1519년 키아라 시뇨리니 Chiara Signorini라는 농촌 아낙네에 대해 열렸던 재판을 다루었는데, 그녀는 자신이 일하는 밭에서 사냥을 하던 여주인에게 마법을 걸었다는 이유로 기소되었다. 나는 내가 출발하였던 가설에 대한 확증을 찾았다고 생각했다. 내가 발굴한 것은 근본적인 차원에서 계급투쟁의 마법이었다. 나는 내가 맛봤던 실망감도 여전히 기억한다. 그리도 신속한 확증은 그 가설이 별로 흥미롭지 못했다는 것을 이해하게 만들어주었기 때문이다. 나의 논문은 "마술은 민중 신앙"이라는 제목에 이르기까지 뭔가 다른 것에 집착하고 있었다. 그것은 심문관의 기대와 농촌 아낙의 대답 사이의 거리로서, 심리적 압박과 고문에 의존하는 것에 이르기까지 완벽하지는 않다 할지라도 압도적인 격차였다. (처음에 키아라는 여주인에게 마법을 걸었던 것이 그에게 "혈색이 좋고 젊은" 모습으로 나타난 성처녀의 명령을 받았기 때문이라고 말했었다. 그러나 뒤에 고문과 심문관의 유도신문에 굴복하여 키아라는 그녀에게 나타난 것이 악마였다고 자백했다). 나의 논문은 다음과 같이 끝이 났다. "키아라 시뇨리니의 사례는 비록 그 자체의 관점에서는 되돌릴 수 없을 정도로 개별적인 것이지만, 나는 그것이 패러다임으로서 의

---

7 A. Tenenti, "La Polemica sulla religione di Epicuro nella prima metà del Seicento," in *Studi Storici*, I (1959-1960), pp. 227-43.

미를 가질 수 있다고 가정한다."**8**

　이 구절을 다시 읽으면서 나는 '사례'와 '패러다임'이라는 두 단어에 놀랐다. 오늘날 '패러다임'이라는 단어는 나로 하여금 토머스 쿤을 즉각 떠오르게 만든다. 그러나 1961년 당시에 그의 『과학 혁명의 구조*The Structure of Scientific Revolutions*』는 아직 출판되지 않았다. 그것은 1년 뒤에 나왔다. '패러다임'은 내게 '예증'*esemplare*을 뜻했다. 사실상 이제 갓 시작된 연구에 의해 정당화될 수 있는 용어가 아니었다. 키아라 시뇨리니의 재판에 예증적인 사례의 가치를 부여한다는 것은 과감한, 어쩌면 무례하다고까지 말할 수 있는 도박이었다. 그럼에도 그때로부터 지금에 이르기까지 나는 그 사례를 똑같은 의미 위에서 계속 연구하고 있다. 그리고 (모호한 용어라서 앞으로 정의를 내리겠지만) 예증적인 사례란 알지도 못하는 사이에 멀지 않은 곳에서 나를 기다리고 있었다.

　4. 1962년이었다. 나는 이단 재판을 연구하기 위해 이탈리아를 일주하기로 결심했다. 나는 베네치아 국립 문서보관소 근처에 있는 이단 재판소의 밑바닥부터 시작했다. 아침에 나는 문서보관소로 가서 이단, 마술 등등 재판의 내용 중 모호한 용어들을 지적하는 문서를 정리하는 작업을 돕고 있었다. 나는 세 개의 봉투를 찾고 있었다. 그 봉투들을 8번, 25번, 63번이라고 하자(돌이켜보건대 나는 베네치아 룰레트식으로 말하고 있었다). 나는 암중모색하고 있었다. 왜냐하면 나는 나의 연구를 안내해줄

---

8 "Stregoneria e pietà popolare. Note a proposito di un processo modenese del 1519," (1961). 이후 *Miti emblemi spie. Morfologia e storia*, Einaudi, Torino, 1986, pp. 4-28. 특히 p. 21. (패러다임은 본디 어형변화표를 가리킨다. 거기에 견주어 여러 단어의 용례를 확인하는 하나의 틀이다.-옮긴이)

가설이 없이 남아 있다는 느낌을 가졌기 때문이다. 어느 날 아침 나는 몇 페이지에 불과한 문서가 담긴 봉투를 발견했다. 그것은 1591년에 행해진 라티사나의 소몰이꾼에 대한 심문 기록이었다. 어떤 사람이 그를 이단 심문관에게 고발했는데 이유는 그가 '베난단티'였기 때문이라는 것이다(그것은 그때까지 내가 마주친 적이 없던 용어였다). 심문관이 물었다. 베난단티가 무슨 뜻인가? 메니키노는 잠시 주저하더니 일 년에 세 번 영혼만 조사파트 들판에 갔다고 대답했다. "저는 두려웠고, 마치 크고 넓고 아름다운 들판에 있는 것 같았습니다. 향내가 났습니다. 좋은 냄새가 풍겼다는 것이지요. 꽃들과 장미가 많이 있는 것 같았습니다." 여기에 회향나무 가지로 무장한 베난단티가 있어 마녀들과 전쟁을 벌였다. 그리고 메니키노는 자신의 주인에게 "베난단티가 이기는 것은 풍작의 신호"라고 말했다.[9]

다른 특별한 사실들도 그 몇 페이지 안 되는 문서에서 드러났다. 나는 그 문서를 읽었다. 그러나 처음에는 흥분했기 때문에 그것을 옮겨 적는 데 성공하지 못했다. 나는 문서보관소 밖으로 나와 산책하기 시작했고 프라리성당 아래층의 복도에서 오랫동안 줄담배를 피웠다. (내가 이 사소한 일들을 기억하는 것은 오랜 세월에 걸쳐 금연족 무리에 합류했던 지금의 나와 그 당시 나와의 거리를 잴 수 있도록 만들어주었기 때문이다.) 나는 행운이 내게 큰 발견을 선물했다고 생각했다.

여러 해가 지난 뒤 나는 나의 책 『밤의 이야기 _Storia notturna_』의 일본어 번역본 출판기념회에 초대받았다. 나는 거기에서 그 문서에 대한 나의 반응을 귀납적으로 되돌아본 논문을 읽었다.[10] 기대하지 못했던 것과

---

9 이 책 203, 206쪽을 참고.

의 만남이 나를 흥분시켰다. 그것은 심문관이 그들만의 관점에서 그들만의 정형화된 틀로 몰고 가려 했지만 허사였던 알려지지 않은 농촌 문화의 한 조각이었다. 그 순간에 나는 나의 반응과 심문관의 반응 사이의 유사성을 생각하지 못했다(그것은 몇 년 뒤 내가 숙고하게 될 주제였다). 내게는 프리울리의 차원을 벗어났던 이 고립된 문서가 진정 소중하게 여겨졌다. 나의 문서보관소 순례에서 다음 정거장이 어디가 되어야 할지 나는 우디네 밖에는 상상할 수 없었다. 여러 번의 우여곡절 끝에 들어가는데 성공했던 우디네 대교구 참사회의 문서보관소에서 나는 남녀 베난단티에 대한 50여 개 정도의 재판 기록을 마주칠 수 있었고, 그 길이는 다양했다.

베난단티는 그들이 막을 갖고 태어났고(이것은 양수막 속에 싸여있었다는 것이다), 일 년에 세 번 더 많게는 네 번 사계재일 밤에 회향나무 가지로 무장을 하고 수숫대로 무장한 마녀와 마술사들과 싸우기 위해 영적으로 나간다고 이야기했다. 베난단티가 이기면 수확이 풍작이고 마녀가 이기면 흉작이라는 것이었다. 잠깐의 놀람 끝에 심문관들은 베난단티가 마녀의 적이 아니라 마녀였다는 것을 인정하도록 유도하려고 했다. 그렇지만 단 50년 만에 베난단티는 불완전한 방식의 많은 저항 끝에 그들이 참여했다고 선언했던 풍작을 위한 밤의 전투가 실지로는 악마의 사바트였음을 인정하는 것으로 끝이 났다.

5. 나는 당시까지 연구자들에게 사용이 불가능했던 우디네 대교구 참사회 문서보관소의 큰 방이 내 앞에 열렸던 순간을 기억하고 있다. 위압

---

10 "Streghe e sciamani" (1993). 이제는 다음 책에 수록되어 있다. *Il filo e le tracce. Vero falso finto*, Milano, 2006, pp. 281-93.

적인 선반들 사이에서 나는 프리울리의 이단 심문소의 법정 앞에 있던 일천 개가 넘는 유명한 재판 기록을 포함하고 있는 책들을 하나하나 축적하고 있었다. 삼 년이 넘게 나는 이 문서보관소에 수도 없이 찾아왔다. 완전히 홀로 이곳에서 파올로 가스파루토, 바티스타 모두코, 마리아 판초나, 올리보 칼도, 안나 라 로사, 미켈레 소페(이것은 뒤죽박죽 떠올린 몇몇 이름에 불과하다)의 이야기를 읽고 필사하며 긴 하루를 보낸 날이 많았다. 오늘날 그 당시의 고독은 하나의 표상처럼 보인다. 베난단티는 기억 속으로 사라졌다(프리울리의 민속에 대한 책 하나만이 그 이름을 등재하지만 마술사와 동의어처럼 기록하였다). 나는 심문관들 이후 그 문서를 읽은 최초의 사람이었다.

오늘날 이단 심문의 재판 기록으로 가득찬 선반으로 둘러싸인 문서보관소의 거대한 방에서 홀로 보냈던 긴 하루들을 돌이켜본다면 나는 그 육체적 고독이 하나의 감흥을 반영하고 있었다는 인상을 갖는다. 즉, 그 여러 해에 걸쳐 나는 지적인 고독을 강렬하게 맛보고 있었다는 것이다. 그것은 역설적인 감흥이다. 나는 나에게 엄청나게 많은 것을 가르쳐준 선생님들과 나의 연구에 대해 긴밀하게 이야기를 나눴던 친구들에게 둘러싸여 있었다. 그럼에도 불구하고 그러한 고독감은 실재였고 나는 거기에 빠져 있었다. 그것은 아무도 지나가지 않는 길을 홀로 통과하고 있는 것과 같았다. 비합리적인 현상을 합리적인 분석에 종속시키려는 그러한 시도를 함께했거나 함께하던 학자는 나뿐인 것처럼 보였다. 그렇지만 합리주의적 분석은 아니었다. 환원론에 의한 분석도 아니었다. 바르부르크 연구소의 전통에 따라 파견된 학자들이 있었다. (그들이 아주 다른 것은 당연했다. 그러나 나는 그 전통에 자동적으로 합류하게 되었기 때문에 내가 그들에 적응해야 할 것처럼 보였다.)[11] 1964년 여름에 나는 바르부르크 연구소에서 내가 연구하고 있던 프리울리의 현상과 연관성을 갖는 여러 사실들을 추적하고 발견하면서 큰 결실을 맺은 한 달을 보냈다.[12]

6. (여러 해가 지난 뒤에야 알아차리게 된 것이지만) 그 당시 나는 이전에 결코 연구된 적이 없었던 주제와 관련하여 뭔가를 발견한다는 것은 이른바 현대라고 불리는 역사 연구의 영역에서는 통상적인 것이 아니라고 말하지 않았었다. 정상적으로 하나의 연구 주제와 만난다는 것은 (2차 자료인) 수많은 매개물들에 대한 분석도 함축한다. 그러나 베난단티의 사례에서 나는 마치 매개자가 없이 그들의 이야기를, 그들의 목소리를 듣고 있다는 인상을 받았다. 그러나 인상은 명백하게 환상이다. 심문관의 질문, 공증인의 필사, 두 가지 사례에 있어서 (심문관이 프리울리어를 몰랐기 때문에) 번역자가 출석했던 것, 그런 것들이 [직접적인 목소리를 가로막는] 거름 막을 이루었다. 그럼에도 불구하고 베난단티의 이야기와 심문관들의 예상 사이의 격차, 내가 베네치아의 문서보관소에서 발견한 메니키노의 심문 기록을 읽자마자 곧 알게 되었던 그 격차는 존재하며, 그 격차가 프리울리의 이 재판 기록으로부터 모든 예외를 위한 방증 자료가 되었다. 마녀와 마법사에 대항하여 밭의 풍요를 위해 "정신적으로" 밤의 전투를 벌인다는 베난단티의 이야기로부터 우리는 농촌 문화의 심원한 단계 하나와 그 위에 더 피상적인 기독교의 단계가 겹쳐지는 것을 보도록 하자. "우리는 신앙을 지키기 위해 싸우러 가야 했습니다"라고 베난단티

---

11 1964년에 카를로 긴즈부르그는 바르부르크 연구소의 후원을 받아 우디네 대교구 참사회 문서보관소를 사용할 수 있었다.-옮긴이

12 다음을 볼 것. C. Ginzburg, "Une machine à penser," in *Common Knowledge*, XVIII (2012), 1 (*The Warburg Institute. A Special Issue on the Library and Its Readers*), pp. 79-85.

는 말하지 않았던가. 나는 이 책의 서문에 이렇게 썼다. "프리울리에서 악마적인 마법이 기존 풍요제의 변형된 형태로부터 나왔다는 것이 사실이라고 말할 수 있다. 물론 유추를 통해 이 결론을 유럽의 다른 지역까지 확대시키는 것은 불가능하다. 그러나 비록 단편적이고 제한적이라 할지라도 이 결론은 미래의 연구를 위한 실제적인 가설로 도움이 될 것이다. 어쨌든 내 생각에 광범위하고 핵심적인 지역에 이 신앙이 널리 퍼져 있었다는 것은 마법의 민중적 기원 문제에 새로운 접근방법이 있음을 시사한다."[13]

여기에서 보이듯 이러한 일반화는 프리울리 자료의 예외성 덕분이라기보다는 그 예외성에도 불구하고 가설로 제시되었다. 내가 처음에 지적했던 프리울리 사례의 예증적인 요인이 여기에 있다. 10년 뒤에 미시사의 창설자 중 한 명인 에도아르도 그렌디Edoardo Grendi는 예외적인 증언을 "정상적 예외"eccezionale normale[14]라고 정의했다. 그것은 널리 퍼져있는 현상, 즉 특히 '정상적'이라고 지칭되는 자료를 보는 시각으로부터 나온 것이다.[15] 내가 잘못한 것이 아니라면 베난단티에 대한 나의 책은 이미 이 방향으로 나아가고 있었다.

7. 순수하게 가설을 위한 수단이라 할지라도 일반화에 대해 말한다는 것은 비교의 문제를 제기한다는 것을 뜻한다. 마르크 블로크가 『기적을 행하는 왕Rois thaumaturges』의 서문에서 내세웠던 구분을 되돌아보면서 나

---

13 이 책 42쪽을 참고할 것.

14 "예외적 정상"이라고 번역해도 무방할 듯하다.-옮긴이

15 나는 다음에서 이 표현을 다시 사용했다. "Ricordando Carlo Poni. Una rilettura de *Il nome e il come*" in *Quaderni storici*, nuove serie 161, LIV (2019), 2, pp. 550-54.

는 나의 비교의 방법에 관한 책에서 그것이 내게는 ("인종지학"의 방법이 아닌) "역사 서술에 가장 적합"하게 보인다고 말했다. 나는 이렇게 고찰했다. "그런 이유로 베난단티와 무당들 사이에 연관성이 있다는 것은 확실하지만, 나는 그 문제까지 다루지 않았다."[16] 지금도 "확실하다"는 형용사는 어김없이 나를 놀라게 만든다. 그러한 표현의 이면에는 고증이 아니라 확신이 있었다. 그 문구는 고증에 관한 논쟁으로 변형되었기 때문에 나는 거기에 많은 시간을 들여야 했다. [베난단티와] 무당과의 비교로 나를 던져넣기 위해 나는 『베난단티』의 제1장 "밤의 전투"의 마지막에 등장하는 발트 지역의 늙은 늑대 인간 티스를 만났다. 최근에 티스를 다룬 책이 한 권 나왔는데, 그것은 그의 사례와 관련하여 몇 년에 걸쳐 브루스 링컨Bruce Lincoln과 나 사이에서 이루어졌던 대단히 생생한 토론을 엮은 것이다.[17]

나는 고립된 예만을 다루지 않았다. 나의 후속 연구의 큰 부분은 베난단티에 대한 깊은 생각은 물론 당시까지 내가 마주치지 못했거나 불충분한 방식으로 대면하게 되었던 문제점들에 대한 생각으로부터 자양분을 얻었다. 마리오 베렝고Mario Berengo는 그 책의 새로운 판본을 비판적인 어조로 논평하면서 내가 심문관들에게는 거의 또는 전혀 관심을 두지 않았다고 지적했다.[18] 베렝고가 옳았다. 나는 거기에 반대할 수 있었다(아마도 그런 목소리를 냈을 것이다. 우리는 친구였기 때문에). 즉 베난단티

---

16 이 책 43쪽을 참고할 것.

17 C. Ginzburg & B. Lincoln, *Old Thiess, a Livonian Werewolf. A Classic Case in Comparative Perspective*, The University of Chicago Press, Chicago, 2020.

18 M. Berengo, "Il Cinquecento" in *La storiografia italiana negli ultimi vent'anni*, Atti del I Congresso nazionale de scienze storiche organizato dalla Società degli storici italiani (Perugia, 1967sus 10월 9~13일), Marzorati, Milano, 1970, pp. 485–501.

를 겨냥한 재판의 특징을 지우고 있는 심문관과 피고 사이의 격차는 거의 전적으로 피고에 초점을 맞추더라도 용서받을 수 있으리라는 것이었다. 단지 여러 해가 지난 다음에야 나는 "인류학자로서 심문관"이라는 제목을 붙인 논문에서 이 문제를 직시하기로 결심했다(그 논문은 1988년 스웨덴어로 출간되었고 그뒤 여러 다른 언어로 나왔다). 그것은 놀라움 속에 나에게 깨우침을 주었던 하나의 발견의 결과였다. 그 발견이란 (그사이에 내가 의식하게 된 것이지만) 내가 정서적으로 희생자들과 동일시하려 했던 사실은 당황스럽게도 내가 심문관과 지적인 연속성을 갖는다는 생각을 수반하게 되었다는 것이다.[19] 나는 몇 년 뒤 『밤의 이야기. 사바트 해독하기』를 쓰도록 몰고 갔던 연구의 과정에서 그것을 깨닫게 되었다.[20] 나는 프리울리의 베난단티를 시간적·공간적으로 대단히 방대한 콘텍스트 속에 집어넣으려 했다. 유라시아의 거의 천 년에 달하는 역사 속에 넣으려 한 것이었다. 오래도록 그러한 궤적은 나에게 기억할 만한 사건들을 마주치게 했다. 이와 관련하여 나는 단 한 사건만을 인용하겠다. 브레사노네의 주교였던 위대한 철학자 니콜로 쿠사노(Niccilò Cusano: 일반적으로는 라틴어 이름인 니콜라스 쿠자누스로 알려져 있다.-옮긴이)는 한 설교에서 여신이 그들 앞에 나타났다고 하는 파사 계곡Val di Fassa 농촌의 노파 두 명에 대해 말했다. (두 노파가 말하기를) 여신의 이름은 리켈라Richella였다. 그녀는 그들의 뺨을 자신의 털이 많은 손으로 만졌다.[21]

---

19 "Inkvisitorn som antropolog" in *Häften för kristika studier*, XXI (1988), pp. 27-35. 뒤에 다음에 수록됨. *Il filo e le trece*, cit., pp. 270-80.

20 *Storia notturna. Una decifrazione del sabba*, Einaudi, Torino (1989). 후기를 덧붙인 새로운 판본은 Adelphi, Milano, 2017.

21 위의 책 Adelphi 출판사 판본 pp. 79-80, 121-22를 볼 것. 쿠사노의 설교에 대한 해설은 다음을 볼 것. A. Annese, "Hirsuta manu percutitur foedus". 'Sfiorare' *Storia notturna*

두 노파의 미신 같은 신앙에 마주친 쿠사노가 풀어내는 지적 해석의 비범한 시도에 연구자들은 아직도 빚을 지고 있다. 어떤 심문관들은 쿠사노라는 귀감이 있었는지 알지도 못하면서 그와 크게 다르지 않은 방향으로 나아갔다. 그럼에도 불구하고 하나의 제도로서 이단 재판소를 나는 혐오한다. "인류학자로서 심문관", "심문관으로서 인류학자", "심문관으로서 역사가" 이런 종류로 이어지는 유비에서 차이점은 명백한 것만큼이나 결정적이다. 그러나 그 순간부터 모호성에 대한 생각은 더이상 나를 그대로 두지 않았다. 그에 대해 나는 하나의 논지를 빚지고 있는데, 나는 그에 대해 특별한 열정을 갖고 있다. 정확하게 말하자면 오늘날 우리에게는 필수불가결한 것인데, 역사적 전망에 대한 관념이 그 [모호성에 대한] 생각 속에 뿌리를 내리리라는 것이다. 그것은 성 아우구스티누스가 비범한 문장을 통해 설명했던 것인데, 유대교가 옳다 할지라도 그것을 기독교라는 더 우월한 진리 속에 포함시킨 것에 대한 내용이었다. 기독교도들이 유대교도를 박해한 것도 (한편으로는 거의 양면성에 빠진 것이라 할지라도) 이러한 우월감의 결과 중 하나라는 것이다. 그 역사적 전망이 세속화되고 일반화된 것이다.[22]

8. 나의 첫번째 책 『베난단티』에 대한 전반적인 반응은 대단히 관대했다. 『밤의 이야기』는 널리 논의되었고 때로는 신랄할 정도로 비판적이었다. 나는 그에 대해 더이상 놀라지 않을 것이다. 프리울리의 베난단티처

a partire dal *Sermo CCLXXI* di Cusano, in margine a *Storia notturna* de Carlo Ginzburg, a cura di C. Presezzi, Viella, Roma, 2019, pp. 219-39.

22 다음을 볼 것. C. Ginzburg, "Distanza e prospettiva: due metafore" (1998) in *Occhiacci de legno. Dieci riflessioni sulla distanza*, Quodlibet, Macerata, 2019, pp. 203-26.

럼 거의 이례에 가까운 사례의 의미를 유라시아라는 그림 속에 던져 넣는다는 것은 무모한 작업임이 확실하다. 그렇지만 베난단티와 그들의 밤의 전투가 독특하고 이상한 증언으로 간주되어야 하기 때문에 어떤 비교의 가능성도 배제해야 한다는 생각이 내게는 받아들여질 수 없는 것처럼 보인다. 이것을 위해 나는 라티사나의 메니키노의 심문에 대한 나의 최초의 반응으로 그리도 자주 되돌아가 사색에 잠기곤 했다. 그것은 나로 하여금 베난단티의 세계에 은유적으로 침투하게 만들었던 것이다.

나는 곧 시베리아의 무당들에 대해 생각했다. 그러나 왜? 그 당시에, 1962년 봄에 나는 무당에 대해 무엇을 알고 있었던가? 나는 수십 년의 거리를 두고 돌이켜보면서 만들었던 그 질문이 나의 정보가 적절했는지 보증해주지 못한다고 곧바로 말했다. 확실히 나는 그곳에 없었다. 나는 시베리아의 무당에 대한 나의 정보가 베난단티에 대한 자료를 읽는 나의 방식에 조건을 지워 처음부터 그 연구를 시작하도록 만든 것이 아닌지, 만일 그렇다면 그것이 어떤 방식으로 이루어졌는지 이해하는 데 관심이 있었다. 그리고 갑자기 나는 이해했다.[23] 나의 형성기에 많이 읽었던 책 중 하나인 에르네스토 데 마르티노의 『마술의 세계』는 1935년 런던에서 출판된 러시아의 인류학자 세르게이 쉬로코고로프Sergei Shirokogoroff의 저서 『퉁구스의 정신심리 복합체The Psychomental Complex of the Tungus』로부터 인용한 두 페이지에 걸친 긴 인용문으로 시작하는데, 그것은 시베리아의 무당에 대한 기본적인 저작들을 다루고 있다. 1942년 이 책에 대해 서평을 썼던 데 마르티노는 『마술의 세계』(1948)의 핵심이 되었던 이론인 "존재의 상실"을 만들기 위해 쉬로코고로프가 수집하였던 유물 인종지학의

---

23 이 모든 것에 대해서는 내가 쓴 다음 글을 보라. "Viaggiare in spirito, dal Friuli alla Siberia," in *Streghe, sciamani, visionari*, pp. 45-63.

도움을 받고 있었다. 간략하게 그 이론을 요약하자. 데 마르티노에 따르면 이 세계와 그 속에서의 우리의 존재는 확실하게 주어진 것이 아니라 오히려 아주 오랜 궤적의 결실인 것으로서 그것이 인간의 역사를 가능하게 만들었다. 이러한 궤적 속에서 마술이 결정적인 중요성을 행사했다. 여기에 대해서는 이른바 원시 문화가 증언을 하고 있는데, 거기에서 개인의 존재는 나약하다. 그것은 사라지고 상실될 위험이 있다. 무당의 도취는 그러한 위험을 문화적으로 조절하려는 수단이었다.

내가 『마술의 세계』를 읽었을 때 나는 데 마르티노가 젊었을 적에 간질 발작으로 고통을 받았고, 그가 출판되지 않고 남아 있던 일련의 노트를 회상하듯 다시 읽어 존재의 상실이라는 이론 자체에 빛을 던져주었다는 것밖에 알 수 없었다. "간질은 이렇게 시작한다. 세계가 추악하게 낯설어지고 악마처럼 지루해지며, 따라서 사실상 옷을 벗는다. 존재가 희박해지기 시작하는 것이 신호이다. 곧 급작스럽고 순간적이고 완전한 부재가 발생한다. 그뒤 몇 순간이 지나 폐허로부터 존재가 다시 출현하며, 그와 함께 형상과 애정 속에 복구된 세상도 다시 출현한다. (그것은 마치 역사 밖에서 천천히 미끄러지는 것과 같다.)"

내가 『마술의 세계』를 읽었을 때 나는 이 모든 것을 전혀 이해할 수 없었다. 나는 2009년 프랑스의 인류학자 조르다나 샤뤼티Giordana Charuty가 에르네스토 데 마르티노에게 헌증한 철저한 지적 전기[24]를 읽으면서 그것을 이해했다. 존재의 상실에 대한 이론을 데 마르티노 청소년기의 질

---

24 G. Charuty, *Ernesto de Martino. Le precedenti vite di un antropologo*, 이탈리아어 번역은 A. Talamonti, Franco Angeli, Milano, 2010, p. 57. 프랑스어 원서는 *Ernesto de Martino. Les vies antérieures d'un anthropologue*, Éditions Parenthèses-Éditions de la MMSH, Marseilles, 2009.

병의 탓으로 환원시키는 것은 당연히 부조리하다. 인류학자의 전기와 그의 저작 사이의 관련성을 부인하는 것도 그와 마찬가지로 부조리할 것이다. 그러나 오늘날 우리는 쉬로코고로프의 저서와 같은 책 한 권이 데 마르티노에 대해 갖던 중요성을 더 잘 이해할 수 있다. 그 책에서는 무당의 도취경을 "극지방의 질병"으로 해석하여 여러 학자들의 지지를 받다가 거부되기도 했고, 이제는 그 대신 문화적 상관성을 갖는 것으로 유지되고 있다. 데 마르티노의 『마술의 세계』의 책갈피에서 무당은 "문화적 영웅"처럼 등장하는 것이다.

9. 독서는 언제나 중국 상자와 같은 모습을 하고 있다.[25] 읽는 법을 배우는 사람은 책 한 권만을 읽지 않는다. 책 한 권을 읽으면서 동시에 다른 많은 책들을 읽는다. 그는 직접적, 간접적으로 앞에 있는 책의 지면을 반추하고 참조하는 것이다. 그뿐이 아니다. 책 한 권을 읽는 동안 그는 의식적으로든 무의식적으로든 다른 많은 것들을 동시에 기억한다. 확실하다. 학자는 (심지어 옛날의 나처럼 초심의 단계에 있는 학자조차도) 가능한 것의 한계 내에서 합당한 전거를 확인하도록 추구해야 한다. 나는 곧 데 마르티노가 『마술의 세계』에서 그리도 길게 인용한 것을 보았던 쉬로코고로프의 책을 읽어야만 했다. 만일 마르티노가 어쩌면 무제한적으로 그것을 검증하는 것에 반대할 수 있었더라면 그는 연구를 중단시키며 끝냈을 수도 있다. 그러나 이 사례에서 검증이 결여된 나의 연구에는 특별한 이유가 있었다. 나는 쉬로코고로프의 책을 찾지 않았다. 왜냐하면 나는, 베난단티 연구에 몰입해 있었던 나는 베난단티와 무당 사이의 유사

---

25 중국 상자는 한 상자 안에 작은 상자가 꼭 끼게 들어있는 상자 세트를 가리킨다.

성을 무시하기로 결심했기 때문이다. 데 마르티노에 자극을 받은 (그리고 데 마르티노를 통해 쉬로코고로프에게도 자극을 받았지만 그에 대해 언급하지는 않은) 나는 나의 연구에 조건을 지웠던 방식에 대해서는 직접적이건 간접적이건 분석하지 않으면서 나아갔다. 성찰의 단계, 아니 자기성찰의 단계는 그뒤에 찾아왔다. 『베난단티』뿐만 아니라 『밤의 이야기』를 썼을 때에 모두. 모두가 알듯이 자기성찰의 순간은 미네르바의 부엉이처럼 밤에 찾아온다.

다음은 데 마르티노가 인용한 쉬로코고로프의 책에서 발췌한 짧은 구절이다.

> 엄청난 집중의 상태에서 [퉁구스의] 무당들은 마치 다른 사람인 것처럼 다른 무당들과 평범한 개인들과의 소통에 들어갈 수 있다. … 때때로 그들은 한 장소를 떠나는 이유를 대지 못하고 그들을 부르는 사람들을 만나기 위해 다른 장소로 간다. 그들은 "가야 한다고 느꼈기 때문에" 간다.[26]

내게 이러한 이동은 정신적으로 떠나는 것이었다. 그렇지 않다면 베네치아 국립 문서보관소에서 심문관의 질문에 압박을 받은 라티사나의 베난단티 메노키노가 선언했던 말이 내게 가한 충격을 설명할 길이 없었다.

저는 다른 사람들이 그렇게 하라고 말했기 때문에 그 세 날에 갔

---

26 E. de Martino, *Il mondo magico. Prolegomeni a una storia del magismo*, Einaudi, Torino, 1948, pp. 22-23.

습니다. 저에게 첫번째로 말한 사람은 잠바티스타 탐부를리노 Giambattista Tamburlino였습니다. 그는 그와 제가 베난단티라고 저에게 알려줬습니다. 저는 그를 따라가야 한다는 것이었지요. 제가 가지 않겠다고 대답하자 그는 "가야 할 때가 되면 너는 갈 것"이라고 말했습니다. 저는 "나를 가게 만들 수 없을 겁니다"라고 확실하게 말했습니다. 그러자 그는 "너는 어쨌든 가게 될 것이다. 연기처럼 가는 것이지 몸이 가는 것은 아니다"라고 말했습니다. 제가 가고 싶지 않다고 계속 말했지만, 그는 우리가 신앙을 위해 싸우러 가야 한다고 말했습니다. 이런 대화가 있고 나서 일 년쯤 지난 뒤에 저는 조사파트 들판에 있는 꿈을 꾸었습니다. … 저는 두려웠고, 마치 넓고 크고 아름다운 들판에 있는 것 같았습니다.[27]

10. 메니키노는 "조사파트 들판"에 "연기처럼" 갔다고 말했다. 1618년에 마리아 판초나는 "조소파트 풀밭 위에" 갔다고 말했다. 1644년 올리보 칼도는 "조사파토 계곡에 있는 세계의 중심"으로 갔다고 말했다.[28] 베난단티의 이야기 중에서 성서의 지명이 세 번씩이나 등장하는 것을 어떻게 설명할 것인가?[29] 믿기지 않지만 이것은 그 오랜 세월에 걸쳐 결코 내게 제기되지 않았던 질문이었다.[30] 이러한 공백 때문에 나는 먼저 마녀들의 사바트와 그들에 가해진 박해에 대한 나의 해석을 대단히 박학한 논문

---

27 Qui, pp. 202~203
28 Qui, pp. 203, 202, 318
29 성서에서 "요사파트 계곡"은 "하느님의 심판이 내릴 계곡"이라는 뜻.
30 F. Nardon, *Benandanti e inquisitori nel Friuli del Seicento*, A. Del Col의 서문, Edizioni Università di Trieste-Centro studi storici Menocchio, Trieste-Montereale Valcellina, 1999, pp. 189-90.

에서 비판했던 가에타노 레티에리Gaetano Lettieri를 택했다.[31] 그 목적은 『요엘서』와 『이사야서』 34장, 『묵시록』 등 몇몇 성서의 문구와 관련하여 대단히 다양한 해석을 제시하려는 것이었다. 이 자리에서 레티에리의 논지를 적절한 방식으로 논하기는 불가능할 것으로 보인다. 나는 베난단티와 관련된 하나의 고찰로 한정할 것이다. 레티에리는 요사파트 들판이 『요엘서』 3장 2절, 3장 12절을 전제로 한다는 것은 의심의 여지가 없다고 지적한다. 예언자 요엘은 주님이 "주변의 모든 민족들을 심판하기 위해" 요사파트 계곡에 앉아있다고 말한다. 마침내 가뭄과 메뚜기 떼의 습격 뒤에 풍요로운 수확이 뒤따랐고 그것은 훈계에 의해 강조되었다. "낫을 손봐라,/ 곡식이 익었으니./ 와서 밟으라/ 압착기가 가득하니."[32] 의심의 여지 없이 『요엘서』로 돌아가는 것은 적절하다. 그러나 『요엘서』가 그러한 경로를 통해 프리울리의 베난단티에 도달하게 될 것이었다고? 내게는 레티에리처럼 "모든 곳에 존재하고 중단 없이 이야기되는 책[성서]이 갖춰진 밀레니엄에 걸친 편재遍在하는 종교 체계[기독교]"를 상기시키는 것만으로 충분하지 못해 보인다.[33] 어떤 거름막을 통해 누구에게 이야기한다는 것인가?

레티에리가 믿었던 것처럼 나도 "샤머니즘 민속의 자율성과 순수성"을 믿었다면 그런 종류의 질문은 중요하지 않았을 것이다. 사실상 나의 전

---

31 G. Lettieri, "La strega rimossa. L'immaginraio apocalittico e messianico al margine de *Storia notturna*," in *Streghe, sciamani, visionari*, cit., pp. 85-152.

32 다음에서 인용했음. *La Bibbia di Gerusalemme*, EDB, Bologna, 1980. [성 히에로니무스가 5세기에 라틴어로 번역한] 불가타 성서도 볼 것. "민족들은 요사파트 계곡으로 함께 일어나 올라오라. 내 그곳에 앉아 모든 민족들을 심판하리라. 곡식이 익었으니 낫을 갈라. 오라. 그리고 내려가라. 그곳에 찬장이 가득하니."

33 Lettieri, "La strega rimossa," p. 148.

망은 완전히 다르다. 그것을 증명하기 위해서는 한 가지 예를 드는 것으로 충분할 것이다. 나는 어떤 마녀재판에 나타나는 디아나에 대한 언급을 "여신 디아나의 사냥에 대한 구전적 기억의 하나"[34]라고 치부하려는 생각을 한 적이 결코 없었다. 그 대신 나는 그것이 여러 이름을 가진 여성적인 신성에 도취되어 추종하던 사람들이 그 여신을 이른바 『주교 경전Canon Episcopi』에서 규정되었고 그 뒤 "심문관·신학자·설교자" 등 식자층에 의해 확산되고 부과되었던 "이교도의 여신" 디아나와 지적으로 동일화를 시키려던 투사 행위를 증언하고 있다고 강조한다. 고급문화와 저급문화의 교배는 우리가 해독하려고 하는 사건 속에서는 아주 흔히 일어나는 일이다. 심문관들의 압력에 의해 베난단티가 악마의 사바트를 향해 가는 궤적을 그리게 된 것은 이른바 샤머니즘 민속 전통의 자율성과 순수성이라는 전제를 소리 높여 부정한다. 그런데도 이러한 맥락에서 자율성에 대해 말하는 것이 허용될까?

레티에리는 이렇게 기술하고 있다. "긴즈부르그가 성서를 명백하게 제거하려고 하는 것은 이념적인 선입관으로부터, 즉 하위주체 계급의 문화적 저항 능력에 대한 그람시류의 믿음으로부터 온 것이다."[35] 이렇게 관련된 논란을 다루었는데, 여담으로 읽을 만한 가치가 있을 것이다. 그것은 오타비아 니콜리Ottavia Niccoli가 날카롭게 분석한 사례를 다루고 있다.[36]

---

34 Lettieri, *ibid.*, p. 143.

35 Lettieri, *ibid.*, p. 93.

36 O. Nicolli, "Malintensi. Fenomeni di incomprensione tra livelli di cultura," in *Un mondo perduto? Religione e cultura popolare*, eds., L. Felici & P. Scaramella, Aracne, Roma, 2020. pp. 33-58. 특히 pp. 42-43.

11. 그람시는 『옥중수고』에서 다음과 같이 기술했다. "하위주체 계급은 지배계급의 주도권 때문에 고통을 받으며, 그들이 반역을 할 때에도 그러하다. 나는 경각심을 갖고 방어의 상태에 있다. 자율적 주도권의 모든 흔적은 실로 측정할 수 없는 가치를 갖고 있다. 어쨌든 논문이 그 역사에 가장 적절한 형식이며, 그것은 물질적인 부분의 엄청난 축적을 요구한다."[37]

그것은 1930년으로 거슬러올라가는 수고이다. 1931년 11월 16일 그람시는 딸 테레시나에게 보낸 편지에서 어렸을 적에 알았던 몇 사람들을 기억에 떠올렸다. 그들은 "농부들을 깜짝 놀라게 하기 위해 문화 공연을 하던 사람들이었다. 똑같은 방식으로 독실한 아낙네들은 『필로테아』[38]에 포함되어 있는 기도를 라틴어로 반복한다. 너는 그라치아 아주머니께서 신앙심이 아주 깊은 '돈나 비소디아'가 실존한다고 생각해서 주기도문에서도 항상 그 이름을 반복했던 것을 기억하겠지? 그것은 '우리에게 일용할 양식을 주시고'(dona nobis hodie: 도나 노비스 호디에)였는데, 그녀는 여러 차례 그것을 '돈나 비소디아'donna Bisodia라고 읽으면서 다른 사람들이 모두 성당에 갔던 과거의 어떤 시간에 그 여인을 흉내내고 있었다는 이야기야. 그때까지만 해도 아직 세상엔 종교가 조금 남아 있었지. 누군가가 이 가상의 '돈나 비소디아'에 대해 소설 하나를 쓴다면 그게 하나의 전범이 될 텐데."[39]

---

37 A. Gramsci, *Quaderni del carcere*, ed., V. Gerratana, Einaudi, Torino, 1975, viol. 1, p. 300.

38 『필로테아』는 1609년 살레스의 산 프란체스코가 쓴 『헌신적 삶에의 입문』의 별칭이다. 그 이유는 그 책이 필로테아에게 보내는 편지의 형식으로 쓰여 있기 때문이다. 필로테아는 "신을 사랑하는 사람"이라는 뜻이다.-옮긴이

39 A. Gramsci, *Lettere dal carcere*, eds., S. Caprioglio & E. Fubini, Einaudi, Torino,

그람시의 백일몽은 원인불명의 기억력이었다. '돈나 비소디아'에 대한 소설은 14세기 말엽에 이미 출판되었다. 프랑코 사케티Franco Sacchetti의 『소설 300선』 중 열한번째 소설은 구초 톨로메이가 알베르토라는 이름의 또다른 시에나 사람에게 연출한 술수를 묘사한다. 알베르토는 낮은 사회계층 출신으로 말을 더듬는다. 심문관은 친구 구초 톨로메이와 공모하여 알베르토를 "파테리노"paterino의 혐의로, 즉 이단의 혐의로 소환한다. 알베르토는 심문하려는 체 하는 주교로부터 도망친다. 주기도문을 말하라는 요청에 알베르토는 "어두운 계단에 비틀거리며 도착하여 거기에서 말한다. 우리에게 일용할 양식을 주시고(도나 노비스 호디에)." 그는 말을 더듬으며 더이상 나아가지 못한다. 심문관이 위협하듯이 말한다. "파테리노(이단)인 자는 성스러운 것을 말하지 못하지." 겁을 먹은 알베르토는 구초 톨로메이에게 가서 그에게 모두 말한다.

"맙소사, 이게 아니오. 내가 파테리노고 내가 내일 아침 다시 파테리노가 될 거라고 말했다고요? 주기도문에 내가 그 시간에 죽게 하지 않을 거라고 썼다던 돈나 비소디아라는 그 창녀에게 다시는 속지 않을 거요. 신의 사랑에 걸고 그대에게 바라노니 그에게 가서 명한 대로 하리라고 전해주시오."[40]

이렇듯 900년대 초엽에 사르데냐에서 동화의 주제로 등장하기까지 한 돈나 비소디아는 산 피에트로의 어머니와 동일시되기까지 하면서 아주 오래전부터 다양하게 뿌리를 내렸다. 12세기의 법령 하나에 '비소디아'라

1965, p. 525. 대단히 널리 읽혔던 『필로테아』를 그람시와 그의 딸은 다음 판본으로 읽었을 가능성이 있다. San Francesco di Sales, *La Filotea, ossia introduzione alla vita divota*, ed., E. Ceria, Libreria salesiana, San Pier d'Arena, 1904.

40 F. Sacchetti, *Il Trecentonovelle*, ed., E. Faccioli, Einaudi, Torino, 1970, pp. 28-31.

는 여성 이름이 등재되었다는 사실을 신뢰해야 한다면, 그것은 명백하게 토스카나에, 그리고 실지로는 중세에도 뿌리를 두었던 것이다.[41] 이 사례에 있어서 불가타 성서로부터 라틴의 알려지지 않은 문화까지의 경로는 실로 걸러지고 왜곡되었지만 고증되었다.[42] 확실하다. 주기도문은 예언자 요엘의 어느 곳에도 존재하고 있었음을 밝혔다. "요사파트 들판"을 도취경에 빠진 베난단티가 신앙과 수확의 풍작을 위해 전투를 벌였던 장소로 만든 수단은 확실히 고통스러웠고, 그것은 지금도 우리로부터 벗어나려고 하고 있다.

12. 이 모든 것은 그 둘 모두 영혼의 세계와의 소통을 통해 공동체를 수호하려던 베난단티와 무당의 도취경 사이의 유사성으로부터 우리를 멀리 몰고 왔다. 모두가 여러 언어로 번역된 『베난단티』와 『밤의 이야기』 사이의 유사성은 많이 논의되고 있다(『베난단티』의 최근의 번역은 중국어와 카탈루냐어로 이루어졌다).[43] 베난단티는 한때 잊혔지만 다시 나타나서 세

---

41 P. Pirillo, "Tra Pistoia e Firenze. I Frescobaldi e il castello di Camaioni (secc. XIII-XV)," in *Tra achivi e storia,. Scritti dedicati ad Alessandra Continni Bonacossi*, eds. E. Insabato, R. Manno, E. Pellegrini & A. Scattigno, Firenze University Press, Firenze, 2018, vol. 1, p. 32, n. 2.

42 다음을 참고할 것. G. Ferraro, "Donna Bisodia o la madre di. S. Pietro," in *Giornale Liguistico di Archeologia*, Storia e Letteratura, XIX (1892), pp. 56-60; L. M. Lombardi Satriani, *Antropologia culturale e analisi della cultura subalterna*, Guaraldi, Rimini, 1974, p. 21.

43 이 책은 11개국 언어로 번역되었다. 최근의 연구서로는 다음을 볼 것. F. Nardon, Benandanti e inquisitori nel Friuli del Seicento; D. Visintin, L'attività dell'inquisitore fra Giulio Missini in Friuli (1645-1653): l'efficienza della normalità, 서론은 A. Del Col, Edizioni Università di Trieste-circolo culturale Menocchio, Trieste-Montereale Valcellina, 2008; L'Inquisizione del Partiarcato di Aquileia e della diocesi di Concordia. Gli atti processuali, 1557-1823, ed., A. Del Col, Istituto Pio Paschini-Edizioni Università di Triese, Udine-Trieste, 2009. 참고 서적이 풍부함; A. Del Col, "Benandanti," in Dizionario

상을 돌아다닌다. 오늘날 그들은 책 밖의 삶을 살고 있다. 그들의 이름은
농촌 관광과 바위 무더기에 주어졌다. 이상한 이야기이다.

storico dell'Inquisizione, Edizioni della Normale, Pias, 2010, vol. I, pp. 172~73.

차
례

서문

1. 이 책에서 나는 16세기 말부터 17세기 전반까지 프리울리Friuli 농민사회의 종교적 태도와 넓은 의미의 망탈리테를 극히 제한적인 관점에서 연구했다. 그것은 특정의 강압을 받은 결과 점차 마법으로 동화되어갔던 민중신앙의 핵심에 관한 역사이다. 아직까지 알려져 있지 않은 역사 속의 에피소드이지만, 마법과 그에 대한 박해라는 일반적인 문제를 잘 밝혀준다.

자료를 분석한 결과 개인들의 태도와 행동은 매우 다양하게 나타났다. 그 자료를 살펴본다면 생생하고 흥미로운 개별 사례의 그림 속으로 빠져들어갈 위험이 있다. 그렇다 할지라도 나는 매 단계마다 '집단정서'mentalità collettiva 또는 '집단심리'psicologia collettiva와 같이 일반적이고 모호한 용어를 사용하기보다는 그런 위험을 무릅쓰고자 한다. 프리울리 지역의 이 증언은 수십 년 또는 수백 년까지 지속되었던 큰 흐름이 종종 무의식적이기도 했던 대단히 개인적·사적인 반응과 계속하여 교차하고 있었음을 보여준다. 이러한 반응으로 역사를 만드는 것이 불가능한 듯이 보이겠지만, 실제로 그것이 없다면 '집단정서'의 역사는 실체가 없고 추상적인 일련의 경향이나 힘에 불과한 것으로 바뀐다.

이 자료의 가장 중요한 특징은 증언자들의 목소리를 직접 듣도록 만들어준다는 것이다. 이단 심문소Sant'Uffizio의 공증인들이 증언을 프리울리 방언에서 이탈리아어로 번역했다는 사실을 제외하면, 이 농민들의 목소리가 아무 장애물 없이 우리에게 직접 도달했다고 말해도 무방하다. 단편적이고 간접적인 증언이 으레 그렇듯 이질적인, 따라서 필연적으로 왜곡시키는 정신상태의 소유자를 통해 걸러지는 경로를 통하지 않았다는 것이다.

2. 이러한 진술은 역설적으로 들릴지 모른다. 그러나 그것이 이 연구를 특히 흥미롭게 만든다. 우리는 마법의 혐의로 기소된 사람들의 고백은 고문과 재판관 유도신문의 결과인 것으로 받아들이며, 따라서 자발적인 것이 아니었다고 생각하는 데 익숙해 있다. 더 정확하게 말하자면 그것은 J. 한젠Hansen이 닦아놓은 근본적인 연구[1]에 근거한다.

그에 따르면, 악마적인 마법은 물론 그것과 결부된 악마와의 서약, 악마의 연회, 성사의 모독과 같은 이미지가 13세기 중엽과 15세기 중엽 사이에 대체로 신학자들과 이단 심문관들에 의해 정교하게 만들어졌고 그 뒤 논문·설교·그림을 수단으로 하여 유럽 전역과 대서양 너머까지 서

---

1 J. Hansen, *Zauberwahn, Inquisition und Hexenprozess im Mittelalter und die Enstehung der grossen Hexenverfolgung* (München & Leipzig, 1900; reprint, 1964); *Quellen und Untersuchungen zur Geschichte des Hexenwahns und der Hexenverfolgung im Mittelalter*(Bonn, 1901). 한젠은 S. 리츨러(Riezler)가 다음 책에서 제시한 통찰을 발전시키고 증거를 제시했다. *Geschichte der Hexenprozesse in Bayern* (Stuttgart, 1896).

서히 퍼져나갔다는 것이다.[2] 이러한 마법(또는 더 진실에 가깝게 말하자면 전부터 존재하던 막연한 의미의 미신에 이단 심문소의 구도를 덮어씌워 마법으로 만든 것)의 확산은 위에서 언급한 고문과 '유도신문'이라는 두 가지 장치를 통해 기소된 사람들의 고백을 틀에 짜맞춤으로써 재판 자체의 과정에서 아주 극적인 형태로 나타났다.

앞서 말한 것처럼 이 모든 것은 철저하게 고증되었다. 그러나 그것은 예외 없이 교리 정립과 관련시키려는 교육받은 자들의 차원에서 있었던 고증이었다. 잘 정의된 지리적 구역에서 이단 심문관과 악마 연구자들에 의해 도식화된 악마와 결부된 마법이 민중의 정서에 침투하였음을 증명하려는 F. 빌로프Byloff의 시도[3]는 빈약한 결과를 산출했다. 예외적일 정도로 풍부한 프리울리 지역의 자료 덕에 우리는 마법이 민중의 정서에 침투한 과정을 훨씬 정확하고 명쾌하게 재구성할 수 있다. 그것은 베난단티Benandanti(베난단티는 복수형이며 단수형은 베난단테이다. 그러나 혼란을 피하기 위해 베난단티로 통일한다—옮긴이)처럼 명백하게 민중적인 성격을 갖고 있는 신앙이 어떻게 하여 이단 심문의 압박 아래 점차 전통적 마법의 양상을 보이는 것으로 귀결되었는지 그 변모의 과정을 보여준다.

그렇지만 재판관의 심문에 깔려 있는 선입관과 피의자들의 실제 증언 사이의 간격 또는 불일치 때문에 오히려 우리는 진정한 민중신앙의 기저에 도달할 수 있다. 그것은 후에 교육받은 계층의 구도를 강요당함으로

---

2 M. Tejado Fernandez, *Aspectos de la vida social en Cartagena de Indias durante el Seiscientos* (Seville, 1954), pp. 106ff., 127ff., 142f.

3 F. Byloff, *Hexenglaube und Hexenverfolgung in den österreischen Alpen ländern* (Berlin & Leipzig, 1934).

써 훼손되고 말살되었던 것이다. 수십 년 동안 지속되었던 바로 이러한 불일치 때문에 베난단티 재판은 이 시기 농민들의 망탈리테를 재구성하는 데 소중한 자료를 제공한다.

3. 그러므로 이 연구의 목적은 한젠이 처음에 제기했던 질문을 자료로 뒷받침하면서 고증을 통해 살을 덧붙이며 접근하려는 것이다. 이러한 시도는 연구의 폭이 제한적이기는 하지만 새로운 점이 있다. 마법이 종교재판소에 기원을 두고 있다는 교육받은 계층의 개념과는 구분되는 민중 마법의 의미와 본질을 이해할 수 있도록 도움을 준다는 것이다.

(이탈리아에서는 타르타로티Tartarotti[4]가 예시하였던 바) 계몽사상의 논쟁에서 마녀들의 자백에 관심을 두지 않았다는 것은 명백하고, 그것은 이해할 만하다. 그들에게 중요한 것은 박해의 야만성과 부조리를 어떻게 폭로하는가 하는 것이었다. 마녀의 진술은 어리석은 환상 또는 재판관들의 잔혹한 고문과 미신에 의해 강요된 자백으로 간주되었다. 마녀의 자백을 박학다식한 연구를 통해 해석하려는 최초의 시도는 19세기 후반에 있었다. 그것은 일반적으로 마녀들의 자백을 마약 성분을 함유한 연고 사용에 의한 환각이나 특히 히스테리와 같은 병리적 상태의 결과라고 보았다. 그렇지만 방증자료를 가장 잘 조사한 가장 진지한 연구는—때로 가톨릭과 성직자에 반대하는 논지를 어느 정도 보이면서—무엇보다도 박해의 진행과정을 설명하려고 하였다.

마녀들 또는 마녀 혐의자들의 믿음 자체에 대한 진정한 관심은('반역

---

4 Girolamo Tartarotti, *Del congresso notturno delle lammie libri tre* (Rovereto, 1749).

적' 마녀에 대한 미슐레Michelet의 낭만주의적 찬미[5]를 제외한다면) 영국의 이집트학 학자인 M. 머리Murray의 연구[6]에서 비로소 등장한다. J. 프레이저Frazer의 제자였고 따라서 마법과 '원시인들'의 정신상태 문제에 관심이 깊었던 머리는 인종지학이나 민속학의 관점에서 마녀 혐의자들의 자백의 중요성을 강조하는 데 그치지 않았다. 사실상 논리적 접근이라기보다는 본능적 태도에 가까웠던 기존의 접근방법을 역설적으로 전복시키고 자백의 신빙성을 재평가하였다. 즉, 자료의 외적 신빙성에 대해 실증주의적으로 재평가했다는 말이다.

머리에 따르면 기소된 자들이 묘사한 비밀모임은 사실이었고, 마법은 아주 오래된 종교로서 기독교 이전부터 존재하던 풍요제였는데, 재판관들은 여기에서 어느 정도 의도적으로 악마적인 도착만을 보려 했다는 것이다. 이 명제는 진실의 핵심을 담고 있다 할지라도 완전히 무비판적인 방식으로 도식화되었다.[7] 더구나 이렇듯 이른바 풍요제의 일반적인 성격을 재구성한 근거는 마녀들의 향연인 사바트, 악마와의 혼인 등 이단 심문소의 구도에 민중신앙 동화가 완료된 시점에 있었던 후기의 재판기록이었다.

그렇지만 처음 제기되었을 때 인류학자들과 민속학자들에 의해 거부되었던 머리의 '명제'는 이렇듯 심각한 결함에도 불구하고 지배적인 해석

---

5 Jules Michelet, *La sorcière*, ed, originale publiée avec notes et variantes par L. Refort, 2vols (Paris, 1952~1956); *The Sorceress: A Study in Middle Age Superstition* (London, 1905).

6 M. Murray, *The Witch-Cult in Western Europe* (Oxford, 1921; 2nd ed. 1962, 서문은 S. Runciman). 머리는 같은 주제에 대한 그녀의 후기 저작에서 이 책의 주장을 더 완고하고 받아들일 수 없는 형태로 반복하는 데 만족하고 있다.

7 예컨대 다음의 서평을 참고할 것. W. R. Halliday, in *Folklore*, 33 (1922), pp. 224~230.

이 되었다. 그 당시에도 결여되어 있었고 내가 잘못 안 것이 아닌 한 아직도 결여되어 있는 것은 민중마법에 대한 포괄적인 설명이다. 이 영국 학자 머리의 명제는 지나친 주장만 제거한다면 그럴듯해 보인다. 특히 사바트의 방탕에서 태곳적 풍요제의 변형된 모습을 식별해낸 것이 그렇다. 이렇듯 그 명제는 누구보다도 W. E. 포이커르트Peuckert에 의해 완화된 형태로 재구성되었다.[8]

하지만 (정확하게 특정 민중신앙으로 추적해 올라가기가 불가능한 막연한 의미의 미신, 즉 미약이나 주문 등과 구분되는) 민중마법이 실로 태곳적 식물신앙과 농경 풍요제로까지 거슬러올라간다는 것을 논증하기는 쉽지 않다. 머리의 저작에 대한 한 가지 반론은 벌써 제기된 바 있다. 마녀의 자백에서 이단 심문소에 기원을 두는 부분과 진정한 민중신앙에 기원을 두는 부분을 구분하지 않고 무비판적으로 그 자백에 의존할 수는 없다는 것이다.

그러나 이것은 치명적인 반론이 아니다. 이미 J. 마르크스Marx는 민중신앙에 기원을 둔다는 것이 명확하게 밝혀지지는 않았지만, 그럼에도 불구하고 신학자들과 심문관들이 도식화시킨 마녀의 사바트와 어느 정도 비슷한 일군의 신앙이 존재하고 있다는 것에 주목한 바 있다.[9] 더 근자에는 10세기에 처음 기록되었지만 그 기원은 훨씬 이전으로 거슬러올라가는 신앙의 존재에 대해 L. 바이저알Weiser-Aall이 논하며[10] 거기에서 민중

---

8 W. E. Peuckert, *Geheimkulte* (Heidelberg, 1951), pp. 266ff. 포이커르트는 머리를 인용하지 않았다. 그는 사냥과 전쟁에 몰입하는 남성적인 게르만 사람들과 농경에 묶여 있는 여성화한 지중해 사람들을 습관적으로 대립시켰다. 그는 자신의 명제에 이러한 인종주의적 관점을 도입시켰는데, 그 목적은 마법의 기원이 후자에 있다는 것을 '증명'하기 위해서였다.

9 J. Marx, *L'Inquisition en Dauphiné* (Paris, 1914), pp. 29ff. (Bibliothèque de l'Ecole des Hautes-Etudes, fasc. 206).

마법과 교육받은 계층이 상정하는 마법 사이에 접점이 존재했다는 주장에 무게를 실었다.[11]

여기에는 특히 여성들이 밤중에 신비롭게 날아서 한 장소에 모이던 회합이 포함되어 있었는데, 여기에서 악마나 성사의 모독이나 배교의 흔적은 찾을 수 없다. 이런 모임은 여신들이 주재했는데, 그들은 디아나Diana, 헤로디아스Herodias, 홀다Holda 또는 페르흐타Perchta라는 이름으로 불렸다. 페르흐타나 디아나처럼 경작과 관련된 여신이 존재한다는 것은 후대의 악마와 관련된 마법에 깔려 있는 신앙이 풍요제까지 거슬러올라간다는 것을 뜻하는가?

그것은 매우 그럴듯한 가설이지만, 독일 학자 A. 마이어Mayer의 노력[12]에도 불구하고 아직 만족스럽게 증명되지 않았다. 내 생각에 올바른 문제제기에 가장 근접한 사람은 마이어이다. 그럼에도 그의 시도조차 빈약하고 불충분한 자료에 근거하고 있기 때문에 사실상 실패했다. 더구나 여기에 제기될 수 있는 두번째의 반론은 대답하기가 쉽지 않다. 머리와 마찬가지로 마이어도 이러한 풍요제에서 여사제로 나타나는 마녀들이 (재판관들에 의해 마법의 표상이 변형된 이후가 아니라) 처음부터 수확의 적, 인간과 짐승 모두에게 흉년을 가져다주는 우박과 폭풍우의 전달자로 묘

---

10 L. Weiser-Aall, in *Handwörterbuch des deutschen Aberglaubens*, eds., E. Hoffmarm-Krayer & H. Bächtold-Stäubli, III, coll. 1828, 1849~1851.

11 (『황금 당나귀』에서 아풀레이우스는 모임에 나갈 채비를 하면서 몸에 기름을 바르는 마녀를 묘사한다.) 고전의 세계에서 두 신앙의 관련성에 관한 문제는 아직 만족스럽게 다루어지지 않았다.

12 A. Mayer, *Erdmutter und Hexe: Eine Untersuchung zur Geschichte des Hexenglaubens und zur Vorgeschichte der Hexenprozesse* (München & Freising, 1936). 나는 다음 글을 통해 이 저작에 대해 알게 되었다. A. Runeberg, "Witches, demons and fertility magic," *Societas Scientiarum Fennica: Commentationes bumanarum litterarum* (Helsingfors, 1947) XTV, 84n.

사되는지 설명하지 않았다.[13]

이 연구는 게르만과 슬라브의 전통이 합류하는 프리울리 같은 지역에서 풍요제가 비교적 늦은 시기인 1570년 이후부터 확실하게 존재했다는 것을 확인한다. 그 참여자인 베난단티는 수확과 비옥한 토지의 수호자들이다. 한편 이런 신앙은 (페르흐타·홀다·디아나라는 이름의 여신들이 주재했던 밤의 만남이라는 신화와 관련되어 있는) 더 광범위한 전통과 묶여 있고, 그 지역은 알자스에서 헤센, 바이에른과 스위스까지 펼쳐져 있다. 다른 한편 이것은 (오늘날의 라트비아와 에스토니아인) 리보니아Livonia를 구성하던 지역에서 거의 동일한 모습을 찾을 수 있다. 이렇게 지리적으로 확산되어 있던 사실을 인정할 수밖에 없다면, 고대 언젠가에는 이 신앙이 중부 유럽 대부분에 퍼져 있었다고 상정해도 지나치지 않을 것이다.

곧 살펴보겠지만, 한 세기 동안 베난단티는 마녀로 변질되었고 풍년을 꾀하려는 밤의 만남은 폭풍과 파멸로 귀결된 악마의 사바트가 되었다. 따라서 프리울리에서 악마적인 마법이 기존 풍요제의 변형된 형태로부터 나왔다는 것이 사실이라고 말할 수 있다. 물론 유추를 통해 이 결론을 유럽의 다른 지역까지 확대시키는 것은 불가능하다. 그러나 비록 단편적이고 제한적이라 할지라도 이 결론은 미래의 연구를 위한 실제적인 가설로 도움이 될 것이다. 어쨌든 광범위하고 핵심적인 지역에 이 신앙이 널리 퍼져 있었다는 것은 마법의 민중적 기원 문제에 새로운 접근방법이 있음을 시사한다고 생각한다.

4. 민속학자들과 종교사가들은 내 잘못을 시정해주고 연구의 틈새를

---

13 나는 스웨덴어를 모르기 때문에 다음 저서를 이용하지 못했다. D. Strömbäck, *Sejd* (Lund, 1945). 포이커르트와 룬버그가 언급한 것으로 판단하건대, 이 책은 이 논점에 대해 흥미로운 고찰을 제공할 수 있을 것으로 보인다.

메워주며 게다가 비교방법을 더 많이 사용한다면 이 문서 자료로부터 훨씬 방대한 추론을 이끌어낼 수 있을 것이다. 나는 비교의 방법을 아주 조심스럽게 사용했을 뿐이라는 것을 독자들은 알게 될 것이다. 더 정확하게 말하자면 나는 마르크 블로크Marc Bloch가 규정한 두 가지 비교방법 가운데 하나만을, 즉 엄밀한 역사적 비교의 방법만을 사용했다. 그런 이유로 베난단티와 무당들 사이에 연관성이 있다는 것은 확실하지만 그 문제까지 다루지는 않았다.[14] 이것이 이 연구계획의 근본적인 성격과 한계에 대한 요약이다.

베난단티에 대해서는 어떤 종류의 연구도 없다. G. 마르코티Marcotti, E. 파브리스 벨라비티스Fabris Bellavitis, V. 오스터만Ostermann, A. 라차리니Lazzarini, G. 비도시Vidossi 등 학문적인 이유 또는 단순한 호고好古 취미로 프리울리 민중 전승에 관심을 둔 연구자들은 기저에 깔려 있는 역사적 문제점을 인식하지 못한 채 '베난단티'라는 용어를 '마녀'와 동의어로 취급하였다.[15]

이것은 소홀함의 탓도 잘못된 분석의 탓도 아니고, 그러한 연구들이 기껏해야 19세기 말과 20세기 초까지만 거슬러올라가는 구전의 증언에

---

14 포이커르트는 무당과 마녀 사이의 연관성을 조심스럽게 제기했다. *Geheimkulte*, p. 126. 한편 다음 책은 그 주제를 더 강력하게 제기한다. E. Stiglmayr, *Die Religion in Geschichte und Gegenwart*, 3rd ed. (Tübingen, 1959), III, coll. 307~308.

15 다음을 참고할 것. G. Marcotti, *Donne e monache, Curiosità* (Florence, 1884), pp. 290~291; E. Fabris Bellavitis, in *Giomale di Udine e del Veneto Orientale*, a. XXIV, 2 August, 1890; V. Ostermann, *La Vita in Friuli*, 2nd ed. by G. Vidossi (Udine, 1940), passim; A. Lazzarini, *Leggende friulane* (Udine, 1915), p. 14. 다음 사전에서 'belandànt, benandànt' 항목을 찾아볼 것. *Il Nuovo Pirona, vocabolario friulano* (Udine, 1935). 다음 사전에서는 'benandante' 항목을 찾아볼 것. E. Rosamani, *Vocabolario giuliano* (Bologna, 1958). A. 바티스텔라(Battistella)의 다음 책에는 "이른바 베난단티라는 미친 자들과 사기꾼들"이라는 언급이 있다. *Il Sant'Offlcio, e la Riforma religiosa in Friuli* (Udine, 1895), p. 102.

의존하고 있었기 때문이다(거기에는 우디네 대교구 참사회의 문서보관소 자료에 접근하기가 어렵다는 정당한 이유가 있다). 사실상 '베난단티'와 '마녀'를 동일시하는 것은 여러 단계로 아주 정확하게 재구성할 수 있는 복합적이고 모순적인 과정 중 최종적이고 고정화된 단계에서만 일어난 일이었다.

어떤 면에서 이 작업은 민속학의 전통적인 방법과는 다른 방법을 통해 가능했다. 그러한 방법론상의 차이는 연구의 과정에서 의도적으로 강조되었다. 사실 나는 겉으로 보기에는 균일하게 보이는 그러한 여러 신앙의 이면으로 침투하여, 그 신앙에 따라 살아갔던 남녀의 다양한 태도를 파악하고 그것이 민중과 이단 심문소 모두에 기원을 두는 여러 종류의 압력 아래 어떻게 변모하였는지 살피려고 했다. 그리하여 이 문제와 관련된 민속학적 측면은 역사적 방법으로 일관하려는 이 연구의 시각과 틀에 확연히 종속시켰다.

이 과정에서 나는 많은 사람들의 도움을 받았다. 그 모든 이들에게 감사의 말씀을 전하기도 불가능할 정도이다. 자료에 대한 접근을 직·간접적으로 용이하게 해준 사람들은 다음과 같다. 지금은 작고하신 몬시뇨르 피오 파스키니Monsignor Pio Paschini 신부님, 우디네 대교구 참사회의 사서 몬시뇨르 굴리엘모 비아수티Monsignor Guglielmo Biasutti 신부님과 그곳의 종교법 고문 몬시뇨르 가를라티Monsignor Garlatti 신부님, 바티칸 도서관의 몬시뇨르 로메오 데 마이오Monsignor Romeo De Maio 신부님, 마시밀리아노 펠로차Massimiliano Peloza 신부님, 두브로브니크Dubrovnik 국립문서 보관소의 전임 소장 빙코 포레티치Vinco Foretić, 안젤로 탐보라Angelo Tamborra, 파올로 삼빈Paolo Sambin, 마리노 베랭고Marino Berengo.

1962년에 연구비를 제공하였던 루이지 에이나우디 재단Fondazione Luigi Einaudi과 그 기간에 내 작업에 동참했던 노르베르토 보비오Norberto Bobbio,

루이지 피르포Luigi Firpo, 알도 가로시Aldo Garosci, 프랑코 벤투리Franco Venturi 에게도 감사드린다. 런던의 바르부르크 연구소Warburg Institute는 루이지 에이나우디 재단과 명망 높은 고故 거트루드 빙Gertrud Bing의 제안을 받아들여 1964년 여름에 그 도서관 사용권을 제공하여주었다. 그것은 더없이 좋은 연구 기회였다. 또 잊을 수 없는 환대를 해준 도서관 책임자 E. H. 곰브리치Gombrich, 조언과 제안을 해준 O. 쿠르츠Kurz와 A. A. 바브Barb에 게도 감사한다.

이제는 작고하신 에르네스토 데 마르티노Ernesto De Martino와의 만남에서 이 연구를 계속할 용기를 얻었다. 원래 이 책은 1964년 봄 피사Pisa의 고등사범학교Scuola Normale Superiore에 제출하여 심사를 거친 학위논문이 토대가 되었다. 나는 아르만도 사이타Armando Saitta와 다른 심사위원들인 아르세니오 프루고니Arsenio Frugoni, 친치오 비올란테Cinzio Violante의 비판과 제언에 감사드린다. 다른 도움과 충고는 책 속에서 밝힐 것이다.

델리오 칸티모리Delio Cantimori는 이 책의 초고를 읽어주었다. 그의 귀중한 조언은 물론 그에게서 배운 모든 것에 대해 가장 깊은 곳에서 우러나오는 감사를 표시할 수 있게 되어 기쁘다.

1965년 3월, 로마
카를로 긴즈부르그

ACAU	Archivio della Curia Arcivescovile di Udine(우디네 대교구 참사회 문서보관소)
ACVB	Archivio della Curia Vescobile di Bergamo(베르가모 교구 참사회 문서보관소)
ASCB	Archivio Storico Civico di Brescia(브레시아 시립 역사문서보관소)
ASCM	Archivio Storico Civico di Milano(밀라노 시립 역사문서보관소)
ASL	Archivio di Stato di Lucca(루카 국립 문서보관소)
ASM	Archivio di Stato di Modena(모데나 국립 문서보관소)
ASP	Archivio di Stato di Parma(파르마 국립 문서보관소)
ASV	Archivio di Stato di Venezia(베네치아 국립 문서보관소)
BCAU	Biblioteca della Curia Arcivescovile di Udine(우디네 대교구 참사회 도서관)
BCB	Biblioteca Comunale di Bologna(볼로냐 시립 도서관)
BCU	Biblioteca Comunale di Udine(우디네 시립 도서관)
HAD	Historijski Arhiv Dubrovnik(두브로브니크 역사문서보관소)
TCLD	Trinity College Library, Dublin(더블린 트리니티칼리지 도서관)

밤의 전투

1

1575년 3월 21일, 프리울리 지역 치비달레의 성 프란체스코 수도원에서 주교 대리 몬시뇨르 야코포 마라코_{Monsignor Jacopo Maracco}와 아퀼레이아와 콘코르디아 교구의 이단 심문관인 소 프란체스코 수도회의 수도사 줄리오 다시시_{Giulio d'Assisi} 앞에 한 증인이 나타났다. 그는 이웃 마을 브라차노_{Brazzano}의 사제 돈 바르톨로메오 즈가바리차_{Don Bartolomeo Sgabarizza}였다.[1]

---

1 ACAU, S. Uffizio, "Ab anno 1574 usque ad annum 1578 inclu. a n. 57 usque ad 76 incl.," proc. n. 64, c. 1r. 프리울리 이단 심문소에 대해서는 다음의 오래된 연구를 볼 것. A. Battistella, *Il Sant'Officio e la Riforma religiosa in Friuli* (Udine, 1895). 16세기 프리울리의 종교적인 상황에 대해서는 파스키니의 업적 중에서도 특히 다음을 참고할 것. "Eresia e Riforma cattolica al confine orientale d'Italia," *Lateranum*, n. s., a. 17, n. 1-4, Romae, 1951. 아퀼레이아와 콘코르디아의 이단 심문소와 관련된 자료의 보고는 우디네 대교구 참사회 문서보관소에 보존되어 있다. 이 보고를 사용할 수 없었던 바티스텔라는 이에 대해 아주 간략한 정보만을 제공하고 있다. 이곳에 수집된 자료의 절대 다수를 이루는 재판의 기록에는 번호가 매겨져 연도 순서로 배열되어 있다. 약 100개씩 들어가 있는 묶음은 차례로 번호가 매겨져 있지 않다.

손으로 쓴 첫번째 1천 개의 재판기록 목록은 다음 제목으로 우디네 시립도서관에 보존되어 있다. "Novus liber causarum S. Officii Aquileiae, regestum scilicet denunciatorum, sponte comparitorum, atque per sententiam, vel aliter expeditorum, ab anno 1551 usque

그는 전주에 일어났던 이상한 일을 보고했다. 피에트로 로타로Pietro Rotaro라는 브라차노의 방앗간지기에게서 어떤 이야기를 들었다고 했다. 그의 아들은 이상한 병으로 죽어가고 있었는데, 인접 마을 이아시코Iassico에 사는 파올로 가스파루토Paolo Gasparutto라는 사람이 마귀가 들린 사람을 치료하고 "밤이면 마녀, 마귀sbilfoni,[2]와 함께 돌아다닌다"는 것이다.

사제 즈가바리차는 호기심이 발동하여 그 사람을 소환했다. 가스파루토는 아픈 소년의 아버지에게 "이 어린 소년에게는 마녀가 들렸소. 하지만 마녀에 들렸을 때 부랑자들이 돌아다니면서 마녀의 손에서 아이를 빼앗아왔지요. 그러지 않았더라면 아이는 죽었을 게요"라고 말했다는 사실을 시인했다. 그런 다음 그는 아이를 치료할 수 있는 비밀의 부적을 아버지에게 주었다. 즈가바리차의 질문에 몰린 가스파루토가 말했다. "사계재일 목요일마다 그 부랑자들은 코르몬스Cormons, 이아시코의 성당 앞마당 같은 곳은 물론 베로나Verona 교외까지 마녀들과 함께 가야 했습니다. 거기에서 그들은 싸우고, 놀고, 날뛰고, 여러 짐승에 올라타고, 자기들끼리 온갖 일을 벌였지요. 여자들은 수숫대로 같이 있는 남자들을 때렸지

ad annum 1647 inclusive……" (MS 916: cf. A. Battistella, *Il Sant'Officio*, p. 7). 바티스텔라는 이 목록을 이용하였고, 마법과 미신 풍습에 대한 재판기록을 참조하기 위해 오스터만은 *La vita in Friuli*에서, 마르 코티는 *Donne e monache. Curiosità*에서 어느 정도 이용하였다. 1647년 이후의 재판 목록은 우디네 대교구 참사회 문서보관소에 존재한다. 첫번째 1천 개의 재판 이후 번호는 다시 1에서 시작한다. 혼란을 피하기 위해 나는 이 번호에는 bis를 덧붙였다(proc. n. 1 bis, 2 bis 등등).

마라코는 1557년에 주교 대리가 되었다. 그에 대해서는 다음을 참고할 것. P. Paschini, "Eresia," p. 40, n. 17; P. Paschini, *I vicari generali nella diocesi di Aquileia e poi di Udine* (Vittorio Veneto, 1958), pp. 23~25.

2 이 단어 'sbilfoni'에 대해서는 다음을 참고할 것. Sbilfons, 'folleti' in *Il Nuovo Pirona, vocabolario friulano* (Udine, 1935), sub voce.

만, 남자들은 회향 다발밖에 없었습니다."[3]

　이런 이상한 이야기에 당황한 선량한 사제는 즉각 치비달레로 가서 이단 심문관과 주교 대리에게 문의했다. 다시 가스파루토와 우연히 마주친 즈가바리차는 그를 성 프란체스코 수도원으로 데리고 갔다. 이단 심문관 앞에서 가스파루토는 자기가 그런 말을 했음을 아무 망설임 없이 시인했고 그 이상한 밤의 만남에 대해 새로운 세부 사실을 제공했다. "마녀와 마법사, 부랑자 들이 뜨겁게 달아오를 만큼 지쳐 이 놀이를 끝내고 돌아오면서 집 앞을 지날 때 통 속에 차고 맑은 물이 있으면 마시고, 그렇지 않으면 지하실로 가서 와인을 모조리 다 뒤집어놓습니다." 그러니 집 앞에는 언제나 맑은 물을 준비해두어야 한다고 가스파루토는 즈가바리차에게 경고했다.

　사제가 그의 말을 믿지 않자 가스파루토는 심문관과 함께 사제를 그 이상한 모임에 데려가겠다고 제시했다. 부활절 이전에 두 번 그런 모임이 있을 것이며, "일단 약속하면 반드시 가야 한다"는 것이었다. 그리고 그는 브라차노·이아시코·코르몬스·고리치아Gorizia·치비달레에는 그 모임에 참석했던 사람들이 많지만 이름은 밝힐 수 없다고 선언했다. 왜냐하면 "그는 이런 일들을 말했다고 마녀들에게 호되게 맞았기 때문"이라는 것이었다. 당황스럽긴 하지만 가스파루토의 이야기에서 뭔가 의미를 찾으려던 즈가바리차는 당사자인 가스파루토와 비슷한 마녀들이 존재한다, 또는 존재하는 것처럼 보인다는 결론을 내렸다. "그들은 선량하고, 부랑자라고

3　ACAU, S. Uffizio, "Ab anno 1574……," proc. n. 64 cit., c. 1v. 사계재일이란 교회력에서 명한 사흘씩의 단식기간을 말한다. 봄의 대제는 사순절의 첫째 주에, 여름의 대제는 부활 제 8주의 성령 강림 축일에, 가을의 대제는 9월의 셋째 주에, 겨울의 대제는 대림절의 셋째 주에 거행한다.

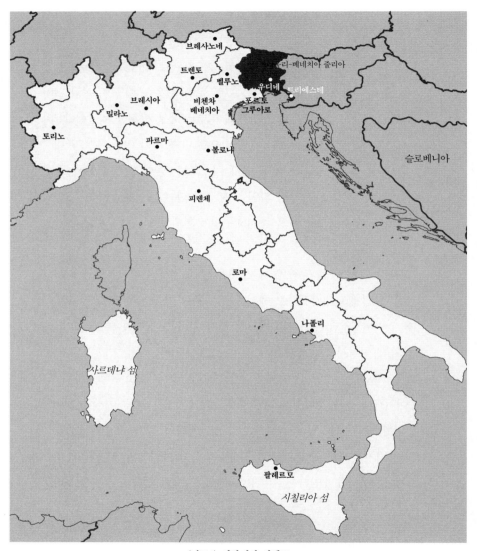

브레사노네

트렌토

벨루노

리-베네치아 줄리아

우디네

토리에스테

브레시아

비첸차
베네치아

포르토
그루아로

밀라노

토리노

파르마

볼로냐

슬로베니아

피렌체

로마

나폴리

사르데냐 섬

팔레르모

시칠리아 섬

〈지도1〉 이탈리아 전체도

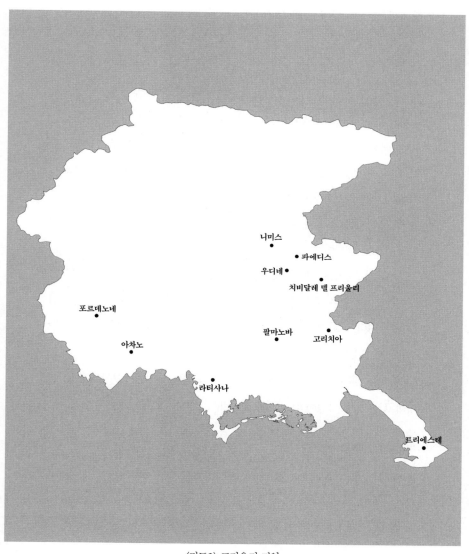

〈지도2〉 프리울리 지역

불리며, 그들 자신의 말로는 베난단티라고 합니다. 다른 마녀들이 죄를 범한다면 그들은 그것을 막습니다."[4]

며칠이 지났다. 4월 7일, 브라차노의 사제는 이단 심문소에 다시 나타나 부활절 다음 월요일 미사를 집전하기 위하여 이아시코에 갔다가 거기에서 가스파루토와 마주쳤다고 보고했다. 미사가 끝난 뒤 그는 평상시처럼 그를 위해 준비된 만찬에 갔다. "식사를 하면서 저는 그 시기에 맞는 주제에 대해 이야기했습니다. 즉 악행을 경계하고 옳고 거룩한 일을 추구하라는 것이었지요." 그러나 평신도회장commissario 자격으로 그 자리에 참석했던 가스파루토가 끼어들어 으레 모이던 사람들이 전날 밤에 했던 일을 묘사했다(그는 부유했던 것이 확실하다. 다른 곳에는 그의 하인들에 대한 언급이 있을 정도이다[5]).

"그들은 배를 타고 큰 물 몇 개를 건넜습니다. 이우드리Iudri[6]강에서 맹렬한 바람이 불어와 파도가 높아지자 그의 동료 한 사람이 겁에 질려 뒤에 처졌습니다. 그들은 멀지 않은 들에서 창싸움도 하고 매번 하던 일들로 바빴습니다." 호기심이 크게 발동한 사제는 자제할 수 없었다. "저는 그를 집으로 데려왔습니다. 그리고 할 수 있다면 최대한 세부 내용을 끌어내려고 그에게 친절하게 대접했습니다." 그러나 그것은 소용이 없었다.[7]

---

4 ACAU, S. Uffizio, "Ab anno 1574……," proc, n. 64 cit., c. 2r. '베난단티'라는 말이 가장 오래된 것으로 보인다. '부오노 안단테'(buono andante)와 같이 간혹 있는 변형을 제외하면, '벨란단티'라는 말도 사용되기 시작했다. 처음에 이 말은 부정확하다고 여겨져 거의 대부분이 '베난단티'로 바뀌었다. 다음을 참고할 것. "Ab anno 1621 usque ad annum 1629 incl. a n. 805 usque ad 848 incl.," proc. n. 815 (1622). "그들 자신의 말로는 베난단티라고 한다"는 말은 책의 여백에 덧붙인 말인데, 같은 사람이 썼다. 이 말은 심문기록을 다시 읽는 과정에서 증인이 삽입했을 것이다.

5 ACAU, "Sententiarum contra reos S. Officii liber primus," c. 97r.

6 나티소네(Natisone)강의 지류인 이우드리오(Iudrio)강을 말한다.

7 ACAU, S. Ufflzio, "Ab mmo 1574……," proc n 64 cit., c. 2v.

즈가바리차의 증언은 파올로 가스파루토에게 치료를 받았지만 병이 낫지는 않았던 소년의 아버지 피에트로 로타로에 의해 확인되었다. 로타로는 아들이 마녀에 들렸다는 생각이 들자 가스파루토에게 호소했다. 왜냐하면 그는 "마녀들과 함께 돌아다니며 베난단티의 한 사람이라고 알려져 있기 때문"[8]이었다. 또한 가스파루토는 밤의 모임에 대해서도 로타로와 길게 이야기를 나눈 적이 있었다.[9]

때로 그들은 한 시골 지역으로 갔다가 때로는 다른 곳으로 갑니다. 그라디스카Gradisca까지 또는 베로나까지도 갔을 겁니다. 그들은 함께 창싸움을 하고 놉니다. 사악한 일을 하는 남자와 여자는 들에서 자라는 수숫대를 사용하고, 베난단티 남자와 여자는 회향 줄기를 사용합니다. 그들은 어느 하루에 날을 잡아 갔다가 또 다음에 가기도 합니다만, 언제나 목요일에 갑니다. 큰 구경거리를 보여줄 때면 그들은 가장 큰 농장에 갑니다. 그런 날은 정해져 있습니다. 마법사와 마녀들이 악행을 하려 할 때면 베난단티가 그들을 쫓아가 훼방을 놓고, 집으로 들어가는 것도 막습니다. 왜냐하면 그들은 통 속에서 맑은 물을 찾지 못하면 지하실로 가서 와인에 오물을 던져넣고 모두 망쳐버리기 때문입니다.

재판관이 요청하자 로타로는 가스파루토가 이 모임에 갔다고 어떻게 말했는지 세세하게 덧붙였다. 뒤에 알게 되겠지만, 이를테면 '영적으로'in spirito 산토끼와 고양이 등등을 타고 갔다는 것이다. 로타로는 치비달레에

---

8 *Ibid.*, c. 3r.
9 *Ibid.*, cc. 3r~v.

조차 그런 '마법사'stregoni가 한 명 있다는 말을 들었는데, 바티스타 모두코Battista Moduco라는 이름의 공판장 경매사가 광장에서 친구들에게 자신이 베난단티이며, '특히 목요일' 밤이면 밖에 나갔다고 공공연히 말했다는 것이다.

다음으로 치비달레의 귀족인 트로이아노 데 아티미스Troiano de'Attimis가 증언을 위해 소환되었다. 그는 광장에서 잡담을 나누던 자신의 처남에게서 "브라차노에도 그런 마법사들이 있으며 여기서 멀지 않은 치비달레에도 한 명이 있다"는 말을 들었다고 시인했다. 그뒤 트로이아노는 근처에서 바티스타 모두코를 발견하고 다음과 같이 물었다.[10]

"당신이 그 마법사의 하나요?" 그는 자신이 베난단티이며 특히 목요일 밤이면 다른 사람들과 밖에 나가 결혼식을 거행하고 춤을 추고 먹고 마시기 위해 어떤 장소에 모인다고 말했지요. 집으로 돌아갈 때 악행을 하는 사람들은 지하실로 가서 술을 마시고는 술통에 오줌을 눕니다. 베난단티가 따라가지 않으면 그들은 와인을 쏟아버린답니다. 그리고 그는 이것과 비슷한 허풍을 많이 떨었지만 나는 믿지 않습니다. 그래서 더는 물어보지 않았지요.

주교 대리 마라코와 심문관 줄리오 다시시는 허풍에 불과하다는 치비달레의 귀족 트로이아노의 조롱 섞인 결론에 동의했던 것이 확실하다. 사실 이 증언 조서를 마지막으로 가스파루토의 누설에 의해 가동되었던 심문은 멈췄다. 그것은 5년 뒤 다른 심문관의 주도로 다시 시작될

---

10 Ibid., c. 4r.

것이었다.

2

이러한 사료는 모호하고 간접적이라 할지라도 16세기 후반 치비달레 부근에 (개인과 사적 영역에 머무르지 않았던) 복합적인 신앙이 실제로 존재했으리라는 것을 확신을 갖고 말할 수 있도록 허용한다. 그 신앙은 다른 방식으로는 기록된 바 없고, 잘 알려진 전통과 기이하게 섞여 있었다. 실로 마녀와 마법사들은 목요일 밤에 모여 '춤추고' '놀고' '결혼하고' 잔치를 벌였다. 그것은 즉각적으로 사바트를 연상시킨다. 악마학자들이 세세하게 묘사하고 법령으로 명문화한 그 사바트를 말하는 것으로서, 이단 심문관들은 최소한 15세기 중엽부터 그것을 박해했다.[11]

그러나 베난단티가 묘사하는 모임과 악마들의 사바트에 대한 민중 전래의 상 사이에는 현격한 차이가 있다. 베난단티의 모임에서는 악마에게 경의를 표하지 않았던 것으로 보이며(실로 그가 그 자리에 있었다는 것에 대한 언급조차 없다), 종교의 포기도 십자가의 유린도 성사의 모독도 없었다.[12] 이러한 모임의 본질은 성격이 모호하긴 하지만 의식儀式이었다. 수

---

11 마법에 대한 박해 및 그에 대한 재판관과 이단 심문관의 태도에 대해서는 앞서 인용한 한젠의 저서들을 참고할 것.

12 델 리오(Del Rio)는 오래된 판결을 요약하면서 사바트에 참석했던 마녀들이 저지른 죄를 "가장 엄청나고 심각하고 흉악한 범죄로서, 여기에는 배교, 이단, 신성모독, 불경, 살인, 게다가 때로는 웃어른 살해. 자연에 어긋나는 귀신과의 교접, 신에 대한 증오와 같은 엄청난 범죄 상황이 동반되는데, 어느 것도 이보다 더 흉악할 수는 없다(crimen enormissimum, gravissimum, atrocissimum, quia in eo concurrunt circumstantiae criminum enormissimorum, apostasiae, haeresis, sacrilegii, blasphemiae, homicidii,

숫대로 무장한 마녀와 마법사들이 회향단으로 무장한 베난단티와 창싸움을 하며 전투를 벌였던 것이다.

이 베난단티는 누구였을까? 한편으로 그들은 마녀와 마법사의 사악한 계획에 반대하며 그들 저주의 희생자들을 치료해주었다고 언명하였다. 다른 한편으로 그들은 적들과 마찬가지로 산토끼나 고양이 등등의 동물을 타고 신비로운 밤의 모임에 참석했다(발설하면 맞는다는 고통 때문에 그들은 그것에 대해 한마디도 말하지 못했다). 이러한 양면성은 그들의 언어에도 반영되었다.

('사악한 일을 하는 남자와 여자'인) 마법사와 마녀와 '베난단티 남자와 여자' 사이의 실제적인 대립은 물론 심각한 차이에 대한 관념은 사실 민중의 차원에서도 파악하기 어려웠던 것으로 보인다. 이렇듯 (처음에 자신이 듣기에 이상하다고 생각했던 말을 '부랑자' 또는 '그들 자신의 말로는 베난단티'라고 거칠게 옮겼던) 즈가바리차 같은 시골 교구의 사제나 방앗간지기 피에트로 로타로는 "베난단티 마녀"라고 말했던 것이다. 그들에게 '베난단티'라는 말은 이미 확실하게 인정된 명사와 연결되었을 때에만 의미를 갖는 형용사였다. 베난단티는 마녀였다. 하지만 사악한 마녀의 악행으로부터 아이들과 집안의 식량을 보존해주려 하는 '선량한' 마녀였다고 즈가바리차는 단언했다. 따라서 처음부터 베난단티는 모순된 모습으로 나타나며, 뒤에 그것은 그들이 살아가는 과정에 심각한 영향을 미친다.

---

immo et parricidii saepe, et concubitus contra naturam cum creatura spirituali, et odii in Deum, quibus nihil potest esse atrocius)고 정의한다. *Disquisitionum magicarum libri sex* (Venetiis, 1652, 초판본은 1599~1600), pp. 493~494.

3

5년 뒤인 1580년 6월 27일, 새로운 이단 심문관 펠리체 다 몬테팔코Felice da Montefalco 수도사[13]는 선임자가 끝내지 않은 사건을 다시 심리하기 시작하여 두 베난단티 가운데 한 명인 파올로 가스파루토를 자기 앞에 소환하였다. 가스파루토는 자기가 왜 소환되어야 하는지 모르겠다고 말했다. 그는 해마다 본당 주임 사제에게서 고해성사를 보고 영성체를 하였다는 것이다. 그는 이아시코에 "사악한 생활을 하는 루터 교도가 있다"는 말을 들은 적이 없다고 했다.[14]

펠리체 수도사가 마녀나 베난단티였던 사람을 알고 있느냐고 묻자 가스파루토는 부정적으로 대답했다. "마녀에 대해 저는 아무것도 모릅니다. 베난단티에 대해서도 모릅니다." 그런 뒤 갑자기 웃음을 터뜨렸다. "아니요, 수도사님, 저는 정말 모릅니다. 저는 베난단티가 아닙니다. 그것은 제 소명이 아니지요." 그러자 심문관은 그에게 질문을 퍼부었다. 피에트로 로타로의 아들을 치료한 적이 있는가? 가스파루토는 로타로가 자기를 불렀지만 자기는 그런 일에 대해 아무것도 모르기 때문에 도울 수가 없었다고 대답했다. 선임 심문관과 이아시코의 사제에게 베난단티에 대해 말한 적이 있는가? 가스파루토는 처음에는 부인했지만, 나중에는 마녀와 싸우는 꿈을 꾼 적이 있다는 말을 했다고 웃으며 시인했다.

그러나 5년 전 대화의 내용을 상기시키며 끊임없이 질문하는 심문관 앞에서 그는 반복하여 부인하며 너털웃음을 터뜨렸다. 마침내 수도사가

---

13 다음 자료도 참고할 것. *Annales Minorum*……, t. XXIII, 2nd ed. (Clara Aquas, 1934), p. 107.

14 ACAU, S. Uffizio, "Ab anno 1574……," proc. n. 64 cit., c. 4v.

물었다. "당신은 왜 그렇게 많이 웃습니까?" 가스파루토는 예상치 못한 대답을 했다. "그런 일들은 심문할 일이 아니기 때문이지요. 그것은 신의 의지에 어긋납니다."[15] 더욱더 당황한 심문관은 집요하게 물었다. "이런 일에 대해 심문하는 것이 왜 신의 의지에 어긋납니까?" 이 베난단티는 그제야 자신이 지나쳤다는 것을 깨달았다. 그는 "제가 알지 못하는 것을 질문하시기 때문이지요"라고 대답하며 다시 부인하기 시작했다.

질문은 계속되었다. 마녀들과 싸운 밤의 전투에 대해 말한 적이 있는가? 즈가바리차와 심문관을 그곳에 초대한 적이 있는가? 가스파루토는 눈을 감은 채 아무것도 기억하지 못한다고 완강하게 주장했다. 펠리체 수도사가 그를 대신하여 마녀와 베난단티가 그들의 놀이에서 탈진해 돌아온 일, 집에서 물을 찾지 못하면 지하실로 내려가 '와인에 오줌을 누어 망친' 일 등에 대해 했던 말을 상기시키자 가스파루토는 조롱조의 웃음과 함께 "대단한 세상이군요"라고 탄식했다. 그러나 그의 침묵을 깰 방도는 없었다. 펠리체 수도사는 진실을 말한다면 용서하고 자비를 베풀겠다고 약속했으나 허사였다. 여기에서 심문이 끝나고 가스파루토는 수감되었다.

4

같은 날 다른 베난단티인 공판장 경매사 바티스타 모두코도 심문을 받았다. 그는 감바 세쿠라(Gamba Secura: 튼튼한 다리)라는 별명을 갖고 있

---

15 *Ibid.*, cc. 4v-5r.

었다. 트리비냐노Trivignano에서 태어나 지난 30년을 치비달레에서 살았다. 그 역시 정기적으로 고해성사를 받고 영성체를 했으며 이단자에 대해서는 전혀 모른다고 단언했다. 그러나 마녀와 베난단티에 대해 물었을 때 그는 조용히 대답했다. "마녀가 있는지는 알지 못합니다. 베난단티는 저밖에 없습니다."[16] 펠리체 수도사는 즉시 "'베난단티'라는 단어는 무슨 뜻입니까?"라고 물었다. 그러나 모두코는 자신의 성급한 대답을 후회한 듯, 그 문제를 농담으로 치부하려 하였다. "저는 돈을 잘 지불하는 사람을 베난단티라고 부릅니다. 그런 사람들에게 저는 기꺼이 갑니다"(베난단티라는 단어에는 '잘 간다'는 의미도 있다-옮긴이).

그렇지만 마침내 그는 여러 사람에게 자신이 베난단티라고 말했음을 인정하고 이렇게 덧붙였다. "다른 사람들에 대해서는 말할 수 없습니다. 저는 신의 뜻에 어긋나고 싶지 않기 때문입니다." (여기에서 우리는 모두코와 가스파루토가 서로 알고 있었는지, 또는 만난 적이 있는지 아무런 증거를 갖고 있지 않다는 사실에 주목해야 한다.) 모두코는 자신에 대해 스스럼없이 이렇게 말했다.

저는 베난단티입니다. 왜냐하면 1년에 네 번 사계재일 때 밤마다 싸우러 다른 사람들과 함께 나가기 때문입니다. 저는 보이지 않게 영적으로만 가고 육체는 남아 있습니다. 우리는 그리스도를 받들기 위해 나가며, 마녀들은 악마를 받듭니다. 우리는 서로 싸웁니다. 우리는 회향단으로 싸우고 그들은 수숫대로 싸웁니다.

---

16 *Ibid.*, c. 5v.

많은 점에서 마녀와 닮았지만, 바로 그 마녀에 대항하여 기독교 신앙의 옹호자로서 행동한다는 베난단티에 대한 심문관의 당혹감은 상상하기 어렵지 않다. 그러나 모두코의 말은 아직 끝나지 않았다. "우리가 이기면 그해에는 풍년이 듭니다. 하지만 우리가 지면 흉년이 됩니다." 나중에 그는 여기에 대해 이렇게 밝혔다.[17]

싸울 때 우리는 한 번은 밀을 놓고 다른 한 번은 다른 곡식을 놓고 또 한 번은 가축을 놓고 또다른 때에는 포도밭을 놓고 싸웁니다. 그렇게 네 번에 걸쳐 우리는 땅 위의 모든 과실을 놓고 싸웁니다. 베난단티가 이긴 것은 그해에 풍년이 듭니다.

이렇듯 우리는 베난단티의 밤의 만남의 핵심에서 한 해 농사의 중요 일정에 정확하게 맞추어진 풍요제가 떠오르고 있는 것을 볼 수 있다.

모두코는 8년이 넘도록 자신은 베난단티의 부대compagnia에 속하지 않았다고 덧붙였다. "스무 살 때 들어갔다가 원한다면 마흔 살에 나올 수 있습니다." 이 '부대'의 구성원은 모두가 "막을 쓰고 태어났고nati vestiti, 스무 살에 이르면 군인들처럼 북소리로 소집되는데 그들은 응해야만 합니다". 펠리체 수도사가 말을 끊으며 이 베난단티를 곤경에 빠뜨리려 했다. "막을 쓰고 태어났지만 그럼에도 부랑자가 아닌 수많은 사람들은 어떻게 알 수 있습니까?" (우리는 이 수도사가 마치 거리를 유지하려는 듯 자신에게 낯선 민중의 용어를 사용하지 않으려는 것을 알 수 있다.)

그러나 모두코는 동요하지 않고 잘라 말했다. "저는 막을 쓰고 태어난

---

17 *Ibid.*, cc. 5v-6r.

사람 모두가 가야 한다고 말씀드렸습니다." 심문관은 이 모든 것이 믿어지지 않아서 이 '종교단체'professione에 가입하는 것과 관련된 사실을 알고자 했다. 모두코는 "영혼이 육체를 떠나 떠돌아다니는 것 외에는 아무 일도 하지 않습니다"라고 간단히 대답했다.

이 베난단티의 대답은 펠리체 수도사의 마음에 심각한 의문을 불러일으켰다. 그는 물었다. "당신들을 소집하는 사람은 누구요? 신이요, 천사요, 인간이요, 아니면 악마요?" 모두코가 대답했다. "그는 우리와 같은 인간입니다. 우리보다 위에 있고, 북을 울려서 우리를 부릅니다." 그리고 또다른 질문에 대해 이렇게 덧붙였다. "우리는 수가 많습니다. 때로는 5천명이 넘기도 합니다. 같은 마을에 있는 사람들은 서로 알기도 하고, 다른 사람들은 모릅니다."

심문관은 단념하지 않았다. "그 사람을 당신보다 위에 위치시킨 사람은 누구입니까?" 모두코가 말했다. "저는 모릅니다. 그렇지만 우리는 그리스도에 대한 신앙을 위해 싸우기 때문에 그도 신이 보냈을 것이라고 믿습니다." 대장capitano에 대해서는 "그는 마흔 살이 될 때까지 또는 포기할 때까지 부대의 대장입니다. 그는 쾰른에서 왔고, 스물여덟 살이며, 키가 아주 크고, 수염이 붉으며, 안색은 창백하고, 귀족 출신인데 아내가 있습니다"라고 했고, 그의 기장insegna은 하얗고, "군기, 즉 위에 들고 다니는 문장traversa은 검습니다"라고 했다. 그리고 이렇게 덧붙였다. "우리의 기수는 사자가 그려진 하얀 능직 비단에 금박을 한 깃발을 들고 다닙니다." 반면 "마녀들의 깃발은 네 명의 검은 악마가 그려진 붉은 비단에 금박을 입힌 것"이고, 그들의 대장은 "수염이 검고 몸집이 크고 키가 크며, 독일 출신"이라고 했다. 그들은 아차노Azzano 지역이나 쿠니아노Cuniano 부근과 같은 여러 지역은 물론, 때로는 "치르기니스Cirghinis 근처 들판의 독일 땅"에도 싸우러 갔다.

하지만 심문관은 여전히 다른 세부 사실을 원했고, 특히 다른 베난단티의 이름을 알려고 했다. 모두코는 거부했다. "저는 부대원 전체에게 매맞습니다." 그는 마녀들의 이름도 밝히기를 거부했다.[18] 펠리체 수도사는 집요했다. "신을 위하여 싸운다고 말하려면 그 마녀들의 이름을 내게 말하기 바랍니다." 그러나 모두코는 완강했다. 그는 "친구건 적이건" 누구라도 고발할 수 없다고 선언했다. "왜냐하면 우리에게는 어떤 편에 대해서건 비밀을 누설하지 않도록 한 군령이 있기 때문입니다. 이 계율은 우리가 복종해야만 하는 양쪽 대장이 만든 것입니다."

수도사의 반론이 있었다. "그것은 변명에 불과합니다. 당신은 더이상 거기에 속하지 않기 때문에 복종할 필요가 없습니다. 그러니 그 마녀들이 누군지 내게 말하시오." 그런 다음에야 마침내 모두코는 굴복하여 두 이름을 댔다. 그중 하나는 가축에게서 젖이 나오지 않도록 만들었다는 여인의 이름이었다. 모두코의 심문은 여기에서 끝났다. 펠리체 수도사가 그를 방면한 것으로 보아 이단 심문소에서 보기에 그의 대답이 그를 나쁜 처지로 내몰 정도로 나쁜 것은 아니었음이 확실하다.

5

6월 28일 파올로 가스파루토는 두번째 심문을 받았다. 감옥에서 지낸 하루가 그에게 고집스럽게 부인해봐야 쓸데없다는 확신을 주었다. 그리

---

18 *Ibid.,* cc. 6r-v.

하여 그는 베로나의 베난단티 대장에게 소집되어 스물여덟 살에 베난단티 부대에 가입했고, 10년간 거기에 머물렀다가 4년 전에 빠져나왔다고 밝혔다.[19] 심문관은 물었다. "왜 어제는 이것을 말하지 않았습니까?" 가스파루토가 대답했다. "저는 마녀들이 무서웠습니다. 잘 때 저를 공격하여 죽일 것 같았습니다."

그렇지만 "처음에 갔을 때 당신은 베난단티와 함께 간다는 것을 알고 있었습니까?"라는 수도사의 새로운 질문에 대해서는 길게 대답했다. "네, 수도사님. 처음에 저는 비첸차Vicenza의 베난단티에게서 경고를 받았기 때문이지요. 그의 이름은 밥티스타 비센티노Baptista Visentino이고, 서른다섯 살이며, 키가 크고, 둥글고 검은 수염이 있었고, 인상이 좋은 농부였습니다. 밥티스타는 모월 크리스마스 사계재일 기간에 목요일 밤 네 시쯤 첫 잠이 들었을 때 모습을 보였습니다." 그리고 모두코의 심문에서 본 바 있었지만 여기에서 베난단티 의식儀式의 바닥에 깔려 있는 동기가 아주 명확하게 다시 나타난다. "그는 베난단티의 대장이 수확물을 위해 싸우라고 저를 소집했다고 말했습니다. 그리고 저는 대답했습니다. '수확물을 위해 나가겠습니다.'"

펠리체 수도사가 반문했다. "당신이 잠들었다면 어떻게 그에게 대답하고 어떻게 그의 목소리를 들을 수 있었습니까?" 가스파루토는 이렇게 설명했다.

"제 영혼이 그에게 대답했습니다." 그리고 밖에 나간 것도 그의 영혼이라고 덧붙였다. "그리고 만일 우리 영혼이 나갔을 때 누가 불

---

19 *Ibid.*, cc. 6v-7r.

을 갖고 와서 육체를 오랫동안 바라보면, 영혼은 그날 밤 주변에 아무도 보는 사람이 없을 때까지 육체에 다시 들어가지 못합니다. 그리고 만일 죽은 것처럼 보이는 육체를 묻어버린다면, 영혼은 그 육체가 죽기로 정해진 시간까지 세상을 떠돌아다닙니다."

그러자 심문관은 그날 밤 이전부터 바티스타 비첸티노Battista Vicen-tino(가스파루토가 말하는 밥티스타 비센티노와 같은 인물로, 가스파루토가 잘 못 말한 이름을 기록에 그대로 옮긴 것으로 보인다-옮긴이)를 알고 있었냐고 물었다. "아니요, 수도사님." 가스파루토가 평정을 잃지 않고 대답했다. "하지만 사람들은 누가 베난단티인지 압니다." "누가 베난단티인지 어떻게 알지요?" "베난단티의 대장이 압니다."[20]

여기에서 가스파루토는 자신이 속한 베난단티 무리에 대해 설명하기 시작했다. (그것은 모두코의 설명과 미세한 차이밖에 없다.) "우리는 겨우 여섯 명입니다. 우리는 가막살나무 가지로 싸웁니다. 그것은 기도 성일 행진 때 십자가 뒤에 들고 가는 막대기를 말합니다. 그리고 우리는 금박을 입힌 하얀 비단 깃발을 들고, 마녀들은 네 명의 악마가 그려진 노란 깃발을 듭니다."[21] 그는 그들이 싸우러 베로나와 그라디스카 부근 지역으로 간다고 덧붙였다. ("어디로 가는지 어떻게 알지요?"라는) 심문관의 질문에는 "사계재일 이전에 베난단티와 마녀가 서로 도전을 하고 장소를 정합니다" 라고 설명하였다.

다음으로 이러한 '놀이'에 누구를 데려가기로 약속한 적이 있느냐는

---

20 *Ibid.*, cc. 7r-v.

21 기도 성일의 행진에 대해서는 다음을 참고할 것. V. Ostermann, *La Vita in Friuli*, I, pp. 129ff.

수도사의 질문에는 화를 내다시피 곧장 대답했다. "네, 전임 심문관님이요. 그분이 오셨더라면, 지금 저를 심문하시지 않을 텐데." 그들의 대장은 베로나 출신이었다. "저는 그의 이름을 모릅니다. 그는 보통 키의 농부인데, 붉은 수염에 통통하고 서른 살쯤 먹었다고 생각합니다." 가스파루토는 그가 어떻게 대장이 되었는지는 알지 못했다.

모두코의 이야기와 마찬가지로 가스파루토의 이야기도 두 명의 마녀에 대한 고발로 끝났다. 하나는 고리치아 출신이고 다른 하나는 카포디스트리아Capodistria 부근의 키안스Chians 마을 출신이었다. 심문관은 만족한 듯하여 가스파루토를 방면했다. 그리고 20일 이내에 다시 출두하라고 명령했다. 하지만 이번 장소는 치비달레가 아니라 우디네에 있는 성 프란체스코 수도원이었다.

6

위에 설명한 심문 조서는 6월 28일에 있었던 일이다. 9월 24일, 심문관은 우디네로 오라는 약속을 지키지 않은 가스파루토를 소환해 감옥에 가두었다(가스파루토는 후에 아팠다고 변명했다). 이틀 뒤 그에 대한 심문이 재개되었다.

지금까지 모두코와 가스파루토의 진술은 거의 완벽하게 일치했다. 그러나 이제 차이가 나타났다. 가스파루토는 새로운 요인을 도입시킴으로써 자백의 핵심 내용 하나를 바꿨다.

그는 심문 초에 "저는 진실을 말해야 한다고 생각하게 되었습니다"라고 선언했다. 심문관은 그의 자백 중에서 가장 중요한 신학적 논점을 침해한 부분을 다시 물었다. "누가 당신을 이 베난단티 무리로 인도했습니까?" 이에 대해 가스파루토는 뜻밖의 대답을 했다. "신의 천사입니다. 밤중에 내 집에서 아마도 네 시쯤 첫잠이 들었을 때 제단에 있는 것처럼 금으로 된 천사가 제 앞에 나타나 저를 불렀고 제 영혼이 나갔습니다. 그는 제 이름을 부르면서 이렇게 말했습니다. '파올로, 나는 너를 베난단티로 파견하니, 수확물을 위해 싸워야 할 것이다.' 저는 대답했습니다. '가겠습니다. 저는 순종합니다.'"[22]

이 변화를 어떻게 해석해야 할까? 언뜻 보기에 심문이 길어지고 다시 투옥되는 지경에 이르자 가스파루토가 자신의 '종교단체'가 갖는 기독교의 명분에 더 큰 비중을 둠으로써 이단 심문소의 손아귀에서 벗어나려고 시도한 것이라는 추측이 그럴듯해 보인다. 아마도 천사라는 존재를 도입시킴으로써 그렇게 할 수 있다고 생각했지만, 그는 자신의 시도가 상황을 더 악화시킬 수 있음을 알지 못했으리라는 것이다.

그러나 두 가지 사실을 염두에 두어야 한다. 첫째는 (가스파루토가 언급하였던) 베난단티의 모임에 참석했던 천사와 훗날 1618~1619년과 1621년의 두 번의 심문[23]에 잠시 다시 나올 천사에 대한 세세한 묘사이고, 둘째는 가스파루토가 감옥으로 돌아간 뒤 모두코에게 천사에 대해 털어놓았다는 사실이다. 이것은 가스파루토가 자신을 방어하기 위해 스스로 날조한 즉흥적인 이야기라는 가설의 신빙성을 떨어뜨린다. 가스파루토가 처음 자백에서 천사의 모습에 관한 세부 사실에 대해 침묵을 지켰던 이유는 그에 내재하는 위험을 틀림없이 알아차렸기 때문이라고 추정하는 것이 전반적으로 사리에 맞는다.

---

22 ACAU, S. Uffizio, "Ab anno 1574……," proc. n. 64 cit., c. 8r.

23 이 책 225쪽, 254~255쪽을 참고할 것.

가스파루토가 '금으로 된' 천사의 출현에 대한 이야기를 채 끝내기도 전에 심문관이 돌발적으로 유도신문을 던졌다. "천사는 당신한테 무얼 약속했소? 여자, 음식, 춤 그리고 또 뭐가 있지요?" 가스파루토가 천사를 언급한 것만으로도 펠리체 수도사는 베난단티의 '놀이'가 근본적으로 갖는 악마적인 성격은 물론 그것과 사바트의 동질성을 확신하기에 충분했다. 가스파루토는 딱 잘라 그것을 부인했고, 적인 마녀들에게 혐의를 돌림으로써 스스로를 변호했다. "천사는 제게 아무것도 약속하지 않았습니다. 그렇지만 다른 자들은 춤추고 날뛰었습니다. 우리가 그들과 싸웠기 때문에 저는 그것을 봤습니다."

이제 심문관은 가스파루토의 이야기에서 또다른 핵심을 공격했다. "천사가 당신을 소집했을 때 당신의 영혼은 어디로 갔습니까?" 가스파루토는 대답했다. "영혼은 육체 안에서 말을 하지 못하기 때문에 나왔습니다." 이제 질의응답이 면밀하게 이어졌다. "영혼이 천사와 말을 하려면 나와야 한다고 말한 사람은 누구입니까?" "천사가 직접 제게 말했습니다." "이 천사를 몇 번이나 봤습니까?" "갈 때마다 봤습니다. 언제나 저와 함께 갔으니까요." 잠깐 뒤에 그는 덧붙였다. "그는 깃발 옆에 손수 서 있었습니다."[24]

심문관이 설명을 요청하기 위해 잠깐씩 개입하긴 했지만, 지금까지 우리가 본 것은 가스파루토의 독백과 다름없었다. 밤의 '놀이'에 대한 베난단티의 이야기가 좀 의심스럽기는 해도 최소한 전통적인 악마학의 구도에서 벗어나지 않는 한, 단지 당황스러운 사실에 불과한 한, 펠리체 수도사는 가벼운 훈계와 초연한 호기심이 혼합된 수동적인 태도를 유지했다.

---

24 ACAU, S. Uffizio, "Ab anno 1574……," proc. n. 64 cit., cc. 8r-v.

그러나 가스파루토가 예기치 못하게 제공한 돌파구와 함께 심문의 기법은 바뀌어 노골적으로 유도신문이 되었다. 이제 심문관은 무슨 수를 써서라도 베난단티의 자백을 기존의 틀인 사바트에 맞추려고 노력하였다.

첫번째로 그는 교묘하게 천사에게 악마의 속성을 부여하였다. "천사가 당신 앞에 나타나거나 떠날 때 당신에게 두려움을 줍니까?" 가스파루토는 완강하게 대답했다. "그는 결코 우리를 두렵게 하지 않습니다. 다만 우리가 헤어질 때 축도를 해줄 뿐입니다." "이 천사는 찬미받기를 요구합니까?" "네, 우리는 성당에서 우리 주 예수그리스도를 찬미하듯 그를 찬미합니다."

이 시점에서 펠리체 수도사는 주제를 바꾸었다. "이 천사는 아름다운 왕좌에 앉아 있는 다른 천사에게로 당신을 데려갔습니까?" 말할 필요조차 없지만 가스파루토의 이야기에는 악마나 왕좌에 대한 언급이 없었다. 이번에도 대답은 신속했고 화난 기미가 있었다. "하지만 그는 우리의 부대가 아닙니다. 우리를 그 그릇된 적과 연관시키다니! 아름다운 왕좌를 가진 자는 마녀들입니다."

심문관은 집요했다. "그 아름다운 왕좌 옆에서 마녀를 본 적이 있습니까?" 가스파루토는 손을 내저으면서 자신이 심문관의 함정에 빠졌음을 느꼈다. "아니요, 우리는 싸웠을 뿐입니다." 펠리체 수도사는 무자비했다. "어느 쪽이 더 아름다운 천사요? 당신들의 천사요, 아니면 아름다운 왕좌에 앉은 천사요?" 그러자 가스파루토는 좌절 속에서 모순을 드러냈다. "그런 왕좌를 본 적이 없다고 말씀드리지 않았습니까? 우리 천사는 아름답고 하얀 반면, 그들의 천사는 검고 악마입니다."[25]

---

25 *Ibid.*, 64 cit., c. 8v.

7

이제 심문은 막바지에 가까워지고 있었다. 전반적으로 심문관은 가스파루토의 증언을 자신의 관념과 신학적 선입관에 끼워맞출 수 있었다. 베난단티와 마녀의 모임은 사바트에 불과했으며, 신의 가호를 받으면서 천사의 지휘와 보호 아래 싸운다고 잘못 선언한 베난단티의 '부대'는 악마적이었다는 것이다. 심문관의 질문에 압박을 받아 가스파루토의 자신감은 동요하는 것처럼 보였고, 그의 신앙의 실체가 갑자기 바뀌어 그의 손에서 빠져나가는 것 같았다.

며칠 뒤 그는 다시 펠리체 수도사 앞에서 선언했다. "저는 그 천사의 환영이 실로 저를 유혹하는 악마였다고 믿습니다. 악마가 천사로 둔갑할 수 있다고 당신이 말씀해주셨기 때문이지요." 똑같은 일이 10월 2일 모두코의 심문에서도 일어났다. "감옥에 있는 제 친구로부터 천사가 그에게 나타났다는 말을 들은 이후로 저는 그게 악마가 아닐까 생각하게 되었습니다. 왜냐하면 우리 주는 영혼을 육체에서 빠지도록 인도하는 것이 아니라 단지 선한 자극을 주기 위해 천사를 파견하시기 때문입니다."[26]

그들은 진심으로 이렇게 물러선 것일까? 확실히 말하기는 불가능하다. 중요한 것은 두 명의 베난단티가 믿음의 동요를 보여주었고 심문관의 주장에 따라 그의 정신세계와 신학세계를 자신들에게 병합시켰던 것처럼, 이 심문과정에서 일어났던 일들이 반세기를 넘어 점차 스스로를 규정하려 하던 신앙의 일반적인 전개상황을 요약하며 예견했다는 것이다.

그러나 태곳적 신앙은 그리 쉽게 붕괴하지 않는다. 이제 모두코는 그

---

26 *Ibid.*, c. 9v. 여기에서 가스파루토가 모두코에게 영향을 준 것이 이 두 베난단티의 자백 사이의 전반적인 일치를 설명해주지 못한다는 것은 말할 필요도 없다.

가 본 환영의 본질이 악마였음을 확신한다고 단언했다. 하지만 그는 말 조심을 하고 있었다 할지라도 자신이 명확한 사실이라고 생각했던 것을 다시 확인하지 않을 수 없었다.[27]

인간의 형상을 했지만 잘 보이지 않는 그 무엇이 자고 있는 제게 나타났습니다. 저는 자고 있다고 생각했지만 잔 것이 아니었습니다. 그는 트리비냐노 출신인 것 같았습니다. 저는 목에 제가 태어날 때 쓰고 나왔던 막camisciola이 있기 때문에 "너에게는 나와 같은 것이 있으니 나와 함께 가야 한다"는 말을 들었다고 생각했습니다. 저는 가야 한다면 가겠지만 신을 떠나기는 싫다고 말했습니다. 이것은 신의 일이라고 그가 말했기 때문에 저는 스물둘이나 스물셋이 되었을 때 갔습니다.

베난단티만의 특수한 징표라고 말한 바 있었던 '막'에 대해서 모두코는 언제나 목에 그것을 감고 있었다고 말했다. 그것을 잃은 뒤 그는 밤에 나가지 않았다. "막을 갖고 있지만 쓰지 않은 사람은 나가지 않기 때문이지요."

이 시점에서 약간의 논쟁 끝에 펠리체 수도사는 질질 끌지 않고 갑자기 확고하게 심문을 장악했다. "당신은 마녀들이 거기에서 무얼 하는지 보았습니까?" 이것은 전에 가스파루토에게 사용하여 성공을 거두었던 수법으로서, 모두코가 베난단티 모임이 악마의 사바트였음을 인정하게 강요하는 것이었다. 그리고 수숫대로 무장한 마녀들이 악마를 위해 싸

---

27 *Ibid.*, cc. 9v-10r.

운다[28]고 이미 모두코가 단언했던 사실이 이렇게 오해하기 쉽도록 만들었다.

그러나 모두코는 이 함정을 피해갔다. "아닙니다. 우리가 그들과 싸우는 사계재일 때를 제외하고는 본 적이 없습니다. 하지만 그들은 목요일에도 나가지요. 마녀들은 사람을 해치려고 목요일마다 나갑니다. 누가 그들을 불러내는지 저는 모릅니다." 그리고 덧붙였다. "마녀들은 엄숙하게 검은 옷을 입고 목에 사슬을 감은 그들의 주인에게 경의를 표하고 기도합니다. 그의 앞에서는 무릎을 꿇어야 합니다." 심문관의 다음 질문은 예상할 수 있는 것이었다. "당신들 베난단티도 대장 앞에 무릎을 꿇습니까?" 모두코는 군인다운 자존심을 갖고 대답했다. "아닙니다. 우리는 군인이 대장한테 하듯 모자로 경의를 표할 뿐입니다."

질의응답이 한 차례 더 있었다. "마녀들이 꿇어앉은 다음 다른 놀이를 합니까?" "수도사님, 전 보지 못했습니다. 그들이 먼 곳으로 갔으니까요." 그러자 펠리체 수도사는 더이상 자제하지 못하고 외쳤다. "어떻게 당신은 그것이 신의 일이라고 믿을 수 있단 말입니까? 인간에게는 보이지 않게 만들 능력도 영혼을 이끌고 갈 능력도 없으며, 신의 일은 비밀리에 수행되는 것이 아닙니다." 이것은 맹렬한 정면공격이었다.

모두코는 방어를 시도하기보다는 변명을 찾았다. "그가 저에게 '일어나라, 바티스타'라고 애걸을 했습니다. 저는 잠든 것 같기도 하고 아닌 것 같기도 했습니다. 그가 저보다 나이가 많았기 때문에 그의 말을 따르는 것이 온당하다고 생각했습니다." 그러나 그는 자신의 과오를 인정했다. "네, 수도사님, 이제 저는 가스파루토가 자신의 천사에 대해 말한 다

---

28 이 책 57쪽을 볼 것.

음부터 그것이 악마의 일이었다고 믿고 있습니다." 하지만 그는 베난단티 모임의 성격이 정통적이고 경건하기까지 하다는 주장을 완강하게 고수하지 않을 수 없었다.[29]

처음으로 제가 소집되었을 때 대장이 제 손을 잡고 "당신은 착한 하인이 되겠습니까?" 하고 물었고 저는 "네"라고 대답했습니다. 그는 저에게 아무 보상도 약속하지 않았습니다. 다만 제가 신의 일을 수행하고 있으며, 제가 죽으면 천국에 갈 것이라고 말했을 뿐입니다. 그때 우리는 특히 그리스도의 이름이나 성모마리아의 이름 또는 어떤 특정 성인의 이름도 말하지 않았습니다. 어느 누구도 십자가를 긋거나 십자가 표시를 하지도 않았습니다. 그러나 진실로 그들은 신과 성인에 대해 일반적으로 말했습니다. 이렇게 말이지요. "신과 성인이 우리와 함께하기를." 하지만 아무 이름도 말하지 않았습니다.

그는 심문관의 유도신문에 넘어갔는지 즉흥적으로 이렇게 덧붙였다. "부대를 기다리면서 우리는 아무것도 하지 않았지요. 우리는 먹지도 마시지도 않았습니다. 그렇지만 집으로 오면서 저는 방패가 있었으면 했습니다. 지하실 와인 저장고에서 마실 때마다 갈라진 틈으로 들어가 술통 위에 올라가야 하니까요. 우리는 대롱으로 마셨고 마녀들도 그랬습니다. 하지만 마녀들은 마신 다음 술통에 오줌을 눴습니다." 심문관은 아마도 이런 엉뚱한 이야기에 화가 났는지 말을 그치게 하고 이러한 밤의 놀

---

29 ACAU, S. Uffizio, "Ab anno 1574……," proc. n. 64 cit, c. 11r.

이를 고해사에게 말하지 않았던 것에 대해 꾸짖었다. 모두코는 놀라움과 분노가 뒤섞인 대답을 했다. "수도사님, 단 두어 가지 말했다고 옆구리와 등과 팔에 멍이 들도록 맞았다고 말씀드리지 않았나요? 그게 제가 고해사에게 절대로 말하지 않았던 이유입니다."

8

심문은 이단 심문소에서 소환하면 언제라도 다시 출두해야 한다는 명령과 함께 두 명의 베난단티를 석방하는 것으로 끝났다. 주교 대리와 치비달레의 평신도회장 사이의 사법권 충돌 문제 때문에 그 둘에 대한 판결은 1년이 넘게 지체되었다.[30] 실제로 심문관이 모두코와 가스파루토에게

---

30 치비달레의 행정관(provveditore)은 십인 평의회(Consiglio dei Dieci)에서 권한을 위임받은 것에 힘입어 치비달레의 시민이 연루된 이단 재판(이 경우에는 "베난단티에 대해 행해진 재판")의 판결이 우디네에서 이루어져야 한다는 것을 프리울리주의 지사(luogotenente) 앞에서 거부하였다. 이것이 주교 대리 파올로 비산치오(Paolo Bisanzio)가 1581년 1월 11일 주교에게 보낸 편지의 요점이다(다음을 참고할 것. P. Paschini, *I vicari generali* pp. 26~27). 주교는 자신의 주장을 명확히 했다. 그리하여 2월 18일 비산치오는 치비달레의 행정관에게 경고의 편지를 보냈다. 그것은 "이와 비슷한 경우에 법정을 분할하여 법정 안에 법정을 두고 비슷한 일 때문에 주의 여러 곳으로 주교가 돌아다녀야 한다는 것"은 불편하다는 내용이었다(BCAU, ms. 105: "Bisanzio: Lettere dal 1577 sino al 1585," 18세기의 사본, cc. 93r-94r-v, 95v).

그러나 결국 승리를 거둔 것은 행정관이었다. 1581년 2월 29일 주교는 로마에서 베네치아의 심문관들에게 치비달레의 예를 따라 카르니아(Carnia)와 카도레(Cadore)처럼 더 먼 지역에서 독립적인 이단 심문소의 창설을 요구하지 말라고 경고했으나 허사였다(ASV, S. Uffizio, b. 162). 그와 비슷하게 3월 8일 비산치오가 베네치아의 심문관들에게 보낸 편지도 효과가 없었다. 그 내용은 이단 심문소의 법정이 교구에서 교구로 옮겨간다면 이런 재판에 필요한 '비밀성'이 보장될 수 없다는 것이었다(BCAU, ms. 105: "Bisanzio: Lettere……," cc. 98v-99r). 다음 저서는 치비달레와 우디네 사이의 지속적인 경쟁관계에 대해 언급하고 있다. A. Ventura, *Nobiltà e popolo nella società veneta del '400 e '500* (Bari, 1964), pp. 190

'판결을 듣기 위해'ad audiendam sententiam 치비달레에 있는 성 프란체스코 성

당에 출두하라는 명령을 전달한 것은 1581년 11월 26일이었다.

판결문에는 두 베난단티의 자백에 연관된 이단[31]이 세세하게 열거되

~191.

31 교회 당국에서 마술과 마법을 '이단'으로 취급하는 경향은 서서히 발전했다. 1258
년 12월 13일의 교서에서 교황 알렉산데르 4세는 이단적 타락을 다루는 심문관이 "명
백한 이단임을 알지 못하는 한"(manifeste haeresim saperent) "점과 예언에 관한"(de
divinationibus et sortilegiis) 범죄의 판결을 내릴 수 없다고 확언했다. J. Hansen, *Quellen
und Untersuchungen zur Geschichte des Hexenwahns und der Hexenverfolgung
im Mittelalter* (Bonn, 1901), p. 1. 이것은 비교적 느슨한 법령이며 따라서 널리 퍼지고 있는
마법이나 미신적인 관행과 관련되어 있음은 물론 이미 만연한 경향을 제어하지 못했다.
두 세기가 지난 뒤 교황 니콜라스 5세는 1451년 8월 1일 프랑스의 이단 재판소장 위고 르
누아르(Hugo Lenoir)에게 보낸 교서에서 "명백히 이단임을 알지 못한다 할지라도 신성모독
자와 점술가들을"(sacrilegos et divinatores, etiam si haeresim non sapiant manifeste) 추적
하여 처벌하라고 훈계했다(*Ibid.*, p. 19). 이것은 심문관들에게 단순한 미신과 관련된 사안
에서 월권을 할 가능성을 부여하였고, 실제로 그런 많은 사례가 있었다. (많은 장소에서 결
정적인 요인은 이단 심문관과 세속계의 재판관 사이의 관계였던 것이 확실하다. 예컨대 14
세기 말 파리에서 마녀재판의 사법권을 얻은 것은 세속계의 재판관이었다. 다음을 참고할
것. J. Hansen, *Zauberwahn, Inquisition und Hexenprozess im Mittelalter und die
Enstehung der grossen Hexenverfolgung* (München & Leipzig, 1900), p. 363, n. 3.)
그후로 사바트, 악마 찬미, 성사의 모독과 관련된 마녀의 자백은 '홀린 자들의 이단'(haeresis
fascinariorum: N. Jacquier) 또는 '마녀들의 이단어'(haeresis strigatus: B. Spina)라는 표제
아래 목록화되어 있다. 코모(Como) 교구의 첸드레(Cendre) 주민인 조안니나(Gionnina)가
1579년 2월 8일에 행한 철회 선서를 보자. "저는 제가 몇 년 동안 빠져 있던 마녀들의 이단,
우상숭배와 배교 집단을 포기하고 거부하고 탈퇴합니다. 저는 또한 제가 했던 것처럼 악마
를 숭배해야 하고 제물을 바쳐야 한다는 이단도 포기하고 거부하고 철회합니다. 덧붙여서,
저는 우리의 신앙을 포기해야 한다고 단언하는 불신과 배교의 이단도 철회합니다." TCLD,
ms. 1225, s. II, vol. 2, cc. 35r-v.
이러한 철회 선서가 불가능할 때에는 모데나(Modena)의 마녀 아나스타시아 라 프라포나
(Anastasia la Frappona)에 대한 1519년 재판의 심문과정에 있었던 것처럼 최면을 걸어 내
면에 숨어 있는 배교와 이단을 이끌어냈다. 이에 대한 것은 다음에 인용되어 있다. *Annali
della Scuola Normale Superiore di Pisa, Lettere, storia e filosofia*, s. II, vol. XXX
(1961), p. 282 n. 이런 점에서 바르톨로메오 스피나(Bartolomeo Spina)조차 폰치니비오(G. F.
Ponzinibio)의 다음 책을 권위 있게 비판하고 있다. *Quaestio de strigibus* (Romae, 1576),
pp. 177-178. 이 논문은 대략 1520년부터 1525년 사이에 썼으나 이 논점에 대한
합의는 이루어지지 않는다. 알차토(Alciato)와 같은 반대자는 고사하고, 프란체스코 페냐

어 있었다. 몇몇 요점이 특히 비난의 대상으로 강조되었다. 그것은 마녀에 대항해 신앙을 지키기 위해 싸운 베난단티는 누구나 확실히 천국에 갈 것이라는 모두코의 진술, 그릇된 천사를 찬미한 가스파루토의 우상숭배 그리고 마지막으로 밤의 행동을 고해사에게 숨김으로써 유죄가 된 침묵의 죄였다.[32]

그러나 베난단티의 모임에서 모호한 천사가 참석했다고 언급한 이유로 기소 사유가 더 심각한 것으로 간주되었던 가스파루토에 대한 판결문의 언어가 한층 더 신랄했다는 것은 주목할 만하다. 따라서 모두코의

(Francesco Pegna)까지도 의문을 보이고 있다. 다음 책에 대한 페냐의 주를 볼 것. Bernardo da Como, *Lucerna inquisitorum haereticae pravitatis* (Venetiis, 1596), pp. 46~47, 49, 51.

로마의 이단 심문소에서는 이단이 아닌 단순한 미신적 관행과 관련된 재판을 세속계의 재판관에게 맡기는 것을 선호하는 경향이 자리잡기 시작하였다. 그리하여 1602년 12월 21일 앞으로 교황 바오로 5세가 될 추기경 카밀로 보르게제(Camillo Borghese)는 이단 심문소의 모든 성직자를 대표하여 볼로냐의 심문관 대리에게 반대하는 논란 많은 반박문을 발표했던 것이다. 볼로냐의 심문관 대리는 "미신·주문·마법과 관련된 사건은 교황 법정의 사법권에 속하는 것이 아니라 이단 심문소에 귀속되어야 한다"고 주장한 바 있다. 이 볼로냐의 관리는 "이러한 개혁을 자제하라"는 요청을 받았다. "왜냐하면 이단과 명백하게 관련된 경우를 제외하면 주교가 심문관과 재판에 대해 의견을 교환하지 말아야 한다는 것을 그가 잘 알고 있음이 확실하기 때문"이라는 것이었다(BCB, ms. B. 1862, lett. 84).

이것은 실상 알렉산데르 4세가 내린 교서의 취지로 되돌아간 것이다. 그것은 로마의 이단 심문소 성직자 집단에서 지지자를 확대해가고 있던 노골적으로 회의적이고 '합리주의적인'(razionalista) 태도로 향한 첫 단계이며, 몇십 년 뒤 다음과 같은 문서로 표현되었다. *Instructio pro formandis processibus in causis strigum, sortilegiorum et maleficiorum*. 이 문서에 대해서는 이 책 *281~283*쪽을 볼 것. 이 문제 전반에 대해서는 다음을 참고할 것. Henry Charles Lea, *A History of the Inquisition of Spain*, 4 vols. (New York, 1907), IV, pp. 184~191.

32 모두코에 대한 판결은 ACAU, "Sententiarum contra reos S. Officii liber primus," cc. 90v~91r(그 내용은 부록을 볼 것). 가스파루토에 대한 판결은 *Ibid.*, c. 94v(그 내용은 부록을 볼 것). 로마의 이단 심문소로 전달된 (이단 포기 선서가 아닌) 두 판결문의 사본은 다음에 보존되어 있다. TCLD, ms. 1226, s. II, vol. 3, cc. 328r~330v. 원본과 사본의 차이는 미세하며 별로 중요하지 않다.

경우처럼 "당신은 베난단티와 함께 있었다"라고 말한 것이 아니라 "당신은 당신이 베난단티라고 말한 마녀들 사이에 있었다"라고 되어 있으며, 더구나 '악마의 사술(arts)'이라는 말이 명확하게 언급되어 있었다.

그에 더하여 베난단티의 모임을 또다시 악마의 사바트와 같은 것으로 만들려는 시도 속에 모두코의 판결문에는 잘못된 해석이 삽입되었다. "당신은 다른 사람들에게 함께 가자고 촉구했다. 그리고 함께 간 사람들에게 당신은 신과 성인들의 거룩한 이름을 언급하면 그곳에 머물러야만 하기 때문에 언급하지 말라고 가르쳤다." 즈가바리차에 따르면 가스파루토는 단지 이렇게 말했을 뿐이다. "우리가 그곳에 있을 때 광란의 춤을 보더라도 우리는 아무것도 말하지 않아야 했습니다. 그러지 않으면 우리는 그곳에 머물러야 했기 때문입니다."[33]

그 둘 모두 자칫 이단으로 몰릴 소지가 있는 더 심각한 형태의 파문에서는 용서받아 징역 6개월의 형을 받았다. 더구나 그들에게는 사계재일을 포함하여 1년 중 정해진 시간에 기도와 보속행위를 부과하여 그 기간에 저질러진 범죄에 대해 신의 용서를 받도록 하였다. 얼마 지나지 않아 이 두 베난단티가 보름 동안 시 경계를 벗어나지 않는다는 조건으로 형벌이 감면되었다. 판결문이 낭독된 바로 그날 그들은 "많은 군중 앞에서" 엄숙하게 이단 포기 선언을 했다.[34]

---

33 ACAU, S. Ufflzio, "Ab anno 1574……," proc. n. 64 cit., c. 1v.

34 가스파루토와 모두코의 경우처럼 그렇게 공개적이고 세세하고 장황한 이단 포기 선언은 박해받던 바로 그 신앙이 전파되는 데 기여하였음이 확실하다. 예컨대 1612년 2월 18일 추기경 아리고니(Arigoni)는 볼로냐의 심문관에게 보낸 편지에서 "판결문을 준비할 때 심문과 자백에서 마주친 미신, 마법적 관행, 성사 및 성스럽고 거룩한 물건의 모독 등을 묘사하여 이단 포기 선언에 참석한 사람들이 그것에 대해 알게 될 기회를 갖지 않도록" 조심하라고 기록하였다(BCB, ms. B. 1864. lett, 48).

9

앞으로 살펴보겠지만, 두 베난단티의 자백으로부터 떠오르는 상은 몇십 년에 걸쳐 근본적인 변화를 겪지 않았다. 사실 어떤 의미에서 그 증언은 여기서 우리가 검토하고 있는 신앙의 초기 단계를 우리에게 전해주는 가장 풍요로운 자료이다. 그들의 자백으로부터 알 수 있듯이 이 시기에 베난단티는 지도자를 중심으로 군대처럼 조직되었고 비밀을 지킨다는 유대감으로 결속된 진정한 종파setta[35]라 불러도 타당하였다. 하지만 그 비밀의 유대감은 비교적 느슨한 것이어서, 수다를 떨다가 또는 순진하게 자랑하고 싶어서 계속 깨뜨리는 것이었다. (프리울리 전역에, 그중에서도 특히 동부에 퍼져 있던) 이 종파의 구성원들은 무엇보다도 막을 쓰고 태어났다는 공통점으로 묶여 있었다. 바꾸어 말하면 양수막에 싸여서 태어났다는 것이다.

대부분 출처가 프리울리인 당시대의 단편적인 자료에 따르면 이 '막'이나 태반에는 많은 미신이 얽혀 있다. 그것은 군인들이 총알에 맞는 것으로부터 보호해주고 적이 퇴각하게 만들어주며 변호사들을 재판에 이기게 만들어주기도 한다는 것이었다.[36] 확실히 그것은 마법적 효력이 부여

---

35 가스파루토에 대한 판결문에서. ACAU, "Sententiarum …… liber primus," c. 94v. '종파'와 '단체'(società)에 더하여 심문관과 베난단티는 스스로에 대해 '기술'(arte)과 '종교단체'라는 단어도 언급했다.

36 1588년 펠트레(Feltre)에서 열린 마녀재판에서 마녀 혐의를 받던 여자가 "축복받은 막을 갖고 있었다"는 이야기가 전해진다. "그 막은 그녀의 남편이 쓰고 있었는데, 그 효험 때문에 그는 적으로부터 상처를 입지 않았으며, 그녀는 그것으로 25두카토를 받을 수 있었지만, 남에게 주는 것도 파는 것도 원하지 않았다"(ASV, S. Uffizio, b. 61. 엘레나 쿠마나(Elena Cumana)에 대한 재판). 이와 같은 믿음은 그뒤 프리울리에서 벌어진 재판에서도 보인다. 예컨대 1647년 12월 25일 우디네의 두 여인이 이단 심문소에서 재판을 받았다. 그 이유는 교회의 제단 밑에 막(camisiutta)을 숨겨놓아 축성을 받은 뒤 군대에 가는 청년의 안전을 보

된 물질이었다. 그 효력을 증가시키기 위해 미사로 그 막에 축성을 드리기도 하였다. 그것은 성 베르나르디노San Bernardino의 시대에 이미 존재했던 미신적인 관행으로서, 그는 설교에서 그것을 비난한 바 있다.[37]

바티스타 모두코는 태어날 때 쓰고 나온 막을 어머니에게서 받았으며, 언제나 그것을 쓰고 있어야 한다는 주의를 받았다고 말했다. 모두코는 로마에 있을 때 자신과 함께 세례를 받았던 그 막을 축성하려고 수도승에게 청해 서른 차례 이상이나 미사를 올렸다. 가스파루토 역시 자백했다. "저에게 천사가 나타나기 1년쯤 전에 어머니는 제가 쓰고 태어난 막을 주시면서 그 막은 저와 함께 세례를 받았고, 미사를 아홉 번 올렸으며, 기도와 성경 구절 낭독으로 축성을 올렸다고 말씀하셨습니다. 그리고 어머니는 제가 베난단티로 태어났으며, 제가 자라면 밤에 나가야 할

장하기 위하여 그에게 보냈다는 것이다(ACAU, S. Uffizio, "Anno integro 1647 explicit pm millenarium a n. 983 usque ad 1000," n. 1000).

한편 그 막의 효험은 다른 곳에 적용되기도 한다. 1611년 피아첸차(Piacenza)에서 있었던 재판에서는 프리울리의 법률가 조반니 베르투치 디 니미스(Giovanni Bertuzzi di Nimis)가 자기 아들이 태어날 때 쓰고 나온 양수막을 간직해두었다가 "그것으로 모든 재판에서 이겼다"고 한다(ASP, sez. VI, 119, mss. 38, cc. 59v-60r. 이 문구는 이 재판을 다른 관점에서 검토한 다음 논문에는 인용되지 않았다. A. Barilli, "Un processo di streghe nel castello di Gragnano Piacentino," *Bollettino Storico Piacentino*, 36 (1941), pp. 16~24).

양수막은 다양한 종류의 주문을 거는 데 사용하는 이른바 '백지'(carta vergine: 직역하면 '처녀 종이'-옮긴이)를 마련하기 위하여 마녀들이 사용하기도 한다. 이에 대해서는 다음을 참고할 것. P. Grillando, *De Sortilegiis* (Frankfurt a. M., 1592), pp. 33~34. 전반적인 이러한 믿음에 대해서는 *Handwörterbuch des deutschen Aberglaubens*에서 'Nachgebur'와 'Glückshaube' 항목을 참고할 것. 충실한 참고도서 목록은 다음을 참고할 것. T. R. Forbes, "The Social History of the Caul," *The Yale Journal of Biology and Medicine*, vol. 25 (1953), pp. 495~598.

37 S. Bernardino da Siena, *Opera omnia* (Florentiae, 1950), I, p. 116. 다음도 참고할 것. T. Zachariae, "Abergläubische Meinungen und Gebräuche des Mittelalters in den Predigten Bernardinos von Siena," *Zeitschrift des Vereins für Volkskunde*, 22 (1912), pp. 234~235.

것이고, 그 막을 쓰고 있어야 할 것이며, 마녀와 싸우기 위해 베난단티와 함께 다녀야 할 것이라고 말씀하셨습니다."

이렇듯 막의 일반적인 속성에 특별한 효력이 더해졌다. 그것은 막에 싸여 태어난 개인에게 베난단티 '종교단체'의 일원임을 예정해주는 효력이었다. 게다가 모두코는 "막을 갖고 있지만 쓰지 않은 사람은 나가지 않는다"고 단언하였다. (우리가 여기에서 검토하고 있는 신앙이 되풀이되고 있는) 프리울리와 이스트리아Istria를 포함한 이탈리아 많은 지역의 민속에는 막을 쓰고 태어난 아이들이 마녀가 된다는 이야기가 널리 퍼져 있다.[38] 그러나 이러한 유사성은 '막을 쓰고 태어난 것'과 베난단티가 되는 것 사이의 관련성이 어떻게 발생한 것인지 말해주지 않는다. 우리는 그 밖의 요인들을 밝힘으로써 이 문제를 밝히고자 시도할 것이다.

베난단티로 입문하는 것은 특정한 나이에 이루어지며, 그것은 대략 성년에 도달하는 나이와 일치한다(모두코는 스무 살에 '부대'에 가입했고 가

---

38 산타 카테리나 디 로베레도(Santa Caterina di Roveredo) 수도원의 원장인 카푸친 수도사 피에트로 베네토(Pietro Veneto)가 1591년 5월 17일 베네치아 이단 심문소 앞에서 제시한 증언은 다소 부정확하긴 하지만 베난단티와 관련된 신앙을 반영한다. 그는 얼마 전 라티사나(Latisana)에서 설교를 했고, 마법의 혐의를 받는 여인의 고해를 들었다. "막을 쓰고 태어난 사람들이 사바트에 간다는 것은 여러 사람들의 의견입니다"(ASV, S. Uffizio, b. 68, 라티사나 재판기록). 프리울리 민속에 남아 있는 그 잔재에 대해서는 다음을 참고할 것. E. Fabris Bellavitis, in *Giornale di Udine e del Veneto Orientale* a. 24, 2 August 1890; V. Ostermann, *La Vita in Friuli*, II, pp. 298~299.
이스트리아에 남아 있는 잔재에 대해서는 다음을 참고할 것. R. M. Cossàr, "Usanze, riti e superstizioni del popolo di Montona nell'Istria," in *Il Folklore italiano*, 9 (1934), p. 62(마녀의 기원에 관하여 오래된 이스트리아의 속담은 이렇게 말한다. "마녀는 막을 쓰고 태어났다"). 같은 저자의 다음 글도 참고할 것. "Tradizioni popolari di Momiano d'Istria," *Archivio per la raccolta e lo studio delle tradizioni popolari italiane*, 15 (1940). p. 179(여기에서는 우리가 살펴볼 것처럼 베난단티와 서신을 교환하는 케즈니키(Cheznichi)를 논하고 있다). 이와 비슷한 로마냐(Ronagna)의 신앙('막을 쓰고 태어난 자는 악을 끌어들인다)에 대해서는 다음을 참고할 것. M. Placucci, *Archivio per lo studio delle tradizioni popolari*, 3 (1884), p. 325; L. De Nardis, *Il Folklore italiano*, 4 (1929), p. 175.

스파루토는 스물여덟이었다). 군대의 경우처럼 일정 기간, 이를테면 10년이나 20년 정도의 기간이 지나면 밤에 싸우러 행군하는 의무에서 벗어난다. 어쨌든 입문의 순간은 예고 없이 찾아오지 않는다. 실제로 가스파루토의 어머니가 그에게 훈계한 것에서 보이듯 그것은 예상하고 있는 일이다. 모두코가 말한 것처럼, 막을 쓰고 태어난 사람들은 "스무 살에 이르면 군인들처럼 북소리로 소집된다." 그 소집이 천사에 의한 것이든 베난단티에 의한 것이든 그들은 "가야만 한다"는 것을 이미 알고 있다.

10

우리는 하나의 종파로서 베난단티에 대해 논하고 있다. 그것은 아주 특수한 종파로서, 베난단티 자신들의 말에 따르면 그들의 의식儀式은 꿈과 거의 비슷한 성격을 지닌다. 그러나 사실상 베난단티는 다르게 말하고 있다. 그들은 '영적으로' 참석했다는 그 모임이 실재했다는 것을 결코 의심하지 않았다. 이탈리아의 다른 지역은 물론 다른 나라의 마녀재판에서도 비슷한 태도를 확인할 수 있다.

우리는 그 예로 1532년 모데나 이단 심문소에서 기소된 노비Novi의 마녀 도메니카 바르바렐리Domenica Barbarelli의 재판을 들 수 있다. 그녀는 "무슨 일이 있어도 디아나의 놀이에 가고 싶다"고 증언했다. "그런데 다른 사람들이 알고 있어서 감시를 했기 때문에 도망칠 수 없었다. 그녀는 두 시간쯤 죽은 듯 누워 있다가 마침내 옆 사람이 자꾸 흔드는 바람에 깨어난 듯하며, 이렇게 말했다. '당신들이 있음에도 불구하고 나는 그곳에 다녀왔지.' 그리고 그녀는 그 놀이에서 했다는 많은 사악한 일에 대해 말했다."[39] 여기에서도 꿈속에서 '영적으로' 가는 것을 사실처럼 느끼고 있다. 그런 이유로 마녀는 옆에 있던 사람들을 조롱했다. 그녀는 자신이 또는 그녀의 영혼이 진정 '놀이'에 다녀왔다고 믿었다.

나중에 우리는 마녀와 베난단티가 '영적으로' 다녀온 것의 의미를 검토할 것이다. 지금은 두 집단 모두가 모임으로 떠나기 전에 극도로 지친 상태 또는 경직상태에 빠졌다고 주장한 것을 먼저 살펴봐야 한다. 그 원인에 대해서는 폭넓은 논의가 있어왔다. 물론 이것은 마법에 대한 해석에서 주변적인 문제이다. 이러한 경직상태의 본질에 대해 확실하게 결론을 내릴 수 있다 할지라도(실은 그렇지 못하다), 우리는 여전히 가장 중요한 요인에 대해 설명해야 할 필요가 있다. 그것은 마녀와 베난단티 모두가 주장하는 환각의 '의미'이다. 이 문제가 최소한 제기는 되어야 한다는 것에는 의문이 있을 수 없다.

여기에 대해 제시된 설명의 유형은 본질적으로 두 가지이다. 하나는 마녀와 마법사들이 간질, 신경증 또는 확실하게 말할 수 없는 다른 정신질환을 앓는 환자라는 가설이고, 다른 하나는 그들이 묘사하는 환각에 동반하는 의식의 상실을 수면제나 환각제를 함유하는 연고의 효험 탓으로 돌리는 것이다. 그중 두번째의 가설에 대해 먼저 살펴보자.

마녀들이 사바트에 가기 전에 연고를 바른다는 것은 잘 알려져 있다. 이미 15세기 중엽에 에스파냐의 신학자 알폰소 토스타도Alfonso Tostado는 『창세기』에 대한 주석서에서 에스파냐의 마녀들이 어떤 정해진 말을 한 다음 연고를 듬뿍 바르고는 깊은 잠에 빠져 불에 타거나 부상까지 당해도 느끼지 못한다고 얼핏 언급한 바 있다. 하지만 깨어나면서 그들은 동

---

39 ASM, *Inquisitions*……, b. 2, libro 5, c. 46v.

료를 만나 잔치를 벌이고 희롱을 하기 위해 아주 멀리 떨어진 어떤 장소에 다녀왔다고 선언했다는 것이다.[40]

반세기 뒤에 조반니 바티스타 델라 포르타Giovanni Battista Dᵒlla Porta는 마녀라는 소문이 돌던 노파에게 연고를 바르게 하고 비슷한 결과를 얻어 사용한 연고의 성분을 상세하게 기록했다. 현대에 두 학자가 그 연고를 만들어 각기 실험을 했지만 결과는 상반되었다.[41] 그럼에도 불구하고 자백한 마녀의 전부는 아닐지언정 최소한 일부가 환각과 광란의 상태를 유발할 수 있는 연고를 사용하였다고 상정하는 것이 그럴듯해 보인다.

그러나 이런 가설을 베난단티로 확대시키기는 쉽지 않다. 가스파루토도 모두코도 연고를 언급한 적이 없다. 그들은 단지 그들을 무감각하게

40 A. Tostado, *Super Genesim Commentaria* (Venetiis, 1507), c. 125r. (J, 한젠은 Quellen, p. 109 n.에서 이 구절을 언급하였다. 또한 그는 유명한 『주교 경전*Canon Episcopi*』에 대한 토스타도의 주석이 악마적 사바트가 실제로 존재했다고 주장하려는 의도를 갖고 있다는 것을 강조했다.) 마녀들이 실제로 날아다니고 사바트가 존재했다는 것을 가장 확신하는 사람들조차 여기에서 인용된 것과 유사한 사실의 중요성에 주목하지 않을 수 없어서, 그들의 해석의 틀에 강력하게 끼워 넣었다. 그들은 이런 경우에 악마가 직접적으로 개입하여 마녀의 역할을 대신했다고 추정했다. 다음 예를 볼 것. B. Spina, *Quaestio*, p. 85.

41 델라 포르타의 실험에 대한 최근의 저작은 다음을 볼 것. G. Bonomo, *Caccia alle streghe* (Palermo, 1959), pp. 393~397. 델라 포르타와 같은 시대에 에스파냐의 의사 안드레스 아 라구나(Andres a Laguna)에 의해 비슷한 실험이 이루어졌다. 그는 1555년 안트베르펜에서 발간된 디오스코리데스(Dioscorides: 1세기 그리스의 의사-옮긴이)에 대한 주석에서 그 실험을 묘사하였다. 다음을 참고할 것. H. Friedenwald, "Andres a Laguna, a Pioneer in his views on witchcraft," *Bulletin of the History of Medicine*, 7 (1939), pp. 1037~1048. 현대에 마법 연고의 효과에 대해서는 의사 스넬(O. Snell, *Hexenprozesse und Geistesstörung. Psychiatrische Untersuchungen* [München, 1891], pp. 80~81)과 민속학자 포이커르트(다음을 볼 것. J. Dahl, *Nachtfranen und Gastelweiber. Eine Naturgeschichte der Hexe* [Ebenhausen bei München, 1960], p. 26)가 각기 자신을 대상으로 실험했다. 그 결과는 조금도 일치하지 않는다. 스넬은 마녀의 설명이 신경증이나 정신질환의 결과라고 확신했다. 그는 연고를 바른 뒤 단순한 두통만을 얻었을 뿐이다. 반면 사바트와 밤의 만남이 실제로 존재했다는 주장의 옹호자인 포이커르트는 마녀재판에서 묘사된 것과 거의 흡사한 환각을 경험했다.

만들어 영혼이 육체를 떠날 수 있도록 만든 깊은 잠과 혼수상태에 대해 말했을 뿐이다. 후대의 베난단티 재판에서조차 연고를 언급한 사례는 둘 밖에 없었다.

메니키노Menichino라는 라티사나Latisana 마을의 한 소몰이꾼은 베난단티임을 시인한 뒤에 밤에 마녀와 싸우기 위해 연기의 모습으로 나갔다고 단언했다. 1591년 베네치아의 이단 심문소가 진행한 재판과정에서 심문관은 으레 하던 유도신문의 방식으로 그에게 질문했다. 그가 말한 것처럼 "연기가 되어 밖으로 나갔을 때 연고나 기름을 발랐거나 어떤 말을 하였는가?" 하는 질문이었다. 처음에 피고는 이러한 암시에 격렬하게 반응했다. "아니요, 성인과 신과 복음에 걸고 저는 기름을 바르지도 않았고 아무 말도 하지 않았습니다." 하지만 나중에 심문기록을 그에게 다시 읽어주었을 때, 그는 그에게 밤에 나가자고 처음으로 권유한 베난단티가 "나가기 전날 저녁에 등잔 기름을" 몸에 바르라고 말했다는 것을 시인했다.[42] 이것은 조심스럽고 어쩌면 불완전한 자백이다.

그러나 크레몬스Cremons의 메니카Menica라는 잘 알려진 창녀를 베난단티라고 아퀼레이아의 심문관에게 고발한 팔마노바Palmanova의 목수의 다음 증언에서도 그것과 비교하여 더 견고한 확증을 찾을 수는 없다. "그녀는 밖에 나갈 때 기름과 크림을 몸에 발랐다고 시인했습니다. 그리고 영혼이 떠나면 육체가 남습니다."[43]

살펴보겠지만, 이것은 간접적인 증언이며 재판이 1626년에 있었듯 시기적으로도 아주 늦었다. 이것은 바로 이 시기에 베난단티를 마녀와 결부시키려는 시도가 이루어지기 시작했음을 보여주는 초기의 증거로 받

---

42 ASV, S. Uffizio, b. 68(라티사나 재판기록). 이 책 204쪽도 볼 것.
43 ACAU, S. Uffizio, "Ab anno 1621……," proc. n. 832, 번호가 매겨지지 않은 책장.

아들여야 할 것이다.[44] 결론적으로 베난단티가 연고를 사용했다는 증거는 남아 있는 재판기록의 수와 비교할 때 아주 희소하여 그들의 행동을 설명하기 위한 자료로 사용되기 힘들다.

이제 첫번째 가설로 가보자. 마녀 중에는 간질 환자가 많으며 귀신 들린 여자 중에는 신경증 환자가 많다는 것은 확실하다. 하지만 병리학의 근거로 설명할 수 없는 많은 현상을 마주치게 된다는 것도 사실이다. 첫째로 그것은 통계학적 의미에서 설명이 어렵다. 그렇게도 많은 수의 '병든' 사람들과 마주치면 건강한 상태와 병든 상태 사이의 경계조차 흔들린다.

둘째로 이른바 환각은 개인적·사적인 영역에 국한된 것이 아니라 정확한 문화적 근거를 갖고 있다. 예를 들면 사계재일처럼 1년 중 특정 기간에 그것이 빈발한다는 것을 바로 떠올릴 수 있다. 환각은 특정한 민중 신앙심이나 특수하게 변형된 신비주의의 유형에 속하는 것이다. 같은 추론이 베난단티에게도 적용된다. 그들이 겪었다고 주장하는 경직상태와 혼수상태는 간질 발작의 탓인 것이 명확해 보인다. 그러나 사실은 단 한 명의 베난단티만이 '추한 질병'bruto male인 간질로 고통을 받았던 것으로 나타났다. 그는 처음에는 라티사나에서, 나중에는 1618~19년에 베네치아의 이단 심문소에서 재판을 받았던 마리아 판초나Maria Panzona라는 이름의 여인이다.[45] 확실히 그녀의 경우에 심문과정에서까지 계속 엄습했

---

44 이러한 해석을 제시한 프루고니(A. Frugoni)에게 감사한다.

45 ASV, S. Uffizio, b. 72 (Maria Panzona), cc. 38r, 46r. 이 책 254, 257~259쪽을 볼 것. 마녀에 관한 한 간질이 입증된 사례는 드물다. 1571년 루카(Lucca)에서 있었던 재판기록에서 아주 중요한 증거가 발견되었다. (후에 마녀로 화형당한) 피고 산 마카리오(San Macario)의 폴리세나(Polissena)에 대해 한 증인이 이렇게 말했다. "어느 날 그녀는 침대 옆에 서 있다가 뒤로 넘어졌습니다. 그래서 침대 위에 꼼짝 않고 누워 있어 죽은 것처럼 보였습니다. 그 옆에 있던 여자가 그녀에게 사고가 났다 짐작하여 식초를 먹였습니다. 그녀가 깨어나지 않

던 발작이 사계재일과 같은 특정 기간에는 베난단티의 의식儀式적 혼수
상태와 아주 흡사했던 것이 확실하다.

그러나 우리가 사용할 수 있는 문서는 충분한 정보를 제공하지 않으
며, 베난단티의 경직상태의 본질은 모호하게 남아 있다. 어쨌든 그것이
마약이 함유된 연고를 통해 유발된 것이건 간질의 발작이건 아니면 황
홀경에 빠지는 기술에 의한 것이건, 베난단티와 그들의 신앙과 관련된
문제는 의학이나 정신분석이 아니라 민중신앙의 역사라는 근거 위에서
풀어야 한다.[46]

자, 기절한 사람들의 코 밑에 뿌려 죽지 않았다면 소생하게 하는 거품을 만드는 법을 저에게
배운 제 어머니가 거품을 만들었습니다. 제가 가르쳐준 대로 그녀 앞에 있던 남자의 셔츠 조
각을 태워서 만들었답니다. 그런 뒤에 폴리세나가 눈을 뜨고는 소 울음처럼 흉측한 소리를
크게 내기 시작했고 얼굴은 뒤틀렸습니다. 그래서 우리는 그녀가 마녀라고 의심했기 때문에
두려워서 도망쳤고, 그녀는 홀로 남았습니다. 어머니께서는 폴리세나가 다음날 이렇게 말했
다고 제게 말씀하셨습니다. '제가 어젯밤과 같은 상태에 빠지면 그냥 내버려두세요. 괜히 뭘
하면 제게 더 나쁩니다.'" 또다른 증인도 그것을 확인했다. "폴리세나는 나쁜 병(malvitio: 즉
간질)에 걸렸다고 말하곤 했습니다." (ASL, Cause Delegate, n. 175, cc. 190v-8r-v. 재판기록
의 책장은 순서가 없이 묶여 있다. 고딕체는 저자가 강조한 것.)

리글러(F. Riegler, *Hexenprozesse, mit besonderer Berücksichtigung des Landes
Steiermark* [Graz, 1926], pp. 58~59)는 1673~1675년의 마녀재판에서 갑자기 쓰러져 오
래도록 의식을 잃었던 펠트바흐(Feldbach)의 노파가 간질에 걸렸으리라고 추측한다. 그러나
그녀는 사계재일 때에도 한 번 쓰러진 적이 있었다. 아마도 다른 자료와 함께 이 자료는 우
리가 여기에서 검토하고 있는 신앙이 독일 지역에도 퍼져 있었음을 증명한다(제2장을 참고
할 것). 이 문제에 대해서는 개설적이기는 하지만 다음을 참고할 것. S. R. Burstein, "Aspects
of the Psychopathology of Old Age Revealed in Witchcraft Cases of the Sixteenth and
Seventeenth Centuries," *The British Medical Bulletin*, 6 (1949), pp. 63~72.

46 이런 유형의 현상에 대한 비슷한 해석은 다음을 참고할 것. E. De Martino, *La terra
del rimorso* (Milano, 1961), pp. 43~58. 이 책은 데 마르티노의 책 중에서도 특히 *Il
mondo magico*에서 큰 도움을 얻었다.

11

마녀와 베난단티 모두에게 공통적인 상황인 감각의 상실은 육체에서 정신이 분리되는 것으로 이해되었다. 루카Lucca의 시장과 원로들에게 고발당해 1571년 화형당한 산 로코San Rocco 여인 마르게리타Margherita는 "제가 그 놀이에 간 것은 손수 간 것이 아니라 **육체는 집에 두고 영적으로 갔던 것**"이라고 말했다.[47]

그녀의 동료로서 같은 운명을 겪었던 산 마카리오의 폴리세나는 다음과 같이 증언했다. "저는 제 아주머니 페스칼리아(Pescaglia)의 레나(Lena)에게 설득당해 마법에 빠졌습니다. 아주머니가 돌아가신 뒤 저는 1년쯤 아무 일도 하지 않았습니다. 그뒤 아주머니가 찾아와 '같이 가자'고 말한 다음부터 이렇게 나가기 시작했습니다. 저만 아주머니의 목소리를 들을 수 있었습니다. 그리고 저는 갖고 있던 연고를 바르고 고양이로 변해서 **몸은 집에 두고** 계단을 내려와 문 밖으로 나갔습니다."[48]

이것은 고문을 받으며, 또는 최소한 고문에 의해 큰 영향을 받은 심문 과정에서 했던 말이다.[49] 그러나 여기에서 중요한 것은 그 말이 진심에서 나온 것인가 하는 것이 아니라, 앞으로 살펴보겠지만, 그 말이 재판관들과 공유하지 않는 특정 신앙이 널리 퍼져 있었다는 증거를 제공한다는 사실이다.

무기력하게 남은 몸에서 영혼이 떠난 것은 실제로 영혼과 육체가 분

---

47 ASL, *Cause Delegate*, n. 175, c. 215r. 고딕체는 저자가 강조한 것.

48 *Ibid.*, c. 224r. 고딕체는 저자가 강조한 것.

49 재판소의 고문에 대해서는 다음을 볼 것. P. Fiorelli, *La tortura giudiziaria nel diritto comune*, 2 vols, (Milano, 1953~1954). 마녀재판에 대해서는 특히 vol. n, pp. 228~234를 볼 것.

리된 것으로서 죽음과 거의 비슷하게 위험으로 가득찬 사건으로 이해되었다. 산 로코의 마르게리타는 루카의 시장과 원로들에게 이렇게 말했다 (특히 이 말은 그녀의 동료인 폴리세나의 자백에서도 반복된다). "우리가 사바트에 갈 때 만일 몸이 얼굴을 아래로 하여 엎어져 있으면 우리는 영혼을 잃고 몸도 죽습니다."[50] 또한 만일 영혼이 "닭이 우는 새벽 이전에 돌아오지 않는다면 우리는 인간 형상으로 돌아가지 못해서, 몸은 죽어 있으며 영혼은 고양이로 남아 있습니다."[51]

이와 비슷하게 베난단티인 가스파루토도 로타로에게 이렇게 말한 바 있다. "내가 이 놀이에 갔을 때 몸은 침대에 남아 있고 영혼만 갔지요. 나가 있을 때 누가 침대로 와서 부르면 대답을 하지 않습니다. 그리고 수백 번을 움직이려고 해봐야 몸은 꼼짝도 하지 않습니다. 영혼이 돌아오기 전에 24시간을 기다리는데, 만일 누군가 무슨 말을 하거나 무슨 일을 하면 영혼은 계속 몸과 떨어져 있게 됩니다. 몸이 묻히면 영혼은 영원히 떠돌아다닙니다."[52]

마녀의 비밀모임이나 베난단티의 창싸움에 가기 위해 육체를 떠난 영혼은 모두가 아주 사실적이고 가시적인 그 어떤 것으로 여겨지며, 그것은 대개 동물의 모습을 하고 있다. 1589년 루카에서 있었던 또다른 재판에서 마법으로 기소된 피에베 산 파올로Pieve San Paolo의 크레치아Crezia라는 노파는 이렇게 말했다. "40여 년 전 저는 잔나Gianna라는 마녀를 알고 있었습니다. 한번은 그녀가 자고 있을 때 입에서 생쥐가 나오는 것을 보

---

50   ASL, Cause Delegate, n. 175, c. 196r. 또한 c. 226r도 볼 것. 발칸반도의 이와 비슷한 신앙에 대해서는 다음을 참고할 것. F. S. Krauss, *Volksglaube und religiöser Brauch der Südslaven* (Münster i, w. 1890), p. 112.

51   ASL, *Cause Delegate*, n. 175, c. 196r.

52   ACAU, S. Uffizio, "Ab anno 1574……," proc. n. 64 cit., c. 3v.

았습니다. 그게 그녀의 영혼이었고, 저는 그게 어디로 가는지 몰랐습니다."[53]

1580년 10월 1일 가스파루토의 아내가 펠리체 수도사에게 심문받을 때 그녀는 자신의 남편이 베난단티인지 몰랐다고 주장했다. 하지만 그녀는 어느 겨울밤에 자다가 가위에 눌려 깨어나 남편에게 도움을 받으려고 불렀던 일을 기억했다. "제가 열 번이나 이름을 부르고 흔들었어도 남편을 깨울 수 없었습니다. 남편은 얼굴을 위로 하고 누워 있었습니다." 잠깐 뒤에 그녀는 남편이 중얼거리는 소리를 들었다. "이 베난단티들은 영혼이 몸을 떠날 때 생쥐의 모습을 하고 있으며, 돌아올 때 몸이 뒤척여져 엎어져 있으면 그 몸은 죽은 채로 남아 있고, 영혼은 절대로 다시 들어가지 못한다고 말합니다."[54] (프리울리에만 국한되지 않았던[55]) 영혼이 생

---

53 ASL, *Cause Delegate*, n. 25, c. 176v. 이 재판의 일부는 출판되었지만, 이 인용문은 거기에서 빠졌다. 그 재판기록을 옮겨 적는 과정에서 약간의 실수가 있다. L. Fumi, "Usi e costumi lucchesi," *Atti della R. Academia Lucchese*, 33 (1907), pp. 3~152.

54 ACAU, S. Uffizio, "Ab anno 1574……," proc. n. 64 cit., c. 9v. 잠시 뒤 가스파루토의 아내가 덧붙였다. "방앗간지기였던 피에트로 로타로에게서 어느 날 방앗간에서 한 사람을 봤는데, 그가 제 남편 파올로였던 것 같다는 말을 들었습니다. 그는 죽은 사람 같았고 몸을 아무리 뒤척거려도 일어나지 않았으며, 잠깐 뒤 그의 몸 주위에 생쥐가 돌아다니는 것을 봤다고 합니다"(*Ibid.*)

55 다음을 참고할 것. W. Mannhardt, Wald-und Feldkulte, 2nd. ed. by W. Heuschkel, vol. 1, *Der Baumkultus der Germanen und ihrer Nachbarstämme, Mythologische Untersuchungen* (Berlin, 1904), p. 24. 헤세 지방의 비슷한 신앙에 대해서는 다음을 참고할 것. K. H. Spielmann, *Die Hexenprozesse in Kurhessen*, 2nd. ed. (Marburg, 1932), pp. 47~48.
1599년 모데나에서 있었던 재판에서는 마법으로 기소된 폴리세나 카노비오(Polissena Canobbio)라는 여인이 사바트에 갔던 일이 다음과 같이 묘사되었다. "앞서 말한 여인 폴리세나는 옷을 벗고 몸에 기름을 바른 뒤 다시 옷을 입고 머리를 위로 반듯하게 하고 누웠는데, 곧 마치 죽은 것 같았습니다. 15분 정도가 지나자 우리 셋은 작은 생쥐가 앞서 말한 폴리세나의 몸에 접근해서 입이 열린 것을 보고는 그녀의 입으로 들어가는 것을 보았습니다. 우리 모두 그녀가 곧 깨어나서 몸을 일으키고 웃으면서 하인의 방에 다녀왔다고 말하는 것을 보았습니다"(ASM, *Inquisizione*, b. 8. 코레조(Correggio)의 클라우디아(Claudia)에 대

쥐가 된다는 이 믿음에 대한 후대의 증거는 자신이 베난단티라고 주장한 어떤 어린이에 대한 1648년의 재판기록이 제공한다. (이 시기에 이르면 베난단티를 마녀와 동일시하는 관행이 꽤 널리 퍼져 있었는데) 그가 참석했던 사바트에서 일부는 "남자와 여자의 모습으로 영혼과 육체 모두" 참석한 반면 다른 사람들은 "생쥐의 모습으로", 즉 '영혼'만 참석하였다는 것이다.[56]

영혼이 물질적인 그 무엇이라는 생각은 베난단티 사이에 뿌리가 깊어서, 1626년에 고발된 크레몬스의 메니카는 비밀모임에 몸을 남겨두고 갔다가 그와 비슷한 다른 사람의 몸을 가지려 했다고 말했다.[57] 더구나 이러한 믿음은 마녀와 베난단티 집단 밖에까지 퍼져 있었다. 예컨대 16세기 초 베로나에서 잔 마테오 지베르티Gian Matteo Giberti 주교는 죽은 사람집의 지붕을 들어내어 영혼이 자유롭게 하늘로 날아가도록 하려는 민중의 관행을 억압해야 할 필요를 느꼈다.[58]

한 재판기록, 번호가 매겨지지 않은 책장).

그뒤 고발자인 코레조의 클라우디아는 예전 여주인이었던 폴리세나에게 복수하기 위하여 만들어낸 말이라고 자백했다. 그럼에도 불구하고 그녀의 말은 마법과 관련된 그 당시의 가장 보편적인 생각을 방증하기 때문에 여전히 흥미롭다. 다음의 개괄서도 참고할 것. J. Frazer, *The Golden Bough: A Study in Magic and Religion*, 3rd. ed., 12 vols, (London, 1911–15). 이탈리아어 번역본은 *Il ramo d'oro* (Roma, 1925), I, p. 305.

56 ACAU, S. Uffizio, "Anno eodem 1648 completo a numero eodem 27 usque ad 40," proc. n. 28 *bis*.

57 ACAU, S. Uffizio, "Ab anno 1621……" proc. n. 832.

58 지베르티의 *Breve ricordo*는 최근에 논평과 함께 다음과 같이 출판되었다. A. Prosperi, "Note in margine a un opuscolo di Gian Matteo Giberti," *Critica Storica*, 4 (1965), 특히 p. 394. "사제들의 교구에는 파문된 자, 대금업자, 축첩자, 노름꾼, 반역자, 불경한 자, 미신을 믿는 자가 없도록 주의하시오. 미신에는 예컨대 병약자를 땅에 눕히면 더 빨리 죽는다고 믿는 것이나, 마치 영혼이 지붕에 의해 갇히거나 하는 것처럼 영혼이 나갈 수 있도록 지붕을 제거하는 것 등이 있는데, 그것은 미친 짓이며 믿지 못할 정도의 불경이다." 1673년 툴루즈의 참사회 의원에 의해 발간된 소책자에도 이와 같은 비난이 있다(*Mélusine*, I (1878), coll. 526,

그러나 모든 마녀가 사바트에 '영적으로' 갔다고 확언했던 것은 아니다. 1539년 모데나 이단 심문소에서 재판받은 라 로사La Rossa라는 별명의 가이아토Gaiato 여인 오르솔리나Orsolina는 사바트에 갈 때 "언제나 육체가 갔는지 아니면 꿈속에서 갔는지"semper corporaliter an in somniis 재판관으로부터 질문을 받았다. 그녀는 "영적으로만 가는 사람들도 많지만 육체가 오는 사람들도 있다"며, 자신은 "거기에 언제나 육체가 갔다"고 대답했다.[59] 마녀에 대한 최초의 박해 때부터 마법의 본질을 논의하는 사람들은 마녀가 사바트에 '꿈속에서' 가는가 아니면 '육체가' 가는가라는 두 대안을 놓고 논쟁을 벌였다.

확실히 이 책은 그 논쟁의 긴 역사를 추적할 장소가 아니다.[60] 각 대안의 논지를 간추려보는 것으로 충분할 것이다. (17세기 후반까지는 절대 다수를 차지했던) '놀이'가 실재했음을 옹호하는 자들은 '사람들의 의견의 일치'consensus gentium에 더하여, 자신들의 관점을 뒷받침해주는 권위 있는 전거를 상기시켰다. 기소된 사람들의 육체적인 상태, 사회적 지위, 출생지의 차이에 상관없이 마녀들의 말은 너무도 비슷해서 그것을 꿈이나 환상의 탓으로 돌리기 어렵다.[61] 바꾸어 말하면, 악마적인 연고의 마법적

528).

59 ASM, *Inquisizione*, b. 2, libro 5, c. 93v.

60 16세기 초로 거슬러올라가는 그 논쟁의 역사를 다룬 기본적인 자료는 J. Hansen, *Quellen*에 수집 또는 인용되어 있으며, 그의 *Zauberwahn*에 분석되어 있다. 그 이후 시대에서 특히 이탈리아는 다음을 볼 것. 그러나 그 자료는 몹시 불완전하다. G. Bonomo. *Caccia alle streghe*.

61 다음을 참고할 것. M. Del Rio, *Disquisitionum*, p. 551.

효력, 마녀들이 짐승으로 바뀐 것, 그들이 밤에 때로는 아주 먼 장소로 날아간 것, 악마가 비밀모임에 참석한 것 등등 모든 것이 사실이라는 것이다.

다른 쪽에는 사바트가 사실이 아니라고 논하는 사람들이 있다. 그들은 사바트가 "출생이 비천한 늙은이들, 무식하고 단순한 사람들, 천박한 촌뜨기"와 안드레아 알차토Andrea Alciato가 조롱하듯 화형대보다는 설사약이 더 어울릴 여자들의 음란한 환상이 빚어낸 것이라고 판단했다. 그들은 (아마도 9세기 말에 기원을 두고 있는 독일의 회죄 총칙penitenziale에서 파생된) 저명한 『주교 경전』을 논거로 적에 맞섰고, 자연적 근거와 초자연적 근거에서 마녀들이 밤에 날아다니는 것이 불가능하다고 주장했다.[62] 이미 엄격하게 합리주의적인 논지를 내세운 의사 요한 바이어Johann Weyer가 지지한 이 주장은 17세기가 흐르면서 점차 지배적인 것으로 바뀌었다가, 유럽 거의 모든 지역에서 마녀에 대한 박해가 정점에 달했던 바로 그 시기에 완전한 정설이 되었다.

심문관·법학자·신학자가 참여하여 만들어낸 이 대안은 앞서 살펴본 두 베난단티를 다루었던 재판관들이 마주친 문제이기도 했음은 당연하다. 그들이 묘사한 밤의 만남과 전투는 꿈과 환상으로 이해해야 할까, 아니면 사실이었을까? 이미 살펴봤듯이 베난단티 사이에서는 이 문제에 대해 아무런 의심도 없었다. 그들이 영적으로만 갔다 할지라도 모임과 전투는 대단히 사실적이었다. 그러나 재판관들은 이 노선을 따르지 않았

---

62 다음을 볼 것. Samuel de Cassinis, *Question de le strie* (1505); J. Hansen, *Quellen*, p. 270에 재수록됨. 알차토에 대해서는 다음을 참고할 것. *Parergon iuris*, 1. 8, c. 22; J. Hansen, *Quellen*, pp. 310~312에 재수록됨. 『주교 경전』에 대해서는 다음을 참고할 것. J. Hansen, *Zauberwahn*, pp. 78ff.

다. 재판을 마감하는 판결에서 가스파루토와 모두코는 베난단티와 함께 '간' 것 때문에, 그리고 영혼이 육체를 이탈했다가 마음대로 다시 들어갈 수 있다고 감히 '단언한' 것 때문에 유죄 판결을 받았다. 다른 많은 마녀 재판에서 이와 비슷한 왜곡이 나타나는 것은 우연이 아니다.

마녀와 베난단티는 모두 영혼이 (신학자와 심문관들이 그렇게 길게 논 의했던 변신인) 고양이, 생쥐 또는 다른 짐승의 모습으로 육체를 떠나는 것에 대해 이야기할 때, 그것을 말함으로써 혼수상태 동안 경험했던 심 각한 당혹감의 고통스러운 느낌을 억누르려 하는 듯 보였다. 하지만 그 런 경험은 다른 사람에게 전달할 수 있는 것이 아니며, 영혼이 육체를 떠난 것에 대한 진술은 유죄가 되었다. 마녀와 베난단티의 자백은 사바 트가 실제로 가시적이라는 관념과, 환상과 상상이라는 그에 대립되는 관념 모두를 유지한 이단 심문소의 구도schema 속에 의도적으로 짜맞춰 졌다.

13

지금까지 우리가 검토한 것은 펠리체 수도사가 심문을 하면서 시도했던 유도신문의 동기를 설명하는 데 도움이 된다. 마지막 공판에서 가스파루 토의 아내가 눈물을 흘리지 않고 울었다는 것을 서기가 지적했다는 것 은 놀랍지 않다. 그것은 마법의 증거이자 악마와 관련되어 있다는 명백 한 증거로 간주되고 있었다.[63] 또한 가스파루토와 모두코의 재판기록이

---

63 ACAU, S. Uffizio, "Ab anno 1574……," proc. n. 64 cit., c. 9v. "처음에 그녀는 한동안 흐느꼈다. 그리고 눈물이 흐르는 것은 아무도 보지 못했다." 여기에 대해서는 다음을 참고

'마녀에 대한 이단 재판'Processus haeresis contra quosdam strigones이라는 표제 아래 분류되었다는 것 역시 놀랍지 않다.

그러나 베난단티가 밤의 모임에서 거행했다는 의식rito을 검토한다면 그것은 사바트와 별 유사성이 없다는 것이 확실하다. 그것은 해석이 필요 없을 정도로 의미가 확실하고 투명한 의식이다. 우리는 기계적으로 반복되는 경직된 미신이 아니라 강렬하게 열정적으로 겪고 있는 의례를 다루고 있는 것이다.[64] 수숫대로 무장한 마녀와 마법사들에 대항하여 회향단으로 무장한 베난단티는 그들이 '수확물에 대한 사랑' 때문에 투쟁하게 되었다는 의식을 갖고 싸웠다. 즉 그들의 공동체에 풍요로운 수확, 풍부한 식량과 곡식과 포도, 곧 '세상의 모든 과실'을 확보하기 위하여 싸웠던 것이다. 그것은 프리울리처럼 통행의 주요 경로와 비교적 접촉이 없는 변두리 지역에서 거의 16세기 말에 이르기까지 놀라운 생명력을 갖고 존속했던 농경 의식rito agrario이다.[65] 그 기원이 언제로 거슬러올라가

할 것. ASM, *Inquisizione*⋯⋯, b. 8, 1601년 5월 7일 빌라 마르차나(Villa Marzana)의 그라나(Grana)에 대한 심문. 번호가 매겨지지 않은 책장; ASL, *Cause Delegate*, n. 29, c. 40v (1605).

64 다음을 볼 것. R. Pettazzoni, *Le superstizioni. Relazione tenuta al Primo Congresso di etnografia italiana* (Roma, 1911), p. 11.

65 프리울리에는 고립된 마을이 많이 있었기 때문에 마법과 악마에 홀리는 일은 물론 미신적인 관행이 끈질기게 남아 있었다. 그리하여 카르니아(Carnia)에 있는 두 마을인 리고술로(Ligosullo)와 타우시아(Tausia)의 대표자들이 베네치아공화국의 교황 대사(nunzio apostolico)인 에데사의 대주교 몬시뇨르 카를로 프란체스코 아이롤도(Monsignor Carlo Francesco Airoldo)에게 그에 대해 개탄한 적이 있다. 이 기록이 1674년 8월 15일이라는 늦은 시기에 작성되었다는 사실에 더욱 깊은 의미가 있다.
리고술로에서는 홀린 사람들이 많이 나와 마을이 소란스러웠다. 그러나 거기에는 놀랄 것이 없다. "리고술로는 빌라 디 팔루차(Villa di Paluzza) 위쪽에 있는 성 다니엘레 성당에서 험한 길로 4마일 떨어져 있습니다. 가파른 언덕과 비가 많이 오기만 하면 건너기 어려운 물이 있고, 특히 겨울이면 6개월 동안이나 눈이 깊이를 알 수 없을 만큼 오는 산 속에 있기 때문에 어린이와 노인은 물론 건강한 사람도 미사나 다른 성스러운 활동에 참여하기 어렵습니

는지 알기는 어렵다. 그러나 오늘날까지도 사람들은 이 의식을 통해 표현된 신앙의 계보가 복잡하다는 것을 알고 있다.

베난단티는 사계재일 때 목요일 밤마다 나갔다. 그것은 고대의 한 해 농사 일정으로부터 잔존하는 축제로서 마침내 기독교 달력에 편입된 것이었다.[66] 그것은 1년 중 낡은 시기에서 새 시기로 위험하게 옮겨가는 계절의 변화를 상징하는 것으로서, 파종, 추수, 수확, 가을의 포도를 약속한다.[67] 베난단티가 마녀와 마법사로부터, 그리고 비밀리에 땅의 풍요를 위협하는 모든 세력으로부터 대지의 산물을 보호하기 위해 나선 것은 이 기간이었다. 즉 마을 공동체의 번영이 달려 있는 이 기간에 나가 싸

다. 돈이 없는 사람들도 그 길을 떠나기를 포기해야 합니다. 미사가 끝나면 정오가 되고, 피로에 지친 사람들은 영양을 보충하지 않고는 집으로 갈 수 없기 때문이지요. 이런 장애물 때문에 젊은이들은 기독교 교리를 배우지 못하고 자라며, 노인 중에도 주기도문을 모르는 사람들이 있을 정도입니다. 때로 사람들은 교회의 마지막 의식조차 받지 못하고 죽는 경우가 있습니다." 악마의 홀림은 이런 비참한 상황에 침투하였다. "우리들 공통의 적은 곧 그런 시체를 점령하였습니다." (L. da Pozzo, "Due documenti inediti del 1674 riferentisi a casi di stregoneria," *Pagine friulane*, 15 (1903), n. 11, pp. 163~164).

66 사계재일의 기원이 로마의 농사 달력에 기원을 둔다(6월의 feriae messis, 9월의 vindemiales, 12월의 sementiciae)는 논지에 대해서는 다음을 참고할 것. G. Morin, "L'origine des Quatre-Temps," *Revue Bénédictine*, 14 (1897), pp. 337~346. 다음은 이 가설을 받아들이지 않는다. L. Fischer, *Die Kirchlichen Quatember, Ihre Entstehung, Entwicklung, und Bedeutung* (München, 1914), 특히 pp. 24~42. 사계재일과 관련된 신앙은 다음을 참고할 것. J. Baur, "Quatember in Kirch und Volk," *Der Schlern*, 26 (1952), pp. 223~233.

67 사람들의 마음에서 사계재일이 풍작과 연관되어 있다는 것은 설교의 문구에서 나왔다. 그것은 아브라함 아 상크타 클라라(Abraham a Sancta Clara)의 설교라고 알려져 있다 (*Der Narrenspiegel*, nuovamente edito…… secondo l'edizione di Norimberga del 1709 da …… K. Bertsche (M. Gladbach, 1925), pp. 25~26). 슈바르츠(E. von Schwartz)는 남부 독일에서 신으로부터 풍요로운 수확을 확보하려는 의도의 행진이 사계재일에 벌어진다는 점에 주목하였다. "Die Fronleichnamsfeier in den Ofner Bergen(Ungarn)," *Zeitschrift für Volkskunde*, n. s., vol. II (1931), pp. 45~46. 다음 역시 참고할 것. J. Baur, "Quatember," p. 230.

운 것이다. "우리가 이기면 그해에는 풍년이 듭니다. 그렇지만 우리가 지
면 흉년이 됩니다."

베난단티만이 신을 달래는 역할을 했던 것이 아님은 확실하다. 교회
에서도 보통 예수 승천일 이전 사흘 동안 밭 주위에서 벌이는 기도 성일
의 행진을 통해 수확물을 보호하며 빈번하고 파멸적인 흉작을 막기 위
해 노력했다. 그리고 그 사흘 동안 첫날에는 채소와 포도, 둘째 날에는
밀, 셋째 날에는 건초의 수확을 기원하는 전통이 오랫동안 보존되어 있
었다.[68] 나쁜 날씨 때문에 발생한 재앙조차 종종 지나간 죄에 대한 신의
처벌 탓으로 돌려진 것도 이 기간이었다. 특히 프리울리에서 그러했다.
1596년 4월 9일 교황 클레멘스 8세는 폴체니코Polcenico 지역에 내려진 파
문을 해제했다. 그 지역에서는 수확의 흉작이 보여주듯 스스로 파문을
초래했다고 두려워했던 것이다. 1598년 3월 26일 교황은 산 다니엘레San
Daniele 지역에도 똑같은 일을 했다. 여기에서는 수확물이 반복적으로 우
박의 피해를 입었다.[69]

그러나 기도 성일의 행진과 교황의 파문 해제가 충분하지 않다고 여
겨지면, 이때 무언의 경쟁 속에 베난단티가 신을 달래는 의식이 나타났
다. 가스파루토가 묘사하였듯, 밭의 풍작을 보호하기 위한 싸움에서 베
난단티가 사용하는 무기가 '기도 성일 행진 때 십자가 뒤에 들고 가는
지팡이'인 가막살나무 지팡이였다는 것은 우연이 아니다. 이렇게 신성한
것과 악마적인 것이 결합되어 있었기 때문에 심문관은 가스파루토에게

---

68 다음을 참고할 것. V. Ostermann, *La vita in Friuli*, I, p. 129.
69 다음을 참고할 것. F. di Manzano, *Annali del Friuli ossia raccolta delle cose
storiche appartenenti a questa regione* (Udine, 1879), VII, pp. 177~178. 다음 역시 참
고할 것. A, Battistella, *Udine nel secolo* XVI (Udine, 1932), p. 267.

기도 성일 행진에 그런 지팡이를 갖고 다니는 것을 금지시켰고, 실로 그 것을 집에 놔두라고 명령하였다. 이러한 명령은 그의 식솔들domestici에게 도 해당되었다.[70]

이것은 16세기 말 프리울리의 농부들이 종교적 행진이나 미신적 구제 책에 전적으로 의존하여 농작물과 그 수확을 보호하려 했다고 말하려 는 것이 결코 아니다. 오히려 세심한 밭일은 교회 의식이 주는 혜택에 대 한 믿음이나 궁극적으로 베난단티가 거두는 밤의 전투에서의 승리에 대 한 믿음과 아주 잘 공존할 수 있었고, 실제로도 쉽게 공존했다.

바로 이 시기의 그 농민들에게 논쟁의 여지가 있긴 하지만 강한 자연 주의적인 태도가 있었다는 증거가 있으니, 카르니아Carnia 지역의 빌라Villa 마을 농부인 니콜로 펠리차로Niccolò Pellizzaro의 다음과 같은 엄숙한 진술 이 그 예이다. 그는 1595년 이단 심문소에 고발되어 이렇게 말했다. "사 제들이 밭에 드리는 축도와 공현축일Epifania에 밭에 뿌리는 성수는 포도 넝쿨과 나무에 열매가 맺는 데 조금도 도움이 되지 않습니다. 단지 비료 와 인간의 땀만이 열매를 맺게 합니다."[71] 그러나 여기에서도 우리가 보

---

70 ACAU, "Sententiarum …… liber primus," c. 95r. (식솔에는 당연히 가족 구성원도 포 함된다.) 오스터만은 가막살나무 가지(paugne)로 건드리기만 해도 마녀가 상처를 입는다 는 믿음이 있다는 것을 프리울리에서 발견했다. "Usancis e superstizions del popul furlan," *Società Alpina Friulana, Cronaca del 1885~1886, anno V e VI* (Udine, 1888), p. 125. 다음에서 'paugne' 항목도 참고할 것. *Il Nuovo Pirona*. 벨루노(Belluno) 지역의 이와 같은 믿음에 대해서는 다음을 참고할 것. G. Bastanzi, *Le Superstizioni delle Alpi Venete* (Treviso, 1888), p. 14 n. 1(벨루노와 카도레 지역의 미신에 대한 A. 치벨레 나르도[Cibele Nardo]의 연구에 근거하고 있음).

71 ACAU, "Sententiarum contra reos S. Officii liber tertius," c. 133v. 펠리차로의 재판에 대해서는 다음을 볼 것. ACAU, S. Uffizio, "Ab anno 1593 usque ad annum 1594 incl. a n. 226 usque ad 249 incl.," proc. n. 228. 니체(Nietzsche)는 이 진술과 비슷한 뜻의 시칠리아 속담을 공책에 필기한 적이 있다. 다음을 볼 것. "Aurora e frammenti postumi (1879~1881)," in *Opere*, ed. Colli-Montinari, vol. V, t. 1 (Milano, 1964), p. 468. 결론적으로 그것은 불

는 것은 자연을 정복하는 인간의 힘에 대한 '인간주의적' 찬미라기보다는 종교적 논쟁의 메아리이다. 사실 펠리차로는 루터교를 믿는다는 혐의를 받고 있었고, 그는 자신의 진술을 통해 무엇보다도 가톨릭 사제와 의식에 대한 비웃음을 전달하려고 했을 것이다.

회향단을 든 베난단티는 수숫대를 든 마녀들과 싸웠다. 수숫대가 마녀들의 전통적인 상징인 빗자루와 동일한 것일 수 있다는 가설을 제외한다면, 왜 마녀들의 무기가 수숫대였는지는 확실하지 않다(수수 중에서 가장 흔한 종류의 하나인 이른바 '빗자루 수수'sorgo da scope는 기장의 일종이다). 마녀와 베난단티의 밤의 만남이 악마적 사바트의 전신이었다는 관점에 비추어볼 때 이것은 특히 흥미로운 가설이다. 그러나 이 가설은 조심스럽게 제기되어야 한다는 것이 확실하다. 어쨌든 베난단티에게 수수는 마녀의 사악한 힘을 상징하는 것처럼 보였다.

브라차노의 본당 사제 바르톨로메오 즈가바리차는 가스파루토와 다음과 같은 대화를 나눴다고 보고한 바 있다. "그는 제 밭에 수수를 심지 말라고 애걸했습니다. 그는 수수가 자라는 것을 보기만 하면 뽑아버리면서, 심은 사람에게 저주를 퍼부었습니다. 제가 수수를 심고 싶다고 하자 그는 욕설을 하기 시작했습니다."[72] 그렇지만 민간요법에서 치료의 효과를 인정받고 있는 회향에는 마녀를 물리치는 효력이 있다고 한다. 모두코는 마늘과 회향이 "마녀에 대한 방어수단이기 때문에" 베난단티가 그것

경스러운 일상적 행위에 불과했다. 1655년 이후 영국의 예에 대해서는 다음을 참고할 것. *The Oxford English Dictionary*, I, p. 533 ('atheistically' 항목을 찾아볼 것).

72 ACAU, S. Uffizio, "Ab anno 1574……," proc. n. 64 cit., c. 1v. 20세기 초까지도 슬로베니아 농부들은 마녀가 무기로 사용한 막대기를 묻어야 한다는 믿음을 갖고 있었다. 그 이유는 마녀가 그것을 갖고 케르스트니키(Kerstniki: 프리울리의 베난단티에 상응하는 사람들)와 싸우는 것을 막기 위해서이다. 다음을 참고할 것. F. S. Krauss, *Slavische Volkforschungen* (Leipzig, 1908), pp. 41~42.

을 먹는다는 것을 시인했다.[73]

이러한 전투는 젊은이들의 두 집단이 참여하는 더 오래된 풍요제를 재연하며 어느 정도 합리화시키고 있다고 추정할 수 있을 것이다.[74] 그 풍

---

73 ACAU, S. Uffizio, "Ab anno 1574……" proc. n. 64 cit., c. 6r. 프리울리 민중 요법에서 회향을 사용하는 것에 대해서는 다음을 참고할 것. V. Ostermann, La vita in Friuli, I, p. 149. 동부 프로이센에서는 주문에 대항하여 회향을 사용했다. 다음을 볼 것. A. Wuttke, Der deutsche Volksaberglaube der Gegenwart, 3rd rev. ed. by E. H. Meyer (Berlin, 1900), pp. 101, 435. 다음 역시 참고할 것. O. von Hovorka & A. Kronfeld, Vergleichende Volksmedizin (Stuttgart, 1908), I, pp. 132~133. 베아른(Béarn)의 이와 유사한 믿음에 대해서는 다음을 볼 것. H. Barthéty, La sorcellerie en Béarn et dans le pays basque (Pau, 1879), p. 62. 16세기 루카에서 한 치료사는 회향과 운향(ruta)으로 만든 차를 사용하여 "시체에 밟힌"(pesta dai morti), 즉 주문에 걸린 사람을 치료했다. 다음을 볼 것. ASL, Cause Delegate, n. 125, c. 170v. '시체에 밟힌'이라는 표현에 대해서는 제2장을 볼 것.

74 베난단티 재판에서 제시된 자료에 근거하여 우리는 마법과 비밀 청년단체 사이의 관계라는 복합적인 문제를 재검토해야 할 것이다. (베난단티가 성년에 도달하는 것과 대체로 일치하는 정확한 나이에 '무리'에 가입하며, 일정 기간이 지나면 나온다는 것에 주목해야 한다. 더구나 대장과 함께 나갈 채비를 하는 등 이 집단의 군사적인 성격도 기억해야 한다.) 이 점에 대해서는 특히 다음을 참고할 것. O. Höfler, Kultische Geheimbünde der Germanen, vol. I (Frankfurt a. M., 1934); 다음도 참고할 것. A. Runeberg, "Witches, Demons and Fertility Magic," Societas Scientiarum Fennica: Commentationes humanarum litterarum, 14, 4 (Helsingfors, 1947), pp. 59ff. 특히 J. Baur("Quatember," p. 228)는 브레사노네(Bressanone)에서 다양한 청년단체(Brüderschaften)가 모여 사계재일 행진에 참여하였음을 상기시킨다.

여기에 인용된 두 가지 요인이 정도의 차이는 있지만 마녀의 자백에서도 종종 반복되고 있음에 주목해야 한다. 마녀의 자백에서는 입문식이 청년기에 벌어진다는 주장이 많다. 루카의 마녀인 산 로코의 마르게리타의 자백은 특이하다. 그녀는 사바트에 "서른 살에 갔고, 그 이전에는 갈 수 없다"고 말했다. ASL, Cause Delegate, n. 175, c. 195v. 반면 마녀와 마법사의 조직이 군대를 닮았다는 언급은 극히 드물다. 그런 주장은 헝가리의 재판에서 다소 나타나는 것으로 보인다. 여기에는 대장, 하사, 마녀 들의 무리와 같은 언급이 나오며, 그들은 나팔소리를 들은 뒤 검은 비단 깃발을 들고 비밀모임으로 간다. 다음 익명의 기사를 참고할 것. "Das Hexenwesen in Ungarn," Das Ausland, LII, n. 41, 1879년 10월 13일, pp. 815~818. 다음에도 인용되었다. W. Schwartz, "Zwei Hexengeschichten aus Waltershausen in Thüringen nebst einem mythologischen Excurs über Hexen-und ähnliche Versammlungen," Zeitschrift für Völkerpsychologie und Sprachwissenschaft, 18 (1888), pp. 414~415. 다음 역시 참고할 것. H. von Wlislocki, Aus dem Volksleben der Magyaren, Ethnologischen Mitteilungen (Münchent 1893), p. 112.

요제에서는 각기 풍년에 도움이 되는 악령과 파괴를 하는 나쁜 악령의 배역을 맡은 젊은이들 두 집단이 자신의 생식능력을 자극하기 위하여 회향 줄기와 수숫대로 허리의 가죽을 벗기는 흉내를 낸다. 그것은 비유적으로 마을 토지의 풍요를 기원하는 것이다.[75] 이 의식은 점차 실제 전투로 재현되기에 이르렀을 것이며, 마법의 힘에 의해 대립되는 두 집단의 패싸움 결과에 토지의 풍요와 수확의 운명이 달려 있는 것으로 여겨지게 되었을 것이다.[76] 다음 단계에서 이런 의식은 공개적으로 실행되기를 그치고, 꿈이나 환각의 상태에서 위태롭게 존재하게 되었을 것이다. 그 어느 쪽의 경우이건 그것은 순전히 개인 내면의 감정의 차원에 존재하지만, 개인의 단순한 환상일 뿐이라고 치부할 수도 없는 것이다.

그러나 이것은 단지 순수한 가설에 불과하며, 민중신앙의 이전 단계에 대한 아직은 찾지 못한 구체적인 증거 위에서만 확인될 수 있을 뿐이다. 베난단티의 진술에서는 이렇듯 가설적인 원초적 의식의 자취를 조금

---

75 풍년을 기원하는 의식으로서 사람이나 짐승의 허리와 다른 부분을 두드리는 것에 대해서는 다음을 참고할 것. W. Mannhardt, *Wald-und Feldkulte*, I, pp. 251~303. 특히 pp. 548~552는 풍작을 기원하는 가상 전투 의례를 다루고 있다. 만하르트는 이 관습에 대해 대부분 독일 출처의 자료를 많이 수집하였다. 봄이 시작할 때나 겨울이 끝날 때 식물이나 나무의 가지로 사람이나 짐승을 두드리는 이 관습을 그는 생장에 적대적인 악령을 쫓기 위한 의식이라고 해석한다. 훗날 이 해석은 논박되었고, 그것은 두드리는 나무의 힘을 사람이나 짐승에게 전달하려는 의도의 마법의식이라고 보았다. 다음을 참고할 것. S. Reinach, *Cultes, mythes et religions* (Paris, 1905), I, pp. 173~183; G. Dumézil, *Le problème des Centaures* (Paris, 1929), pp. 217~218, etc.

76 우리는 에스키모에게서 이와 비슷한 관행이 실행되고 있다고 상정할 수 있다. J. Frazer, *The Golden Bough* (Italian edition, II, p. 99). 겨울이 다가오면, 겨울에 태어난 사람들과 여름에 태어난 사람들로 구성된 두 계층이 힘을 겨룬다. 후자가 이기면 좋은 한 해가 예상된다. 이 자료의 중요성은 여러 번 강조된 바 있다. 예컨대 다음을 볼 것. M. P. Nilsson, "Die volkstümlichen Feste des Jahres," Religionsgeschichtliche Volksbücher für die deutsche christliche Gegenwart (Tübingen, 1914), ser. 3, fasc. 17~18, 29. 말할 필요도 없지만, 우리의 문제에 대해 이런 유형의 접근으로는 아무것도 증명하지 못한다.

도 찾을 수 없다. 아마도 더 개연성이 있는 가설은 마녀에 대한 베난단티의 전투와 '겨울'과 '여름'(또는 '겨울'과 '봄') 사이의 의례적인 힘겨루기 사이의 관련성을 상정하는 것이다. 그 힘겨루기는 옛날에는 물론 오늘날에도 여전히 중북부 유럽의 여러 지역에서 벌어지고 있다.[77]

예를 들어 양쪽 경쟁자들이 걸치고 있는 식물을 생각해보자. '겨울'은 솔가지나 겨울의 다른 식물을 걸치며, '여름'은 곡식 이삭, 꽃 등을 걸친다. 베난단티가 말하는 수수와 회향은 같은 계절에 꽃을 피운다 할지라도, 이 두 식물과 그들이 걸치는 식물 사이에는 어떤 유사성이 있지 않은가? 특히 '겨울'과 '여름' 사이의 경쟁이 어떤 지역에서는 더 오래된 것으로 추정되는 의식인 '죽음' 또는 '마녀' 추방 의식과 관련되어 있다는 사실에 주목해야 한다.[78] 풍작을 확보하기 위한 목적이 확실한 이 의식에서 '죽음' 또는 '마녀'의 허수아비는 몽둥이와 돌로 맞고 마지막에는 마을에서 엄숙하게 추방된다. 이렇게 상징적으로 험한 계절을 추방하는 것과 베난단티가 마녀에게 행한 공격 사이에는 유사성이 있지 않은가? 아마도 그 유사성은 존재한다.

그러나 그러한 유사성과 함께 꼭 유념해야 할 차이점도 존재한다. 첫째로 '겨울'과 '여름' 사이의 힘겨루기 의식은 1년에 한 번 열렸던 반면, 베난단티는 1년에 네 번 사계재일 때마다 마녀들과 싸웠다고 주장했다.

---

77 다음을 볼 것. W. Liungman, "Der Kampf zwischen Sommer und Winter," *Academia Scientiarum Fennica, FF Communications*, n. 130 (Helsinki, 1941). 방증 자료가 풍부함. 리웅만은 이 의식이 메소포타미아의 신 티아미트(Tiamat)와 마르두크(Marduk) 사이의 싸움 못지않게 오래되었다고 추측한다. 그와 다른 의견으로는 다음을 참고할 것. W. Lynge, "Die Grundlagen des Sommer-und Winterstreitspieles," *Oesterreichische Zeitschrift für Volkskunde*, 51 (1948), fasc. 1-2, 113~146.

78 프레이저는 이 의식을 만하르트가 상정한 '생장의 정령'과 연관시킨다. Golden Bough (Italian ed., II, pp. 96~97).

둘째는 더 중요한 것으로서, 두 의식의 내용이 완전히 다르게 보인다는 것이다. '겨울'과 '여름'의 힘겨루기는 계절의 평화적인 교체를 상징하고 있으며, 따라서 '여름'의 승리가 불가피하다.[79] 반면 베난단티와 마녀의 전투는 풍년과 흉년 사이의 충돌이며 그 결과는 불확실하다. 그것은 정확한 의식에 따라 행해지는 실제 전투이다. 이 의식에서 낡은 계절과 새 계절 사이의 대립은 극적으로 체험되며, 그것은 실로 마을의 물리적인 생존 자체를 결정하는 투쟁이다.[80]

14

이들 베난단티의 자백에 따르면, 외견상 내적인 동기를 자체적으로 갖추고 있는 것처럼 보이는 이 농경 의식에는 아주 다양하고 복합적인 문화

---

79 한 예외는 만(Man) 섬에서 실행되고 있는 변형된 관행인데, 여기에서 '5월의 여왕'과 '겨울의 여왕' 사이의 전투는 실제 상황이며, 누가 이길지 예측할 수 없다. 다음을 참고할 것. W. Liungman, "Der Kampf," pp. 70~71. 다음 책에서 제시하는 자료도 흥미롭다. E. Hoffmann-Krayer, "Fruchtbarkeitsriten im schweizerischen Volksbrauch," in *Kleine Schriften zur Volkskunde*, ed. P. Geiger (Basel, 1946), p. 166, 스위스의 어떤 지역에서 3월 1일에 열리며 두 젊은이 집단 사이의 전투 의례를 포함하고 있는 '겨울' 쫓아내기 의례는 "풀이 자라게 하기 위해" 열린다. 이것은 마법적인 요인이 태동하고 있음을 보여주며, 어쩌면 더 먼 옛날의 의식의 흔적을 엿볼 수도 있다.

80 "곡창이 열리면 밀·호밀·보리와 옥수수가 넘쳐흘러 가난한 사람들의 배를 채워주기 충분하겠지만, 만일 신의 섭리로 독일의 곡창이 열리지 않는다면 올해는 큰 흉작이 들어 가난한 사람들은 굶어죽을 것이다. 우디네 아랫마을에서 두 여인이 입을 들풀로 가득 채우고 굶어죽었다는 보고가 있다." Crisforo di Prampero, *Cronaca del Friuli dal 1615 al 1631* (Udine, 1884), pp. 26~27 (1618년의 기록). 이 당시 프리울리의 연대기를 읽으면 우리는 이와 비슷한 상황에 계속 마주친다. 그것은 이 지역 농부들의 위태롭고 실로 비참한 상태를 웅변적으로 묘사한다. 다음 기록에서 우디네 대평의회(Maggior Consiglio)의 논의를 살펴볼 것. 여기에도 기근의 위협이 끊임없이 존재하고 있다(BCU, *Annalium libri*, Ms.). 바티스텔라(Udine, p. 302)도 16세기 말의 흥미로운 자료를 언급하고 있다.

적 요인들이 부과되어 있다. 모두코와 가스파루토는 모두 그들이 참여한 밤의 모임에 대해 이야기할 수 없다고 잘라 말했다. 왜냐하면 그렇게 하면 신의 의지에 어긋나기 때문이다. 모두코는 그 점을 명확히 했다. "우리는 그리스도를 받들기 위해 나가며 마녀들은 악마를 받듭니다." 베난단티 무리는 신성한 실체이며, 사실상 신에 의해 확립된 신앙의 농민군이다("우리는 그리스도의 신앙을 위해 싸우기 때문에 그것이 신에 의해 주어졌다고 믿습니다"). 가스파루토에 따르면 그 꼭대기에 하늘의 천사가 있다. 집단 내부에서는 신과 성인을 경건하게 모시며, 그 구성원들은 죽은 뒤 천국에 가는 것이 확실하다고 모두코는 말했다.

　'수확물에 대한 사랑' 때문에 싸우는 것과 '그리스도의 신앙을 위해' 싸우는 것 사이의 대비는 실로 눈에 거슬린다. 이렇게 복합적이고 다양한 요인들이 얽혀 있는 민중신앙에서 그러한 결합은 놀라운 일이 아니다. 그러나 우리는 베난단티가 수행한 농경 의식이 기독교화한 이유에 대해 자문해봐야 한다. 그것은 프리울리 전 지역에서 '자발적으로' 이루어진 것이 확실하다. 어쩌면 그것은 정통에서 꽤 벗어난 의식을 교회의 눈으로부터 가리기 위해 먼 옛날에 채택된 수단이었을 것이다. 그것은 고대의 풍요제를 기리는 젊은이들 집단이 스스로 수호성인의 보호 밑으로 들어가는 것과 비슷하다.[81] 또는 풍작이라는 좋은 명분을 기독교 신앙의 거룩한 명분과 솔직하게 접목시키려던 사람들에 의해 고대의 농경 의식이 기독교의 모티프를 서서히 받아들여갔던 것일 수도 있다. 마지막으로, (뒤에 논의되겠지만) 적인 마녀들에 의해 악마적인 요인이 점차

81　이탈리아의 청년집단에 대한 만족스러운 연구는 없다. 다음의 혼란스럽고 전문적이지 못한 잡동사니는 극도로 조심스럽게 사용해야 한다. G. C. Pola Falletti di Villafalletto, *Associazioni giovanili e feste antiche. Loro origini*, 4 vols., (Milano, 1939~1943).

베난단티에 동화되는 사태에 직면한 베난단티가 그에 대한 자발적인 반응으로 자신들의 명분을 기독교 신앙의 명분과 일치시켰다고 추정할 수도 있다.

이러한 여러 가설은 나름대로 일말의 진리를 담고 있다. 어쨌든 이러한 기독교화의 시도가 성공하지 못했던 것은 확실하고(성공할 수도 없었다), 이단 심문소에서 호의적으로 받아들여지지 않았던 것도 확실하다. 몇십 년 사이에 그것은 시들해졌다. 베난단티가 수호했던 신앙의 복합체 내부에는 두 가지 기본적인 요인이 공존했다. 그 둘 가운데 더 오래된 것이 농경 의식이고 다른 하나는 기독교 신앙인데, 여기에 마법과 동화될 수 있는 수많은 요인들이 더해졌다. 심문관들이 농경 의식을 이해하지 못하고 거기에 내재하는 기독교 신앙의 요인을 단호하게 부인했을 때, 이러한 신화와 신앙의 복합체는 다른 출구가 없었기 때문에 불가피하게 제3의 방향으로 흘러갈 수밖에 없었다.

15

지금까지 우리는 주로 베난단티에 대해서 이야기했다. 이제 그들의 적인 마녀와 마법사에 대해 이야기해야 할 시간이 되었다. 그들은 가스파루토와 모두코의 자백에서 무엇보다도 베난단티와 대비되는 대상으로 나타났다. 여기에서도 그 대비의 척도는 물리적이고 가시적이다. "우리 대장은 얼굴이 약간 하얀 반면 그들의 대장은 가무잡잡합니다." "우리의 기수는 사자가 그려진 하얀 능직 비단에 금박을 한 깃발을 들고 다닙니다. 마녀들의 깃발은 네 명의 검은 악마가 그려진 붉은 비단에 금박을 입힌 것입니다."[82]

　그러나 마녀와 마법사들은 비밀모임에서 무슨 일을 했는가? 베난단티와 싸운 것 외에 "그들은 춤추고 날뛰었다"고 가스파루토는 말했다. 이미 검토했던 것처럼 후에 악마의 참석이나 성사의 모독이나 신앙의 배신과 같은 전통적 사바트의 악마 같은 낙인을 찍도록 만들 요소는 거기에 없었다. 물론 그 방향을 가리키는 어떤 세부적인 사실이 있기는 하다. 그것은 마녀의 깃발에 그려진 악마와 "우리는 그리스도를 받들기 위해 나가며 마녀들은 악마를 받듭니다"라는 모두코의 진술 등이다. 그러나 그것들은 각각 별개의 문제이며, 훗날 악용되었을 것이다. 이들은 신학적으로 정의된 범죄를 기준으로 마녀라고 규정된 것이 아니라, 수확물의 파괴와 기근 그리고 아이들에게 건 마법이 기준이 되었다. 그러나 아이들에게 행한 마법이라는 문제에서도 이들은 베난단티의 격렬한 저항을 극복해야 했다. 가스파루토는 방앗간지기 피에트로 로타로의 아들에 대해 "마녀가 들렸소. 그렇지만 마녀가 들렸을 때 부랑자들이 돌아다니면서 마녀의 손에서 아이를 빼앗아왔지요"라고 말한 바 있다. 사실 베난단티는 마법행위의 희생자들을 금방 알아볼 수 있었다. 가스파루토는 이렇게 말했다. "몸에 살을 하나도 남겨놓지 않기 때문에 그렇게 보입니다. 그들은 마르고 시들어서 가죽과 뼈만 남습니다." 만일 베난단티가 제시간에 온다면 홀린 아이를 구하려고 시도할 수 있었다. 세 번의 목요일에 연속적으로 아이의 무게를 재는 것만으로도 아이를 구하기에 충분했다. "저울 위에다 아이의 무게를 재는 동안 베난단티의 대장은 병의 원인이 된 마녀에게 저울로 고문을 가해서 죽이기도 합니다. 아이의 무게가 늘면 마녀

82　ACAU, S. Uffizio, "Ab anno 1574……," proc. n. 64 cit., cc. 10v, 6r.

는 마르고 죽습니다. 아이가 마르면 마녀가 살아납니다."[83]

이 재판이 마녀의 비밀모임에 대한 우리에게 알려진 프리울리 최초의 증거라는 사실은 우연이라고 생각할 수 있을 것이다. 그러나 (아퀼레이아와 콘코르디아의 이단 심문소에 850건 이상의 고발과 재판이 있은 다음인) 1634년에 이르러서야 전통적인 악마의 사바트에 대한 완전한 설명과 마주치게 된다는 사실을 감안한다면 그것은 더이상 우연이 아니다. 그 이전에도 마녀와 마법사가 만나는 밤의 비밀모임에 대한 기록은 많이 있었지만 거기에는 언제나 베난단티가 참석했으며, 그들의 의식에는 가스파루토와 모두코가 묘사하는 것과 비슷한 특이한 점이 있었다. 그러한 관계는 우연으로 돌리기에는 너무나 자주, 너무나 오랜 기간에 걸쳐 반복되었다.

이탈리아 반도의 다른 지역인 모데나 부근에서 조사된 것과 유사한 그 어떤 일이 프리울리에서도 일어났던 것이 확실하다.[84] 그 어떤 일이란 고대의 민중신앙이 심문관의 무의식적인 압박을 받아 마침내 기존의 악마적 사바트라는 틀 속으로 서서히 지속적으로 짜맞춰들어가는 변형의 과정을 겪었다는 것이다. 마녀의 밤의 모임에 대한 모데나 최초의 언급은 악마의 찬미와 관련되어 있지 않다. 그것은 신비로운 여신인 디아나 신앙과 관련되어 있다. 주지하듯 14세기 말부터 이탈리아에 존재했던 이 신앙에는 마법이 관련되어 있지만, 악마와는 상관이 없이 무해하다.[85] 1498년의 재판기록에는 마녀에 대한 언급이 있지만, 그녀가 재판을 받

---

83 *Ibid.*, cc. 11v, 12v.

84 모데나의 문서보관소에 보존된 이단 심문의 자료가 풍부하기 때문에 나는 모데나를 비교의 목적으로 사용한다. 잘 알려져 있듯 불행하게도 이탈리아의 문서보관소에서 찾을 수 있는 이단 재판의 기록은 아주 적다.

85 다음을 볼 것. E. Verga, "Intorno a due inediti documenti di stregheria milanese del

은 것은 아니었다. 그녀가 "사바트에" in striacium 가곤 했다는 증언이 있었지만, 기록된 것은 단지 사람들이 밤의 모임에서 평화롭게 만나 새벽이 될 때까지 "밭이나 뜰의 순무"를 먹었다는 것뿐이다.[86] 1532년에 이르러서야 십자가와 성체 ostia 모독 그리고 악마와의 성교 같은 묘사가 나타난다. 또한 변형된 모습이긴 하지만 이 시기에 이르기까지 디아나가 아직도 존재하고 있었음에 주목해야 한다.[87]

우리는 모데나 지역에서 사바트에 악마적인 요소가 수용된 것이 프리울리 지역에서 그와 비슷한 상황이 전개되었던 것보다 실제로 한 세기 정도나 앞선다는 것을 알고 있다. 이것 역시 디아나 신앙과 비교했을 때 베난단티 신앙이 훨씬 더 복합적이고 생명력이 있었으리라는 사실은 물론 이른바 프리울리가 '변두리임' marginalità을 반영한다(디아나 숭배에서 베난단티 신앙이 파생되었을 것이다). 하지만 그 두 경우에 모두 악마적 사바트에 대한 믿음은 본디 민중의 정서에 낯선 것이었다고 단언하더라도 정당할 것이다. 실로 이러한 고찰이 다른 많은 지역에 적용될 수 있다 할지라도 악마적 사바트의 기원에 대한 문제는 여전히 남아 있다. 아마도 이단 심문소에서는 카타리 신앙(12세기에 융성했던 이단으로서, 신이 창조한 영혼세계와 악마가 창조한 물질세계의 이원론을 믿음-옮긴이)이 붕괴되었던

---

secolo XIV," in *Rendiconti del R, Istituto lombardo di scienze e lettere, ser.* II, 32 (1899), pp. 165~188: G. Bonomo, *Caccia,* passim.

86 ASM, *Inquisizione*……, b. 2, libro 3, c. 14v.

87 *Ibid.,* libro 5, cc. 44r-46v. 1532년에 재판을 받은 노비의 도메니카 바르바렐리는 "디아나의 여행에"(ad cursum Diane) 갔고, 거기에서 "놀이의 여주인"(domina ludi)의 명령에 따라 십자가를 모독하고 악마와 춤을 췄다고 말했다. Ibid., cc. 87v, 89r. 1539년에 재판을 받은 가이아토의 오르솔리나 라 로사는 고문 끝에 사바트에 가서 신앙과 세례를 포기했다고 자백하였다. 거기에서 그녀는 춤과 잔치에 빠져 있는 남자와 여자들 틈에서 "어떤 여주인"(quedam mulier)—"놀이의 여주인"임이 확실하다—을 봤는데, 남아 있고 싶으면 아무것도 먹지 말라고 그녀가 명령했다고 한다.

곳의 모든 지역에서 움튼 신앙을 집대성하며 그것을 반영했을 것이다. 어쨌든 이 가설은 여기에서 논의하기에는 너무 많은 문제점을 내포하고 있다.[88]

16

베난단티와 관련하여 오래 지속된 일련의 재판 가운데 최초는 가스파루토와 모두코에 대한 재판이었다. 남녀 모두 포함되어 있었던 그들은 비옥한 토지와 풍요로운 수확을 확보하기 위해 마녀와 마법사와 밤에 싸웠다고 주장했다. (농경 의식에 기원을 두고 있다는 추정이 가능한) 이 신앙은 프리울리 지역을 넘어서면 수많은 마법과 미신적 관례에 대한 재판기록을 아무리 찾아봐도 나타나지 않는다. 유일하고 특이한 예외는 1692년 위르겐스부르크Jürgensburg에서 열린 리보니아의 늑대인간wahrwolff에 대한 재판이다. 그것은 가스파루토와 모두코의 재판보다 한 세기 늦게 유럽의 또다른 변두리에서 일어났다.[89]

티스Thiess라는 이름의 피고는 80대 노인으로 심문관에게 자신이 늑대

---

88 나는 이 문제에 관한 논의를 곧 발간될 다른 저작으로 미루고 싶다. 나는 이 책의 초판본에서 1335년 툴루즈의 재판에 대해 간략하게 언급했던 구절을 제외시켰다. 노먼 콘(Norman Cohn)은 그것이 19세기에 위조되었다는 것을 명민하게 증명했다. N. Cohn, *Europe's Inner Demons: An Enquiry Inspired by the Great Witchbunt* (London, 1975), pp. 126~138.

89 다음을 참고할 것. H. von Bruiningk, "Der Werwolf in Livland und das letzte im Wendeschen Landgericht und Dörptschen Hofgericht i. J. 1692 deshalb stattgehabte Strafverfahren," *Mitteilungen aus der livländischen Geschichte*, 22 (1924), pp. 163~220. 이렇듯 구석진 곳에 있었던 자료가 빛을 보게 한 공은 O. 회플러(Höfler)에게 돌아가야 한다. 그는 다음 책의 부록에 이 자료를 부분적으로 재수록하고 논평을 달았다. *Kultische*

인간이라고 거리낌 없이 자백했다. 그러나 그의 이야기는 북부 독일과 발트해 연안국에 널리 퍼져 있는 늑대인간의 모습과는 크게 달랐다. 티스는 스카이스탄Skeistan이라는 이름의 렘부르크Lemburg 농부에게 코가 깨진 적이 있다고 말했는데, 스카이스탄은 이미 죽은 사람이었다. 스카이스탄은 마법사로서 동료들과 함께 곡식 종자를 지옥으로 가져가 곡식이 자라지 못하도록 했다. 티스는 다른 늑대인간들과 함께 지옥으로 내려가 스카이스탄과 싸웠다. (마녀의 전통적인 상징이 다시 나타나고 있는 바) 말총으로 감싼 빗자루 손잡이로 무장한 스카이스탄이 노인의 코를 때렸다. 이것은 우연한 충돌이 아니었다. 1년에 세 차례 크리스마스 이전 성 루치아 축일과 성령 강림 축일과 성 요한 축일의 밤이면 늑대인간들은 늑대의 형상을 하고 맨발로 "바다 끝에" 있는 장소, 곧 지옥으로 떠났다. 거기에서 그들은 긴 쇠채찍으로 악마와 마녀들과 싸우며 개가 몰듯 그들을 몰았다. 늑대인간은 "악마를 견디지 못한다"고 티스는 외쳤다. 놀란 재판관들은 설명을 요구했다. 만일 늑대인간이 악마를 견디지 못한다면 왜 늑대로 변해서 지옥까지 내려갔는가? 늙은 티스는 설명했다. 왜냐하면 그렇게 함으로써 그들은 마녀가 훔쳐간 땅을, 가축과 곡식과 온갖 과실을 되찾아올 수 있었다는 것이다. 그렇게 하지 못하면 지난해에 일어났던 일이 정확하게 반복된다는 것이었다. 작년에는 늑대인간들이 지옥에 가는 일을 늦추었더니 문이 닫혀서 마녀가 훔쳐간 곡식과 새싹을 다시 가져오지 못했다는 것이다. 이런 이유로 작년의 수확은 아주 나빴다. 그러나 올해에는 늑대인간들 덕분에 사정이 달라져 물고기가 많이 잡힌 것은 물론 보리와 호밀 수확이 풍작을 이루었다.

Geheimbünde, pp. 345~357.

이 시점에서 재판관들은 늑대인간들이 죽으면 어디로 가느냐고 물었다. 티스는 그들도 다른 사람들처럼 땅에 묻히지만 영혼은 천국으로 간다고 대답했다. 마녀의 영혼은 악마가 거두어갔다. 재판관들은 놀란 것이 역력했다. 그들은 물었다. 늑대인간은 신이 아니라 악마를 섬겼는데, 그들의 영혼이 신에게 올라간다는 것이 가능한 일인가? 그 노인은 그 생각을 확실히 거부했다. "늑대인간은 악마의 하수인이 결코 아닙니다." 늑대인간은 실로 신의 사냥개이기 때문에 개처럼 악마를 끝까지 추적하여 쇠채찍으로 때릴 만큼 악마를 적으로 여긴다는 것이다. 그들은 인류를 위하여 이 모든 일을 한다. 그들이 이 훌륭한 일을 하지 않는다면 악마가 세상의 과실을 모두 가져가고, 그 결과 사람들은 모든 것을 빼앗길 것이다.

리보니아의 늑대인간만 수확물을 놓고 악마와 싸운 것이 아니었다. 독일의 늑대인간들은 리보니아 부대 소속이 아니고 그들만의 지옥으로 가긴 하지만, 그들도 똑같은 일을 했다. 그것은 러시아의 늑대인간도 마찬가지인데, 그들은 그해와 그 전해에 이겨서 그들 나라에 풍작을 가져왔다. 실로 늑대인간들이 악마가 훔쳐간 곡식 종자를 빼앗는 데 성공하면 그들은 그것을 하늘에 뿌려 부자와 가난한 자 모두의 땅에 골고루 흩어져내리게 했다.

예상할 수 있겠지만, 이 시점에서 재판관들은 티스에게서 악마와 계약을 맺었다는 자백을 받아내려고 시도했다. 그 노인은 한결같은 고집으로 그와 그의 동료들이 '신의 사냥개'이고 악마의 적으로서 인간을 위험으로부터 보호하고 풍년의 번영을 보장한다는 대답을 헛되이 반복했다. 그러자 본당 사제가 소환되었다. 그는 노인을 꾸짖고 자신의 죄를 감추려 하는 과오와 악마적 거짓말을 그만두라고 요청했다. 그러나 그것도 소용이 없었다. 티스는 분노를 폭발시키며 자신이 사악한 일을 하고 있다는 이야기를 듣는 것이 지겹다고 사제에게 소리쳤다. 그의 행동이 사제의 행동보다 나은 일이며, 더구나 티스가 그 일을 범한 최초의 사람도 최후의 사람도 아닐 것이라고 말했다. 이렇듯 이 노인은 자신의 신념을 확고하게 유지하고 참회를 거부했다. 1692년 10월 10일 그는 미신을 믿고 우상을 숭배했다는 이유로 채찍질 10대의 처벌을 받았다.

이것은 다소간 모호한 유비analogie를 통해 유사성을 찾거나, 종교사의 심층적인 원형이 반복됨을 찾는다는 종류의 문제가 아니다.[90] 늙은 늑대 인간 티스의 신앙은 두 명의 프리울리 베난단티에 대한 재판에서 드러난 신앙과 본질적으로 동일하다. 막대기로 때리는 전투, 정해진 날 밤에 토지의 풍작을 확보하기 위해 싸우는 것은 물론 그 세밀하고 구체적인 세부 사실까지 비슷하다. 리보니아 마녀들이 갖고 싸우는 빗자루 손잡이와 같은 세부 사실도 프리울리 마녀들이 사용한 수숫대나 기장대를 상기시킨다. 프리울리에서는 주로 포도밭을 놓고 싸웠고 리보니아에서는 보리와 호밀을 놓고 싸웠지만, 그 모두에서 풍작을 위한 투쟁은 단지 견뎌야 하는 것이 아니라 신의 보호까지 받는 것으로 이해되었다. 신은 실로 싸움 참가자들의 영혼에 천국의 입구를 보장해주었던 것이다.

---

90 회플러(*Kultische Geheimbünde*, p. 352)는 이 재판기록에 관해 '겨울'과 '여름' 사이의 전투 의례를 상기시킨 것에 덧붙여(이 책 102~103쪽을 볼 것), 여기에서 조사한 신앙을 발데르(Balder: 오딘의 아들로서 여름 태양의 신-옮긴이)—아티스(Attis: 부활을 상징하는 프리기아의 신-옮긴이)—데메테르(곡물의 여신-옮긴이)—페르세포네(데메테르의 딸로 저승의 신 하데스에게 잡혀 지하로 내려감-옮긴이)—아도니스(페르세포네가 사랑한 미소년. 그의 피에서 아네모네가 돋아남-옮긴이)로 이어지는 신비 숭배의 복합체 속에 끼워 넣는다. '여름'과 '겨울' 사이의 '전투 의례'라는 원형적 기조의 해석은 다음을 참고할 것. M. Eliade, *Patterns in Comparative Religion* (Cleveland & New York, 1970), pp. 319ff. 이 점에서 엘리아데는 리웅만의 해석을 받아들인다.

여기에 대해서는 별다른 이견이 있을 수 없다. 그것은 동일한 농경 신앙이었음이 확실하다. 리보니아와 프리울리처럼 멀리 떨어진 장소에서 그 흔적을 발견할 수 있다는 것으로 판단할 때 그 신앙은 예전에 훨씬 더 방대한 영역에, 어쩌면 중부 유럽 전체에 확산되어 있었던 것이 틀림없다. 한편 그러한 흔적이 남은 이유는 프리울리와 리보니아가 그러한 신앙의 중심부에서 동떨어진 변두리에 위치하고 있다는 사실 또는 그 모두가 슬라브 신화와 전통의 영향을 받았다는 사실로 설명될 수도 있을 것이다. 게르만 지역에는 풍작을 놓고 밤의 전투를 벌이는 신화의 흔적이 미미하다는 사실로 미루어 후자의 가설에 더 무게가 실린다. 그러나 이 문제는 단지 집중적인 연구에 의해서만 해결될 수 있을 것이다.

하지만 우리에게 프리울리의 베난단티를 상기시키는 것은 티스 노인의 신앙뿐만이 아니다. 위르겐스부르크 재판관들의 반응도 우디네 심문관들의 반응과 세세한 점까지 비슷하다. 우디네 심문관들은 '기독교 신앙'의 수호자라는 베난단티의 역설적 자만을, 위르겐스부르크 재판관들은 '신의 사냥개'라는 늑대인간의 역설적 자만을 충격과 분노로 범벅이 되어 거부했다. 두 경우 모두 재판관들은 베난단티와 늑대인간을 악마의 추종자이자 숭배자인 마녀와 동일시하려 하였다.

그렇지만 주목해야 할 차이점도 있다. 우리가 아는 한 가스파루토와 모두코는 이단 심문소에서 재판을 받은 최초의 베난단티였다. '베난단티'라는 이름 자체를 심문관들이 모르고 있었다. 그들은 서서히 악마의 속성을 부여받게 되었을 뿐이다. 17세기 말 리보니아의 재판에서 우리는 정반대 현상을 목격한다. 위르겐스부르크의 재판관들은 늑대인간의 용모와 부정적인 태도는 물론 그들이 가축 떼의 포악한 천벌이라는 것을 잘 알고 있었다. 그러나 티스 노인의 이야기는 완전히 달랐다. 늑대인간은 인간의 번영과 대지의 풍작의 적인 악마와 마녀의 끊임없는 위협으로부터 수확과 가축까지 보호해주는 자들이다.

이렇듯 고대의 신앙으로 추정되는 것이 되살아난 이유는 아마도 17세기 말에 이르러 리보니아의 재판관들이 고문에 의존하지 않았고, 피고를 심문하면서 유도신문에조차 의존하지 않았기 때문이라는 사실로 설명이 가능할 것이다.[91] 늑대인간이 우호적인 모습으로 그려지기 시작한 것이 17세기 말보다 훨씬 이전으로 거슬러올라간다는 것은 티스 노인의 연만한 나이로도 증명된다. 아마 그는 젊었을 적에 그런 신앙을 갖게 되었을 것이며, 그것은 17세기 초에 해당한다.

그러나 그것보다 훨씬 흥미로운 자료가 있다. 16세기 중엽 카스파르 포이커Caspar Peucer는 주제에서 벗어나 늑대인간과 그들의 뛰어난 용맹에 대한 이야기를 하다가 자신의 책 『특수한 종류의 예언에 관한 논평 *Commentarius de praecipuis generibus divinationum*』에 리가Riga 출신의 젊은이에 관한 일화를 삽입했다. 그는 만찬 도중에 갑자기 쓰러져 바닥에 엎어졌다. 구경꾼 중 한 사람이 그가 늑대인간임을 곧 알아차렸다. 다음날 그 젊은이는 짙붉은 나비 모양을 하고 날아다니는 마녀와 싸웠다고 말했다. 포이커는 늑대인간이 마녀를 물리친다는 자랑을 실제로 하고 다닌다고 논평했다.[92] 그렇다면 이것은 고대의 신앙이었다. 그러나 프리울리의 베난단티와 마찬가지로 재판관의 압박 아래 늑대인간 본래의 긍정적인 성격

---

91 브루이닝크가 이 자료의 서문에서 이러한 고찰을 했다. 그는 티스 노인이 설명한 세밀한 묘사가 자기가 아는 다른 어떤 자료에도 없다고 밝혔다. "Der Werwolf in Livland," pp. 190~191.

92 C. Peucer, *Commentarius de praecipuis generibus divinationum* (Wittenberg, 1580), cc. 133v~134r. 이 구절은 이미 브루이닝크가 인용한 바 있다. 포이커가 늑대인간의 문제를 "도취된 사람들"(ecstatici)을 다룬 부분에서 논의했다는 점에 주목해야 한다(그들에 대해서는 이 책 131~135쪽을 볼 것).

은 점점 퇴색되고, 가축을 도살하는 늑대인간의 저주스러운 상으로 타락하게 되었다.

어쨌든 리보니아판의 이 놀라운 이야기에 근거하여 베난단티와 샤먼 sciamani 사이의 관련성은 비유적인 것이 아니라 사실적이었다고 추정하는 것이 합당해 보인다. 혼수상태, 곡식 종자를 되찾거나 대지의 풍작을 확보하기 위해 짐승을 타거나 (늑대 또는 프리울리에서처럼 나비나 생쥐 같은) 동물의 모습으로 저세상으로 여행을 가는 것, 곧 살펴보겠지만 (베난단티에게 예언적·환시적 능력을 가져다준) 죽은 자들의 행진에 참여하는 것 등등은 샤먼의 의식을 즉각 떠올릴 수 있게 해주는 일관적인 유형을 형성한다. 그러나 이러한 신앙을 발트해 세계나 슬라브 세계로 연결시키는 실마리를 추적하는 것은 이 연구의 범위를 벗어나는 것이 확실하다. 그런즉 이제 프리울리로 돌아가자.

죽은 자들의 행진

1

1581년 연말을 향하며 아퀼레이아와 콘코르디아의 심문관 대표인 몬테 팔코의 펠리체 수도사는 고발장을 받았다. 그것은 도메니코 아르티키 Domenico Artichi의 과부로서 안나 라 로사Anna la Rossa라는 이름의 우디네 여인에 대한 것이었다. 그녀는 죽은 사람과 만나 대화를 나눌 수 있다고 주장하였다. 그 혐의는 증인 심문 때 충분히 확인되었다.

안나는 병원에 감금되어 있던 제모나Gemona 여인 루치아 펠트라라Lucia Peltrara를 만나러 갔다. 거기에서 안나는 루치아에게 산타 마리아 델라 벨라Santa Maria della Bella 성소에서 루치아의 죽은 딸이 천에 싸이고 "머리가 형클어져"scavigliata 있는 것을 "보았다"고 말했다는 것이다. 죽은 소녀는 마지막 소원을 어머니에게 전해달라고 간청했다. 그것은 파울라라는 여자에게 셔츠를 기증하고 근처의 성소로 순례를 가달라는 것이었다. 처음에 루치아는 "예와 아니오 사이에서" 주저했다. 그러나 나중에 후회로 가슴이 찢기고 "신의 사랑을 위하여 최소한 셔츠를 그녀에게 줘야 한다"는 친구들의 권유와 안나의 재촉에 넘어가 죽은 딸의 소원에 따랐다. 그리하여 마침내 그녀 자신도 마음의 평정을 얻었다.[1] 또다른 증인인 제모나 출신의 아우렐리아Aurelia는 안나가 엄청난 능력을 가졌다고 확언했다. 예컨대 안나는 그 자리에 있지도 않았는데 전날 밤 두 형제 사이에서 벌어졌던 말다툼에 대해 세세하게 말할 수 있다는 것이었다. 안나는 아무에게도 보이지 않지만 다툰 장소에 와서 화해시키려 했던 두 형제의 죽은 어머니에게 그 이야기를 들었다고 말했다. 대체로 안나 라 로사가 죽은 사람을 볼 수 있다는 것은 모두가 아는 사실이었고, 그녀 자신도 그것을 숨기지 않았다.[2]

1582년 1월 1일, 안나가 이단 심문소에서 심문받을 차례였다. 처음에 그녀는 심문관의 질문을 피해갔다. 마침내 그녀는 돌아가신 친지들을 봤느냐고 "많은 사람들이" 그녀에게 물었지만 화가 나서 그들을 쫓아 보냈다고 말했다. 이것은 약한 종류의 자기방어이다. 정확하게 말하자면 "그녀는 무엇을 말해야 할지 몰랐다". 그녀는 귀가했고 다음날 심문이 속개되었다. 그녀는 오래 발뺌하지 못했다. 그녀는 곧 5솔디를 받고 루치아 펠트라라에게 딸의 환영을 보았다고 말했음을 시인했다. 그녀는 "남편과 자식들을 먹여 살리기 위해서"라고 변명을 늘어놓았다. 비슷한 이유에서 "빵 몇 조각"을 얻기 위해 두 형제 사이의 다툼과 관련된 이야기도 지어냈다고 했다.

그러나 심문관은 만족하지 못하고 이 문제의 밑바닥까지 가고자 했다. "당신은 다른 사람들 집에서 밤에 일어나는 일에 대해 말할 수 있습니까? 그 모든 것을 어떻게 알았습니까? 그것은 어떤 종류의 기술입니

---

1 ACAU, S. Uffizio, "Ab anno 1581 usque ad annum 1582: incl. a n. 93 ad 106 incl.," proc. n. 98 cit., 1v.

2 *Ibid.*, c. 2r.

까?" 안나는 "무엇을 말해야 할지 몰랐다". 펠리체 수도사는 침묵을 지키면 무거운 마법의 혐의를 받게 된다고 경고했다. 안나는 울음을 터뜨리며 "엄청난 눈물"을 흘렸다. "누구도 제가 약을 만들거나 제가 마녀라고 말할 수 없을 겁니다."

그러나 심문관은 그녀가 어떤 사람에게 "그의 어머니가 기분이 좋아서 산타 마리아 델라 벨라에 갔고 테렌티아의 손을 잡았다"고 말한 적이 있으며, 또다른 사람에게는 "바티스타 주인님이 근심스러운 표정으로 머리를 숙이고 돌아다니면서 아무 말씀도 하지 않으신다"고 말했던 사실을 상기시켰다. 안나는 "그때 그 생각이 머리에 떠올랐을 뿐입니다"라고 대답했다. 그런 뒤 그녀는 더이상 자백하려 하지 않았고, 이단 심문소의 결정에 따른다는 조건으로 방면되었다.[3]

그러나 펠리체 수도사는 이 사건의 심리를 멈추지 않았다. 3월 7일 그는 루치아 펠트라라를 소환하여 다시 증언을 들었다. 그녀는 안나의 능력에 대한 자세한 사실을 새롭게 밝혔다. "그 여자는 자신이 그런 별자리 pianeto 아래 태어났기 때문에 다른 사람들이 만날 수 없는 죽은 사람을 만날 수 있다고 말하고 다닙니다. 또 그 여자는 누가 돌아가신 아버지나 어머니를 만나고 싶어하면 그것을 주선해줄 수 있다고도 말합니다. 하지만 그건 나쁜 일을 조금 불러올지 모른다고 걱정합니다."[4]

지금까지 드러난 사실은 아주 명확하다. 안나 라 로사는 극히 보편적이지만 충족될 수 없는 욕구를 이용하여 자신과 가족의 가난을 면해 보려 한 것처럼 보인다. 그것은 사랑하는 사람이 죽은 뒤 그 운명에 대해 무엇인가 알고자 하는 갈망으로서, 죽음 이후의 삶에 대한 희망과 연결

---

3 *Ibid.*, cc, 3r-v.

4 *Ibid.*, c. 4r.

되어 있고, 죽은 사람에게 생명을 다시 불어넣지 않고는 그에 대해 생각할 수 없다는 본능적인 관념과도 뗄 수 없이 얽혀 있다.

이런 욕구는 후회로 물들어 있다. 그것은 죽은 사람들이 살아 있을 때 우리에게 기대하던 것들을 충족시키며 살지 못했던 것에 대한 후회이다. 그 후회는 죽은 사람들에게 무엇인가 해주어서 그들의 이승의 운명을 더 좋게 만들어줄 방도가 있으리라는 생각에 의해 경감되기도 하고 가속되기도 한다.

이것이 루치아 펠트라라가 안나에 의해 전달된 마지막 소원을 받아들인 이유였다는 데에는 의심의 여지가 없다. 즉 자선으로 베푼 셔츠와 성소 순례가 딸의 고통을 줄여주리라는 것이었다. 죽은 어머니에 대해 듣기 위해 찾아왔던 사람은 어머니가 "기분이 좋다"는 말에 즐거워했을 것이 확실하다. 반면 "근심스러운 표정으로 머리를 숙이고 돌아다니면서 아무 말씀도 하지 않으신다"는 바티스타 주인님의 부모는 슬퍼했을 것이다. 이렇듯 대조되는 감정으로 장난을 친 대가로 안나 라 로사는 때로는 5솔디를, 때로는 빵 몇 조각을 얻어냈다. 이것은 직접적이고, 전혀 복잡하지 않은 종류의 행동인 것처럼 보였다. 하지만 이후의 증거에 비추어 여기에는 예상하지 못했던 의미가 얽혀들게 되었다.

제모나의 아우렐리아는 3월 7일 다시 심문을 받았다. 그녀는 안나가 "죽은 사람들이 직접 자기에게 한 말을 많이 알고 있지만 그것을 다른 사람들에게 말할 수는 없다"고 말했다는 증언을 했다. "그 말을 하면 그 사람들이 밭에서 자라는 수숫대로 심하게 때린다"는 것이었다. 여기에 안나 자신이 덧붙였다. "금요일과 토요일 밤에는 잠자리를 일찍 손봐둬야 합니다. 왜냐하면 그날이면 죽은 사람들이 지친 채 찾아와서는 자기 집의 침대에 몸을 던지기 때문이지요."[5] 그뿐이 아니었다. 안나에 대

해 조사하도록 만든 고발장은 다음과 같은 진술로 끝을 맺는다.[6]

이 여인의 남편이 살아 있었을 때 밤에 남편이 부르고 팔꿈치로 세게 쳐도 마치 죽은 듯 꼼짝하지 않았다고 합니다. 이 여인은 영혼이 여행을 떠나서 몸이 죽은 것처럼 남아 있었다고 말하곤 했습니다. 영혼이 돌아올 때 이 여인이 그런 상태에 있으면 남편에게 화를 내지 말라고 했답니다. 왜냐하면 아주 아프고 고통스럽기 때문이라는 것이었습니다. 그래서 남편은 단념하고 이 여인을 그냥 내버려뒀다고 합니다.

이러한 사실에서 베난단티의 설명과 갖는 연관성이 나타나지만, 당분간 그에 대한 설명은 남겨두어야 한다. 안나 라 로사가 베난단티였다는 진술은 없고,[7] 사실 그 단어는 언급조차 되지 않았다. 그러나 그녀가 주기적으로 빠져들어갔던 혼수상태와 그에 동반하여 죽은 듯 남아 있는 육체에서 영혼이 이탈한 것은 마녀의 이야기는 물론 베난단티의 이야기도 상기시킨다(가스파루토의 아내가 했던 증언을 기억하라). 안나와 마찬가지로 갑작스러운 혼수상태에 빠졌던 루카의 마녀 산 마카리오의 폴리세나도 자신을 소생시키려는 시어머니에게 이렇게 말했다. "제가 어젯밤과 같은 상태에 빠지면 그냥 내버려두세요. 괜히 뭘 하면 저에게 더 나

---

5 *Ibid., c. 5r.*

6 *Ibid., cc. 7r-v.*

7 심문관의 질문에 모두코는 이런 대답을 한 적이 있다. "우리들 중에는 여자가 없습니다. 그렇지만 여자 베난단티가 있다는 것은 사실이며, 여자는 여자와 싸웁니다." ACAU, S. Uffizio, "Ab anno 1574……," proc. n. 64 cit., c. 6r (이 책 351쪽을 볼 것).

뽑니다."**8**

　더구나 죽은 사람들을 만나러 영혼이 다녀오는 안나는 그들에게서 알게 된 사실을 감히 말할 수 없다고 말했다. 왜냐하면 밭에서 자라는 수숫대로 맞을까 두렵기 때문이라는 것이었다. 그것은 밤의 모임에 대한 비밀을 지키지 않은 베난단티를 처벌하기 위해 마녀들이 사용하는 것과 같은 무기이다. 마지막으로, 베난단티가 묘사하는 마녀들처럼 죽은 자들은 소생하기 위하여 정해진 날에 집에 들어갔다. 이런 것들은 아직은 일관적인 그림을 구성하지 못하는 단편적 요인들이다. 그럼에도 그 둘 사이에 어떤 관련성이 존재한다는 것은 의심하기 어렵다.

　그 둘이 관련되었으리라는 육감이 안나 라 로사 사건의 마무리 또한 위임받은 심문관의 머리에 스쳤을까? 그는 얼마 전 두 명의 베난단티에게 6개월 징역을 살도록 만들었던 바로 그 펠리체 수도사였다. 우리는 확신할 수 없다. 그는 새로운 증언을 들은 뒤 복종하지 않을 경우 파문 판결을 받을 것이라고 위협하면서 안나에게 사흘 이내에 이단 심문소의 법정에 출두하라고 명령했다. 그녀는 입증된다면 신앙의 문제로 혐의를 받게 될 사실들에 대해 증언하기로 되어 있었다. 그러나 사흘이 지나도 안나는 보이지 않았다. 그녀는 스필림베르고Spilimbergo로 갔다는 것 같았다. 대신 그녀의 남편과 딸이 나와서 안나는 그렇게 촉박한 통고로는 올 수 없는 먼 곳에 있기 때문에 출두 일정을 연기해달라고 요청했다. 그 청이 받아들여져 일정은 한 달 뒤로 연기되었다. 1582년 3월 30일 안나는 자발적으로 심문관의 뜻에 따랐다. 심문관은 부활절 주말**9**에 다시 출

8　이 책 86쪽의 주 45를 볼 것.
9　ACAU, S. Ufflzio, "Ab anno 1581……," proc. n. 98 cit., cc. 5r-6r. 1582년에 부활절은 4월 15일이었다.

두하라는 명령과 함께 그녀를 풀어주었다.

하지만 그녀가 다시 출두했다는 흔적은 없다. 재판은 미결로 끝났고, 새로운 심문관인 에반젤리스타 스포르차Evangelista Sforza 수도사는 선임자에게서 인수한 서류를 분류하다가 이러한 결함을 발견했다. 누가 썼는지 모르는 쪽지가 재판기록 사이에 끼여 있었다. 그것은 재판 심문 결과를 간단히 요약하면서 이렇게 결론을 내렸다. "최소한 그 여자의 평판을 위해서라도 이 재판을 집행하는 것이 좋을 것 같다."[10] 이것은 안나에 대한 심문이 행해진 방식에 대한 비판을 돌려 말한 것일까? 아무튼 이것은 재판을 속개해 결말을 보려는 의도를 시사하고 있는 듯하다.

그러나 이 사안이 새로운 심문관에게조차 중요한 관심사가 아니었던 것은 확실하다. 3년 뒤인 1585년 2월 1일, 아퀼레이아 주교좌의 주교 대리인 파올로 비산치오, 아퀼레이아와 콘코르디아의 심문관 대표인 에반젤리스타 스포르차, 프리울리의 주지사인 피에트로 그리티Pietro Gritti와 그들보다 낮은 관리들이 우디네의 산 조반니 아 플라테아San Giovanni a Platea 성당에 모였다. 이 기회에 이단 심문소의 법정은 "마침내 이 재판을 해결하려는 의도"를 갖고 있지만, 그것은 "별로 중요하지 않기 때문에" 심문관이 다른 일로 제모나에 갈 일이 있을 때 개인적으로 결말을 보라는 명령을 내렸다.[11] 어쨌든 그 결말은 결코 일어나지 않았다.

---

10 *Ibid.*, 번호가 매겨지지 않은 책장.

11 *Ibid*, c. 6r.

2

안나 라 로사처럼 죽은 사람들을 만났다고 주장하는 사람들과 베난단
티 사이의 관련성은 우디네의 "그라차니 마을에"in vico Grazzani 거주하는
재단사의 아내 아퀼리나Aquilina에 대한 재판에서 더욱 명확하게 드러난
다. 이 재판은 1582년에 시작되었다.[12] 인접 마을 전체는 물론 도회지에
서도 그녀가 "점치는 직업을 갖고 있으며", 주문과 미신적 처방으로 모든
종류의 질병을 고쳤다는 말이 많았다.

"아주 많은 사람들"이 그녀를 보러 왔고, 그녀는 1년에 100~200두카
토까지 벌 것이라는 소문이 있었다. 그녀는 "돈을 받기를 원했고, 더구나
많은 돈을 받으려 했으며, 누가 돈을 낼 수 있고 누가 낼 수 없는지 단번
에 알 수 있었"다. 그녀가 마녀라고 주장하는 사람들이 있었지만, "그녀
를 마녀라고 부른 사람은 쫓아버렸고 크게 화를 냈"으며, "그녀는 아퀼리
나 부인Donna Aquilina이라고 불리기를 원"했다.[13]

증언 조서는 무수히 많고 견해가 일치한다. 그러나 아퀼리나를 심문
하는 일은 불가능한 것으로 나타났다. 자신에 대한 혐의가 쌓이고 있음
을 알게 된 아퀼리나는 도주하여 아마도 라티사나에 은신처를 구했던
것으로 보인다. 이 심문도 중단되었다. 1년이 지나서야 이단 심문소에서
는 그것을 속개하기로 결정했다. 그때 아퀼리나를 찾아왔던 사람들 중에
는 파시아노Pasiano 출신의 한 여인이 있었는데, 그녀는 "죽은 사람들을 만

---

12 ACAU, S, Uffizio, "Ab anno 1581……," proc, n. 100, 번호가 매겨지지 않은 책장. 아
퀼리나의 행동에 대한 언급에 대해서는 모두코와 가스파루토에 대한 재판 기록을 볼 것. cc.
1r, 3v.

13 *Ibid.*, cc. 2r-v, 3v.

날 수 있다고 말하곤 했다"는 것이 알려졌다. 둘이 마주쳤을 때 아퀼리나는 "그녀가 막을 쓰고 태어난 것이 확실하다"고 대꾸했다. 이것은 앞서 말한 관련성의 사슬에 새로운 고리 하나를 더해준 것이다.

1583년 8월 26일, 펠리체 다 몬테팔코 수도사는 아프다고 말하는 아퀼리나의 집으로 가 심문하려고 했다. 그러나 그녀는 "너무나 많은 말 탄 사람들(즉 이단 심문소에서 파견된 사람들) 때문에 놀랍고 두려워서" 슬그머니 빠져나와 이웃집에 숨었다. 심문관이 그곳으로 찾아갔으나, 그녀는 여전히 공포상태였다. 왜 도망쳐서 이단 심문소의 명령에 따르지 않았느냐는 질문에 그녀는 "두려워서요"라고 대답했다. "무엇이 두려운가요?" "두려워요."

10월 27일, 그녀의 남편이 요청해 몇 차례 연기된 끝에 마침내 심문의 순간이 다가왔다. 아퀼리나는 냉정을 되찾았고, 심문관의 파문 위협에 도전적인 태도로 대응했다. 그녀는 말했다. "파문된 사람도 먹어야 삽니다. 용서받을 수 있겠지요. 저는 용서를 받아서 파문당해 죽지는 않을 겁니다."[14]

그녀는 마녀에 홀린 아이들을 구별하지 못한다고 단언하고는 황급히 덧붙였다. "저는 마녀라는 말이 무슨 뜻인지도 모릅니다. 제가 굴뚝에 기어올라갈 때 발에 바르는 연고를 어디에 숨겼느냐는 질문을 받았습니다. 그런데 굴뚝에 기어올라가는 것에 대해 제가 뭘 안다고 그러십니까?" 알고 지내는 베난단티가 있느냐는 질문도 역시 부정했다. 그녀는 막을 쓰고 태어난 사람들이 베난단티라는 것만을 알 뿐이라고 말했다.

그런 뒤 펠리체 수도사의 질문에 대해 이렇게 이야기했다. 어느 날 파

---

14 *Ibid.*, cc. 7r–v, 10v.

시아노 출신의 한 여인이 울면서 찾아와 "그녀는 죽은 사람들을 만날 수 있지만 그들을 만나기 싫다"고 말했다는 것이다. 아퀼리나는 그녀에게 "죽은 친딸이 이런저런 옷을 입고 있다는 것을 볼 수 있다면 호기심이 충족될 것"이라고 말했다. 그러나 그 말에 대해 그녀는 죽은 사람들이 돌아다닌다는 것을 더이상 믿지 않는다고 말했다. 그녀는 영리했다. "왜냐하면 내 남편과 딸은 나를 아주 사랑했기 때문이지요. 그들이 돌아다닐 수 있다면 나에게 찾아오지 않을 리가 없지요."[15]

아퀼리나에 대한 재판은 주문과 미신에 근거하여 치료하는 것을 금지시키는 것으로 끝났다. 그러나 신임 심문관이 1589년에 보속행위를 부과했는데도 그녀에 대한 고발은 1591년까지 끊임없이 이어졌다. 하지만 그녀에 대한 재판의 후일담은 여기에서 우리의 관심사가 아니다. 재판과정이 중단되고 연기되고 느슨하게 진행되었던 사실이 입증하듯, 심문관 자신이 널리 퍼져 있던 이 믿음 또는 미신에 큰 관심이 없었다는 것만이 확인되었을 뿐이다. 그것은 당시 프리울리 전역에 걸쳐 벌어지던 이단의 침투와 비교할 때 해롭지 않은 것으로 간주되었다.

3

같은 해인 1582년, 펠리체 다 몬테팔코 수도사는 치비달레의 한 여인을 조사했다. 그녀는 안드레아 다 오르사리아Andrea da Orsaria라는 사람의 과부로서 이름은 카테리나 라 게르차Caterina la Guercia이며 "많은 사악한

---

15 *Ibid.*, cc. 14r-v.

기술"nonnullas maleficas artes을 행하고 있다는 혐의를 받았다.[16] 그녀는 9월 14일 심문을 받으면서 자신의 직업이 "바느질과 뜨개질"이라고 말했다. 하지만 그녀는 어떤 말을 함으로써 아이들의 병을 고칠 줄도 아는데, 그 것이 미신이라고 생각하지는 않는다고 했다. 이 때문에 펠리체 수도사는 그녀가 베난단티인지 돌발적으로 물었다. 카테리나는 부인했다. "아닙니다, 저는 베난단티가 아닙니다. 죽은 제 바깥양반이 베난단티였습니다. 그이는 죽은 사람들과 함께 행진에 가곤 했습니다."

가설적으로 상정했던 관련성에 대한 명확한 확증이 여기에 있었다. 죽은 사람을 만날 수 있고, 그들과 함께 다니는 사람이 베난단티이다. 카테리나 라 게르차의 남편은 일종의 졸도상태에도 빠지곤 했다. "제가 남편의 구두를 벗기면 남편은 침대에 조용히 눕습니다. 남편의 영혼은 엄숙하게 나가 있기 때문에 행진에서 돌아올 때까지 건드리면 안 됩니다. 제가 불러도 대답하지 않습니다." 그리고 그녀는 덧붙였다. "남편한테 돌아가신 분들을 보여달라는 사람들이 많이 있었습니다. 하지만 남편은 나중에 돌아가신 분들에게 맞는다고 말하면서 결코 보여주지 않았습니다. 곡식 자루를 갖다주면서 보여달라는 사람들까지 있었습니다." 그러나 그녀는 남편이 그 행진에 누구와 같이 갔는지 말하지 못했다. 그녀 자신은 가지 않았다. "왜냐하면 전 그런 은총을 받지 못했으니까요. 신은 남편에게 주신 것을 제게는 주시지 않았습니다."[17]

안나 라 로사가 죽은 사람들을 만날 수 있다고 말한 능력은 최소한 처음에는 약간의 돈을 챙기기 위한 수단에 불과했다고 추측할 수 있을 것이다. 그렇지만 이런 '능력'virtù은 점차 (개인적인 전략이 아니라) 널리 퍼

---

16 AGAU, S. Uffizio, "Ab anno 1581……," proc. n. 106, c. 1r.
17 *Ibid.*, cc. 2r-v.

진 신앙의 형태를 취하게 되었고, 그 능력을 소유했다고 주장하는 사람들, 즉 베난단티에게 그것은 운명이 되었다. 그것은 삶에 무겁게 자리잡아 지울 수 없는 것이 되었다. 때로 그것은 신의 은총으로 받아들여졌고, 때로는 익명의 파시아노 여인의 경우처럼 도피하고 싶지만 도피할 수 없는 '운명'pianeto으로 받아들여졌다.

때로는 마녀들까지도 저항할 수 없는 내적 충동에 끌려 사바트에 간다고 말했다. 루카의 마녀인 산 로코의 마르게리타는 "그런 봉사를 해서 무슨 보상을 받거나 받기를 원하느냐"고 물어본 재판관에게 이렇게 대답했다. "저는 무얼 얻으려고 하지 않습니다. 저는 그런 수치를 안고 태어났기 때문에 사바트에 가서 어떤 쾌락을 느끼곤 합니다."[18]

그러나 가스파루토와 모두코에게 회피할 수 없는 필연성이란 마녀와 싸우기 위해 '나가는 것'이었다. 정해진 나이가 되면 그들은 "군인들처럼 북소리로 소집되는데, 그들은 응해야만" 했다. 또한 그들에게서도 소집되었다는 사실은 신에게 선택되었다는 증거였다. 가스파루토는 이렇게 말했다. "저는 이 기술을 아무에게도 가르칠 수 없습니다. 우리 주께서도 스스로 가르치지 않으셨기 때문입니다."[19]

이것으로 죽은 사람들을 만나기 위해 밤에 '영적으로' 나가는 베난단티와 수확물을 지키기 위해 마녀와 '영적으로' 싸우는 베난단티 사이에 관련성이 하나 더 늘어난다. 우리는 여기에서 그 뿌리가 시간적으로 멀리 거슬러올라가는 단일한 신앙이 둘로 가지 친 것을 만난다. 그 둘 사이의 접촉점이 암시하듯 그 둘은 서로 무관하지 않을 것이다.

---

18 ASL, *Cause Delegate*, n. 175, c. 215r.

19 ACAU, S. Uffizio, "Ab anno 1574……," proc. n. 64 cit., cc. 5v, 9r.

4

프륌Prüm의 수도원장 레기노(Regino: 915년 사망)는 주교들에 대한 훈령에
서 악마에게 속은 여인들의 믿음을 다른 미신들과 함께 비난했다. 그 여
인들은 어떤 정해진 날 밤 이교도의 여신인 디아나 및 그 시녀들과 함
께 말을 타고 멀리 떨어진 장소로 여행을 떠난다고 주장한다는 것이다.[20]
이 문구는 여러 저자에 의해 시시때때로 인용되다가 마침내 요하네스 그
라티안Johannes Gratian에 의해 교회법령집에 포함된 뒤 악마학 연구에서 끊
임없는 논쟁을 불러일으켰다. 사실 이 문구에서 (마녀들의 사바트를 다소
간 닮은) 밤의 기마 행진과 비밀회합은 사실적인 근거가 없으며 악마적
환상에 의해 생기는 현상으로 묘사되었다. 따라서 일부 전거에 따르면
이 저명한 『주교 경전』은 마녀란 악마의 기만과 유혹에 희생된 불쌍한
여성들이므로 처형되지 않아야 한다는 논지를 구성했던 것이다.

이 주제에 수반한 긴 논쟁은 여기에서 우리의 관심사가 아니다. 오히
려 눈여겨봐야 할 중요한 점은 밤의 기마 행진에 관한 신앙이 옛 독일의
회죄 총칙에 나타날 정도로 널리 확산되어 있었다는 사실이다. 다만 그
런 저작에서는 디아나라는 이름이 홀다처럼 대중적인 독일 신의 이름으
로 대체되어 있었다.

자주 마주치는 모순이긴 하지만 홀다는 삶과 죽음 모두와 관련된 속
성을 갖고 있었다. 실로 홀다는 남부 독일에서 자매 여신인 페르흐타와
마찬가지로 생장의 여신, 즉 풍요의 여신이자 동시에 '포악한 무리' 또는

---

20 다음을 볼 것. *Reginonis abbatis Prumiensis libri duo de synodalibus causis et disciplinis ecclesiasticis*, ed. F. G. A. Wasserschleben (Leipzig, 1840), p. 355. 이 저작은 906년이나 그보다 약간 뒤에 쓰여졌다. Ibid., p. VIII.

'황야의 사냥'Wütischend Heer, Wilde Jagd, Mesnie Sauvage의 우두머리이다. 이들은
일찍 죽어서 무섭고 끔찍한 모습으로 밤에 마을을 지나가는 무리인데,
마을 주민들은 방어를 위해 문을 막아놓는다.[21]

디아나의 여성 추종자들이 벌이는 밤의 기마 행진이 '황야의 사냥'에
서 변형된 것임은 확실하다. 그리고 이것이 이런 민중신앙에 놀랍게도
'이교도의 여신' 디아나가 존재하는 이유를 설명해준다. 그것은 심문관·
신학자·설교자 등등 교육받은 계층에서도 피상적인 유사성을 보고 알
아차린 것이다. 실상 디아나-헤카테조차 밤에 헤맬 때 죽은 사람들이 소
란스럽게 그 뒤를 따랐다. 그들은 때 이르게 죽은 사람들, 어린 나이에
목숨을 앗긴 아이들, 급작스러운 사고의 희생자들이다.[22]

기욤 도베르뉴Guillaume d'Aubergne(1249년 사망)의 저작에는 여성 인물의

---

21 다음을 참고하시오. *Handwörterbuch des deutschen Aberglaubens*의 'Perchta'
항목; J. Grimm, *Deutsche Mythologie*, 4th ed., by E. H. Meyer (Berlin, 1875), I, pp.
220ff.; II, pp. 765ff.; V. Waschnitius, "Perth, Holda und verwandte Gestalten. Ein Beitrag
zur deutschen Religionsgeschichte," in *Sitzungsberichte der Kaiserlichen Akademie
der Wissenschaften in Wien, Philosophisch-Historische Klasse*, vol. 174, dissertation
2 (Wien, 1914) (충실한 참고도서 목록이 있음); O. Höfler, *Kultische Geheimbünde*;
W. Liungman, "Traditionswanderungen: Euphrat-Rhein: Studien zur Geschichte der
Volksbräuche," *Academia Scientiarum Fennica, FF Communications*, n. 19 (Helsinki,
1938), pp. 569~704; W. E. Peuckert, *Deutscher Volksglaube des Spätmittelalters*
(Stuttgart, 1942), pp. 86~96(결론이 약간 성급해 문제성이 있음); L. Kretzenbacher,
"*Berchten* in der Hochdichtung," *Zeitschrift für Volkskunde*, 54 (1958), pp. 186~187(바
시니티우스의 참고도서 목록을 보충해줌).

22 디아나와 페르흐타-홀다 사이의 관계에 대해서는 학자들 사이에 이견이 있다. 로마 계
열 해석(interpretatio romana)의 가설을 받아들이는 사람들 가운데 룬버그(A. Runeberg,
"Witches, Demons," p. 18)와 리웅만("Traditionswanderungen," II, pp. 694~696)은 혼란스
럽게도 그레코로만 전통의 디아나-헤카테가 일리리아(Illyria)에 보존되어 있다가 그뒤 7세
기 이후 바이에른 사람들에 의해 독일 세계에 전파되었다고 추정한다. (근거가 확실하지 않
은 것으로 보이는) 이 가설은 특히 다음에서 채택하고 있다 W. E. Peuckert, *Geheimkulte*, p.
272; R. Bernheimer, *Wild Men in the Middle Ages* (Cambridge, Mass., 1952), pp. 79~
80, 132.

안내를 받는 이들 밤의 무리에 대한 언급이 있다. 평범한 사람들에 따르면 아분디아_{Abundia} 또는 사티아_{Satia}라는 이름의 신비로운 신(사실은 악마라고 기욤은 설명한다)이 추종자들과 함께 밤에 집과 지하실을 돌아다니며 그들이 찾은 것은 무엇이나 먹고 마셨다고 한다. 만일 그들에게 바치기 위한 빵과 음식을 발견하면 그녀는 그 집과 가족에게 번영을 내렸고, 그렇지 않으면 집에서 떠나 보호해주기를 거부했다.²³

13세기 말경에 쓰인 『장미 이야기_{Roman de la Rose}』에는 아봉드 부인_{dame Abonde}과 그녀의 추종자들에 대한 언급이 있다. (이 시를 쓴 시인은 그 모든 것이 '무서운 몽상'_{folie orrible}이라고 생각했지만) 여기에는 세번째로 태어난 아이들이 아봉드 부인의 무리와 함께 일주일에 세 번 이웃집에 가야 한다고 믿는 사람들이 있다는 이야기가 나온다. 벽도 문도 그들을 가로막지 못한다. 왜냐하면 그들은 몸이 움직이지 않게 남겨놓고 영혼만 다니기 때문이다. 그러나 몸이 뒤집혀 엎어지면 영혼은 결코 다시 들어가지 못한다는 것이다.²⁴

많은 점에서 이러한 이야기들은 베난단티 이야기와 닮았다. 제물로 바

---

23 Guillaume d'Aubergne, *Opera Omnia* (Paris, 1674), I, p. 1036. 비슷한 언급이 pp. 948, 1066에도 있다.

24 Guillaume de Lorris & Jean de Meun, *Roman de la Rose*, E. Langlois (Paris, 1922), IV, vv. 18425~60. 랑글루아("Origine et sources du Roman de la Rose," *Bibliothèque des Ecoles d'Athènes et de Rome*, fasc. 58 (Paris, 1891), p 167)는 "li tiers enfant de nacion"을 "le tiers du monde" (세상의 3분의 1)로 해석했다. 그러나 『장미 이야기』를 현대어로 옮긴 책(Paris, 1928, p. 314)에서 A. 마리(Mary)는 그 구절을 다음과 같이 정확하게 번역했다. "ils recontent que les troisièmes enfants ont cette faculty"(그들은 셋째 아이들이 (아봉드 부인과 함께 밖에 나갈 수 있는) 그 능력을 갖고 있다고 말한다). 크라우스(F. S. Krauss, *Slavische Volksforschungen*, p. 42)는 슬로베니아인들이 열두 형제 중 막내를 케르스트니크(Kerstnik)라고 믿는다는 것을 밝혔다. 그 말은 프리울리어로 베난단티를 가리킨다. 일곱째 아들에게 마법의 성질을 부여하는 관례에 대해서는 다음을 볼 것. M. Bloch, *Les rois thaumaturges* (Strasbourg, 1924), pp. 293ff.

치는 음식에 대해서 우리는 가스파루토가 브라차노의 사제에게 언제나 '맑은 물'을 준비해두어야 한다고 말했던 것을 기억한다. "마녀와 마법사, 부랑자 들이 뜨겁게 달아오를 만큼 지쳐 이 놀이를 끝내고 돌아오면서 집 앞을 지날 때 통 속에 차고 맑은 물이 있으면 마시고, 그렇지 않으면 지하실로 가서 와인을 모조리 다 뒤집어놓습니다."

이 자료는 사실 어느 정도 부정확한 면이 있다. 모두코가 설명하듯이 이 상황에서도 '악행을 하는 사람들'malandanti인 마녀와 베난단티 사이에는 확실한 차이가 있다. 그는 이렇게 말했다. 술통 위에 올라가 "우리는 대롱으로 마셨고 마녀들도 그랬습니다. 하지만 마녀들은 마신 다음 술통에 오줌을 눴습니다."[25] 반면 죽은 사람을 만날 수 있다고 주장한 베난단티 중 하나인 안나 라 로사가 이웃에게 말한 이야기에서는 같은 요인이 다른 의미를 갖고 반복되었다. "금요일과 토요일 밤에는 잠자리를 일찍 손봐둬야 합니다. 왜냐하면 그날이면 죽은 사람들이 지친 채 찾아와서는 자기 집의 침대에 몸을 던지기 때문이지요."[26]

이렇게 변형된 신화에서는 음식까지 제공되지만 그것은 신을 달래기 위한 것이 아니라 죽은 사람들에게 도움을 주기 위해서였다. 그들은 어떤 날 밤이면 살던 집에 가려는 갈망에 사로잡혔다. 그들은 방황하다 피로에 지쳐 집에 와서 잠자고 먹게 해달라고 청했다. 이러한 믿음은 피에몬테Piemonte에서 아브루초Abruzzo와 사르데냐Sardegna에 이르기까지 바로 이런 형태로 이탈리아의 민중 전승에 보존되어 있다(더구나 이탈리아에만

---

25 ACAU, S. Uffizio, "Ab anno 1574……," proc. n. 64 cit, cc. 1v, 11r. 이런 주제는 다음에서 반복된다. "Errores Gazariorum, seu illorum, qui scobam vel baculum equitare probantur" (Savoy, ca. 1450). 다음에 인용되어 있다. J. Hansen, Quellen, p. 119;M. Sanuto, I diarii (Venezia, 1889), XXV, col. 642.

26 ACAU, S. Uffizio, "Ab anno 1581……," proc. n. 98.

국한된 것도 아니다). 이런 곳에서는 11월 2일 '죽은 자들의 날'giorno dei morti 에 죽은 사람들이 촛불을 들고 긴 행렬을 이루며 마을을 통과한다. 그들은 살아 있는 자들이 그들을 위하여 음식과 깨끗한 잠자리를 마련해놓은 옛 집으로 다시 들어간다.[27]

아봉드 부인의 추종자들과 '농경'agrari 베난단티 사이의 또다른 유사성은 무기력한 몸을 남겨놓고 영혼만 길을 떠난다는 것에서도 찾을 수 있다. 몸이 뒤집혀 엎어지면 영혼이 그 몸에 다시 들어가지 못한다는 사실까지도 베난단티의 설명에서 찾을 수 있다("돌아올 때 몸이 뒤척여져 엎어져 있으면 그 몸은 죽은 채로 남아 있고, 영혼은 절대로 다시 들어가지 못한다고 말합니다").

한편 이런 세부 사실은 앞서 인용한 루카의 재판에서 나타나듯("우리가 사바트에 갈 때 만일 우리 몸이 얼굴을 아래로 하여 엎어져 있으면 우리는 영혼을 잃고 몸도 죽습니다")[28] 마녀의 자백에서도 보이는데, (만일 후대에 만들어진 악마라는 껍데기의 내면을 우리가 보기를 원한다면) 그렇듯 세밀한 사실이 일치한다는 것 자체가 그 고대의 두 믿음이 실재하는 마법과 연결되어 있다는 많은 증거 중 하나이다. 특히 우리는 아봉드 부인을 추종

---

27 프리울리 지역의 이런 관습은 다음을 볼 것. R. M. Cossar, in Ce Fastu? 5 (1929), p. 14; M. Romàn Ros, Ibid., 16 (1940), pp. 222~223;17 (1941), p. 44; P. Memis, Ibid., pp. 61~64. 비엘라(Biella) 지역과 사르데냐에 대해서는 다음을 볼 것. V. Maioli Faccio, *Lares*, 22 (1956), pp. 202~205. 아브루초에 대해서는 다음을 볼 것. G. Finamore, *Credenze, usi e costumi abruzzesi* (Palermo, 1890), pp. 181~182. 다음에는 프랑스의 뇌빌샹두아젤(Neuville-Chant-d'Oisel) 지역의 증언이 수록되었다. F. Baudry, *Mélusine*, 1 (1878), col. 14. 티롤(Tyrol)에서는 사계재일에 죽은 자들에게 음식을 남겨두었다. 다음을 볼 것. J. Baur, "Quatember," p. 232. 다음 글의 개괄적인 해석은 몹시 피상적이다. G. Bellucci, "Sul bisogno di dissetarsi attribuito ai morti ed al loro spirito," *Archivio per l'antropologia e la Etnologia*, 39 (1909), fasc. 3-4, pp. 213~229.

28 ACAU, S. Uffizio, "Ab anno 1574⋯⋯," proc. n. 64 cit., c. 9v; 루카 재판은 이 책 88~90쪽을 볼 것.

하는 셋째 아이들 무리가 베난단티와 마찬가지로 번영과 풍요를 지켜야 하는 의무를 운명으로 타고났다는 사실에 주목해야 한다.

그러나 앞서 말했던 것처럼 아봉드는 이 민중적인 신이 가졌던 여러 이름 가운데 하나에 불과할 뿐이다. 한 여인은 디아나의 '단체'_società_에 소속되었다고 단언함으로써 1390년 밀라노 이단 심문소에서 재판을 받았다. 그녀는 디아나 여신이 추종자들과 함께 밤에 주로 잘사는 사람들의 집을 다니며 먹고 마셨으며, 깨끗하고 정돈이 잘된 집에 가면 축복을 하사했다고 말했다.[29]

아봉드라는 이름은 오히려 두 세기 뒤 바이에른에서 나타나는데, 이 때는 의미심장하게도 페르흐타와 동의어로 사용되었다. 1468년에 쓰인 『가난한 사람들의 보고_Thesaurus pauperum_』(민간요법에 관한 사전-옮긴이)에서는 풍작과 재산을 얻기 바라면서 아분디아와 사티아를 위해, 또는 사람들이 말하듯 페르흐트 부인_Fraw Percht_과 그 시종을 위해 음식을 보이는 곳에 놔두는 우상숭배적인 미신을 비난했다. '일명 아분디에 여신'_alias domine Habundie_이라고도 하는 페르흐타에게 소금과 먹을 것과 마실 것을 특정한 날에 바치는 그와 동일한 미신적 관례도 몇십 년 전인 1439년에 주목을 받아 토마스 에벤도르퍼 폰 하젤바흐_Thomas Ebendorfer von Haselbach_의 책『열 개의 교훈에 관하여_De decem praeceptis_』에서 비난을 받았다.[30]

---

29 ASCM, Sentenze del podestà, vol. II (Cimeli, n. 147), c. 53r. 이 재판 및 이것과 비슷한 약간 이전의 재판기록은 다음에 요약되어 있다. E. Verga, "Intomo a due inediti documenti."

30 다음을 볼 것. V. Waschnitius, "Perht," pp. 62~63; A. E. Schönbach, "Zeugnisse zur deutschen Volkskunde des Mittelalters," _Zeitschrift des Vereins für Volkskunde_, 12 (1902), pp. 5~6. 이탈리아에서는 페르흐타가 베파나(Befana: Epiphany)가 되었다. 그것은 빗자루에 올라타고 아이들에게 단 것이나 석탄을 선물로 주는 마녀를 말한다. 다음을 볼 것. W. Liungman, "Traditionswanderungen," n, pp. 673~674.

5

이러한 증거는 아분디아-사티아-디아나-페르흐타[31] 등등 많은 이름의 대중적인 신과 베난단티를 둘러싼 복잡한 신앙 사이에 아주 일반적이긴 하지만 어떤 연관성이 있다는 사실을 지적한다. 우리는 그 접합점을 더 정확하게 밝힐 수 있다.

도미니쿠스 수도회 수도사인 니데르J. Nider(1380~1438)는 자신의 책 『신성한 법의 교육자에 대하여Praceptorium divinae legis』에서 미신적인 행동과 신앙으로 십계명의 첫번째 계율을 위반한 사람들의 이름을 기록했다. 그들 중에는 헤로디아스의 비밀모임에 갈 수 있다고 생각했던 사람들이 있었고, 그 바로 뒤에는 "사계재일 때 의식을 잃고 연옥에서 혼령을 만났다거나 다른 많은 환상을 자랑하던" 여인들이 있었다. 이 여인들은 혼수상태에서 깨어나면 연옥이나 지옥의 혼령에 대해서, 또는 도둑맞거나 잃어버린 물건에 대해서 이상한 이야기를 했다. 니데르에 따르면 이 가엾은 사람들은 악마에게 속았다. 그들이 몽롱한 혼미상태에 빠졌을 때 촛불로 태워도 느끼지 못하는 것은 놀라운 일이 아니다. 악마가 그들을 홀려 그들은 간질 환자처럼 아무 것도 의식하지 못할 정도에 도달했다는 것이다.[32]

---

31 바시니티우스("Perht," p. 62)는 이러한 신들 사이의 연관성을 강조하면서도 그들 사이의 연결이나 의존의 관계는 명확하지 않다고 밝히고 있다. 다음 역시 참고할 것. W. E. Peuckert, *Geheimkulte*, pp. 277~278. 그러나 우리의 관점에서 중요한 것은 15세기 이후 그 이름들을 바꾸어 불러도 상관이 없을 정도로 느껴지게 되었다는 사실이다. 여기에 밝힌 예에 다음을 추가할 것. Liungman, "Traditionswanderungen," II, p. 658.

32 다음을 볼 것. J. Nider, *Praeceptorium divinae legis* (Basel, 1481), preceptum I, ch. X, XI (q. X). 다음에서는 니데르의 이 구절을 언급하고 있다. Martino di Aries, *Tractatus de superstitionibus* (Romae, 1559), p. 10. 사라고사(Saragossa)의 참사회 의원인 바신(B.

게르만 세계에서 마주친 미신을 자신의 저작에서 계속 언급했던 니데르의 그 구절은 베난단티가 자신들에 대해 스스로 설명한 것을 세세하게 상기시킨다. 그 가운데 특히 사계재일 때 죽은 자들을 만날 수 있다고 말했던 여자 베난단티의 말이 그러하다. 그러나 더 중요한 것은 니데르가 환각의 악마적인 성격을 강조하면서 그것을 마법과 비교하기보다는 디아나와 헤로디아스 또는 베누스Venus의 모임에 참여했다고 주장한 사람들이 봤다는 환영과 비교했다는 점이다. 베누스도 시녀들을 거느리고 밤에 돌아다닌다고 여겨지는 여신과 동의어였다.

이렇듯 마법 이전부터 존재하던 신앙과 마법 자체 사이의 구분은 상上팔라틴 백작령 궁정의 목사였던 마티아스 폰 켐나트Matthias von Kemnat가 쓴 연대기의 한 구절에서 아주 명확하게 나타난다. 그것은 니데르가 죽고 나서 몇십 년 뒤에 쓴 것이다. 켐나트는 먼저 사악한 '가자르 종파'sect Gazariorum, 즉 악마적 마법의 성격을 서술하였다. 그것은 사바트, 악마와의 서약, 범죄 따위를 특징으로 했다.

다음으로 그는 1475년경 하이델베르크Heidelberg에서 박해를 받았던 또 다른 종파를 언급했다. 이 종파는 나쁜 평판이 덜했으며, 켐나트가 그에 대해 말할 수 있는 것도 그리 많지 않았다. 그것은 사계재일 때 "여행을 했던" 여인들과 관련되어 있는데, 그들은 폭풍우를 일으키고 사람들에게 주문을 걸지만 치명적인 것은 아니다.[33] 하지만 여기에서도 사계재일 때

Basin)은 다음에 니데르의 이 구절을 통째로 옮겨놓았으면서도 그에 대해 언급하지 않았다. "De artibus magicis ac magorum maleficus," in *Malleus maleficarum, maleficas et earum haeresim framea conterens, ex variis Auctoribus compilatus* (Lyons, 1669), II, p. 10.

33 Matthias von Kemnat, "Chronik Friedrich I. des Siegreichen," ed. C. Hofmann, in *Quellen und Erörterungen zur bayerischen und deutschen Geschichte* (München, 1862), II, pp. 117~118. 이 구절은 다음 책에서도 인용하고 있다. S. Riezler, *Geschichte der*

여인들이 신비롭게 돌아다니는 것이 이미 우리가 알고 있는 일군의 신앙과 연결되어 있다.

켐나트는 이러한 맥락 속에서 야코부스 데 보라지네Jacobus de Voragine의 『황금 전설Legenda Aurea』에 나오는 성 제르마노Germano 생애의 한 일화를 인용했다. 거기에는 "밤에 밖에 나가는 선량한 여인들bonis mulieribus quae de nocte incedunt에게 바친 제물과 이상한 밤의 여행에 대한 언급이 있다.[34] 그 자취가 사라지고 있던 '나쁜 평판이 덜한' 이 종파가 민중신앙의 잔재였으며, 여기에 15세기 말에 마법이 접목되었다는 추정이 그럴듯해 보인다 (켐나트는 『마녀들의 망치Malleus maleficarum』: 1486년에 발간된 이단 심문관들을 위한 지침서. 마녀를 식별하는 방법, 처형하는 방법 등을 다루고 있다-옮긴이) 가 등장하기 이전에 그 연대기를 썼던 것이다). 루체른Lucerne과 티롤Tyrol에서 열렸던 최초의 마녀재판에서 피고들은 사계재일의 목요일에 사바트에 갔다고 진술했지만, 나중에 같은 지역에서 열린 재판에서는 다른 사항이 없이 단지 목요일에 갔다고만 말했다는 것은 우연이 아닐 것이다.[35]

Hexenprozesse in Bayern, pp. 73~75. 이 책에서는 마법의 두 형태 사이의 차이가 갖는 중요성을 강조한다. 하나는 더 오래된 마법이고 다른 하나는 더 최근의 것인데, 저자는 후자가 심문관들의 자극 아래 확산되었다고 추정한다.

34 다음을 볼 것. Jacopo da Varazze (Jacopo de Voragine), *Legenda aurea vulgo historia Lombardica dicta*, rec. Th. Graesse, 2nd ed„ (Leipzig, 1850), p. 449.

35 J. Schacher von Inwil, *Das Hexenwesen im Kanton Luzern nach den Prozessen von Luzern und Sursee* (1400~1675) (Lucerne, 1947), p. 16; L. Rapp, *Die Hexenprozesse und ihre Gegner aus Tirol* (Innsbruck, 1874), pp. 147, 154, 159. 162; A. Panizza, "I processi contro le streghe nel Trentino," *Archivio Trentino*, 7 (1888), pp. 208~209, 212~214, 224, etc. 다음 역시 참고할 것. F. Röder von Diersburg, "Verhöre und Verurtheilung in einem Hexenprozesse zu Tiersperg im Jahre 1486," *Mittheilungen aus dem Freiberrl. v. Röder'schen Archive* (n.p., n.d.), pp. 96, 98; W. Krämer, *Kurtrierische Hexenprozesse im 16. und 17. Jahrhundert vornehmlich an der unteren Mosel* (München, 1959), pp. 16~17, 31~32.

6

이렇듯 사계재일 기간의 밤에 떠난 여인들의 신비로운 여행이라는 모티프는 고대부터 있었던 것이며 프리울리에 한정된 것도 아니었다. 게다가 그것은 아분디아-사티아-디아나-페르흐타가 이끄는 한 떼의 여성이 밤에 여행을 떠난다는 전설과도 밀접하게 연결되어 있는 것으로 보이며, 따라서 '황야의 사냥' 또는 '포악한 무리'의 전설과도 연결된다.

16세기 초 가일러 폰 카이저스베르크Geiler von Kaisersberg가 슈트라스부르크에서 행한 설교를 모아 『에마이스*Die Emeis*』(중세 독일어로 '개미'라는 뜻-옮긴이)라는 제목으로 묶은 책에서도 이와 똑같은 연관성이 나타난다. 여기에서 가일러는 밤에 '페누스 부인Fraw Fenus'(베누스)을 만나러 나갔다고 말한 마녀에 대해 논하면서 사계재일 때 졸도하여 바늘로 찌르고 호통을 쳐도 모르는 여인들을 언급했다. 깨어나면 그들은 천국에 다녀왔다고 말하며 그들이 본 것을 이야기했고, 도둑맞은 물건이나 감춘 물건에 대해 말하기도 했다.[36]

가일러는 그것이 악마적인 환각이라고 논평했다. 사실 그것은 앞서 인용한 니데르 수도사의 말을 반복한 것이나 다름없었다. 그렇지만 신자들의 질문이나 의문에 대한 대답 형식으로 전개된 가일러의 설교가 민중과 직접적으로 닿아 있다는 점에 비추어볼 때, 그 문구가 단지 문학적인 비유로서 그 당시 실제로 존재하던 민중신앙과 관련이 없다는 논리는 그

---

36 *Die Emeis, Dis ist das Büch von der Omeissen* ⋯⋯ *von dem Hochgelerten doctor Joannes Geiler von Kaisersberg* (Strasbourg, 1516), cc. XLIIv-XLIIIr. 다음 책에서는 민중의 미신과 관련하여 가일러가 쓴 구절을 모아 주석을 달았다. *Zur Geschichte des Volks-Aberglaubens im Anfange des XVI. Jahrbunderts. Aus der Emeis von Dr. Job. Geiler von Kaiserberg*, ed. A Stöbwer, 2nd ed. (Basel, 1875).

럴듯해 보이지 않는다.

가일러가 그 미신을 사계재일과 연관시켰다는 사실도 그 점을 뒷받침한다. 이 시기 중 특히 민중신앙에서 가장 거룩하게 생각하는 크리스마스 사계재일 때에는 '포악한 무리'가 나타났다. 그들은 예컨대 전쟁터에서 전사한 군인들처럼 제 수명보다 일찍 죽은 사람들로서, 그들에게 지상에서 할당되었던 시간이 지날 때까지 방랑하는 사람들로 구성되어 있다.[37] 그러나 이러한 사실조차 우리를 베난단티와 그들의 이야기로 다시 데려다준다. 우리는 가스파루토의 다음과 같은 진술을 기억한다.[38]

> 그리고 만일 우리 영혼이 나갔을 때 누가 불을 갖고 와서 육체를 오랫동안 바라보면, 영혼은 그날 밤 주변에 아무도 보는 사람이 없을 때까지 육체에 다시 들어가지 못합니다. 또한 만일 죽은 것처럼 보이는 육체를 묻어버린다면, 영혼은 그 육체가 죽기로 정해진 시간까지 세상을 떠돌아다닙니다.

사실상 이러한 전승과 신화의 특징적인 핵심은 이것이 교육받은 계층의 세계와 아무런 관련성을 맺고 있지 않다는 사실이다. 단 한 가지 예외가 있다면 페르흐타나 홀다 같은 민중신앙의 여신을 디아나나 베누스의 모습으로 묘사하려는 시도를 꼽을 수 있을 뿐이다. 그 이유란 앞서 논의한 저서의 저자들이 그렇게 알고 있었기 때문이다.

가일러의 슈트라스부르크 설교집은 〔민중과 교육받은 계층 사이의〕 이

---

37 *Die Emeis*, c. XXXVIIr. 이 구절은 다음에도 인용되어 있다. O. Höfler, *Kultische Geheimbünde*, pp. 19~20.

38 ACAU, S. Uffizio, "Ab anno 1574……," proc. n. 64 cit., c. 7r.

러한 분리를 보여주는 놀라운 예이다. 그 저작의 판본은 둘이 있을 뿐이다. 초판본에서 '포악한 무리'를 다루고 있는 설교에는 한눈에도 놀랄만한 선택으로 보이는 판화가 첨부되어 있다. 매혹적인 숲에서 바쿠스가 탄 수레가 접근한다. 그 앞에는 사티로스가 백파이프를 연주하고 있고, 머리를 뒤로 젖힌 채 포도송이로 만든 관을 쓴 실레노스(바쿠스의 아버지인 주신-옮긴이)는 취해서 당나귀를 타고 있다(그림 1). 고대의 신화에서 따온 이런 장면에서 독자들이 잘 알고 있는 '포악한 무리'라는 어두운 신화를 연상할 수 있다고 어떻게 기대할 수 있었을까? 그것은 어려운 일이다.

이 그림을 그린 화가는 1502년 세바스티안 브란트Sebastian Brant가 출판한 베르길리우스 작품집의 한 판본(그림 2)에서 이 삽화를 따왔다. 그는 단지 그림 왼쪽에 있는 책상 앞에 앉은 시인의 모습을 없앴을 뿐이다. 그 자체로서 거기에는 특별한 것이 없다. 그러나 이 경우에 글로 쓰인 텍스트와 그림으로 그려진 인물 사이의 간격이 너무도 커서 『에마이스』의 삽화를 그린 사람은 '바쿠스' '실레노스' '사티로스'와 같은 이름이 붙은 표시를 다른 곳에서는 서슴없이 지우곤 했다.[39]

---

39 『에마이스』의 삽화가는 알려져 있지 않다. 그는 다른 경우에도 다른 책에서 삽화를 따왔다. 그가 주로 이용한 것은 브란트가 편집한 베르길리우스의 책이다. *Publii Virgilii Maronis opera cum quinque vulgatis commentariis; expolitissimisque figuris atque imaginibus nuper per Sebastianum Brant superadditis* (Strasbourg, 1502). 그런 그림들 중에는 극히 일반적인 묘사(예컨대 브란트의 베르길리우스 책 c. XXXXIr에서 따온 c. VIIIr의 목가적인 장면)도 있고, 특징적인 모든 이름이 제거된 그림도 있다. (『에마이스』와 함께 출판된 가일러의 또다른 저작인)『대왕 폐하*Her der Künig*』 책머리에 있는 삽화도 브란트의 베르길리우스 책 c. CCCLXXVIIIr에서 따온 것인데, 드란체스(Drances)·라티누스(Latinus)·투르누스(Turnus)와 같은 인물의 그림 위에 있는 이름이 불완전하게나마 제거되어 있다. 그에 더해 사바트에 온 마녀(c. XXXVIv), 악마(c. LVv), 늑대인간(c. XLIr) 등을 묘사하기 위해 도상학의 전통적인(또는 도상학의 전통으로 곧 바뀔) 모델에 가일러의 삽화가가 확신을 갖고 의존했던 방식도 대조를 위해 살펴볼 것.

'포악한 무리'에 대해 의존할 만한 도상학적 전통이 존재하지 않는 것은 확실하다. 그렇다 할지라도 [이 그림에서 보이듯] 바쿠스의 평화로운 행진이 ('포악한 무리'에 대해 잘 알고 있는) 가일러의 독자들에게는 만족스러운 삽화가 될 수 없었다. 그것은 오늘날 우리에게도 납득이 가지 않는다. 초판본이 나오고 1년 뒤인 1517년에 『에마이스』는 삽화가 바뀌어 슈트라스부르크에서 다시 발간되었다. 여기에는 '포악한 무리'에 관한 설교에 첨부되었던 삽화가 교체되었다. 바쿠스의 수레는 원래의 그림이 아니라 브란트의 『바보들의 배Stultifera navis』(Basel, 1 August 1497)에 있는 삽화로 교체되었다. 그것은 왼쪽 상단에 있는 천궁도가 빠지는 등 여기저기를 수정하였다(그림 3, 4).[40]

'포악한 무리' 신화를 둘러싼 신비와 공포의 분위기를 표현하는 데는 바쿠스의 추종자 무리보다 브란트의 책에 있는 수레에 가득찬 바보의 그림이 더 적절하다는 것은 확실하다. 하지만 그림이 그렇게 교체된 배경에는 또다른 사연이 있다. 그것은 교육받은 계층이 알고 있는 마법과 관련 교리와 크게 대조되는 민중신앙을 시각적인 이미지로 바꾸려고 할 때 참고해야 할 틀이 없었다는 사실을 말해주는 것이기도 하다.[41]

---

40 S. Brant, *Stultifera navis. Narragonice profectionis nunquam satis laudata navis*. Colophon: in······ urbe Basiliensi 1497 kalendis Augusti (*Gesamtkatalog der Wiegendrucke*, 5061), c. CXLVr. 이 판본에서 최초로 삽입된 수레에 가득 찬 바보의 그림은 가일러의 또다른 저작에 실린 삽화의 모델이 되기도 했다. 다음 역시 참고할 것. W. Weisbach, *Die Baseler Buchillustration des XV. Jahrhunderts* (Strasbourg, 1896), p. 55; Geiler, *Navicula sive speculum fatuorum* (Strasbourg, 1510) (브란트의 책의 주제에 관한 설교집). 이 그림은 『에마이스』 재판본에서도 사용되었다. '포악한 무리'의 두 그림이 같다는 것을 밝힌 것은 다음 책의 업적이다. L. Dacheux, *Les plus anciens écrits de Geiler de Kaysersberg* (Colmar, 1882), pp. CXLVIII f.

41 이른바 '사바트'에 있는 '포악한 무리'를 인문주의적으로 해석한 그림은 아고스티노 베네치아노(Agostino Veneziano)나 또는 마르칸토니오 라이몬디(Marc'Antonio Raimondi)의 집단에 있는 한 화가가 그린 것으로 알려져 있다. 그것은 여기에 실린 그림과 큰 대조를

〈그림 1〉 가일러 폰 카이저스베르크, 『에마이스』, Straussburg 1516, c. xxxvii r
런던 대영박물관 소장

〈그림 2〉『푸블리우스 베르길리우스 마로 작품집』, Argentorati 1502, c. lxi r
런던 대영박물관 소장

〈그림 3〉 가일러 폰 카이저스베르크, 『에마이스』, Straussburg 1517, c. xxxvii r
파리 국립도서관 소장

De corrupto ordine viuẽdi

pereũtibus.   Inuentio noua. Sebaſtiani Brant.

Anno dni. 1 5 0 3.
2. die octobris poſt
meridiem hora nona
aſcẽdeñ.ad medium
vi. climatis.

〈그림 4〉 세바스티안 브란트, 『바보들의 배』, Basel 1497. c. cxlv r
런던 대영박물관 소장

그렇다면 (프리울리의 여성 베난단티는 물론) 니데르와 가일러의 비난을 받았던 여인들의 여행이 행해진 사계재일의 밤은 중부 유럽에 널리 퍼져 있던 전승에 따른다면 '포악한 무리'가 나타났던 밤이기도 했다.[42] 그들의 섬뜩한 모습은 우리가 여성 베난단티에 대한 재판에서 마주쳤던 죽은 자들의 행진과 크게 다르다.

'황야의 사냥' 또는 '포악한 무리'의 전승은 고대에 기독교가 전파되기 이전부터 존재하던 죽은 사람들에 대한 공포를 표현하였다. 그들은 단지 공포의 대상으로서 어떤 방식으로도 속죄의 가능성이 없는 무자비하고 사악한 실체로 비쳤을 뿐이다. 그러나 아주 일찍부터 그들을 기독교화하려는 시도가 시작되었다. 그 시도에 대한 최초의 증거는 오르데릭 비탈

이룬다. 다음을 참고할 것. E. Tietze-Conrat, "Der stregozzo (Ein Deutungsversuch)," *Die Graphischen Künste*, n.s., 1 (1936), pp. 57~59.

42 페르흐타·홀다 등등이 이끄는 '포악한 무리'가 사계재일 기간에 나타나는 지역에 대한 포괄적인 상은 다음에 제시된 도표를 참고할 것. W. Liungman, "Traditionswanderungen," II, pp. 632~633. 이러한 관련성은 한 떼의 죽은 자들인 '포악한 무리'를 이끄는 민중적 신을 일컫는 이름에서도 나타난다. 남부 오스트리아, 카린티아(Carinthia), 슬로베니아 일부 지역에서는 '크바템버만'(Quatembermann: 사계재일의 인간) 또는 '크바테르니크'(Kwaternik)라고 한다. 바덴(Baden), 스위스령 슈바벤(Swabia), 슬로베니아의 다른 지역에서는 '프라우 파스테'(Frau Faste: 사계재일 부인) 또는 '포스테를리'(Posterli)·'크바템베르카'(Quatemberca)·'프론파스텐바이버'(Fronfastenweiber) 등등 그와 비슷한 이름으로 불린다 (*Ibid.*). '프라우 파스테'와 '포스테를리'에 대해서는 다음을 참고할 것. E. Hoffmann-Krayer, "Die Frau Faste," *Schweizerisches Archiv für Volkskunde*, 14 (1910), pp. 170~171; Idem., "Winterdämonen in der Schweiz," *Schweizer Volkskunde-Folk-Lore Suisse*, 1 (1911), pp. 89~95. 티롤 지방에 대해서는 다음을 볼 것. J. Thaler, "Können auch in Tyrol Spuren vom Germanischen Heidenthume vorkommen?," *Zeitschrift für deutsche Mythologie und Sittenkunde*, 1 (1853), p. 292; I. V. Zingerle, "Sagen aus Tirol," Ibid., 2 (1855), p. 181; Idem., *Sagen, Märchen und Gebräuche aus Tirol* (Innsbruck, 1859), pp. 8~9; J. Baur, "Quatember," p. 231.

리스Orderic Vitalis의 『교회사』에 있는 한 구절이다.

1091년에 대한 기록에서 그는 "본느발이라고 불리는 마을", 즉 오늘날의 생토뱅 드 본느발Saint-Aubin de Bonneval에서 벌어진 특이한 사건을 설명했다. 어느 날 밤, 길을 따라 산책하던 한 사제가 갑자기 군대가 행진하는 것과 비슷한 소리를 들었다. 곧 그의 앞에 곤봉으로 무장한 거인이 나타났고, 그 뒤에 많은 남녀가 있었다. 일부는 걷고 일부는 말을 탔지만, 모두가 악령에게 잔인한 고통을 받고 있었다. 사제는 그들 사이에서 얼마 전에 죽은 사람들을 알아보았다. 그들은 불쌍하게 울부짖고 있었다. 그는 암살자, 음란한 여자, 성직자와 수도승을 보았다(사람들이 구원을 받았다고 생각하는 자들도 많이 있었다). 그러다가 갑자기 그는 '헤를레키니 가족'familia Herlechini과 얼굴을 맞대게 되었다. 그는 가장 확실한 종류의 증거에 접했을 때도 그가 존재한다는 것을 언제나 의심했었다. 죽은 자들이 그들의 고통에 대해 말하고, 이승에 살아 있는 사랑하는 사람에게 보낼 전갈을 전했다.[43]

이 사례에서 죽은 사람들은 더이상 마을길을 회오리바람처럼 휩쓸고 가는 음침하고 무서운 존재가 아니다. 그들은 기독교적인 내세의 틀 속에 들어와 있었고, 살아 있는 사람들에게 교훈을 주고 훈계를 한다는 전통적인 기능을 유지하고 있었다.[44] 이러한 초기의 잠정적인 기독교화 시

---

43 Ordericus Vitalis, *Historiae Ecclesiasticae libri tredecim*, ed. A. Le Prévost, 5 vols. (Paris, 1838~1855), III, pp. 367~377. *The Ecclesiastical History of Orderic Vitalis: edited and translated with introduction and notes by Marjorie Chibnall*, 6 vols. (Oxford, 1969~1980).

44 여기에 대한 다른 해석은 다음을 참고할 것. R. Bernheimer, *Wild Men*, pp. 78-79. 사실 그 시대의 사람들도 죽은 사람들의 행진에서 기독교 교리의 틀 속으로 합병되어 경건한 목적을 향하도록 만들 수 있는 신화를 식별해낼 수 있었다. 이것은 기욤 도베르뉴가 쓴 한 문구에서 명확하게 나타난다. Guillaume d'Auvergne, Opera, I, pp. 1065~1070. 여기

도에는 고대 신앙의 명백한 흔적이 남아 있었던 것이다. 이렇듯 죽은 사람들의 무리는 전설적인 '황야의 인간'uomo selvatico이 이끈다. 여기에서 그는 악마 헤를레키누스Herlechinus의 특징을 어느 정도 갖고 있었는데, 다른 곳에서 그는 '황야의 사냥'의 우두머리로 나타나기도 했다(헤를레키누스는 점차 야만의 상징인 곤봉을 막대기로 대체하면서, 할레퀸(Harlequin=아를레키노Arlecchino: 이탈리아의 연극 코메디아 델라르테에 나오는 광대로서 대개 막대기를 들고 다닌다-옮긴이) 역의 잘 알려진 속성을 얻게 된다).[45]

그러나 고대의 신화에 새롭고 경건한 내용을 부여하려는 이 최초의 소심한 시도는 생토뱅 드 본느발 주변 지역의 민간 전승에서 심각하게 변화하기에 이르렀다. 그 변형된 설명에 따르면 사제가 만난 것은 붉은 옷을 입은 한 떼의 사람들이었다. 그들은 사제를 들로 끌고 간 뒤 신과 신앙을 내버리라고 요구했다.[46]

'황야의 사냥'의 우두머리를 이루는 신과 죽은 사람들의 행진이라는 두 요소는 1489년 만토바Mantova에서 열린 재판에서도 약간 변형된 모습으로 존재했다. 피고 줄리아노 베르데나Giuliano Verdena는 직조공이었으며, 증인으로 소환된 주인과 두 명의 동료도 마찬가지였다. 그들의 조서에는 줄리아노가 물병에 물을 (때로는 성수를) 채움으로써 점을 치는 일에 익숙하다고 되어 있다. 그는 그 물병을 등잔 옆에 놓아두고 어린 소년이나

에 등장하는 군대는 위안을 받지 못하고 죽은 사람들의 혼령이 아니라 신이 명한 방랑을 통해 고통받고 있는 영혼으로 비쳐진다. 군대라는 주제는 오르데릭 비탈리스가 묘사한 죽은 자들의 집단에서 그 기원을 찾을 수 있음이 확실하다. 다음을 참고할 것. Ibid., p. 948; Alfonso Spina, *Fortalicium fidei contra Iudeos, Saracenos, aliosque christiane fidei imimicos* (Nuremberg, 1494), c. CCLXXXIIIr.

45 이 논지에 대해서는 다음을 볼 것. O. Driesen, *Der Ursprung des Harlekin. Ein Kultur-Geschichtliches Problem* (Berlin, 1904).

46 Ordericus Vitalis, *Historiae*, III, p. 367, n. 5.

소녀를 시켜 그것을 바라보면서 "하얀 천사, 거룩한 천사" 등등의 잘 알려진 주문을 중얼거리게 하였다.

이렇게 점을 치는 방식은 인습적인 것이었다. 그렇지만 주문을 읊은 목적이 달랐다. 왜냐하면 줄리아노는 물병에 든 물의 표면에 사소한 절도 범죄자의 얼굴 모습이 떠오르게 하는 일 따위는 거의 하지 않았기 때문이다.[47] 보통 그는 아이들이 물의 표면에 떠오르는 모습을 볼 수 있게끔 긴밀한 관심을 갖도록 시켜놓고 자신은 책을 읽었다. 그러면 아이들은 "모슬렘 교도처럼 보이는 아주 많은 사람들"[48]이나 "걷기도 하고, 말을 타기도 하고, 그중 일부는 양손이 없기도 한 무수히 많은 사람들"이나, 때로는 "양쪽에 하인을 거느리고 앉아 있는 큰 사람"[49]을 보았다고 말했다.

줄리아노는 아이들에게 '모슬렘 교도들'은 혼령이고 모르는 인물은 '사술의 주인'magister artis인 루시퍼Lucifer, Lucifero라고 설명했다. 루시퍼는 펼쳐지지 않은 책을 손에 움켜쥐고 있는데, 거기에는 숨겨진 많은 보물이 기록되어 있었다. 줄리아노는 "기독교를 위해, 투르크인에게 대항하여 나아가고 그를 파멸시키기 위해" 어떤 비용이 들더라도 그 책을 베끼고 싶었다고 진술했다.[50]

어떤 때에 아이들은 물병 속의 물에서 줄리아노가 '놀이의 여주인'domina ludi이라고 알아보았던 사람을 보았다. 그것은 어떤 경우에는 디아나를, 다른 경우에는 헤로디아스를 가리키는 명칭이었다. 그녀는 "검

---

47 ASM, *Inquisizione*……, b. 2, libro 3, cc. 105v, 109v-110r,

48 *Ibid.*, c. 106r.

49 *Ibid.*, cc. 106r, 107r.

50 *Ibid.*, c. 107v. 30년 전 교황 피우스 2세가 십자군에 대해 논외하려고 소집했지만 허사로 끝났던 모임은 민중의 마음에 생생한 자취를 남겼다.

은 옷을 입고 턱이 배까지 내려왔는데", 줄리아노에게 직접 다가와 "약초의 효능과 동물의 본성"potentiam herbarum et naturam animalium을 그에게 알려줄 준비가 되어 있다고 말했다.[51] 그러나 줄리아노가 수많은 혼령으로 봤던 인물들의 모습에서 우리는 죽은 사람들의 행진에 대한 전승을 떠올린다. 오르데릭 비탈리스는 그들 중 "일부는 걷고 있었고 일부는 말을 탔다"고 말했던 것이다.

때로 줄리아노는 소녀에게 "그가 지옥에 갈지 아닐지" 물병에서 알아봐달라고 부탁했다. "큰 솥 안에서 루시퍼가 위에 서서 일종의 곡괭이로 그를 짓누르고 있는 것"을 본 소녀는 "줄리아노에게 맞지 않으려고" 아무 말도 하지 않곤 했다. 줄리아노가 소녀에게 그녀의 돌아가신 아버지를 보여주면, 그녀는 아버지가 "연옥에서 천국으로 올라가고 계시다"고 말하며 눈물을 흘렸다. 한번은 줄리아노가 '환상 속에서'de sua fantasia 주문 외는 것을 도와주던 성직자에게 똑똑히 알아볼 수는 없지만 '저명한 루베르투스 경'을 보도록 해주었다. "그는 지옥에서 불에 끓는 솥 속에 있었는데, 그의 위에는 루시퍼, 바르바리차Barbariza, 차네틴Zanetin 그리고 다른 혼령이 있었다."[52]

이 모든 것은 시간이 지나면서 죽은 사람들의 방랑이라는 고대의 모티프에 감정을 자극하는 내용이 새롭게 더해졌다는 사실을 증언해준다. 내세에 받게 될 처벌을 묘사하는 것은 더이상 살아 있는 사람들에게 교훈을 주지 못했다. 점치는 마법은 죽은 친지들에 대한 후회와 연민뿐 아니라 개인적 구제에 관한 예민하고 고통스러운 불안감의 배출구가 되었다.

---

51 *Ibid.*, c. 107r–v.

52 *Ibid.*, cc. 106v, 110r.

8

줄리아노 베르데나에 대한 재판과 함께 우리는 베난단티를 시야에서 놓친 것처럼 보인다. 그 둘 사이의 유일한 접점은 혼령의 행진과 무덤에 들어가지 못하는 그들의 운명에 관한 언급밖에 없는 것처럼 보인다. 그러나 여기에서도 비록 사소하긴 하지만 어떤 유사성이 있다는 것을 알게 된다. 그것은 베르데나의 자백과 티롤 지방의 부르제베르크Burseberg 출신 여성 비프라트 무진Wyprat Musin의 자백을 비교하면 명백해진다. 그녀는 1525년 12월 27일 미신을 이유로 재판을 받았다.

그녀는 2년 전 사계재일 중 어느 날 밤에 한 여성이 이끄는 많은 사람들의 무리가 자기 앞에 나타났다고 증언했다. 그 여성은 자신의 이름이 젤가 부인Fraw Selga이며 베누스 부인의 누이라고 말했다.[53] 젤가 부인은 겁에 질린 무진에게 자기를 따라오든지 아니면 죽음을 맞으라고 명령했다. 그것은 목요일과 토요일 밤에 마을 곳곳에서 벌어지는 행진에 따라오라는 명령이었다. 젤가 부인은 무진이 원하건 원하지 않건 따라올 수밖에 없다고 단언했다. 왜냐하면 그녀는 태어날 때부터 그렇게 예정되어 있었기 때문이라는 것이다. 그것은 여러 가지 벌로 고통받고 있는 저주받은 자들의 혼령뿐 아니라 연옥에 있는 자들의 혼령의 행진이었다. 또한 그

---

53 I. V. Zingerle, "Frau Saelde," *Germania, Vierteljabrschrift für deutsche Alterthumskunde*, 2 (1857), pp. 436~439. 이 재판을 다른 관점에서 다룬 학자들에 대해서는 다음을 볼 것. L. Laistner, *Das Rätsel der Sphinx. Grundzüge einer Mythengeschichte* (Berlin, 1889), H, pp. 352~354; V. Waschinitius, "Perhtpp". 86~87. '젤가 부인'에 대해서는 Laistner, loc. cit.; 다음에는 참고 도서 목록이 있다. W. Liungman, "Traditionswanderungen," II, p. 670. 스위스에서 '첼티 부인'(Frau Zälti), '젤텐 부인'(Frau Selten)으로 불리기도 하는 '젤데 부인'(Frau Saelde)은 세례받기 이전에 죽은 어린이들의 행진을 인도한다. 그들은 겨울 사계재일 때 수요일 밤에 나간다.

혼령들은 행진에 참가하는 사람들이 범죄를 저지르지 않고 자선을 베풀면서 스스로를 고결하게 지키고 있어야 한다고 무진에게 말함으로써 따라와야 한다는 의사를 그녀로부터 재확인하려 하였다.

그리하여 사계재일 때 만났던 이 비밀모임에서 그들은 일종의 물동이 속을 들여다보았는데, 그것은 불이기도 했다(무진은 달리 표현할 방도를 몰랐다. 이와 관련된 자료로 보건대 그녀가 말하려던 것은 물동이 속에서 지옥의 불을 보았다는 의미임이 확실하다).[54] 그 불 속에서는 그해가 지나기 전에 죽기로 예정된 본당 주민들의 모습을 볼 수 있었다. 덧붙여 젤가 부인은 무진에게 많은 보물이 묻혀 있는 장소를 알고 있는데, 그것은 신에게 봉사하고 기도한 사람들을 위한 것이라고 말했다.

베르데나의 이야기와 이 이야기 사이에는 다음과 같이 명백한 유사성이 있다. 여성 신(한쪽에서는 단지 '젤가 부인'이라고 묘사되었고 다른 쪽에서는 '놀이의 여주인'이라고 되어 있다), 숨겨진 보물, 혼령의 무리, 저세상의 운명이라는 주제는 물론 곧 죽게 될 사람들의 모습이 비쳐진 물이 들어 있는 물동이에 대한 세밀한 묘사가 같은 것이다. 그러나 특히 이 두번째 경우에 혼령들의 행진에 참가해야 할 피치 못할 운명의 강요를 받은 여인은 사계재일 기간에 밖으로 나간다—알프스의 다른 쪽인 프리울리에 살았더라면 그녀는 자신이 베난단티라고 말했으리라는 것이 확실하다. 어쨌든 그녀의 자백은 '장례 행렬'이라고 말을 붙여도 될 이러한 베난단티와 '포악한 무리'에 연결된 민중신앙 사이에 깊은 관련성이 존재한다는

---

54 앞서 말한 줄리아노 베르데나에 대한 재판기록 이외에도 다음을 참고할 것. W. Crecelius, "Frau Holda und der Venusbeig(aus hessischen Hexenprocessacten)," *Zeitschrift füf deutsche Mythologie und Sittenkunde*, 1 (1853), p. 273 (이 책 164~166쪽을 볼 것). 라이스트너(Laistner, *Das Rätsel*, II, p. 353)가 제시한 이 문장에 대한 해석은 잘못되었다.

것을 확인시켜준다.

9

우리는 비프라트 무진이 마녀의 혐의를 받았는지 알지 못한다. 어쨌든 그녀의 자백에는 노골적으로 악마적인 요인이나 마법과 연관된 요인이 없다. 다른 곳에서는 밤의 행진에서 죽은 사람들의 혼령을 보았다고 말한 사람들이 즉각 마녀라는 판결을 받았다. 젤렌무터Seelenmutter, 즉 '영혼의 어머니'라는 아주 의미심장한 별명만으로 알려져 있는 퀴스나흐트Küssnacht 출신 한 여인의 경우를 고려해보자. 그녀는 '비기독교도적인 환상' 때문에 1573년 슈비츠Schwyz의 평의회에 고발당해 몇 년 뒤 마녀로서 화형당했다.[55]

프리울리의 여성 베난단티와 마찬가지로 이 여인도 자신의 능력을 자랑하며 실제적인 용도에 사용하였다. 즉 약간의 돈을 받는 대가로 오래전에 죽었거나 실종된 사람들이 저승에서 겪는 운명에 관한 정보를 제공하였던 것이다. 이따금 그녀가 제공한 정보가 거짓으로 드러나 물의를 일으키기도 했다. 한번은 그녀가 한 루터교도 구두장이가 사망했다고

---

55 '영혼의 어머니'에 대해서는 다음을 참고할 것. A. Dettling, *Die Hexenprozesse im Kanton Schwyz* (Schwyz, 1907), pp. 16~22. 이 책은 다음 논문의 핵심적인 부분을 인용하고 있는데, 나는 이 논문을 참조할 수 없었다. T. von Liebenau, "Die Seelenmutter zu Küssnacht und der starke Bopfahrt," *Kath. -Schweizer Blätter*, 1899. 다음 책들도 '영혼의 어머니'를 언급하고 있다. A. Lütolf, *Sagen, Bräuche, Legenden aus den fünf Orten. Lucern, Uri, Schwyz, Unterwalden und Zug* (Lucerne, 1865), II, pp. 236~238(p. 236에서는 '마녀 어머니'(Hexenmutter)라고 말한다); . Schacher von Inwill, *Das Hexenwesen im Kanton Luzern*, pp. 75~76.

말해, 부조를 걷고 아인지델른Einsiedeln의 성모 교회에서 그의 영혼을 위해 기도까지 올렸다. 그러나 6개월 뒤 그가 살아서 건강하게 다시 나타났다.[56]

젤렌무터가 사계재일 기간의 밤에 죽은 사람들의 무리를 봤다고 말한 증거는 없다. 그렇지만 우리는 루체른과 슈비츠 지역은 물론 스위스 전역에 걸쳐 일찍 죽은 사람들이 밤에 행진을 한다는 믿음이 꽤 널리 퍼져 있었다는 것을 알고 있다. 살아 있는 사람들도 몸을 침대에 놔두고 영혼만이 그 행진에 참가할 수 있었다. 그런 사람들은 특히 운이 좋고 경건한 것으로 여겨졌다.[57] 더욱이 젤렌무터는 자신이 혼령을 불러오는 기술을 가르쳐주었던 한 영매에게 만일 그가 사계재일 때 태어났다면 많은 혼령을 볼 수 있을 것임이 확실하다고 말한 적이 있다.[58] 따라서 여기에도 프리울리의 여성 베난단티가 말했던 이야기에서 이미 마주쳤던 양상이 나

---

56 A. Dettling, *Die Hexenprozesse im Kanton Schwyz*, pp. 18~19.

57 R. Brandstetter, "Die Wuotansage im alten Luzern," *Der Geschichtsfreund. Mitteilungen des historischen Vereins der fünf Orte*, 62 (1907), pp. 101~160, 특히 pp. 134~135, 137~138. 그는 일차적으로 다음의 수기 자료를 이용했다. R. Cysat(1545~1614), *Chronica Collectanea*. 이 자료는 뤼톨프(*Sagen, Bräuche*)도 사용하였다. 그러나 브란트슈테터는 뤼톨프의 사료 비판 기준에 비판적이다(pp. 118~119).

58 다음을 볼 것. A. Lütolf, *Sagen, Bräuche*, II, p. 237. 사계재일 때 태어난 사람들은 많은 혼령을 볼 수 있다는 믿음이 이 당시에는 널리 퍼져 있었다. 다음에서도 그것을 언급하면서 '어리석은 짓'(merae nugae sunt)이라고 비판하고 있다. L. Lavater, *De spectris, lemuribus et magnis atque insolitis fragoribus, variisque praesagitionibus quae plerunque obitum botninum, magnas clades, mutationesque Imperiorum praecedunt* (Genevae, 1575), p. 107. 다음 역시 참고할 것. E. Hoffmann-Krayer, *Feste und Bräuche des Schweizervolkes*, new ed. by P. Geiger (Zürich, 1940), p. 156; N, Curti, *Volksbrauch und Volksfrömmigkeit im katholischen Kirchenjahr* (Basel, 1947), p. 77; G. Gugitz, *Fest-und Brauchtums-Kalender für Oesterreich, Süddeutschland und die Schweiz* (Wien, 1995), p. 150. 이와 비슷한 신앙은 티롤 지방의 민속에서도 보인다. 다음을 참고할 것. I. V. Zingerle, Sitten, *Bräuche und Meinungen des Tiroler Volke*s, 2nd. enlarged ed. (Innsbruck, 1871), p. 3; J. Baur, "Quatember," p. 232.

타나고 있다. 하지만 그 유사성은 단편적으로만 나타나고 있는데, 그 이유는 사료가 간략하기 때문이기도 하고, 우리가 이런 신앙이 확산되었던 지역의 외곽을 다루고 있기 때문이기도 하다.

아마도 두번째가 올바른 가설일 것이다. 실제로 프리울리 지역의 사료와 가장 가까운 유사성을 보여주는 것이 바이에른의 사료이다. (연대까지도 거의 일치하는 바) 그 사료는 1586년 오버스트도르프Oberstdorf에서 열렸던 재판과 관련된 것이다. 피고는 콘라트 슈퇴클린Chonradt Stöklin이라는 이름을 가진 서른일곱 살의 목동이었다. 그는 오버스트도르프의 재판관들에게 다음과 같은 이야기를 했다.

8년 전 전나무를 베러 숲으로 가는 길에 여드레 전에 죽은 소몰이꾼 야콥 발흐Jacob Walch가 갑자기 그의 앞에 나타났다. 발흐는 지옥의 고통을 맛보기 전에 3년 동안을 떠돌아다녀야 한다고 털어놓으면서, 정직하고 경건하게 살며 언제나 신을 눈앞에 모시라고 훈계했다. 그러한 환영이 되풀이해 나타났다. 1년 뒤 소몰이꾼이 그의 앞에 다시 나타났다. 흰옷을 입고 가슴에는 붉은 십자가를 차고 나타나서 따라오라고 청하는 것이었다. 갑자기 슈퇴클린은 의식이 희미해지는 것을 느꼈다. 그리고 자신이 알지 못하는 사람들이 있던 어떤 장소에서 고통과 기쁨이 찾아드는 것을 보았다. 그는 그 고통과 기쁨이 지옥과 천국이라고 생각했다. 거기에서 그는 기도문을 자주 암송하라(사계재일 동안 성모송을 3천 번 암송하라), 아내와 아이들을 미사에 보내라, 죄를 짓지 말라, 성사를 공경하라는 등의 훈계를 받았다. 또 한번은 그의 질문을 받자, 죽은 소몰이꾼 발흐가 자신은 전지전능한 신께서 천사로 만들어주셨고, 그가 떠돌아다니는 것은 아무런 죄가 아니라고 대답하기도 했다.

사실 슈퇴클린은 재판장에서, 떠돌아다니는 데에도 세 가지 방식이 있다고 말했다. 첫번째는 '밤의 무리'의 일원이 되는 것인데 슈퇴클린 자신은 거기에 속했다. 두번째는 죽은 자들의 행진에 합세하여 원래 죽기로 예정되었던 시간을 기다리는 것이다. 세번째는 마녀와 함께 사바트에 가는 것인데, 슈퇴클린은 거기에는 한 번도 가보지 않았기 때문에 그에 대해 아무것도 몰랐다. '밤의 무리'의 여행은 어김없이 사계재일의 금요일과 토요일 밤에 있었다. 출발하기 전에 그들은 졸도하여 무기력한 상태로 남아 있었다. 한 시간 남짓 무기력한 몸을 움직이지 않고 놔둔 채 떠난 것은 영혼이었다(또는 최소한 영혼만이 떠났다고 생각했다). 하지만 만일 그러는 사이에 몸이 엎어진다면 슬픈 일이다. 영혼이 다시 몸으로 들어가는 것이 고통스럽고 힘들기 때문이다.

재판관들의 질문에 슈퇴클린은 '밤의 무리'의 구성원 한 명을 알고 있을 뿐이지만, 이름은 모른다고 대답했다. 하지만 그는 오버스트도르프 마녀들의 이름과 그들의 악행에 대해서는 많이 말할 수 있었다. 그 신비로운 여행에서 그것에 대해 많이 알게 되었다는 것이다. 그는 마녀에게 홀려 병에 걸린 사람과 동물을 치료할 수 있다고 말했다. 그는 기도와 단식을 하고 신의 은총에 힘입어 그런 치료를 여러 번 했다고 단언했다. 재판관들은 슈퇴클린의 놀라운 진술에 대해 세밀한 사실까지 반론을 제기했지만 허사였다. 그들은 어떤 식으로도 그가 마녀였다거나 사바트에 참석했다거나 악마와 연루되어 있다는 자백을 얻어낼 수 없었다(우리말의 마녀는 여자를 가리키지만, 같은 뜻의 이탈리아어 'strega'에는 남성이 포함되기도 함-옮긴이). 그는 악마나 마법과 아무런 관련이 없다는 주장을 완강하게 반복했다.

그러나 1586년 12월 23일 심문이 재개되었을 때 그는 흔들리기 시작했다. 처음으로 그는 열여섯 살 때 어머니에게서 연고를 받아 사람과 동물을 흘렸다는 사실을 시인했다. 다음으로 재판관들의 심한 압박 아래 그는 사바트에 여러 번 다녀왔으며 위대한 악마 앞에서 신과 성인을 배반했다고 자백했다. 하지만 여전히 만족하지 못한 재판관들은 그에게 고문을 가해 더 완벽한 자백과 긴 공범의 목록을 얻어냈다. 그런 끝에 슈퇴클린은 자신이 지목했던 여러 여인들과 함께 화형 판결을 받았다.[59]

10

이렇게 흩어져 있고 단편적인 증언들로부터 매우 일관적이고 단일한 신앙의 핵심이 부각된다. 그것은 1475년부터 1585년까지 대략 한 세기 동안 알자스, 뷔르템베르크(하이델베르크), 바이에른, 티롤, 스위스의 변경(슈비츠)과 같이 명확하게 규정할 수 있는 지역에서 발견할 수 있었던 신앙이다. 아직까지 시도된 바 없는 종류의 집중적인 연구를 통해서만 그것이 퍼져 있던 지역에 대해 더 완전하고 더 세밀한 상이 제시될 수 있을 것이다(이 간단한 언급이 그에 대한 대체물로 의도된 것은 아니다).

그렇다 할지라도 지금까지 검토한 여러 조각의 증언을 연결시켜주는 끈의 존재를 확인하는 것은 가능해 보인다. 그것은 대체로 여성으로 구성된 집단의 존재를 가리킨다. 그들은 사계재일 기간에 혼수상태에 빠져

---

59 다음을 볼 것. K. Hofmann, "Oberatdorfer 'Hexen' auf dem Schaiterhaufen," in *Oberstdorfer Gemeinde-und Fremdenblatt* (Oberstdorf, 1931), 특히 재판본의 pp. 27~39. 편집자는 이 자료의 중요성을 인식하지 못하고 그것을 불만족스러운 방식으로 처리했다. 내가 아는 한 이 자료는 분석된 것은 물론 인용된 적조차 없다. 옛 스위스의 전승에서 '밤의 무리'(Nachtschar)는 '포악한 무리'(Wuotisheer)와 동의어이다. 다음을 볼 것. W, Liungman, "Traditionswanderungen; II, p. 670.

잠시 동안 의식을 잃는다. 그 사이에 그들의 영혼이 몸에서 빠져나와 최소한 한 경우에는 (젤가 부인이라는) 여신이 인도하는 죽은 자들의 행진에 참가했다고 그들은 단언했다. 그 행진은 거의 언제나 밤에 벌어졌다. 우리는 이 행진이 더 오래되었고 더 널리 퍼져 있던 '황야의 사냥'이라는 신화와 연관되어 있었다는 사실도 알게 되었다.

앞으로 더 명확하게 살펴보겠지만, 바로 이러한 요인들이 프리울리의 여성 베난단티의 자백에서 다시 나타났다. 그들의 자백은 때때로 다양한 모습의 여신에 대한 언급을 포함하기도 했다. 1619년에 재판받았던 라티사나의 베난단티인 마리아 판초나는 짐승의 등에 타고 조사파트Josafat 계곡에 여러 차례 갔었다고 주장했다. 거기에서 그녀는 "우물가에 존엄하게 앉아 있는 수녀원장이라고 부르던 여인에게 고개를 숙이며" 다른 베난단티와 함께 경의를 표했다는 것이다.[60]

그러나 죽은 사람들을 만날 수 있다는 여성 베난단티와 '농경' 베난단티 사이의 관련성은 무엇인가? '농경' 베난단티란 모두코와 가스파루토처럼 마녀와 마법사에 대항하여 풍부한 수확을 지키기 위해 사계재일 기간의 밤에 나가 싸웠다고 말한 베난단티이다. 첫번째 관련성은 '베난단티'라는 이름 자체를 같이 사용하고 있다는 사실이다. 다음으로 그들은 사계재일 밤에 혼수상태에 빠져들었다 그것은 육체에서 이탈한 영혼이 여행을 떠나는 것으로 간주되었다. 이 두 사실에 비추어 그들은 단일한 민중신앙의 두 곁가지라고 즉시 추론할 수 있다.

게다가 바이에른의 목동 콘라트 슈퇴클린의 자백에서 그 두 조류를 연결시키는 데 도움이 되는 다른 요인들이 나타난다. 그것은 마녀와 그

---

60 ASV, S. Uffizio, b. 72, c. 5v. 이 책 247~260쪽을 볼 것.

들의 범죄를 알아볼 수 있는 능력과 주문에 걸린 희생자들을 치료할 수 있는 능력이다. 더욱이 기존에 수집된 자료는 여신(아분디아-사티아-디아나-페르흐타) 및 그를 따르는 시녀들과 재산과 풍요 사이에 관련성이 있다는 것을 증명해주고 있다. 그러나 거기에는 사계재일에 대한 언급이 없고, '풍요'라는 말도 밭의 풍작과 같이 특별히 꼬집어 언급한 것이 아니라 일반적인 의미로 사용되었다. 이 모자이크에서 비어 있는 마지막 조각은 또다른 민중신앙이 제공한다. 여기에서 죽은 사람들의 대열을 인도했던 여신은 홀다(홀레 부인Frau Holle) 또는 베누스라는 이름으로 다시 등장한다.[61]

11

마르틴 크루시우스Martin Crusius는 자신이 쓴 『슈바벤 연보Annales Svevici』의 1544년 기록에서 신기한 이야기를 인용하였다. 더 오래된 연대기에서

---

61 홀다에 대해서는 다음을 볼 것. J. Grimm, *Deutsche Mythologie*, I, pp. 220~225; V. Waschnitius, "Perht"; W. E. Peuckert, *Deutschen Volksglaube*, pp. 100ff. 풍요와의 관계에 대해서는 다음을 볼 것. J. Grimm, *Deutsche Mythologie*, I, p. 222; O. von Reinsberg-Düringsfeld, *Das festliche Jahr, in Sitten, Gebräuchen, Aberglauben und Festen der Germanischen Völker*, 2nd ed. (Leipzig, 1898), p. 23; W. Junk, *Tannhäuser in Sage und Dichtung* (München, 1911), p. 10. 시간의 경과에 따라 홀다가 갖게 된 여러 성격에 대해서는 다음을 볼 것. E. A. List, "Frau Holda as the Personification of Reason," *Philological Quarterly*, 32 (1953), pp. 446~468; Idem., "Holda and the Venusberg," *Journal of American Folklore*, 73 (1960), pp. 307ff. 홀다가 교육받은 계층에게는 베누스와 같았다는 명제는 다음을 볼 것. W. Junk, *Tannhäuser*, p. 15. 일반적으로 '황야의 인간'(Wild Heer)과 풍요 사이의 관계에 대해서는 다음을 볼 것. O. Höfler, *Kultische Gebeimbünde*, pp. 286~296.

발췌한 그 이야기는 다음과 같다.[62] 그 무렵 슈바벤의 시골에는 '유랑하는 성직자들'clerici vagantes이 돌아다니고 있었다. 그들은 어깨에 망토를 걸치는 대신 노란 그물을 걸쳤다. 그들은 한 무리의 농부들에게 다가가 베누스 산Venusberg에 올라갔다 왔으며 거기에서 이상한 일을 보았다고 말했다. 그들은 과거에 대해 알고 있고 미래를 예언할 수 있다고 말했다. 그들은 잃어버린 물건을 찾을 수 있는 능력이 있으며, 사람과 짐승을 마녀의 악행으로부터 보호해주는 부적도 가지고 있었다. 그들은 우박을 사라지게 할 수도 있었다. 그런 허풍과 악문 이빨 사이로 중얼거리는 무시무시한 말로 그들은 남자와 여자를 위협하였으며, 특히 여자들에게서 돈을 빼앗았다.

그것으로도 충분하지 않은 듯, 그들은 '포악한 무리'를 불러올 수도 있다고 장담했다. 즉 세례를 받기 이전에 죽은 아이들과 전쟁에서 살육당한 사람들이나 그밖에 모든 '도취된 사람들'ecstatici로 이루어진 무리, 바꾸어 말하면 영혼이 육체를 버릴 수밖에 없었지만 다시 돌아가지 못했

---

62 M. Crusius, *Annales Svevici sive chronica rerum gestarum antiquissimae et inclytae Svevicae gentis* (Frankfurt, 1596), II, pp. 653~654. 이미 다음의 여러 저작에서 부분적으로 인용된 바 있다. J. Janssen, *Geschichte des deutschen Volkes* (Freiburg im. Br., 1893), VI, 476, n. 4; F. Kluge & G. Baist, "Der Venusberg," *Beilagen Allgemeinen Zeitung,* nos. 66~67, 23~24 March 1898, p. 6; P. S. Barto, *Tannhäuser and the Mountain of Venus: A Study in the Legend of the Germanic Paradise* (New York, 1916), pp. 30, 127, n. 29; O. Höfler, *Kultische Geheimbünde,* p. 240. 크루시우스는 자신의 설명을 G. 비트만에게서 차용한 것이라고 말했다(Annales, p. 654). 그러나 다음 책에서는 그런 설명을 찾을 수 없다. *Widman's Chronica,* ed. C. Kolb (Stuttgart, 1904) (Geschichtsquellen der Stadt Hall, Zw. Bd., Württembergische Geschichtsquellen, sechster Bd.) 아마도 우리가 관심을 갖는 부분은 G. Widman, *Murshardter Chronik*의 일부일 것이다. 이 책은 그 지역의 전승에 근거하고 있지만, 지금은 거의 다 유실되었다. 다음을 볼 것. Widman's Chronica, pp. 33~34.

던 사람들의 무리를 불러오겠다는 것이었다.[63] 그들은 이 혼령들이 사계재일의 토요일 밤과 성령 강림 축일에 외진 곳에서 만나곤 했다고 말했다. 그 혼령들은 죽기로 예정되어 있던 시간까지 슬피 떠돌아다니다가 축복받은 자들로 받아들여진다는 것이다. 이 '유랑하는 성직자들'은 두 개의 끈을 가졌는데, 하나는 곡식을 위한 것이고 다른 하나는 포도주를 위한 것이라고 말했다. 만일 그중 하나를 땅에 묻으면 그해에 곡식이나 포도주의 값이 오른다는 것이다.

이 자료의 출처가 슈바벤이 아니라 프리울리였다면 이 '유랑하는 성직자들' 자신이 베난단티였다는 말을 그들의 허풍에 덧붙였으리라는 것을 우리는 다시금 확신할 수 있다. 여기에도 명백한 유사성이 있다. 뒤에 살펴보겠지만, 민중은 베누스산에 실제로 내세의 삶이 있을 것이라고 믿었다. 그 신비로운 베누스 왕국으로의 여행이 그들에게 주문에서 벗어날 능력과 사계재일 때 일찍 죽은 사람들 무리를 소집할 능력을 주었다는 것이 일차적인 유사성이다. 이 무리에는 영혼이 몸에 다시 들어가지 못했던 '도취된 사람들'이 속했다.

또한 그 여행이 마법을 작동시켜 농부들에게 재산을 획득할 능력을 부여했다는 것도 흡사하다. 단, 프리울리 농부들의 경우와는 달리 그 마

---

63 다음 책에서는 '도취된 사람들'에 대해 논하며 그들을 마녀와 구분하고 있다. W. A Scribonius, *De sagarum natura etpotestate, deque bis recte cognoscendis et puniendis physiologia* (Marburg, 1588), pp. 59r-v, 61r. 스크리보니우스의 다음과 같은 언급은 모호하다. "도취된 사람들"은 "하늘의 천사로부터 추방되어 지옥의 불에 타고 있는 불경한 사람들"을 묘사하는 말이다. "그들은 뜰과 밭과 다른 쾌적한 장소에서 보인다"(p. 61r). 그런 모호함에도 불구하고 이 구절은 우리가 검토하고 있는 신앙으로 되돌아가게 만든다. 다음 논문은 16세기 중엽 바이에른에 널리 퍼져 있던 '영적 방랑자'(vagabundi Spiritus)에 대한 신앙과 관련하여 J. 바이어(Weyer)를 언급하고 있다. 이 '영적 방랑자'들은 1년에 네 번 무기력한 몸을 남겨놓고 모임·향연·춤판에 나갔는데, 거기에는 황제도 참석했다고 한다. A Tenenti, "Una miova ricerca sulla stregoneria," *Studi storici*, 8 (1967), p. 389.

법이 농토의 풍요를 목적으로 한 것이 아니라 농산품의 가격 상승을 목적으로 했다는 것이 신기하다. 이것은 1544년, 즉 가스파루토와 모두코의 재판이 있기 40년 전의 일이었다. 하지만 16세기 전반 이전 프리울리에 이와 관련된 재판기록이 없었다 하여 그러한 민중신앙이 독일에서 프리울리로 전파되었다고 결론짓는 것은 성급하다.

어쨌든 베누스산에 다녀왔다고 주장한 '유랑하는 성직자들' 집단은 1576년에 루체른에 나타났고(그들이 앞서 논한 바 있는 퀴스나흐트의 젤렌무터와 비교되었다는 것은 의미가 깊다), 1599년과 1600년에 다시 나타났다.[64] 1694년에는 '요한 형제단'Johannesbrüderschaft이라는 이름의 단체에 속했던 그와 비슷한 집단이 르부프L'vov에서 재판받았다. 한 세기 반 이전 슈바벤의 동료들과 마찬가지로 이 르부프의 '유랑하는 성직자들'도 숨겨진 보물을 찾았고, 베누스산에서 죽은 사람들의 혼령을 봤다고 주장했으며, 그들을 불러오려고 하였다.[65]

12

크루시우스가 언급하였던 바, ('포악한 무리', 베누스산 등) 죽은 자들의 세계와 밭의 풍요 사이의 관련성은 1630년 헤센에서 벌어졌던 마법사 딜 브로일Diel Breull에 대한 재판에서 더욱 예리하게 부각된다.[66] 그 전해에

---

64 다음을 참고할 것. A. Lütolf, *Sagen, Bräuche*, II, p. 89.

65 다음을 볼 것. F. Byloff, *Hexenglaube und Hexenverfolgung*, pp. 137~138, 불행하게도 극도로 급조된 참고문헌임. 브레사노네에서는 '요한 형제단'이 사계재일 때 모인다는 사실에 주목해야 한다. J. Baur, "Quatember," p. 228.

66 W. Crecelius, "Frau Holda und der Venusberg." 이 재판은 특히 베누스산과 탄호이저

그는 수정구슬을 보면서 주문을 읊었다는 혐의로 재판을 받아 추방 판결을 받았다.

두번째 재판과정에서 브로일은 8년 전 아내와 자식을 잃은 극심한 흉년에 잠에 빠졌다가 깨어났더니 베누스산에 있었다는 이야기를 했다. 그 장소의 신인 '홀트 부인'Fraw Holt이 물동이에 비친 아주 이상한 그림을 보여주었다('홀트'는 게르만어 계통에서 '홀레'와 같고, 그것은 베누스와 동의어로 간주된다). 그가 본 것은 멋진 말들과 불 가운데에서 잔치하며 앉아 있는 사람들이었는데, 그중에는 오래전에 죽었다고 알고 있는 사람들이 있었다. 홀트 부인은 그들이 악행을 저질러서 거기에 있다고 설명했다. 딜 브로일은 곧 자신이 밤의 무리의 일원인 '나흐트파르'nachtfahr라는 사실을 깨달았다. 그것은 바이에른의 목동 콘라트 슈퇴클린이 거의 50년 전에 사용한 것과 똑같은 표현이었다. 그뒤 그는 1년에 네 번 사계재일 때마다 베누스산으로 갔다. 그해에 곡식은 풍작이었다.

여기에서도 신비롭게 혼수상태에 빠졌다가 깨어나 사계재일 때 홀레-베누스가 주재하는 죽은 자들의 모임에 다녀올 능력을 가진 사람이 풍년의 수호자가 되었다. 이것이 이 민간신앙의 두 얼굴, 즉 '농경 의식'과 '장례 행렬' 사이에 아주 밀접한 관련성이 있다는 것을 확인시켜주는 일련의 일화 가운데 마지막 이야기이다.

그러나 딜 브로일의 이야기조차 악마적 사바트라는 틀 속에 억지로 짜맞춰졌다. 그는 고문 끝에 자신이 그리스도를 배반하고 악마에 굴복했다고 자백했으며, 그 결과 1632년에 처형당했다. 이러한 신앙이 마법과 관련을 맺고 있다는 결론은 불가피했다. 예컨대 몇십 년 전 심문관 이냐

이야기와 관련하여 많은 연구가 있었다.

치오 루포Ignazio Lupo가 한 논문을 통해 베르가모Bergamo 주변 지역의 마녀들이 사계재일의 목요일에 베누스산인 토날레Tonale에 모여 악마를 숭배하고 난잡한 향연에 탐닉한다고 단언한 것은 놀라운 일이 아니었다.[67]

13

베난단티 신화는 거의 3세기에 걸쳐 알자스에서 동부 알프스에 이르는 지역에 널리 퍼져 있던 더 큰 전승의 복합체와 수많은 실가닥으로 연결되어 있다. 그러나 프리울리 지역의 그 신화가 독일에 기원을 두고 있는지는 아직 확실하게 말할 수 없다. 리보니아의 늑대인간에 대한 재판기록을 제외한다면, '농경' 베난단티가 묘사한 전투와 비한 그 어떤 것에 대한 언급도 우리에게 전해져내려오는 〔독일측의〕 자료에는 없다. 물론 그 전투는 수숫대로 무장한 마녀와 회향 다발로 무장한 베난단티 사이의 전투를 말한다. 기껏해야 우리는 신비로운 전투에 참여하기 위해 밤중에 구름 속으로 날아갔다고 믿은 여인들에게 벌을 내린다고 위협했던 보름스의 부르하르트Burchard of Worms, Burcardo di Worms의 말을 떠올릴 수 있을 뿐이다. 그 언급에서 베난단티의 전투를 떠올릴 수 있는 가능성은 희박하고, 오히려 그것은 '황야의 사냥'이라는 전승을 반영하고 있는 것처럼 보이며, 실제로 그렇다.[68]

---

67 다음을 참고할 것. I. Lupo, *Nova lux in edictum S. Inquisitionis* (Bergamo, 1603), pp. 386~387. (테스타〔Testa〕 추기경과 페젠티〔Pesenti〕 문서보관소장의 도움을 얻어) 베르가모 교구 참사회 문서보관소에서 행한 연구는 이 사실의 증빙 자료를 찾는 데 도움이 되지 않았다.

68 다음을 참고할 것. Hansen, *Zauberwahn*, p. 85.

그렇다 할지라도 베난단티의 밤의 의례의 변형된 모습은 티롤의 민속에서 찾을 수 있다. 이른바 페르흐텐라우펜Perchtenlaufen이 특히 그러하다. 그것은 정해진 날짜에 농부들이 두 패로 나뉘어 싸움을 벌이는 의식이다. 한 패는 '아름다운' 페르흐테가 되고 다른 한 패는 '못생긴' 페르흐테가 되어 나무 지팡이와 막대기를 휘두르는데, 의심할 바 없이 이것은 고대 전투 의례의 잔재이다. 풍작을 기원한다는 이 의식의 뚜렷한 목적마저도 베난단티와 마녀 사이의 전투를 상기시킨다.[69] 이것은 우리를 프리울리 접경 지역으로 되돌려놓는 것은 물론, '포악한 무리'를 이끄는 것으로 여겨지는 다양한 모습의 민중의 신인 페르흐타로 되돌려놓기도 한다. 여기에는 새로울 것이 없음이 명백하다.

그러나 '아름다운' 페르흐테와 '못생긴' 페르흐테 사이의 전투 의례의 흔적은 발칸반도에서도 확인되었다. 과감하지만 논란이 많은 이론에 따르면 이러한 전승은 1세기부터 몇백 년에 걸쳐 서아시아에서 발생하여 발칸반도를 통해 중부 유럽으로 전파되었다.[70] 리보니아에서 명확한 확

---

69 '페르흐텐라우펜'에 대해서는 다음을 참고할 것. M. Andree-Eysn, *Volkskundliches aus dem bayrisch-österreischen Alpengebiet* (Braunschweig, 1910), pp. 156~184(참고 문헌 목록이 있음). 다음 책에서 포이커르트는 프리울리의 자료를 일부 사용하여 이 주제에 관해 날카로운 시사점을 제시하고 있다. 그러나 인종주의적인 전제에 물들어 그가 도달한 결론에는 조리가 없는 것이 확실하다. W. E. Peuckert, *Geheimkulte*, pp. 281ff. 페르흐텐라우펜을 풍요제의 측면에서 본 연구로는 다음을 참고할 것. I. V. Zingerle, *Sitten, Bräuche*, p. 139; M. Andree-Eysn, *Volkskundliches*, pp. 179, 182~183. '포악한 무리'와 전투 의례 사이의 관련성에 대해서는 다음을 볼 것. O. Höfler, *Kultische Geheimbünde*, pp. 154~163, 특히 pp. 154~156.

70 다음을 볼 것. W. Liungman, "Traditionswanderungen," n, pp. 885~1013. 특히 p. 897에서 저자는 '아름다운' 페르흐테와 '못생긴' 페르흐테 사이의 전투를 바빌로니아에서 있었던 창조의 세력과 혼돈의 세력 사이의 투쟁과 결부시킨다. 바빌로니아에서 그 전투 의례는 마르두크 신을 기리기 위해 매년 정초에 열리는 축제기간에 벌어졌다. 또한 p. 990에서는 페르흐텐라우펜을 겨울 몰아내기 의례의 원형으로 보고 있다. 다음 역시 참고할 것. F. Liebrecht, *La Mesnie furieuse, ou la Chasse sauvage*. 이것은 다음 책의 부록이다.

인이 가능했던 풍작을 위한 전투라는 모티프에서 보이듯, 앞서 말한 이론으로부터 베난단티에 대한 신앙이 슬라브나 서아시아에 기원을 두고 있다는 결론을 이끌어내는 것이 합당할까?

베난단티와 흡사한 민중신앙의 흔적을 달마티아Dalmatia에서까지 확인할 수 있다는 것은 사실이다. 하지만 프리울리 이외의 지역에 대해서는 체계적이고 심층적인 연구가 부족하기 때문에 그것이 독일에서 프리울리를 거쳐 달마티아로 전파되었는지, 아니면 그 역방향으로 전파되었는지 전적으로 확신할 수는 없다. 그렇지만 수집된 자료의 연대를 참조하면 전자의 방향에 더 큰 무게가 실리는 듯하다. 니데르가 사계재일 때 혼수상태에 빠진 여인들에 대해 언급한 것은 15세기 중반이었다. 바이에른의 목동에 대한 재판과 프리울리의 베난단티에 대한 최초의 심문기록은 1580년대에서 비롯된다. 그와 비슷한 신앙에 대한 달마티아 지역의 자료는 1685년에서 1690년 사이, 즉 한 세기 이상 뒤에 나타난다. 이렇게 명확한 전파의 계통을 단지 수집된 자료의 빈약함에 근거하는 우연성의 탓으로 돌릴 수 있을지 아닐지 단언하기는 불가능하다.

결론적으로 죽은 자들의 행진과 관련된 신화가 독일에 기원을 두고 있다는 것은 사실상 확실하지만, 풍작을 두고 벌어지는 전투와 관련된 문제는 해결되지 않고 남아 있다. 이러한 전투 의례의 신화가 리보니아와 슬로베니아에 존재한다는 것은 그것이 슬라브 세계와 연결되어 있음을 시사한다. 게르만 전승과 슬라브 전승이 흘러들어왔던 프리울리에서 그 두 신화가 합류하여 베난단티라는 더 포괄적인 전승을 형성했으리라는 가능성마저 있다.

Gervasio di Tilbury, *Otia Imperialia*, ed. F, Liebrecht (Hanover, 1856), pp. 173~211.

14

그러나 기원과 관련된 문제는 결국 해결될 수 없으며, 더구나 추론에 불과한 것이라 할지라도, 이러한 민중신앙이 깊은 의미를 내포하고 있다는 사실에는 의심이 있을 수 없다. 특히 '농경' 베난단티와 '장례행렬' 베난단티라는 두 조류를 이어주는 연결고리라는 점에서 그러하다. 그것은 단지 같은 이름을 사용한다거나 그들 모두가 사계재일 때 혼수상태에 빠진다는 사실 정도의 문제가 아니다. 그 이상의 무엇이 있다. 마녀들의 모임과 죽은 자들의 행진에 베난단티는 마치 죽은 듯 깊은 혼수상태에 빠져 있는 몸을 놔두고 단지 '영적으로' 갈 수 있을 뿐이다.

　두 경우에 모두 '영적으로' 간다는 것은 일종의 죽음과 같았다는 점을 우리는 반복하여 강조했다. 그것은 가상적인 죽음이지만 베난단티가 보기에 위험스러운 일임에는 변함이 없었다. 만일 영혼이 버려두었던 몸을 찾기 위해 밤의 모임으로부터 제시간에 돌아오지 않는다면 실제 죽음으로 이어질 수 있었던 것이다. 수면 효과가 있는 연고를 사용하거나 알지 못하는 종류의 경직상태에 빠짐으로써 도달하게 되는 그 혼수상태는 죽은 자들의 신비로운 세계에 도달하기 위한 이상적인 방법으로 추구되었다. 마음의 평안을 찾을 희망이 없이 이 세상을 떠돌아다녀야 하는 죽은 혼령들의 그 세계에 다른 방식으로는 도달할 수 없었다.

　'농경' 베난단티판의 이 신앙에서는 혼령들이 고대 '포악한 무리'의 두려운 습성을 유지하고 있는 반면, '장례 행렬'판에서는 오르데릭 비탈리스가 처음으로 기술했던 기독교적 전봉의 행진을 본받아 더 질서 잡힌 모습을 보여주었다. 이렇듯 우리는 떠돌아다니는 죽은 자들과 밤에 베난단티와 싸우는 마녀들 사이에 근본적인 유사성이 있다는 것을 알고 있다. 크루시우스가 연대기에서 묘사한 '유랑하는 성직자들'도 자신의 몸으로 되돌아가지 못한 '도취된 사람들'의 혼령은 비정한 죽은 사람들의 '포악한 무리'에 소속되었다고 진술했다.

이와 비슷한 것이 가스파루토의 이야기에도 있다. 밤의 모임에서 "돌아올 때까지 24시간이 지났거나" 어떤 종류의 범죄를 저지른 베난단티의 혼령은 "몸으로부터 떨어져 남아 있으며, 뒤에 몸이 묻히면 혼령은 떠돌아다니며, 말란단티malandanti라고 불린다". 말란단티란 악한 일을 행하는 사람이나 마녀를 뜻하며, 그들은 "몸이 죽기로 예정된 시간까지" 끊임없이 사악하고 적대적인 존재로 떠돌아다녀야 한다. "이 말란단티는 어린아이들을 삼켜버린다."[71] 그리하여 죽은 자들은 그들이 밤에 벌이는 행진의 비밀에 침투했던 베난단티를 밭에서 자라는 수숫대로 때리면서 처벌했다. 이것은 모두코와 가스파루토가 싸웠다고 주장한 마녀들이 했던 일과 같았다.[72]

일찍 죽은 사람들의 속성이라고 널리 알려져 있는 감정인 살아 있는 자와 그들의 일에 대한 시샘은 마녀들의 특징이기도 하다. 이 시점에서 마녀들은 아이들에게 주문을 걸거나 풍작을 망쳐놓는 것으로만 묘사되고 있을 뿐, 아직 악마의 추종자나 신앙의 적으로 그려지지 않았다. 16세기의 루카와 베르가모에서 주문과 부적을 이용해 병을 고치던 사람들은 마법의 희생자들뿐만 아니라 '죽은 자들의 혼'이나 '그림자에 씐 사람들'까지도 치료했다.[73]

---

71 ACAU, S. Uffizio, "Ab anno 1574……," proc. n. 64 cit,, cc. 3v, 7r, 4r.

72 이 책 55, 61쪽을 볼 것.

73 Lucca: ASL, *Cause Delegate*, n. 25, c. 172r; Bergamo : ACVB, *Visite pastorali*, n. 4 ("1536~1537. Lippomani Petri visitatio"), c. 157v.

일찍 사망한 사람들의 방랑하는 무리에 대한 공포는 널리 퍼져 있던 현상이었다. 뜨개질이 직업인 그라나Grana라는 이름의 빌라 마르차나Villa Marzana 마을 출신 여인은 1601년 모데나 이단 심문소에서 재판받았다. 그녀는 '애욕의'ad amorem 주문을 걸었고 "마녀라는 소문이 있다"는 이유로 기소되었다. 그녀는 어렸을 때 마법의 희생자들은 적절한 조치로 보호하지 않는다면 '그림자'의 공격을 받게 된다는 말을 유모에게 들은 적이 있다고 진술했다. 이어서 이러한 '그림자'는 "길을 잃고 죽은 사람들의 혼령입니다. 그 혼령은 나쁜 일을 하러 돌아다닙니다. 만일 누가 이 혼령과 마주쳐서 혼령에게 발목을 잡히면 혼령이 그의 속으로 들어가 슬프게 만듭니다"라고 진술한 뒤 강력하게 덧붙였다. "저도 그걸 믿고 사실이라고 생각합니다. 누가 제시간이 되기 전에 죽으면 죽기로 예정된 시간까지 떠돌아다니면서 나쁜 일을 하고 길을 헤맨다는 것 말입니다." 그녀는 자신이 실제로 경험했기 때문에 믿고 있는 이런 생각을 어떤 사제까지도 옹호하고 있다는 이야기를 들었다고 했다. 그러나 그 사제의 이름은 기억하지 못했다.

그녀는 재판관의 준엄한 훈계를 들었고 자신의 실수를 철회하라는 권고를 받았다. "죽은 사람들의 영혼이 길을 잃고 떠돌아다니면서 나쁜 일을 한다고 주장하는 것이 잘못된 것이라고 교회에서 말한다면, 당신은 교회를 지지할 것인가 아니면 그런 사람들의 의견을 따를 것인가?" 그라나는 굴복했다. "저는 교회를 믿을 것입니다. 그런 문제에서 교회가 더 높기 때문이지요."[74] 비록 실제적 차원의 악마에 대한 논의는 결여되어 있

---

74 ASM, *Inquisizione*, b. 8, proc. 1592~1599, 번호가 매겨지지 않은 책장. 귀신에 들렸다는 것이 인정되고 따라서 귀신을 쫓는 일을 겪은 뒤, 그녀는 더 완벽한 자백을 얻기 위한 고문을 받았다. 그녀는 신앙의 문제에서 '가벼운' 혐의자로 처리되어 이단을 포기한다는 선

다 할지라도 이러한 환상과 공포의 체계로부터 마녀에 대한 두려움 역시 발생하였다.

이렇게 마녀와 떠돌아다니는 죽은 자들 사이의 유사성은 자연발생적인 유사성임이 확실하다. 어쩌면 우리는 매우 유동적이고 모순적이면서도 체계가 있는 이런 종류의 민중신앙에서 합리적이고 엄격하고 견고한 관련성을 이끌어내려고 하지 말아야 할지 모른다. 베난단티의 설명에 따르면 마녀와 마법사들이 '영적으로' 밤의 모임에 참석하는 것 이외에는 평범한 삶을 영위하고 있다는 것을 알아차리기 어렵지 않다. 사실 그들은 육체에서 이탈해 떠돌아다니는 혼령이 아니라 피와 살을 가진 남자와 여자이다. 그러나 이렇게 여러 차원이 결정되지 않고 중첩되어 있다는 것이 이 민중신화의 특징이다.[75]

그렇다면 그 둘의 명확한 차이를 논하기보다는 본디 구분되지 않았던 신화의 영역에 그 둘 모두가 어떻게 개재되기에 이르렀는가를 논해야 한다는 것이 더 엄밀한 접근방식일 것이다. 그 둘이 특수한 상황에서 각기다른 모습을 갖게 된 것은 이후의 단계에서 일어난 일이다. 그것은 가스파루토와 모두코의 '꿈' 속에서 마녀의 속성을 갖게 되었고, 안나 라 로사의 꿈에서는 죽은 친척들의 모습으로 구체화되었다.

그러나 안나 라 로사처럼 "밤에 밖에 나가" "죽은 사람들을 만날" 운명이나 모두코와 가스파루토처럼 마녀와 마법사와 싸울 운명을 갖게 된자들은 누구였을까? 그 운명이 권력이었건 저주였건 상관없이 말이다. 여기에서 모든 베난단티를 함께 엮어주는 가시적인 요인의 중요성이 명

서를 해야 했다.

75 A. Runeberg, "Witches, Demons," pp. 89, 94, passim. 이 주제에 관한 그의 고찰은 지나친 경우가 있긴 하지만 정확하다.

확하게 드러나는 것으로 보인다. 그 요인이란 그들이 '막'을 쓰고 태어났다는 것이다. 양수막은 유럽은 물론 유럽 이외의 여러 민간 전승에서 '외부의 영혼'anima esterna이 자리하는 곳으로 간주되었다. 그것은 일찍 죽어 떠돌아다니는 혼령의 세계로 가는 연결고리이자, 그들의 세계와 살아 있는 사람들의 세상 사이의 다리요 통과 지점이다. 이것이 예컨대 덴마크와 같은 나라에서 막을 쓰고 태어난 사람들에게는 유령을 볼 수 있는 능력이 있다고 말하는 이유를 설명해준다.[76]

베난단티의 관점에서 막은 '밖에 나가는 것'을 위해 필수적인 전제 조건이 되었다. 그렇기 때문에 모두코 앞에 처음으로 나타났던 베난단티는 이렇게 말했던 것이다. "너에게는 나와 같은 것이 있으니 나와 함께 가야 한다." 모두코가 가졌던 이 '같은 것'이 그가 쓰고 태어난 양수막이었다. "저는 그 막을 언제나 목에 두르고 다녔습니다만, 잃어버렸습니다. 그뒤로는 〔밤의 모임에〕 결코 가지 않았습니다."[77]

이렇듯 막을 쓰고 태어난 16세기 프리울리의 농부는 아주 어렸을 적부터 친척과 친구와 마을 전체에게서 자신이 특수한 별자리 아래 태어났다는 말을 들었다. 목둘레의 막은 어떤 경우에 사제의 축복을 받은 적도 있었지만, 그 막을 쓴 사람은 결코 빠져나올 수 없는 운명에 묶였다. 베난단티가 성년에 도달하면 사계재일 목요일에 신비로운 혼수상태에 빠짐으로써 자신의 '종교단체'로 출병하였다. 그 혼수상태는 이상한 인

---

76 다음을 볼 것. T. R. Forbes, "The Social History of the Caul," p. 499. 이 글에서는 막을 부적으로서 아이의 목둘레에 묶어주는 관습도 언급하고 있다. 다음 역시 참고할 것. H. F. Feilberg, "Totenfetische im Glauben nordgermanischer Völker," *Am Ur-quell, Monatschrift für Volkskunde*, 3 (1892), p. 116; E. Sidney-Hartland, in *Encyclopaedia of Religion and Ethics, II*, p. 639; *Handwörterbuch des deutschen Aberglaubens*, III, coll. 890ff., VI, coll. 760ff.

77 ACAU, S. Uffizio, "Ab anno 1574 ……," proc. n. 64 cit., c. 10r.

물과 사건으로 가득차 있었으며, 약간의 변화를 제외하고는 오랜 기간에 걸쳐 반복되는 것이었다. 그것은 집단적인 갈망과 공포의 배출구를 제공했다―기근에 대한 공포, 풍작에 대한 희망, 내세에 대한 생각, 죽은 사람들을 향한 어쩔 수 없는 그리움, 내세의 운명에 대한 불안감 등등을 표출했던 것이다.

사실 이 전승에서 우리가 상상하기 어려운 것이 세 가지 있다. 첫째로, 이것은 엄격하고 저항할 수 없는 내적 충동의 형태를 취한다. 둘째로, 이것이 순수하게 내적인 생각의 세계에 머물러 있었다 할지라도 오래도록 상실되거나 약화되지 않았다는 것이다. 셋째로, 이러한 '꿈'과 '환상'은 주관적이지만 일관성이 있으며 게다가 내용이 매우 풍부하다는 것이다. 우리는 역사에서 벗어나 즉각 접할 수 있는 개인을 만나리라 예상하는 곳에서 오히려 공동체에 전해내려오는 전승의 힘은 물론 사회생활과 연결되어 있는 희망과 필요성을 만난다.

15

죽은 자들의 행진이라는 신화가 정서의 측면에서 갖는 의미는 1599년에 행해진 재판에서 아주 명확하게 드러난다. 재판과정은 우디네의 사제로서 산 크리스토포로San Cristoforo 본당 주임신부인 세바스티아노 보르톨로토Sebastiano Bortolotto가 정확하고도 세밀한 고발장을 제출함으로써 진행되었다. 그 고발장은 이단 심문소의 최근 칙령은 물론 사제 본연의 임무에 충실하려 한다는 진술로 시작한다. "저는 이단 심문소와 관련된 사실에 대해 보름 이내에 고발하러 나서지 않으면 받게 될 파문의 통렬한 칼이 두렵습니다."

그래서 그는 공증인인 알레산드로 바실리Alessandro Basili의 아내인 플로리다Florida라는 여인에 대해 진술하기 위해 이단 심문소에 갔던 것이다(남편 또한 기도를 통해 병든 사람을 치료한 적이 있었다). 플로리다는 "모든 종류의 분란의 씨앗을 뿌리며 돌아다녔다". 그녀는 목요일 밤마다 죽은 사람들의 행진에 참여하고, 거기에서 "돌아가신 바르톨로미오 델 페로Bartolomio del Ferro 님께서 양말은 흘러내리는데 손에는 묵주를 들고 마지못해 그곳에 계신 것과 엿새 전에 돌아가신 발렌틴 차누티Valentin Zanutti 님께서 모자는 벗은 채 걷지를 못하니까 승마 구두를 신고 계신 것은 물론 다른 많은 사람들"을 봤다고 이웃 사람들에게 말했다는 것이다. 플로리다는 "그녀가 베난단티이기 때문에 어쩔 수 없었고 만일 더 많이 이야기한다면 죽은 사람들이 그녀를 심하게 팰 것"이라고 말함으로써 진술을 끝내곤 했다.[78]

사제의 고발장은 9월 2일에 접수되었다. 나흘 뒤 플로리다의 말을 듣고 그 말을 믿었던 여인들이 심문관 제롤라모 아스테오Gerolamo Asteo 앞에 출두했다. 그들은 각기 고해사에게서 그녀를 이단 심문소에 고발해야 한다는 권고를 받았던 것이다. 특기할 만한 것은 플로리다가 베난단티이며 자신이 참석했던 행진에서 '연옥에 있는 자와 지옥에 있는 자'를 가려낼 수 있었으며 '천국에 있는 자'를 지목할 수 있었다고 주장했다는 것이다.

---

78 ACAU, S. Uffizio, "Anno integro 1599. a n. 341 usque ad 404 incl.," proc. n. 397. 번호가 매겨지지 않은 책장(지금은 짙은 초록색 표지에 다른 잡다한 것들과 함께 아무 표시도 없이 철해져 있다). 다음은 아퀼레이아 이단 심문소의 법정에서 행해진 재판의 목록(BCU, ms. 916 cit.)에 근거하여 이 재판에 대해 언급하고 있다. G. Marcotti, *Donne e monache*, p. 291. 마르코티는 재판 목록에 나오는 "다른 기록에는 없음"(aliud non apparet)이라는 말을 신앙고백에 대해 침묵을 지켜야 한다는 법칙(formula di reticenza)으로 잘못 해석하고 있다.

(다른 종류의 자료를 통해 우리는 축복받은 자들의 영혼은 베난단티의 행진에 참석하지 않는다고 알고 있다. 그것은 오르데릭 비탈리스가 묘사한 행진의 경우에도 마찬가지이다.) 더구나 플로리다는 "마녀들과 싸운다"고 말했다. 또한 그녀는 "어떤 사실을 밝혔다는 것과 지불금을 가로챘다는 것 때문에 두 번 얻어맞았다"고 말했다는 것이다. 플로리다는 한 젊은이에게 "죽은 자들의 행진을 볼 수 있는 포바로Povaro 지역으로 목요일에" 가기 위해 '환각'visioni이 필요하다고 말한 적도 있으나 그는 그것을 믿지 않았다고 한다. 보다시피 여기에서도 그 신화의 두 가지가 접목하고 중첩된다. 플로리다는 죽은 자들을 볼 수 있고 그들의 행진에 참여할 수 있다고 주장하면서도 동시에 마녀와 싸웠다고 말한 것이다.

같은 날인 9월 6일, 플로리다 자신이 이단 심문소의 법정에 자발적으로 출두했다. 그녀는 이웃 사람들의 죽은 친척을 봤다고 말한 것은 단지 '장난'per via di burla이었을 뿐이라고 말했다(하지만 나중에 그녀는 1두카토를 벌려는 희망에서 자칭 환각을 폭로하기 시작했다고 시인했다). 자신의 이야기가 더 그럴듯하게 들리도록 만들기 위해 어떤 세부 사실을 덧붙였다는 것이다.

그녀는 모차Mozza라는 별명을 가진 죽은 여인이 "지옥에서 손으로 두 눈을 가리고 있는 것"을 보았다고 진술했다. 그 이유는 "이 모차가 저지른 큰 죄악 때문이라고 들었으며, 따라서 그녀는 지옥에 있었을 것"이라는 말이었다. 또다른 죽은 사람에 대해서 그녀는 "그의 고해사가 그에 대해 내린 좋은 평판에 근거하여 그가 천국에 갔을 것"이라고 말했었다. 이런 이야기의 소문이 퍼지자 다른 여인들이 플로리다를 찾아와 귀찮게 졸라댔다. 그녀는 애써 이야기를 꾸며냈다. 그 이유의 하나는 다른 사람들 일에 간섭하고 싶어서였고, 다른 하나는 좋은 일을 해보고자 하는 의도에서였다.

과부 프란체스카Francesca가 어머니와 함께 살려고 한다는 말을 들었습니다. 저는 프란체스카에게 돌아가신 발렌틴 님이 그녀 혼자 살지 말고 어머니에게 가서 함께 살라고 말씀하셨다고 말했지요. 그와 비슷하게 저는 발렌틴 님께서 집사로 일할 때 사람들로부터 너무 많이 뺏어온 것을 되돌려주라고 식구들에게 당부한다고 제게 말한 척했습니다. 같은 식으로 저는 발렌틴 님께서 해결할 문제가 남아 있던 아퀼레이아의 빵 굽는 사람과 싸우지 말라고 아내에게 전해달라고 제게 말한 척했습니다.

하루에 네댓 명이 플로리다를 찾아와 "죽은 사람들에 관한 여러 가지 일들"에 대해 물을 정도가 되었다. 그들 중에는 베타Betta가 있었다. "그녀는 가장 훌륭한 교구의 몬시뇨르의 요리사 덕분에 임신하게 되었습니다. 그녀는 저를 찾아와 우디네를 떠난 남편이 죽었는지 살았는지 알고 싶어 했습니다. 이 몬시뇨르의 요리사와 결혼하고 싶었기 때문이지요." 플로리다는 이 경우에도 개입하여 일을 바로잡으려고 했다. "습관대로 했습니다. 저는 그녀가 죄인이 되지 않도록 하려고 남편이 죽지 않았다는 것을 알고 있는 척했습니다." 이처럼 이웃들 사이의 음모와 소문이라는 배경 속에서도 죽은 사람들의 밤의 행진이 본디 갖고 있던 훈계의 기능은 도덕적인 측면이 특히 강조되면서 유지되었다.

목요일 밤에 나간다거나 베난단티가 된다거나 하는 등등의 세밀한 사실에 대해서도 플로리다는 모두가 완전히 날조된 것이라고 단언했다. 그것은 11년 전 프레클루스Preclus에서 만난 어느 여자에게서 들은 이야기를 바꿔놓았을 뿐이라는 것이었다. 이제는 죽은 그 여자는 자신이 베난단티였고 죽은 사람들을 만날 수 있다고 말하곤 했다는 것이다. 그리고 플로리다는 덧붙였다.

저는 베난단티라고 말했습니다. 하지만 그 사람의 신뢰를 얻기 위해 제가 아무것도 받기를 원하지 않는 척한 것은 미친 짓이었습니다. 저는 머리카락 하나조차 받지 않겠다고 말했습니다. 왜냐하면 받은 사람들은 맞는다는 것을 알고 있었기 때문이지요. 그래서요, 수도사님, 제가 미쳤다는 것을 아시겠지요? 저는 아무런 보상도 받지 않고 그런 일을 했으니까요.

똑같은 이유로 그녀는 "막을 쓰고 태어난 척, 목요일 밤마다 나간 척, 성 크리스토퍼 광장에서 마녀들과 싸운 척, 깃발이 기우는 곳에서는 사람이 죽는 척"했다고 말했다. 플로리다는 자신의 경망스러움을 용서해달라는 말로 이야기를 끝냈고, 그녀는 방면되었다.

하지만 그녀에 대한 고발은 계속 이어졌다. 플로리다는 자신이 베난단티이며, "그 별자리 아래" 태어났기 때문에 목요일 밤마다 "죽은 사람들의 혼령과 육체를 보러" 나가야 하며, "단지 영적으로만 나갔다고 말하는 것은 옳지 못하다"고 말했다는 것이다. 또한 이단 심문소에 출두한 다음에도 그녀는 한 이웃 아낙네와 수다를 떨며 이렇게 말했다는 것이다. "나는 심문관 수도사님께 다녀왔지. 그런데 사람들은 수도사님이 내게 뭘 어떻게 할 수 있다고 생각했나봐. 우리 베난단티가 없다면 마녀들이 요람에 있는 아이들까지 삼켜버릴 텐데." 그때 "길거리에도 사람이 많았고, 창밖을 내다보는 사람도 많아서" 모든 사람들이 그녀가 하는 말을 들었다.

여기에서 또다시 명백하게 드러나는 것은 마을을 위협하는 사악한 세력에 대항하여 마을을 지키는 역할에 대해 베난단티가 긍지에 찬 확신을 갖고 있었다는 것이다. 베난단티는 마녀가 아니며, 그들의 선한 행동이 심문관들에 의해 박해를 받아야 한다는 것은 상상조차 할 수 없는 일이었다. 그리하여 과감해진 플로리다 바실리는 베난단티로서 자신의 결백과 능력을 이웃에게 외쳤던 것이다. 그러나 이 증거에 비추어볼 때 플로리다의 이전 자백은 명백한 거짓은 아니라 할지라도 최소한 불완전한 것으로 보인다. 의미심장하게도 플로리다는 또다른 친구에게 다음과 같이 말했다. "나는 심문관 수도사님께 갔었지. 하지만 수도사님은 아무 말도 않더군. 그래서 나는 남편 말고는 무서운 사람이 없어. 나는 이렇게 태어났고, 베난단티가 되어야 해. 다르게 살 도리가 없거든."

이 새로운 증거가 심문관을 자극하여 플로리다 바실리에 대한 심문을 속개하게 하지는 않았다. 그녀를 다시 소환하려는 결정은 1601년 5월 11일 이단 심문소의 총회에서 내려졌다. 그 총회의 참석자 중에는 대주교 프란체스코 바르바로Francesco Barbaro와 이단 심문소 행정관인 비첸차 출신의 프란체스코 쿰모Francesco Cummo 수도사가 있었다. 5월 16일과 28일 두 번에 걸쳐 쓸모없는 심문이 있은 뒤 이 여인은 투옥되었다. 7월 6일, 마침내 그녀는 재판에서 기소되었던 모든 혐의를 포괄적인 방식으로 인정하겠다고 결심했다. 다음날 두 명의 증인이 보증인으로 출두했고 플로리다는 석방되었다.

그러나 몇 달 뒤인 11월에 그녀에 대한 새로운 고발장이 이단 재판소에 접수되었다. 이번에는 그녀가 베난단티였다거나 죽은 사람들을 만났다거나 하는 내용이 아니었다. 플로리다는 시체의 뼈로 만든 끈으로 묶여 있는 달걀을 써서 미신적인 방법으로 치료를 했다는 혐의를 받았다. 치료를 받은 사람은 마달레나Maddalena라는 이름의 창녀였는데, 애인으로부터 '의료받았다'medisinata는 것을 두려워하고 있었다. 그녀는 며칠 뒤 '엄청난 혈액 유출'로 사망했다. 이번에는 이단 심문소가 전혀 움직이지 않았고, 우리는 플로리다 바실리에 대해 더이상 아무것도 알지 못한다.

플로리다 바실리는 은연중에 사람들의 마음속에 있는 무덤 너머의 세계를 둘러싼 환상과 불안과 두려움과 그리움을 자신의 이야기로 충족시켜주고 있었다. 또한 동시에 그녀는 죽은 사람들의 세계의 단편적인 모습들을 솜씨 있게 보여주었다. 그녀는 죽은 사람들의 당혹감과 슬픔은 물론 저승세계와 그곳의 법칙에 대한 그들의 반응까지 묘사하였던 것이다. 그녀는 이웃 아낙네에게 "연옥에서 그녀의 죽은 사위를 보지는 못했지만 남편은 만났는데, 남편은 사위가 연옥에서 석 달밖에 보내지 않았다고 놀랐다"는 말을 했다. 또다른 아낙네에게는 "죽은 어린애가 옷을 입고 있지 않아서 다른 애들처럼 장미 꽃밭에 가지 못해 슬퍼한다"는 말을 했다. 이웃 사람들이 플로리다 바실리의 문 앞에 몰려든 것은 이처럼 "죽은 사람들에 대한 여러 가지 일들"을 알기 위해서였다.

이웃 가운데 한 사람이 취조하는 심문관에게 "우리들 중에는 그녀가 미쳤다고 생각하는 사람들이 있지요"라고 말했다 할지라도(그 말이 진심이었는지 밝히기는 어렵다), 플로리다가 죽은 사람들을 만나 그들과 대화를 나눌 수 있는 능력은 널리 인정받고 있었던 것이 확실하다. 우리는 마녀의 공격으로부터 어린아이를 보호하는 플로리다의 능력도 마찬가지로 널리 인정받고 있었다고 예상할 수 있을 것이다. 그녀는 마을에서 자신이 갖는 가치를 의식하며 공개적으로 자랑했던 것이었다.

그러나 전혀 그렇지 않았다. 이웃에 사는 하녀는 플로리다가 "사악한 눈을 가졌다"는 속삭임이 길거리에 떠돌아다닌다고 말했다. 심문관이 물었다. "사악한 눈을 가졌다는 것은 무슨 뜻인가?" 그 소녀는 이렇게 대답했다. "우리는 유모의 젖을 말려버리는 여자들을 사악한 눈을 가졌다고 말합니다. 그들은 어린애를 먹는 마녀입니다." 이것은 어처구니없는 모순이다. 요람의 어린애를 마녀의 공격으로부터 보호한다고 주장하는 베난단티인 플로리다 자신이 어린이에게 해를 끼친다는 혐의를 받다니! 도대체 그녀가 마법의 혐의를 받다니!

우리는 미신의 방법으로 모든 종류의 병을 고친다고 악명 높은 그녀의 남편이 플로리다가 소유한 능력에까지 암울한 그림자를 드리우게 되었으리라고 추측할 수 있다. 하지만 우리는 이 여인이 남편을 대신하여 미신적인 방법으로 병든 사람들을 치료하려고 시도했던 것을 알고 있다. 이것은 고립적인 사건이고 아직은 초기 단계의 모순에 불과하다. 그러나 우리는 이것이 예상하지 못한 방향으로 전개될 운명에 처해 있다는 것을 알게 될 것이다.

16

플로리다 바실리에 대한 마지막 고발장이 접수된 것과 같은 해인 1601년 도미니쿠스 수도회의 조르조 데 롱기Giorgio de'Longhi 수도사가 이단 심문소의 행정관인 프란체스코 쿰모 수도사 앞에 스스로 출두했다. 1601년 4월 5일에 접수된 그의 고발장[79]은 우리가 검토한 베난단티의

---

79 ACAU, S. Uffizio, "Ab anno 1601 usque ad annum 1603 incl. a n. 449 usque ad 546 incl.," proc. n. 465.

속성을 정확하게 반영하는 한 여자를 겨냥한 것이었다. 이 재판의 피고는 그라차노Grazzano에서 한때 '위대한 아퀼리나'가 소유했던 집 근처에 살던 가스페리나Gasperina라는 맹인 여성이었다. 이 도미니쿠스 수도회의 수도사가 말한 '위대한 아퀼리나'란 의심할 바 없이 그라차노의 주민으로서 유명한 치료사였는데, 몇 년 전 이단 심문소에서 재판받은 적이 있었다.

가스페리나는 조르조 수도사 어머니의 집을 방문하곤 했다. 그녀는 아들에게 가스페리나의 미덕을 칭찬했다. "그녀는 성스러운 여성이며, 우리 주 하느님과 관련된 많은 일을 논하며, 하느님을 만나 함께 이야기했다고 합니다. 그리고 그녀는 제 어머니에게 이런 말도 했답니다. 만일 그녀가 시력을 되찾기를 원한다면 우리 주 하느님께서 그것을 되돌려주겠다고 말씀하셨다는데, 그녀가 원치 않는다고 했답니다." 더구나 가스페리나는 "쓰고 있는 막이 있으며, 교황께서 거기에 축복을 해주셨다"는 말을 하곤 했다. 또한 "세례 요한 축일 전야와 공현축일 전야와 목요일 밤에" 그녀는 "빨간 옷을 입은 많은 사람들과 함께 행진에 갔고, 갈 때마다 볼 수 있었다"는 말도 했다. 모두코와 가스파루토의 경우와 마찬가지로 가스페리나에게도 베난단티가 된다는 것은 신의 선물이었으며, 행진에 갔을 때 신기하게도 먼 눈이 갑자기 보이는 것까지 신의 은총으로 돌렸다.

조르조 수도사는 의심을 품고 어머니의 이야기를 들었다. 아마도 그것은 세례 요한 축일 전야에 대한 언급 때문에 생긴 의심이었을 것이다. 모두가 알고 있듯 그날은 온갖 종류의 미신과 연루된 날이었기 때문이다. 그는 어머니에게 "가스페리나는 단순하고 무식한 사람이기 때문에 옳지 않은 일을 하고 있고, 사실상 신앙에 위배되는 일을 하고 있다"고 주의를 주었다. 그러는 동시에 그는 "그녀를 과오에서 구출할 수 있게끔 올바른 경고를 해주려는 굳건한 의도를 갖고" 가스페리나와 이야기하려고 시도했다. 처음에 가스페리나는 수도원으로 오라는 수도사의 압력성 초대를 단순히 무시했지만, 마침내 "그녀는 수도승들과 이야기하러 가고 싶지 않다"고 외쳤다. (플로리다 바실리도 그녀가 한 말을 고해사에게 털어놓지 말라고 이웃에게 경고했다는 점에 주목해야 한다. 그녀는 오히려 "성상 앞에서" 완전한 고백을 하라고 했다. "그것이 우리 주 하느님께서 용서하시는 방식"이라는 것이었다.)

도시의 세도가들 부인의 집에 드나들곤 하던 가스페리나가 행진에 참가할 수밖에 없었고 "그 행진에 참가했던 동료들의 이름을 밝히면 그녀가 매맞을 것"임을 알게 되자 조르조 수도사의 의심은 확인된 것이나 마찬가지였다. 이 도미니쿠스 수도회의 수도사는 이단 심문소의 행정관에게 이렇게 덧붙였다. "그래서 저는 여러 책에서 읽었기 때문에 이 가스페리나가 베난단티라는 것을 더욱 굳게 확인할 수 있었습니다." 이것은 아주 흥미로운 진술이다. 어떤 종류의 책에서 조르조 수도사는 맹인 가스페리나가 베난단티였다고 알아볼 수 있는 정보를 얻었을까? 그것은 니데르의 『신성한 법의 교육자에 대하여』였을까, 아니면 가일러 폰 카이저스베르크의 설교집이었을까?

아무튼 이러한 언급은 성직자들 사이에서도 베난단티의 신앙에 대한 관심이 증가하고 있었다는 사실을 증언한다. 25년 전만 하더라도 심문관 펠리체 다 몬테팔코 수도사는 '베난단티'라는 이름조차 몰랐던 것이다. 그러나 심문관들이 더 많은 지식을 갖고 있었다 할지라도 그들은 아직 그들이 해오던 방식을 바꾸려 하지 않았다. 가스페리나에 대한 고발은 더이상 수사하지 않고 마감되었다.

17

이러한 민간신앙의 근본적으로 균일한 성격은 이미 언급한 바 있는 라티사나의 베난단티 마리아 판초나의 자백에서 특히 명확하게 드러난다. 그녀는 1619년에 재판받았다. 그녀는 저 너머의 세계에 다녀왔던 여행을 생생하게 묘사했다. 그녀는 자신이 태어난 '별자리'를 보여준다는 자신의 대부와 함께 '육체와 영혼' 모두 다녀왔다고 말했다.

떠나기 전에 그는 제게 아무 말도 하지 말라고 하셨습니다. 그런 뒤 그는 제게 천국과 성모님의 초원과 지옥으로 안내해주셨습니다. 천국에서 저는 하느님과 성모님께서 많은 작은 천사들과 함께 계신 것을 보았습니다. 사방은 장미꽃으로 가득차 있었습니다. 지옥에서 저는 물에 끓고 있는 악마와 작은 악마들을 보았습니다. 그리고 제 대모님 중 한 분도 보았습니다.

이것은 그녀의 성인식 때 일어난 일이었다. 그뒤로 마리아 판초나는 '조사파트 들판'에서 '신앙을 수호하고' 풍작을 확보하기 위해 마녀들에 대항하는 베난단티의 전투에 참가했다.[80]

죽은 자들의 행진에 대한 또다른 흔적은 베난단티라는 소문이 떠돌던 양치기 조반니에 대해 1621년 아퀼레이아의 이단 심문소에 접수된 고발장에서 나타난다.[81] 우리는 마리아 판초나와 조반니에 대한 재판을

---

80 ASV, S. Uffizio, b. 72, c. 38v.

81 AGAJU, S. Uffizio, "Ab anno 1621 usque as annum 1629 incl. a n. 805 usque ad 848 incl.," proc. n. 806(재판 목록에는 이것이 805번으로 잘못 기록되어 있다), 번호가 매겨지지

뒤에 살펴볼 것이다. 지금은 이 양치기의 자백 가운데 한 구절을 눈여겨보는 것으로 충분할 것이다. 그는 이 밤의 모임에서 "남자와 여자 모두 날뛰고 때로는 먹어댔습니다"라고 이야기했다. "그리고 그들은 촛불을 들고 (산 칸치아노San Canziano의) 작은 성당 안팎을 돌아다니곤 했습니다." 마녀들 사이에는 "죽은 사람에 대해서 알고 있는 노인이 있었습니다. 말하자면 그는 죽은 사람들이 겪는 고통을 봤다는 것이지요, 그는 다른 사람의 밭에서 경계 표지를 훔친 사람들을 봤는데, 그 표지를 어깨에 지고 다니더라는 것입니다."[82] 여기에서 우리는 오르데릭 비탈리스가 묘사한 죽은 사람들의 행진과 그 본래의 목적이 메아리치고 있는 또다른 예를 본다. 즉 도덕적·종교적 교훈을 주기 위해 죄인에 대한 처벌을 묘사한 것이다. 하지만 그것은 단지 '메아리'일 뿐이다. 머지않아 그 신화에서 내용은 텅 비어버리고, 단지 손에 촛불을 들고 있는 죽은 사람들의 밤의 행진이라는 상징적인 요인만이 남게 된다.

1622년 2월 23일 이플리스Iplis의 농사짓는 여인 미네나 람바이아Minena Lambaia에 대해 참사회원 프란체스코 발다사리Francesco Baldassari가 치비달레의 이단 심문소에 제출한 고발장에서도 이러한 전개 양상은 아직

___
않은 책장.

82 그 노인은 신앙심 깊은 에카트르(Eckhart)를 반영하고 있을지 모른다. 그는 베누스산과 관련된 이야기에서 이 양치기가 말한 것과 비슷한 특징을 갖고 나타났을 뿐 아니라 '포악한 무리'에도 등장하였다. 다음을 볼 것. O. Höfler, *Kultische Gebeimbünde*, pp. 72~75. 앞서 인용한 바 있는 안나 라 로사에 대한 재판에서도 피고인은 죽은 남편이 자기 앞에 나타났다고 말했었다. 남편이 자기를 "그의 밭으로 데려가 그 경계 표지를 보여주었습니다. 왜냐하면 남편이 살아 있을 때 땅을 조금 더 늘리려고 그것을 옮긴 적이 있었기 때문이지요. 그는 경계 표지를 되돌려놓아야 한다고 말했습니다. 그렇게 하지 않으면 그가 큰 고통을 당한다는 것이었습니다." ACAU, S. Uflizio, "Ab anno 1581 usque ad annum 1582……," proc. n. 98 cit., c. 7v.

명확하게 드러나지 않았다.[83] 자백은 3차적인 정보에 근거하고 있으며, 우리에게 친숙한 요인들이 질서 없이 뒤섞여 있다.

사계재일 목요일에 그녀는 손에 촛불을 들고 행진에 나갑니다. 그들은 산에 올라갑니다. 거기에는 음식이 있고, 그들은 그녀의 집 주위를 돌면서 신음소리를 내 그녀가 나오도록 만듭니다. 그녀는 이런 이야기 그리고 또다른 이야기를 했기 때문에 아주머니에게 맞았습니다. 그녀는 그에게 등이 퍼렇게 멍든 것을 보여줬습니다. 그녀는 많은 것을 알고 있지만, 더이상 말하지 않았습니다.

그러나 이후의 재판에서 이러한 조류는 명백히 소멸한 것처럼 보인다. 1626년 1월 15일 심문관 도메니코 도세르Domenico d'Auxerre 수도사에게 제출된 고발장[84]은 베난단티라고 주장하는 창녀에 대한 것이었는데, 여기에서는 '행진에 간 젊은이들 무리'라고 포괄적으로 지칭하고 있을 뿐이다. 1645년 이단 심문소에 접수된 모로사Morosa라는 이름의 프루타르스Prutars 출신 베난단티에 대한 고발장에는 더 명확한 언급이 있다. "산 주스토San Giusto 축일 밤에 그녀는 자기 집 근처에서 출발하여 멀리 안코네타Anconeta까지 갔던 행진을 봤습니다. 행진하는 사람들은 모두 손에 촛불을 들고 있었습니다. 한번은 그녀의 아버지와 어머니를 행진에서 보기도 했습니다. 그들은 자선을 베풀라고 요청했지만, 그녀는 아무것도 주지

---

83 ACAU, S. Uffizio, "Ab anno 1621⋯⋯," 다른 죄목으로 재판 번호 810번에 끼워져 있던 고발장.

84 ACAU, S. Uffizio, "Ab anno 1621⋯⋯," proc. n. 832. 번호가 매겨지지 않은 책장.

않겠다고 대답했습니다."[85]

이제 남은 것은 본래 의미가 다 빠져나가고 껍데기뿐인 신화였다. 19세기 프리울리에서 가장 유명한 시인 피에트로 초루티Pietro Zorutti는 낭만적인 연극을 어설프게 패러디한 희곡을 썼는데, 그것은 1848년 2월 2일 우디네에서 첫 무대에 올려져 큰 성공을 거두었다.[86] 이 연극에서 '벨란단티'Bellandanti의 손에 쥐여진 '불붙여진 양초'moccolo impïato는 의미를 잃은 지 오래되어, 단순하고 소박한 형식주의의 한 예로 전락하였다.

요약하자면, 프리울리에서 죽은 자들의 행진이라는 신화는 베난단티와 관련된 신앙의 복합체 내부에서 비교적 주변적인 위치를 차지하고 있다. 그 전파의 경로와 지속력의 측면에서 특히 그러하다는 것이다. 반면 또다른 신화인 풍작을 놓고 마녀 또는 마법사와 벌이는 전투라는 농경 신화는 훨씬 더 복합적이고 훨씬 더 큰 내용을 갖고 전개될 것이다.

---

85 ACAU, S. Uffizio, "Ab anno 1643 usque ad annum 1646 incl. a n. 931 usque ad 982 incl.," proc. n. 957, c. 4r.

86 다음을 볼 것. P. Zorutti, *Poesie edite ed inedite* (Udine, 1881), II. p. 613.

심문관과
마녀 사이의 베난단티

1

대략 1575~80년과 1620년 사이에 '농경' 베난단티의 신화는 우리가 검토했던 근본적인 특징을 유지하면서 프리울리 전역에서 기록되었다. 우리가 묘사하는 사건에서 이것은 표면적으로만 정적인 상태에 머물렀을 뿐, 실제로는 이후의 신속하고도 급격한 변화의 시기를 위한 길을 닦아놓고 있었다.

1583년 초엽에 우디네의 이단 심문소는 피에리스Pieris의 목동 토폴로 디 부리Toffolo di Buri에 대한 고발장을 접수했다. 피에리스는 몬팔코네Monfalcone 근처의 마을인데, 이손초Isonzo강 건너편에 있어서 프리울리의 자연적인 경계 밖이지만, 종교적으로는 아퀼레이아 교구의 관할 아래 있다. 고발장에는 이 토폴로에 대해 "자신이 베난단티라고 단언합니다. 그리고 약 28년이라는 기간에 걸쳐 그는 사계재일 때 마녀와 마법사와 싸우러 다른 베난단티와 함께 (몸은 침대에 놔두고) 영적으로 나갔습니다. 하지만 옷은 낮에 입던 것과 같은 것을 입었습니다"라고 적혀 있었다. 이렇듯 토폴로는 '영적으로' 나갔으며, 그에게서도 '나갔다'는 행위는 죽는 것과 비슷하였다. "그는 싸우러 나갈 때 아주 깊은 잠에 빠지고, 영혼이 그의 몸에서 빠져나갈 때는 죽는 사람들이 내는 것과 비슷한 신음소리를 세 번 냅니다." 영혼은 자정에 나갔으며, "나가서 싸우고 집으로 돌아올 때까지 세 시간 동안 몸 밖에 머무"른다고 했다. 토폴로가 시간에 맞추어 나가지 않았을 경우에는 심한 매를 맞았다.

"약 3천 명 이상에 달하는 이들 베난단티와 마녀와 마법사는 카포디스트리아, 무자Muggia, 트리에스테Trieste, 몬팔코네 주변 지역과 카르소Carso의 다른 장소에서 왔습니다." ("일부는 걸어서 왔고 일부는 말을 타고 온") 베난단티는 '회향 줄기'[1]로 무장을 했다. 반면 마법사들은 "빵을 굽기 전에 화덕의 검댕을 긁어내는 나뭇조각을 무기로 사용합니다. 마녀들은 더러운 막대기를 씁니다. 그들은 닭을 타고 오기도 하고, 고양이나 개나 염소를 타고 오기도 합니다. 싸울 때 그들은 그 막대기로 베난단티를 세게 때립니다." 여기에서도 베난단티는 군대식으로 소집했다. "마치 군대를 보는 것 같습니다. 왜냐하면 북 치는 소년이 있고 나팔수도 있고 대장이 있기 때문이지요." 나팔수는 트리에스테 출신이었고, 북 치는 소년은 카포디스트리아 출신이었으며, 베난단티의 기수인 대장 토폴로는 "어디에서 왔는지 말하지 않으려고" 했는데, "말하면 맞을까 두렵다"는 것이다.

전투 역시 밭의 풍작을 놓고 싸우는 것이었다. "세 번의 사계재일 때 베난단티가 이겼습니다. 사순절의 사계재일 때도 베난단티가 이긴다면 마녀와 마법사들은 베난단티에게 경례를 해야 합니다." 왜냐하면 "베난단티가 이기면 그해에는 풍년이 들고, 그들의 적이 이기면 폭풍우가 몰

---

1 ACAU, S. Uffizio, "Anno integro 1583 a n. 107 usque as 128 incl.," proc. n. 113, c. 1r.

아쳐서 기근이 들기 때문"이라고 했다.[2] 더구나 베난단티는 "악마의 간교를 갖고 어린아이들의 살을 파먹어서 뼈와 가죽만 남겨놓고" 천천히 죽게 만드는 마녀들과 싸웠다. 그래서 한번은 토폴로가 "방금 전에 태어난 어린애에게 불을 붙이려는" 마녀를 목격하고 고함친 적도 있었다. "'여봐, 뭐 하는 거야?' 그러자 마녀는 아이를 놔두고 고양이로 둔갑하여 도주했습니다."[3]

지금까지의 이야기는 치비달레 출신 베난단티들에게서 얻은 자백과 완전히 일치한다. 그러나 특정한 문화적 전통에 묶여 있지 않고, 따라서 통합과 동일성을 향한 요인(이 시대에는 설교, 인쇄된 책, 무대 공연 등이 그런 역할을 했다)의 영향을 받지 않은 민중신화는 필연적으로 그 주변에 모든 종류의 개별적이고 지역적인 요인이 덧붙여진다. 그것은 그 신화의 유동성과 생명력을 웅변적으로 증언한다. 토폴로에 대한 고발장에는 이렇게 덧붙여진 변화의 요인이 보인다. 그는 "무수히 많은 투르크 사람, 유대인, 이교도들이 군사훈련을 하고 있으며, 군대처럼 싸우고 있지만 앞에 말한 종파와는 구분되어 있다"고 말했다. "앞에 말한 종파"란 베난단티와 마녀·마법사를 뜻한다. 이것은 몬팔코네 지역 어디에서나 존재했을 가능성이 있는 실로 놀라운 생각이지만, 우리의 관심을 받을 수 있도록 전해진 흔적은 이것이 유일하다. 어쨌든 베난단티 자신도 그들의 모임을 투르크 사람, 유대인, 이교도의 전투와 비교했다는 점에서, 이것은 그들 스스로 자신들의 모임이 이단이라는 의심을 하였다는 사실을 보여준다.

그리고 이러한 자각은 토폴로가 인정하였던 것과 비슷한 종류의 고민

---

2 *Ibid.*, cc. 1r-v.
3 *Ibid.*, c. 2v.

을 그들에게 안겨주었다(이것은 우디네의 마녀였던 아퀼리나에게 "죽은 사람을 봐야만 하는" 필연으로부터 해방시켜달라고 눈물을 흘리며 간청했던 파시아노 출신의 이름이 밝혀지지 않은 여인의 절박함을 상기시켜준다). "그는 기수로서 의무를 면하기를 크게 바랍니다. 만일 그 의무에서 해방될 수 있다면 그는 아주 행복할 것이라고 말합니다." 토폴로는 왜 이것을 원했을까? 그는 베난단티로서 자신의 의무가 교회의 가르침에 위배된다는 것을 깨달았다. "그는 고해를 받고 성체를 모십니다. 그는 거룩한 로마 교회가 믿는 것을 믿습니다. 하지만 그는 앞서 말한 것처럼 나가지 않을 수 없습니다." 이 익명의 고발장 작성자는 이렇게 덧붙였다. "제 생각엔 어떤 사람들이 막을 쓰고 태어난다는 말을 그가 했던 것 같습니다."[4]

3월 18일 우디네 이단 심문소의 재판관들이 토폴로에 대한 결정을 내리기 위해 모였다. 같은 날 그들은 몬팔코네의 시장인 안토니오 초르치 Antonio Zorzi에게 편지를 했다. "그의 자백을 듣고 그에 따라 어떻게 해야 할지 판단하기 위해" 그를 체포하여 우디네로 압송해달라고 요청한 것이었다.[5] 몬팔코네의 시장이 3월 20일에 보낸 편지에서 전하듯 체포는 이루어졌지만 우디네로 압송하는 것은 간단한 일이 아니었다. 그를 우디네까지 호송할 인력이 없었던 것이다. 그러나 우디네에서는 아무도 움직이지 않았다. 시장은 이단 심문소나 주교가 호송원을 파견해주기를 기다렸지만 허사였다. 그는 죄수를 풀어주었다.[6] 토폴로의 재판은 잊혔다.

3년 뒤인 1586년 11월 옛 고발장이 이단 심문소의 문서보관소에서 다시 나타나 아퀼레이아의 심문관이 몬테팔코로 가서 이 문제를 조사하게

---

4 *Ibid., c. 2r.*
5 *Ibid., c. 2v.*
6 *Ibid., cc. 3r, 4r.*

되었다. 그러나 토폴로는 "신앙의 문제에 대한 혐의"를 받도록 만든 문제에 답하러 출두하라는 이단 심문소의 소환 명령에 응하지 않았다. 이단 심문소의 공증인이 피에리스로 파견되었다. 그러나 그는 거기에서 이 베난단티가 1년여 전에 마을을 떠났고, 그뒤 그가 어디 있는지 아무도 모른다는 것을 알게 되었을 뿐이다.[7]

이 문제에 대해 심문관들이 근본적으로 무관심하다는 것이 또다시 명백하게 드러났다. 심문은 1년이 넘도록 무성의하게 연기되었던 것이다. 1575년부터 1619년까지 거의 반세기에 걸쳐, 우리가 알고 있는 최초의 재판에서 가스파루토와 모두코가 유죄 판결을 받았던 재판을 제외하고는 판결에 이른 베난단티에 대한 재판이 하나도 없었다는 것이 단적인 증거이다. 예컨대 루터교에 대한 진압처럼 훨씬 더 긴급하다고 여겨진 다른 재판의 경우에는 아퀼레이아 이단 심문소의 대응이 아주 효과적이었다.

일반적으로 베네치아공화국에서 이단 심문소에 대해 행사하던 전통적인 감독권은 미신적 관례처럼 논란이 많은 문제에서 특히 조심스럽게 적용되었던 것이 확실하다. 베네치아공화국의 태도는 1609년 그 행정장관이 우디네의 관료들에게 보낸 전갈이 잘 요약하고 있다. 거기에서는 "언제나 정당한 권한의 한계를 넘어 재판권을 확장시키려고 시도하는" 심문관들의 허세에 반대하라고 권고하고 있다.[8] 실제로 주교 대리 파올

---

7 *Ibid.*, cc. 5r-v.

8 다음에 인용되어 있다. F. Odorici, *Le streghe di Valtellina e la Santa Inquisizione* (Milano, 1862), p. 145(그러나 이 자료는 옮겨 적는 과정에서 결함이 있었던 것이 확실하다). 이 문제에 대해서는 다음을 볼 것. A. Battistella, *Il Sant'Officio*, pp. 47~50. 또한 베네치아공화국의 총독이었던 레오나르도 로레단(Leonardo Loredan)이 브레시아의 시장이었던 마르코 로레단(Marco Loredan)과 대장인 니콜로 조르조(Nicolò Giorgio)에게 마녀재판 문제에 관해 1521년 5월 24일에 보낸 훈령도 볼 것. ASCB, *Privilegi*, t. 29, 1552, c. 1v.

로 비산치오는 1582년 12월 자신의 상급자에게 보낸 편지에서 심문관들의 월권행위를 개탄한 바 있다. 그들은 언제나 권한의 영역을 확대시키려하여, "병을 고쳐준다는 명목으로 약간의 돈을 받으며 이단과는 관련 없는 미신적 관행을 사용하는 불쌍한 여인들까지" 기소하는 지경에 이르렀다는 것이다. 그 자신으로서는 "심문관들이 이단과 명백한 관련이 없는 미신 문제에 간섭하지 말아야 한다"는 신념이 확실하기 때문에 앞으로 일을 어떻게 처리해야 할지 훈령을 요청한 것이다.[9]

사실상 이러한 권력의 다툼은 이단 심문소의 처형으로부터 베난단티를 보호하는 데 도움이 되었다. 왜냐하면 (가스파루토와 모두코에 대한 판결에서 보았듯) 심문관들은 베난단티의 자백에서 특히 이단적인 명제를 찾아내야 한다는 압박을 받았기 때문이다. 그것은 심문의 과정에서 압력을 가하고 유도신문으로 의미를 왜곡시킨다 하더라도 쉬운 일이 아니었다.

몇 차례에 걸쳐 강조하였듯 재판의 과정에서 심문관들은 압력을 가하고 유도신문을 꾀하지만, 그것은 그들에게 베난단티를 기소하고 유죄판결을 내리려는 열의가 근본적으로 없었다는 사실과 모순되지 않는다. 일단 베난단티의 자백을 악마학적 논리의 구도와 범주에 끼워맞추려는 시도를 포기하면 재판관들은 무관심의 태도를 취했다. 이것은 1610년 무렵 베난단티가 사바트에 참석하는 마녀들에 대해 명문화되어 알려져 있는 성격을 갖기 시작하자 재판관들의 분위기도 바뀌기 시작했다는 사실로 입증된다. 상대적인 것일 뿐이라 할지라도 그들은 더 엄해졌고, 몇몇

---

9 BCAU, ms, 105, "Bisanzio. Lettere……," cit., cc. 174r-v. 이미 언급한 바 있듯 18세기에 복사한 이 편지의 수고에서는 연도가 1582년이 아니라 1585년으로 잘못 기입되었다.

재판은 처벌이 경미했다 할지라도 유죄판결로 끝났다.[10]

이러한 재판관들의 무관심은 주교 대리 파올로 비산치오가 베네치아에 거주하던 주교에게 프리울리의 최근 동향을 보고하려고 보낸 편지에도 스며들어간 것처럼 보인다. 가스파루토와 모두코에 대한 심문이 먼 과거가 아니었던 1580년 7월 4일 그는 "베난단티라는 자백"을 한 사람이 네 명 있었다고 편지에 적었다(실제로는 두 명이었다). 그는 "이 나라에 존재하거나 숨어 있는 다른 많은 사람들에게 영속적인 교훈을 주기 위해 법이 허용하는 최대한의 처벌을 받도록 할 것"이라고 확언했다. 그러나 이렇듯 열성적인 태도도 단지 겉모습에 불과했다. 겨우 2개월 뒤에 비산치오는 치비달레의 두 베난단티에게 단지 징계를 위한 관대한 판결을 내

---

10 프리울리 심문관들이 이렇듯 널리 퍼진 미신에 대한 재판에서 관대한 태도를 취한 이유로서는 그들이 프란체스코 수도회에 속했다는 사실도 어느 정도 작용했다. 16세기 초에 마녀의 처형에 반대하는 목소리를 처음 냈던 사람도 프란체스코 수도회의 사무엘레 데 카시니스(Samuele de Cassinis) 수도사였다. 그에 대한 반론을 제기하여 오랜 기간에 걸쳐 신랄한 논쟁을 벌였던 사람은 도미니쿠스 수도회의 빈첸초 도도(Vincenzo Dodo) 수도사였다. 일차적으로 그것은 대립되는 교단이자 신학의 학파에 속하는 수도승들 사이의 논쟁이었다. 그러나 이러한 모티프가 후에 프란체스코 수도회에서 마녀재판에 대해 의심하는 전통으로 이어져 마법 혐의자들에게 더 관대한 태도를 취했으리라는 가능성도 있다.

카시니스와 도도 사이의 논쟁에 대해서는 다음을 볼 것. J. Hansen, *Zauberwahn*, pp. 510 ~511; *Quellen*, pp. 262~278. 한젠이 인용한 텍스트에 더해 다음을 볼 것. *Contra fratrem Vincentium or. predicatorum qui inepte et falso impugnare nititur libellum de lamiis editum a f. Samuele ordi. minorum* ([n.p.], 그렇지만 다음에는 서지 기록이 있다. Papie, per Bernardinum de Garaldis, 1507. British Library: 8630. c. 32), 도도의 두번째 반론은 다음을 볼 것. *Elogium in materia maleficarum ad morsus fugas et errores fra. Samuelis Cassinensis contra apologiam Dodi* (1507 ⋯⋯ Impressum Papie per magistrum Bernardinum de Garaldis. British Library: 8630. dd. 20).

반면 실베스트로 마촐리니 다 프리에리오(Silvestro Mazzolini da Prierio)와 같은 도미니쿠스 수도회의 수도사는 "한 해의 신성한 시기에 들이나 밭에서 밤과 낮에 비밀회합의 장소에 모이는" 사람들은 "가벼운" 혐의자로 간주되어야 한다고 촉구했다. 다음을 참고할 것. A. Tenenti, "Una nuova ricerca," p. 390. 그는 이 간략한 언급을 여기에서 우리가 논하고 있는 신앙과 연결시키고 있다.

렸고, 그것도 곧 감형시켜주었을 뿐 아니라 "베난단티와 마녀에 대한 두 개의 사소한 재판"이라고 대수롭지 않게 언급하였던 것이다.[11]

1년 남짓 지난 1582년 2월 12일, 비산치오는 주교에게 보낸 편지에서 같은 논조를 유지했다. 그는 베난단티인 안나 라 로사에 대해 "며칠 전 제모나에 갔을 때 죽은 사람을 만나 이야기했다는 아주 평판이 나쁜 여인에 대한 고발장이 제게 접수되었습니다. 그 여자를 반드시 법정에 세우겠습니다"라고 말했던 것이다. 그는 "혹시 그 여자가 사무엘을 사울 앞으로 소환시킬 수 있는 새 피토네스인지 두고 보지요"라고 악의 없이 빈정거렸다.[12]

이 '새 피토네스'에 대한 심문은 지체되고 연기되고 파문에 처하겠다는 엄숙한 위협까지 있었지만 결국 사안이 중요하지 않다는 이유로 종결되었음을 우리는 알고 있다. 그것은 적절한 시기에 심문관이 결론을 짓도록 남겨졌는데, 바꾸어 말하면 결론을 내리지 않더라도 무방하다는 것이었다. 여기에는 놀랄 것이 없다. 요컨대 베난단티와 심문관 사이에는 비록 적대감과 억압에 바탕을 두는 것이라 할지라도 교감이 이루어질 공통의 근거가 없었다. 베난단티는 철저하게 무시되었다. 그들의 '망상'fantasticherie은 심문관들이 이해하지도 못했고 이해하려 하지도 않았던 물질적·정서적 욕구의 세계 속에 갇혀 있었다.

---

11 BCAU, ms. 105, "Bisanzio. Lettere……," cit., cc. 71r, 112v, 114v.

12 Ibid., c. 131r. 〔사무엘을 사울 앞으로 출두시킨 것은 엔도르의 마녀였다. 피토네스는 아폴로의 여사제로서 예언 능력을 갖고 있다―옮긴이〕

토폴로 디 부리에 대한 고발이 있은 지 몇 년 뒤에야 우리는 베난단티에 대한 새로운 소식을 접하게 된다. 이것 역시 몬팔코네에서 있었던 일이다. 1587년 10월 1일 체세나_Cesena_의 본당 사제 돈 빈첸초 아모로시_Don Vincenzo Amorosi_가 '산파'_ostretrice di flgliolini_ 카테리나 도메나타_Caterina Domenatta_를 아퀼레이아와 콘코르디아의 심문관인 잠바티스타 다 페루자_Giambattista da Perugia_ 수도사에게 고발했다.[13]

고발장에는 이렇게 기록되어 있다. "죄를 범한 이 마녀는 애를 낳을 때 다리가 먼저 나오면 베난단티나 마녀가 될 수 있으니 그것을 원치 않는다면 그 아이를 꼬챙이 위에 올려놓고 불 위에서 뒤집으라고 아이의 어머니를 구슬렸습니다. 몇 번을 뒤집는지는 모릅니다." 이 사제는 카테리나가 "주문과 마법으로 가득찬 비열한 삶을 사는 여인"이기 때문에 이단심문소의 권한을 넘어서는 곳으로 가기 이전에 감옥에 넣어야 한다고 촉구했다. 이 특수한 경우에 심문관은 선임자들보다 더 큰 열의를 보여, 1588년 1월 22일 카테리나와 관련된 조서를 수집하기 위하여 몬팔코네로 갔다.

증인들은 사제의 고발 내용을 확인해주었고, 산파 자신도 스스럼없이 그런 미신행위를 했다고 시인했다. 하지만 그녀는 갓난애 부모들의 위임을 받고 그 일을 했다고 덧붙였다. "늙은 산파들은 아이가 발이 먼저 나

---

13 ACAU, S. Uffizio, "Ab anno 1587 usque ad annum 1588 incl. a n. 158 usque ad 177 incl.," proc. n. 167, 번호가 매겨지지 않은 책장. 펠리체 다 몬테팔코 수도사는 1584년 에반젤리스타 펠레오(Evangelista Peleo) 수도사로 교체되었고, 그는 1587년 잠바티스타 안젤루치 다 페루자 수도사로 교체되었다. 다음을 볼 것. A. Battistella, _Il Sant'Qfflcio_, p. 127

오면 꼬챙이 위에 올려놓고 불에 세 번 뒤집는 일에 익숙합니다. 그래야만 마법에 걸리지 않는다는 것이지요. 그래서 저는 아이 부모의 허락을 받고 제 손으로 아이를 불 위에서 뒤집었습니다."[14] 이 모든 것의 결과로 그녀는 공개적인 참회[15]와 이단 포기 선언을 해야 했다("그녀는 모인 사람들에게 이 참회행위를 그녀가 왜 해야 하는지 큰소리로 말했다").

이 재판을 흥미롭게 만드는 것은 막을 쓰고 태어난 아이는 베난단티가 되어 밤에 나가도록 타고난 운명이라는 것과 비교될 수 있는 민중신앙의 증거를 여기에서 찾을 수 있다는 것에 그치지 않는다. 여기에서도 그 운명은 소름끼치는 광채에 휩싸여 있다. 바티스타 푸를라노Battista Furlano의 아내인 파스쿠아Pasqua라는 증인은 "꼬챙이에 올려진" 아이의 어머니였다. 그녀는 몬팔코네에서 "베난단티이거나 마법을 행사하는 사람"이 있다는 것을 모른다고 단언했다. 그러나 그녀의 아버지는 "막을 쓰고 태어났고 그것을 갖고 있기 때문에" 베난단티였다. 작고한 남편도 베난단티였다면서 카테리나는 말했다. "왜냐하면 그는 막을 쓰고 태어났기 때문입니다. 그는 제게 많은 얘기를 해주었습니다. 제가 믿지 않자, 남편은 같이 가면 볼 수 있을 것이라고 했습니다." 하지만 "당신은 이 베난단티들이 영적으로만 간다고 믿습니까? 당신은 베난단티가 하는 일이 신을

---

14 이와 비슷한 민간 전승이나 그 잔재에 대해서는 다음을 볼 것. R. M. Cossàr, "Usanze, riti, e superstizioni del popolo di Montona nell'Istria," pp. 62~63; G. Finamore, "Tradizioni popolari abruzzesi. Streghe-stregherie", in *Archivio per lo Studio delle tradizioni popolari, 3 (1884), p. 219; Idem., Credenze, usi e costumi*, pp. 57, 76~78. 이러한 전승에 대한 개괄로는 다음을 볼 것. T. R. Forbes, "Midwifery and Witchcraft," in *Journal of the History of Medicine and Allied Sciences*, 17 (1962), pp. 264~283.

15 ACAU, S. Ufifizio, "Ab anno 1587······," proc. n. 167, 번호가 매겨지지 않은 책장. "두 번의 일요일에 이 카테리나는 미사를 드리러 성 암브로시우스 성당의 문 앞에 모인 사람들 앞에서 무릎을 꿇고 손에 촛불을 켜 들고 있었다."

섬기는 착한 일이라고 생각합니까, 아니면 사악한 일이라고 생각합니까?"
라는 심문관의 질문에 카테리나 도메나타는 회피적으로 물러서며 이렇게 대답했다. "저는 정말로 모릅니다. 그는 나갔다고 말했습니다만, 저는 모릅니다."

3

베난단티가 마녀와 마법사에 대항하여 신앙의 수호자로 행동한다는 모티프는 몬팔코네 지역의 재판에 존재하지 않았다. 그러나 그것은 1591년 10월에 작성된 라티사나의 소몰이꾼 메니키노 델라 노타Menichino della Nota의 조서에서 다시 나타난다. 그것은 베네치아 이단 심문소의 감독관 빈첸초 아리고니 다 브레시아Vincenzo Arrigoni da Brescia 수도사 앞에서 작성되었는데, 그는 마침 마법과 악행의 혐의로 기소된 여인들의 사건에 판결을 내리기 위해 라티사나에 와 있었다.[16]

　메니키노는 라티사나의 성 조반니 바티스타 성당 보좌신부에 의해 베난단티라고 고발당했고, 그 혐의의 증거는 메니키노의 주인인 마코르 마로스키노Machor Maroschino에 의해 확인되었다. 마로스키노는 이 젊은이가 자신뿐 아니라 누구라도 들으려는 사람한테 이렇게 말하곤 했다고 진술했다. "그는 사바트에 간다고 합니다. 바꿔 말하면 꿈속에서 자신을 잃는다는 것이지요. 그는 겨울에도 자신이 온갖 들판과 장미가 피어나는 꽃밭에 있다고 생각한답니다. 거기에서 그는 기독교 신앙에 반대하는 마

16　ASV, S. Uffizio, b. 68(라티사나의 재판기록), 번호가 매겨지지 않은 책장.

녀들과 싸운다고 합니다. 그는 '우리가 이긴 적도 있다'고 말합니다. 그는 싸우러 나가지 않을 수 없다고 덧붙였습니다."

처음에 증언을 하라고 소환되었을 때 메니키노는 심문관의 질문을 피해가려고 했다. "저는 꿈을 많이 꿉니다. 하지만 그중 어떤 하나를 꼭 집어서 말할 수는 없습니다." 심문관은 "당신은 떠돌아다니는 사람입니까? 사바트에 가느냐는 말입니다"라고 독단적인 질문을 했다. 그것은 심문 전체의 성격을 규정하게 될 신원 확인을 암시하는 질문이었다. 메니키노는 대답했다. "제 아저씨 가운데 한 분인 올리보 델라 노타Olivo della Notta 님은 돌아가셨는데, 제가 막을 쓰고 태어났다고 말씀하셨습니다. 하지만 저는 막을 쓰고 태어나지 않았다 하더라도 꿈에서처럼 숲과 풀밭과 들로 나가 짐승에게 꼴을 먹이고 쩔레나무 덤불로 갔을 것입니다."

심문관이 퉁명스럽게 말을 끊었다. "논점을 벗어나지 말고 사실만 말하도록 하시오." 메니키노가 조아리며 대답했다. "수도사님, 사실만 말하겠습니다. 세 번의 계절에, 즉 1년에 세 번 저는 들로 나갔습니다. 저는 제가 알지 못하는 동료의 말을 듣고 갔습니다. 어느 누구도 다른 사람들을 모릅니다. 몸은 침대에 남겨두고 영혼만 가기 때문이지요. 앞에 말했던 제 동료는 그곳을 조사파트 들판이라고 불렀습니다."[17] 그는 이 들판에 "성 요한 축일과 성체 축일과 성 마티아 축일" 밤에 갔다.[18] 그리고 심문관이 재촉하는 특정한 질문에 대해 그는 이렇게 말을 이어갔다.

---

17 조사파트 계곡과 관련된 민간신앙에 대해서는 다음을 볼 것. W. E. Peuckert, *Handwörterbuch des deutschen Aberglaubens*, IV, coll. 770~774. 여기에는 티롤에 대한 언급도 있다.

18 보다시피 여기에서 이들은 일 년에 네 번 사계재일 때 모이는 다른 베난단티의 전통과 갈라진다. 슬로베니아판 베난단티인 케르스트니키도 성 요한 축일 전야에 마녀들과 싸운다는 점도 주목할 만하다. F. S. Krauss, *Volksglaube*, p. 128.

저는 다른 사람들이 그렇게 하라고 말했기 때문에 그 세 날에 갔습니다. 저에게 첫번째로 말한 사람은 잠바티스타 탐부를리노 Giambattista Tamburlino였습니다. 그는 그와 제가 베난단티라고 저에게 알려줬습니다. 저는 그를 따라가야 한다는 것이었지요. 제가 가지 않겠다고 대답하자 그는 "가야 할 때가 되면 너는 갈 것"이라고 말했습니다. 저는 "나를 가게 만들 수 없을 겁니다"라고 확실하게 말했습니다. 그러자 그는 "너는 어쨌든 가게 될 것이다. 연기처럼 가는 것이지 몸이 가는 것은 아니다"라고 말했습니다. 제가 가고 싶지 않다고 계속 말했지만, 그는 우리가 신앙을 위해 싸우러 가야 한다고 말했습니다. 이런 대화가 있고 나서 1년쯤 지난 뒤에 저는 조사파트 들판에 있는 꿈을 꾸었습니다. 첫번째는 사계재일의 성 마티아 축일 전날 밤이었습니다. 저는 두려웠고, 마치 넓고 크고 아름다운 들판에 있는 것 같았습니다. 향내가 났습니다. 좋은 냄새가 풍겼다는 것이지요. 장미와 다른 여러 꽃들이 많이 있었던 것 같습니다.

그는 덧붙였다.

장미를 보지는 못했습니다. 구름과 안개 같은 게 있었기 때문입니다. 단지 냄새만 맡을 수 있었습니다. 안개 속이었지만 우리 인원은 많았던 것 같은 느낌입니다. 우리는 서로 몰랐습니다. 우리가 연기처럼 공중을 날아다니고 물을 건넌다는 느낌이었습니다.[19]

---

19 다음을 참고할 것. K. Hofmann, "Oberstdorfer 'Hexen,'" p. 46; K. H. Spielmann, *Die Hexenprozesse in Kurhessen*, p. 48.

들판의 입구는 열려 있는 것 같았습니다. 저는 안에 있는 누구도 알지 못했습니다. 아무도 서로를 몰랐기 때문이지요.

메니키노는 계속 말했다. 그 장소에서 "우리는 싸웠고, 서로 머리카락을 잡아챘고, 주먹을 날렸고, 땅에 넘어뜨렸고, 회향 줄기로 싸웠습니다." 심문관이 물었다. "왜 싸웠지요?" 베난단티가 대답했다. "신앙을 보존하기 위해서였습니다. 하지만 우리는 어떤 신앙이라고 말하지는 않았습니다." 빈첸초 수도사의 질문은 더욱 미묘해졌다. "그 들판에서는 다른 일도 벌어졌습니까?" 메니키노가 대답했다. "아닙니다, 수도사님. 그들은 신앙을 위해 마녀와 싸운다는 말만 했습니다." 심문관은 집요하게 질문했다. "그 들판에서 춤추고 노래 부르고 먹지 않았습니까? 침대와 나무와 그 밖의 다른 것들도 있지 않았습니까?"

베난단티가 사계재일 때 꿈과 같은 상태에서 마녀와 싸우기 위해 나가야 한다는 신화에 갇혀 있는 죄수였다면, 심문관들 역시 베난단티와 관련된 문제에서는 조건반사와 비슷한 반응에 그 나름대로 갇혀 있었다. 라티사나에서와 마찬가지로 우디네에서도 그랬고, 빈첸초 다 브레시아 수도사의 경우와 마찬가지로 펠리체 다 몬테팔코 수도사의 경우도 그랬다. 그것은 사실상 그들의 행동을 미리 결정해놓았던 것이다. 심문관들은 빈첸초 수도사가 암시한 바, 전설적인 호두나무 아래에서 춤과 향연으로 광란의 시간을 보내는 악마적 사바트의 상을 당연한 것으로 간주하고 있었다. 그러나 메니키노는 심문관의 유도신문에 격하게 저항했다.

우리는 다른 짓은 아무것도 하지 않았습니다. 우리 베난단티는 한 시간쯤 걸리는 전투가 끝난 뒤 새벽닭이 울기 전에 집에 가야만 했습니다. 앞서 말한 잠바티스타 탐부를리노가 제게 말한 것처럼 그때까지 돌아가지 못하면 우리는 죽습니다. 그래서 모두가 연기처럼 집으로 갔습니다. 그리고 탐부를리노는 우리가 떠나 있는 동안 몸이 엎어져 있으면 우리는 죽는다는 말도 했습니다.

메니키노의 아내는 "남편이 전혀 움직이지 않았기 때문에 침대에서 죽어 있었다"고 생각한 적이 있었다. 베난단티에 따르면 생기 없는 몸에서 '연기처럼' 떨어져 있는 이 혼령들이 죽은 마녀들과 전투를 수행했다. 그곳은 시간이 끝난 모든 죽은 자들이 함께 모이는 넓은 들판인 조사파트 계곡이었다.

심문관은 또다른 도발적인 질문을 했다. 그것은 "연기의 모습으로 밖에 나갔을 때 어떤 종류의 연고나 기름을 먼저 칠하는가, 아니면 어떤 말을 먼저 했는가" 하는 질문이었다. 메니키노는 처음에 화를 내며 부인하다가,[20] 탐부를리노의 말을 받아들여 '등잔 기름'을 발랐다고 시인했다. 그러나 이것을 시인한 뒤 그는 탐부를리노에게 "어떤 종류의 약속이나 맹세"를 해준 적은 없다고 말함으로써 심문관의 유도신문에 넘어가지 않았다. 메니키노는 "제가 그 별자리 아래 태어났다면 가겠지만, 그렇지 않다면 가지 않는다고 그에게 말했습니다"라고 잘라 말했다. 그 말을 한 것은 15~16년 전 어느 날 밤의 일이었다. 메니키노와 탐부를리노는 "재미를 보려고 티사노타Tisanotta로 한 줄로 서서" 걷고 있는 중이었다. "겨울이었고, 저녁을 먹은 뒤 밤중에 길 위에 있었습니다." 그에게 밤에 나가자고 요청한 사람은 없었다.

---

20 이 책 85쪽을 볼 것.

그러나 그는 메니코 로다로Menico Rodaro가 베난단티라는 것을 알고 있었고, 그것에 대해 그와 이야기했다. "어느 날 밤, 저는 그와 함께 한 줄로 걷고 있었습니다. 그에게 물었지요. 탐부를리노가 말한 적이 있는데 당신이 혹시 부오노안단티buonoandanti(베난단티의 다른 표현-옮긴이)가 아닌가 하고요. 그러자 메니코가 대답했습니다. '네, 저는 베난단티입니다.'" 그 역시 신앙을 위해 싸우려고 나간 적이 있음을 인정했다. 메니키노는 다른 베난단티에 대해서는 이름만 알고 있었다. 메니키노는 많은 사람들과 그런 이야기를 했는데, "습관처럼 밤중에 한 줄로 걸으며 그 문제를 논했다". 마지막으로 그는 심문관의 또다른 질문에 대해 이렇게 결론을 내렸다. "저는 제 주인님께 베난단티가 이기는 것은 풍작의 신호라고 말씀드렸습니다. 그리고 올해에는 우리가 이겼기 때문에 폭풍우가 없이 풍작일 것이라는 말씀도 드렸습니다."

심문관은 메니키노의 자신감을 흔드는 데 성공하지 못했다. "당신이 베난단티이던 기간에 고해를 하거나 성체를 받거나 미사에 가는 것이 금지되었요?"라는 심문관의 마지막 공격에는 확신이 들어 있지 않았고, 메니키노는 열정적으로 부인했다. "아닙니다, 수도사님. 고해성사와 성채를 받는 것도 미사에 가는 것도 금지되지 않았습니다. 사실 탐부를리노는 우리가 하나님과 좋은 관계를 유지해야 한다고 말하곤 했습니다." 이 베난단티는 그의 주인 마코르 마로스키노가 100두카토의 금액에 보증을 서겠다고 동의한 뒤 석방되었다.

이틀 뒤인 1591년 11월 18일 메니키노가 베난단티라고 말했던 사람의 하나인 도메니코 로다로라는 인물이 소환되었다. 그의 조서에서는 얻을 수 있는 것이 거의 없다. 그는 이런 말만 되풀이했을 뿐이다. "저는 막을 쓰고 태어났다는 것만 알고 있습니다. 그리고 저는 그렇게 태어난 사람이 베난단티라고 들었습니다. 저는 어머니에게서 막을 쓰고 태어났다는 말을 들었습니다." 심문관은 "막을 쓰고 태어난 사람은 베난단티라는 말을 누구에게서 들었으며, 베난단티라는 말의 뜻이 정확하게 무엇이냐?"고 물음으로써 뭔가를 얻어내려고 했으나 허사였다. 도메니코 로다로는 이렇게 대답했다. "저는 누가 그 말을 했는지 모릅니다. 왜냐하면 막을 쓰고 태어난 사람이 베난단티라는 말은 많은 사람들이 아무데서나 하기 때문이지요. 그리고 베난단티란 다른 사람들과 마찬가지로 착한 기독교인이라고 생각합니다."

이렇게 힘 빠지는 대답 외에 심문관은 아무것도 얻지 못했다. 로다로는 석방되었다. 메니키노의 자백에서 드러난 핵심요소에 대해 더 깊게 파고들어가는 것은 불가능했다. 그것은 메니키노가 베난단티로 입문하게 된 것이 (가스파루토의 경우처럼) 천사에 의해 이루어진 것도, (모두코의 경우처럼) '영적으로' 나타난 베난단티에 의해 이루어진 것도 아니라는 점이다. 오히려 그것은 겨울날 밤 이웃 마을로 약간의 재미를 보기 위해 걸어가던 아주 세속적인 상황에서 탐부를리노처럼 피와 살을 가진 인간에 의해 이루어졌다는 것이다.

이 입문식은 상상이었을까 실재였을까? 더 일반적으로 말하자면, 이러한 의식rito은 어느 정도까지 개인들에게 국한되어 있었으며, 어느 정도까지 다양한 베난단티 사이에서 종파적 유형의 비밀과 회합과 실제적인 만남이었을까? 이러한 질문은 대답하지 않은 채로 남겨둘 수밖에 없다. 왜냐하면 이번 사례를 제외하고 우리는 서로 연결되어 있지 않은 베난단티의 이야기들만을 마주쳤기 때문이다.

4

가스파루토, 플로리다 바실리, 토폴로 디 부리 등 지금까지 우리가 마주친 몇몇 베난단티는 마녀 또는 마법사와 벌이는 그들의 투쟁이 어린이에게 해가 미치는 것을 막기 위한 것이었다고 주장했다. 그들은 사악한 세력을 물리치고 마법에 홀린 어린들을 구할 수 있는 능력을 단순하게 베난단티가 갖고 있는 비범한 힘으로 설명하거나, 마녀 및 마법사와 싸우기 위해 밤에 '나가는 것'으로부터 비롯된다고 설명하였다. 사실 풍요를 기원하기 위한 의식으로서 마녀와 전투를 벌인다는 것은 그 민간신앙의 요체로 보이며 우리에게는 가장 흥미로운 요인이지만, 베난단티의 협소한 집단 외부에서는 발판을 얻는 데 결코 성공하지 못했다. 오히려 그것은 밀교와 비슷한 목적을 가지고 배경에 남아 있게 되었다.

17세기 초반에 베난단티 신앙을 신봉하던 농부와 장인들artigiani의 눈에 그들을 구분 짓는 특징은 두 가지가 있었다. 하나는 마법의 희생자를 치유하는 능력이며, 다른 하나는 마녀를 알아보는 능력이었다. 사실 전자는 베난단티만의 특징이라고 말할 수도 없는 것이었다. 이 시기에 이탈리아와 유럽 전역의 농촌은 마법과 미신적인 주문을 건 연고와 고약을 사용해서 모든 종류의 병을 고치는 치료사·마법사·마녀로 넘쳐났다. 베난단티가 이렇듯 이질적이고 잡다한 무리와 혼동될 수밖에 없었던 것은 확실하다.

그러나 이렇게 혼동되는 것은 위험했다. 그들을 이단 심문소의 고발이라는 위협에 노출시켰기 때문이다. 특히 마법에 홀린 사람들을 치료하는 능력은 마법의 증거로 간주되었다. 1499년 모데나의 이단 심문소에서 열린 재판에 증언하러 나왔던 여인은 "치료할 줄 아는 사람은 파괴할 줄 아는 것"이라고 범주화시켜 단언했다.[21] 이러한 원리를 확인하듯 마녀임을 공언한 사람들 대다수는 그들이 주문을 걸었던 아이들에게 접근하여 치료해준 뒤 약간의 돈이나 아니면 다른 보상을 받았다고 말했다.[22] 파올로 가스파루토와 나눴던 브라차노의 사제가 했던 말을 기억한다면, 이렇듯 베난단티 치료사들은 '좋은 마녀'이지만 어쨌든 마녀로 보려는 경향이 강하게 있었음을 상기할 수 있을 것이다(그 시점에서도 이 신화는 내적 약점을 갖고 있는 것이 특징이었다).

반면 두번째 요인인 마녀를 알아보는 능력은 어떤 의미에서 위에 언급한 혼동과는 반대되는 방향으로 작용하였다. 왜냐하면 특히 그것은 (베난단티가 꿈꿨던 것과 비슷한) 감정적이고 실제적인 적대감을 베난단티 개인과 마녀 또는 마녀 혐의자 개인 사이에 유발시켰기 때문이다. 그러나 우리는 너무 앞서나갈 필요가 없다. 지금으로서는 이렇듯 모순적인 두 가지 경향은 물론 앞서 말했던 것처럼 심문관들이 베난단티를 마녀와 동일시하기 시작했을 때 사용하던 경향이 함께 존재하였다는 사실에 주목하는 것으로 충분하다. 그것은 우리가 여기에서 연구하는 민중신앙이 앞으로 몇십 년 동안 전개되는 과정을 결정하게 될 것이었다.

---

21 ASM, *Inquisizione*, b. 2, libro 3, c. 72v. 다음도 참고할 것. ASL, *Cause Delegate*, n. 175, c. 218r: "그리고 시장님께서는 주문에 걸린 사람을 진단하고 치료할 수 있는 사람은 주문을 거는 법도 안다는 것을 알고 계십니다."

22 예컨대 다음을 볼 것. ASL, *Cause Delegate*, n. 175, c. 196v (산 로코의 마르게리타): "그리고 제가 홀린 아이들은 제가 고쳤습니다. 모두가 제 일의 대가로 뭔가를 줬기 때문이지요." 또한 *Ibid*, cc. 202r~v.

5

'홀린 사람을 치료하는 것'이 베난단티의 특징으로 나타남으로써 이단 심문소의 기소를 받게 될 위험에 처하게 된 사례는 1600년 발바소네Valvasone 출신의 '존엄한 여인'magnifica domina 마달레나 부세토Maddelena Busetto 가 비첸차 출신의 프란체스코 쿰모 수도사 앞에서 작성한 두 개의 조서 에서 처음으로 나타났다. 쿰모는 아퀼레이아와 콘코르디아 교구 이단 심 문소의 행정관이었다.[23] 이 귀부인은 "양심의 부담을 덜기 위해" 자백했 다. 그녀는 모루초Moruzzo를 방문했을 때 호기심이 발동하여 친구의 아이 에게 부상을 입힌 사람을 찾으려고 했다. 그런 목적으로 그녀는 범죄자 로 추정되던 사람과 대화를 시작했다. 그 사람은 파스쿠타 아그리골란테 Pascutta Agrigolante라는 이름의 노파로서, 자신이 베난단티이고 마녀들을 알 고 있다고 털어놓았다.

여기에서도 우리가 이미 언급한 바 있는 문화적·사회적 간격이 특히 두드러지게 나타났다. 의미심장하게도 그것은 언어의 측면에서 나타났 다. 마달레나는 말했다. "저는 베난단티라는 말이 무엇을 뜻하는지 몰랐 기 때문에 그것을 알고자 했습니다. 파스쿠타는 제게 막을 쓰고 태어난 여자들이 베난단티지만 그들은 마녀가 아니라고 말했습니다. 그들은 마 녀들이 나쁜 일을 할 때만 밖에 나간다고 합니다. 며칠 전 이 베난단티 는 마녀들과 싸워서 이겼고, 그 결과로 수수 풍년이 들 것이라고 말했습

---

23 ACAU, S. Uffizio, "Anno integro 1600 a n. 405 usque ad 448 incl.," proc. n. 409, 번 호가 매겨지지 않은 책장. 빈번히 인용되는 수기 자료의 목록에서 1595년 12월 12일에 재판 받은 카테리나도 베난단티였다는 사실이 드러났다. 그녀는 도메니코의 아내이자 모르텔리아 노(Mortegliano)의 타데오(Taddeo)의 딸이었다. 그러나 우디네 대교구 참사회 문서보관소를 아무리 뒤져도 277번의 번호가 매겨진 이 재판기록은 찾을 수 없었다.

니다"(이 말은 잘못 알아듣고 헛갈린 것이 확실하다). 파스쿠타는 다른 베난단티의 이름을 댔는데, 거기에는 모루초의 사제와 나르다 페레수트Narda Peresut라는 이름을 가진 여자가 들어 있었다.

그러자 마달레나는 호기심에 가득차서 나르다라는 여인을 찾아 나섰다. 나르다는 베난단티라는 사실을 시인하며 이렇게 덧붙였다. "친구분의 따님은 마녀에 홀렸고 사계재일의 삼위일체 축일에 심하게 앓게 될 것입니다. 원하신다면 제가 치료해드리겠습니다만, 특히 우디네나 포르데노네Pordenone에 가실 경우에는 아무한테도 말하지 않겠다고 약속하셔야 합니다. 고해사님께도 말하면 안 됩니다. 우디네에서 카포나 데 체르비난Cappona de Cervignan이라는 여자가 얼마나 고통을 당했는지 아시지요?"[24] 나르다 페레수트는 치료사로 행동했던 것 때문에 이단 심문소에서 기소를 당할까 두려워했다. 그래서 그녀는 "베난단티의 기술을 그라오Grao[25]에서만 행하고 이 지역에서는 하지 않았다"고 말했다. "그곳에서는 처벌받지 않지만 여기에서는 처벌받는다는 것을 그녀는 알고 있었습니다."

마지막으로 그녀는 마달레나 부세토에게 이렇게 말했다. 그 여자 베난단티는 "보이지 않게 영적으로만 나가고 몸은 죽은 것처럼 남아 있습니다. 어쩌다가 얼굴을 아래로 하여 몸이 엎어지면 죽습니다. 그리고 그녀 자신은 허약했기 때문에 머지않아 만남이 있을 것이랍니다." 그녀는 이러한 모임에 산토끼를 타고 갔다. "그 여자가 베난단티의 기능을 수행

---

24 안토니아 라 카포나(Antonia la Cappona)에 대한 재판은 다음을 볼 것. ACAU, S. Uffizio, "Anno integro 1599……," proc. n. 363. 이것은 재판이라기보다는 몇 번의 고발이 있은 뒤에 자발적으로 출두한 경우이다. 라 카포나는 여러 가지 미신적인 방법으로 그녀가 "여러 환자를 치료했고 수정구슬을 들여다보기도 했음"을 시인했다. 그녀는 "가난했기 때문에, 조금 벌기 위해서였다"고 말했다. 그녀는 우디네를 떠나지 말고 이단 심문소의 처분을 따르라는 명령을 받았다. 그러나 이 명령은 곧 취소되었다.
25 그라도(Grado)를 말함.

하기 위해 가야 할 때면 이 짐승이 그 여자의 문 앞에 와서 문을 열어줄 때까지 큰 소리로 긁어댄답니다. 그러고는 그 여자가 갈 곳으로 갔답니다." 그러나 첫번째 조서를 마무리하는 단계에서 마달레나는 "저로서는 이것을 조금도 믿지 않습니다"라고 외쳤다.

사실 이러한 조서의 이면에는 상당한 무대 뒤의 움직임이 있었다. 그 한 예는 마달레나의 남편인 안토니오 부세토Antonio Busetto가 쓴 편지로서, 그것은 심문 서류에 첨부되어 있었다. 1600년 1월 17일에 쓴 이 편지는 처남에게 보낸 것이었다. "내 아내가 4월에 모루치스Morucis로 여행을 하며 즐기고 있을 때 말하기 좋아하는 여자들과 얽히게 되었다고 하네. 그 여자들 중에 마녀나 베난단티가 있는지 찾아보려 했다는 것인데, 다른 이유는 없고 단지 소일거리였다고 말하네"(안토니오는 아내의 실수를 무마하려고 했던 것이 확실하다. 그러나 '말하기 좋아하는 여자'들과 그들의 어리석은 신앙에 대한 경멸도 진정한 것이었다). 마달레나의 고해사는 심문관 수도사의 동의 없이 그녀를 방면하려 하지 않았다. 그 결과 안토니오는 처남에게 부탁하여 아내가 우디네로 여행을 가지 않도록 해줄 수 있는지 이 사건을 담당한 심문관에게 알아보라고 요청했던 것이다. 그리고 일주일 뒤 프란체스코 쿰모 수도사가 손수 발바소네에서 멀지 않은 부세토의 집을 방문해 우리가 방금 검토한 증언을 수집해갔다.

두 명의 베난단티, 곧 파스쿠타 아그리골란테와 나르다 페레수트에 대한 고발장에 비추어 프란체스코 쿰모 수도사는 심문을 계속하려고 했다. 그것은 1600년 4월 19일 심문관들의 총회에서 결정되었다. 그러나 여기에서도 이 둘에 대한 언급은 더이상 존재하지 않았다. 또 한번 심문관의 의도는 서류로만 남아 있었다.

6

마달레나 부세토의 조서는 1600년 페르코토Percoto 출신의 바스티안 페트리치Bastian Petricci에 대해 접수된 많은 고발장과 비교될 만하다.[26] 마녀와 마법사들에 대해 사람들이 이야기하는 가운데 그가 "저는 베난단티입니다"라고 말한 것을 들었다는 증인이 있었다. 그러나 이 사실을 보고한 증인 역시 "하지만 저는 그의 말을 믿지 않습니다. 왜냐하면 저는 베난단티가 존재한다고 확신하지 못하기 때문이지요"라고 말하며 "저는 거룩한 교회를 신봉합니다"라고 신중하게 덧붙였다. 바스티안도 페르코토 출신의 여인에게 그 여자의 아이가 아픈 것은 세 명의 마녀가 피를 빨아먹기 때문이고, 보상을 해준다면 그들의 이름을 알려주겠다고 했다.

몇 년 뒤인 1609년, 산타 마리아 라 롱가Santa Maria la Longa의 한 농부가 이단 심문소에 고발되었다.[27] 그는 자신이 베난단티라고 주장하면서 "일주일에 세 번 사바트에 가야 하고", 특히 "어린애를 먹는" 마녀와 마법사를 알아볼 수 있으며, "그들을 물리칠" 수 있는 능력을 소유하고 있다고 말했다. 그러나 몇 년 지나지 않아 언어의 차원에선 베난단티를 마녀와 동일시하는 일이 자리잡기 시작했다.

---

26 ACAU, S. Uffizio, "Anno integro 1600……," proc. n. 418, 번호가 매겨지지 않은 책장. 카르니아의 농부로 베난단티인 조반니 델라 피촐라(Giovanni della Picciola)에 대한 이와 유사한 조서도 참고할 것. "Ab anno 1606 usque ad annum 1607 incl. a n. 618 ad 675 incl.," proc. n. 632. 조서의 날짜는 1606년 3월 16일이다. 우디네의 의사 로카델로(Locadello)의 하인이었던 소년에 대한 조서도 참고할 것. 그는 예전 여주인의 조카들에게 "그가 벨란단티이며, 양을 타고 회향으로 스스로를 때린다"고 말했다. "Ab anno 1621 usque ad annum 1629 incl. a n. 805 usque ad 848 incl.," proc. n. 811. 우디네 시립도서관의 수기 보관소에는 807번으로 잘못 기록되어 있다.

27 ACAU, S. Uffizio, "Ab anno 1608 usque ad annum 1611 incl. a n. 676 usque ad 742 incl.," proc. n. 705, 번호가 매겨지지 않은 책장.

심문관과 마녀 사이의 베난단티 213

1614년, "프라투체Frattuzze 마을 출신"의 프란체스키나Franceschina라는 여인이 포르토그루아로Portogruaro의 산 프란체스코 수도원에 출두하여 마리에타 트레비사나Marietta Trevisana라는 이름의 여자를 고발했다. 그녀의 말에 따르면 트레비사나가 "자신을 쇠약하게 만들고 마법에 걸리게 만들었다"는 것이었다.[28] 프란체스키나는 "기아이Ghiai의 마녀" 루치아로 알려져 있는 여인을 찾아가 고치려 했다. 재판관들은 그녀를 꾸짖었다. "그런 사람을 찾아가는 것은 금지되어 있는 죄악인 것을 알면서" 왜 기아이의 루치아를 찾아갔느냐는 것이었다. 이 여인의 대답은 많은 것을 시사한다. "저는 그 여자가 마녀가 아니라 마녀를 처벌한다고 믿었습니다. 많은 사람들이 몸에 가호를 받기 위해 그 여자를 찾아간다기에 저도 갔습니다. 산 너머에서까지 온다고 합니다." ("마녀가 아니라 마녀를 처벌한다.")

만일 '기아이의 마녀' 자신이 심문을 받았더라면 그녀는 자신이 마녀가 아니라 베난단티라고 주장함으로써 스스로를 변호하였을 것이다. 그러나 프란체스키나처럼 치료를 받기 위해 찾아온 그녀의 고객에게 그녀는 "기아이의 마녀"였다. 이러한 사실은 우리가 언급했던 바, 베난단티를 마녀와 동일하게 만들려는 과정이 진행되고 있었음을 보여주는 명백한 증거이다. 이렇듯 언제 마녀와 연루될지 모르는 상황이 임박해 있는 상태를 다소간 의식적으로 피하기 위해 베난단티들이 그들 '종교단체'의 기독교적 모티프를 강화시켰던 것은 아니었을까? 어쨌든 기아이의 마녀 조차 자신이 하는 일에 정통의 색채를 입히고자 했다. 첫째로 그녀는 프란체스키나에게 마법이 걸리게 만든 사람이 누구인지에 대해 이렇게 말했다. "말할 수 없습니다. 왜냐하면 주교님께서 제게 부자와 가난한 사람

---

28 ACAU, S. Uffizio, "Ab anno 1612 usque ad annum 1620 incl. a n. 743 usque ad 804 incl.," proc. n. 758.

들에게 가호를 내리도록 허락하시되 이름만은 밝히지 말라고 하셨기 때문입니다. 그러나 이름을 밝힐 수는 없어도 힌트는 드릴 수 있습니다. 당신은 어떤 여자와 말다툼을 하셨죠? 그 여자가 당신에게 주문을 걸었습니다." 그리고 루치아는 "작은 상자 속에 보관하고 있던 두 개의 묵주와 두 개의 십자가와 교황이 그녀에게 보냈다고 하는 산호로" 프란체스키나에게 가호를 내려주었다.

몇 년 뒤인 1630년에 도나토 델라 모라Donato della Mora가 기소되었다.[29] 그는 포르데노네 부근의 산타보카토Sant'Avvocato 출신으로서, 모든 사람이 "주문에 걸린 희생자들을 알아볼 수 있는 마법사"라고 여기고 있었으며 약간의 보상을 해주는 대가로 마녀들의 이름을 밝히기도 했다. 그는 "그 모든 것을 배운 책"을 소유하고 있다고 주장했을 뿐 아니라 "포르토그루아로의 주교 대리님으로부터 완전한 권한을 위임받았기 때문에" 두려울 것이 없다고 허세를 부렸다. 1616년 이단 심문소에 마법 혐의로 고발당한 한 농촌 여인이 지목했던 '마법사' 피에로의 경우[30]와 마찬가지로, 도나토도 베난단티의 특징을 갖고 있었던 것으로 보인다.

그 농촌 여인은 이렇게 말했다. "제가 이 피에로를 찾아갔던 것은 사실입니다. 왜냐하면 사람들이 말하기를 그가 마녀를 알아볼 수 있다고 했기 때문이지요. 저는 마법의 혐의로 고발을 당했기 때문에 그에게 가서 제가 정말로 마녀인지 봐달라고 했습니다. 그는 제가 마녀라는 것은 사실이 아니라고 말했고, 그가 대가를 요구해서 무명 반 마를 그에게 주

---

29 ACAU, S. Uffizio, "Ab anno 1630 usque ad annum 1641 incl. a n. 849 usque ad 916 incl." proc. n. 850.

30 ACAU, S. Uffizio, "Ab anno 1612……," proc. n. 777. 1540년 모데나에서는 "얼굴을 보고 마녀를 알 수 있다는" 돈 루도비코(Don Ludovico)가 고발당했다. ASM, *Inquisizione*, b. 2, libro 5, 번호가 매겨지지 않은 분책.

었습니다." 사람들 사이에서 베난단티가 마녀를 알아볼 수 있다는 확신은 너무도 강했다. 그리하여 '마법사' 피에로가 그녀에게 내린 마녀가 아니라는 판결은 마을 사람들에게서 의심과 저주와 비난을 떨쳐버리기에 충분한 무게를 지녔다.

7

'마녀를 알아보는 능력'이라는 요인은 이전에 1606년 팔마노바Palmanova에서 열렸던 재판에서는 단지 이차적인 중요성만을 지녔을 뿐이다.[31] 여기에서 이 복합적인 민간신앙의 핵심적인 주제가 아주 생생하게 재현되며 다시 나타났다.

팔마노바의 장인인 잠바티스타 발렌토Giambattista Valento는 프리울리 주의 행정관장이었던 안드레아 가르초니Andrea Garzoni를 찾아가 그의 아내 마르타Marta가 "오랫동안 이상한 병을 앓고 있고, 거룩한 교회에서 금지시키는 악마적인 수단에 의해 마법에 홀린 것 같다는 의심이 든다"고 보고했다. 행정관장은 귀머거리가 아니었다. 가르초니는 아퀼레이아의 주교에게 이 사건을 즉시 알려 이 범죄가 이단 심문소의 관할 아래 들어간다고 통고하도록 명령하였다. 같은 날인 3월 17일 심문관장 제롤라모 아스테오Gerolamo Asteo 수도사[32]가 이 문제를 조사하기 위해 팔마노바로 갔다.

---

31 ACAU, S. Uffizio, "Ab anno 1606······," proc. n. 634. 번호가 매겨지지 않은 책장.

32 포르데노네의 귀족 가문에서 태어나 1598년 또는 1599년부터 1608년까지 아퀼레이아의 심문관을 역임했고, 1611년부터 베롤리(Veroli)의 주교였다가 1626년에 사망한 제롤라모 아스테오에 대해서는 다음을 참고할 것. *Dictionnaire d'histoire et de géographie ecclésiastiques*, IV, coll. 1156~1157, 참고도서 목록이 있음; G. -G. Liruti, *Notizie delle*

베난단티가 꿈의 상태에서 거행하는 의식보다는 마법의 의혹이 프리울리시와 교회 당국자들의 더 큰 관심사였다는 것은 확실하다. 사실 이 사건까지도 가스파로Gasparo라는 이름의 베난단티가 연루되어 있었다. 그는 열여덟 살의 상점 점원이었는데, "만일 마녀들에게 살해당하지 않는다는 확신만 있다면 마녀의 이름을 많이 댈 수 있다"고 공언하며 돌아다녔다. 팔마노바에서는 모든 사람이 발렌토의 아내가 마법의 희생자가 되었다고 확신하고 있었고, 누구보다도 발렌토의 아내 자신이 그것을 믿었다. 친구의 조언을 받고 그녀는 숨어 있는 부적을 찾기 위해 침대를 뒤져 "못, 능직과 비단실이 꽂힌 바늘, 손톱, 뼈, 신기하게 꼬아놓은 머리다발 등등 이상한 물건"을 찾았다 '부적을 행사한 여자'medisinaria인 마녀는 산 로렌초san Lorenzo의 아냐벨라Agnabella라는 소문이 돌았다. 그녀는 마르타 발렌토의 대모를 섰던 여인이었다.

그러나 그녀에 대한 증거는 너무나도 일관성이 없어서 심문관은 그녀를 심문할 필요를 느끼지 못했다. 그의 관심은 곧 베난단티에게로 옮겨갔다. 그것은 가스파로와 그의 주인 아들인 틴Tin이었다. 틴은 여덟 살짜리 아이인데 막을 쓰고 태어났다. 집안의 아낙네들이 그것을 조심스럽게 보관하고 있었다. 틴은 "아직 베난단티처럼 밖에 나가보지 않았다"고 말하곤 했다. 하지만 증인의 말에 따르면 "그것은 아마도 아직 어려서 나가본 적이 없기 때문일 것"이었다.

증언을 위해 그 어린아이를 소환하였다. "저는 가스파로가 놀리는 것인지 진지하게 말하는 것인지 모르겠어요. 그는 항상 농담을 하니까요"

---

vite ed opere scritte da'letterati del Friuli (Udine, 1780), III, pp. 325~330; *Annales Minorum*, XXV, pp. 101, 264; XXVI, p. 484. 그는 특히 법학을 주제로 하여 여러 저서를 집필했다.

라고 말하면서, 그는 가스파로가 어느 날 했던 말을 전해주었다. "틴, 나는 너를 부르고 있었는데 너는 오지를 않았구나. 요번에 한번 더 오지 않으면 넌 다시는 오지 못할 거야." 그런 뒤 심문관이 소년에게 눈을 고정시키고 그에게 진정한 가톨릭 교리를 가르치기 시작했다. "사람들이 밤에 싸우거나 다른 일을 하기 위해 나가야만 한다는 말은 지어낸 이야기거나 거짓말이란다. 그건 베난단티나 마녀들에 대해서 하는 말인데, 악마는 어떤 사람에게도 나가도록 강요하지 못한단다."

다음으로 그는 가스파로에게 출두하라고 명령하여 예사로운 질문으로 심문을 시작했다. "당신은 왜 소환되었는지 아는가, 아니면 짐작이라도 하는가?" 가스파로가 말하기 시작했다. "간단하게 말씀드리겠습니다. 수도사님, 제 말씀은 모든 사람들이 저더러 베난단티라고 말한다는 것입니다. 하지만 저는 마녀에 대해서도 밖에 나가는 것에 대해서도, 알지 못합니다." 그러나 스스로가 베난단티라는 말을 하지 않았던가? 가스파로는 부인했다. 심문관이 압박을 가했다. "베난단티가 무슨 뜻인가?" 눈에 띄게 당황한 이 젊은이는 이렇게 대답했다. "사람들은 제가 나간다고 말합니다." 수도사는 거리낌없이 사실을 말하라고 재촉하였고, 가스파로는 자신감을 얻은 듯 자기 이야기를 시작했다.

"저는 여러 사람들에게 여러 번에 걸쳐 제가 베난단티라는 말을 했습니다만, 사실 저는 아닙니다. 저는 베난단티가 밤에 어떤 시골 지역으로 간다는 말을 들었습니다. 어떤 이는 한 장소로 가고, 어떤 이는 다른 장소로 간답니다. 그들은 하느님의 신앙을 위해 싸우러 간다고 합니다. 즉 마녀들은 화덕의 검댕을 지우는 것과 같은 막대기나 장대를 갖고 싸우고, 우리 베난단티는—말을 하면서 그는 손을 가슴에 얹어놓았다고 공증인은 기록했다. 처음의 꾸며낸 말은 이야기하는 데 빠져 잠시 밀려났던 것이다―회향 줄기를 들고 다닙니다. 마녀들이 우리를 때린다는 말이 있습니다. 제가 꿈속에서 베난단티로서 나간다고 생각하는 것도 사실입니다. 하지만 우리는 어디로 가는지 모릅니다. 우리는 회향 줄기를 들고 시골 어디론가 가고 있다는 느낌입니다."

심문관은 믿기지 않는 듯 퉁명스럽게 물었다. "회향 줄기를 정말로 들고 다니는가?" 가스파로는 그렇지 않다고 대답한 뒤, 꿈에 대한 다른 세부 사실을 이야기했다. "우리는 목요일 새벽 동이 트기 전까지 수요일 밤에 나가 싸웁니다. 다른 날 밤에는 가지 않습니다. 어느 누구도 다른 사람들을 알지 못합니다." 예상할 수 있듯, 여기에서 심문관은 덫을 놓았다. "여자와 같이 나갔는가, 그 무리에서 여자를 찾았는가, 먹고 마셨는가?" 가스파로는 침착하게 대답했다. "아닙니다, 수도사님. 우리는 단지 싸우러 나갔을 뿐입니다."

제롤라모 수도사는 마치 자기가 들은 말을 믿지 못하겠다는 듯 자신의 질문을 반복했다. "너는 정말로 싸웠다고 생각하는가?" 가스파로는 동요하지 않고 대답했다. "우리는 진정 싸웠다고 생각합니다." 그리고 그는 덧붙였다. "우리는 모두 마녀와 싸우려고 나갑니다. 우리에게는 대장이 있습니다. 우리가 우리의 의무를 잘 이행하면 마녀들이 우리를 힘껏 때리려고 합니다." 그러나 아무런 고통도 느끼지 못한다. "우리는 아무것도 느끼지 못합니다. 아무런 아픔도 남지 않습니다."

가스파로는 베난단티의 대장에 대해서도 말했다. "저는 그를 모릅니다. 하지만 모두 함께 있을 때 사람들이 '이분이 대장이시다'라고 말하는 것을 들었습니다. 마치 꿈인 것처럼 우리는 다른 사람들보다 체격이 큰 사람을 보았습니다." 대장은 그 표지로서 "두툼한 회향 다발을 갖고 다니고 깃발 대신 회향 가지를 들고 있습니다. 우리는 모두가 막을 갖고 있습니다. 우리는 마녀를 보지 못하지만, 마녀들은 우리를 쉽게 볼 수 있습니다."

여기에서 알 수 있듯 베난단티와 마녀 사이의 투쟁은 헤아릴 수 없이 많은 모습을 하고 있었다. 우리가 여기에서 다루는 것은 화석화한 미신이 아니었다. 그것은 아주 먼 옛날부터 전해내려오는 죽어버리고 이해할 수 없는 잔재가 아니었다. 그것은 생생하게 살아 있는 민간신앙이었다.

그러한 생명력의 한 증거는 생생한 세부 사실이 불어나는 것에서 찾을 수 있다. 예컨대 모두코에 따르면 베난단티의 금박 깃발에 그려져 있던 사자(성 마르코의 사자가 반영된 것일까?)는 여기에서 회향으로 대체되었는데, 그것은 더 오래된 상징으로서 멀리 떨어진 풍요제라는 기원에 더 가까운 것이었다. 그뿐이 아니었다. 이 민간신앙을 경험하는 분위기가 개인마다 달랐다. 파올로 가스파루토는 "수확을 위하여" 밤의 모임에 갔다. 한편 라티사나의 메니키노는 "만일 그것이 나의 별자리라면 나는 가지만, 그렇지 않다면 가지 않는다"라며 어두운 운명론에 이끌렸다.

가스파로의 태도는 어떤 것이었을까? "그들은 증오심 때문에 마녀를 죽이기 위해 싸우는가, 아니면 뭔가?"라는 심문관의 질문에 그는 거의 조롱조로 격렬하게 대답했다. "아니요, 서로 죽였다면 좋겠습니다." 심문관이 "그들을 나가게 만드는 동기가 무엇인지" 끈덕지게 알려고 하자 그는 이렇게 대답했다. "우리가 모였을 때 우리 베난단티는 하느님의 신앙을 위해 싸우고 마녀는 악마를 위해 싸운다고 말합니다." 하지만 심문관은 꼬드김과 의혹이 섞인 감정을 품고 "그들이 어떤 하느님의 신앙을 위해 싸우는지" 물었다. 그러자 이 베난단티는 엄숙하게 대답했다. "삶을 유지시켜주시는 하느님, 우리 모든 기독교인이 알고 있는 진정한 하느님이

신 성부와 성자와 성령이십니다."

가스파로의 이러한 선언에도 불구하고 심문관은 여전히 만족하지 못해 그가 묘사한 전투와 비밀모임은 단지 꿈에 불과한 것이냐고 계속 질문하였다. 심문관은 고집스럽게 물었다. "수요일 밤마다 목요일 동이 틀 때까지 꿈에서 이런 일이 일어난다면, 매번 같은 것을 보는가?" 가스파로는 설명했다. "아닙니다. 매번 수요일마다 제가 말했던 것과 똑같은 것을 보지는 않는 것 같습니다. 제가 아는 한 그것은 우리 베난단티에게 5년에 한 번쯤 일어날 따름입니다." 그 자신은 두 번 갔었다고 생각하며, "마지막으로 갔던 것은 지난번의 올해 크리스마스 사계재일 수요일이었습니다. 그전에 갔던 것도 같은 수요일이었다고 생각합니다"라고 말한 뒤 덧붙였다.

수확이 좋으면, 즉 곡물이 풍성하고 아름다우면 그해에는 베난단티가 이긴 것입니다. 그러나 마녀가 이기면 수확이 나쁩니다. 하지만 우리의 대장은 20년이 지날 때까지 수확이 어땠는지 말해주지 않습니다. 그래서 제가 갔던 두 번의 결과가 어땠는지 아직 듣지 못했습니다.

풍작을 놓고 전투를 벌인다는 모티프가 다시 나타났지만, 차이가 있었다. 베난단티는 1년에 네 번이 아니라 5년에 한 번 갈 뿐이다. 하지만 그것은 여전히 사계재일 때이다. 그들이 노력의 결과를 알기 위해 20년을 기다리는 것은, 즉 네 번의 전투가 벌어지는 기간을 기다리는 것은 아마도 이런 이유 때문이었을 것이다.

심문이 끝나갈 때 심문관이 물었다. "당신이 언급한 사계재일의 수요일 밤에 나가야 했다는 것을 알고 있었는가? 당신은 나가야 할 날이 그날 밤이라는 것을 예상하고 있었는가?" 가스파로는 그렇다고 대답했다. "그들 모두가 그날 밤 나가야 한다고 말했습니다." "방금 말한 '모두'란 누구를 말하는 것인가?" 이 젊은이는 그들이 산 로렌초에 사는 주민 두 명이라고 대답했다. "그들도 베난단티입니다. 막을 갖고 있으니까요. 베난단티가 그날 밤 나가야 한다고 말했던 것은 그들입니다."

하지만 그는 두렵기 때문에 마녀의 이름을 대지는 않으려고 했다.

"그들이 아프게 때린다고 합니다." 심문관은 이단 심문소의 조사를 받는 사람들은 "마녀나 베난단티에 의해" 해를 입지 않으니 두려울 것이 없다고 그를 안심시켰다. 마음을 놓은 가스파로는 이웃에 사는 마녀의 이름을 여럿 댔다. 그중에는 아냐벨라가 있었는데, 그는 그 여자에 대해 정확하게 아는 것이 아무것도 없었다. 그렇지만 제롤라모 수도사는 가스파로의 고발에 별 무게를 싣지 않았다. 사실상 조사는 여기에서 끝났다.

8

가스파로의 사례에서도 심문관은 그의 진술을 마법의 전통적인 유형이라는 틀 속에 집어넣으려는 방식으로 심문을 유도했다. 이러한 유도신문은 비록 형태는 다르다 할지라도 특히 지방에서 베난단티를 직접 접촉하던 사람들 사이에서 자발적으로 발전하기 시작한 태도와 닮았다. 그 결과 베난단티는 실제로 집중포화를 받았다.

그러나 지배계급으로부터의 압력은 심문의 영역에 국한된 것이 아니었다. 이것은 우디네의 시민으로서 재산가였던 알레산드로 마르케토

Alessandro Marchetto가 수집해 1621년 이단 심문소에 제출하였던 일종의 비망록에서 명확하게 드러난다.[33] 이 문서는 우디네의 한 가족의 하인이었던 열네 살짜리 소년이 베난단티라는 고발로 시작한다. 그 고발은 이상한 사건들에 대해 감정적인 어조로 길게 묘사하는 가운데 끼워져 있었다. 그 이상한 사건들이란 마법에 홀리는 것, 주문, 여자들이 고양이로 둔갑하는 것, 베난단티의 비범한 '시련'prove과 같은 것들이었다. "도시 전체는 이웃에게 1천 개의 악행과 1천 개의 해를 끼치는 마녀와 사악한 인간들로 가득차 있습니다. 그렇게 잘못 태어난 사람들이 많이 있습니다. 이 소년의 행실에 대해, 그리고 그와 비슷한 수많은 일들에 대해 말하는 사람들이 많습니다."

베난단티라고 여겨지던 이 소년은 마르케토의 친구인 조반 프란체스코 지라르디Giovan Francesco Girardi의 자식을 잘 고쳐준 적이 있었다. 이 소년은 "마늘과 회향"을 환자의 베개 밑이나 침대 곁에 놔둬서 "밤에 마녀가 그 아이를 괴롭히지 못하게 하라"고 권함으로써 기적적으로 주문을 깨뜨렸다. 회향이 마녀에 대항하는 무기로 사용된 또다른 사례이다. 며칠이 지난 뒤 아이는 밤을 편안히 보냈다. 다음날 지라르디는 이 베난단티와 대화를 나눠, 그의 뛰어난 능력과 마녀에 대해 그리고 다른 일들에 대해 물어봤다. 갑자기 "그는 그 소년이 고개를 떨군 채 입에서 피를 흘리는 것을 보았"다. 이 피가 어디에서 왔을까? 이 소년은 "얼굴에 한 방 맞아서 피가 납니다"라고 말했다. 지라르디는 믿을 수가 없어서 "여기에는 우리 둘밖에 없는데 어떻게 그런 일이 있을 수 있나?"라고 물었다. 그 소년은 마녀가 때렸는데, 자신은 마녀를 볼 수 없다고 대답했다.

---

33 ACAU, S. Uffizio, "Ab anno 1621……," proc. n. 806, 번호가 매겨지지 않은 책장.

이 어린 베난단티는 이렇듯 마법과 신비로운 힘을 갖고 있다는 평판에 둘러싸여 있었다. 그리하여 마르케토는 마법 때문에 심하게 앓고 있는 것처럼 보이는 자신의 사촌 조반니 만토바노Giovanni Mantovano를 고쳐달라고 그를 찾으려 했던 것이다. 그는 파데르노Paderno의 사제에게 도움을 청한 적도 있었지만 소용이 없었다. 그가 개입하여 환자의 상태만 악화시켰다.

하지만 그 소년을 찾을 수 없었다. 그러자 마르케토는 또다른 베난단티인 우디네 근처 마을에 살던 조반니라는 목동에 의존하였다. 조반니는 데리러 간 사람에게 오는 길 내내 불평을 터뜨리며 마지못해 우디네로 왔다. 마르케토의 집에 도착하자 그는 절대로 들어가지 않으려고 했다. 베난단티는 치료를 잘한다는 명성이 널리 퍼져 있었다. 그래서 사람들이 그들을 찾아다녔고 보상을 했다. 이제 그들은 자신들이 중요하다는 것을 과시하며 거드름을 부리는 단계까지 도달했던 것이다. 마르케토가 길거리로 내려와 '아침'buone parole을 하며 가까스로 목동을 안으로 들여올 수 있었다.

그 둘은 대화를 시작했다. 사람들의 미신에 대해 교화받은 자들이 갖는 거만한 태도로 마르케토가 물었다. "여보게, 자네가 베난단티라는 것이 정말로 사실인가?" 목동은 고개를 끄덕였다. 그러자 마르케토가 자신의 가장 큰 관심사에 대해 신속하게 물었다. 즉 그가 "마녀와 그들의 주문과 마법에 대한 지식이 있는가?" 하는 것이었다. 그것은 베난단티의 능력을 요약하는 질문과 다름없었다. 목동은 다시 긍정했고, 마르케토는 호기심이 발동하여 밤의 모임에 대해 어디에서 열리는가, 몇 명이나 참석하는가, 모여서 무슨 일을 하는가 등등 몇 가지 질문을 던졌다.

본질적으로 목동의 대답은 우리가 잘 알고 있는 것들과 다를 바 없었다. 그는 성 칸치아노San Canziano 성당 소유의 들에 다른 베난단티들과 함께 밤에 영적으로 나갔다는 것이었다. 그중에는 한 노인이 있었다. "그는 죽은 사람들에 대해 알고 있었습니다. 말하자면 그들이 처벌받는 것을 볼 수 있다는 것이지요."³⁴ 이 모임에 "어떤 사람은 산토끼를 타고 오고, 어떤 사람은 개를, 어떤 사람은 털이 긴 종류의 돼지나 멧돼지를 타고 옵니다. 다른 짐승을 타고 오는 사람들도 있습니다." 그들이 성당에 도착하면 "남녀 모두가 춤을 추며 돌아다니고, 때로는 먹기도 합니다. 그들은 손에 촛불을 켜들고 성당 안팎을 돌아다닙니다." 목동은 계속 설명했다. 그러는 동안에 "한 천사가 손을 얼굴 위에 올려놓고 때로는 모습을 보이다가 때로는 보이지 않습니다." 마녀들은 인접 마을 출신이었다. 그라차노에는 열둘, 아퀼레이아에는 넷, 론코Ronco에는 열여덟 명이 있었다. 처음에 그는 "그들이 그렇게 멀리까지 가지는 않았기 때문에" 고리치아에는 몇 명이 있는지 모른다고 말했다. 마르케토는 대화에 싫증이 나서 그가 말하고자 하는 요점으로 다가갔다. 만토바노는 마법에 홀렸는가 아닌가? 목동은 침묵을 지켰다. 재차 묻자, 그는 말하면 "마녀들이 때리기 때문에" 말할 수 없다고 진술했다.

마르케토는 이렇게 썼다. "저는 그 말을 하나도 믿지 않으며, 그가 안다고 하는 것은 악마적인 환각에 불과하며, 그가 실제로 아는 것은 아니라고 그에게 말했습니다. 하지만 그는 정말로 알지만 말할 수 없을 뿐이라고 주장했습니다." 마르케토는 간청도 하고 약속도 하면서 "그렇게도 착하고 정결한 젊은이가 죽지 않도록 하기 위해 뭔가 아는 것이 있으면 말해달라"고 했다. 그러나 목동은 설득당하지 않았다. 그는 마녀에게 매

---

34 이 책 184~185쪽을 볼 것.

맞을 것이 두렵다는 말만 반복했다.

그러자 마르케토는 위협에 의존했다. "저는 어떤 마녀보다도 더 세게 때릴 수 있는 사람이며, 그가 뭔가를 알고 있다는 것이 사실이라면 어떤 비용을 들여서라도 알아내고야 말 것이라고 그에게 말했습니다." 그런 뒤 그는 비웃듯이 "그가 어떻게 베난단티가 되었는지, 그것이 어떻게 생겨난 것인지, 언제부터 그가 그런 능력을 행사할 수 있게 되었는지" 물었다. 목동의 대답을 그는 이렇게 기록했다. "1년 전 어느 날 밤 누가 그의 이름을 불렀고, 그는 '당신이 원하는 것이 무엇입니까?'라고 말했다고 합니다. 그날 밤 이후 그는 언제나 나가야만 했답니다. 하지만 그가 '괜찮다'고 대답할 생각이었다면 반드시 나가야 할 필요는 없었다고 합니다."[35]

이 시점에서 마르케토는 더이상 참지 못했다. 그는 목동에게 겁을 주어 원하는 대답을 얻어내려는 희망과 분노가 뒤섞여서 소리쳤다. "거짓말이다. 우리 모두는 신에 의해 자유의지를 갖도록 창조되었다. 네가 원하지 않는다면 아무도 네게 강요할 수 없다. 따라서 너는 나가는 것을 거부해야 했고, 만일 뛰어난 만토바노가 마법에 걸렸다는 것을 알고 있다면 그것을 스스럼없이 밝혀야 한다."

마르케토는 부지불식간에 지배문화와 베난단티의 비논리적·자연발생적 문화를 갈라놓는 간격을 정확하게 표현했던 것이다. 베난단티에게 자유의지가 무슨 의미가 있었겠는가? 어떻게 그들이 사계재일 기간의 밤중에 몸을 버리고 마녀와 싸우기 위해 조사파트 들판이나 우디네 근처의 들판으로 나가게 만드는 신비롭고 저항할 수 없고 스스로에게도 모호한 욕구를 자유의지와 성공적으로 조화시킬 수 있었겠는가?

---

35 이것과 정확하게 똑같은 민간신앙에 대해서는 다음을 볼 것. E. Fabris Beliavitis, *Giornale di Udine e del Veneto Orientate* a. XXIV, 1890년 8월 2일.

마르케토의 분노는 거의 상징적으로 보인다. "그가 말할 수 없다고 고집하자 저는 무슨 수를 써서라도 그가 말을 하도록 만들려고 했습니다. 저를 그렇듯 변덕스럽게 만든 것은 그였으니까요." 그리하여 그는 목동을 기둥에 묶어놓은 채 머리카락을 잡고 "머리를 밀어버리겠다. 그 밑에 악을 숨기고 있을 테니까"라고 외쳤던 것이다.[36] 여기에서 심문관들은 물론 마르케토가 베난단티에 대해 때로는 아주 격렬하게 때로는 덜 격렬하게 느끼고 있는 분노의 잔인한 모습이 드러났다. 지배계급의 신학적·교리적·악마학적 이론 속에는 베난단티의 신앙을 위한 자리가 없었다. 그것은 비이성적으로 자생한 것이며 따라서 그 이론에 순응하거나 아니면 박멸되어야 했다. 이단 심문소에 제출한 비망록에서도 여전히 숨쉬고 있던 분노의 감정이 최고조에 도달한 상태에서 마르케토는 이 베난단티에게 호통을 쳤다. "너는 베난단티가 아니라 진짜 마녀임이 확실하다. 베난단티라는 말은 의미가 없다. 따라서 너는 마녀임이 확실하다."

그러자 목동은 눈물을 흘리며 풀어달라고 애원한 뒤 마침내 만토바노가 마법에 걸렸다고 털어놓았다. 마법을 건 사람은 우디네의 마녀로, "앞서 말한 뛰어난 만토바노의 이웃에 사는 늙고 살찐 노파"인데 고양이로 둔갑해 환자의 침대에 접근하였다는 것이다. 그는 침대에 숨겨져 있다고 짐작하는 부적을 열거한 뒤 더이상은 말할 수 없다고 선언했다. 마르케토는 실제로 그 물건들이 아침에 발견되었다고 밝혔다. 목동이 집으로 돌아가는 길에 주인에게 "자기가 아는 것의 절반"도 털어놓지 않았다고 말했다는 것이 나중에 알려졌다. 그 이유는 마르케토가 자기를 "분노하게" 만들었기 때문이었다.

---

36 특히 독일에서 마법 혐의자의 머리를 깎는 것은 주문을 예방하기 위한 관습으로 받아들여진다.

9

베난단티는 더욱 과감해졌던 것으로 보인다. 그들은 치료사로서의 중요성을 의식하게 되었을 뿐만 아니라, 꿈속에서 싸웠다는 마녀와 마법사의 이름을 결연한 자신감을 갖고 공개적으로 고발하였다. 그들은 이러한 고발이 스스로를 불리하게 만들지 않을 것이라고 확신했다. 결국 그들은 베난단티일 뿐 마녀가 아니며, 아이들을 보호할 뿐 공격하지 않으며, 주문을 깨뜨릴 뿐 걸지 않는다는 것이었다.

1622년 초엽 치비달레 부근의 두 마을인 갈리아노Gagliano와 루알리스Ruallis는 15년 동안 베난단티였던 한 사람에 의해 소란스러워졌다. 그는 갈리아노 태생의 루나르도 바다우Lunardo Badau 또는 바다빈Badavin으로 "구걸을 하며 돌아다니는 불쌍한 악마"였다. 이 문제를 1622년 2월 18일 아퀼레이아의 심문관인 오시모Osimo 출신의 도메니코 비코Domenico Vico 수도사에게 처음으로 알려준 사람은 루알리스의 보좌신부 돈 조반니 칸차니스Don Giovanni Cancianis였다.[37]

이 문서에 따르면 바다우는 "말이 많고 험담을 합니다. 제게 보고된 것처럼 이 사람은 마법과 사술에 관해 중요한 문제를 여러 집에서 많은 사람들에게 말하고 있습니다." 바다우는 루알리스 마을에만 "네다섯의 마녀가 있어, 그들의 이름을 직접 댔다"고 주장했다. "그렇지만 별로 신경 쓰지 않습니다." 바다우에게 그런 것들을 어떻게 아느냐고 질문하면 그는 어김없이 이렇게 대답했다고 한다. "나는 그들과 함께 어떤 장소에 가

---

37 ACAU. S. Uffizio, "Ab anno 1621……," proc. n. 814, 번호가 매겨지지 않은 책장. 도메니코 비코 수도사가 활동하던 시기에 대해서는 다음을 볼 것. A. Battistella, *Il Sant'Officio*, p. 127.

기 때문에 알지요. 거기에는 내가 말했던 사람들을 포함해서 아주 많은 남자와 여자가 있습니다. 가끔씩 우리는 어떤 장소에 모여 싸웁니다." 다음으로 보좌신부는 바다우가 봤다고 말한 사람들과 그에게 치료를 받고 기적적으로 나아 약간의 보상을 해준 사람들을 열거했다. 그런 뒤 심문관에게 바다우를 조사하라고 촉구했다.

수도사님께서는 술책과 기지를 발휘하고 달래고 설득하면 그를 장악할 수 있을 것입니다. 하지만 제가 판단하건대 위협은 통하지 않습니다. 그리고 솜씨 있게 그를 조사하셔야 합니다. 아마도 수도사님께서는 제가 말씀드렸던 문제에 대해 당신께 보고드려야 할 이유가 있다는 것을 아시게 될 것입니다.

다음날인 2월 19일은 치비달레의 성 피에트로 델리 볼티San Pietro delli Volti 성당의 보좌신부 돈 자코모 부를리노Don Giacomo Burlino의 차례였다. 그는 심문관에게 자신이 알게 된 것에 대해 편지했다. "저는 많은 것들을 단지 소문을 통해 듣고 있습니다. 갈리아노의 한 소년이 마녀에 대해 많은 것을 알고 있고 스스로가 베난단티라고 말한다고 합니다." 그러나 그는 이미 다른 사람이 이 문제에 대해 심문관에게 편지했던 것을 알고 있어서 길게 설명하지 않았다. 게다가 그는 베난단티가 갖고 있다는 예언의 능력도 별로 신빙하지 않았다. "그는 다른 많은 사람들도 마녀라고, 또는 우매한 대중이 말하듯 베난단티라고 언급하고 있습니다. 소용은 없고 소란스러울 테지만, 원하신다면 그들을 조사할 수도 있습니다."
　돈 부를리노는 다른 많은 심문관들에 비해 베난단티에 대한 믿음이 덜한 것으로 보였지만, 그것을 제외한다면 그의 태도는 그들과 별로 다르지 않았다. 마치 그 야만적인 말 자체가 "우매한 대중"pazzo volgo의 가장 나쁜 결함을 표현하기나 한 듯, 그는 혐오와 경멸을 담아 '베난단티'라는 말을 사용하는 것처럼 보였다. 이 말에는 16세기 해학극에서 읽을 수 있는 '악당'villano에 대한 오랜 풍자의 전통이 반영되어 있는 듯하다. '악당'은 도둑질을 하고, 더럽고, 교활하고, 사기술이 있으며, 미신적이기도 하다. "악당은 아베 마리아도 모른다네/ 기도도 아무것도 할 줄 모른다네/ 그가 몰두하는 것은/ 주문을 거는 것뿐/ …… / 악당은 정직한 행동은/ 하나도 할 줄 모른다네/ 그는 글 한 줄도/ 계율 한 줄도 읽지 못한다네/ …… / 밤낮으로/ 그는 도둑질을 하고 사바트에 간다네."38

같은 날 갈리아노의 보좌신부 돈 레오나르도 메니스Don Leonardo Menis가 자신의 본당 지역에서 꼬리를 물고 일어나는 "불편한 일들"inconveniente에 대해 보고하기 위해 심문관에게 편지했다. 그는 "마녀가 아니라 베난단티"라는 바로 그 바다우에 대해 떠돌고 있는 비난의 말들을 언급했다. "바다우는 이 지역에 많은 마녀가 살고 있다고 공언하는데, 거기에 대한 소문이 공공연합니다. 조치가 취해져야 합니다. 왜냐하면 그는 마녀가 누구인지 그 이름을 모두 알고 있으며, 그들이 각기 악마를 숭배한 지

---

38 다음을 참고할 것. D. Merlini, *Saggio di ricerche sulla satira contro il villano* (Torino, 1894), pp. 182, 184, 185. 여기에서 인용한 해학극은 널리 퍼져 있었다. 다음을 참고할 것. *Le malitie de Vilani con alquanti Stramotti [sic] alla Bergamascha, Et uno contrasto de uno Fiorentino et uno Bergamascho* [n.p.n.d.] (British Library c. 57.1 7 [3]); *Santa Croce de'Villani.* 다음에서 재인용. E. Battisti, *L'antirinascimento* (Milano, 1962), p. 473 (약간의 변경이 있음). 다음 역시 참고할 것. *Dialogo de gli incantamenti e strigarie con le altre maleftche opre, quale tutta via tra le donne e buomini se esercitano…… Composto dal Eccellentissimo Dottor de le arte et medico Aureato [sic] messer Angelo de Forte* (Venetia, 1533). 자세하게 설명한 민중 미신의 긴 목록 중간에 이런 구절이 있다. (올림포스 신들 앞에서 프루덴티아가 말하고 있다) "맹목적이고 짐승 같은 대중의 어리석음에 대한 이야기를 듣고도 웃지 않는 주인님들이여……"

얼마나 되었는지, 어디에서 마법을 행했는지 아는 척하며 돌아다니기 때문입니다." 메니스는 자신의 본당 구역에 그렇게 많은 마녀가 살고 있다는 사실보다는 바다우의 폭로가 가져올 소동에 더 큰 관심을 갖고 있었던 것처럼 보인다.

그러나 이렇게 고발장이 빗발치듯 접수되었어도 이단 심문소가 개입하기에는 충분하지 않았다. 6월 16일 메니스 자신이 자발적으로 심문관 앞에 다시 출두하여 4개월 전 편지로 했던 고발 내용을 반복하였다. 그는 바다우가 피우마노Fiumano 출신의 찬누토 베빌라쿠아Zannuto Bevilaqua가 "마법사와 마녀의 두목이며 대장"이라고 공언했다는 진술을 했다. 또한 갈리아노의 여러 여인들이 마녀이며 어린 아이들을 홀린다고 말한다는 진술을 했다. 바꿔 말하면 바다우가 온갖 분란을 일으키고 돌아다닌다는 것이다.

메니스는 "양심에 거리끼는 일이 없도록 하고, 자신의 명예를 지키고, 그가 보살피는 사람들의 영혼을 구제하기 위하여" 이런 사실을 심문관에게 알린다고 말하며 고발장을 끝맺었다. 같은 날인 6월 16일, 루알리스의 보좌신부인 돈 조반니 칸차니스가 바다우에 대한 고발장을 갱신하기 위해 이단 심문소에 출두하였다.[39] 마침내 뭔가 움직이기 시작했다. 칸차니스에 따르면 루나르도 바다우는 마을의 평안에 실제적인 위협이 되어가고 있었고, 그것은 심문을 받은 증인들에 의해 확인되었다. 그는 루알리스 여인 메네가 키안톤Menega Chianton이 아이들 열한 명을 잡아먹은 마녀라고 한 차례 이상 공언했다. 자신의 주장을 증명하기 위해 그는 팔에 생긴 멍을 보여주며 그녀가 밤의 모임에서 "때려 생긴 자국"이라고

---

39 ACAU, S. Uffizio, "Ab anno 1621……," proc. n. 815, cc. 1r-2v.

말했다.[40]

어느 날 바다우는 치비달레에 있는 글레몬Glemon이라는 사람의 상점에서 메네가와 마주쳤다. 그녀는 즉각 바다우에게 쏘아붙였다. "네가 나를 마녀라고 말하며 돌아다닌다는 것이 맞는가?" 이 젊은이는 주저 없이 대답했다. "물론 맞습니다. 당신 옆에 있는 세 명도 마찬가집니다. 당신은 이 사술을 행한 지 3년 되었지요. 기저귀를 찬 애들의 피를 빨아먹으려고 멀리 우디네까지 갔지 않습니까?" 그러자 메네가가 "루나르도에게 분노하여 덤벼들려" 했지만, 상점의 여주인이 가게에서 싸우는 것을 원치 않는다며 끼어들었다. 하지만 또다른 증인은 바다우가 이렇게 말하며 최종적인 승자가 되려 했다고 증언했다. "나를 때리면 법정에 고소해서 화형을 당하도록 만들 겁니다."[41]

이러한 분란은 바다우에 대한 적대감의 분위기를 형성했다. 크리스마스 날 밤에 그는 한 여인에게 동정을 구걸해야 했다. 왜냐하면 그와 같이 살던 사람이 그에게 "너는 베난단티라서 필요 없어"라고 고함치며 내쫓았기 때문이다.[42] 이 젊은이는 그 나름대로 마녀의 실제적인 위협 속에 살고 있었다. 어느 날 밤 다른 사람의 집에서 그는 한 슬라브 사람을 보고는 떨기 시작했다. "그는 그날 밤 한 마디도 하지 못했습니다. 그는 다음날 마녀라고 주장한 슬라브 사람에 대한 공포 때문에 아무 말도 하지 못했다고 말했습니다."[43]

이 정보를 제공한 사람은 심문관 대리 베르나로디노 다 제노바

---

40 *Ibid.*, c. 7v.

41 *Ibid.*, cc. 1v-7r.

42 *Ibid.*, c. 4r.

43 *Ibid.*, cc. 9v-10r,

Bernardino da Genova 수도사의 심문을 받았던 여인들이었다. 그들 대다수가 어린애의 치기 어린 허풍으로 점철된 바다우의 이야기를 들었다. 그는 자선이 베난단티이며, 사계재일 밤에 "회향 다발을 입에 물고 그것으로 마녀를 때리기도 하면서" 어떤 들판에서 마녀들과 싸우기 위해 "영적으로" 나갔다고 말했다. 그들은 "화덕에서 사용하는 것과 비슷한 막대기"를 들고 있었다. 그는 덧붙여 말했다. "우리가 마녀에게 이겼기 때문에 올해에는 풍년이 들 것입니다." 그는 이러한 모임에 산토끼를 타고 갔는데, 너무나도 빨라 "구두를 벗는 데 걸리는 시간이면 베네치아까지 갈 수 있을 정도로" 빨리 갔다고 말했다. 한 여인이 물었다. "혼령이 어떻게 막대기를 들고 싸우지?" 바다우는 "정말이에요. 정말로 그랬다니까요"라고 대답할 뿐이었다.[44] 그러나 바다우에 의해 마녀라고 고발당한 마을 사람들에 대한 증인들의 의견은 일치했다. 그들은 "교회에 나가며 존경받고 독실한 여인들"이라는 것이었다.[45] 이리하여 바다우의 공개적인 고발은 주목받지 못하고 넘어갔다. 바다우조차 심문을 받지 않았던 것이다.

10

루나르도 바다우의 행동이 괴팍한 성격이나 개인적인 원한 때문이 아니라는 것은 또다른 베난단티에 대한 두 개의 조서를 통해 증명할 수 있다. 그는 제롤라모 쿠트Gerolamo Cut 또는 쿠키울Cucchiul이라는 이름의 페르코토의 농부인데, 그 조서는 1623년과 1628~1629년에 작성되었다.

---

44 *Ibid.*, cc. 5v, 4r, 8r-v.

45 *Ibid.*, cc. 8v, 7v-8r, etc.

1623년 3월 19일 보르고 산 피에트로Borgo San Pietro의 여인 엘레나 디 빈첸초Elena di Vincenzo가 치비달레의 공증인으로서 이단 심문소의 서기 프란체스코 마니아코Francesco Maniaco와 보좌신부 자코모 부를리노 앞에서 긴 이야기를 했다. 돈 부를리노는 루나르도 바다우와 관련하여 아퀼레이아의 심문관에게 편지를 보냈던 일로 우리가 이미 알고 있는 사람이다.

이 조서는 증인의 집에서 작성되었다. 왜냐하면 그 여자는 심하게 앓고 있었고 "오줌을 누는 데 어려움"이 있었기 때문이었다.[46] 이 여자가 베난단티인 제롤라모 쿠트의 도움을 청한 것은 그 병을 고치기 위해서였다. 한 친구가 쿠트라면 그녀에게 걸린 주문을 깨고 마법사의 이름을 밝힐 수 있을 것이라고 확신시키면서 쿠트의 도움을 얻으라고 조언했다. 쿠트가 그런 능력을 가진 것은 그가 마녀가 아니라 베난단티이기 때문이라는 것이었다. 확신을 갖지 못한 엘레나는 사제가 그녀의 죄를 용서하지 않을 것이라며 친구의 말에 반대했다. 친구는 그런 조심성은 접어두라고 권유했다. "그가 용서하지 않는다면 용서해줄 다른 사제에게 가면 돼. 나도 그렇게 용서를 받았거든."[47]

그리하여 이 베난단티를 불렀다. 그는 중간 정도 키에 붉은 머리와 밝은 수염을 한 서른 살의 남자였다. 환자의 남편과 함께 미사에 참석한 뒤 그는 팔짱을 끼고 난로 옆에 앉았다. 그는 말했다. "신이시여, 마돈나여, 용서를 빕니다. 당신 며느리의 어머니가 당신에게 마법을 걸었습니다. 당신이 죽고 며느리가 안주인이 되도록 하기 위해서이지요. 며느리가 치비달레 시장에서 자기 어머니인 도메니카 참파리아Domenica Zamparia에게 이

---

46 ACAU, S. Uffizio, "Ab anno 1621……," proc. n. 820, c. 1r.

47 *Ibid.*, c. 2r. 고해사가 미신의 방법으로 마녀들의 도움을 받는 것을 허용한 사례에 대해서는 다음을 볼 것. ASL, *Cause delegate*, n. 175, c. 146r.

렇게 불만을 늘어놓았습니다. '어머니, 저를 천국에 데려다주신다더니, 저는 그 대신 지옥에 있습니다.' 그러자 어머니가 이렇게 대답했습니다. '조용하거라, 딸아. 오래 기다리지 않아도 된다.'" 그리고 엘레나가 어떤 종류의 병을 앓고 있는지 말하기도 전에 이 베난단티는 참파리아 자신이 악마의 묵인 아래 환자의 오줌을 조롱박 안에 넣어놨다고 말했다. 그러니 이 마녀를 찾아가 조롱박을 찾아와야 한다는 것이었다. 엘레나는 주저했다. "그 여자가 내게 무슨 짓을 하면 어떻게 하지요?" 이 베난단티가 대답했다. "그러면 제가 바깥어른과 함께 그 여자의 집에 가지요. 저는 두렵지 않으니까요." 그러나 남편은 환자의 건강이 나아질 때까지 아무 일도 하지 않을 것이라며 대화를 중단시켰다.[48]

일주일 뒤 제롤라모 쿠트가 다시 왔다. 엘레나는 좋아지기는 했지만 그 사이에도 마법이 반복되었다. 병에 책임을 져야 할 사람을 직접 만나야만 했다. 그러나 병든 여인의 며느리는 범인이라고 지목된 자신의 어머니 도메니카 참파리아를 불러오라는 요청을 거절했다. 그녀는 베난단티를 가리키며 냉소적으로 말했다. "그가 마녀라면 제 어머니를 부르지 않고도 오게 할 수 있겠지요." 대신 그녀는 나가서 오빠들을 불러왔다. 그들은 제롤라모 쿠트를 패려고 했다. 싸움판이 벌어졌고, 그 결과 이 소동을 조사하기 위해 도메니카 참파리아를 불러왔다. 베난단티에 의해 마녀라고 지목된 사실에 격노한 그녀는 그에게 달려들어 "무례한 말"을 많이 하면서 때리려고 하였다. 그러자 쿠트가 위엄 있게 그들을 말리며 외쳤다. "법정으로 가자. 나는 당신 도메니카가 딸을 안주인이 되도록 만들기 위해 이 불쌍한 여인에게 마법을 걸었다고 말할 수 있다." 그런 뒤 그

---

48 ACAU, S. Uffizio, "Ab anno 1621……," proc. n. 820, cc. 2v-3r.

는 복음서에 걸고 맹세했다. "당신은 이 여자의 오줌을 조롱박에서 걸러냈다." 도메니카와 아들들은 이 장면에서 물러났다.

딸이 팔짱을 끼고 다시 집으로 들어왔다. 그녀는 베난단티의 얼굴에 대고 내뱉었다. "당신은 나도 주문을 걸 줄 안다고 말하려는 거요?" 쿠트는 엄숙하게 대답했다. "그렇지. 당신도 알고 있지. 그 어미에 그 딸이니까. 칼이 칼을 만든 쇠보다 더 나을 것이 없지. 당신은 어머니만큼은 못해도 뭔가 알고 있을 거야." 그런 뒤 그는 주교 비서의 아들과 만차노의 잠바티스타 님의 아들을 치료해주었다는 자랑을 늘어놓았다. 다음으로 "상관에게서 허가를 받았다"는 이상한 말을 하며 엘레나의 현기증을 없애준 뒤 제롤라모 쿠트는 떠났다.[49]

이 조서는 여기에서 끝났고, 그뒤로 이어지는 이야기가 없었다. 조서를 작성하는 데 있었던 돈 자코모 부를리노는 3년 뒤 이단 심문소에 쿠트를 다시 고발했을 때 그 사실에 대해 신랄하게 불평을 늘어놓았다. 실제로 1627년 1월 17일 그는 치비달레에서 다음과 같이 편지했다.[50]

약 2년(원래 편지의 오류) 전 제 본당 지역 주민 하나가 이상한 병에 걸렸습니다. 그는 평판이 좋지 않은 사람들의 말을 듣고 페르코토 마을에 사는 한 불량배를 불러들였습니다. 그가 집에 들어서자 마치 악마의 화신이 들어온 것 같았습니다. 그는 이 사람 저 사람을 고발하며 아버지와 자식들이 돌아앉게 하고, 남편과 아내를 이간질했습니다. 다른 집에서도 거의 똑같은 일이 벌어졌습니다.

---

49 *Ibid.*, cc. 4r-5r.
50 *Ibid.*, proc. n. 844, 번호가 매겨지지 않은 책장.

이렇듯 이러한 본당 사제들이 볼 때 박멸되어야 할 악을 대표하는 것은 베난단티가 그렇게 열정적으로 공격하려 하는 마녀들이 아니라 바로 베난단티 자신들이었다는 것이 다시 한번 명확하게 드러난다. 이들 고발장에서 베난단티는 어떤 마법적 능력도 또는 최소한 비범한 특징도 제거된 채로 나타났다. 밤의 모임에 '영적으로' 갔다는 그들의 주장은 별로 중요하지 않았다. 사제들은 베난단티를 믿지 않았다. 따라서 그들이 비밀 모임에서 봤다는 마녀들에 대한 고발은 완전히 무시되었다. 사제들은 그들을 마녀라고 간주한 것이 아니라 '불량배'malandrini로, 가정의 화합을 깨는 자들로, 불화와 추문의 씨앗을 뿌리는 자들로 간주했다.

베난단티라고 공언하는 사람들은 선택을 해야 했다. 그들은 마녀로서 사바트에 참석한다는 것을 인정하거나, 밤의 모임에 대한 그들의 설명은 단순한 환상이며 마녀에 대한 고발은 약간의 돈을 우려내고 평화를 사랑하는 사람들 사이에 불화를 조성하려는 방편에 불과하다는 것을 인정해야 했다. 어떤 경우이건 베난단티의 고발로 조성된 불화와 무질서는 여태껏 우리가 검토했던 것과는 정반대의 효과를 산출했다. 베난단티는 마녀와 동일시된 것이 아니라 그들과 명백한 대조를 이루었다.

부블리노는 그 편지에서 이렇게 계속 써내려갔다. "저는 병마와 싸우는 여인으로 하여금 이곳 치비달레 이단 심문소의 서기에게 완전한 이야기를 하도록 했습니다. 그리하여 양의 가죽 아래 숨어서 날뛰는 늑대와 같은 범죄자를 잡으려고 합니다. 그러나 아무 일도 일어나지 않았고, 그는 아직도 저주받을 짓을 하고 있습니다." 쿠트는 며칠 전 아픈 딸을 둔 한 아버지의 부름을 받아 산타 주스티나Santa Giustina 마을에 갔던 것이다. 이 베난단티는 이 소녀가 마법에 걸렸으며, "명예와 영혼에 심각한 위험"을 안기며 몇몇 여인이 범인이라고 고발했다. 이 편지는 심문관의 의무를 은연중에 상기시키며 끝난다. "이런 악행을 예방하는 것이 존경하는 수도사님의 의무이기 때문에 저는 이 일을 당신께 알립니다. 그리하여 당신의 예지 속에서 합당한 조치를 택하시리라 믿습니다."

돈 부를리노의 편지에 담긴 힐책의 어조에도 불구하고(아니면 바로 그 것 때문에) 심문관은 행동을 취하지 않았다. 2년이 지났다. 1628년 초 제 롤라모 쿠트에 대해 이전과 비슷한 고발장이 다시 접수되었다. 이번에는 페르코토의 보좌신부 돈 마티아 베르가마스코Don Mattia Bergamasco가 아퀼 레이아의 심문관에게 제출한 것이었다. 베르가마스코는 이렇게 썼다.

저는 제 본당 지역 주민인 지롤라모 쿠키올을 이단 심문소에 고발 합니다. 그는 마법에 걸린 사람을 알아보고 고칠 능력이 있으며, 본 적이 없는 사람도 누가 마녀인지 그들의 이름이 무엇인지 알 수 있다고 공언합니다. 그는 이런 이야기를 퍼뜨리고 돌아다녀, 마법에 걸렸다는 사람의 친척들이 무고한 사람을 죽일 뻔한 위험 까지 있었습니다. 그는 많은 장소에서 여러 번에 걸쳐 이런 일을 했습니다.

마침내 1월 21일 이단 심문소는 쿠트를 조사하기로 결정하고, 2월 4일 돈 부를리노를 증인으로 소환했다. 그는 예전 고발장의 내용을 시인하고 보르고 산 피에트로 출신 엘레나의 사례를 상기시켰다. 이 여인은 이 베 난단티의 노력에도 불구하고 사망했다. 그러나 이 사제는 자신의 조서로 만족하지 못하고 열흘 뒤 다시 손에 펜을 들었다. 그는 또다시 심문관에 게 제롤라모 쿠트가 밤에 "도움을 주며" 마법에 대해 "사제들은 무력하다"는 말을 하고 돌아다닌다고 알려주었다.[51] 쿠트는 페르코토의 한 여인을 마녀라고 지목했고 "마녀라고 비난받은 여인의 남편이 그를 때렸습니다. 이 악당은 그 여자가 정말로 마녀이며, 누군가에게 마법을 걸지 않을 때면 제 아들의 피를 빨아먹어 아들의 상태가 아주 나쁘다고 받아쳤습니다"라고 부를리노는 편지에 계속 적었다.

하지만 잘 알 수 없는 이유로 쿠트의 재판은 다시 중단되었다. 이번에는 그 기간이 1년이었다. 1629년 1월에 작성된 조서에는 새로운 것이 없었다. 이 조서는 우리가 만난 바 있었던 돈 마티아 베르가마스코가 작성한 것이었다. "베난단티이며 마법을 알아볼 수 있다는 평판을 제외하면 가진 것이 하나도 없는 이 비열하고 불쌍한 농부는" 약간의 보상을 받는 대가로 마법에 걸린 희생자들을 온갖 종류의 미신으로 치료한다며 인접 마을마다 돌아다닌다는 것이었다. 제롤라모 쿠트에 대해 증언하기 위해 트리비냐노 출신의 농부가 출두했다. 그러나 베난단티라는 말이 무슨 뜻이냐고 10여 차례나 묻는 심문관에게 그는 "모릅니다" 하고 대답을 회피하였다. 그러나 계속 재촉을 받자 이렇게 말했다.

저는 그가 정말로 마녀이며 악마와 서약을 맺었다고 생각합니다. 그는 마법이나 그 밖의 다른 것들에 대해 안다고 말하는데, 악마와 서약을 맺은 것이 아니라면 다른 방도로는 알 수가 없겠지요.

---

[51] 그러한 허세는 마녀재판에서 빈번하게 일어난다. 다음의 예를 볼 것. ASL, *Cause delegate*, n. 29. 체키나(Cecchina)라는 별명의 마리냐노(Marignano) 출신 프란체스카에 대한 1605년의 재판, 번호가 매겨지지 않은 책장. 무엇보다도 프란체스카는 다음과 같은 말을 반복했다는 이유로 고발당했다. "그녀의 남편의 병은 혼백이 씌워서 생긴 것인데, 신과 그 여자 외에는 아무리 많은 수도승과 사제가 애쓴다 하더라도 그에게서 그 악령을 떼어놓을 수 없다. 그녀로서는 남편을 자유롭게 만드는 일이 땅바닥에서 바늘을 줍는 것처럼 쉽다고 한다."

그가 악마의 도움을 받았거나 마녀의 무리에 속하지 않았다면 그런 것들을 알 수 없다고 생각합니다.

결론적으로 베난단티는 그들의 양면적이고 모순적인 상황을 포기하라는 압력을 모든 곳으로부터 받았다. 강조할 필요도 없는 일이지만 그 양면성과 모순은 이 특이한 종교적 잔해relitto의 민중적이고 자생적인 성격으로부터 비롯된 것이다(그러나 이것을 의문의 여지없이 '잔해'라고 정의하는 것은 정확한 것인가?). 어느 정도 무의식적인 이러한 민중 정서의 모호한 움직임 속에서도 깊은 곳에서는 단순화시키려는 욕구가 일어나고 있었다. '불량배'인가, 마녀인가? 베난단티는 그 둘 중에서 하나를 선택해야 했다.

11

이렇듯 반세기 동안에 모호한 성격을 갖는 베난단티 신앙은 프리울리 전역은 물론 이손초강 너머와 이스트리아까지 전파되었다.[52] 그것은 보통 어렸을 때 어머니로부터 베난단티가 획득한 신앙이었다. 어머니는 이러한 민간 전승과 미신의 보관인인 셈이었다. 이러한 이유로, 그들이 때로 어쩔 수 없이 고향을 떠났을 때 이 신앙은 그들을 함께 연결하고 묶

---

[52] 이스트리아 지역에 관한 자료는 토폴로 디 부리라는 베난단티에게서 나온 것이지만, 아직도 그 지역의 민간 전승을 통해 확인할 수 있다. 다음을 볼 것. R. M. Cossàr, "Costumanze, superstizioni e leggende dell'agro pärentino," in *Il Folklore italiano,* 8 (1933), pp. 176~177; Idem., "Usanze, riti e superstizioni del popolo di Montona nell'Istria," pp. 62~63; Idem., Tradizioni popolari di Momiano d'Istria," p. 179.

어주는 아주 완강한 유대감이 되었다.

　이것은 1629년에 작성된 일련의 조서에서 거의 상징적으로 나타난 다.[53] 그해 5월 20일 치비달레의 관리인 프란체스코 브란디스Francesco Brandis는 아퀼레이아의 심문관에게 편지를 보냈다. 그것은 시의 감옥에 수감되어 있는 스무 살 먹은 젊은이에 대한 것인데, 그는 절도죄로 18개 월 동안 갤리선에서 노역봉사를 하라는 선고를 받았다. 이 죄수는 베네 치아로 이송되려는 참이었다. 그 편지는 이 사람이 "어떤 마녀들의 이름, 그들 죄악의 성격, 마법에 걸린 사람들의 신원, 마법의 시기와 방법은 물 론 그것으로 죽은 사람들 등에 대해 친구에게 말했습니다. 그의 몸에는 그가 마법을 누설했고 주문을 깨뜨리려 했기 때문에 맞아서 생겼다는 심한 상처 자국이 여럿 있습니다"라고 보고하고 있다. 브란디스는 그의 말을 믿는 것이 확실했으며, 그가 다른 죄수들과 함께 베네치아로 이송 되기 전에 심문관이 개입하여 "소송을 제기함으로써 여기에서 이 문제와 관련하여 일어난 많은 나쁜 일들을 끝내주시기"를 원했던 것이다.

　그러나 브란디스는 아퀼레이아 이단 심문소의 베난단티에 대한 무 관심은 물론 고질적인 태만함을 생각하지 못했다. 그 젊은이는 자신에 게 예정된 운명을 따라갔고, 브란디스가 할 일이라고는 심문관에게 다 시 편지를 하는 것밖에 없었다. 그는 5월 26일에 보낸 편지에서 베네치 아에 있는 심문관의 동료가 관심을 기울이게 해달라고 간청하였다. 그는 죄수의 죄상을 낱낱이 적은 쪽지를 동봉했다. 그의 이름은 자코모 테크 Giacomo Tech였고, 치비달레 출신이며, "자발적으로 이야기했고, 자신이 베 난단티로서, 실제로는 마녀들의 대장"이었다는 것이다(브란디스가 이 점

53　ACAU, S. Uffizio. "Ab anno 1621……," proc. 848, 번호가 매겨지지 않은 책장.

에서 혼동한 것 같다). "그래서 그는 갤리선으로 보내진다 할지라도 여전히 이곳으로 올 수 있으며, 최근에 대장이 죽어서 자신이 후계자가 되었다"고 말한다는 것이었다. 그렇다면 테크가 죄수가 되어 바다로 보내진다 하더라도 문제가 없었다. 그는 자신의 '별자리'를 따라 그에게 위임된 베난단티 대장의 역할을 맡을 수밖에 없다는 것이다. 그러나 이 일을 완수하기 위해서는 그가 태어나 살아왔던 땅에 '영적으로' 되돌아와야 했다.

다른 사례에서도, 뚜렷하지는 않지만 태어난 고향의 전승이 갖는 영향력은 여전히 큰 의미를 지녔다. 1611년 파르마$_{Parma}$에서 열린 마녀재판에서 고발된 두 사람 중 하나가 고문을 받은 끝에 사바트에 참석하여 악마에게 복종했다는 자백을 했다. 사바트에 대한 그녀의 설명에는 친숙한 요인들이 들어 있다. "그 들판에는 여자들과 젊은 남자들이 많이 있었습니다. 우리는 지팡이를 들고 싸웠고, 놀았으며, 폭풍우가 오게 했습니다."[54]

마녀재판에서는 잘 나오지 않는 세부 사실인 바, 지팡이를 갖고 싸운다는 것은 즉각 베난단티의 전투를 생각나게 한다.[55] 그러나 이러한 요인이 어떻게 하여 파르마에서 나타났는지 설명하기는 어렵지 않다. 자백을 한 여인 안토니아 다 니미스$_{Antonia\ da\ Nimis}$는 프리울리 출신인데, 어렸을

---

[54] ASP, sez. VI, Ms. 38, cc. 63r, 65r.

[55] 제2장에서 (아마도 출처가 독일계라고 여겨지는) 죽은 자들의 행진이라는 전승에서 수많은 유사 사례를 확인했듯, 베난단티 신화의 또다른 결정적인 요인인 밤의 전투는 고립적인 요인으로 보인다. 기껏해야 우리는 페르흐텐라우펜과 같은 민속에 남은 잔재에 대해 이야기할 수 있을 뿐이다. 리보니아 늑대인간에 대한 재판을 제외한다면 유일한 예외는 다음에서 주목하고 있는 민중설화이다. W. Schwartz, "Zwei Hexengeschichten aus Waltershausen," p. 396. 여기에는 사바트에 참석한 마녀들 사이의 전투가 묘사되어 있다. 그것은 의례의 성격을 갖고 있다고 추정된다. 슈바르츠는 보름스의 부르트하르트에게서 아주 유사한 구절을 찾을 수 있다고 한다(P. 414). 이 책 164~166쪽을 볼 것. 다음에 있는 이에 비교되는 언급은 별로 중요하지 않다. B. Spina, *Quaestio de strigibus*, p. 49.

때 약제사의 집에 하녀로 들어가기 위해 레조Reggio로 보내졌던 것이다. 또다시 여기에서 두드러지게 나타나는 것은 이 시기 프리울리 농민들의 마음에 베난단티 신앙은 소멸하지 않는 유산으로서 생생하게 새겨져 있었다는 사실이다.

사바트에 간 베난단티

1

꽉 짜여진 천과 같은 이 민간신앙의 실마리는 라티사나 출신 여인으로 술통 제조업자의 아내인 마리아 판초나에 대한 재판과정에서 처음으로 풀리기 시작했다. 그녀는 1618년 말 산타 크로체_{Santa Croce} 성당에서 손수건과 블라우스, 그 밖의 다른 봉헌물이나 선물로 보관되어 있던 물품을 훔친 혐의로 체포되었다. 감옥에서 마리아는 병든 사람을 악마적인 수단으로 치료했으리라는 의혹을 불러일으킬 이야기를 했다. 그것은 곧 확인되었다. 재판관의 심문을 받은 증인들은 마리아 판초나가 마법에 걸린 사람들을 이상한 혼합물과 주문으로 고쳐줬다고 이구동성으로 선언했다. 재판관으로는 라티사나의 성 조반니 바티스타 성당 사제가 베네치아 심문관의 대리로 특별히 위임되었다.

12월 31일 마리아가 재판관 앞으로 인도되었다. 왜 소환되었는지 아느냐는 관례적인 첫 질문에 그녀는 주저하지 않고 대답했다. "저는 이 지역에 있는 마녀에 대해 말하라고 여기에 불려왔다고 생각합니다." 그런 뒤 그녀는 마녀의 이름을 댔다. 그것은 모두 15명에 달했다. 그중에는 '라 타바카'la Tabacca라는 별명을 가진 알로이시아Aloysia라는 여자가 있었는데, 그녀는 "사람의 피를 빨아먹으며, 특히 어린아이의 피를 좋아"한다고 했다. 마리아는 알로이시아가 피를 빼는 것을 실제로 봤다고 했다. 마리아는 "검은 고양이로 둔갑하고 알로이시아는 흰 고양이로 둔갑하여" 그 장소에 있었다는 것이다.[1] 따라서 마리아 판초나 역시 마녀인 것처럼 보였다.

그러나 재판관이 그녀를 불러 지은 죄를 고하라고 하자 이 여인은 부정했다. "저는 주문이나 부적을 사용한 적이 없습니다. 저는 비안단티biandanti이기 때문입니다. 베난단티는 모두가 마녀와 마법사에 반대합니다." 그리고 그 증거로서 그녀는 약초를 섞은 물약을 사용하고 주문을 세 번 외움으로써 마법에 걸린 사람을 치료했다는 기억을 떠올렸다. 그 주문은 다음과 같다.

마녀와 마법사와 벨란단티와 말란단티로부터 너를 표시해두마. 그들이 무명천에서 실 가닥의 수를 세고 가시덤불에서 가시를 세고 바다에서 파도를 셀 때까지, 네게 아무 말도 못하고 아무 짓도 못하도록. 세례받은 기독교인에게 아무 말도 못하고 아무 짓도 못하도록.

베난단티가 전통적으로 그들의 적인 마녀·마법사·말란단티에 벨란단티를 포함시켜 몰아내려고 했다는 것은 놀라운 일이다. 이러한 모순적인 행동은 마리아 판초나의 이어지는 자백에서 더욱 두드러진다. "이 마녀들

---

1 ASV, S. Uffizio, b. 72 (Panzona, Maria, etc.), cc. 3r-v.

은 석 달에 한 번씩 조사파트 들판에 갑니다. 벨란단티도 가고 저도 갑니다. 우리는 목요일 밤에 갑니다." 이 시점까지 우리는 특히 라티사나의 베난단티와 관련되기는 했지만 친숙한 전통의 영역에 남아 있다. 우리는 25년 전 베네치아의 이단 심문소에 출두하였던 라티사나의 소몰이꾼 메니키노조차 베난단티와 함께 조사파트 들판에 가곤 했다고 단언했던 것을 기억한다. 이어진 그의 자백에 대해서도 같은 말을 할 수 있을 것이다. 그 들판에서 그는 "우물가에 존엄하게 앉아 있는 수녀원장이라고 부르던 여인에게 고개를 숙이며 경의를 표했다." 이것은 다양한 형상으로 나타나는 여신에 대해 프리울리 지역에서 찾을 수 있는 유일한 언급이다. 물론 그 여신은 알프스산맥 너머에서 '포악한 무리'를 이끌며 여러 방식으로 베난단티 신앙과 관련되어 있었다.[2]

한편 마리아는 짐승이 그 들판으로 안내했다고 말하기도 했다. 재판관으로부터 또하나의 질문을 받은 뒤 그녀와 동료들이 "수탉과 염소에 의해" 그곳으로 가게 되었다고 말했다. 그녀는 덧붙였다. "악마가 그 짐승으로 둔갑한 것이지요. 저는 잘 알고 있습니다." 그런 뒤 그녀는 부연 설명했다. "우물가에 수녀원장처럼 앉아 있는 자가 악마입니다." 이러한 신원의 확인은 즉각적이고 자발적인 것이었다. 이전 베난단티 재판에서 심문관들이 하던 방식의 유도신문에 넘어간 것이 아니었다. 이렇듯 재판관과 심문관들이 오래도록 시도해온 바 베난단티를 마녀나 마법사와 동일

---

2 *Ibid.*, cc. 5r–v. 다음은 14세기 말 밀라노에서 있었던 재판기록을 발굴하여 요약했다. E. Verga, "Intomo a due inediti documenti." 여기에서는 다음과 같은 구절을 읽을 수 있다. 피고는 "어릴 때부터 지금까지 언제나 디아나의 놀이에 갔다고 자백했다. 사람들이 헤로디아스라고 부르던 디아나에게 그녀는 언제나 머리를 굽히며 존경을 바쳤다. 그녀가 '호리엔테 여신님의 평안을 기원합니다'라고 말하면 '내 딸아 잘 살거라'라는 대답이 그녀에게 돌아왔다." ASCM, *Sentenze del podestà*, vol. II, Cimeli n. 147, cc. 52r–v.

시하려는 것이 이제는 저절로 일어나게 된 것처럼 보인다. 자신이 참석했던 밤의 모임이 사바트이며, 그것을 주재하던 사람이 악마였다고 인정한 사람이 베난단티였다는 것이다.

마리아 판초나의 말은 더욱 복잡하게 꼬여갔다. 그녀는 마녀들이 악마인 수녀원장에게 달거리를 넘겨주는데, 악마는 "사람들에게 해를 끼치고, 병에 걸리게 하고, 기절시키고, 죽게 만들기까지 하기 위해" 그것을 재생시켜 사용한다고 말했다. 그녀 자신은 악마에게서 "빨간 물질"을 받아 집의 벽 뒤에 숨겨놓았다. 그것을 가져오자 그녀는 즉시 알아보았다. "이것이 악마가 준 선물입니다. 홀린 사람들을 깨게 만드는 데 사용하지요. 특히 피를 빨린 아이들에게 잘 듣습니다. 악마가 제게 이것이 거기에 좋다고 말했습니다." 바꾸어 말하면, 비록 그녀는 악마에게 경의를 표했지만 베난단티로서의 능력까지 포기하지는 않았다는 것이다. 사실 마녀의 희생자들을 치료할 수 있는 방편을 알려준 것이 바로 악마였다.

심문은 1619년 1월 2일에 속개되었다. 여기에서는 마리아 판초나와 그녀가 마법 혐의로 고발한 여자 사이의 극적인 대질이 이루어졌다. 마리아가 고집을 부렸지만 소용이 없었다. "나는 당신을 두 달 전에 조사파트 들판에서 봤습니다. 당신은 악마가 보낸 수탉을 타고 왔고, 수숫대를 들고 있었습니다." 상대편 여자는 모든 것을 부정했다. "당신이 말하는 것은 사실이 아닙니다."[3] 또다른 마녀 혐의자와의 대면에서도 비슷한 장면이 반복되었다. 이틀 뒤 마리아 판초나에 대한 심문이 다시 시작되었을 때 그녀는 마녀로 입문하는 과정에 대해 새로운 세부 사실을 밝혔다.

---

3 ASV, S. Uffizio, b. 72 (Panzona, Maria), cc. 5v-7r.

마녀가 되기를 원하는 사람들은 밤에 사바트에 갑니다. 거기에서 그들은 세 번 제비를 넘습니다. 하지만 먼저 그들은 악마를 불러내어 스스로를 바칩니다. 그들은 하느님에 대한 신앙을 포기한다고 세 번 선언하고 손에 침을 뱉습니다. 손을 세 번 문지른 뒤 그들은 영적으로 악마에게 이끌려갑니다. 몸은 창백하게 죽은 것처럼 남아 있다가 악마가 영혼을 되돌려주면 살아납니다.

이제 쉰이 넘은 그녀는 약 30년 전에 이 모든 일을 했다. 자신의 대부였던 빈첸초 달 보스코 델 메를로Vincenzo dal Bosco del Merlo의 부추김을 받아 악마를 불러내어 신앙을 포기하는 선언을 했다는 것이다. 여기에서도 마녀와 베난단티가 완벽하게 일치하는 것처럼 보인다. 그렇지만 또다시 마리아는 그들 사이의 차이점을 도입시켰다. "제가 말씀드렸던 것처럼 마녀들은 모두 신앙을 포기하고 스스로를 악마에게 바칩니다. 하지만 그중 많은 사람들은 남을 해치려는 것이 아니라 단지 즐거워서 그 일을 합니다. 제가 마법에 걸린 사람들을 고쳐주는 힘과 능력을 악마에게서 얻은 것도 그런 경우입니다."[4] 진짜 마녀와 '단지 즐거워서' 스스로를 악마에게 바치는 사람들 사이에 금을 긋는다는 것은 미묘한 일이다.

라티사나의 본당 사제는 이 사건을 보고하기 위해 1월 17일 베네치아의 주교 프란체스코 벤드라민Francesco Vendramin에게 편지했다. 거기에서 그가 마리아 판초나에 대해서는 긴 설명이 없이 단지 마녀라고 지칭하고, 그녀가 고발한 두 여인에 대해서는 '마녀 혐의자'라고 생각한다고 적은 것은 놀라운 일이 아니다. 그는 "이 악마의 저주를 근절시키기 위해" 주

---

4 *Ibid.*, cc. 13v-14r.

교와 심문관의 지시를 기다리겠다고 덧붙였다. 이 편지의 심각한 어조를 받아들여, 베네치아에서는 마리아 판초나 그리고 그녀가 마녀라고 고발했던 두 여인 우르술라 타초타Ursula Tazotta와 '라 타바카' 알로이시아를 이단 심문소에서 재판하기 위해 소환하기로 결정했다.

만일 우리가 사용할 수 있는 자료가 라티사나에서 있었던 심문기록뿐이라면, 우리는 마리아 판초나의 사례가 베난단티의 역사에서 새로운 단계의 출현을 알리는 것이라고 즉시 그 위상을 정할 수 있을 것이다. 마리아 판초나가 전통적인 사바트의 모습을 그리지 않았던 것은 사실이다. 그녀가 참석했다는 비밀모임은 조사파트 들판이나 수녀원장과 같은 오래된 요소로 구성되어 있었다. 그러나 '수녀원장'을 악마와 동일시한 것이나 신앙을 포기한다는 선언을 한 것이 한층 결정적인 사실이다. 그것은 마리아가 자신을 진짜 마녀와 구분하기 위하여 마법에 걸린 자들을 치료해주는 역할을 강조했던 행위와 같은 나약한 저항에 비교할 때 훨씬 더 중요하다. 그와 동시에 주교와 잔도메니코 비냐치오Giandomenico Vignazio 심문관 앞에서 벌어진 베네치아의 심문은 아주 다르고 예상치 못했던 방향으로 나아갔다.

2

재판관들의 요청에 따라 마리아가 라티사나에서 자백했던 것들이 사실임을 시인한 예비 청문에 이어 심문은 2월 28일에 진행되었다. 곧 그녀는 자백한 사항의 핵심적 요인에 대해 추가적인 세부 사실을 제시해달라는 요청을 받았다. "사바트에 갔을 때 신앙 포기 선언을 어떻게 했으며 무슨 말을 했는가?" 그녀가 설명하기 시작했다. 그녀의 아버지가 딸을 가만 놔둔다는 조건으로 그녀의 대부에게 밀 두 부셸과 와인 두 항아리를 주었는데도 그녀를 조사파트 계곡에 처음으로 데려간 것은 바로 그 대부였다.

마리아가 말했다. "그는 언제나 제 주위에 얼씬거리면서 '날 따라오면 좋은 구경을 많이 할 수 있는데' 하는 소리를 하곤 했습니다. 저는 어린 애였고 어리석었기 때문에 따라갔습니다." 그녀는 수탉을 타고 갔다. "바꾸어 말하면 수탉 모습을 한 혼령을 타고 갔다는 말입니다." 라티사나에서 처음 말했던 것처럼 '악마'가 아니라 '혼령'이라고 말했다는 사실에 주목해야 한다. "우리는 조사파트 계곡까지 먼 거리를 여행했습니다. 죽은 것처럼 침대에 남아 있는 몸은 놔두고 영혼만 갔습니다."

여기에서 재판관들이 처음으로 반론을 제기했다. 만일 몸이 죽은 것처럼 침대에 남아 있었다면 수탉이 그녀의 영혼을 태우고 가는 것을 어떻게 볼 수 있느냐는 것이었다. 이것은 무심결에 나온 질문이 아니었다. 그것은 베난단티가 무기력한 몸에서 영혼이 물리적으로 떨어져나간다고 말할 때 혼수상태에 빠져 경험한다는 고통스러운 인격 분리를 재판관들의 편에서는 받아들일 수 없었다는 사실을 반영하는 질문이었다. 마리아는 이해하지 못했다. "제가 어떻게 압니까?" 이것이 그녀의 대답이었다. 마리아는 불손한 것이 아니라, 단지 이해할 능력이 없었을 뿐이다. 그녀는 영혼이 몸을 떠났다가 되돌아올 수 있다고 믿었고 여전히 믿고 있었다. 스스로 그렇게 말했던 것이다. 하지만 그녀는 "어떤 능력을 통해서" 그렇게 할 수 있는지 알지 못했다.

그녀는 계속 말했다. 조사파트 계곡에는 "악마를 위해 싸우는 마녀와 마법사들과 하느님의 신앙을 위해 싸우는 베난단티가 있습니다. 베난단티는 서로 알고 있고, 하느님의 도움을 받아 다른 사람들이 누구인지도 압니다."[5] 그녀는 베난단티와 마녀 사이의 차이를 비롯하여 그 모든 것을 대부인 빈첸초 달 보스코 델 메를로에게서 배웠다. 그는 베난단티이며, 그녀의 아버지 또한 베난단티이다. 우리는 마리아가 자신에게 던져진, 베난단티와 마녀의 만남에서 신앙 포기 선언을 어떻게 했느냐는 질문에 대답하지 않았다는 것을 눈치챌 수 있다. 그 대신 그녀는 베난단티가 하느님의 신앙을 위해 싸우며 하느님의 권능을 통해 마녀를 알아볼 수 있다는 것을 강조했다.

이 시점에서 예기치 못한 일이 벌어져 심문이 중단되었다. "마리아는 계속할 수 없었다. 그녀에게 발작이 일어나 아주 불편한 모습으로 바닥에 쓰러졌다." 그것은 그녀 스스로 인정하듯 그녀를 항상 괴롭혀 온 간질이었다. 한두 방울의 식초로 제정신이 돌아왔다. 휴식을 취한 뒤 재판관들은 심문을 계속했다. 그뒤에 마리아가 발설한 말에서 베난단티 신화와 관련된 모든 모티프가 마법의 요인에 의해 오염되지 않은 상태로 다시 나타났다.

처음에 대부의 안내를 받아 사바트에 갔던 그녀는 육체와 영혼이 함께 갔고, 그녀는 "어린 소녀"였다. 반면 그녀의 대부는 나비의 모습을 하고 있었다. 그는 그녀에게 "이야기하지 말라"고 주의시켰다. 마리아가 말했다. "그가 저를 천국으로, 성모님의 풀밭과 지옥으로 데려갔습니다. 저는 천국에서 하느님과 성모님께서 많은 작은 천사들과 함께 계신 것을 봤습니다. 어디에나 장미꽃이 있었습니다. 지옥에서 저는 악마와 작은 악마들이 물에 끓고 있는 것을 봤습니다. 제 대모님도 봤습니다." 다른

---

5 *Ibid.*, cc. 37r-v.

때에는 조사파트 들판에 단지 영적으로 갔다. "마법사들은 수숫대를 들고 있습니다. 마녀들은 부지깽이_furion del forno[6]를 들고 있고, 우리 베난단티는 회향 줄기를 들고 있습니다. 마녀들은 악마를 위해 싸우고 베난단티는 신앙을 수호하기 위해 싸웁니다. 마녀들이 이기면 큰 기근이 뒤따르고, 베난단티가 이기면 풍년이 듭니다."

이 맥락에서 중요하지는 않다 할지라도 수녀원장 이야기가 다시 등장했다. "우리는 인사를 드리러 수녀원장을 찾아갔습니다. 우리는 사람을 해치려면 무엇이 필요한지 물어봤습니다. 저는 그분과 단 한 번 이야기했을 뿐입니다. 사실은 그분이 제게 말을 거셨습니다. 제가 원하는 것이 무엇인지 물으셨습니다. 나쁜 일을 하고 싶은지 좋은 일을 하고 싶은지 물으셨습니다. 제가 좋은 일을 하고 싶다고 말씀드리자, 그분은 제게 아무것도 주지 않겠다고 대답하셨습니다." 여기에서도 베난단티에게 마법에 홀린 사람을 치료할 수 있는 능력을 준 사람은 신비한 수녀원장이 아니라 천사였다. "천사가 계셨는데, 저에게 가루약을 주셨습니다." 이렇듯 베난단티라는 '종교단체'는 이 베네치아의 심문에서 어떤 종류의 악마와의 타협이나 악마적 요인에 의한 오염에 물들지 않은 모습으로 다시 나타났다. 여기에는 신앙 포기 선언이 없었다. 오히려 마녀와 마법사에 대항하여 신앙을 수호한 사람들이 베난단티였다.

라티사나에서 했던 것과 마찬가지로 마리아는 또다시 마녀들의 죄악

---

6 이것은 쇠스랑 모양을 한 부지깽이를 가리키며, 다른 곳에서는 소보라도리(soboradori) 또는 사보라도리(saboradori)라고 불리기도 한다. 다음 책에 삽화로 들어 있는 목판화에는 두 명의 마녀가 날아가는 그림이 있다. 그 마녀들이 후대의 전설에서 말하듯 빗자루를 타고 있는 것이 아니라 쇠스랑을 타고 있다는 것이 흥미롭다. Ulrich Molitoris, *De laniis et phitonicis mulieribus. Teutonice unholden vel hexen* (Ex Constantia, 1489), table III, Hain 11536.

을 고발했다. "우리는 같은 학교 출신이라면 서로 압니다. 그건 우리의 영혼이 처음에 나비의 모습을 하고 나갈 때 같은 별자리 아래 태어났다면 서로 안다는 말이지요. 그 들판에서 우리는 무수히 많은 나비를 봤지만, 같은 무리에 속하는 사람들만 서로 압니다. 한 무리에 속하는 자들은 다른 무리와 분리되어 있습니다."[7] 그러나 이단 심문소는 그녀의 고발에 아무런 무게도 싣지 않았다. 마리아와 함께 라티사나에서 송환했던 두 여인은 석방되었다. 그들은 "이 여자가 우리의 파멸이었습니다"라고 말했다.[8]

오랜 중단 끝에 4월 11일 마리아 판초나에 대한 심문이 재개되었을 때 재판관들은 그녀가 말했던 것들에 대해 주의 깊게 생각해보라고 촉구했다. 왜냐하면, 예컨대 나비의 모습을 하고 동료들과 함께 사바트에 가서 싸움을 했다는 주장과 같은 "그녀의 말 대부분이 개연성이 없거나 완전히 불가능"하기 때문이라는 것이었다. 그것은 명백한 무신앙의 선언이었다. 베네치아의 재판관들에게 사바트가 실제로 존재하는가 하는 문제에 관한 해묵은 논쟁은 이미 끝나 있었다. 처벌되고 비난받아야 하는 것은 악마와의 서약이라는 신학적 죄악이었다. 그들은 이 문제에 집착했다. "당신이 악마와 서약을 확실하게 해서 그에게 영혼을 맡겼는지, 예수 그리스도에 대한 신앙을 포기한다고 선언했는지 우리에게 말하시오."[9]

---

7 ASV, S. Uffizio, b. 72, proc. cit., cc. 38r-39v.

8 *Ibid.*, c. 41v.

9 사바트가 실제로 존재하지 않는다는 명제를 지지하는 사람들 가운데 일부는 사실상 마녀가 유죄라는 사실을 배제시키지 않는다. 한 세기 이상 전에 대화 형식으로 쓴 마법에 관한 논문의 결론에서 몰리토리스는 이렇게 썼다. "비록 이런 종류의 여인들은 당신이 말하는 것만큼 나쁜 일들을 할 능력이 있는 것은 아니지만, 그럼에도 이 여인들은 악마의 사주를 받아 때로는 절망 때문에, 때로는 가난 때문에, 때로는 이웃에 대한 증오 때문에, 때로는 다른 유혹 때문에 악마를 통해 전달된 것에 저항하지 않는다. 참되고 거룩한 하느님을 포기하는

마리아 판초나는 완강하게 저항했다. "저는 결코 마녀가 아닙니다. 저는 베난단티입니다. 저는 악마에게 영혼을 준 적도 없고, 예수그리스도에 대한 신앙을 포기한 적도 없습니다."

그들은 그녀가 라티사나에서 심문했을 때 했던 말을 다시 들려주었다. 그녀는 이렇게 되받았다. "그들은 자기가 원하는 대로 말하고 원하는 대로 적을 수 있습니다. 하지만 저는 그런 말을 한 적이 없습니다." 이 시점에서 그녀에게 변호인 야코포 판필로Jacopo Panfilo가 배정되었고, 변론을 준비하기 위해 8일이 허용되었다. 그러나 그는 마리아에게 이해받을 수 있다는 희망을 줄 수 있는 사람이 아니었던 것이 확실하다. 4월 30일 판필로는 주교와 심문관장 앞에서 변론을 펼치기 위해 나타났다. 그는 자신의 의뢰인의 "머릿속에 고정되어 있는 과오를 인식하도록 만들기 위해" 이단 심문소의 감옥에 있는 그녀를 몇 차례 방문했다. 그리고 이제 마침내 "머리가 별로 없는" 마리아는 "고양이로 둔갑하여 사바트에 간다는 미친 생각과 망상은 물론 그 밖의 다른 미친 짓도 더이상 믿지 않겠다"고 그에게 약속했다. 그녀는 "앞으로 죽을 때까지 언제나 선량한 기독교인으로 살 것이며, 거룩한 교회에서 명령한 것만 믿을 것"이라고 기꺼이 맹세했다.

그녀는 용서를 청했으며, 더이상의 변론은 포기했다.[10] 실제로 6월 20일 최종 심문을 위해 재판관들 앞에 다시 나타났을 때, 그녀는 변호사가 자신의 모든 권위와 학식과 경멸적인 의심을 갖고 제시한 방식을

자들은 배교적이고 이단적인 사적 종파에 악마적 재앙과 쾌락을 제공한다. 그러므로 이런 종류의 배교와 시민법의 자발적인 타락을 이유로 이 불경한 여인들은 마땅히 사형에 처해져야 한다는 결론이 뒤따른다." U. Molitoris, *De laniis et phitonicis mulieribus*, c. 26v.
10 ASV. S. Uffizio, b. 72, proc, cit., cc. 43v-44v.

겸허하게 따를 준비가 되어 있는 것처럼 보였다. 그녀는 말했다. "제가 머리가 나빠서 무례한 말과 행동을 한 것이 있다면 그 모든 것에 대해 용서를 빕니다." 그러나 재판관들은 그 정도로 만족하지 않았다. 그들은 "그녀가 처음에 했던 말과 나중에 했던 말이 달랐기 때문에" 그녀가 조사파트 들판에 갔다고 했을 때 정말로 그리스도에 대한 신앙을 포기한다는 선언을 하면서 악마를 숭배했는지 알고 싶어했다. 마리아는 절박하게 탄원했다. "저는 예수그리스도에 대한 신앙을 포기한 적이 없습니다. 저는 예수그리스도와 동정녀 마리아에 대한 신앙밖에는 받아들인 적이 없습니다. 저는 머리가 나쁘기 때문에 옛날에 했던 말은 사실이 아닙니다. 저한테 두뇌가 약간이라도 있다면 저는 그렇게 말하지 않았을 것입니다." 그녀는 단지 불쌍한 간질병 환자였을 뿐이다. "저에게 어떻게 두뇌가 조금이라도 남았을 것이라고 생각하십니까? 제가 그 몹쓸 병에 걸린 것을 보시지 않았습니까? 저는 오랫동안 그 병을 앓았고, 감옥 속에서도 그 병 때문에 앓았습니다. 제가 땅바닥에서 구르는 것을 간수들이 봤습니다. 그들이 증언을 해줄 것입니다."

그리고 그녀는 원래의 말투로 돌아와 한결같이 부인하였다. "저로서는 아무것도 말씀드릴 수 없습니다. 저는 머리가 나쁘기 때문에 제가 말했다고 하시는 것들을 말씀드리지 못합니다. 저를 죽이시려거든 그렇게 하시지요. 제가 자백했던 것은 모두 사실이 아닙니다. 제 대부님이 저를 조사파트 들판에 데려갔다는 것도 사실이 아닙니다. 제 머리가 나빠서 그런 말을 했고, 악마가 꼬드겼습니다." 사바트에 여러 번 갔다는 것도, 고양이로 변해서 갔다는 것도 모두 거짓말이라는 것이었다. 재판관들이 논지를 펼치고 "그것은 핑계에 불과하다"고 항의하고 고문을 하겠다고 위협해도 소용이 없었다. 마리아는 그녀가 이미 자백했던 것을 철회하라는 조언을 받은 것이라는 주장을 포함하여 모든 것을 부정했다.

재판관들이 그녀의 건강상태를 고려하여 고문을 하지 않겠다는 결정을 내린 뒤에야 그녀는 처음의 진술로 되돌아가 조사파트 들판에 실제로 갔었다고 시인했다. 그녀는 "변호사로 왔던 사람이 저는 모든 것을 부정하고 사실이 아니었다고 말해야 한다고 했기 때문에" 부정했다고 말했다. 이제 고문에 대한 두려움을 뒤로 하고, 변호사의 충고도 잊어버리고, 악마적 요인에 덧칠을 하여 숨기려던 것도 잊은 채, 마리아는 베난단티에 대한 순수한 믿음을 새롭게 이야기했다. 그것은 변호사와 재판관 모두가 인정하지 않으려 하던 내용이었다. "저는 예수그리스도에 대한 신앙을 포기한 적이 없습니다. 하지만 저는 다른 마녀들이 포기 선언을 했다고 말씀드렸습니다. 제가 고발한 여자들은 마녀입니다. 저는 고양이 모습을 하고 그 여자들과 함께 있었기 때문에 압니다. 그 여자들도 고양이 모습을 하고 있었습니다. 그들은 해치기 위해서, 저는 보호하기 위해서 그랬습니다."[11]

이러한 진술은 몇십 년을 거슬러올라가는 완강하고 모호한 전통에 뿌리내리고 있는 것으로서, 비참한 간질 환자의 환각이 아니었다. 이것이 마리아가 고집스럽게 이러한 이야기를 되풀이해 반복한 이유를 설명해준다. 이렇듯 이해하기 어려운 완강한 저항에 부딪치자 재판관들은 재판을 종결하는 것밖에 다른 방도가 없었다. 마리아 판초나는 이단의 혐의가 경미하게 있다는 판결로 3년 징역형을 받은 뒤 라티사나와 그 영역에서 영구히 추방한다는 선고를 받았다. 이것을 따르지 않는다면 무기징역에 처한다는 단서 조항도 첨부되었다.

---

11 *Ibid.*, cc. 45v-47r.

얼핏 라티사나와 베네치아에서 행한 자백 사이의 차이는 설명하기 어려운 것으로 보인다. 그것은 재판부에서도 마찬가지였던 것처럼 보인다. 두 경우 모두 자백이 재판관들에 의해 강요되지 않았다는 사실 때문에 이 문제는 더욱 복잡해진다. 베네치아의 재판관들이 다시 읽어 주었을 때 마리아 판초나 자신이 틀림없다고 확인해주었던 라티사나의 심문 조서가 날조되었다고 전제할 수는 없다. 더구나 그것은 베네치아 심문 조서에도 나왔던 '수녀원장'과 같은 세밀한 사실들로 가득차 있었다. 재판관들이 그것을 창안해낼 수는 없었다. 라티사나의 조서에서는 베난단티와 마녀를 일치시켰던 반면 베네치아에서는 베난단티가 전통적인 모습으로 다시 나타났다. 그것은 재판기록에 첨부한 종잇장에 심문관들이 꼼꼼하게 적어서 강조했을 정도로 명백한 모순이며, 마리아 판초나 역시 무심결에 그것을 느끼고 있었다.

하지만 그녀에게서 나타난 모순은 덧없는 것이었다. 재판과정에서 그 간격은 줄어들었고 마리아 판초나는 우리가 자주 마주쳤던 베난단티의 모습으로 되돌아갔다. 하지만 그것은 재판관에게 어떻게 해서 베난단티가 되었고 어떻게 그것을 그만두었는지 이유를 설명할 수도 없는 동요하는 모습이었다. 그러나 이제 이 복합적인 신화가 해체되는 과정이 진행되고 있었음은 확실하다. 그 과정은 냉혹하게 이어졌다.

3

1623년 4월 23일, 로사초Rosazzo의 베네딕투스 수도회 사제 돈 피에트로 마르티레 다 베로나Don Pietro Martire da Verona는 아퀼레이아의 심문관에게 다음과 같은 편지를 보냈다.

제가 어떤 용무로 치비달레에 있을 때 제 앞에 베난단티 한 명이 불려왔습니다. 이런 사람들을 그렇게 부른답니다. 그의 고해를 듣고 그를 곧고 좁은 길로 다시 돌아가도록 만들기 위해서였습니다. 고해소 밖에서extra confessionem[12] 저는 그에게 세세한 질문을 했습니다. 저는 그가 마녀의 부류에 속하고, 따라서 그를 심문관님께 보내 필요한 조치를 취해야 한다는 것을 알게 되었습니다.

말을 번복할 가능성을 방지하기 위해 그는 이 베난단티의 신앙 포기 선언은 물론 자신의 과오에 대한 세세한 자백에 서명시킨 뒤 함께 편지에 동봉했다. 이 베난단티는 모이마코Moimacco 출신의 젊은이로 치비달레 귀족 가정의 하인이었다. 그는 조반니 시온Giovanni Sion이라는 이름의 이 베난단티가 어떤 설득을 당해 우디네까지 오게 되었는지 이야기했다. "그는 악마의 손아귀에서 벗어나기 위해 자발적으로 응했습니다. 그는 대사大赦의 기간에 고해를 받고 기독교인답게 살기를 원했습니다." 이 사제는 심문관이 "이 폭도를 장악하여 그 지역에서 그리도 큰 악을 제거하는 데" 성공하기를 기원하며 끝을 맺었다.

베난단티 조반니 시온이 "마녀의 부류"에 속한다고 정의한 돈 피에트로 마르티레는 심문관들이 해왔던 실수를 저지른 것이 아니었다. 시온의

---

[12] ACAU, S. Uffizio, "Ab anno 1630 usuqe ad annum 1641 incl. a n. 849 usque ad 916 incl.," proc. n. 859. 일부만 번호가 매겨져 있음. "고해소 밖에서"라는 말은 뒤에 덧붙여졌다. 그것은 고해한 내용의 비밀을 지켜야 한다는 규칙을 위반했음을 감추려는 서투른 방식이다. 같은 이유로 몇 줄 뒤에 가면 "그가 내게 고해하였다"라는 기록이 "그가 내게 말했다"로 수정되었다.

고해에서 그가 이끌어낸 진술은 4월 29일 치비달레에 있는 보좌 심문관 앞에서 반복했던 말과 미미한 차이만 있었을 뿐이다. 또한 그 진술은 사실상 이 신앙에서 아주 새로운 단계를 결정적으로 도입시켰다. 그것은 전통적인 사바트에 대한 완전하고 일관된 설명을 포함하고 있는데, 그것은 프리울리 전역을 통틀어 최초로 우리에게 전해져내려오는 것이다.

베난단티가 이 사바트에 참석했지만, 그들이 악마에 대해 취한 타협의 자세는 그들의 양면적이고 모순적인 태도로 인해 상쇄되었다. 이 시점까지 우리는 여전히 전환기에 있었다. 그러나 이제 그 전환에서 결정적인 시점에 도달했다. 베난단티의 태도에 우유부단함과 주저함이 있었다 할지라도 그들이 사바트에 참석한다는 것을 공언한 이후 그들은 모호한 처지에서 벗어났다. 그들은 그 모호한 처지에 처해 있으면서 (비록 실제가 아니라 이론에 그쳤던 것이라 할지라도) 한쪽으로는 심문관들의 박해와 다른 한쪽으로는 마녀들의 증오의 대상이 되었으며, 자신에게 강요된 선택권 중에서 하나를 택할 수밖에 없도록 강요되었던 것이다.

점점 그들은 사람들이 그들에게서 기대하던 것이 되어갔다. 마녀가 되어갔다는 것이다. 심문관 펠리체 다 몬테팔코 수도사는 영리한 유도신문을 통해 베난단티인 가스파루토와 모두코가 마녀였음을 인정하도록 만들었다. 베난단티와 마녀를 동일시하는 일은 마리아 판초나의 자백에서도 일시적으로 일어났다. 이제 반세기 후에, 마침내 그러한 동화의 과정은 프리울리의 농민들 사이에서 자리를 잡게 되었던 것이다. 시온의 자발적인 자백은 이러한 동화의 과정에서 결정적인 단계를 의미하는 것뿐만이 아니었다. 그것은 프리울리에서 최초로 악마적 사바트의 상에 상응하는 일관적인 민중신앙의 체계가 형성되었다는 것을 보여주기도 했다. 그것은 수십 년 동안 심문관들이 강요시키려 했지만 허사에 그쳤던 일이었다.

이유는 알려져 있지 않지만 시온은 우디네로 소환되지 않았다. 오히려 보좌 심문관인 루도비코 다 구알도Ludovico da Gualdo 수도사가 치비달레로 급히 달려갔다. 조반니 시온은 4월 29일 치비달레에서 심문을 받았다.

그는 한 마녀에 의해 사바트에 가라는 재촉을 받았다는 말로 증언을 시작하였다. 그 마녀는 스물네 살의 젊은이 제롤라모 디 빌랄타Gerolamo di Villalta로 모이마코에서 하인 생활을 했다. 3년 전 크리스마스 사계재일의 목요일에, 바꾸어 말하면 베난단티의 밤의 모임이 있는 날에 그는 시온을 어떤 장소에 데려가겠다고 제의했다. "좋은 구경거리를 많이 즐길 수 있을 것"이며 "돈과 보석을 네게 주겠다"는 약속도 했다. 조반니는 당장 "같이 가자"고 대답했다. 그런 뒤 제롤라모는 "특수한 기름단지"를 가져와 옷을 벗은 뒤 몸에 기름을 발랐다. 갑자기 "사자가 나타나 제롤라모가 올라탔"다. 기름칠을 하지 않았던 조반니는 친구의 어깨에 기어 올라갔다. 시온이 계속 말했다. "눈 깜짝할 사이에 우리는 모돌레토Modoletto에서 피체날레Picenale[13]라는 장소에 있었습니다. 거기에서 우리는 많은 사람들이 모인 것을 봤습니다. 그들은 춤을 추고 즐거운 시간을 보냈으며, 먹을 것과 마실 것을 주워 삼켰고, 침대에 몸을 던져 공개적으로 수치스러운 짓을 하기도 했습니다."

---

13 피체날레라는 말은 '통'을 가리키는데, 프라티첼로(Fraticello)의 비밀회합에서 쓰이는 바를로토(Barlotto)나 술통을 상기시킨다. 다음을 볼 것. F. Ehrfe, "Die Spiritualen, ihr Verhältniss zum Franziskanerorden und zu den Fraticellen," *Archiv für Litteratur-und Kirchengeschichte des Mittelalters*, 4 (1888), pp. 117~118. 이것은 뒤에 코모와 특히 롬바르디아의 다른 지역 마녀들이 모이는 장소를 가리키는 말이 되었다. 다음을 볼 것. C. Cantú, *Storia della città e della diocesi di Como* (Firenze, 1856), I, p. 423; TCLD, ms. 1225, vol. 2, c. 33v, etc.

심문관들이 묘사한 사바트는 언제나 베난단티의 조롱에 찬 반박을 받았는데, 이 사바트에 대한 설명에서조차 한 가지 요인이 눈에 띈다. 그것은 마리아 판초나의 자백에서도 나타났던 것으로서, 베난단티는 마녀와 동일시되는 것에 대해 부지불식간에 저항하고 있다는 사실이다. 조반니는 이미 제롤라모의 악마적인 연고를 사용하지 않았다고 말했다. 이제 그는 자신이 사바트에 참석했지만 마녀와 마법사의 광란의 향연에는 개입하지 않았다는 것을 강조했다. "내 친구는 저에게 침대 위로 올라오라고 권했지만, 저는 두려움 때문에 그렇게 하지 않았습니다. 그리고 저는 언제나 베난단티라고 불리는 저의 여섯 동료들과 함께 떨어져 있었습니다."

이렇듯 비록 베난단티는 사바트에 갔었고 시온은 그들의 이름을 하나하나 거명했지만, 그들은 자신이 베난단티라는 바로 그 이유 때문에 거리를 두고 있었다. "우리는 우리끼리 이야기했습니다. 많은 금과 은, 금목걸이, 금으로 된 술잔을 보면서 그걸 갖고 가면 평생 다시는 가난해지지 않을 것이라는 이야기를 했습니다. 우리에게 가지라고 했지만 받지 않았습니다. 왜냐하면 그게 진짜라고 확신할 수 없었기 때문입니다." 사바트의 쾌락과 풍요는 베난단티와 마녀 모두를 유혹했다. 그러나 양심 깊은 곳에서 조반니 시온은 마녀와 마법사에 대한 그리고 그들의 행동에 대한 해묵은 증오의 감정을 갖고 있었다. 이것이 그로 하여금 "두려움 때문에" 마녀와 친밀한 관계를 맺는 것을 거부하게 만들었고, "진짜라고 확신할 수 없었기" 때문에 금과 보석을 거절하게 만들었다.

시온은 오래전부터 내려오는 베난단티의 소명에 충실했다. 그는 치비달레에서 일단의 마녀와 마법사를 고발했다. 그중에는 루치아Lucia와 그리솔라Grisola라는 두 여인이 있었는데, 그는 그들이 살인을 했다고 밝혔다. 그러나 시온은 자기 주장의 사실성을 루도비코에게 확신시키려고 노력하면서도 베난단티로서 갖는 능력에 대해서는 언급하지 않았다. 그는 살인사건 희생자들의 손과 발에서 마녀들이 마법을 걸 때 사용하는 연고의 흔적을 봤다고 말했을 뿐이다. 그는 그 물질을 잘 알고 있었다. "제가 그 사바트에 갔을 때 그들은 사람들을 홀리고 죽게 만들려면 그 연고를 어떻게 사용해야 하는지 제게 가르쳐줬습니다. 저는 그 일을 하고 싶어한 적이 없습니다. 하지만 누가 그 연고를 바른다면 그것을 쉽게 알아차립니다. 이러한 종교단체에 가입하지 않은 사람은 그런 자취를 알아보지 못합니다." 이제는 병을 고치는 베난단티의 능력까지도 악마에 기원을 두고 있었다. "이런 마법을 치료하려면 딸기의 뿌리를 뽑아 푹 삶은 물을 환자에게 마시게 하면 된다고 그들이 제게 가르쳐줬습니다. 저는 그렇게 해서 제 주인인 바르톨로미오 님의 손자를 고쳤습니다. 그는 앞서 말한 루치아에 의해 마법에 걸렸었지요."

조반니는 3년에 걸쳐 세 번 악마의 모임에 다녀왔다. 그는 덧붙였다. "실제로 제 안내자는 매주 목요일마다 찾아와서 잔치에 같이 가자고 했습니다만, 저는 가지 않았습니다." 그가 이 사실을 이전에 밝히지 않았던 것은 악마와 제롤라모가 만일 비밀을 누설하면 죽는다고 위협하며 비밀을 지키라고 명령했기 때문이다. 그러나 이제 그는 후회를 했다. "성 금요일에 설교를 들으러 가는 길에 하느님께서 제게 완전하게 고백하라고 격려하셨습니다. 전에는 하지 못했습니다."

이 시점에서 심문관은 조반니에게 그가 낙인찍힌 것은 악마 때문인지 제롤라모 디 빌랄타 때문인지 물었다. 그는 오른쪽 허벅다리에 생긴 붉은 상처를 보여주며 답했다. "그렇습니다, 수도사님. 이것은 제 동료의 모습으로 둔갑한 악마가 세 척 길이의 쇠도장으로 그 무도회장에서 만들어준 것입니다. 고통은 없었습니다." 시온이 보기에 그 상처가 자신이 참석했던 악마적 모임이 실제로 일어났던 증거라는 사실은 논박의 여지가 없었다. 그리하여 심문관이 그에게 이러한 일들이 사실인지 아니면 상상에 불과하다고 생각하는지 묻자 그는 주저 없이 대답했다. "제가 말씀드린 모든 것은 사실이고 실제로 일어났습니다. 결코 환각이 아닙니다." 모든 베난단티가 밤의 모임에 '영적으로' '꿈속에서' 갔다고 단언했다는 사실은 상기할 필요조차 없는 일이다. 그런데 이제 조반니 시온이라는 이 베난단티는 자신이 참석했던 '행사'가 사실이고 실제로 일어났으며 "결코 환각이 아니라"고 확언함으로써 사바트가 실제로 존재했다고 주장하는 신학자나 악마학자의 편을 든 것이었다.

시온은 후회하는 듯한 기분으로 증언을 마무리했다. "저는 더이상 이런 일에 연루되기 싫습니다. 저는 이런 일을 믿지도 않고, 악마도 더이상 믿고 싶지 않습니다. 사실 그가 제게 가장 거룩한 삼위일체와 동정녀 마리아를 부정하라고 요청했을 때도 저는 하지 않았습니다. 그는 자신에게 충성을 바친 사람의 이름을 피로 쓴 책을 갖고 있습니다." 그러나 어떤 의미에서 사바트에 관한 설명을 완결시킨 이러한 배교의 거절에 대한 언급은 심문관의 호기심을 자아내지 못했다. 이 베난단티는 곧 석방되었다.[14]

4

사바트에 대한 시온의 설명은 모순을 내포하고 있기는 하지만 전체적으

---

14 ACAU, S. Uffizio, "Ab anno 1630······," proc. n. 859, cc. 1r-3r.

론 악마학의 논문이 제시하는 그림과 아주 흡사하다. 돈 피에트로 마르티레 다 베로나는 놀라움과 솔직한 지적 만족이 혼합된 감정을 갖고 그 유사성에 대해 언급한 바 있다. 최초의 심문이 있고 며칠 지나지 않은 5월 초에 이 보좌 심문관은 심문관에게 시온을 우디네로 이송하자고 요청하였다. 돈 피에트로에게는 시온을 우디네까지 호송할 인력이 없었기 때문에 그는 이 베난단티를 잠시 수도원에 묵게 했다.

그는 5월 11일 루도비코 다 구알도 수도사에게 편지를 했다. "우리는 지난 며칠 동안 여기 수도원에서 그를 철저하게 심문했습니다. 이 기간에 그는 기꺼이 협조했습니다. 그가 말한 것이 책에 쓰여 있는 것과 얼마나 똑같이 일어나는지 더욱더 놀라고 있습니다. 그는 하나도 빠뜨리지 않았고, 한번 말한 것은 언제나 변치 않고 똑같이 말합니다." 이렇듯 '책'과의 일치가 이루어지기까지 반세기 이상에 걸친 심문관·고해사·설교자의 노력이 필요했다(이것은 이 민중신앙이 그에 상응하는 교육받은 계층의 공식에 부응하도록 만들려는 시도를 주도했던 성직자들에 국한시켜 말하는 것이다). 이제 그 과정의 종말에 거의 도달했다.

시온이 꿈속에서 사바트에 갔던 것이 아니라 실제로 몸이 갔다고 주장한 것은 심문관들에게 새로운 문제를 제기한 것이 사실이다. 시온이 동료 베난단티로서 사바트에 같이 참석했다고 고발한 사람들에 대한 심문은 5월 10일에 시작되었다. 그러나 모두가 시온의 주장을 부정하였고, 그에 대해 시온은 조금도 물러서지 않았다. 대질을 시키자 극적인 장면이 연출되기도 했다. 사바트에 갔었다는 주장을 계속 부인하는 모이마코의 주세페Giuseppe에게 조반니 시온은 외쳤다. "제롤라모 디 빌랄타가 나에게 주기도문을 거꾸로 외우는 법을 가르쳐준 것처럼 너에게도 가르쳐주지 않았는가? 불행히도 사실이니까 부정하지 마라. 그러지 않았으면 좋겠다."15

그러나 조반니의 장광설도 심문관의 위협도 그들에게서 사바트에 참
석했다는 자백을 이끌어내는 데는 실패했다. 이렇게 대질한 세 명의 농
민 가운데 두 명의 몸에서 상처가 두 개씩 발견되었고 시온은 그것이 악
마가 찍은 낙인이라고 주장했지만, 아무런 효과가 없었다. 그 둘은 투옥
되고 시온은 석방되었다. 단, 이단 심문소의 처분에 따라야 한다는 의무
조항이 첨부되었다.

이 순간부터 재판은 새로운 국면으로 접어들었다. 루도비코 다 구알도
수도사는 시온이 살인 혐의로 고발한 두 마녀 중 하나인 치비달레의 그
리솔라에 대한 조사를 시작했다. 많은 사람들은 그녀가 범죄와 마법을
저질렀다고 의심했지만, 그밖에 특별한 것은 없는 것으로 나타났다. 그러
나 심문은 곧 중단되었다. 심문관은 그 시점까지 이어진 과정에 수많은
공백과 미심쩍은 점이 있다는 것을 알았다. 그는 주교의 승인을 얻어 이
재판을 손수 떠맡기로 결심한 뒤 증인들을 다시 조사하기 위해 치비달
레로 향했다.

5

8월 24일 베난단티 조반니 시온은 증언을 하기 위해 치비달레 법정에 다
시 섰다. 그는 이전에 했던 자백이 틀림없다는 확인을 한 뒤 새로운 세부
사실을 덧붙였다. 여기에도 옛 요인과 새로운 요인이 뒤섞여 반영되어 있

---

15   *Ibid.*, c. 5v. 다음에는 "거꾸로 외는 주기도문"(Pater Noster alla roversa)에 대한 언급이
있다. ASM, *Inquisizione*, b. 2, libro 3, c. 26v.

었다.

저는 아름다운 궁전에 도착했습니다. 앞서 말한 제롤라모가 저를 방으로 안내했습니다. 그 방의 꼭대기에 악마가 앉아 있었습니다. 그는 대장처럼 검은 모자에 붉은 깃털을 꽂고 있었고, 검은 머리는 헝클어져 있었습니다. 검은 턱수염은 갈라져서 두 개의 뿔처럼 보였습니다. 머리에는 염소와 비슷한 뿔이 두 개 있었습니다. 그의 발은 당나귀의 발굽 같았고, 손에는 쇠스랑을 들고 있었습니다. 곧 제롤라모가 그에게 경례를 해야 한다는 말을 해서 그렇게 했습니다. 하지만 거룩한 성사를 드릴 때 하는 것처럼 발만 움직였습니다.

악마가 그에게 물었다. "젊은이여, 나를 받들러 여기에 왔는가?" 조반니가 대답했다. "그렇습니다." 그러나 그는 심문관의 질문에 답하며 외쳤다. "고개를 숙이지도 않았고, 아무런 약속도 맹세도 하지 않았습니다. 악마는 거룩한 삼위일체나 예수그리스도나 동정녀 마리아에 대한 신앙을 포기하라고 요청하지 않았습니다. 다만 십자가를 밟으라고 했을 뿐입니다."

심문관은 이전 심문에서 악마에 의해 낙인이 찍혔다고 말하지 않았느냐고 시온에게 상기시켰다. 이 베난단티는 기억하고 있었고, 세부 사실을 추가로 밝혔다. "악마가 저를 불러 거룩한 삼위일체를 거부해야 한다고 말했습니다. 저는 원하지 않는다고 했습니다. 그러자 악마가 '너에게 낙인을 찍겠다'고 말하면서 손에 들고 있던 쇠스랑을 그가 앉았던 자리 옆에 있는 불 속에 넣었습니다. 그런 다음 제 오른쪽 다리의 뒷부분에 낙인을 찍었습니다." 그러나 왜 낙인을 찍었을까? 여기에서 시온은 모순을 보였다. 그의 마음속에서 마법이 갖는 악마적 함의와 베난단티 신화가 갖는 그것을 억압하려는 힘이 충돌하면서 서로를 상쇄했다. 그는 방금 자신이 삼위일체를 거부하지 않는 대가로 악마가 그에게 낙인을 찍었다고 말했다. 그러나 이제 그는 "자신이 앞으로 악마의 신하가 되어 그에게 복종"해야 하는 표시로 낙인이 찍혔다고 말했다. 그는 자신의 대답에 도취된 듯 또다시 모순을 드러내며 자신을 영원히 악마에게 바치기로 약속했다고 선언하였다.

하지만 심문관은 이러한 진술에 아무런 반응을 보이지 않았다. 다음 날 시온이 여태까지 전혀 이야기하지 않았던 새로운 요인을 사바트에 대한 설명에 도입시켰을 때에도 심문관은 반응을 보이지 않았다. 그것은 교회 행사를 모독하고 풍자한 것이었다. 그는 악마가 "오줌을 눈 뒤 마치 그것이 성수인 것처럼 주변에 뿌려대며 그때마다 그에게 맹세를 하라고 명령"했다고 말했다. 또한 악마는 마녀들에게 지시를 내렸다. "그들이 성체를 모실 때 그것을 훔쳐서 주문을 거는 데 사용하라고 했으며, 성유도 훔쳐 성체를 튀겨서 같은 목적으로 사용하라"는 것이었다.[16]

심문관은 이 베난단티를 세번째로 석방했다. 아마도 훗날 심문을 다시 속개하려는 속셈이었을 것이다. 사바트에 참석해서 악마에게 복종을 서약했고 평생을 악마에게 바치기로 약속했으며 십자가를 짓밟은 한 개인을 이렇게까지 관대하게 대하는 것은 보통 놀라운 일이 아니다. 16년 전 베네치아에서 마리아 판초나를 심문했던 재판관들은 밤의 모임이 실제로 존재한다는 것에 대해 그녀가 공개적으로 회의적인 태도를 보였는

---

16 *Ibid.*, cc. 24v-25v. (심문관이 증인에 대한 심문을 시작할 때 재판기록의 번호도 다시 시작한다는 것에 주목할 것.)

데도 훨씬 준엄하게 행동했었다.

시온을 심문한 재판관들의 부드러운 태도는 어쩌면 재판을 시작할 때 회개하기로 맹세했고 이단 심문소에 협조하는 태도를 취한 것 때문일지 모른다. 어쨌든 시온에 대해서만 이단 심문소가 특별히 자비를 베푼 것에 대한 이러한 설명은 단지 짐작에 불과하다. 사실 1634년 8월 29일, 치비달레의 그리솔라와 다른 여인들의 사건에 대한 일련의 조사가 끝난 뒤 소송의 기록은 이단 심문소에서 세속 당국의 손으로 넘어갔다. 무슨 일이 일어난 것일까? 심문관은 재판을 계속 진행시킬 의사를 공식적으로 철회했다. 그는 치비달레의 행정관인 안토니오 디에도Antonio Diedo가 자신에게 와서 다음과 같이 요청했다고 말했다.

더이상 기소하지 않기를 요청합니다. 이 재판의 공과와 본질을 정당하게 고려한 결과 이 사건의 판결을 이단 심문소의 법정에서 내리는 것을 적절하지 않다고 결정되었습니다. 그것은 베네치아 공화국의 법률과 법령을 따른 것이며, 특히 공작 전하의 편지를 통해 최근에 하달된 지시를 따른 것입니다.

베네치아 총독이 강력하게 개입하여 재판의 마무리를 세속 당국으로 넘겨달라고 요청한 것이 확실하다. 심문관은 아마도 이 문제에 대해 다른 대안이 없었을 것이기 때문에 따를 수밖에 없었다. 그리하여 행정관의 요청에 따라 "마녀와 마술사라는 혐의를 받은 어떤 여성들"에 대한 재판기록의 사본을 그에게 넘겨주었다. 베난단티 조반니 시온에 대한 언급은 없었다.

치비달레의 행정관은 어떤 논지를 갖고 이단 심문소를 설득하여 마녀

재판에 대한 관할권을 포기하게 만들었을까? 심문관 자신이 한 가지 해답을 제공했다. "앞서 언급한 재판에서 이단도 이단 혐의도, 배교도 배교 혐의도, 성사와 성물의 모독도 없었다는 사실을 확인한 심문관은 행정관님께 재판기록을 넘겨주었다."[17] 이것은 이 문제에 관해 법률이 정한 바였다. 그러나 이러한 법률이 적용된 경우가 거의 없었다는 사실은 접어두더라도, 왜 특히 이 사건에 그것이 적용되어야 하는지 의심을 품지 않을 수 없다. 마법이 이단인가 아닌가에 관해 교회법 학자들 사이에 이견이 있으므로 그것은 제외한다 하더라도, 시온의 자백에는 배교와 성물 모독의 범죄에 대한 언급이 있지 않았던가?[18] 마녀재판의 문제에 대해 베네치아는 조심스러운 태도를 취했다. 또한 베네치아는 마녀재판의 관할권을 가능한 한 빨리 이단 심문소에서 찾아오려는 경향이 있었다. 그것은 전통적이며, 어떤 대가를 치르더라도 외적 간섭으로부터 사법적 자율권을 확보하려는 베네치아 지배자의 정책을 반영하였다.[19]

그렇다 할지라도 이번 사례에서 이단 심문소가 (비록 강요당한 것이라 해도) 자체의 역할을 포기한 것은 실로 놀라운 일이다. 왜냐하면 이번 사례는 아퀼레이아와 콘코르디아 교구의 이단 심문소 법정에 제출된 최초의 완벽한 사바트를 다룬 사건이었기 때문이다. 심문관은 조반니 시온의 진술이 판결을 내릴 가치도 없는 엉뚱한 상상이라고 생각했을까? 돈 피에트로 마르티레는 이 베난단티를 치비달레로 보내면서 보좌 심문관에게 "존경하는 수도사님, 시온은 정말로 정신이 말짱합니다. 그가 미쳤다고 말하는 사람은 잘못 본 것입니다"라고 확신시켜야 할 필요를 느꼈다.

---

17 *Ibid.*, c. 45v.
18 이 책 76쪽의 주 31을 볼 것.
19 이 책 195쪽을 볼 것.

그렇다면 시온의 진술이 엉뚱한 상상이었던가 하는 것에 대한 언급이 있어야만 한다.

이 논리는 한 시점에서 심문관이 이 재판을 보좌 심문관의 수중에서 빼앗아 처음부터 증인들에 대한 심문을 다시 시작해야 한다는 결정을 내렸던 사실을 설명해주기는 한다. 그러나 동시에 그 논리는 시온이 사바트에서 피와 살 모두를 봤다고 말한 여인들을 오래도록 심문했던 사실과 모순된다. 따라서 우리는 일련의 모순에 직면하고 있으며, 그러한 상황은 심문관이 왜 세속 당국에 굴복했는지 그 정확한 이유를 우리가 모른다는 사실 때문에 더욱 악화되고 있다.

6

1642년 4월 15일 바살델라Basaldella의 한 여인이 루도비코 다 구알도 수도사 앞에 자발적으로 출두하여 산타 마리아 라 롱가의 농부인 미켈레 소페Michele Soppe를 베난단티라고 고발했다. 며칠 전 그 여인은 미켈레 소페를 불렀다. "8개월 된 딸이 병에 걸렸으니 와서 봐달라고 했습니다. 그가 와서 아이를 한 번 보고는 '지금부터 부활절까지는 고칠 수 없습니다'라고 말하고 가버렸습니다." 이것이 미켈레 소페에 대한 오래도록 이어진 고발의 시작이었다.

같은 해 6월 2일 쿠시냐코Cussignacco의 농부가 소페는 "언제나 마을에서 마을로 돌아다니면서 아픈 사람들의 몸에 표시를 하고 고칠 수 있는 치료법을 줍니다. 그리고 그는 누가 어떻게 마법에 걸렸는지, 마법을 건 사람은 누구인지 알려줍니다"라고 심문관에게 말했다. 미켈레가 고쳐준

한 농부는 "이 베난단티가 아니었다면 나는 죽었을 것"이라고 사람들에게 말했다. 미켈레 자신도 "내가 고쳐주지 않았다면 40명 이상이 죽었을 것"이라고 공개적으로 언명했다. 이 농부는 소페를 고발하는 이유를 대면서 자신의 증언을 마쳤다. "왜냐하면 우디네에서 한 사람이 베난단티라서 감옥에 간 뒤로 저는 이 사람도 고발하는 것이 옳겠다고 생각했기 때문입니다. 이 영리한 사기꾼들은 마땅한 벌을 받아야지요."

다른 베난단티와 마찬가지로 미켈레 소페도 많은 사람들을 고발했기 때문에 적이 많았다. 쿠시냐코의 사제 돈 잠바티스타 줄리아노_{Don} 는 1642년 8월 22일 심문관 앞에 나와 이렇게 개탄했다. "그는 이번에는 이 여자를 저번에는 저 여자를 마녀라고 말하면서 돌아다닙니다. 그렇게 해서 자신을 믿는 그 불쌍한 여자들을 지옥에 떨어지게 할 뿐 아니라 명성에 손상을 입히고 해를 끼칩니다." 이러한 골칫거리를 없애기 위해 줄리아노와 쿠시냐코의 보좌신부는 미켈레를 찾아가 "먼저 주문을 거는 법과 다음으로 주문을 벗어나는 법에 대해 알아보려" 했다. 이 베난단티가 대답을 했지만, "혼란스럽고 어려운 말"을 썼다. 그러자 사제는 그런 행위를 계속하면 처벌할 것이라고 위협하며 금지시켰다. 미켈레는 동요하지 않은 채, "자신에게 그런 임무를 수행하도록 허락을 내린" 수도승의 조사를 받았다고 말하며 "사람들이 부르면 가고, 그러지 않으면 안 간다"고 덧붙였다.[20]

이러한 고발에도 불구하고 이단 심문소는 움직이지 않았다. 5년이 지났다. 1647년 1월 19일 티사노_{Tissano}의 농부 잠바티스타 비아트_{Giambattista} _{Biat}가 새로운 심문관인 줄리오 미시니 다 오르비에토_{Giulio Missini da Orvieto}

---

20 ACAU, S. Uffizio, "Anno integro 1642 a n. 917 usque ad n. 930 incl.," proc, n. 918, cc. 1r-3v.

수도사 앞에 출두했다. 이 농부에게는 자코모Giacomo라는 아들이 있었다. 그는 아들이 아마도 마법에 걸려 심하게 앓고 있다고 생각했다. 그는 미켈레 소페에게 도움을 청했다. 그는 4두카토를 받고 아이를 고쳐주기로 했다. 비아트의 증언이 이어졌다. "저는 4두카토를 갖고 있지 않았기 때문에, 그 마을에 사는 조반니 테렌카노Giovanni Terencano의 집이나 밭에서 일해주기로 했습니다. 제가 못하면 아들이 나은 뒤에 하기로 했지요. 조반니는 우리가 일해준다는 약속을 믿고 미켈레에게 4두카토를 주기로 했습니다. 다만 추수가 끝날 때까지 기다려달라고 했지요." 그러나 미켈레는 이러한 타협안을 받아들이지 않았다. "그는 먼저 현금으로 반을 받고 나머지는 추수가 끝날 때까지 기다리겠다고 했습니다." 그의 마음을 돌릴 길이 없었다. 다른 대안이 없었기 때문에 비아트는 우디네의 성자 코모 성당 사제인 악령 퇴치사esorcista에게 의존했다. 그는 그 소년이 자연적인 원인 때문에 아픈 것이 아니라 마법에 걸렸다고 단언했다. 비아트는 미켈레 소페를 증오하기 시작했다. "저는 그가 비열하고 사악한 놈이며 베난단티라고 생각합니다." 그리고 심문관의 질문에 이렇게 대답했다. "베난단티는 마녀와 어울리는 사람들입니다. 저는 그렇게 들었습니다."[21]

조반니 시온의 재판을 통해 우리는 베난단티의 마음속에서 (비록 약간의 저항이 없지는 않았지만) 마녀와의 유사성에 대한 인식이 자리잡는 것을 보았다. 자기 자신이나 가족의 병을 고치기 위해 베난단티에 호소하는 사람들에게서 베난단티와 마녀라는 두 개념은 이미 거의 일치하고 있었다. 미켈레 소페와 같은 성격을 가진 사람들의 마음 나쁜 행동은 그들의 비참한 삶을 채우고 있는 곤경의 결과인 것이 확실하지만, 그것은

---

21 *Ibid.*, cc. 45v-15r.

베난단티가 마녀와 같다는 인식을 재촉시켰다.

그러나 베난단티는 치료사로 활동하면서 악령 퇴치사들과 불가피하게 충돌할 수밖에 없었다. 어쩌면 그들이 실질적인 경쟁자였기 때문이었을 것이다. 악령 퇴치사들은 특히 17세기 전반에 끊임없이 활동했다. 지롤라모 멩기Girolamo Menghi의 책과 같은 악령 퇴치 교본이 놀라울 정도로 확산되었던 것이 그 단적인 증거이다.[22] 우리가 검토했던 잠바티스타 비아트의 조서에는 베난단티와 악령 퇴치사가 유사한 기능을 하고 있다는 언급이 들어 있다. 그 둘 가운데 베난단티를 선호했다는 것은 명확하다.

그와 같은 모티프는 1648년 8월 15일에 작성된 또다른 조서에서도 반복되었다. 그 전날 심문관 줄리오 미시니 수도사는 주교 마르코 그라데니고Marco Gradenigo와 다른 인사들의 도움을 받아 마침내 미켈레 소페에 대한 공식적인 조사를 시작하기로 결정하였다. 첫번째로 심문을 받은 사람은 우디네의 사제 돈 프란체스코 첸트리노Don Francesco Centrino였다. 그는 고인이 된 산타 마리아 라 롱가의 본당 신부와 함께 악령을 퇴치하러 갔을 때 미켈레 소페를 "믿고 신뢰하는" 많은 사람들을 만났다. "저는 그것을 보고 그에게 제 관할 구역에서 다시는 모습을 보이거나 그런 방식으로 치료하지 말라고 말했습니다. 그 다음부터 제가 아는 한에서 그는 다시 보이지 않았습니다. 그리고 저는 제 본당의 주민들에게 그는 불한당이니 믿어서는 안 된다고 훈계했습니다."[23]

이 조서에는 티사노와 인접 마을 농부들의 진술이 많이 첨부되어 있

---

22 멩기에 대해서는 다음에 간략한 언급이 있다. L. Thomdike, *A History of Magic and Experimental Science* (New York, 1941), VI, p. 556. 또한 별로 재미가 없는 다음 책도 참고할 것. Massimo Petrocchi, *Esorcismi e magia nell'Italia del Cinquecento e del Seicento* (Napoli, 1957), pp. 13~27.

23 ACAU, S. Uffizio, "Anno integro 1642……," proc. n. 918, cit., c. 17v.

었다. 그들은 모든 사람들이 미켈레 소페를 마녀로 간주한다고 확인해주었다. 한 사람은 미켈레에 대한 개인적인 악감정은 없지만, "그가 우리모두에게 위험을 가하면서 마법행위를 할 때 마을 사람들이 모두 그를혐오하기 때문에" 증언한다고 밝혔다. 이리하여 이단 심문소에서는 마침내 여러 해에 걸쳐 쏟아지던 고발과 불평을 멈추려는 조치를 취했다. 그렇다 할지라도 이단 심문소에서는 이 문제에 관해 평소에 보이던 굼뜬모습을 극복할 수는 없었는지, 1649년 5월 21일에 가서야 미켈레 소페를 체포하여 투옥시켰다. "그가 가난했기 때문에" 비용은 이단 심문소에서 댔다. 그러는 사이에 계속된 다른 증인들에 대한 심문은 그의 성격과행위를 밝혀주는 단서를 더해주었다. 예컨대 그의 친구였던 티사노의 농부의 증언을 들어보자.[24]

우리가 소금마차를 끌고 포스콜레Poscolle에 있는 소금전매청 사무실에 가기 위해 우디네에 갈 때 미켈레는 거기서 우리와 헤어졌습니다. 그는 약간의 돈을 벌 수 있지 않을까 하여 곧 도시를 돌아다닌다고 우리에게 말했습니다. 집으로 돌아오는 길에 그는 2리라를 벌었다고 말한 적도 있고 1리라, 4리라, 3리라를 벌었다고 말한 적도 있습니다. 때로는 더 많았고, 때로는 더 적었지요. 그는 자신의 혀 덕분에 그 모든 것을 벌었다고 말하곤 했습니다. 그가 실제로 어떻게 벌었는지는 모릅니다만, 그는 돈을 보여주었습니다. 더이상은 모릅니다.

---

24 *Ibid.*, cc. 10r, 29v.

체포되고 며칠이 지나 미켈레는 간수장에게 마법에 관한 세세한 사실 몇 가지를 털어놓으며 심문관에게 전달해주기를 원했다. 6월 2일 그는 심문관 앞에 출두하겠다고 요청했다. 그러나 다음날이 우디네의 장날이었다. 줄리오 미시니 수도사는 아마도 감옥에서 이단 심문소까지 호송하는 도중 이 용의자에 대해 사람들의 분노가 폭발할 것을 두려워하여, 극도로 비밀리에 호송해오라고 명령했다.[25] 이 작은 사실은 민중의 마음속에서 베난단티라는 인물이 차지하고 있는 위치가 조금씩 변화하고 있었다는 사실을 잘 보여준다.

7

미켈레 소페는 자신이 현재 주인의 아이에게 마법을 걸어 죽였다는 허위 고발 때문에 체포되었다는 짤막한 말로 서두를 열었다. 그런 다음 그는 조금도 주저하지 않고 자발적으로 마녀들의 행위를 자세하게 묘사하기 시작했다.

사람들에게 마법을 걸고 아이들을 잡아먹는 마녀들은 도처에 있습니다. 그들은 여기저기 돌아다니면서 아무 집이나 골라 누구에게도 보이지 않고 들어갑니다. 그들은 마법을 행해, 아이들이 서서히 쇠진하여 마침내 죽게 만듭니다. 프리울리에는 마녀가 많습니다. 백 명이 넘습니다. 저는 목요일 밤마다 마녀들이 모이는 장

---

25 *Ibid.*, c. 33r.

소에서 그들을 보기는 하지만, 이름을 모르기 때문에 누가 마녀라고 말할 수가 없습니다.

저도 저와 마찬가지로 베난단티인 다른 사람들과 함께 그 모임에 갑니다. 그리고 우리는 말리차나Malizana 근처 늪지에 있는 둥근 밭으로 갑니다. 거기에서 악마는 당나귀의 모습을 하고 마녀와 마법사를 만납니다. 그것은 뿔이 난 당나귀인데, 당나귀 어깨에 있는 십자가 무늬는 없습니다. 이 모임에서 우리는 춤추고 마십니다. 제 말은, 마치 우리가 춤추고 마시는 것처럼 보인다는 것이지요. 거기에 온 마녀들은 모두 악마의 엉덩이에 입을 맞춥니다. 그러면 악마는 그들에게 악한 일을 할 권한을 부여합니다. 바꿔 말하면 마법을 행하고 아이들을 홀리고 폭풍우를 몰아올 권한을 준다는 것이지요. 그리고 그들은 악마가 하사한 능력에 따라 사악한 일들을 해야 합니다. 왜냐하면 다음 모임에서 만날 때 그들은 자기가 행한 악한 일을 악마에게 설명해야 하고, 그 악한 일을 저지르지 못했을 경우에는 악마가 가죽 막대로 때립니다. 그것은 막대기에 채찍을 단 것이지요.

잠깐 멈춘 뒤 그는 엄숙하게 덧붙여 말했다. "저는 진실을 말했습니다. 당신은 이제 곧 저를 죽일 것입니다." 줄리오 미시니 수도사는 양심의 부담을 덜고 신의 분노를 초래하지 않도록 모든 것을 말하라고 촉구했다. 그러나 이 베난단티가 수도사의 말을 멈췄다. "수도사님, 저는 물론 진실을 말할 것입니다. 그렇지만 수도사님께서는 프리울리어로 말씀하시지 않아서 저는 당신의 말씀을 이해하지 못하겠습니다."[26]

그리하여 오르비에토 출신인 미시니는 "앞서 말한 심문받던 농부를 만족시키고 모국어로 그에게 말하기 위하여" 즉시 "프리울리 출신의 통역사로서 올바른 평판과 좋은 환경을 가진 수사"를 구했다. 그는 프란체스코 수도회에 서약한 수사였다. 이제 이 사건을 통해 심문관과 베난단티 사이를 가로막는 사회적·문화적·정신적 장벽에 언어까지 추가되었다. 먼 지역 출신인 경우가 많은 심문관과 설교자들은 미켈레 소페와 같은 농민들로 구성된 신자들 사이에서 목회 활동을 했다.[26] 그들은 17세기 중엽에 이르기까지 자신들의 모국어인 프리울리어가 아니면 알아듣지 못했다는 사실을 염두에 두어야 한다.[27]

미켈레 소페의 자백은 "악마는 당나귀의 모습"을 하고 있고 "그것은 뿔이 난 당나귀인데, 당나귀 어깨에 있는 십자가 무늬는 없다"는 말에서 보이듯 후대에 사바트에 도입된 민간신앙의 요인이 화석처럼 남아 있는 악마적 사바트의 윤곽을 그리고 있다. 이것은 14세기 말 밀라노에서 재판받았던 공인된 디아나 추종자의 진술을 상기시킨다. "십자가를 갖고 있는 당나귀를 빼고는 모든 종류의 동물이 그 모임에 모였다."[28] 그러나 이 그림에서 베난단티가 차지하는 위치는 무엇인가? 그들이 마녀로 바뀌어가는 과정이 그때에 이르면 이미 끝났던 것인가?

사실상 베난단티를 핵심으로 하는 신앙의 복합체는 민중의 정신에 너무도 깊이 스며들어 있어서 몇 년 사이에 소멸할 수는 없었다. 마리아 판초나와 조반니 시온처럼 미켈레 소페도 의식하지 못한 채 마녀들의 악마적인 행위로부터 베난단티의 자율성을 방어하고자 했다. 그는 사바트에

---

26 *Ibid.*, cc. 33v-34r.

27 이 책 304쪽을 볼 것.

28 ASCM, *Sentenze del podestà*, vol. n, Cimeli n. 147, c. 51r; 다음도 참고할 것. G. Bonomo, *Caccia*, pp. 102~104.

서 마녀들이 악마에 다가가 "하나씩 악마의 엉덩이에 입을 맞춥니다. 하지만 마녀와 함께 가는 마법사들은 그렇게 하지 않습니다. 마녀와 따로 가는 우리도 그렇게 하지 않습니다"라고 말했던 것이다.

이제 베난단티를 마녀와 어느 정도 정확하게 구분시킬 수 있는 요인으로 유일하게 남아 있는 것은 마법에 홀린 사람들을 치료하는 능력뿐이다. 그러나 그것을 어떻게 정당화할 수 있단 말인가. 미켈레는 어지럽게 설명하려 했다. "마녀와 마법사는 원한다면 주문을 걸 수도 풀 수도 있습니다. 베난단티도 마찬가지입니다. 베난단티가 마법에 걸린 사람들을 풀어줄 수 있다면 그렇게 합니다. 풀지 못한다면 그들은 참아야 합니다. 베난단티가 마법을 건 마녀를 찾아내서 풀어달라고 간청할 때까지 참아야 하는 것이지요. 베난단티는 이렇게 마법을 풉니다." 그 자신은 이런 일을 여러 번에 걸쳐 했다고 말했다. 그리고 그는 이 오래된 민중신앙을 다시 해석하면서 베난단티와 마녀를 구분하려고 시도했다. "또한 마녀들은 서로를 알아보고 우리 베난단티도 마녀를 알아봅니다. 왜냐하면 코밑에 다른 사람들이 볼 수 없는 십자가 자국을 갖고 있기 때문이지요. 더구나 춤출 때 마녀와 마법사는 악마를 숭배하지만, 베난단티는 그렇게 하지 않습니다."[29] 오래전에 마녀는 악마 숭배의 옹호자로서, 베난단티는 기독교 신앙의 수호자로서 대립하고 있었다. 이제 여기에서 베난단티 자신이 의식하고 있지 못했다 할지라도 그러한 대립이 여전히 미미하게 작동하고 있었다는 것을 우리는 알 수 있다.

미켈레는 자신이 풀어준 주문에 대해 세세하게 이야기했다. 그 주문은 자신이 그 '모임'congregation에서 봤기 때문에 잘 알고 있는 마녀들이 걸

---

29 ACAU, S. Uffizio, "Anno integro 1642……," proc. n. 918, cit., c. 35r.

었다는 것이다. 시간이 늦었기 때문에 그는 감옥으로 다시 보내졌다.

8

지금까지 우리는 베난단티와 마녀의 속성이 차차 동화되는 과정을 추적하려고 시도했다. 그러나 마법 자체의 전개과정, 더 정확하게 말하자면 마법에 대한 일반적인 태도가 변모해온 과정에 대해서는 고려하지 못했다. 왜냐하면 사바트가 결정체가 되어 제도화한 단계 이후에는 마법의 변화에 대해 말하는 것이 불가능하기 때문이다. 16세기 말부터 17세기 전반 사이에 사바트의 개념은 심원한 변화를 겪었다. 요한 바이어의 견해는 더이상 고립된 것이 아니었다. 신교도인 요한 고델만Johann Godelmann과 가톨릭교도 프리드리히 폰 슈페Friedrich von Spee는 경쟁을 벌이듯 사바트와 마녀들의 비행飛行이 사실이었다고 믿는 견해에 맞서 싸웠다. 의학이 발전하면서 마녀나 마법에 걸린 사람들은 환각과 우울증에 빠진 경솔한 여인들에 불과하다는 견해가 크게 우세해졌다.[30]

30　다음을 볼 것. S. R. Burstein, "Demonology and Medicine in the Sixteenth and Seventeenth Centuries," *Folk-Lore*, vol. 67, March 1956, pp. 16~33. 처음부터 마녀에 대한 박해가 어느 정도 산발적인 저항을 불러일으켰던 것은 당연하다. 그러나 16세기 후반에 어떤 지역에서는 마녀재판에 대해 회의적인 태도가 꽤 널리 퍼져 있었던 것이 확실하다. 그 증거는 1581년 3월 18일 칼란트(Challant)의 주민이 행한 이단 포기 선언에서 찾을 수 있다. "저는 과오와 이단 또는 불신을 포기하고 거부하고 배격합니다. 저는 이 세상에 이단도 마녀도 마술사도 없다고 그릇되고 기만적으로 말하고 믿었습니다. 저는 악마의 도움을 받아 이성적 존재나 비이성적 존재에게 어떤 해를 끼칠 수 있는 이단과 마녀와 마술사가 있다고 믿으면 안 된다고 진술하고 단언했습니다. 확실히 그러한 불신은 거룩한 로마 교회와 거룩한 교부들의 가르침에 어긋나며, 제국의 법에도 어긋납니다. 제국의 법은 그러한 범죄자를 화형에 처해야 한다고 명합니다." TCLD, ms. 1226, s. II, vol. 3, c. 454r. 이 재판은 베르첼리(Vercelli) · 이브레아(Ivrea), 아오스타(Aosta)의 심문관으로 유명한 치프리아노 우베르티

마녀에 대한 해묵은 태도가 하루아침에 사라진 것이 아님은 확실하다. 오히려 17세기 초엽 독일을 위시한 유럽 도처에서는 마녀에 대한 처형이 급증하였다. 그 수가 엄청나게 많아 그 결과로 사바트의 현실성에 의심을 품는 사람들이 늘어나고 논쟁에 기름을 붓는 꼴이 되었다. 이렇듯 새로운 회의적 태도를 오래도록 받아들이지 않았던 지방의 주민들을 고려의 대상에서 제외시킨다 할지라도 옛 견해를 대표하는 사람들은 완강하게 저항했다. 이러한 견해를 보여주는 한 예는 도미니쿠스 수도회의 수도승인 피오 포르타Pio Porta의 조서에서 보인다. 그는 우디네에 있는 산 피에트로 마르티레 수도원의 부원장으로서 악령 퇴치사였다. 심문관 줄리오 미시니 수도사는 1649년 6월 4일 그를 소환하여, 미켈레 소페가 치료하기를 거부했던 자코모 비아트의 질환이 악마적 요인에 의한 것인지 견해를 물었다. 포르타는 이 기회를 이용하여 그 당시의 관행에 대해 감정적이고 감동적인 연설을 시작했다.

마녀와 마법사 문제와 관련하여 나날이 제게 떨어지는 부담은 너무나도 다양하고 커서 제가 들어야 했던 모든 세부 사실을 저는 실은 제대로 기억하지 못합니다. 저는 이 도시와 교구에서 불쌍하게 마법에 걸린 사람들을 도와주기 위해 존경하는 주교님의 부름을 받아 그 이야기들을 들었던 것입니다. 그런 일들은 너무 많아서 그 필요를 충족시켜주려면 두 명이 아닌 스물한 명의 악령 퇴치사가 있어야 합니다.

(Cipriano Uberti)의 보좌였던 다니엘레 데 보니파초(Daniele de Bonifacio) 수도사 앞에서 벌어졌다.

사실 그는 부원장으로 해야 할 의무 때문에 바빴고, 다른 악령 퇴치사인 성 자코모 본당 사제도 늙고 해야 할 일이 많아 "이 지역의 많은 마법의 희생자들의 요구를 보살펴주는 데" 어려움을 겪고 있었다. 그러나 이것은 포르타가 고민한 유일한 이유가 아니었음은 물론 일차적인 이유조차 아니었다. 그는 계속하여 말했다.[31]

성실하게 경의를 표하며 진실을 말하자면, 저는 이 지역에 그리도 암울한 상처를 초래한 과도한 행위에 대해 아무런 조치도 취해지지 않고 있다는 사실에 적잖이 놀라고 있습니다. 구제책이 마련되지 않는 이유는 아마도 그러한 악행이 있다고 믿지 않는 사람들이 많기 때문일 것입니다. 비록 저는 이런 소명을 실천하는 데서 그 누구보다도 자격이 못 미친다는 것을 알고 있지만, 신의 도움을 믿으며 제 모든 힘을 다하여 의사 분들이나 그밖에 원하는 분들 앞에 증거를 제시하겠습니다. 저는 수많은 불쌍한 사람들이 고칠 수 없는 병 때문에 오래도록 침대에서 쇠진해가도록 만드는 것이 여인들의 경박함이나 수도승의 변덕이 아니라 오로지 마법에 의해 발생한 실제적인 질병이라는 것을 그분들 손으로 직접 느끼게 하겠습니다. 그리고 마법행위 때문에 악마에 홀려 망상에 사로잡힌 사람들도 많이 있습니다. 저는 그 모든 것을 가톨릭 신자 누구에게라도 증명할 것임을 거듭 말씀드립니다.

이렇게 마음속의 부담을 덜어낸 뒤에야 이 악령 퇴치사는 질문에 대

---

31 ACAU, S. Uffizio, "Anno integro 1642……," proc. n. 918, cit., cc. 41r-42r.

답했다. 그는 비아트 소년이 마법에 걸렸으며, 마법을 건 사람은 이단 심문소의 감옥에 있는 베난단티 미켈레라고 진술했다.

증인들은 모두 미켈레 소페가 건방지고 무자비한 마녀라고 묘사했다. 반면 그의 전 주인인 도메니코 토비아Domenico Tobia는 미켈레가 "선량하고 솔직하고 독실한 젊은이"라고 생각한다고 말하면서, 그가 베난단티라고 주장하는 사람들이 있는 것은 사실이라고 덧붙였다. "우리 프리울리어로 베난단티라는 말은 마녀와 함께 밤에 밖에 나가는 사람을 가리킵니다." 그러나 "저는 그가 베난단티가 아니라고 생각합니다"라고 말을 이었다. "저는 그가 다른 사람을 고칠 수 있다고 생각하지 않습니다. 사실 저는 그를 바보이거나 광대라고 생각합니다. 제 생각에 그는 우둔합니다. 저는 병을 고쳐달라고 그에게 찾아오는 사람들에게 제 생각을 말했습니다. 모든 사람들이 그를 베난단티라고 부른다 해도, 그는 그런 일을 할 줄 모르니까 그의 말을 믿지 말라고 했단 말입니다." 그런 뒤 그는 경건하고 신을 두려워하는 사람의 모습으로 미켈레 소페를 묘사했다.[32]

겨울철이나 비가 올 때처럼 가축을 돌보지 않고 집에 있을 때 그는 언제나 미사에 갑니다. 아베마리아가 울려퍼지면 그는 성호를 긋고 아베마리아를 암송합니다. 그럴 때면 그는 먼저 성호를 긋고 일하던 소를 멈춰 쉬게 하고 빵에 축복을 내린 뒤 먹고 나서 신에게 감사 기도를 드립니다. 그는 손에 묵주를 들고 미사에 갑니다. 성당에서 그는 경건하고 묵주 기도를 암송합니다. 그러니까 그는 선량한 기독교인의 모든 의무를 다하고 있습니다.

---

32 *Ibid.*, cc. 39r-40r.

9

그러나 미켈레에게 유리한 증인은 토비아뿐이었다. 그를 비난하는 목소리는 사실상 합창단을 이룰 정도였다. 한 사람은 이렇게 말했다. "그는 많은 악행을 할 수 있고, 기적을 행하기도 합니다. 그는 해가 빛나고 날이 맑아도 원하기만 하면 폭풍을 불러올 수 있습니다." 또다른 사람은 그가 허풍 치는 것을 들었다고 증언했다. "그는 원하기만 하면 악마의 사슬을 써서 누구든 해칠 수 있고, 마법을 써서 사람들을 병들고 말라서 죽게 만들 수 있다고 했습니다. 그가 원하지 않으면 그들은 성직자의 도움도 받지 못한다고 말합니다."[33] 다른 사람들은 소페가 비아트의 아들을 고쳐달라는 요구를 매정하게 거절한 것에 대해 이야기했다. 그에게 애원하면서 "거절한다면 네 영혼을 조심하라"고 말한 여인들에 대해 그는 이렇게 대답했다는 증언도 있었다. "악마여, 나는 영혼에 개의치 않지." 그는 환자의 어머니에게도 냉혹하게 말했다. "당신 아들을 고치기 위해 4두카토를 주지 않겠다니, 널빤지 네 개를 사와서 그 애를 묻을 준비나 하시지요."[34] 이 시점에서 베난단티가 악마로 바뀌는 과정이 실질적으로 완료되었다. 베난단티는 더이상 어린나 수확의 보호자가 아니었다. 이제 그들은 주문을 걸고 푼다는 이중적인 능력의 결실을 거두어들이는 일에만 전념했다.

외지인들이 미켈레를 찾아와 자기 마을로 같이 가서 마법에 걸린 사람들을 고쳐달라고 부탁했지만 거절당했다. 그들이 실망하며 떠난 뒤 그는 이렇게 말했다고 한다. "맙소사. 한 번 나를 속였던 사람들은 다시 나

---

33 *Ibid.*, cc. 41r-42r.
34 *Ibid.*, cc. 44r, 52v.

를 속이지 못해. 이 사람들은 자기 마을에서 마법에 걸린 사람들을 고쳐주길 원하지만, 나는 가지 않을 거야. 왜냐하면 그 마을의 어린 여자아이 하나를 고쳐준 적이 있는데 돈을 주지 않았거든. 나는 다시는 가지 않을 거야. 솔직히 말하자면, 내가 구해줬던 그 아이도 마법에 걸린 상태로 되돌아가기를 바라네." 티사노의 한 농부는 미켈레에 대한 사람들의 일치된 의견을 이렇게 적절하게 요약했다. "모든 사람들이 그를 악마라고, 또는 악마보다 더하다고 말합니다. 왜냐하면 그는 주문을 걸 수 있을 뿐 아니라 깰 수도 있기 때문이지요."[35]

10

미켈레 소페의 첫번째 심문에는 아직도 명확하지 않은 구석이 많이 남아 있었다. 그것은 베난단티와 마녀에 대한 신앙과 관련된 모순의 잔재였다. 특히 명확하지 않은 것은 어떻게 베난단티가 단지 사바트에 참석하는 것만으로 마법에 걸린 사람들을 치료하는 능력을 가질 수 있었는가 하는 문제였다. 그 능력은 악마에 기원을 두고 있는 것이 확실하기 때문이다.

7월 24일의 심문에서 심문관은 뇌리에서 사라지지 않는 이 혼란을 다시 한번 해결하려고 했다. 미켈레는 예전에 했던 설명을 반복했다. "저는 아이에게 주문을 건 마녀를 찾으러 갔습니다. 저는 마녀에게 주문을 풀어달라고 애원했고, 마녀는 저를 사랑했기 때문에 풀어줬습니다. 주문이

---

35 *Ibid*, cc. 52v-53r, 49v.

풀리자 그 아이는 나왔습니다." 심문관은 믿지 못하겠다는 심정을 숨기지 않았다. 미켈레가 주장했다. "맞습니다, 수도사님. 마녀들은 모두 저를 사랑하기 때문에 제가 고쳐주려고 하는 사람에게서 주문을 풀어줍니다. 저를 거절한 마녀는 없습니다." 수도사가 압박을 가했다. 그러나 어떻게 해서, 왜, 마녀들이 그에게 복종하는가? 미켈레는 흐느끼기 시작했다. 그러면서 무자비한 심문관에게 자신의 신앙의 주요 핵심을 절박하게 되풀이했다.

저는 매여 있습니다. 저는 베난단티입니다. 그리고 모든 베난단티는 자기가 고쳐주려는 사람에게서 주문을 풀어달라고 마녀에게 요청합니다. 마녀들은 춤추러 가서 악마를 숭배합니다. 하지만 베난단티는 하느님을 숭배합니다. 마녀와 베난단티 모두 무도회에 가지만, 마녀들만 주문을 걸 수 있고, 베난단티는 걸지 못합니다. 만일 베난단티가 마녀를 시켜 주문을 무효로 만들 수 있다면 좋습니다. 그러지 못하면 기다려야 합니다. 마녀들은 무도회에서 악마의 엉덩이에 입을 맞추며 긴 대화를 나눕니다. 그러나 베난단티는 그렇게 하지 않습니다. 말도 거의 하지 않습니다.

미켈레는 더이상 아는 것이 없었다. 심문관은 그의 자백에 내재하는 모순을 즉시 정확하게 알아차렸다. 그러나 그 모순은 미켈레 개인으로는 설명을 감당할 수 없는 것으로서, 베난단티 신화로부터 마법에 이르기까지를 경과하는 전체 과정의 특징이었다. 베난단티는 무엇을 믿었는가? 그들은 밤의 모임의 모순적 요인에 대해서 어떻게 설명했는가? 꿈속에서 사바트에 가니까 그들은 악마의 추종자인가? 아니면 마녀와 마법사들이

건 주문을 풀려는 의도밖에 없는 인정 많은 사람들인가? 심문관의 끈 덕진 질문으로부터 짜낸 대답을 보면 미켈레 소페는 다음과 같은 물음에 대한 대답을 모색하려 했던 것으로 보인다. 베난단티란 무엇인가? 베난단티는 어떻게 되는가? 마법에 걸린 사람을 치료하기 위해 베난단티는 어떤 수단을 사용하는가?

"마녀들은 마법을 걸자마자 제게 즉시 말합니다. 걸린 사람은 마르기 시작합니다." 심문관은 어디에서 그 말을 하는지, 왜 그 말을 하는지 알고 싶어했다. 미켈레가 대답을 시작했다. "악마는 마녀가 건 주문 모두를 저나 다른 베난단티에게 말해주기를 원합니다." 그러나 왜 악마가 그것을 원하는가? 미켈레가 주저하며 대답했다. "악마가 그렇게 하기를 좋아한다는 것밖에 다른 이유는 알지 못합니다." 심문은 사소한 사항에 대한 말다툼으로 변질되었다.

저녁에 심문관이 가차없이 질문을 반복했다. 마법을 없애는 법을 아는가? 미켈레는 탈출구가 없다는 것을 알고 있었지만, 앞서 했던 말을 약간만 달리해 고집스럽게 되풀이했다. "저는 마법을 깨는 법을 모릅니다. 그리고 깬 적도 없습니다. 제가 마법에 걸린 사람을 고쳐줬다면, 그것은 마법을 건 마녀가 저를 사랑해서 마법을 풀어주었기 때문입니다." 그러나 왜 마녀가 그에게 복종하는가? 미켈레에게는 영감이 떠올랐다. "마녀들이 저에게 복종하는 이유는 제가 배반할까 두려워하기 때문입니다. 그들이 마녀라는 것이 밝혀지면 법에 따라 화형에 처해지니까요." 그러나 수도사는 즉시 그를 저지했다. "특히 사바트에서 마녀와 대화를 나누고 마녀에게 복종하는 것"이 선량한 기독교인에게 허용되는 일인가? 바꾸어 말하면 베난단티는 선량한 기독교인이 아니라는 비난이었다. 그러자 미켈레 소페의 기억 속에 더 오래된 합리화가 떠올랐다. "저는 그 별자리 아래 태어났습니다. 저는 마녀를 따라갈 수밖에 없습니다. 저는 어쩔 수 없습니다." 심문관은 무슨 별자리를 말하느냐고 물었다. 미켈레가 대답했다. "저는 그게 무슨 별자리인지 모릅니다. 그러나 어머니께서는 제가 막을 쓰고 태어났다고 말씀하셨습니다." 미켈레는 기억력이 좋지 못했다. 그의 술회는 기계적인 것이었지 사실과 연결된 것이 아니었다. 수도사가 말을 잘랐다. 그런 것은 중요하지 않았다. "그것은 이 문제와 상관없다." 결코 인간의 의지를 강요할 수는 없다는 것이었다.

줄리오 수도사는 살아서 "마녀나 악마와 대화를 나눈 적이 있는" 사람의 영혼이 구제받을 수 있는가 하고 예기치 못한 질문을 던졌다. 미켈레가 대답했다. "그런 사람들은 고해하고 회개하지 않으면 천국에 가지 못하고 지옥에 가야 한다고 생각합니다." 수도사는 미켈레가 바로 그런 위치에 있다고 지적했다. 그는 고해소에서 자신의 죄를 용서받지도 않았고 보속행위를 하지도 않았다. 그에게 무엇이 예정되어 있으리라고 생각하는가? 이 베난단티가 대답했다. "하느님께서 제게 자비를 베푸시리라고 생각합니다. 하느님은 우리 모두를 위하여 십자가에서 고통을 받으셨으니까요." 그러나 하느님은 착한 자와 악한 자에게 합당하게 각기 다르게 베푸는데, 악마와 친밀하게 살았으면서 구원을 받으리라고 바랄 수 있을까? "아닙니다, 수도사님." 미켈레가 곤혹스럽게 대답했다.

이 시점에서 심문관은 결정타를 날렸다. 그러나 미켈레에게도 그것은 그렇게도 헤매던 미궁에서 벗어날 길을 밝혀주는 횃불이 되었다. 줄리오 수도사는 그가 악마와 서약을 맺은 일이 있느냐고 물었다. 줄리오 수도사에게는 오래전부터 모든 것이 명백했다. 이제는 미켈레에게도 모든 것이 명백해졌다. "네, 수도사님. 저는 악마와 서약을 맺었고, 그에게 제 영혼을 바치기로 약속했습니다." 언제, 어디에서, 어떻게, 누구 앞에서? 심

문관의 질문이 쏟아졌다. 미켈레는 큰 짐을 덜어놓듯 말하기 시작했다.[36]

장소는 말리사나Malisana 근처 시골이었고 마녀들의 무도회와 회합이 있던 때였습니다. 제가 무도회에 나가기 시작한 지 2년쯤 지나서였습니다. 거기에 모인 마녀와 마법사들 앞에서 서약을 했습니다. 일은 이렇게 진행되었습니다. 악마가 자기한테 영혼을 넘겨주겠느냐고 제게 물었습니다. 그 대신 그는 제가 원하는 모든 것을 들어준다고 했습니다. 악마의 요청에 따라 저는 마치 제 자유의지로 약속하는 것처럼 그에게 제 영혼을 맡긴다고 대답했습니다. 그 때뿐이 아니었습니다. 한 달쯤 지나 같은 장소에서 마녀와 마법사가 모두 참석한 자리에서 저는 악마에게 영혼을 넘겨준다는 약속을 확인하면서 약속을 갱신했습니다. 그리고 악마의 요청에 따라 예수그리스도와 그에 대한 거룩한 신앙을 두 번 부인했습니다. 마녀들의 무도회에 갈 때마다 저는 마녀와 마법사들이 하는 것처럼 악마의 엉덩이에 입을 맞췄고, 그들이 하는 일을 모두 따라 했습니다. 다른 자들이 악마에게 기도하는 만큼 저도 기도했습니다. 무도회에서 말이지요. 어떤 목요일에는 괜찮고 다른 목요일에는 안 되고, 때로는 두 번도 좋고 때로는 두 번은 안 되었습니다. 우리는 모두 당나귀의 모습을 한 악마 앞에 무릎을 꿇었습니다. 악마는 돌아서 있었는데, 우리는 악마의 엉덩이와 꼬리에 대고 기도했습니다. 두 손을 모으고 하는 우리의 기도는 15분쯤 걸렸습

---

36 *Ibid.*, cc. 64r-65v. 내 생각에 다음은 유도신문의 문제를 최초로 명확하게, 매우 흥미로운 자료에 근거하여 강조한 저작이다. W. G. Soldan, *Geschichte der Hexenprozesse*, H. 헤페(Heppe)가 다시 편집함(Stuttgart, 1880), I, pp. 384~393.

니다. 더구나 악마가 예수그리스도에 대한 신앙을 포기하게 했을 때, 그는 제가 마녀와 마법사들 앞에서 십자가를 밟게 했습니다. 그들도 모두 그렇게 했습니다. 예수그리스도가 못박혀 있는 십자가가 아니라 손바닥만한 크기였는데, 가막살나무로 만들었답니다. 그 나무로 예수 승천일 행진 때 쓰는 십자가를 만들고, 폭풍우를 막기 위해 밭에 꽂아놓는다고 합니다.

이 자백과 함께 예전에 드러났던 모순이 해결되었다. 베난단티의 능력은 악마에게서 온 것이며 베난단티는 마녀에 불과했다. 기독교 신앙을 수호하는 옛 베난단티로부터 미켈레 소페가 인정한 것처럼 바로 그 신앙에 대한 배신까지 도달한 것이다. 원래의 신화는 상징적으로도 거부되었다. 왜냐하면 짓밟은 십자가는 가막살나무 가지로 만들었다는데, 그것은 기도 성일 행진 때 폭풍우를 막아달라고 기원하며 밭에 꽂던 십자가를 모방한 것이었다.[37] 한때 그것은 가스파루토와 같은 베난단티가 꿈속에서 마녀와 싸울 때 사용하던 무기로서 풍요제에서 차용해갔던 상징이었다.

11

줄리오 수도사가 재촉할 필요도 없이 미켈레 소페는 배교를 자백한 뒤 악마의 명령을 받아 적어도 세 명의 어린이를 죽였다고 말했다. 그중에

---

[37] 이 책 97쪽을 볼 것.

는 자신의 조카도 들어 있었다. 그는 자신의 범죄를 음울한 세부 사실까지 묘사했다. 그는 "악마의 힘을 통해" 고양이로 둔갑해서 집에 들어간 뒤 어린아이에게 접근해 피를 빨아먹었다. "저는 제 어린 조카의 손가락을 입안에 넣고 이빨로 손톱을 뚫어 혈관에 있는 피를 빨아먹은 뒤 집을 떠날 때는 들키지 않도록 뱉어냈습니다. 저는 왼쪽 팔 아래 심장 부근에 있는 혈관을 열어 악마에게 배운 기술로 피를 빨았습니다."

다음으로 그는 자신이 병을 고쳐준 것도 악마가 직접 개입해서 일어난 일이라고 자백했다. "저는 마법을 걸었던 마녀가 스스로 마법을 풀도록 만듦으로써 여러 명을 고쳐주었습니다. 하지만 대개 저는 악마를 부릅니다. 악마는 오지 않을 때도 있지만 제가 부를 때면 곧 와서 고쳐주었습니다. 악마가 온 경우가 대부분이며, 때로는 제가 악마에게 명령을 내렸고 때로는 제가 원하는 일을 해달라고 간청했습니다. 악마는 언제나 저에게 복종했고 제가 원하는 것을 모두 해주었습니다. 제가 말하기만 하면 악마는 제가 고치려는 아이들에게서 마법을 풀어주었고, 그래서 병이 나았습니다."

그런데 이때 이 민간신앙의 옛 요인이 예기치 않게 다시 나타났다. 하지만 사실상 거기에서는 아무런 의미도 찾을 수 없었다. "저는 사탄을 불렀습니다. 보통 저는 회향 줄기를 갖고 있습니다. 그렇지만 때로는 그것을 갖고 있지 않기도 합니다."[38] 한때 베난단티의 깃발을 장식했던 풍요제의 상징이 이제는 베난단티 자신과 악마 사이의 연결고리가 되었다.

---

38 ACAU, S. Uffizio, "Anno integro 1642······," proc. n. 918 cit., cc. 66v, 70r-v.

12

미켈레 소페의 심문은 새로운 진척을 보이지 못하고 여름 내내 질질 끌었다. 마침내 1649년 10월 18일 피고에게는 법원에서 임명한 변호사가 배정되었다(미켈레는 너무나 가난하여 변호사 수임료를 지불할 수 없었다). 11월 12일 변호사는 범죄를 자백한 이 베난단티에게 중벌의 판결을 내리지 말아달라고 요구하는 신청서를 제출했다. 12월 4일 재판기록의 사본이 로마의 이단 심문소에 도착했다. 이제 판결만이 남았다.

그러나 뜻밖에도 소송 절차를 다시 시작하라는 지령이 로마에서 내려왔다. 1649년 12월 11일, 프란체스코 바르베리니Francesco Barberini 추기경은 아퀼레이아의 심문관에게 편지했다. "존경하는 수도사님, 미켈레 소페의 범죄는 지극히 심각합니다. 하지만 그가 자백했던 어린이 살인 범죄의 혐의가 입증되기 전까지는 최악의 형벌을 언도할 수 없습니다." 그러면서 그는 심문관에게 로마의 지령을 더 기다려보라고 명령했다. 이것은 즉시 시행되었다. 며칠이 지났다. 12월 18일 바르베리니 추기경은 소페에 대한 재판이 진행된 방식에 대해 왜 로마 이단 심문소에서 불만을 가졌는지 스스로 설명했다.[39]

따라서 귀하는 그 어린이들이 앓았을 때 치료를 담당했던 의사들에게 물어 어린이 살해 범죄를 입증하기 위해 세밀한 사법적 수사를 수행해야 할 것입니다. 그 범죄는 질병의 본질에 근거하고 의학에 비추어 그 질병이 자연적이었는지, 또는 자연적이었을 가능

---

39 ACAU, S. Uffizio, "Epistolae Sac. Cong. S. Officii ab anno 1647 incl. usque ad 1659 incl.," ec. 72r–v.

성이 있는지 판단하여 세밀하게 조사되어야 합니다. 질병이 시작돼서 끝났을 때까지 모든 종류의 질병과 불운에 근거하여 새롭게 의문을 가져야 합니다. 이에 대한 모든 견해가 재판기록에 첨부되어야 합니다. 그리하여 의사들이 경험 부족 때문에 죽음의 원인이 자연적 질병이 아니라 마법이라고 판단했다 할지라도, 다른 숙련된 의사들이 이 사례의 모든 측면에 대한 정보를 갖춘 다음에 직접 환자를 돌보지 않았다 할지라도 그 질병의 원인이 자연적인지 초자연적인지 결정할 수 있도록 하려는 것입니다.

이러한 지침은 너무나 당연한 것이지만, 미켈레 소페에 대한 재판과정에서 줄리오 미시니가 택한 지침과는 너무나 동떨어진 것이었다. 로마 이단 심문소의 총회에서는 마녀재판에 대해 벌써 오래전부터 이러한 태도의 영향을 받고 있었다. 사실 위에 인용한 바르베리니 추기경의 편지는 저명한 『점술과 마법에 관련된 사례의 재판 수행 지침Instructio pro formandis processibus in causis strigum sortilegiorum et maleficiorum』의 한 구절을 그대로 옮긴 것이다. "세밀한 사법적 수사를 수행해야 할 것"이라는 구절이 그 단적인 예이다. 1620년 무렵에 쓰인 이 간략한 논고는 수고본의 형태로 널리 유통되다가 1655년 크레모나Cremona의 신학자 체사레 카레나Cesare Carena에 의해 출판되었다.[40] 출판되기 이전부터 이 책은 로마에서 지역의 심문

<hr/>

40 이 『지침』에 대해서는 다음을 볼 것. N. Paulus, *Hexenwahn und Hexenprozess vornehmlich im 16. Jahrhundert* (Freiburg i. Br., 1910), pp. 273~275. 더 근자에는 지롤라모 타르타로티의 선례를 따라 다음 책에서 이 『지침』의 중요성을 강조하고 그 전파과정에 대한 정보를 간략하게 제시하였다. G. Bonomo, *Caccia*, pp. 294~298. 이 책의 이탈리아 번역 축약본은 E. 마시니에 의해 1639년에 나온 *Sacro Arsenale*에 삽입되었고, 1655년에 나온 C. 카레나의 *Tradatus de officio sanctissiniae Inquisitionis*, pp. 536~552에도 부록으로 첨부되었다. 이 책의 수고본의 유통경로에 대해서는 다음을 볼 것. Bibl.

관들에게 이 문제에 관해 보내는 지령에 큰 영향을 미쳤으며, 바르베리니 추기경이 줄리오 미시니 수도사에게 보낸 편지가 그 단적인 예였다.[41]

마녀재판의 문제에서 이 『지침』이 전통적인 이단 심문의 관례와 결별한 것이 갖는 의미는 첫머리부터 확연하게 드러난다.

만물의 여주인인 경험은 마녀와 마술사와 마법의 범죄자에 대한 재판을 수행하는 데서 재판을 받는 여인들뿐 아니라 재판관들의 주목할 만한 편견 때문에 수많은 주교, 주교 대리, 심문관에 의해 심각한 과오가 날마다 저질러지고 있다고 우리에게 가르친다. 그리하여 이단적 타락을 경계하는 로마 이단 심문소의 총회에서는 이 문제에 관해 정확하게 합법적으로 수행된 재판을 하나도 찾을 수 없다고 오래전부터 논의해왔다.

로마 이단 심문소의 총회에서 작성된 이 『지침』은 신교와 가톨릭 양쪽에서 모두 진행되던 최근의 논쟁만을 반영한 것이 아니었다. 그것은 에스파냐 이단 심문소에서 마녀재판과 관련하여 채택한 극도로 온건한 태도도 반영했다.[42] 이 문서는 다양한 모습의 마법이 실제로 존재하는

Apost. Vaticana, Vat. lat. 8193, cc. 730r~749v. 이 『지침』이 독자적인 이름으로 출판된 것은 1657년이다. 다음을 볼 것. A. Panizza, "I processi contro le streghe," *Archivio Trentino*, 7 (1888), p. 88. 이 귀중한 팜플렛은 커넬대학교 도서관에 소장되어 있다. 이것은 1661년 독일어로 번역되었지만, 출판된 것은 다음뿐이다. A. *Dettling, Die Hexenprozesse im Kanton Schwyz*, pp. 42~54. 더 최근의 충실한 논의에 대해서는 다음을 참고할 것. J. Tedeschi, "Appunti sulla *Instructio pro Formandis Processibus in Causis Strigum, Sortilegionim et Maleficiorum*" 1981년 로마의 이탈리아 근현대사학회에서 후원한 학술대회 '16,17세기의 이단 심문소'의 발표문.

41 다음도 참고할 것. G. Bonomo, *Caccia*, pp. 299~300.

42 H. G. Lea, *A History of the Inquisition of Spain*, IV, pp. 206~241. 다음 역시 참고

가 하는 문제에 대한 일반론은 다루지 않았다. 실천적 지침이라는 이 책의 본질을 고려할 때 그것은 필요하지 않았다. 그럼에도 이 책은 이탈리아에서 엄청난 영향력을 행사하여, 이런 문제에 관해 재판관들에게 극도로 주의하도록 권고했다. 이렇듯 로마가 개입하여 미친 영향력의 직접적인 결과로 17세기 후반에 마녀재판은 이탈리아에서 사실상 사라졌다. 17세기 말 프란체스코 수도회의 수도사 시니스트라리 다메노Sinistrari d'Ameno는 알프스 이북에서 벌어지고 있는 것과는 달리 이탈리아에서는 "이런 유형의 범죄가 심문관에 의해 세속인의 손으로 넘겨지는 경우가 거의 없다"고 기록하였다.[43]

1650년 3월 12일 바르베리니 추기경은 아퀼레이아의 심문관에게 편지를 하기 위해 또다시 펜을 들었다. 미켈레 소페에 대한 재판은 이단 심문소의 추기경들과 교황 인노켄티우스 10세가 참석한 자리에서 다시 논의되었다. 결정은 만장일치로 이루어졌고 바르베리니는 다음 사실을 강조했다. "용의자의 자백은 하나도 입증되지 않았기 때문에 〔재판에〕 큰 결함이 있는 것으로 보입니다."[44] 그는 다시 한번 재판관에게 의사와 미켈레가 살해했다고 주장한 아이들의 가족과 그가 고쳐줬다는 사람들을 심문하여 재판에서 제기되었던 사실들이 실제로 있었는지 확인하라고 촉구했다. 3월 4일에 이미 줄리오 미시니 수도사는 로마의 지령에 발맞추어 오래전에 중단되었던 증인 심문을 재개했다.

할 것. G. Henningsen, *The Witches' Advocate: Basque Witchcraft and the Spanish Inquisition(1609~1614)* (Reno, 1980).

43 L. M. Sinistrari d'Ameno, *De la demonialité et des animaux incubes et succubes*……, publié d'après le Manuscrit original découvert à Londres en 1872 et traduit du Latin par I. Liseux, 2nd ed. (Paris, 1876), p. 258.

44 ACAU, S. Uffizio, "Epistolae Sac. Cong. S. Oflficii," c. 73v.

미켈레 소페가 고칠 수 있지만 고치기를 거절했던 젊은이 자코모 비아트에 관해 첫번째로 심문을 받았던 사람들은 우디네시에서 활약하던 두 명의 악령 퇴치사였다. 그중 한 명은 앞서 말했던 것처럼 의사와 회의론자들에 반대하며 악마에 홀리는 일이 실제로 일어난다고 주장했던 피오 포르타 수도사였다. 그 둘의 견해는 일치했다. 그 젊은이는 마법의 희생자라는 것이었다.

그러나 의사의 견해는 달랐다. 일흔 살의 "대단히 박학하고 학식이 높은" 피에트로 디아나Pietro Diana는 갈레노스(Galenos: 2세기에 활약했던 로마의 의사로서 그리스 의학을 집대성하여 해부학·생리학·병리학에 걸친 의학체계를 만들어냈음-옮긴이)와 아비세나(Avicenna: 11세기에 활약했던 바그다드의 철학자-옮긴이)의 전거까지 참조하면서 그 젊은이는 "마라스모marasmo, 즉 쇠약증"에 걸린 것이라고 단언했다. 하지만 그 병의 원인이 악마일 가능성을 배제하지는 않았다. 이 문제에 관해 그는 악령 퇴치사들에게 양보했다. "이 질병과 관련된 문제에 대해 저는 의사에게 합당한 방식으로 기술했습니다. 그러나 이 병에 숨겨진 원인, 실로 악마적인 원인이 있다고 믿는 사람들이 있기 때문에, 판단은 악령 퇴치의 높은 기술을 시행하는 분들에게 유보하겠습니다." 그는 악마가 그런 결과를 가져올 수 있다고 말했다.

서른여섯 살의 '우디네 공공의사' 프란체스카 카시아노Francesco Casciano는 "신체 전체의 쇠약"의 사례라고 진단했다. 환자 상태의 원인이 자연적인가 아닌가 묻는 심문관에게 그는 예리하게 대답했다. "의사는 건강하건 병에 걸렸건 인간 신체의 자연적인 현상만을 관찰하고, 건강과 질병 모두가 자연적인 원인에 달려 있다고 생각합니다. 이미 말씀드렸던 것처럼 문제가 된 그 아이가 자연적 원인에 기인하지 않는 질병으로 앓고 있다고 제가 말할 수 없는 것과 같이, 의사는 초자연적인 질병이나 비자연적인 원인에 근거하는 질병을 인정하지 않습니다."[45] 두 의사의 대답이 갖는 의미의 차이는 상당한 것이었다. 이렇게 큰 차이가 난 이유는 34년이라는 나이 차 때문이었던 것이 확실하다.

그러나 우리는 재판과정에서 있었던 여러 가지 사건을 조목조목 추적하지는 않을 것이다. 증인들에 대한 심문의 결과 미켈레가 죽였다고 주장하는 아이들의 부모는 죽음에 마법이 연루되었다는 의심을 하지 않았다는 것이 밝혀졌다. 더구나 말리차나 늪지 근처에는 미켈레가 사바트가 열렸다고 말한 장소를 닮은 밭이 없었다. 마지막으로, 미켈레 자신은 오랜 시간이 지난 뒤 자신의 악행을 다시 말하면서 계속 말이 엇갈렸다.

1650년 7월 12일, 마침내 심문이 끝났다. 미켈레 소페는 1년 이상 우디네의 감옥에 갇혀 있었다. 심문관은 이전에 배정되었던 변호사 조반 자코모 폰테누토Giovan Giacomo Pontenuto가 변론에 쓰도록 증인 심문기록을 검토하게 하기를 원하느냐고 그에게 물었다. 미켈레는 절망적으로 대답했다. "나를 도와준 사람도 내게 무얼 해준 사람도 없는데, 내가 무슨 변론을 하기를 원하십니까?"[46] 이틀 뒤 폰테누토는 이단 심문소에 청원서를 제출했다. "베난단티임을 자백한 산타 마리아 라 롱가의 미켈레는 자신이 저지른 극악무도한 범죄를 회개하며, 여생을 베네치아 공화국의 갤리선에서 발에 족쇄를 차고 노를 저으며 봉사하게 해주시기를 재판관님들께 탄원합니다." 그러나 그 요청은 관심을 끌지 못했다.

미켈레 소페는 판결을 기다리며 우디네의 감옥에서 4개월을 더 머물렀다. 로마에서 지시가 올 것이라고 예상한 것이 확실했다. 그 지시는

---

45 ACAU, S. Uffizio, "Anno integro 1642……," proc. n. 918, cit., cc. 89v-90r.
46 여기부터는 재판기록에 번호가 매겨지지 않았다.

1650년 10월 29일에 도착했다. 소페 사건은 또다시 로마 이단 심문소의 총회에서 교황과 추기경들이 참석한 자리에서 논의되었다. 바르베리니는 아퀼레이아의 심문관에게 다음과 같은 결론을 전달했다. "최소한 마법의 혐의에 대해서는 이 미켈레가 정신적 결함이 있는 것이 아닌지 전문가의 조사를 받도록 하시오. 만일 그의 정신상태가 정상이라면 그의 의도를 찾아내기 위해 가벼운 고문에 처하시오. 만일 그가 자신의 견해를 고수한다면, 강력하게 이단을 포기한다는 선언을 하게 하고 적당한 형량을 선고하시오. 이렇게 재판을 종결해야 합니다."[47]

그러나 우디네의 재판관들은 판결을 내릴 시간이 없었다. 바르베리니와 그의 로마 동료들이 보기에 너무나 오래 끌었던 이 사건의 종결은 다른 방식으로 이루어졌다. 이 기간 동안 미켈레 소페는 건강이 악화된 상태에 있었던 것이 확실했다. 2월에 그는 심문관에게 자신의 하루 생계수당이 18솔디로 줄어들었다고 불평했다. "이 기근의 시기에 그렇게 적은 수당으로 사는 것은 불가능합니다." 따라서 그는 빵과 와인의 급식에 더해 "약간의 수프"를 제공해달라고 요청했다. 1650년 11월 20일, 감옥에 있던 그에게 찾아온 죽음의 원인은 수감생활에서 견뎌야 했던 고통이었다. 이틀 전 그는 유서를 작성했다. "초록빛 무명 조끼, 셔츠, 무명 양말 몇 켤레" 등등 그의 옷가지는 가장 가난한 죄수들에게 나누어주고, 그에게 남은 약간의 돈으로 미사를 올려달라는 것이 그 내용이었다.

결론적으로 베난단티의 운명은 특이한 것이었다. 베난단티로서는 거의 무시되었다가 처형을 당하기에는 너무 늦게 마녀가 되었다. 이제 정신적인 풍토는 심원한 변화를 겪었던 것이다. 미켈레 소페는 이러한 변화를

---

47 ACAU, S. Uffizio, "Epistolae Sac. Cong. S. Officii," c. 75v.

알지 못한 희생자였다. 우리는 그것의 불가피한 진행과정을 여러 사람들이 다른 방식으로 살았던 궤적을 조금씩 되살려나감으로써 추적할 수 있는 것이다.

13

이 시점에서 우리는 한 걸음 뒤로 돌아가야 한다. 미켈레 소페의 재판보다 2년 전인 1647년 1월 8일 추이아노Zuiano의 젊은 농부 바스티아노 메노스Bastiano Menos가 마돈나 델 소코르소Madonna del Soccorso 성당의 사제인 피에트로 마르티레 다 베로나 앞에 제 발로 찾아왔다. 그는 자신이 베난단티이며 "영적으로 퍼레이드에" 나간 지 1년이 되었다고 주장했다.[48] 그는 티사노에 살던 산타 마리아 라 롱가의 미켈레라는 베난단티의 대장에게서 부름을 받기 전까지는 자신이 베난단티인지 몰랐다. 이 미켈레가 바로 그 미켈레 소페였다. 말하자면 바스티아노는 옛 방식의 베난단티였다.

피에트로 마르티레 사제는 '베난단티'라는 단어의 뜻을 물었다. 그 물음은 이제 심문에서 관행이 되어 있었다. 그의 대답은 의미심장했다. "우리는 하느님의 신앙을 지켜야 합니다." 또한 그는 "막을 쓰고 태어났기 때문에 그 별자리 아래" 있다고 덧붙였다. 그는 코르모르Cormor 부근에 있는 자신의 '주'stato인 산타 카테리나Santa Caterina주의 마녀들을 알고 있다며, 그들의 이름을 댔다. 그는 마녀들을 죽인다고 위협한 적이 많다고 했

---

48 ACAU, S. Uffizio, "Anno integro 1647……," proc. n. 983, 번호가 매겨지지 않은 책장.

다. 처음에는 "영적으로" 죽인다고 했고 "나중에는 영혼과 육체를 모두 죽인다"고 위협했으며 "이것이 마녀들이 그를 위해 주문을 풀어주는 이유"라고 말했다. 이런 방법으로 그는 많은 사람들의 건강을 되찾아주었다. "대장(미켈레 소페)은 100두카토 이상을 그런 식으로 벌었습니다. 그는 거의 매주 도움을 청하는 사람들에게 불려갑니다."

이 자백에서는 미켈레 소페의 자백과 외면적인 성격의 유사성이 나타난다. 그것은 상상이 아니라 사실에 근거하는 유사성을 말한다. 실제로 메노스는 미켈레의 부하로 일하면서 치료하는 일을 도와줬다고 말했다. 그런 한편 그 둘 사이에는 심각한 차이가 있다. 메노스는 마녀와 싸우며 "하느님의 신앙"을 지킨다고 단언했다. 반면 미켈레는 이단 심문소에 처음 출두했을 때부터 악마가 참석한 마녀들의 무도회에 갔다고 말했다.

1647년 2월 16일 메노스는 때마침 피에트로 마르티레 다 베로나에게 주의하라는 말을 들었던 심문관에게 소환되었다. 이번에 이 젊은이의 자백은 훨씬 더 산만했다.

저는 베난단티입니다. 저는 대장에게 불려서 다른 베난단티와 함께 나갔습니다. 대장의 이름은 산타 마리아 델라 룽가의 미켈입니다. 저는 1년에 걸쳐 일주일에 두 번 수요일과 목요일에 대장과 그 밖의 베난단티들과 함께 나갔습니다. 우리는 코르모르로 가는 길에 있는 산타 카테리나 들판이라는 장소로 갔습니다. 거기는 우디네에서 1마일 반쯤 떨어진 물 건너편에 있었습니다. 거기에서 우리는 대략 한 시간이나 한 시간 반쯤 머물렀습니다. 한편에는 베난단티가 있었고 다른 한편에는 마녀가 있었습니다. 마녀들은 화덕을 긁어내는 데 쓰는 것과 비슷한 막대기를 들고 있었고 우리 베난단티는 회향 줄기나 양딱총나무를 들고 있었습니다. 우리 대장이 앞으로 나가 오랫동안 마녀와 함께 있었습니다. 저는 그가 마녀와 이야기를 나눴는지 뭘 했는지 모릅니다. 그런 뒤 그가 돌아왔습니다. 베난단티와 마녀 사이에 싸움이 이어진 경우가 많았습니다만, 그러지 않은 적도 있습니다. 그런 다음 모두 집으로 돌아갔습니다.

바스티아노는 베난단티 대열에서 단 두 사람을 안다고 말했다. 대장인 미켈레와 토톨로Totolo라는 별명의 도메니코 미올Domenico Miol이었다. 그는 미켈레가 죽으면 대장 자리를 물려받을 예정이었다. 반면 바스티아노는 그가 싸웠던 마녀들은 많이 알고 있었다. 또한 그는 일반적으로 마녀를 알아보는 법을 안다고 말했다. 그들은 베난단티에게만 보이는 조그만 십자가가 코밑에 있다는 것이었다. 미켈레 소페도 똑같은 말을 했던 것을 우리는 기억한다.

여기에서 바스티아노 메노스에 대한 심문이 중단되었다. 이 젊은이는 다음날 돌아온다는 단서 아래 석방되었다. 그러나 그가 다시 나타나기까지는 2년 이상이 걸렸다. 그는 1649년 7월 10일 마침내 모습을 드러내면서 약속을 지키지 못한 일에 대해 용서를 구했다. 그는 자신의 말을 통역해줄 사람을 구한 뒤 말했다. "몬시뇨르 미에를로Mierlo 수도사께서는 심문관님을 대신하여 제게 명령에 복종하라고 수차례 권고하셨습니다. 하지만 저는 더욱더 두렵고 무서워졌습니다. 저는 무식한 농부이기 때문에 두려웠습니다." 그러나 "이런 혼란 속에서 사는 것을 멈추려고" 마침내 이단 심문소에 출두하기로 결정했다는 것이다.

그는 이전 조서를 작성할 때 말했던 사실을 시인한 뒤 입문식에 대해 몇 가지 새로운 사실을 추가했다. "어느 날 밤 앞서 말했던 미켈레가 제 이름을 부르면서 말했습니다. '바스티아노, 나와 같이 가야 한다' 아무것도 모르는 젊은이였던 저는 '네' 하고 대답했습니다. 그는 수탉에 올라탔고, 저는 산토끼 위에 탔습니다. 그 두 짐승은 밖에서 기다리고 있었습니다. 이 짐승들을 타고 마치 땅 위에서 날아가듯 우리는 산타 카테리나 들판에 도착했습니다." 그러나 이번에는 심문관이 메노스의 이야기를 조용히 듣고 싶은 기분이 아니었다. 그 사이에 미켈레 소페에 대한 재판이 진행되고 있었고, 심문관은 바스티아노 역시 일종의 마녀 베난단티가 아닐까 의심하고 있었던 것이다. 바로 그런 이유 때문에 심문관은 이렇게 물었다. "사바트에서 십자가와 성인의 그림과 압박받는 어린이 또는 그 밖의 다른 것을 보았는가?" "아무 것도 보지 못했습니다." 그리고 메노스는 밤의 모임에서 "하느님이나 신의 법칙을 모독하는" 어떤 일도 하지 않았다고 부인했다. 그는 이렇게 설명했다. "제가 마녀들과 함께 들판에 나갔을 때 저는 그것이 죄악인지 몰랐습니다. 그러나 나중에 말을 듣고 그게 죄악인지 알았습니다." 그러자 심문관은 "그가 저지른 죄악과 하느님에 대한 심각한 모독이 그의 영혼에 초래할 위험"에 대해 경고한 뒤, "그의 단순함과 무지와 공포"를 이유로 가능한 한 최대의 관용을 베풀었다. 그는 파문으로부터는 면제되었고, 일련의 보속행위만을 부과받았다.

그에게 이런 판결이 내려진 것은 1649년 7월 19일이었다. 같은 날 메노스는 미켈레 소페 사건의 증인으로 소환되었다. 미켈레는 몇 개월째 감금되어 있었다. 메노스의 증언에서 새롭게 밝혀진 사실은 없다. 단지 미켈레 소페가 이단 심문소에서 처음으로 증언을 한 날 밤에 평소처럼 메노스를 부르러 갔다는 것이었다. 그러나 메노스는 이제 그의 방식에 잘못이 있다는 것을 확신하여 함께 가지 않으려고 했다. 미켈레는 이렇게 대답할 수밖에 없었다. "가기 싫다면 다시는 너를 부르지 않겠다. 관둬."[49]

며칠이 지난 7월 26일, 진을 빼는 심문이 있었다. 미켈레는 이렇게 말할 정도였다. "땀으로 흠뻑 젖었습니다. 머리를 많이 쓰느라 땀이 나지 않을 수가 없습니다." 그 심문과정에서 미켈레 소페는 그와 함께 마녀의 무도회에 갔던 베난단티의 이름을 밝혔다. 심문관의 유도나 암시가 없이 그는 사람들의 이름을 열거했다. 그중에는 바스티아노 메노스와 바살델라의 도메니코 미올이 있었다. 미켈레의 자백은 메노스의 자백과 완벽하게 일치했다. 미켈레는 벌써 오래전부터 감옥에 있었기 때문에 이 두 베난단티가 최근에 만나 입을 맞추었으리라고 추측할 수는 없다. 따라서 우리는 이 두 베난단티가 체포되기 이전에 접촉이 있었다고 전제해야 한다.

미켈레는 바스티아노 메노스를 밤의 모임에 소개한 것이 자신이었다고 확인했다.

이 바스티아노는 주인의 가축이 풀을 뜯는 초원에 저와 함께 가곤 했습니다. 우리는 친해졌습니다. 저는 저와 마녀들과 함께 무도회에 가기를 원하는지 초원에서 그에게 물었습니다. 그는 가고 싶다고 대답했습니다. 우리가 초원에 갔을 때 저는 다시 그에게 물었습니다. 그는 가겠다고 대답했습니다. 그래서 그에게 이렇게 말했습니다. "밤에 찾아가서 너를 부를 테니까 무서워하지 마라. 우리 같이 가는 거다." 그리고 저는 그렇게 했습니다. 다음 목요일에

---

49 ACAU, S. Uffizio, "Anno integro 1642……," proc. n. 918, cit., cc. 58r~v.

저는 염소를 타고 자고 있는 바스티아노를 찾아갔습니다. 저는 그의 이름을 부르면서 말했습니다. "바스티아노, 나와 함께 마녀들의 무도회에 가겠느냐?" 그가 대답했습니다. "네, 그렇게 하겠습니다." 제게는 염소가 또 한 마리 있어서 바스티아노가 올라탔습니다. 우리는 함께 코르모르 너머 산타 카타리나 들판에서 벌어지는 마녀들의 무도회로 갔습니다. 그곳은 우디네와 코드로이포 Codroipo 사이에 있습니다.

이 시점까지 소페와 메노스의 자백 사이에는 중요한 유사성이 많이 있다. 미켈레의 뜻밖의 출현, 친구에 대한 권유, (메노스는 염소가 아닌 수탉과 산토끼를 말했던 것은 사실이지만) 짐승을 타고 떠난 것, 만남의 장소 등등이 일치한다. 그러나 이 다음부터 둘의 말은 달라진다. 이제 미켈레는 베난단티와 마녀를 구분하는 경계선을 넘어서게 되었으며, 베난단티의 옛 전통은 그에게 낯선 것이 되었다.

그는 마녀의 무도회에 참석하자고 권유했던 바스티아노 메노스가 "악마를 숭배하고, 그의 엉덩이에 입을 맞췄습니다. 그러나 마녀들의 싸움에 참가한 것 외에 어떤 일을 했는지는 모릅니다"라고 말했다. 그리고 그는 이 싸움이 무엇인지 모르던 심문관에게 설명해주었다. "마녀는 늪지 갈대 줄기로 싸웁니다. 마법사는 회향 줄기로 싸웁니다. 하지만 서로 상대방을 크게 다치게 하지는 않습니다."[50] 미켈레 소페는 회향을 무기로 마녀와 싸우는 사람들이 베난단티라고 하지 않았다. 오히려 그는 그들을 '마법사'라고 모호하게 말했다. 이것은 베난단티 신화 내부에서 붕괴의

---

50 *Ibid.*, cc. 67v-68V.

과정이 진행되고 있었다는 사실을 웅변적으로 증언한다.

메노스는 도메니코 미올이 베난단티라고 고발했다. 사실상 그가 미켈레 소페의 대장직을 이어받으리라는 것이었다. 1647년 이후 도메니코 역시 베난단티라는 고발을 자주 당했다. 그는 막을 쓰고 태어났고, 마녀들을 알아보며, 약간의 돈을 받는 대가로 마법에 걸린 사람들을 고쳐준다는 것이었다.[51]

그러나 심문관이 도메니코 미올 사건을 정식으로 다루기로 마음먹은 것은 1649년 여름이 되어서였다. 그는 미켈레 소페와 바스티아노 메노스의 자백을 연결시켜주는 유사성에 충격을 받은 것이 확실했다. 그는 이 둘의 자백을 복사하여 미올의 재판기록에 첨부하도록 명령했다. 8월 2일 이단 심문소의 임시 총회에서 오랜 논의 끝에 미올을 체포하라는 결정이 만장일치로 내려졌다. 이제 베난단티를 둘러싼 모호함이 소멸했기 때문에 아퀼레이아의 심문관들은 훨씬 더 큰 관심을 갖고 열심히 일했다.

미올은 마법의 희생자들을 치료해줬다는 사실은 인정했지만, 기도 이외의 방법을 쓴 적은 없다고 했다. 또한 그는 밤의 모임에 참석한 적이 없다고 완강하게 부인했다. 그리하여 11월 24일 그는 이단과 배교의 '가벼운' 혐의가 있다고 인정되었다. 그 이유는 베난단티로서 부름을 받았기 때문이었다. 판결문에는 베난단티라는 말이 "정확한 언어로는 마법사와 마녀의 동료"라고 부산스럽게 명기되어 있었다. 그는 엄숙하게 이단 포기 선언을 하라는 판결을 받았고, 이런 일이 재발할 경우에는 베네치아공화국의 갤리선에서 3년 동안 노역봉사를 해야 한다는 단서가 달렸다.

---

51 ACAU, S. Uffizio, "Anno integro 1647……," proc. n. 986.

미올의 과묵함에도 불구하고 이러한 베난단티의 공범관계에 대한 상호 고발이나 이들이 엮여 있다고 주장하는 관계가 날조된 것이 아님은 확실하다. 그것은 종파적 성격을 띠는 객관적·사실적인 관계였다. 미켈레와 바스티아노 메노스의 자백을 비교하면서 알게 된 것과 같이, 베난단티는 이제 붕괴의 과정이 진행되고 있던 전통적 민간신앙을 어쩌면 그 신비로운 혼수상태의 과정을 통해 각기 다른 방식으로 재현하고 있었다.

따라서 최소한 베난단티 모임의 어떤 부분은 실제로 일어났던 일이 아닌가 하는 문제가 다시 떠오른다. 그 문제에 대한 대답은 지금까지 부정적이었다. 어쨌든 그것은 참석했던 사람들의 설명 속에서 순수한 상상의 요인과 풀 수 없을 정도로 뒤섞여 있는 것이 확실하다. 그렇다면 베난단티의 비밀모임이 어떤 경우에는 실제로 일어났다는 사실을 어떻게 증명할 수 있을 것인가? 마녀의 비밀회합이 실제로 일어났는가 하는 것은 이와 유사한 문제의 경우와 마찬가지로 증거는 충분하지 못하다. 어떤 면에서 우리는 엄청나게 많은 수의 증인들에 근거하여 사바트가 실제로 일어났음은 증명된 사실이라고 결정했던 악마학자들의 심정을 이해할 수 있을 것이다. 그러나 우리에게 이러한 증인들은 가치가 없다. 왜냐하면 그들은 우리가 생각하고 예측할 수 있는 정확한 영역에서 움직였으며, 그것은 불가피하게 그들의 태도와 사물에 대한 인식을 제약했기 때문이다. 우리는 이 영역의 외부에서 증거를 찾을 수 있을까? 편견에 휩쓸리지 않는 명확한 눈을 갖고 이 사건을 바라볼 수 있는 관찰자가 있을까?

아퀼레이아의 이단 심문소에서 그라디스카 출신의 한 여인에 대해 작성한 조서에서는 바로 이런 종류의 증거를 찾을 가능성이 있다.[52] 1668년이라는 늦은 시기도 우연한 것이 아님을 우리는 곧 알게 될 것이다. 카테리나 소키에티Caterina Sochietti라는 이 여인은 "어떤 위험을 피하기 위한 자선행위로서" 안졸라Angiola라는 이름의 여덟 살 먹은 시누이를 집에 데려왔다. 이 여자아이는 그녀에게 "아주 버릇없이" 대했다.

이 어린아이가 우디네에서 그라디스카로 옮겨오고 나흘째 되는 날이었다. 이 아이는 한 하인에게 이상한 이야기를 들려주었다. "나랑 결혼식에 가시지 않겠어요? 거기에 가면 맛있는 것도 먹고, 멋진 남자랑 여자들이 춤을 춰요. 제일 키가 큰 남자가 바이올린을 멋지게 켜서 사람들을 잠들게 할 수 있다고 해요. 그 사람이 저에게 반지를 준대요." 카테리나 소키에티는 이런 이야기를 듣고는 안졸라를 불러 무슨 일이냐고 물었다. 안졸라는 자기 손목에 어머니가 기름을 문지르곤 했다고 이야기했다. 그런 다음 어머니는 이 아이를 "어떤 사람에게 데려갔는데, 거기에는 많은 남자와 여자 어른은 물론 여자아이들까지 춤을 추고 있었"다고 했다. 안졸라는 그 사람들을 많이 알고 있었다. "그 키가 큰 신사가 사람들에게 바이올린을 켜주고 있었어요. 사람들은 먹기도 했지만, 대부분은 춤을 추었어요." 이 모임에서 안졸라는 "아래층에서 남동생과 함께 사탕을 먹고 있었고" 어머니는 "위층에서 키 큰 신사와 함께 있었"다. 어느 날 이런 모임을 하다가 이 여자아이는 발렌티노 카오Valentino Cao라는 끈 만드는 사람을 만났다. 그가 이 아이에게 말했다. "아니, 네가 여기에도 있구나. 어머니는 어디 계시지?" 안졸라가 대답했다. "위층에서 신사분이랑 이야기하고 계세요." 발렌티노가 말했다. "어머니를 보러 가야겠다." 잠깐

---

52 ACAU, S. Uffizio, "Ab anno 1662 usque ad 1669 incl. a n. 382 usque ad 462 incl.," proc. n. 456 *bis*.

뒤 그는 어머니와 함께 돌아왔다.

카테리나 소키에티가 심문관에게 진술했던 안졸라의 이야기는 계속된다. 또다른 경우에는 이 모임의 일원이었던 잘생긴 젊은이가 안졸라에게 찾아왔다. 그는 이 아이의 손을 잡고 "키 큰 신사에게 안내했"다. "신사가 물었습니다. '누구의 아이인가?' 젊은이가 대답했습니다. '파초타 Pacciotta의 딸입니다.' 키 큰 신사가 말했습니다. '이 아이에게서 뭘 원하는가?' '이 아이를 저에게 주시면 제 애인으로 삼겠습니다.' 신사가 받아쳤습니다. '나도 이 아이를 원하네.'" 그뒤 젊은이는 이 아이를 방으로 데려갔다고 그 여자아이가 말했다. "그가 제게 입을 맞추고 장난을 쳤습니다. 어머니도 거기에서 웃고 계셨습니다. 그리고 우리는 다시 무도회에 갔습니다."

이 여자아이는 그 당시의 다른 사람들과 달리 사바트에 갔다거나 "키 큰 신사"가 악마라는 말을 하지 않았다. 하지만 아이의 말에는 사바트의 모든 요인이 들어 있었다. 감정이 들어 있지 않은 사진과 같은 이 적나라하고 객관적인 묘사에서 유일하게 빠져 있는 것은 통상적으로 마녀들의 모임 이야기를 풍요롭게 만들어주는 민간신앙의 장식적인 요소들이었다. 그러한 민간신앙은 소멸하고 있었고 이 여자아이는 그것을 모르고 있었음이 확실하다. 이 아이는 초연한 눈으로 한 가지 사실을, 아니 어떻게 연결시키거나 해석해야 할지 모르는 여러 개별적인 사실들을 기록하는 데 그쳤다.[53]

---

[53] 이 여자아이는 소키에티에게 그 모임의 장소에 어떻게 가는지 말했다. 이 아이는 어머니와 함께 "굴뚝을 통해" 갔고, 지붕에서 "신사"를 만났다. 이 신사가 그들을 "키 큰 신사"에게 데려다주었다. 이러한 세부 사실은 내가 제시한 문서의 해석에 영향을 미친다고 생각하지 않는다. 안졸라가 그라디스카에서 했던 다음과 같은 말도 이와 비슷하다. 어머니가 밤에 깨워서 "키 큰 신사"에게 데려갔는데, 그 아이가 "그를 자세히 살펴봤더니, 쇠사슬에 감겨 있었

마녀의 신화와 그 환상적인 장식물이 붕괴된 것과 함께 우리에게 남은 것은 실망스럽게도 초라하고 진부한 실재뿐이었다. 그 초라한 실재란 춤과 성적 음란이 있는 비밀모임이었다. 많은 경우에 사바트는 정말 그렇게 바뀌어버렸다. 아니, 잘되어봐야 기껏 그 정도로 남게 되었다.[54] 단순한 유비를 통해 이 결론을 전체 베난단티에게 확대시키는 것은 불가능하다 할지라도, 위에 묘사한 것과 닮은 또는 그것과 아주 다르지 않은 종파적 유형의 모임이 실제로 벌어졌다는 가설은 개연성이 있다.

14

우리는 그 몇십 년 동안 악마적인 마법에 대한 믿음이 더 오래된 전승과 결합하기도 하고 그것에 스스로를 강요시키기도 하면서 프리울리 지역에서 자리잡아가는 과정을 살펴봤다. 물론 더 오래된 전승이란 특히 베난단티 신앙을 말한다. 이런 점에서 마법이란 엄밀한 의미에서 우리가 지금까지 논의한 민간신앙과는 무관한 것이었다. 무관한 이유는 그것이

다"고 말했다. 이것은 단지 이 아이가 참석했던 비밀모임에서 깊은 인상을 받았다는 사실을 말해줄 뿐이다.

54 마녀의 처형이 시작되었을 무렵과 끝났을 무렵에 이와 비슷한 두 가지 사례가 있었다. 바꾸어 말하면 사바트에 대한 복합적인 민간신앙 체계가 아직 자리잡기 전에, 그리고 그것이 붕괴되고 난 이후에 이와 비슷한 사례가 있었다는 것이다. 물론 이것은 사바트가 덜 장식적이라 할지라도 실제로 존재했다는 것을 전제로 해야 한다. 그 두 사례는 다음에 기록되어 있다. *Malleus Maleficarum*, pars II, quaestio I, cap. II. 다음에서는 그 구절을 인용하여 여기에서 논한 것과 비슷한 방식으로 해석하고 있다. W. E. Peuckert, *Geheimkulte*, p. 135; W. Eschenröder, *Hexenwahn und Hexenprozess in Frankfurt am Main* (Gelnhausen, 1932), pp. 60~61. 프랑크푸르트에서 있었던 최후의 마녀재판에 관한 책이다. 여기에서도 저자는 사바트가 '실제로' 존재했다는 관점에서 자료를 해석하고 있다.

심문관, 설교자, 악령 퇴치사 들에 의해 전파되었다는 것뿐이 아니었다. 그것은 수확을 지켜주는 자이자 곡물과 포도밭을 보호해주는 자이며 마법을 거는 마녀들의 적이었던 베난단티와 비교할 때 프리울리 농민의 정서와도 훨씬 동떨어져 있었다.

그렇지만 악마적인 마법을 외부에서 강요된 신화인 것처럼 언제나 어느 곳에서나 인위적으로 경험하였다는 결론을 이끌어내는 것은 성급하다. 그것은 그 옹호자들의 욕구와 공포와 여망에 연결되어 있었다.[55] 예컨대 1532년 모데나의 젊은 마녀는 심문관에게 사바트에 참석한 적이 있다고 자백하였다. 그뒤 그녀는 이단 포기 선언을 하고 나서 산 도메니코의 수도사들에게 받은 성인의 유물에 소변을 봤다. 그녀는 십자가를 가리키며 외쳤다. "나는 그를 믿지 않으련다. 나는 나 자신의 주를 믿으려한다. 그는 황금빛 옷을 입고 황금빛 막대기를 들었다." 그녀는 그녀의 주에게 기도했다. 이 모든 것은 잘 발전되지는 않았지만 그럼에도 불구하고 생생한 신앙심의 증거이다.[56]

화려하게 차려입은 악마의 상은 민중에 기원을 두는 것이 아니라 교육받은 계층에 기원을 둔다는 사실은 중요하지 않다. 사바트의 풍요와 쾌락은 비참한 농민들로서는 피하기 어려운 유혹이었다. 1539년 모데나의 이단 심문소에서 재판을 받은 오르솔리나 라 로사Orsolina la Rossa도 이것을 잘 알고 있었다. 왜 그렇게도 많은 남녀가 악마의 모임에 몰려들고 그 악행을 극복하지 못하는 것인지 알고 싶어하는 심문관에게 그녀는 이렇게 대답했다. "남녀 모두 악마와 나누는 육체적 쾌락 때문일 뿐, 다

---

55 다음 책은 가치가 있지만 이 점에 대해서는 충분히 이해하지 못하고 있다. F. Byloff, *Hexenglaube und Hexenverfolgung*, pp. 11~12.

56 ASM, *Inquisizione*, b. 2, libro 5, c. 46r.

른 이유는 없습니다."[57]

우디네의 일류 가문 출신이었던 세스틸리아 토르시Sestilia Torsi도 비참한 현실에 대한 절망 때문에 비슷한 방식으로 보상을 받으려 했다. 1639년 그녀는 심문관 루도비코 다 구알도 수도사에게 말했다. 그녀는 "결혼을 하지 못해서" 절망했기 때문에 "악마와 부정직하게 수작을 부리려고" 악마를 불러냈다. 그녀는 30년에 걸쳐 악마를 "강력하고 위대하고 행복한 하느님, 나의 사랑이라고 불렀고, 애욕의 용어를 쓰기도 했다". 그녀는 "시골 변두리의 축제"에 가서 "그들과 함께 춤추고 먹고 즐겼다."[58] 그러나 때때로 사람들이 마법에 집착하는 내밀한 이유는 훨씬 복잡했다. 우리는 이 시기 프리울리 지역의 한 재판기록에서 그것을 알 수 있다.

1648년 1월 30일, 허름한 옷을 입은 메네카Menega라는 어린 여자아이가 심문관 줄리오 미시니 수도사 앞에 출두했다. 이 아이는 미논스Minons에 사는 카밀로Camillo의 딸이었다. 메네가의 고해를 들었던 수도사는 아이가 일곱 살 때부터 조울증에 빠져 마녀가 되었다는 이야기를 심문관에게 한 적이 있다. 다음은 메네가의 이야기이다. "제 어머니는 제가 집에 있기를 원하지만, 의붓아버지는 제가 있는 것을 싫어해요. 그래서 저는 구걸하러 돌아다니면서 그 돈으로 먹고 살았어요. 한 번 고용된 적이 있었던 것도 사실이지만 악마가 저를 괴롭히는 것을 안 주인이 저를 데리고 있기를 원하지 않았어요. 그래서 지금도 구걸을 하고 있고, 일을 하지 못해요." 메네가는 자코마Giacoma와 사바타Sabbata라는 파에디스Faedis의 두

---

57 *Ibid.*, c. 93v.

58 ACAU, S. Uffizio, "Ab anno 1630……," proc. n. 888, cc. 16v, 2r. 배교자임을 시인했던 토르시 여인의 재판에 대해서는 바르베리니 추기경이 우디네에 보낸 편지도 참고할 것. ACAU, S. Uffizio, "Epistolae Sac. Cong. S. Officii……," cc. 64r-65v.

여인과 친구가 되었다. 아이는 이 두 마녀가 자신을 설득하여 악마에게 복종하도록 만들었다고 말했다.[59]

자코마 부인과 사바타 부인은 제게 마법을 알려주고 가르쳐줬어요. 그리고 제 아버지와 어머니에게 복종하지 말아야 하며, 저를 낳고 길러준 분들을 저주해야 하고, 마치 친딸을 대하듯 온갖 좋은 일을 해주어야 그들과 함께 있을 것이며, 예수그리스도에 대한 신앙을 포기해야 한다고 말했어요. 그 일을 하지 않으면 저를 죽인다고요. 저는 하느님의 권능을 알지 못해요. 또한 저는 신이 창조한 물을 저주해야 했고, 물을 창조한 신을 저주해야 했어요. 저는 불이 다시는 타오르지 말라고 저주했어요.
더구나 사바타는 제 여동생 중의 하나를 제게 주었어요. 어머니는 같지만, 아버지는 다른 이 여동생은 아직도 젖을 먹을 정도로 작았는데, 제게 주고는 발로 밟아 질식시키라고 했어요. 사바타 부인은 어머니가 숲에 갈 때마다 집으로 찾아와서는 어린애를 세게 꼬집으라고 했어요. 그런 다음에는 제 입술로 그 애의 입술을 빨게 했어요. 그리고 그 아이에게 악마의 오줌이라는 검은 액체를 마시게 줬고요. 그런 뒤 저더러 그 애의 입을 재로 가득 채우게 했어요. 저는 아이가 싫어서 그렇게 했어요. 마지막으로 사바타 부인은 제게 아이를 죽이라고 했어요.
아이가 죽은 뒤 어머니가 돌아왔고 저는 어머니에게 사실대로 말

59 ACAU, S. Uffizio, "Anno integro 1647……," proc. n. 997, 번호가 매겨지지 않은 책장. 다음 책에서는 위에 언급한 자주 인용되는 자료에 근거하여 이 재판을 간략하게 언급하고 있다. G. Marcotti, *Donne e monache*, p. 293.

했어요. 어머니는 제 의붓아버지가 저를 죽일까봐 저를 보호하려고 거짓말을 만들어냈어요. 다른 아이들이 요람을 넘어뜨려서 아이가 죽었다고요. 어쨌든 제 의붓아버지는 저를 집에서 쫓아냈고, 저는 길을 잃고 구걸하며 헤매고 있어요.

메네가는 가정에서 경험하지 못했던 어머니의 사랑과 보호를 이 두 마녀에게서 찾았던 것이 확실하다. 어머니는 새로 태어난 아이들에게 관심을 쏟고 있었고, 의붓아버지는 메네가를 증오했거나 단지 무관심할 따름이었다. 마녀들이 아이의 가정을 대신했고, 편협한 마음과 자신의 가정에 대한 증오를 합리화시켜주었다. 메네가는 그런 감정을 표현할 줄 몰랐으며, 그것을 사바타 부인과 자코마 부인이라고 편리하게 꾸며낸 인물들의 탓으로 돌렸다.

메네가는 자신이 그리도 불행하게 살아야 하는 세상에 대해 신성모독에 가까운 혐오를 느꼈다. 다른 사람들에게는 아름답고 호의적이지만 자신에게는 그렇지 않은 세상을 창조한 신에게 혐오를 느꼈던 것이다. 그리하여 자신의 의사에 반하여 신과 물과 불을 저주하라고 권유한 두 명이 마녀들에게 그러한 감정을 전가했다. 결론적으로 어머니의 온전한 사랑을 빼앗아갔던 의붓 여동생에 대한 억압된 증오의 감정을 배출하라고 촉구했던 것은 두 마녀 중 하나였다. 그것은 "저더러 어린아이의 입을 재로 가득 채우게 했어요. 저는 아이가 싫어서 그렇게 했어요"라는 말에서 즉각 드러나는 증오의 감정이었다. 이것은 아주 명확한 사례이다. 그러나 메네가의 경우처럼 마법에 대한 신앙이 고통과 내부의 상처를 완화시키는 데 도움을 준 일이 얼마나 많이 있었는지 누가 알 수 있겠는가?[60]

15

그러나 우연히 메네가의 자백에서도 잠시 단조롭게 모습을 보였던 베난단티로 돌아가자. 이 아이는 마녀의 무도회에 가서 두 명의 여자 후견인과 다섯 명의 베난단티 앞에서 성사를 모독했다고 말했다. 베난단티를 마녀와 동일시하게 되자 새로운 문제가 생겼다. 그것은 옛 베난단티에게는 없었던 것으로서, 이들의 자백을 진실이라고 받아들여야 하는가 하는 문제였다. 이전에 베난단티의 자백은 심문관들의 인식과 개념에서 본질적인 차이를 보였다. 사실 베난단티가 자신들에 대해 갖고 있는 개념이 더 오래된 것이었다. 그러므로 고문이나 사형장에 대한 두려움 때문에 그들의 자백이 유도되었을 가능성은 배제할 수 있었다. 심문관이 사용한 유도신문의 방법은 베난단티에게서 이야기를 이끌어내기 위한 것이 아니라, 그들이 원하는 방향으로 몰고 가기 위한 것이었다. 이러한 유도신문에 대한 대답은 알아차리기 어렵지 않다. 그것을 제외한다면 그들의 진술은 그들의 정서와 신앙을 정확하게 표현하고 있다고 받아들일 수 있을 것이다.

하지만 베난단티가 마녀와 동일시되면서 재판의 요소가 바뀌었다. 이러한 변화는 뚜렷한 의도적 계산이 아니라 (관련된 개인들이 알아차리지도 못한) 심원한 충동에 의해 결정되었다는 의미에서 실로 '자발적'이었다. 그럼에도 그러한 '자발성'은 심문관의 시기적절한 개입을 통하여 왜곡되

---

60 프로이트(Freud)는 17세기 독일의 화가가 악마와 맺은 서약을 분석하면서 악마가 아버지를 대체하는 현상을 식별했다. 어떤 점에서 이것은 이 프리울리 소녀의 사례와 닮았다. 다음을 볼 것. S. Freud, *Eine Teufelsneurose im siebzehnten Jahrhundert* (Wien, 1924). 그러나 다음 책에서 지적하듯 프로이트는 잘못 해석한 문구에 근거하여 분석했다. Byloff, *Hexenglaube*, pp. 121~122.

었다. 그리하여 처음으로 우리는 베난단티의 '진실성'이라는 문제에 당면하게 된다.

미켈레 소페가 줄리오 미시니 수도사의 솜씨 좋은 심문을 받은 끝에 자신이 악마 앞에서, 신앙을 포기했다고 자백한 것은 진심에서 나온 말이었을 것이다. 하지만 심문관의 질문이라는 계기가 없었더라면 그 자백 자체가 존재하지 않았으리라는 사실이 바뀌지는 않는다. 이 자백은 이전 자백의 논리적·신학적 연장선상에 있는 것이었으며, 따라서 우리가 언급한 바 있는 심문관의 영향을 부분적으로나마 받았던 것이 확실하다. 이렇듯 베난단티가 진술한 내용은 더욱더 심문관의 개입에 의해 결정되기에 이르렀다. 이러한 개입의 중요성은 갑자기 그것이 보이지 않는 사례에서 더욱 확연하게 드러난다. 바로 이 시기에 포르 토그루아로에서 벌어진 재판에서 일어난 일들이 그것을 명확하게 입증한다.[61]

1644년 12월 23일 리구냐나Ligugnana의 농민 올리보 칼도Olivo Caldo가 콘코르디아시의 영주 베네데토 카펠로Benedetto Cappello 대주교의 명령에 의해 체포되었다. 그는 환자들에게 가호를 내려주었으며, 베난단티라는 풍문이 있었다. 올리보가 내뱉은 첫마디부터 이 시기 베난단티의 전형적인 상이 나타나기 시작했다. 그것은 옛 신화의 잔재가 악마적 마법에서 도출된 요인과 뒤섞여 있는 뒤죽박죽의 잡탕이었다.

그가 말했다. "저는 막을 둘러쓰고 있는 비안단티[62]로 태어나도록 운명이 정해져 있었습니다. 저는 떠돌아다닐 운명이며, 내 몸이 남아 있는 동안 영혼은 밖에 나갈 운명입니다. 베난단티는 서른 살과 마흔 살 사이

---

61 ACAU, S. Uffizio, "Ab anno 1643 usque ad annum 1646 incl. a n. 931 usque ad 982 incl.," proc. n. 942.

62 이 다음 몇 장이 지나면 이 단어는 '베난단티'로 적혀 있다.

에 불려나갑니다." 마녀들이 그들을 불러냈다. 목요일마다 그들은 "조사파토 계곡에 있는 세계의 중심"으로 갔다. 거기에서 그들은 "많은 남자와 여자를 만났으며, 그것은 한 시간 또는 반시간" 지속되었다. "염소를 타고 가서 그것을 몰고 집으로 왔습니다. 영혼이 타고 있었는데, 몸은 있던 곳에 남아 있었습니다." 그 모임에서 그들은 "낼 수 있는 모든 종류의 소리가 합쳐진 소음"을 냈다. 이 시점에서 "어떤 사람을 해치라는 명령이 내려진 적이 있는지" 묻기 위해 대주교가 올리보의 말을 끊었다. 이것은 이 재판에서 몇 차례 이루어진 유도신문 중 첫번째였다. 올리보는 즉시 반응을 보였다. "네, 대주교님. 그들은 모든 사람들에게 최대로 해를 입히라고 명령했습니다. 목요일부터 다음 목요일까지 그들은 자기들이 저지른 범죄와 명령받은 것을 했는지 말해야 했습니다."

12월 31일에 열린 다음 심문에서 재판관과 베난단티 사이에 생생한 대화가 벌어졌다. 의미심장하게도 그 주제는 영혼이 육체를 떠나는 문제에 관한 것이었다. 대주교는 "영혼이 몸만 남겨놓고 떠난다고 어떻게 생각했는지" 물었다. 이 베난단티는 곤경을 인식하지 못했다. "몸속에 있던 영혼이 나가면 몸이 남습니다. 그런 다음 몸으로 돌아오지요." 재판관이 반박했다. "영혼과 육체가 분리되는 것은 불가능하므로 그 말은 거짓이오. 진실을 말하시오." 또다시 올리보는 심문관의 의사를 존중하며, 모호하게 이야기하는 데 그쳤다. "저는 염소를 타고 갔습니다." 그러나 누가 그 짐승을 몰고 갔는가? 곧 원하던 대답이 나왔다. "악마입니다."

올리보는 악마를 묘사했다. 그는 "부자이고 멋있게 생긴 남자"의 모습을 하고 나타났으며, "온갖 물건과 진짜 돈"을 보여주었다. 이 베난단티는 재판관이 그에게 지시한 길을 따라가면서, 악마가 그의 영혼을 선물로 달라고 요구했지만 거절했다고 말했다. 재판관은 다시 한번 그가 한 말을 꼼꼼히 생각해보라고 권유했다. 올리보는 수정했다. "저는 그 약속을 해준 꿈을 꾸었습니다." 무슨 약속을 한 꿈이었는가? "제 영혼입니다."[63]

이렇듯 모자이크가 한 조각 한 조각 완성되어갔다. 올리보 칼도는 신과 기독교 신앙을 포기한다고 선언했고, "마법과 반대 마법을 하려고" 밤에 마녀들의 모임에 나갔으며, 악마를 경배했고, 주문을 걸어 아이들 네 명을 죽였다는 것이었다.[64] 이 그림에서 두드러져 보이는 것은 나무 막대기로 무장한 마녀들과 회향 줄기로 무장한 베난단티 사이의 전투에 대한 언급이었다. 그것은 재판관의 유도신문의 결과가 아닌 것이 확실했다.[65]

올리보 칼도의 대답에는 공포의 흔적이 역력했다. 그것은 1645년 1월 2일 그가 감옥에서 목을 매달려고 시도했다는 사실에서 명백하게 드러났다. 간신히 살아난 그는 더 충실하고 더 자세한 세부 사실을 계속 덧붙이며 자신의 마법행위를 이야기했다. 그러나 이러한 자기 고발이 허위였다는 사실은 올리보가 자신의 사악한 행동으로 죽였다고 주장한 아이들의 부모를 심문한 뒤 명백히 밝혀졌다. 마침내 2월 12일의 심문에서 재판관들은 암시하기만 하면 올리보가 그대로 받아들인다는 데에 생각이 미쳤다.

〔암시하기만 하면—옮긴이〕 올리보는 그 모두를 받아들이거나 부정했다. 그래서 재판관들은 그가 같은 의견을 유지하고 있는지 알아보기 위해 시험을 했고, 이제는 명백하게 밝혀졌다. 우리가 질

---

63 ACAU, S. Uffizio, "Ab anno 1643……," proc. n. 942, cit., cc. 1r–4r.

64 *Ibid.*, cc. 6v–9r.

65 *Ibid.*, c. 5r.

문한 모든 것에 대해 그는 시인했다. 재판의 기록이 명확하게 말해주듯, 피고는 심문을 받는 내내 일관성이 없었고 동요했다는 결론이 났다. 그는 그에게 암시한 모든 것에 동의했다. 따라서 그의 허약한 건강과 어리석음에 비추어 재판을 더이상 진행하지 않고 모든 것을 이단 심문소의 총회에 일임하기로 결정했다.

이리하여 이단 심문소의 법정은 미리 정한 날짜에 모였다. 주교와 포르토그루아로의 시장과 그 밖의 인물들이 참석한 가운데 주교 대리는 올리보 칼도와 나눴던 대화에 대해 보고했다.

올리보 칼도는 재판과정에서 말했던 모든 것이 허위라고 진지하고 합리적인 논조로 말했습니다. 그는 법에 대한 공포와 두려움 때문에 거짓말을 했다는 것입니다. 또한 그는 정말로 그렇게 해야 법의 손아귀에서 더 쉽고 더 빨리 벗어날 수 있다고 생각했답니다. 더구나 그는 자신이 베난단티도 아니고 마녀도 아니며, 악마와 말한 적은 물론 악마를 본 적도 없다고 말했습니다. 그는 조사파트 계곡이 무엇인지, 거기에서 무엇을 하는지 모른다고 했습니다. 가본 적이 없으니까요. 그는 다른 사람을 죽이거나 상처를 입힌 적도 없다고 합니다. 그가 말했던 것은 다른 사람에게서 들은 것을 옮겨놓은 것일 뿐, 스스로 알게 된 것은 아무것도 없다고 했습니다. 그가 실제로 행한 나쁜 짓은 자신에게 찾아온 어떤 사람들에게 가호를 내려줬다는 것입니다. 그런 다음부터 사람들이 그에게 찾아오기 시작했습니다. 그는 가난하고 다른 호구지책이 없었기 때문에 그런 일을 하곤 했답니다.

다음날 이 모든 것은 올리보에 의해 확인되었다. 그의 유일한 범죄는 아픈 사람에게 가호를 내렸던 것뿐이었다. 이제는 마법에 걸린 환자만을 치료한다는 오래된 조건마저도 사라졌다. "저는 제멋대로 가호를 내렸습니다. 그게 먹히면 다행이었고, 그렇게 되지 않아도 신경쓰지 않았습니다." 또한 그는 많은 사람들에게서 자신처럼 막을 쓰고 태어난 사람은 "가호를 내릴 능력을 갖고 있으며" 베난단티라고 불린다는 이야기를 들었다고 말했다.

재판관들이 고문을 하겠다고 위협했지만 올리보는 이 마지막 자백을 굳게 고수하였다. 그러자 재판관들은 올리보 칼도가 "그리스도의 거룩한 신앙과 하느님에 대한 진정한 숭배를 배신한 '가벼운' 혐의가 있다"는 결론을 내리고, 평상적인 보속행위를 하라고 명령한 뒤 콘코르디아 교구에서 5년 동안 추방을 명했다.[66]

옛날에 그의 선배 베난단티였던 라티사나의 메니키노의 경우와 마찬가지로 올리보 칼도가 꿈속에서 마녀나 마법사와 싸우기 위해 조사파트 계곡에 갔다고 믿었는지 아닌지 확언하기는 불가능하다. 그의 마지막 자백이 진심에서 나온 것인지 다시 한번 두려움의 영향을 받은 것인지 확언하기도 불가능하다. 이제 베난단티 신앙은 마법과 동일한 것으로 변모하였다. 이 민간신앙의 왜곡되고 외양만 남은 최종 단계의 고통 속에서 확실하게 말할 수 있는 것은 이 신화가 내재적인 취약성을 갖고 있었다는 사실뿐이다.

사실 심문관은 손아귀를 약간 늦추는 것만으로도 올리보가 자신의 자백으로 쌓아올린 건물을 무너뜨리기에 충분했다. 심문관은 재판과정

---

66 재판의 후반부 기록에는 번호가 매겨져 있지 않다.

에서 나타난 어떤 요인들에 대해 잠시 이야기하도록 허용하는 것으로 충분했다. 그러자 심문관의 암시를 따라 차근차근 수고스럽게 쌓아갔던 그 건물이 스스로 주저앉았던 것이다. 올리버 칼도의 이유 있는 두려움을 감안한다 할지라도, 이 민간신앙의 복합물에 뿌리가 없고 자율성이 없다는 것은 여기에서 명백해진다. 이전의 재판을 상기해보면 더욱 그러하다.

마법과 일반적인 마술적 현상에 대해 다양하고 더 회의주의적이고 동시에 더 합리적인 태도가 확산되면서 베난단티 신화의 붕괴와 몰락은 필연적으로 다가왔다. 마녀나 마법사에게 희생된 적이 전혀 없으며, 그들의 존재도 믿지 않는다고 말한 친구에게 올리버 칼도는 다음과 같이 대답했다. "왜 네가 마법에 걸리지 않는지 아는가? 왜냐하면 너는 그것을 믿지 않기 때문이야." 베난단티 신화의 붕괴와 몰락은 바로 이러한 원리가 양식 있는 사람들 사이에 널리 퍼지게 된 사실의 단순한 결과였을 뿐이다.

16

올리버 칼도에 대한 재판과 함께 베난단티 이야기는 이론적으로 종착점에 도달했다. 그러나 이론적으로 그랬을 뿐, 실제로 고발과 재판은 지속되었다. 그것은 친숙한 옛 모티프를 변함없이 반복하면서 조금씩 더 산만한 방식으로 이루어졌다.

앞서 검토한, '베난단티 마녀'들에 대한 재판에 더하여 아퀼레이아의 이단 심문소에는 치료사임을 공언한 베난단티들에 대한 고발장이 계속 쏟아져들어왔다. 한 예를 들면, 1636년과 1642년에 고발당한 제모나 출신의 목수 자코모가 있었다. 그는 축성을 받은 빵과 마늘, 소금, 회향 그리고 "십자가와 함께 들고 다니는 가막살나무 조각"[67]으로 병든 사람들을 치료했다고 한다. 치료사로 행세하는 베난단티라는 모티프와 함께 마녀에 대한 베난단티의 적개심이라는 모티프도 지속되었다. 1639년에는 아퀼레이아의 심문관에게 메니고Menigo라는 베난단티에 대한 보고가 올라왔다. 그 역시 목수였는데, 길에서 카테리나라는 여자를 만나자 그녀가 마녀라는 사실과 그녀가 행한 사악한 행위를 고발하겠다고 위협했으며, 밤의 모임에서 그녀에게 맞았던 일에 대해 불평했다.[68] 이런 종류의 고발은 계속하여 마을의 평화를 깨뜨렸다.

1642년 7월 27일 카미노 디 코드로이포Camino di Codroipo 본당의 사제 루도비코 프라티나Ludovico Frattina는 심문관에게 편지를 보내 자코모라는 목동의 행동에 대해 보고했다. 그는 악명 높은 베난단티로서, 카미노와 인접 마을의 여러 여인들에게 마녀의 죄를 씌웠다는 비난을 받고 있었다. 자코모는 그중 한 여자의 유죄를 확인하기 위해 심문해야 한다고 제의했다. 그 편지는 이렇게 계속되었다. "그 여자는 무죄라고 주장했습니다. 따라서 그 여자는 명예훼손으로 그를 고소했습니다. 그 여자는 정의

---

67 ACAU, S. Uffizio, "Ab anno 1630……," proc. n. 870, 번호가 매겨지지 않은 책장.

68 ACAU, S. Uffizio, "Ab anno 1630……," proc. n. 889. 3년 뒤 메니고는 또다시 베난단티라고 고발당했다. 다른 무엇보다도 그는 어떤 추운 날 밤에 "발코니에서 바깥 날씨와 들판을" 내다보면서 아내에게 이렇게 외쳤다는 것이다. 다음은 그의 아내의 설명이다. "오르텐시아, 악이 그렇게 명령했어.' 말하자면, 제 남편이 악이 되어야 한다는 것이었습니다. 왜냐하면 그가 마녀에 대항하여 누군가를 고쳐주러 나갔다가 집에 돌아올 때 녹초가 되어 온몸이 아프기 때문입니다. 저는 남편이 기절해 있기 때문에 그걸 압니다. 하지만 그건 밖에서는 볼 수 없습니다. 그는 움직일 수도 일할 수도 없습니다. 그는 제게 아무 말도 하지 않았습니다만, 저는 짐작하고 있지요." ACAU, S. Uffizio, "Ab anno 1642……," proc. n. 922, 번호가 매겨지지 않은 책장.

를 위해 그를 처벌해야 하며, 그것이 이 문제에 관한 사람들의 불평을 잠재울 수 있을 것이라고 했습니다."[69]

그러나 베난단티가 성직자들에게 문제와 걱정거리를 만들어주었다 할지라도, 그들은 때로 마녀들을 완전한 공포의 상태로 던져넣었다. 파라Fara의 가난한 농부인 바르톨로메아 골리차Bartolomea Golizza는 1648년 4월 16일 이단 심문소에 출두하였다. 이 여인은 자신이 사람들에게 마법을 걸었고, "사계재일과 그 밖의 시기에" 사바트에 참석하였음을 인정했다. 거기에서 그녀는 "숫양의 모습을 한 악마를 보았는데, 그는 곧 깃털 달린 모자를 쓴 훌륭한 신사로 변했습니다. 검은색 우단으로 만든 옷을 입었는데, 큰 소매 역시 우단으로 만들었습니다. 하지만 이제 저는 마녀를 그만두고자 합니다. 저는 개종하여 착한 기독교인이 되겠습니다. 그래서 그들이 저를 해치거나 법정에 넘기지 않도록 하겠습니다. 그들은 언제나 그렇게 하겠다고 제게 위협했고, 길에서 만난 아이들은 제가 그렇게 될 것이라고 말했습니다." 이 "아이들"이 베난단티였다. "그들은 우리의 모임에 함께 있었기 때문에 우리들 마녀 네 명을 알고 있었습니다." 그리고 이들 베난단티는 마녀들이 고양이 모습을 하고 암소에게 마법을 거는 것을 보았기 때문에 그들을 바실리오Basilio라는 수도사에게 고발했다. 이 여인은 "바실리오 수도사님께 저는 모든 것을 자백했습니다"[70]라고 덧붙여 말했다.

베난단티 치료사들에 대한 고발장에는 대체로 관심을 끌 만한 내용이 빈약했고, 이에 대해 이단 심문소에서는 별다른 조치를 취하지 않았

---

69 ACAU, S. Uffizio, "Ab anno 1630……," proc. n. 926, 번호가 매겨지지 않은 책장.

70 ACAU, S. Uffizio, "Incipit secundum millenarium ab anno 1648 incl. a num. 1 usque ad numerum 26 inclusive," proc. n. 18 bis, 번호가 매겨지지 않은 책장.

다.[71] 그렇지만 이 고발장들에서는 "'베난단티'가 무엇을 뜻하는가?"라는 질문이 여전히 강조되고 있었다. 그것은 이 단어의 의미가 다양하게 변화했다는 사실은 물론 마지막까지도 이 용어에 대해 이질감을 느꼈던 재판관들의 당혹감을 반영하기도 한다. "베난단티란 좋은 일도 나쁜 일도 하지 않으면서, 마법을 감지하고 일소시키며, 누가 마녀인지 알아보는 사람이다." "베난단티는 마법으로 인해 상처 입은 사람을 알아보고 고쳐주는 사람을 뜻한다. 그 자신은 마법을 걸면 안 되지만 풀 수는 있어야 한다." "베난단티란 마녀와 함께 다니는 사람을 뜻하며 마법사도 같은 사람을 말한다."[72]

그러나 오래된 민간신앙 체계는 실질적으로 소멸하였다. 1666년 5월 탈마소네Talmasone 출신의 한 젊은 여자가 이단 심문소에서 심문을 받았다. 그녀는 몇몇 여인이 마녀라고 고발한 뒤 조서를 작성하게 된 것이었

---

71 ACAU, S. Uffizio, "Anno integro 1647……," proc. n. 987 (트리비냐노의 리프(Liph)에 대한 고발장); "Anno eodem 1648 completo a num. eodem 27 usque ad 40." proc. n. 31 *bis* (라바리안(Lavarian)의 파올로에 대한 고발장); "Anno 1649 complete usque ad 1650 inclusive a num. 83 usque ad 135 inclusive," proc. n. 88 *bis* (베난단티인 플루미냐노(Flumignano)의 피에로 프레스코(Piero Frescco)에 대한 언급이 있음); "Ab anno 1651 usque ad 1652 incl. a num. 136 usque ad 215 incl.," proc. n. 165 *bis* (이우바니티(Iuvaniti)의 로나르도(Lonardo)에 대한 고발장); "Ab anno 1653 usque ad 1654 incl. a num. 216 usque ad 274 incl.," proc. n. 224 *bis* (빌랄타의 크로트(Crot)라는 베난단티에 대한 고발장); "Ab anno 1662 usque ad 1669 incl. a num. 382 usque ad 462 incl.," proc. n. 389 *bis* (피에트로 토레안(Pietro Torrean)에 대한 고발장); *Ibid.*, proc. n. 410 *bis* (오르사라(Orsara)의 조반니 페르코티(Giovanni Percoti)에 대한 고발장); *Ibid.*, proc. n. 411 *bis* (피에트로 토레안에 대한 고발장); *Ibid.*, proc. n. 431 *bis* (전과 같음); *Ibid.*, proc. n. 432 *bis* (바티스타 티토네(Battista Titone)에 대한 고발장); *Ibid.*, proc. n. 433 *bis* (전과 같음); *Ibid.*, proc. n. 434 *bis* (베난단티에 대한 일반적인 언급); *Ibid.*, proc. n. 449 *bis* (피에트로 토레안에 대한 고발장); "Ab anno 1701 usque ad annum 1709 a num. 607 usque ad 686," proc. n. 697 *bis* (우디네의 레오나르도에 대한 고발장).

72 ACAU, S. Uffizio, "Ab anno 1662……," proc. n. 410 *bis*; proc. n. 411 *bis*; proc, n. 432 *bis*.

다. 우리는 이 여자의 행동이 말기 단계에 도달한 베난단티 신앙의 상징적인 의미를 보여준다고 말하고 싶을 정도이다. 그녀는 쓰고 태어나 몸에 걸치고 있던 막을 심문관에게 넘겨주며 말했다. "이것을 쓰고 태어난 사람은 누가 베난단티인지 쉽게 알아볼 수 있다고 합니다." 마녀가 아니라 베난단티를 알아볼 수 있다고 말하다니! "지금 제가 그것을 갖고 있으니까 수도사님께 맡겨놓겠습니다. 그래야 제가 그 말을 믿지 않는다는 것을 아실 테니까요. 앞서 말한 마녀 혐의가 있는 여자들이 마녀인 것을 제가 어떻게 알았는가 하면, 그런 소문을 들었기 때문이지요. 그 막 때문도, 제가 그것을 쓰고 태어났기 때문도 아닙니다."[73]

바로 이 시기에 달마티아에서조차도 베난단티 신앙이 존재했다는 증거가 있다. 앞서 논했던 것처럼, 우리에게 남아 있는 단편적인 자료에 근거하여 이 신앙의 확산이 이전 시대부터 이루어졌는지 결정하기란 불가능하다. 실로 우리가 참고할 수 있는 자료는 덧없을 뿐이다. 1661년 아르베Arbe 섬 출신의 몇몇 여인이 마녀 혐의로 재판을 받았다. 그들은 악마의 사주를 받아 밀밭과 포도밭을 황폐화시켰다고 말한 뒤, 보르틀로 파사빈Bortolo Passavin이라는 사람이 "좋은 정령bon spirito이며 나쁜 날씨를 몰아버린다"고 선언했다.[74]

이 한 토막의 자료는 발칸반도에 보존되어 있던 케르스트니키Kerstniki 신앙과 견주어볼 때 더 큰 의미를 갖는다. 케르스트니키란 빌레Vile라는

---

73 ACAU, S. Uffizio, "Ab anno 1662······," proc. n. 421 *bis*.

74 ASV, S. Uffizio, b. 109 (Nerizalca etc.) cc. 3r–v. 한 증인은 이렇게 말했다. "마녀들이 짚만 남겨두고 귀리 이삭을 빼기 시작했습니다. 그들은 포도밭에서도 포도송이에 똑같은 짓을 했습니다. 그렇게 섬 전체를 돌아다니며 수확물을 챙겨갔습니다. 그들은 그렇게 포도주와 곡식을 풀리아(Puglia)로 가져가서 깊은 진흙창에 감췄습니다. 곡식은 부셸당 10리라에 팔고, 와인은 처분할 길이 없어서 그냥 놔뒀습니다." cc. 1v–2r.

나무와 식물의 신과 신비하게 엮여 있는 사람들을 말한다. 그런 이유에
서 이들을 빌례나치_{viljenaci}라고 부르기도 한다. 이들은 성 요한 축일 전야
에 막대기로 무장하고 마녀들과 싸운다.[75] 이것은 오래된 민간신앙이다.
17세기 후반 라구사_{Ragusa}에서 열렸던 마녀재판에서 피고들은 스스로를
'빌레니제'_{villenize}라고 말했고, 주문에 걸린 희생자들을 치료하는 법을 '빌
레'에게서 배웠다고 단언했다.[76] 의심할 바 없이 이것은 프리울리의 베난
단티 신앙에 버금가는 전승이었다.

17

'베난단티-마녀'에 대한 재판 역시 몇십 년 더 지속되었다. 이제 그것은
정형화된 틀에 맞추어 이루어졌다. 그러나 옛 민간신앙이 완전히 소멸했
다고 말할 수는 없었다. 1640년 우디네의 젊은이 티토네 델레 트랑퀼레
Titone delle Tranquille는 심문관의 관례적인 질문에 대해 자신은 사실 베난단
티가 무엇인지 모른다고 대답하고 이렇게 덧붙였다. "사람들이 말하는 것
으로 볼 때 베난단티가 없다면 마녀들이 모인다고 합니다. 무슨 말인가
하면, 마녀들이 모여 수확물을 다 망쳐버린다는 것입니다." 이러한 범죄
의 혐의가 덜한 옛 전통을 언급한 것은 단지 변명에 불과할지 모른다. 왜
냐하면 티토네는 여러 곳에서 베난단티라는 고발을 받았고 재판관의 질

---

75 다음을 볼 것. F. S. Krauss, *Volksglaube*, pp. 97~108, 110~128; Idem., *Slavische
Vollforschungen*, pp. 41~43.
76 다음을 볼 것. K. Vojnovič, "Crkva i drižava u dubrovačkoj republici," *Rad
Jugoslavenske Akademije*, 121 (1895), pp. 64~67; HAD, *Diplomata et acto*, n. 1685.

문을 제대로 막아내지 못했기 때문이다.[77]

8년 뒤 몬팔코네의 농민 조반나 숨마고타Giovanna Summagotta가 고발당했다. 같은 마을 사람들이 '정신박약자' 또는 '약간 미친 사람'이라고 간주했던 이 여인은 자신이 베난단티이며 "마녀들의 무도회에" 갔다고 말했기 때문에 고발당했다. 그녀는 거기에서 "온갖 아름다운 것들과 수많은 사람들과 먹고 마시기 위해 펼쳐놓은 식탁과 무도회와 오락거리"를 보았고 보여준다고 약속했다. 이 여자가 재판에 회부된 데에는 "이 여자를 통해 다른 마녀들을 찾을 수 있다"고 털어놓았던 몬팔코네의 시장 알레산드로 초르치Alessandro Zorzi의 권유가 한몫했다. 그러나 숨마고타는 모든 것을 부정했으며, 오히려 파스쿠알리나Pasqualina라는 여인이 베난단티로서의 고통을 자신에게 털어놓았다고 고발했다. "별자리가 없는 시각에 태어난 당신은 복을 받은 겁니다. 당신이 저처럼 태어났다면 당신은 저와 비슷한 고통을 받았을 겁니다." 그런 뒤 파스쿠알리나는 자신이 참석했던 밤의 모임을 묘사했다. "한쪽에는 베난단티가 있었고, 다른 쪽에는 마귀가 있었으며, 또다른 쪽에서는 마녀들도 싸우고 있었습니다."[78]

베난단티와 마녀의 동화과정이 실질적으로 완료된 이후에도 그 둘 사이를 구분하던 옛 방식의 흔적은 여전히 남아 있었다. 1648년 마티아Mattia라는 아홉 살 먹은 베난단티가 허풍을 치면서 판나Fanna 마을을 소란스럽게 만들었다. "자기 또래 아이들과 풀밭에서 힘겨루기를 하다가 이

---

77 ACAU, S. Uffizio, "Ab anno 1630……," proc. n. 900, 번호가 매겨지지 않은 책장.

78 ACAU, S. Ufflzio, "Incipit secundum millenarium……," proc. n. 26 *bis*, 번호가 매겨지지 않은 책장. 로마에서는 이 경우에도 자비를 베풀라고 권고했다. 1649년 2월 6일 바르베리니 추기경은 다음과 같은 편지를 보냈다. "조반나 숨마고타의 범죄는 단순한 허풍에 불과하기 때문에, 고명한 저의 동료들은 단순한 경고와 보속행위로 이 사건을 종결하기로 결정했습니다. 귀하는 이 결정을 준수하시기 바랍니다." ACAU, S. Uffizio, "Epistolae Sac. Cong. S. Officii……," c. 79v. 물론 이 결정은 실행되었다.

아이가 졌습니다. 그러자 이 아이가 말했습니다. '너희들이 힘은 더 셀지 모르지만, 아는 것은 내가 더 많다.'[79] 그뒤 이 아이는 이단 심문소에서 모든 것을 시인했다. 아이는 어느 목요일 밤 옆에서 자던 할머니가 깨워 사바트에 데려갔다고 말했다. 할머니는 "이만큼 긴 뿔을 갖고 있는 커다란 붉은색 염소"를 타고 아이는 "호밀 새싹"을 타고 갔다. 이것은 수확의 보호자로서 베난단티라는 원래의 성격이 남아 있는 흔적임이 확실하다. 사바트에서 아이는 악마를 만났다. 많은 사람들이 악마에게 경배하면서 음란한 춤을 추고 십자가를 짓밟았다. 마티아는 질문하던 심문관에게 외쳤다. "하지만 저는 다른 사람들과 함께 먹지 않았어요. 저는 악마에게 절하지도, 십자가를 짓밟지도 않았고요. 사실 저는 십자가에 절을 했고, 다른 사람들이 십자가를 짓밟아 마음이 아팠어요."[80]

그리차노Grizzano의 바스티안 마뇨시Bastian Magnossi와 관련된 1661년의 조서에서도 이와 비슷하게 옛 모티프와 새로운 모티프가 뒤섞여 나타났다. 그는 마법에 걸린 사람들을 치료해주고 돈을 많이 받기를 원했다. 왜냐하면 "그는 밤에 나가 400마일 이상 떨어진 베네벤토Benevento에 가서 마녀와 베난단티와 싸워야 했기 때문"이다. 또 이에 덧붙여 "베난단티가 없었다면 우리는 먹을 곡식이 없었을 것입니다. 왜냐하면 그들이 우리를 마녀로부터 보호해주기 때문입니다"라고 말했다.[81]

---

79 ACAU, S. Uffizio, "Anno eodem 1648……," proc. n. 28 *bis*, 번호가 매겨지지 않은 책장. 아퀼레이아의 심문관에게 보낸 이 고발장의 작성자는 판나의 사제 도메니코 세갈라 (Domenico Segala)였다.

80 이와 비슷한 사례로는 다음을 볼 것. ACAU, S. Uffizio, "Anno 1649 completo……," proc. n. 101 *bis* (폰테 디 팔라촐로(Ponte di Palazzolo)의 메니코(Menico)에 대한 기록); "Ab anno 1662……," proc. n. 423 *bis* (파데르노의 잠바티스타에 대한 기록).

81 ACAU, S. Uffizio, "Ab anno 1657……," proc. n. 381 *bis*, 번호가 매겨지지 않은 책장.

몇몇 베난단티에게 마법으로의 불가피한 몰락은 내적인 유혹과의 극적인 투쟁이라는 형태로 표현되었다. 콘코르디아 근처 작은 마을 출신의 젊은 농부 안드레아 카타로Andrea Cattaro는 막을 쓰고 태어났고 열두 살때부터 베난단티였다. 마녀들이 그를 불러 사바트로 데려갔다. 거기에서 그는 악마와 "그 밖의 많은 작은 악마들"을 봤다. 그러나 가는 길에 그는 천사도 보았다. 사실 그것은 그의 수호천사였다. "천사가 저를 부르더니 가지 말고 그 대신 천사를 따라오라고 애원했습니다. 악마가 그에 대해 맞장구치듯, 사람들이 천사는 무뢰한이고 악당이고 비열한 놈이라고 말하니까 따라가면 안 된다고 했습니다." 안드레아는 머뭇거렸다. 그러나 영혼을 악마에게 내주어야 한다는 예상을 하며 "오랜 투쟁 끝에" 그는 자신의 영혼이 하느님과 성모님 곁에 있기를 원한다고 말했다. "그 말을 하자 모든 것이 사라졌습니다."[82]

1676년에 시작된 안드레아 카타로에 대한 재판은 종결되지 않았다. 이 재판조차 자백에 신빙성이 없다는 이유와 관심 부족 때문에 중단되었던 것이다. 몇 년 전인 1668년 7월 6일, 로사초Rosazzo의 주교 대리 라이몬도 갈라티니Raimondo Galatini 수도사는 아퀼레이아의 심문관에게 그 지역의 많은 농민들뿐 아니라 한 명의 사제까지도 '벨란단티'라고 자백했다는 편지를 보냈다. 그들은 "마녀들의 모임에 참석했고, 악마와 서약을 맺고 신앙을 포기하는 선언을 했으며, 거짓으로 고해성사를 하고 영성체를 하여 성사를 모독했을 뿐 아니라 모돌레토의 비밀모임에서 마녀들이

---

82 ACAU, S. Uffizio, "Miscellaneo K. 1.2. Processi ab anno 1672 ad an. 1686," 번호가 매겨지지 않은 책장. 수호천사에 대한 오래된 숭배는 17세기에 강화되었다. 1608년 바오로 5세에 의해 수호천사에 봉헌하는 축일이 확립되었지만 제국에 국한되어 있었는데, 1670년 클레멘스 10세 때 교회 전체로 확대되었다.

평상적으로 하던 다른 일들도 했다"고 자백했다는 것이다. 라이몬도 수도사는 그들에 대한 사법적 행동이 시작되었다고 말했지만 이렇게 덧붙였다. "이 재판은 속개되지 않을 것입니다. 그 이유를 저는 모릅니다. 그것은 기독교 신앙에 큰 해가 될 것이며, 이 저주받은 사람들로부터 고통을 받는 불쌍한 자들에게 피해를 줄 것입니다."[83] 그러나 확실히 그의 불평은 더이상 누구의 관심도 끌지 못하게 되었다.

83 ACAU, S. Uffizio, "Ab anno 1662……," proc. n. 452 *bis*, 번호가 매겨지지 않은 책장.

부록

이 책의 근거가 된 자료로서 가스파루토와 모두코에 대한 재판기록을 여기에 첨부한다. 본문의 내용을 통해 밝힌 것과 같이 명백한 실수는 수정하여 옮겼다.

(ACAU, S. Uffizio, "Ab anno 1574 usque ad annum 1578 incl. a n. 57 usque ad 76 incl." proc. n. 64.)

1575년 3월 21일, 치비달레시에서 열린 재판. 어떤 마녀들에 대한 이단 재판으로, 1581년 11월 26일에 종결되었음.

1575년 11월 21일 월요일

가장 존경하는 아퀼레이아의 주교 대리이자 교황의 행정관 야코포 마라코와 아퀼레이아 교구의 이단 심문관 프란체스코 수도회의 수도사 줄리오 다시시 앞에 브라차노 본당의 보좌신부 바르톨로메오 즈가바리차가 치비달레의 성 프란체스코 수도원에 증인으로 출두했다. 앞서 언급한 주교 대리에게 서약을 한 뒤, 경고를 듣고 조사를 받고 심문을 받은 뒤 그는 이렇게 진술했다.

"브라차노에서 피에트로 로타로 씨의 아들이 원인 모를 병으로 앓고 있다는 말을 들었습니다. 이 병에 대해 알기 위해 아퀼리나라는 여인에게 상의했는데, 그 여자는 누가 마법에 걸렸는지 안다는 소문이 있다고 했습니다. 대답은 피에로 씨의 장인인 귀족 라이몬도 라이몬디 씨에게서 편지로 전해졌는데, 제가 그 편지를 읽어보니 그 아이는 금요일에 고기를 먹는다는 여인에 의해 주문이 걸렸다는 것이었습니다.

저는 이것을 알고 놀랐습니다. 피에로 씨와 관련된 문제의 모든 가능성을 논의하는 과정에서, 그는 제게 이아시코에 파올로 데 가스파루토라는 사람이 산다고 말했습니다. 그는 밤에 마녀와 마법사와 함께 돌아다닌다고 주장했고, 어린이들이 마법에 걸리는 일은 가능하다고 말했습니다. 저는 현안 문제에 대해 그가 어떤 도움이 될 수 있을까 알고 싶으니 그 파올로를 불러달라고 피에로 씨에게 열심히 간청했습니다. 그는 곧 파올로를 오도록 했으며, 그가 도착하자 자신의 상점 문간에서 그에게 질문을 했습니다.

마침 제가 그 앞을 지나고 있었기 때문에, 다가가서 그들에게 물었습니다. '여기에서 무슨 이야기를 하십니까?' 피에로 씨는 자신의 아들에 대해 이야기하고 있으며, 혹시 아이를 구할 방법이 있는지 파올로에게 묻고 있다고 말했습니다. 그리고 저는 파올로를 돌아보며 이러한 주문에 대해 어떤 의견을 갖고 있는지 물었습니다. 그러자 그는 이 어린아이가 마녀에 의해 홀렸는데, 마법이 걸린 시간에 부랑자들이 돌아다니면서 마녀들의 손에서 그 아이를 빼앗아왔고, 그런 일이 없었더라면 그 아이는 죽었을 것이라고 말했습니다.

여기에서 제가 이렇게 말하며 그를 중단시켰습니다. '당신은 이 아이를 구할 방법을 아십니까?' 그러자 그는 피에로 씨에게 이미 말한 것처럼 세 번의 목요일에 걸쳐 그 아이의 몸무게를 재서, 만일 두번째 목요일에 몸무게가 늘었으면 아이를 구할 수 있지만, 줄었다면 아이는 죽을 것이라고만 말했습니다.

저는 더 알고 싶었기 때문에 언제 어떻게 그들이 그 일을 했는지 물어봤습니다. 그는 사계재일 목요일마다 그들이 코르몬스, 이아시코의 성당 앞마당 같은 곳은 물론 베로나 교외까지 마녀들과 함께 갔다고 말했습니다. 그 장소에서 무엇을 했느냐고 묻자 그는 거기에서 싸우고, 놀고, 날뛰고, 여러 짐승에 올라탔고, 자기들끼리 온갖 일을 벌였다고 대답했습니다. 여자들은 수숫대로 같이 있는 남자들을 때렸지만, 남자들은 회향 다발밖에 없었다고 했습니다. 이런 이유 때문에 그는 제 밭에 수수를 심지 말라고 간청했고, 그게 자라는 것을 볼 때마다 심은 사람을 저주하며 그것을 뽑아버린다고 말했습니다. 제가 그것을 심고 싶다고 말하자, 그는 욕설을 하기 시작했습니다.

이 모든 것이 제게는 너무도 이상했기 때문에 저는 치비달레로 와서 당신이나 심문관 수도사님께 말씀드리는 것입니다. 그리고 저는 여기 치비달레에서 우연히 그를 만나 성 프란체스코 수도원의 심문관 수도사님께 데려갔습니다. 그는 수도사님께 모든 것을 시인했고, 전에 제게 말했던 것처럼 마녀와 마법사와 부랑자 들이 뜨겁게 달아오를 만큼 지쳐 이 놀이를 끝내고 돌아오면서 집 앞을 지날 때 통 속에 차고 맑은 물이 있으면 마시고, 그렇지 않으면 지하실로 가서 와인을 모조리 다 뒤집어놓는다고 말했습니다. 따라서 집 앞에는 언제나 맑은 물을 준비해두어야 한다고 제게 당부했습니다. 제가 이 이야기를 믿지 않는다고 말하자 그는 자기를 따라오면 보여주겠다고 했습니다. 그는 위에 말한 모든 이야기를 피에로 씨가 있는 자리에서 말했고, 심문관 수도사님 앞에서도 똑같은 말을 반복했습니다."

질문을 받고 그가 말했다.

"그는 그런 사람들이 브라차노·이아시코·코르몬스·고리치아·치비달레에 여럿 있다고 제게 말했습니다만, 그들이 누구인지 밝히기를 원하지 않았습니다."

다시 질문을 받고 그가 말했다.

"그의 말을 더 들으려고 심문관 수도사님과 제가 함께 가겠다고 약속하자, 그는 부활절 이전에 두 번 갈 것이라고 말했습니다. 심문관 수도사님은 치비달레에 있고 저는 브라차노에 있지만, 우리가 함께 갈 수 있도록 그가 조처를 취하겠다고 했으며, 일단 약속하면 반드시 가야 한다고 말했습니다. 그곳에 가면 야단법석의 춤판을 보더라도 아무 말을 하지 말아야 한답니다. 그러지 않으면 우리는 그곳에 머물러 있어야 한다는 것입니다. 그는 이런 일들을 말해서 마녀들에게 호되게 맞았다는 말도 했습니다. 그들은 선량하고 부랑자라고 불리며, 그들 자신의 말로는 베난단티라고 합니다.[1] 다른 자들이 죄를 범한다면 그들은 그것을 막습니다."

시간에 대해 질문을 받고 그가 말했다.

"지난주였습니다."

---

1 원래의 자료에는 여백에 "그들 자신의 말로는 베난단티"라는 말이 쓰여 있다.

장소와 증인에 대해서는 위와 같다.

질문을 받고 그가 말했다.

"오늘 저는 앞서 말한 죽어가고 있는 아이를 떠났습니다."

1575년 4월 7일 목요일

가장 존경하는 우디네의 행정관 궁정 산하에 있는 치비달레시의 행정
관인 존경하는 조반니 바두아리오Giovanni Baduario가 참석한 자리에서 가
장 존경하는 아퀼레이아의 주교 대리이자 교황의 행정관인 야코포 마
라코와 앞서 언급한 존경하는 줄리오 수도사 앞에 또다시 바르톨로메오
즈가바리차 사제가 증인으로 출두했다. 주교 대리에게 서약을 한 뒤, 경
고를 듣고 조사를 받고 앞서 언급한 문제에 대해 새로운 심문을 받고, 이
전의 증언을 그에게 상기시키기 위해 다시 낭독해준 뒤 그는 이렇게 진
술했다.

"존경하는 심문관 수도사님과 주교 대리님 앞에서 진술한 조서의 내
용이 사실임을 여기에서 다시 확인합니다."

그리고 그는 덧붙였다.

"부활절 이틀 뒤 저는 미사를 집전하기 위해 이아시코에 갔습니다. 그
곳은 브라차노의 제 본당과 인접한 마을로 제 관할이었는데, 파올로 가
스파루토는 그 마을 소속이었습니다. 미사를 집전하러 가는 날 사제를
위해 식사를 준비하는 것은 관례였고, 파올로는 평신도회장의 한 명이었
습니다. 따라서 그도 저와 함께 그의 동료 시몬 디 나탈레Simon di Natale 행
정관의 집으로 식사를 하러 갔습니다. 식사를 하면서 저는 그 시기에 맞
는 주제에 대해 이야기했습니다. 즉 악행을 경계하고 옳고 거룩한 일을

추구하라는 것이었지요.

그러나 파올로가 그 이야기를 중단시키며 말했습니다. '신부님, 오늘 밤이 신부님께서 알고 계신 그 장소로 심문관 수도사님을 모시고 갈 날인 것 같습니다.' 그리고 그는 전날 밤 동료들과 함께 관례적인 놀이의 장소에 갔었다고 말했습니다. 그들은 배를 타고 큰 물 몇 개를 건넜습니다. 그리고 이우드리강에서 맹렬한 바람이 불어와 파도가 높아지자 그의 동료 한 사람이 겁에 질렸습니다. 그래서 그는 뒤에 처졌습니다. 파올로는 그에게 용기를 불어넣어주기를 중단했습니다. 배가 물가에 닿아 그들은 물을 안전하게 건넜습니다. 그들은 멀지 않은 들에서 창싸움도 하고 매번 하던 일들로 바빴답니다.

저는 그를 집으로 데려왔습니다. 그리고 할 수 있다면 최대한 세부 내용을 끌어내려고 그를 친절하게 대접했습니다. 그는 제 첫 조서에 포함된 모든 내용을 시인한 뒤 덧붙였습니다. 즉 그 창싸움과 놀이에 제가 같이 가기로 약속할지 모른다고 그의 동료와 함께 이야기했다는 것입니다. 그의 동료는 그것이 그를 아주 기쁘게 할 것이라고 대답했다고 합니다. 그리고 저는 그가 말하도록 하기 위해 그를 친절하게 대하면서 물었습니다. '친구여, 그 동료가 누구인지 어디 있는지 말해주게나.' 그는 브라차노에서 10마일 떨어진 곳에 살지만, 이름은 말할 수 없다고 대답했습니다."

그가 말했다.

"저는 그 장소에서 어떤 놀이를 했는지 물었고, 그는 제 첫 조서에 진술했던 내용을 말해줬습니다."

다시 질문을 받고 그가 말했다.

"이 논의의 원인이 되었고 제 첫 조서에서 언급했던 그 아이는 며칠 전에 그 병으로 죽었습니다."

질문을 받고 그가 말했다.

"저는 파올로 가스파루토에게 그가 마녀의 손에서 어린아이를 빼앗아온 사람 가운데 한 명이냐고 물었고, 그는 이렇게 대답했습니다. '그를 부랑자라고 불리는 마녀들에게서 빼앗아왔다는 이야기만으로 충분합니다.' 그리고 그는 그 자신에 대해서도 다른 사람들에 대해서도 더이상 말하지 않았습니다."

질문을 받고 그가 말했다.

"이 파올로가 베난단티 마녀의 하나라는 소문은 브라차노와 인접 장소에서 공개적으로 떠돌아다니고 있습니다. 이 소문은 그 자신의 말에 근거하고 있습니다. 왜냐하면 그는 말할 기회만 생기면 그러한 놀이에 다닌다는 것을 누구한테나 시인하면서, 맹세까지 하기 때문이지요."

사실을 밝히기 위해 심문해야 할 사람이 누구인가 묻자, 그는 피에트로 로타로, 앞서 언급한 시모네 행정관과 이아시코 마을의 다른 사람들에게 질문하면 된다고 대답했다. 가스파루토는 이런 일들을 피에트로 씨와 시모네 행정관 앞에서 자백했다.

다시 질문을 받고 그가 말했다.

"그에게서 그 밖의 다른 사실을 얻지는 못했습니다. 그러나 제가 같이 가기를 원한다면 그들을 볼 수 있을 것이라고 말했습니다. 하지만 저는 가겠다는 약속을 하지 않았습니다. 저는 그에게 심문관 수도사님을 찾아가라고 권고했고, 그는 다음 토요일에 심문관님을 그 놀이로 안내하겠다고 약속했습니다."

위에 말한 것처럼 증인으로 채택된 브라차노의 피에트로 로타로는 서약을 하고, 경고를 듣고, 이전에 맺은 서약 아래 심문을 받으며 이렇게 진술했다.

"몇 주일 전에 4개월 된 제 어린 아들이 병에 걸렸습니다. 제 아들이 어떤 여인들에 의해 마법에 걸렸다는 풍문을 들었기에 그런 의혹을 품게 된 저는 가스파루토라고 불리는 이아시코의 파올로를 찾았습니다. 그는 마녀들과 함께 돌아다니며 베난단티의 한 사람이라고 알려져 있었기 때문입니다. 저는 그에게 만일 제 아들이 마법에 걸렸다면 구제책을 알려달라고 청했습니다.

그가 제 아들을 보러 왔습니다. 보자마자 그는 제 아들이 마녀들의 마법에 걸렸지만, 베난단티에 의해 그들에게서 구출되었다고 말했습니다. 제가 그에게 치료방법을 묻자 그는 아침에 아이의 무게를 재서 무게가 늘어났으면 나을 것이라고 말했습니다. 또한 그는 병이 악화되지 않을 것이라고 말하면서 제게 아이의 무게를 재도록 했습니다. 그러나 제 아이는 원인도 모른 채 사흘 뒤에 죽었습니다."

다시 질문을 받고 그가 말했다.

"앞서 말한 파올로는 이러한 마녀들과 함께 돌아다닌다고 여러 차례 말했습니다. 바로 어제도 제게 말했고, 바르톨로메오 수도사님께도 말했습니다. 하지만 그는 베난단티라고 불리는, 악에 대항하는 사람들에 속한다고 말했습니다. 때로 그들은 한 시골 지역으로 갔다가 때로는 다른 곳으로 갑니다. 그라디스카까지 혹은 더 멀리 베로나까지도 갔을 겁니다. 그들은 함께 창싸움을 하고 놉니다. 사악한 일을 하는 남자와 여자는 들에서 자라는 수숫대를 사용하고, 베난단티 남자와 여자는 회향 줄기를 사용합니다. 그들은 어느 하루에 날을 잡아 갔다가 또 다음에 가기도 합니다만, 언제나 목요일에 갑니다. 큰 구경거리를 보여줄 때면 그들은 가장 큰 농장에 갑니다. 그런 날은 정해져 있습니다. 마법사와 마녀들이 악행을 하려 할 때면 베난단티가 그들을 쫓아가 훼방을 놓고, 집으로 들어가는 것도 막습니다. 왜냐하면 그들은 통 속에서 맑은 물을 찾지 못하면 지하실로 가서 와인에 오물을 던져넣고 모두 망쳐버리기 때문입니다."

다시 질문을 받고 그가 말했다.

"앞서 말한 파올로는 그들이 이런 놀이에 갈 때 어떤 사람들은 말을 타고 가고, 다른 사람들은 산토끼나 고양이 또는 그 밖의 다른 동물을 타고 간다고 말했습니다. 하지만 거기에 참석한 사람들의 이름을 대지는 않았습니다."

다시 질문을 받고 그가 말했다.

"파올로는 그가 이런 놀이에 갈 때 그의 몸은 침대에 남아 있고, 영혼만 떠난다고 말했습니다. 그가 밖에 나가 있을 때 몸이 남아 있는 침대에 누가 접근해서 부르면 대답하지 않는다고 했습니다. 100년 동안 해봐도 움직이게 할 수 없다고 말했습니다. 하지만 보지 않고 부르면 즉시 대답한답니다. 그들이 실수해서 다른 사람들과 이야기하면 그들은 얻어맞는답니다. 그들은 퍼렇게 멍이 들도록 맞으며, 그도 다른 사람들과 이야기했다는 이유로 얻어맞고 학대당했다고 합니다. 그는 이런 이야기를 제게 했다는 이유로 보름 동안 학대당했다고 말했습니다. 믿지 못하겠으면 그와 함께 갈 약속을 해서 직접 보라고 말했습니다."

그가 또 말했다.

"그는 24시간이 지나도록 돌아오지 못하는 자나, 무슨 말을 하거나 무슨 짓을 한 사람의 영혼은 몸과 떨어져 남아 있으며, 몸이 묻힌 뒤 영혼은 영원히 떠돌아다니며, 말란단티라고 불린다고 말했습니다."

다시 질문을 받고 그가 말했다.

"우디네의 그라차노 구역에는 아퀼리나라는 이름의 여인이 있는데, 그 여자는 병든 사람이 걸쳤던 옷가지 종류를 가져다주면 그 사람이 마법에 걸렸는지 알 수 있다는 평판을 받고 있습니다. 제 장인이신 라이몬도 데 라이몬디께서 며칠 전 이 여인을 찾아가 제 아들이 덮고 있던 누비이불을 갖다주었습니다. 이 여자는 자기를 너무 늦게 찾아와서 도울 수 없으며 아이는 죽을 것이라고 말했습니다. 제 장인께서는 아이가 죽고 나서야 제게 그 이야기를 했습니다. 장인은 그 여자를 만나고 왔으며 그 여자에게서 좋은 희망을 얻었다고 제게 편지했습니다만, 실은 제가 걱정할까봐 사실을 말하지 않았다고 변명했습니다. 그 편지는 집에 있을 겁니다. 찾으면 보내드리겠습니다."

질문을 받고 그가 말했다.

"치비달레의 벨포르테 민티노Belforte Mintino 님께서 얼마 전 이 훌륭한 마을의 관리인 바티스타 모두코가 여기 이 광장에서 자신이 베난단티이며 동료들과 함께 나간다고 그와 귀족 트로이아노 데 아티미스 그리고 다른 신사들에게 고백했다고 제게 말했습니다."

또한 이렇게 덧붙였다.

"이 파올로는 이들 말란단티가 어린아이들을 잡아먹는다고 제게 말했습니다."

증인에 대해 질문을 받자 그는 자신 및 앞서 말한 바르톨로메오 사제를 언급했다. 장소와 시간에 대해서는 브라차노에 있는 앞서 거명한 피에트로의 상점이었다고 진술했다. 그 밖의 이야기들이 있었다.

대체로, 그것은 이아시코와 인접 마을에서 공공연한 사실이라고 그는 진술했다.

귀족 벨포르테 민티노가 증인으로 불려와 서약을 하고, 경고를 듣고,

이전에 맺은 서약 아래 심문을 받으며 이렇게 진술했다.

"저는 귀하가 제게 묻는 것들에 대해 어느 것도 확실하게 알지 못합니다. 다만 제 처남인 귀족 트로이아노 데 아티미스가 제게 다음과 같은 말을 했던 것만은 사실입니다. 얼마 전 관리 바티스타 모두코가 광장에서 자신이 베난단티이며 특히 목요일 밤에 나간다고 말했다는 것입니다."

그 밖에 일반적인 이야기들이 있었다.

치비달레의 시민인 귀족 트로이아노 데 아티미스가 증인으로 불려와 서약을 하고, 경고를 듣고, 이전에 맺은 서약 아래 심문을 받으며 이렇게 진술했다.

"얼마 전 제 매형인 벨포르테 님, 코르넬리오 갈로Comelio Gallo 님, 에토레 라바렐로Hettore Lavarello 님과 광장에 있었는데, 벨포르테 님께서 브라차노에도 그런 마법사들이 있으며 여기서 멀지 않은 치비달레에도 한 명이 있다고 말했습니다. 우리는 곧 헤어졌습니다. 저는 관리 바티스타 모두코를 보고, 그를 불러 물어봤습니다. '당신이 그 마법사의 하나요?' 그는 자신이 베난단티이며 특히 목요일 밤이면 다른 사람들과 밖에 나가 결혼식을 거행하고 춤을 추고 먹고 마시기 위해 어떤 장소에 모인다고 말했지요. 집으로 돌아갈 때 악행을 하는 사람들은 지하실로 가서 술을 마시고는 술통에 오줌을 눕니다. 베난단티가 따라가지 않으면 그들은 와인을 쏟아버린답니다. 그는 이것과 비슷한 허풍을 많이 떨었지만 나는 믿지 않습니다. 그래서 더는 물어보지 않았지요."

일반적인 이야기가 더 있었다. 이 고명한 마을의 마냐수토Magnassuto는 앞서 말한 증인들이 서약을 했고, 증언할 준비가 되어 있다고 보고했다.

1580년 6월 27일

치비달레에 있는 훌륭한 행정관 궁정의 일반 접견실에서 앞서 언급한 보좌와 존경하는 아퀼레이아와 콘코르디아 교구 전체의 심문관장인 심문관 펠리체 몬테팔코 수도사와 존경하는 평신도회장 보나벤투라 비바루치오Bonaventura Vivaruccio[2]앞에서 행해짐. 위에 말한 파올로가 출두하여 서약을 한 뒤, 경고를 듣고 조사를 받고 심문을 받은 뒤 대답했다.

"저는 제가 왜 이 고명한 영지의 관료들에게 소환당해 명령을 받아야 하는지 이유를 모르겠습니다."

장소에 대해 질문을 받고 그가 대답했다.

"저는 이아시코 마을의 토박이입니다."

아버지에 대해 질문을 받고 그가 대답했다.

"저에게는 아버지가 안 계십니다. 돌아가셨습니다."

아버지의 이름을 질문받고 그가 대답했다.

"이에로니모 가스파루토Hieronimo Gaspamtto이며, 어머니는 그라디스카 출신의 마달레나입니다. 어머니도 돌아가셨습니다."

질문을 받고 그가 대답했다.

"저는 해마다 제 신부님께 고해를 받고 성체를 모십니다."

질문을 받고 그가 대답했다.

"저는 우리 마을에 사악한 생활을 하는 루터 교도가 있다는 것을 알지 못합니다."

마녀나 베난단티인 사람에 대해 들어봤거나 개인적으로 알고 있는지

---

2 아마도 티바루티오(Tivarutio)가 아닐까?

묻자 그가 대답했다.

"저는 마녀에 대해서 알지 못합니다. 베난단티에 대해서도 마찬가지입니다."

이 말을 하면서 그는 웃으며 덧붙였다.

"아니요, 수도사님. 저는 정말 모릅니다."

질문을 받고 그가 대답했다.

"저는 베난단티가 아닙니다. 그것은 저의 소명이 아닙니다."

질문을 받고 그가 대답했다.

"저는 우리 마을에 어떤 아이가 마법에 걸렸는지 알지 못합니다."

질문을 받고 그가 대답했다.

"피에트로 루오타 씨가 저를 불러 '잠깐 와서 내 아들을 봐줄 수 있겠나'라고 말했습니다."

질문을 받고 그가 대답했다.

"저는 그 아이를 보러 갔지만 그에 대하여 아무것도 모른다고 말했습니다."

질문을 받고 그가 대답했다.

"저는 제가 마녀이거나 베난단티라는 이야기를 신부님과 한 적이 결코 없습니다."

질문을 받고 그가 대답했다.

"저는 이전의 심문관님과 우리 신부님께 베난단티에 대해 이야기한 적이 있습니다."

질문을 받고 그가 웃으며 대답했다.

"저는 이전 심문관 수도사님과 이야기하면서 마녀들과 싸우는 꿈을 꿨다고 말했습니다."

질문을 받고 그가 대답했다.

"저는 베난단티가 가는 놀이에 아무도 초청한 적이 없습니다."

피에로 씨가 불렀을 때 그가 앞서 말한 피에트로 루오타 씨의 상점에서 먹고 마셨는지, 사제가 왔을 때 베난단티와 관련된 문제에 대해 이야기했는지 묻자, 그가 대답했다.

"아닙니다, 수도사님."

질문 사제가 있는 앞에서 피에로 씨의 상점에서 베난단티에 대해 피에로 씨와 이야기한 적이 있습니까? 그가 대답했다.

아닙니다, 수도사님.

질문 사제나 심문관 수도사에게 베난단티의 놀이로 안내하겠다고 약속한 적이 있습니까? 그가 웃으며 대답했다.

아닙니다, 수도사님.

질문 왜 웃습니까? 그가 대답했다.

그런 일들은 심문할 일이 아니기 때문이지요. 그것은 신의 의지에 어긋납니다.

질문 이런 일들에 대해 묻는 것이 왜 신의 의지에 어긋납니까? 그가 대답했다.

제가 알지 못하는 것을 질문하시기 때문이지요.

질문 밤에 베로나와 비첸차 부근의 시골로 베난단티와 함께 나가 싸운다고 바르톨로메오 신부님께 말한 적이 있습니까? 그가 대답했다.

아닙니다, 수도사님.

질문 심문관 수도사님과 바르톨로메오 신부님께 "좋아하시건 싫어하시건, 밤에 저와 함께 가겠다고 약속해주시겠습니까?"라고 말했습니까? 그가 대답했다.

아니요, 수도사님. 기억하지 못합니다(이 말을 하면서 그는 눈을 감았다).

질문 마라코 수도사님이 여기 계실 때 그에게 "오늘이 그 놀이에 가는 날입니다"라고 말해놓고 어떻게 이제 와서 그것을 행할 줄 모른다고 말할 수 있습니까? 그가 대답했다.

제가 그런 말을 했는지 모르겠습니다. 제 기억에는 없습니다.

질문 바르톨로메오 신부에게 그의 밭에 수수를 심지 말라고 소리친 적이 있습니까? 그가 대답했다.

아닙니다, 수도사님.

질문 이전 심문관 수도사님과 바르톨로메오 신부님께 마녀와 베난단티가 그들의 놀이에서 탈진하여 돌아온 일, 집에서 물을 찾지 못하면 지하실로 내려가 와인에 오줌을 누어 망친 일에 대해 말한 적이 있습니까? 그가 대답했다.

아닙니다, 수도사님. 그리고 웃으며 덧붙였다. "대단한 세상이군요."

질문 바르톨로메오 신부님께 이 놀이로 안내하겠다고 약속한 적이 있습니까? 그가 대답했다.

아닙니다, 수도사님.

질문 당신이 베난단티라고 누구에게 말한 적이 있습니까? 그가 대답했다.

아닙니다, 수도사님.

질문 베난단티가 하는 일에 대해 말하고 누설했기 때문에 악마들에게 맞은 적이 있습니까? 그가 대답했다.

아닙니다, 수도사님.

질문 적이 있습니까? 그가 대답했다.

아닙니다, 수도사님.

그런 다음, 진실을 말하라는 경고를 받고, 진실을 말하면 자비를 얻을
것이라는 권고를 받은 뒤 질문에 대해 그가 대답했다.

"수도사님, 저는 다른 어떤 것도 말할 수 없습니다. 이게 제가 아는 전
부이니까요."

이 말을 듣고 심문관 수도사는 그가 겸손해지고 생각을 바꾸도록 하
기 위해 감옥에 넣으라고 명령했다.

같은 날

앞서 말한 것과 같은 장소에서 같은 사람들이 입회하였다. 감바 새쿠
라라는 별명의 관리 바티스타 모두코가 출두했다. 경고를 듣고, 서약을
하고, 조사를 받고, 심문을 받은 뒤 그는 다음과 같이 증언했다.

질문을 받고 그가 대답했다.

"아닙니다, 수도사님. 저는 왜 이곳에 소환되었는지 모릅니다."

질문을 받고 그가 대답했다.

"저는 관리가 불러서 왔습니다."

질문을 받고 그가 대답했다.

"저는 매년 고해를 받고 성체를 모십니다. 저는 마르티노 신부님께 고
해를 받고, 여기 치비달레에 살고 계신 자코모 신부님께 성체를 받아 모
십니다."

질문을 받고 그가 대답했다.

"저는 트레비냐노에서 태어났습니다만, 30년 내내 치비달레에서 살았
습니다."

질문을 받고 그가 대답했다.

"제 아버지는 트레비냐노 출신으로 이름은 자코모 모두코이고, 어머니는 고나르스Gonars 출신의 마리아입니다."

질문을 받고 그가 대답했다.

"수도사님, 저는 이단자에 대해 들어보지도 못했고 알지도 못합니다."

질문을 받고 그가 대답했다.

"저는 이단자인 사람을 알지 못하고, 그런 사람과 거래를 한 적도 없습니다."

질문을 받고 그가 대답했다.

"마녀가 있는지는 알지 못합니다. 베난단티는 저밖에 없습니다."

질문 '베난단티'라는 단어가 무슨 뜻입니까? 그가 대답했다.

저는 돈을 잘 지불하는 사람을 베난단티라고 부릅니다. 그런 사람에게 저는 기꺼이 갑니다.

질문을 받고 그가 대답했다.

"저는 훌륭한 분에게 그리고 다른 사람들에게 제가 베난단티라고 말한 적이 있습니다."

질문을 받고 그가 대답했다.

"다른 사람들에 대해서는 말할 수 없습니다. 저는 신의 뜻에 어긋나고 싶지 않기 때문입니다."

질문을 받고 그가 대답했다.

"저는 베난단티입니다. 왜냐하면 1년에 네 번 사계재일 때 밤마다 싸우러 다른 사람들과 함께 나가기 때문입니다. 저는 보이지 않게 영적으로만 가고 육체는 남아 있습니다. 우리는 그리스도를 받들기 위해 나가며, 마녀들은 악마를 받듭니다. 우리는 서로 싸웁니다. 우리는 회향단으로 싸우고 그들은 수숫대로 싸웁니다. 우리가 이기면 그해에는 풍년이 듭니다. 하지만 우리가 지면 흉년이 됩니다."

질문 여기에 얼마 동안 관련되어 있었습니까? 지금도 관련되어 있나요? 그가 대답했다.

참여한 지 8년 이상이 지났습니다. 스무 살 때 들어갔다가 원한다면 마흔 살에 나올 수 있습니다.

질문 이 베난단티 부대에는 어떻게 들어갑니까? 그가 대답했다.

막을 쓰고 태어난 사람은 모두 여기에 속합니다. 스무 살에 이르면 군인들처럼 북소리로 소집되는데, 그들은 응해야만 합니다.

질문 막을 쓰고 태어났지만 그럼에도 부랑자가 아닌 수많은 사람들은 어떻게 알 수 있습니까? 그가 대답했다.

저는 막을 쓰고 태어난 사람 모두가 가야 한다고 말씀드렸습니다.

이 종교단체에 가입하는 방식에 대해 진실을 말하라는 경고를 들은 뒤 그가 대답했다.

영혼이 육체를 떠나 떠돌아다니는 것 외에는 아무 일도 없습니다.

질문 당신들을 소집하는 사람은 누구요? 신이요, 천사요, 인간이요, 아니면 악마요? 그가 대답했다.

그는 우리와 같은 인간입니다. 우리보다 위에 있고, 북을 울려서 우리를 부릅니다.

질문 가는 사람들이 많습니까? 그가 대답했다.

우리는 수가 많습니다. 때로는 5천 명이 넘기도 합니다.

질문 서로 알고 있습니까? 그가 대답했다.

같은 마을에 있는 사람들은 서로 알기도 하고, 다른 사람들은 모릅니다.

질문 그 사람을 당신보다 위에 위치시킨 사람은 누구입니까? 그가 대답했다.

저는 모릅니다. 그렇지만 우리는 기독교 신앙을 위해 싸우기 때문에 그도 신이 보냈을 것이라고 믿습니다.

대장의 이름에 대해 질문을 받고 그가 대답했다.

"말할 수 없습니다."

질문을 받고 그가 대답했다.

"그는 마흔 살이 될 때까지 또는 포기할 때까지 부대의 대장입니다."

질문을 받고 그가 대답했다.

"대장은 퀼른 출신입니다."

그의 키와 나이에 대해 질문을 받고 그가 대답했다.

"그는 스물여덟 살이며, 키가 아주 크고, 수염이 붉으며, 안색은 창백하고, 귀족 출신인데 아내가 있습니다."

대장의 기장에 대해 질문을 받고 그가 대답했다.

"기장은 하얗고, 군기, 즉 위에 들고 다니는 가로대는 검습니다."

질문을 받고 그가 대답했다.

"우리의 기수는 사자가 그려진 하얀 능직 비단에 금박을 한 깃발을 들고 다닙니다."

질문을 받고 그가 대답했다.

"마녀들의 깃발은 네 명의 검은 악마가 그려진 붉은 비단에 금박을 입힌 것입니다."

질문을 받고 그가 대답했다.

"마녀들의 대장은 수염이 검고 몸집이 크고 키가 크며, 독일 출신입니다."

장소에 대해 질문을 받고 그가 대답했다.

"때로 우리는 아차노의 넓은 들판이나 쿠니아노 부근의 들로 가고, 때로는 치르기니스 근처 들판의 독일 땅에도 싸우러 갑니다."

질문을 받고 그가 대답했다.

"우리는 모두 걸어서 갑니다. 우리 베난단티는 회향단으로 싸우고, 마녀들은 수숫대로 싸웁니다."

질문 당신은 회향과 마늘을 먹습니까? 그가 대답했다.

네, 수도사님. 그것은 마녀와 싸울 때 도움이 됩니다.

질문을 받고 그가 대답했다.

우리들 중에는 여자가 없습니다. 그렇지만 여자 베난단티가 있다는 것은 사실이며, 여자는 여자와 싸웁니다.

질문을 받고 그가 대답했다.

싸울 때 우리는 한 번은 밀을 놓고 다른 한 번은 다른 곡식을 놓고 또한 번은 가축을 놓고 또다른 때에는 포도밭을 놓고 싸웁니다. 그렇게 네 번에 걸쳐 우리는 땅 위의 모든 과실을 놓고 싸웁니다. 베난단티가 이긴 것은 그해에 풍년이 듭니다.

질문을 받고 그가 대답했다.

저는 제 동료들의 이름을 댈 수 없습니다. 부대원 전체에게 매를 맞으니까요.

질문 당신의 적인 마녀의 이름을 말해주시오. 그가 대답했다.

수도사님, 말할 수 없습니다.

질문 신을 위하여 싸운다고 말하려면 그 마녀들의 이름을 내게 말하기 바랍니다. 그가 대답했다.

친구건 적이건 그들의 이름을 말하거나 고발할 수 없습니다.

반복하여 훈계를 듣고 마녀들의 이름을 밝히라는 요청에 대해 그가 대답했다.

말할 수 없습니다.

질문 무슨 이유로 말을 못하는 것인가요? 그가 대답했다.

왜냐하면 우리에게는 어떤 편에 대해서건 비밀을 누설하지 않도록 한 군령이 있기 때문입니다.

질문을 받고 그가 대답했다.

이 계율은 우리가 복종해야만 하는 양쪽 대장이 만든 것입니다.

질문 그것은 변명에 불과합니다. 당신은 더이상 거기에 속하지 않기 때문에 복종할 필요가 없습니다. 그러니 그 마녀들이 누군지 내게 말하시오. 그가 대답했다.

산토 레오나르도Santo Leonardo 근처 슬라보니아Slavonia의 메르시오Mersio 출신 파울로 티를리케르Paulo Tirlicher의 아내였던 여자와 프레스텐토 Prestento의 추츠Zuz 출신 피에로 디 체코Piero di Cecho라는 서른여섯 살의 여자입니다.

질문을 받고 그가 대답했다.

"이 여자는 집의 덮개와 지붕에다 끈에 달린 나무막대기 같은 것을 올려놔서 가축의 젖이 나오지 않게 만들었습니다. 죽지 않았다면 지금도 돌아다니고 있을 것입니다."

이런 이야기를 들은 뒤 존경하는 심문관 수도사는 그를 방면하여 더 생각해보라고 했다.

1580년 6월 28일 화요일 아침

앞서 언급한 것과 같은 장소, 같은 사람들이 참석한 자리에서 앞서 말한 파올로를 감옥에서 데려왔다. 그는 서약을 하고, 훈계를 하고, 조사를 받고, 심문을 받은 뒤 다음과 같이 증언했다.

질문 전보다 더 진실을 잘 말할 수 있다고 생각합니까? 그가 대답했다.

그렇습니다, 수도사님. 똑바로 이야기하겠습니다.

질문 당신은 베난단티입니까? 그가 대답했다.

그렇습니다, 수도사님.

질문 얼마 동안이나 이 부대에 있었습니까? 그가 대답했다.

10년입니다.

질문 여전히 거기에 속합니까? 그가 대답했다.

4년째 거기에 참가하지 않았습니다.

질문 그 부대에 가입하려고 무엇을 했습니까? 그때 몇 살이었습니까? 그가 대답했다.

저는 스물여덟 살에 가입했습니다. 베로나의 베난단티 대장에 의해 소환되어 가입했습니다.

질문 1년 중 어떤 시기에 소환되었습니까? 그가 대답했다.

성 마티아 축일 사계재일 때였습니다.

질문 어제는 왜 이 말을 하지 않았습니까? 그가 대답했다.

저는 마녀들이 무서웠습니다. 잘 때 저를 공격하여 죽일 것 같았습니다.

질문 처음에 갔을 때 당신은 베난단티와 함께 간다는 것을 알고 있었습니까? 그가 대답했다.

그렇습니다, 수도사님. 처음에 저는 비첸차의 베난단티에게서 경고를 받았기 때문이지요. 그의 이름은 바티스타 비첸티노입니다.

그 사람의 성에 대해 묻자 그가 대답했다.

"잘 모릅니다."

그 사람의 아버지가 있는지 묻자 그가 대답했다.

"없습니다, 수도사님."

그의 나이에 대해 묻자 그가 대답했다.

"그 당시에 바티스타는 서른다섯 살이며, 키가 크고, 둥글고 검은 수염이 있었고, 체격이 좋은 농부였습니다. 그렇지만 어느 마을 출신인지는 모릅니다."

질문 그 사람이 당신한테 경고하기 위해 찾아왔을 때는 1년 중 언제였습니까? 그가 대답했다.

12월 크리스마스 사계재일 기간에 목요일 밤 네 시쯤 첫잠이 들었을 때였습니다.

질문 그가 경고하기 위해 찾아왔을 때 무슨 말을 했습니까? 그가 대답했다.

그는 베난단티의 대장이 수확물을 위해 싸우라고 저를 소집했다고 말했습니다. 저는 대답했습니다. "수확물을 위해 나가겠습니다."

질문 그가 말할 때 당신은 깨어 있었습니까, 잠들어 있었습니까? 그가 대답했다.

바티스타가 제 앞에 나타났을 때 저는 자고 있었습니다.

질문 잠을 자고 있었다면, 어떻게 그의 목소리를 듣고 대답할 수 있었습니까? 그가 대답했다.

제 영혼이 그에게 대답했습니다.

질문 당신이 나갈 때 몸이 함께 나갔습니까? 그가 대답했다.

아닙니다, 수도사님. 단지 영혼이 나갔습니다. 그리고 만일 우리 영혼이 나갔을 때 누가 불을 갖고 와서 육체를 오랫동안 바라보면, 영혼은 그날 밤 주변에 아무도 보는 사람이 없을 때까지 육체에 다시 들어가지 못합니다. 그리고 만일 죽은 것처럼 보이는 육체를 묻어버린다면, 영혼은 그 육체가 죽기로 정해진 시간까지 세상을 떠돌아다닙니다. 만일 육체를 묻지 않는다면 영혼은 다음날 밤 아무도 보지 않을 때까지 그 몸에 다시 들어가지 못합니다.

질문 전날 바티스타가 당신을 부르기 이전에 이 바티스타를 알고 있었습니까? 그가 대답했다.

아닙니다, 수도사님. 그렇지만 사람들은 누가 베난단티인지 알고 있습니다.

질문 누가 베난단티인지 사람들이 어떻게 알지요? 그가 대답했다.

베난단티의 대장이 압니다.

질문 당신 부대에는 몇 명이 있습니까? 그가 대답했다.

단 여섯 명뿐입니다.

질문 어떤 무기를 갖고 싸웁니까? 그가 대답했다.

우리는 가막살나무 가지로 싸웁니다. 그것은 기도 성일 행진 때 십자가 뒤에 들고 가는 막대기를 말합니다. 그리고 우리는 금박을 입힌 하얀 비단 깃발을 들고, 마녀들은 네 명의 악마가 그려진 노란 깃발을 듭니다.

질문 어디로 가서 싸웁니까? 그가 대답했다.

베로나와 그라디스카 근처 시골로 갑니다.

질문 어디로 가는지 어떻게 알지요? 그가 대답했다.

사계재일 이전에 베난단티와 마녀가 서로 도전을 하고 장소를 정합니다.

질문 이 놀이에 누구를 데려가기로 약속한 적이 있습니까? 그가 대답했다.

네, 전임 심문관님이요. 그분이 오셨더라면 지금 저를 심문하시지 않을 텐데.

질문 이 네 번 말고 다른 때에도 갑니까? 그가 대답했다.

아닙니다, 수도사님.

질문 당신은 1575년 4월 부활절 이튿날 당신 마을에서 바르톨로메오 신부님과 식사를 할 때 그 전날 밤에 나갔었다고 말했는데, 그렇다면 이야기가 다르지 않습니까? 그가 대답했다.

바르톨로메오 신부님께 그게 사실이 아니었다고 전해주십시오.

질문 당신의 대장은 누구입니까? 그가 대답했다.

그는 베로나 출신입니다. 저는 그의 이름을 모릅니다. 그는 보통 키의 농부인데, 붉은 수염에 통통하고 서른 살쯤 먹었다고 생각합니다.

질문 그는 어떻게 대장이 되었습니까? 그가 대답했다.

저는 모릅니다.

질문 여기에 있는 당신의 부대원은 누구입니까? 그가 대답했다.

그들은 비첸차와 베로나 너머에서 왔기 때문에 그들의 이름은 모릅니다.

질문 마녀들과 싸웠다는데, 그들을 알고 있습니까? 그가 대답했다.

한 명은 고리치아 출신의 농부로 이름이 스테파노입니다. 마흔 살쯤 되었고, 두툼하고 검은 수염을 하고 있습니다. 다른 한 명은 카포디스트리아 지역의 키안스 마을 출신인 마르티노 스피치카라 합니다. 그 마을은 리산에서 3마일쯤 떨어져 있습니다. 회색 수염의 그는 가슴이 넓고, 그 당시 서른아홉쯤 되었습니다.

이 말을 들은 뒤 존경하는 심문관 수도사는 우디네에 있는 성 프란체스코 수도원으로 20일 이내에 다시 출두하라고 명령하며 그를 풀어주었다. 출두할 곳은 앞서 언급한 심문관 수도사의 평상시 거처로 사용되는 방이었다.

1580년 9월 24일

성 프란체스코 수도원의 존경하는 심문관 수도사의 방에서 열렸음.
치비달레시의 행정관 산하 관리인 파피누스Papinus가 이아시코 마을의 작고한 가스파루토의 아들 파올로를 개인적으로 소환하였고, 그 파올로가 위에 말한 파피노와 함께 성 프란체스코 수도원으로 와 심문관 수도사 앞에 출두했다고 보고했다. 존경하는 심문관 수도사는 그를 수감하라 명령했고, 그렇게 집행되었다.

1580년 9월 26일 월요일

치비달레시의 고명한 행정관 조반니 바두아리오의 궁정 일반 접견실에서 존경하는 아퀼레이아와 콘코르디아 교구 전체의 교황 특사인 심문관 펠리체 몬테팔코 수도사와 앞서 언급한 고명한 행정관과 그의 탁월한 보좌 파올로 파타비노Paolo Patavino가 참석한 자리에서 열렸음.
이아시코 마을 출신의 작고한 가스파루토의 아들 파올로가 감옥에서 인도되어, 서약을 하고, 훈계를 받고, 조사를 받고, 심문을 받은 뒤 그는 다음과 같이 증언했다. 질문을 받고 그가 대답했다.
"저는 7월 한 달 내내 아팠기 때문에 약속에 맞춰 우디네에 오지 못했습니다."
질문을 받고 그가 대답했다.

"저는 진실을 말해야 한다고 생각하게 되었습니다."

질문 누가 당신을 이 베난단티 부대로 인도했습니까? 그가 대답했다.

신의 천사입니다.

질문 언제 이 천사가 당신 앞에 나타났습니까? 그가 대답했다.

밤중에 내 집에서 아마도 네 시쯤 첫잠이 들었을 때였습니다.

질문 어떻게 나타났습니까? 그가 대답했다.

제단에 있는 것처럼 금으로 된 천사가 제 앞에 나타나 저를 불렀고, 제 영혼이 나갔습니다.

질문을 받고 그가 말했다.

그는 제 이름을 부르면서 이렇게 말했습니다. "파올로, 나는 너를 베난단티로 파견하니, 수확물을 위해 싸워야 할 것이다."

질문을 받고 그가 말했다.

저는 대답했습니다. "가겠습니다. 저는 순종합니다."

질문 천사는 당신한테 무얼 약속했소? 여자, 음식, 춤 그리고 또 뭐가 있지요? 그가 말했다.

천사는 제게 아무것도 약속하지 않았습니다. 그렇지만 다른 자들은 춤추고 날뛰었습니다. 우리가 그들과 싸웠기 때문에 저는 그것을 봤습니다.

질문 천사가 당신을 소집했을 때 당신의 영혼은 어디로 갔습니까? 그가 대답했다.

영혼은 육체 안에서 말을 하지 못하기 때문에 나왔습니다.

질문 영혼이 천사와 말을 하려면 나와야 한다고 말한 사람은 누구입니까? 그가 대답했다.

천사가 직접 제게 말했습니다.

질문 이 천사를 몇 번이나 봤습니까? 그가 대답했다.

갈 때마다 봤습니다. 언제나 저와 함께 갔으니까요.

질문 천사가 당신 앞에 나타나거나 떠날 때 당신에게 두려움을 줍니까? 그가 대답했다.

그는 결코 우리를 두렵게 하지 않습니다. 다만 우리가 헤어질 때 축도를 해줄 뿐입니다.

질문 이 천사는 찬미받기를 요구합니까? 그가 대답했다.

네, 우리는 교회에서 우리 주 예수그리스도를 찬미하듯 그를 찬미합니다. 하지만 많은 천사가 아니라 우리 부대를 이끄는 단 한 천사만을 찬미합니다.

질문 이 천사가 당신 앞에 나타날 때 앉아 있었습니까? 그가 대답했다.

우리는 모두 함께 나타났고, 그는 깃발 옆에 서 있었습니다.

질문 이 천사는 아름다운 왕좌에 앉아 있는 다른 천사에게로 당신을 데려갔습니까? 그가 대답했다.

하지만 그는 우리의 부대가 아닙니다. 우리가 그 그릇된 적과 연관된다니!

그리고 그는 덧붙였다. 아름다운 왕좌를 가진 자는 마녀들입니다.

질문 그 아름다운 왕좌 옆에서 마녀를 본 적이 있습니까? 그는 손을 내저으면서 대답했다.

아니요, 수도사님. 우리는 싸웠을 뿐입니다.

질문 어느 쪽이 더 아름다운 천사요? 당신들의 천사요, 아니면 아름다운 왕좌에 앉은 천사요? 그가 대답했다.

그런 왕좌를 본 적이 없다고 말씀드리지 않았습니까?

그리고 덧붙였다. 우리 천사는 아름답고 하얀 반면, 그들의 천사는 검고 악마입니다.

질문 당신을 부르러 천사가 보낸 최초의 베난단티는 누구였습니까? 그가 대답했다.

지난번에 말씀드렸던 것처럼 비첸차의 바티스타입니다.

질문 그 천사가 당신 앞에 나타났을 때 당신은 결혼했었습니까? 당신의 아내는 침대에 있었나요? 그가 대답했다.

저는 그때 결혼하지 않았습니다. 이 일은 제가 결혼하기 4년 전에 일어났습니다.

질문 그때 몇 살이었습니까? 그가 대답했다.

스물네 살, 아니면 스무 살이었습니다.

질문 당신은 아내에게 나간다고 말한 적이 있습니까? 그가 대답했다.

아닙니다, 수도사님. (즉시 표정을 바꾸며) 아내가 두려워할까봐 그랬습니다.

질문 그것이 좋은 일이고 신의 의지라면, 왜 아내가 두려워할 것이라고 생각했지요? 그가 대답했다.

저는 모든 비밀을 아내에게 털어놓고 싶지 않았습니다.

질문 당신은 내게 여자는 여자와 싸운다고 말했습니다. 왜 아내에게 그 이야기를 해서 그녀 스스로 싸우게 하지 않았습니까? 좋은 일이라면서요? 그가 대답했다.

우리 주 하느님께서 스스로 가르치지 않기를 택하셨기 때문에 저는 이 기술을 아무에게나 가르칠 수 없습니다.

질문 당신은 맞은 적이 있습니까? 그가 대답했다.

그렇습니다, 수도사님. 제가 이 일을 앞서 말한 우리 바르톨로메오 신부님께 말씀드렸을 때 어깻죽지를 두 번 얻어맞았습니다.

몸에 상처가 있느냐는 질문을 받자 그가 대답했다.

제 몸 전체가 아팠습니다만, 상처가 있는지는 모르겠습니다.

질문 얼마 동안 아팠습니까? 그가 대답했다.

엿새에서 여드레 정도 아팠습니다.

질문 누가 때렸습니까? 그가 대답했다.

그저 얼굴만 알 뿐인 마녀가 때렸습니다.

질문 그가 마녀라는 것을 어떻게 알아봤습니까? 그가 대답했다.

그들과 싸운 적이 있기 때문입니다.

질문 당신 부대에 있는 사람들은 누구입니까? 그가 대답했다.

한 명은 전에 말했던 비첸차의 바티스타이고, 다른 사람들은 모릅니다.

지금까지의 이야기를 들은 뒤 존경하는 심문관 수도사는 이 파올로를 감옥으로 되돌려 보내라고 명령했다.

1580년 10월 1일

고명한 행정관 궁정의 접견실에서 고명한 행정관 조반니 바두아리오와 그의 뛰어난 보좌 등등이 참석한 가운데 존경하는 아퀼레이아의 심문관 수도사 앞에서 열렸음.

이아시코의 파올로의 아내인 마리아 여인이 출두하여 서약을 하고, 훈계를 받고, 조사를 받고, 심문을 받은 뒤 그녀는 다음과 같이 증언하였다.

질문을 받고 그녀가 대답했다.

"아닙니다, 수도사님. 저는 왜 여기에 불려왔는지 모릅니다."

질문을 받고 그녀가 대답했다.

"그렇습니다, 수도사님. 저는 고해를 받고 가스파로 신부님으로부터 성체를 모십니다."

다시 질문을 받고 그녀가 대답했다.

"저는 이아시코 마을의 파올로 데 가스파루토와 결혼한 지 8년 되었습니다."

질문을 받고 그녀가 대답했다.

"결혼한 기간에 저는 수도사님께서 남편에 대해 제게 물으신 것들을 전혀 알지 못했습니다. 그가 영적으로 밖에 나가는지 베난단티인지 몰랐습니다. 그런데 어느 날 밤 해가 뜨기 네 시간쯤 전에 저는 깨어났습니다. 저는 무서워서 남편을 불렀습니다. 남편도 일어나 있기를 바랐기 때문이지요. 제가 열 번이나 이름을 부르고 흔들었어도 남편을 깨울 수 없었습니다. 남편은 얼굴을 위로 하고 누워 있었습니다. 그래서 저는 그를 침대에 그냥 놔두고 일어났습니다. 다시 돌아와 보니 남편은 깨어 있었고, 이렇게 말했습니다. 이 베난단티들은 영혼이 몸을 떠날 때 생쥐의 모양을 하고 있으며, 돌아올 때 몸이 뒤척여져 엎어져 있으면 그 몸은 죽은 채로 남아 있고, 영혼은 절대로 다시 들어가지 못한다고 말입니다."

질문을 받고 그녀가 대답했다.

"제가 말한 이 일이 벌어진 것은 4년 전쯤입니다. 겨울이었지만, 어떤 날인지는 기억하지 못합니다. 사계재일 때는 아니었습니다."

질문을 받고 그녀가 대답했다.

"방앗간지기였던 피에트로 로타로에게서 어느 날 방앗간에서 한 사람을 봤는데, 그가 제 남편 파올로였던 것 같다는 말을 들었습니다. 그는 죽은 사람 같았고 몸을 아무리 흔들어도 일어나지 않았으며, 잠깐 뒤 그의 몸 주위에 생쥐가 돌아다니는 것을 봤다고 합니다. 생쥐가 입안으로 들어갔는지는 모르겠습니다."

여러 가지 일에 대해 묻자 그녀는 그밖에 더 아는 것이 없다고 대답했다. 그리하여 그녀는 당분간 석방되었다. 그녀는 처음에 몹시 울고 흐느꼈지만, 눈물이 흐르는 것을 보지는 못했다.

1580년 10월 2일 일요일

위와 같은 장소의 강당에서 같은 사람들이 배석한 가운데 열렸음.

치비달레의 성 프란체스코 수도원의 독방에서 인도된 바티스타 모두코가 출두하여, 훈계를 받고, 조사를 받고, 심문을 받은 뒤 그는 다음과 같이 증언했다. 질문을 받고 그가 대답했다.

"감옥에 있는 제 친구로부터 그에게 천사가 나타났다는 말을 들은 이후로 저는 그게 악마가 아닐까 생각하게 되었습니다. 왜냐하면 우리 주는 영혼을 육체에서 빠지도록 인도하는 것이 아니라 단지 선한 자극을 주기 위해 천사를 파견하시기 때문입니다."

다시 질문을 받고 그가 대답했다.

"인간의 형상을 했지만 잘 보이지 않는 그 무엇이 자고 있는 제게 나타났습니다. 저는 자고 있다고 생각했지만 잠든 것이 아니었습니다. 그는 트리비냐노 출신인 것 같았습니다. 저는 목에 제가 태어날 때 쓰고 나왔던 막이 있기 때문에 '네게는 나와 같은 것이 있으니 나와 함께 가야 한다'는 말을 들었다고 생각했습니다. 저는 가야 한다면 가겠지만 신을 떠나기는 싫다고 말했습니다. 이것은 신의 일이라고 그가 말했기 때문에 저는 스물둘이나 스물셋이 되었을 때 갔습니다."

다시 질문을 받고 그가 대답했다.

"그렇습니다, 수도사님. 저는 언제나 그 막을 목둘레에 감고 있었습니다. 하지만 그것을 잃어버린 뒤 저는 다시 나가지 않았습니다."

질문을 받고 그가 말했다.

"막을 갖고 있지만 쓰지 않은 사람은 나가지 않기 때문이지요."

질문을 받고 그가 말했다.

"제 앞에 나타났던 사람은 트리비냐노 출신의 찬 데 미콘Zan de Micon인 것처럼 보입니다. 그는 죽었습니다."

질문을 받고 그가 말했다.

"크리스마스 사계재일 목요일 밤이었습니다."

질문을 받고 그가 말했다.

"아닙니다, 수도사님. 저는 그가 그날 밤에 오는지도 몰랐고, 그가 베난단티인지도 몰랐습니다. 저는 그런 이야기를 그와 함께 한 적이 없습니다."

그리고 그는 스스로 말을 이어갔다.

"그가 '아무 말도 하지 마시오. 안 그러면 맞을 것이오'라고 말했기 때문에 저는 아무 말도 하지 않았습니다. 나가지 않은 다음에야 말을 했습니다."

질문 그런 이유로 맞은 사람을 알고 있습니까? 그가 대답했다.

그렇습니다, 수도사님. 저도 맞았습니다. 저는 어쩌다가 조금 이야기했는데, 죽도록 맞았습니다.

그에게 질문이 있었다. 누가 때렸습니까? 그가 대답했다.

"저와 함께 가던 사람들이지요. 트리비냐노 마을 출신이 열 명쯤 됩니다. 이제 그 사람들은 다 죽었습니다."

질문을 받고 그가 말했다.

"그렇습니다, 수도사님. 그 마을에는 마녀들이 있습니다. 그중 한 명이 세라피노Seraphino인데 그는 죽었습니다."

질문 마녀들이 밖에 나갈 때 무엇을 하는지 봤습니까? 그가 대답했다.

아닙니다, 수도사님. 사계재일 때 우리와 싸울 때 말고는 보지 못했습니다. 그렇지만 그들은 목요일에도 나갑니다.

질문을 받고 그가 말했다.

"마녀들은 목요일마다 누구를 해치려고 나갑니다. 누가 그들을 불러내는지 저는 모릅니다."

질문을 받고 그가 말했다.

"마녀들은 엄숙하게 검은 옷을 입고 목에 사슬을 감은 그들의 주인에게 복종하고 기도합니다. 그의 앞에서는 무릎을 꿇어야 합니다."

그에게 질문이 있었다. 당신들 베난단티도 대장 앞에 무릎을 꿇습니까? 그가 대답했다.

"아닙니다, 수도사님. 우리는 군인이 대장한테 하듯 모자로 경의를 표할 뿐입니다."

그에게 질문이 있었다. 마녀들이 꿇어앉은 다음 다른 놀이를 합니까? 그가 대답했다.

"수도사님, 저는 보지 못했습니다. 그들이 먼 곳으로 갔으니까요."

그에게 질문이 있었다. 언제 어디에서 마녀들이 무릎을 꿇었습니까? 그가 대답했다.

"마초네 들판에서 우리가 싸운 뒤, 우리가 모든 방향으로 떠나려고 할 때였습니다."

그에게 질문이 있었다. 어떻게 당신은 그것이 신의 일이라고 믿을 수 있단 말입니까? 인간에게는 보이지 않게 만들 능력도 영혼을 이끌고 갈 능력도 없으며, 신의 일은 비밀리에 수행되는 것이 아닙니다. 그가 대답했다.

"그가 제게 '일어나라, 바티스타'라고 애걸했습니다. 저는 자는 것 같기도 아닌 것 같기도 했습니다. 그가 저보다 나이가 많았기 때문에 그의 말을 따르는 것이 온당하다고 생각했습니다."

질문을 받고 그가 말했다.

"네, 수도사님. 이제 저는 그 다른 사람이 자신의 천사에 대해 말한 다음부터 그것이 악마의 일이라고 믿고 있습니다."

질문을 받고 그가 대답했다.

"처음으로 제가 소집되었을 때 그 사람이 저를 마초네 들판으로 데려갔습니다. 그리고 대장이 제 손을 잡고 '당신은 착한 하인이 되겠습니까?' 하고 물었고 저는 '네' 하고 대답했습니다."

질문을 받고 그가 대답했다.

"그는 저에게 아무 보상도 약속하지 않았습니다. 단지 제가 신의 일을 수행하고 있으며, 제가 죽으면 천국에 갈 것이라고 말했을 뿐입니다."

질문을 받고 그가 대답했다.

"대장은 전에 말했던 것처럼 하얀 기장을 달고 있었고, 십자가는 갖고 있지 않았습니다. 그의 검은 옷 위에도 십자가는 달려 있지 않았습니다."

잠시 뒤 그가 덧붙였다.

"금박을 한 검은 옷이었습니다."

질문 당신의 대장과 마녀들의 대장 사이의 차이는 무엇입니까? 그가 대답했다.

우리 대장은 얼굴이 흰 편이고, 그들의 대장은 가무잡잡합니다.

질문을 받고 그가 대답했다.

"그때 우리는 그리스도의 이름도 성모마리아의 이름도 또는 어떤 특정 성인의 이름도 말하지 않았습니다. 어느 누구도 십자가를 긋거나 십자가 표시를 하지도 않았습니다. 하지만 진실로 그들은 신과 성인에 대해 일반적으로 말했습니다. 이렇게 말이지요. '신과 성인이 우리와 함께하기를.' 그러나 이름을 말하지는 않았습니다."

질문을 받고 그가 대답했다.

"우리가 싸울 때 말은 없었습니다. 양쪽 부대의 어떤 신사들 소유의 몇 마리를 빼고는 말입니다. 그들은 검고 희고 붉은 네 발 달린 짐승을 타고 있었는데, 무슨 종류인지는 모르겠습니다. 그들은 서서 보고 있었습니다."

질문을 받고 그가 대답했다.

"마녀들 편의 신사들이 한쪽에 서고 우리 편 신사들이 다른 쪽에 섰습니다만, 서로 신경쓰지 않았습니다."

질문을 받고 그가 대답했다.

"네, 저는 정말로 몇몇 베난단티를 알고 있었습니다만, 그 신사들은 알지 못했습니다. 왜냐하면 그들은 이쪽저쪽에서 나오곤 했으니까요. 그러나 우리 베난단티와 마녀들은 언제나 같은 길에서 나왔습니다."

질문을 받고 그가 대답했다.

"부대를 기다리면서 우리는 아무것도 하지 않았지요. 우리는 먹지도 마시지도 않았습니다. 그렇지만 집으로 오면서 저는 방패가 있었으면 했습니다. 지하실 와인 저장고에서 마실 때마다 갈라진 틈으로 들어가 술통 위에 올라가야 하니까요. 우리는 대롱으로 마셨고 마녀들도 그랬습니다. 하지만 마녀들은 마신 다음 술통에 오줌을 눴습니다."

질문을 받고 그가 대답했다.

"수도사님, 단 두어 가지 말했다고 옆구리와 등과 팔에 시퍼렇게 멍이 들도록 맞았다고 말씀드리지 않았나요? 그게 제가 고해사에게 절대로 말하지 않았던 이유입니다."

이러한 이야기를 들은 뒤 그는 자신의 독방으로 보내져, 더 잘 생각하도록 했다.

1580년 10월 3일 월요일

고명한 행정관 조반니 바두아리오와 뛰어난 그의 보좌가 배석한 가운데 존경하는 아퀼레이아의 심문관 펠리체 몬테팔코 수도사 앞에서 열렸음.

자신에게 할당된 감옥에서 인도된 이아시코 마을 출신의 파올로 가스파루토가 조사를 받고, 심문을 받은 뒤 다음과 같이 증언했다.

질문을 받고 그가 대답했다.

"저는 그 천사의 환영이 실로 저를 유혹하는 악마였다고 믿습니다. 악마가 천사로 둔갑할 수 있다고 당신이 말씀해주셨기 때문이지요."

질문을 받고 그가 대답했다.

"제게 천사가 나타나기 1년쯤 전에 어머니가 제가 쓰고 태어난 막을 주시면서 그 막은 저와 함께 세례를 받았고, 미사를 아홉 번 올렸으며, 기도와 성경 구절 낭독으로 축성을 올렸다고 말씀하셨습니다. 그리고 어머니는 제가 베난단티로 태어났으며, 제가 자라면 밤에 나가야 할 것이며, 그 막을 쓰고 있어야 할 것이며, 마녀와 싸우기 위해 베난단티와 함께 다녀야 할 것이라고 말씀하셨습니다."

질문을 받고 그가 대답했다.

"제 어머니는 나가지 않으셨습니다. 어머니는 베난단티가 아니셨습니다."

질문을 받고 그가 대답했다.

"제가 막을 받았을 때부터 천사가 제게 올 때까지, 저는 아무것도 듣지 못했고 아무것도 배우지 못했습니다."

질문을 받고 그가 대답했다.

"이제는 악마라고 생각하는 그 천사가 저를 불렀을 때 그는 아무것도 제게 약속해주지 않았고, 다만 비첸차 출신의 바티스타라는 베난단티를 통해 저를 소환할 것이라고 말했을 뿐입니다. 그는 정말로 왔습니다."

질문을 받고 그가 대답했다.

"저는 본 적이 없는 이 바티스타를 알지 못했습니다. 하지만 그가 와서 '내가 비첸차의 바티스타요'라고 말했습니다."

질문을 받고 그가 대답했다.

"문이 굳게 잠겨 있었지만, 우리는 문을 통해 나갔습니다."

질문 언제 아이들이 마법에 걸리는지 어떻게 알 수 있습니까? 그가 대답했다.

몸에 살을 하나도 남겨놓지 않기 때문에 확실히 말할 수 있습니다. 그들은 마르고 시들어서 가죽과 뼈만 남습니다.

질문 브라차노의 그 사람 아들에게 사용한 치료법은 무엇입니까? 그가 대답했다.

세 번의 목요일에 아이의 몸무게를 재라고 했습니다.

질문을 받고 그가 대답했다.

치료법은 이런 것입니다. 저울 위에다 아이의 무게를 재는 동안 베난단티의 대장이 병의 원인이 된 마녀에게 저울로 고문을 가해서 죽이기도 합니다.

질문을 받고 그가 대답했다.

"그 아이가 죽은 것은 몸무게를 늦게 쟀기 때문입니다."

그리고 그는 덧붙였다.

"몸무게를 잰 세 번의 목요일에 아이의 무게가 늘면 마녀는 마르고 죽습니다. 아이가 마르면 마녀가 살아납니다."

질문을 받고 그가 대답했다.

"제가 베난단티였을 때 저는 다른 사람을 불러 저를 따라오라고 할 수 있었습니다. 모든 베난단티가 그렇게 할 수 있습니다. 하지만, 먼저 그 사람은 아무것도 폭로하지 않겠다고 맹세하라는 요청을 받습니다. 왜냐하면 만약 폭로할 경우 그 사람과 부대에 해를 끼칠 수 있기 때문입니다."

질문 누가 해를 끼칩니까? 그가 대답했다.

그 마녀들입니다.

이 증언을 들은 뒤 고명한 행정관과 그의 뛰어난 보좌 파올로 프라디올라의 동의 아래 존경하는 심문관 수도사는 당분간 그를 석방했다. 그는 소환하면 다시 출두한다는 조건이 붙었다.

관리 바티스타 모두코, 일명 감바 세쿠라가 자신에게 할당된 감옥에서 인도되어 조사를 받고 경고를 듣고 심문을 받은 뒤 그는 다음과 같이 증언했다. 질문을 받고 그가 대답했다.

"저는 이미 어머니가 주신 막이 없이는 나갈 수 없다고 말씀드린 바 있습니다. 어머니는 제가 그것을 쓰고 태어났으며, 저와 함께 그것에 세례를 해주었고, 여러 차례 미사를 올렸으며, 제가 그것을 둘러야 한다고 말씀하셨습니다. 저 역시 그 막에 서른 번이나 미사와 축성을 드렸습니다. 제가 마리오 사보르냐노 님과 로마에 있었을 때 말이지요."

그리고 질문을 받고 그가 대답했다.

"정말로 그렇습니다, 수도사님. 이 막에 축성해주신 신부님은 아십니다. 그는 미사를 올리는 동안 그것을 제단 덮개 아래 두곤 했습니다."

질문을 받고 그가 대답했다.

"저는 로마로 들어가는 문 근처에 있는 성모님의 이름을 딴 성당에서 수도승으로부터 그 막에 축성을 받았습니다."

그리고 질문을 받고 그가 대답했다.

"서른 명이 있었는지 서른두 명이 있었는지 모르겠지만, 미사를 올린 수도승은 한 명이었습니다. 그는 막을 손에 들고 있었고, 저는 존경의 표시로 황금빛 방패를 그에게 주었습니다."

이 증언을 들은 뒤 앞서 언급한 존경하는 심문관 수도사는 앞서 언급한 사람들의 동의를 얻어 앞서 했던 것과 동일한 훈계를 하며 그를 당분간 석방했다.

1581년 11월 25일

치비달레의 공판장 경매사인 레오나르도 콜로레도Leonardo Colloredo가 서약을 한 뒤 자신이 이아시코 마을로 가라는 임무를 받았다고 보고했다. 가서 이아시코 마을의 작고한 가스파루토의 아들 파올로에게 일요일에 심문관 수도사 앞에 출두하라고 전하라는 임무였다. 그 이유는 1581년 11월 26일 치비달레의 성 프란체스코 성당에서 낭독될 판결문을 들으라는 것이었다. 그와 마찬가지로 콜로레도는 바티스타 모두코도 1581년 11월 26일 일요일 치비달레의 성 프란체스코 성당에서 낭독될 판결문을 듣기 위해 나오라고 전했다.

(ACAU, S. Uffizio, "Sententiarum contra reos S. Officii liber paimus.")

그리스도의 이름으로, 아멘.

성스러운 신학의 박사이며 아퀼레이아와 콘코르디아 교구 전체의 이단적 타락에 대한 심문관장이며 특히 거룩한 교황청의 특사로 파견된 펠리체 다 몬테팔코 수도사가 판결을 내린다.

아퀼레이아 교구 치비달레시의 공판장 경매사인 피고인 바티스타 모두코는 신뢰할 만한 사람들로부터 이단적 타락의 혐의자라고 고발당했다. 피고인은 오랜 기간에 걸쳐 그런 타락에 젖어 있어 영혼에 큰 손상을 입었다. 그리하여 사람들의 가슴에 거룩한 가톨릭 신앙을 주입시켜야 하고 그들의 정신에서 이단적 타락을 근절시켜야 하는 책임을 갖고 있는 우리는 우리가 충족시켜야 할 임무에 비추어 마땅히 해야 할 일인바, 이러한 문제에 대해 더 잘 알고 우리 귀에 들어온 당혹스러운 일들이 사실에 근거하는지 결정하고, 만일 그것이 사실이라면 건전하고 적절한 해결책을 제공하기 위해 심문을 하고 증인을 조사하고 피고인을 소환했다. 그리고 할 수 있는 가장 적합한 방식으로 피고인이 고발당했던 사안을 서약 아래 심문하였고, 교회법에 마땅히 의존해야 하듯 우리는 법이 요구하는 대로 관련된 모든 사람들을 개별적으로 추적하였다.

우리는 피고인의 재판을 합당하게 결론짓고 밝혀진 사안들을 명확하게 조사하여 피고인이 그늘 속에서 걸었는지 아니면 빛 속에서 걸었는지, 피고인이 이단의 오염에 물들었는지 아닌지 조사하기를 원했다. 그리하여 우리는 치비달레시의 고명한 행정관인 조반니 바두아리오께서 배석한 가운데 시민법과 교회법의 전문가들을 우리 앞에 엄숙하게 소집하여 이 재판의 공과를 연구한 결과 교회법에 비추어 많은 사람들의 견해에 의해 받아들여진 판결이 정당하다는 것을 충분히 인식하고 있다. 그리고 충고를 받아들여 소화하고, 재판의 증거를 검토하고 신중하게 고려하고, 모든 요인을 동일한 잣대로 재어본 뒤 피고인은 스스로 우리 앞에서 서약하고 발설하였던 자백에 의해 수많은 타락과 이단에 사로잡혀 있다는 결론에 도달하였다.

첫째로, 피고인은 22년 동안 이러한 과오와 이단 속에서 살았다. 피고인은 그 기간에 베난단티와 함께 있었고, 12월 사계재일 때 가입했고, 피고인의 어머니가 피고인이 태어날 때 쓰고 나온 옷 또는 막을 당신에게 주었고, 그것과 함께 피고인을 세례하고 미사도 올렸으며, 피고인이 베난단티와 함께 다니기 때문에 항상 그것을 지니고 다닌다고 자백했다. 또한 피고인은 베난단티로서는 아니지만 피고인이 알고 있는 트리비냐노 사람이 피고인에게 나타나던 날 밤에 그 막을 갖고 있었다고 진술했다. 그가 피고인에게 피고인은 그와 같은 것을 가지고 있으니 그와 함께 가야 한다고 말하자 피고인은 가야 한다면 가겠다고 대답했다. 그리고 실제로 피고인은 그와 함께 22년 동안 여러 번에 걸쳐 여행을 떠났다.

더구나, 우리는 피고인이 로마에 있을 때 하느님에 대한 조금의 두려움도 없이 그 막에 스무 번의 미사와 수많은 기도와 성경 낭독을 사제에게 부탁드렸다고 피고인의 입으로 말하는 것을 들었다.

덧붙여서, 피고인은 막을 쓰고 태어난 사람들은 모두 그 단체에 속하며, 그들의 나이가 스무 살에 이르렀을 때 그 단체에 가입한다고 여러 번에 걸쳐 감히 우리 앞에서 말했다.

피고인이 나갔던 날은 1년 중 사계재일 기간 목요일과 금요일 사이의 밤이었다. 피고인이 싸우기 위해 가곤 하던 장소는 아차노 근처에 자리 잡은 넓은 들판이었으며, 때로는 코넬리아노 부근 시골 지역으로 갔고, 때로는 치르기니스라고 불리는 장소 근처의 독일 땅까지도 갔다. 피고인이 처음으로 갔던 장소는 넓은 들판이었다.

또한 우리는 피고인이 그 장소에 갔을 때 결혼식이 진행되고 있었고, 날뛰고 먹고 마시는 일과 함께 회향 줄기로 싸우는 일에 대해 말했다고 알고 있다.

게다가 피고인의 무례함은 너무도 크고 신에 대한 두려움은 너무도 작아, 마녀와 베난단티의 이름을 대는 것은 신의 의지에 어긋나는 일이라고 감히 우리 앞에서 단언했다. 또한 피고인은 그 불경스러운 놀이를 신이 허용했으며, 피고인이 신을 위해 싸운다고 믿으며 그렇게 굳건히 주장했다. 그와 마찬가지로 피고인은 피고인이 따라갔던 대장이 신에 의해 그 자리에 오르게 되었다고 진지하게 믿고 있다고 단언했다.

덧붙여서, 죄악을 범하려는 피고인의 집요함과 경박함이 너무도 커서 피고인은 그러한 일들이 신의 작업일 뿐 아니라 죽은 다음에도 그 일들 때문에 천국에 갈 것이라고 믿으며 그렇게 굳건히 주장했다.

또한 피고인은 그 놀이와 전투에서 베난단티의 기수는 사자가 그려진 하얀 능직 비단에 금박을 한 깃발을 들고 다니며, 마녀들의 깃발은 네 명의 검은 악마가 그려진 붉은 비단에 금박을 입힌 것이라고 자신의 입으로 말했다.

이런 놀이에서 돌아오는 길에 피고인은 와인 저장고에 들어가 마시고 다른 짓들을 저질렀다고 말했다.

더구나, 감히 피고인은 영혼과 혼령이 이 전투에 가기 위해 마음대로 육체를 떠났다가 돌아온다고 말했다. 그리고 피고인의 엄청난 과오와 사악함의 증거인 바, 피고인은 이렇듯 엄청난 과오와 사악함에 대해 고해성사를 받지 않고 가장 신성한 성체성사를 받았다.

그러나 자비롭고 동정심 많은 하느님은 때로 어떤 사람들을 이단과 과오에 빠뜨리는 것을 허락하시어, 교육받은 가톨릭 교인이 거룩한 것을 찬양하도록 훈련시키실 뿐만 아니라, 타락한 자들이 위에 말한 것과 같은 재판의 공과를 열심히 논의하여 더욱 겸손해지고 속죄의 행위를 하도록 하시도다. 그러므로 우리는 다른 덕망 있는 사람들과 우리의 빈번한 지도를 따라 피고인이 더 건전한 견해를 고수하면서 거룩한 가톨릭교회의 가슴과 그 통일성으로 되돌아오리라고 확신한다. 앞서 말한 이단을 건전하게 회피하고 거룩한 교회의 논박할 수 없는 진리와 신앙을 인정하면서 이것을 피고인 몸의 내장 깊은 곳까지 새겨둘지어다.

따라서 우리는 경고의 차원에서 피고인이 다음의 형식에 따라 앞서 말한 이단 및 그 밖의 이단을 공개적으로 포기하는 선언을 하도록 허용한다. 우리는 이단 포기 선언 이후 이단에 빠짐으로써 받아야 할 더 큰 파문의 판결로부터 피고인을 면제시켜줄 것이다. 그리고 피고인을 거룩한 교회와 다시 조화를 이루게 함으로써 우리는 피고인이 교회의 통일성 안으로 진정한 마음과 굽히지 않는 신앙을 갖고 돌아온다면 피고인이 해왔던 것을 믿고 희망을 갖고 있듯이 피고인에게 성사를 복구시켜줄 것이다.

다음과 같이 이단 포기 선언을 진행시키라.

아퀼레이아 교구 프리울리주 치비달레의 관리인 저 바티스타 모두코는 아퀼레이아와 콘코르디아 교구 전체의 이단적 타락에 대해 심문관 수도사께서 이 자리에 배석한 가운데 거룩한 복음 위에 제 손을 얹고 거록한 교회가 믿고 고백하고 주장하고 준수하는 가톨릭교회의 신앙을 온 마음을 다하여 믿고 제 혀로 고백하겠나이다. 따라서 저는 거룩한 교회, 로마의 교회, 교황의 교회에 반하는 어떤 종류의 이단과 종파에 대해서도 포기하고 철회하고 혐오하고 부인합니다.

더구나 저는 베난단티와 함께 22년 동안 머무르면서 그것이 신의 작업이라고 믿고 선언했으며, 그에 반대하는 자는 하느님께 반대하는 자라고 했던 죄를 저질렀다는 것을 온 마음을 다하여 믿고 제 혀로 고백하겠나이다.

마찬가지로, 저는 사계재일 때 다른 베난단티와 마녀들과 함께 나가 수확과 포도주를 위하여 싸운 죄를 범했다고 고백합니다.

저는 우리의 영혼과 혼령이 마음대로 육체를 떠날 수도 다시 되돌아올 수도 없다고 고백하며 믿습니다. 또한 저는 고해성사를 통해 그 과오에 대해 용서받지 못한 중죄를 졌다는 것을 인정한다고 선언합니다. 그와 마찬가지로 저는 제가 쓰고 태어난 막을 입고 있었고, 그것을 축성하는 미사를 올려 거룩한 교회에서 혐오하는 일을 했던 죄악을 포기하고 혐오합니다.

그와 마찬가지로, 저는 제가 언급했던 장소와, 그 놀이와 결혼식과 회향단으로 싸우는 장소에 갔던 죄악을 포기하고 혐오합니다.

그와 마찬가지로, 저는 마녀와 베난단티의 이름을 누설하는 자는 신의 의지에 어긋나는 행동을 한 것이며, 그 놀이가 신의 작업이며 싸움이 신을 위한 것이라고 말한 죄악을 포기하고 혐오합니다.

또한 저는 제가 모신 대장이 신에 의해 그 자리에 올랐다고 믿고 말한 죄악을 포기하고 혐오합니다.

그와 마찬가지로, 저는 그 일들이 신의 작업임은 물론 죽은 뒤 그 일들 때문에 제가 천국에 갈 것이라고 집요하게 믿은 죄악을 포기하고 혐오합니다.

또한 저는 그 놀이와 전투에서 베난단티의 기수는 사자가 그려진 하얀 능직 비단에 금박을 한 깃발을 들고 다니고, 마녀들의 깃발은 네 명의 검은 악마가 그려진 붉은 비단에 금박을 입힌 깃발을 들고 다닌다고 말한 죄악을 포기하고 혐오합니다.

그와 마찬가지로, 저는 영혼이 육체를 떠나고 그 놀이에 가서 즐기다가 돌아올 수 있다는 것을 사실로 믿었다고 말한 죄악을 포기하고 혐오합니다.

마지막으로, 저는 거룩한 교회에 어긋나며 저질렀을지 모르는 모든 악한 행동과 이단을 포기하고 혐오합니다. 저는 거룩한 교회에 제 영혼과 애정을 다하여 접근하며 그 앞에 무릎을 꿇고 가장 높은 곳에 계신 창조주께 용서를 간청합니다.

나아가 저는 앞으로 어떤 이단을 주장하지도 믿지도 않을 것이며, 이단을 알려고 하지도 다른 사람에게 가르치지도 않을 것임을 맹세하고 약속합니다. 다른 사람이 이단에 물들거나 마녀 또는 베난단티에 속하게 된다면, 저는 그것을 심문관 수도사님이나 그 후계자님께 알려드릴 것입니다.

또한 저는 제게 부과되거나 심문관님께서 부과시킬 그 어떤 벌도 최선을 다하여 수행할 것임을 약속하고 맹세합니다. 도주하지 않을 것이며 회피하지도 않을 것입니다. 언제나 부르기만 하면 최대한으로 빨리 따를 것이니, 신이시여, 사도들이시여, 저를 도와주소서. 앞으로 혹시 제가 지금 포기한 죄악에 다시 빠져들어가고 그것이 법정에서 합법적으로 증명되거나 제가 자백한다면, 저는 즉시 재범자로 간주되기를 바라며, 지금 이후 재범자들에게 합당한 처벌에 저를 복종시킬 것입니다.

실로 천국의 주인과 만물의 창조주에게 끼친 해악을 조용히 감내하면서 세속의 영주에게 끼친 해악에 복수하는 것은 가장 비열한 일이며, 세속의 주인보다 영원한 주인에게 무례한 것이 훨씬 더 심각한 것이다. 그러므로 죄인에게 자비를 베푸는 사람들이 피고인에게도 자비를 베푼다는 것을 보여, 피고인이 다른 사람들에게 죄가 처벌받지 않고 넘어가지 않는다는 예가 될 수 있도록, 그리고 미래에 피고인이 더 신중하게 행동하고 앞서 말한 죄와 다른 불법의 행동을 저지르지 않고 망설이도록 하기 위하여,

앞서 언급한 심문관장이자 신앙문제의 재판관인 펠리체 몬테팔코 수도사는 재판정의 회기 중에 사법적 관례에 따르고, 존경하는 카타로의 주교와 주교 대리의 권위와 함께, 신성한 신학과 교회법과 시민법에 능통한 앞서 언급한 행정관과 그 밖의 사람들의 조언을 얻고, 신성한 복음서를 앞에 두었기에 우리의 판결은 신으로부터 나왔으며 우리의 눈이 공정한 것을 구분할 수 있듯이 오직 신과 정통신앙의 훼손될 수 없는 진리만을 눈앞에 두고, 우리 앞에서 심문을 받은 피고인 바티스타 모두코에게 말하노니, 오늘 지금 이 시간에 이 장소에서 앞서 말한 이단 포기 선언을 실행하고, 다음과 같이 부과된 확정 판결을 들으라.

첫째, 우리는 피고인에게 할당한 감옥에서 6개월 징역형을 살 것을 명한다. 서면으로 획득한 명확한 허가 없이는 그 감옥에서 떠날 수 없다.

둘째, 사계재일의 목요일마다 피고인은 단식을 할 것이며, 그 기간에 저질렀던 죄에 대해 신에게 용서를 탄원하라. 피고인은 2년 연속 이 일을 해야 한다.

셋째, 5년에 걸쳐 1년에 세 번, 부활절과 8월의 성모 승천 축일과 성탄

절에 죄에 대해 고해성사를 받고 성찬을 배수받은 뒤, 그 일을 수행했다는 증거를 사제에게서 얻어 이단 심문소로 가져오거나 보내야 한다.

넷째, 피고인은 피고인의 자식들이 쓰고 태어난 막은 물론 혹시 앞으로 막을 쓰고 태어난다면 그 막을 태우지 말고 이단 심문소에 보내야 한다.

덧붙여, 3년에 걸쳐 보속행위로서 축일마다 묵주 기도를 암송하며, 피고인이 범한 죄와 과오에 대해 신의 용서를 구해야 한다.

우리는 최선이라고 생각되는 방식으로 피고인으로부터 이 처벌을 전체적으로 또는 부분적으로 경감하거나 면제할 권리를 갖는다.

1581년 11월 26일 일요일

앞서 언급한 판결문은 재판장으로 앉아 있는 존경하는 심문관 펠리체 다 몬테팔코 수도사에 의해 전달되어 사법적으로 기술하여 포고되었다. 모든 사람 앞에서 설교가 끝난 즉시 앞서 언급한 바티스타 모두코에 의해 이단 포기 선언이 행해졌다. 그 자리에는 치비달레시의 성 프란체스코 수도원 성당의 성 안토니오 제단 곁에 존경하는 수도사님이 배석했다.

듣기 위해 이 자리에 있는 많은 사람들과 함께 내게 읽어주시오, 비서 역할을 한 치비달레의 공증인인 안토니오 마세토여.

같은 날

위에 언급한 바티스타 모두코는 앞서 언급한 심문관 수도사에게 겸손하게 기도하며 간청했다. 가족의 생계를 유지할 수 있도록 판결문에 포함된 유보 조항에 맞추어 6개월 징역형과 처벌을 면제해달라는 것이었다. 그 조건은 앞으로 보름 동안 바티스타는 이 도시의 영역을 떠나거나 도피하지 않겠다는 것이었다. 이 요구가 처리되어 징역형이 당분간 면제되었다.

존경하는 보나벤투라 티바루티오 수도사와 이 도시의 고명한 보좌 행정관 줄리오 델라이올로가 배석하였다.

그리스도의 이름으로, 아멘.
성스러운 신학의 박사이며 아퀼레이아와 콘코르디아 교구 전체의 이단적 타락에 대한 심문관장이며 특히 거룩한 교황청의 특사로 파견된 펠리체 다 몬테팔코 수도사가 판결을 내린다.

아퀼레이아 교구 이아시코 마을의 작고한 가스파루토의 아들인 피고인 파올로는 신뢰할 만한 사람들로부터 이단적 타락의 혐의자라고 고발당하여 우리의 주목을 끌게 되었다. 피고인은 오랜 기간에 걸쳐 그런 타락에 젖어 있어 영혼에 큰 손상을 입혔고 우리의 마음을 예리하게 두드렸다. 그리하여 사람들의 가슴에 거룩한 가톨릭 신앙을 주입시켜야 하고 그들의 정신에서 이단적 타락을 근절시켜야 하는 책임을 갖고 있는 우리는 우리가 충족시켜야 할 임무에 비추어 마땅히 해야 할 일인 바, 이러한 문제에 대해 더 잘 알고 우리 귀에 들어온 당혹스러운 일들이 사실에 근거하는지 결정하고, 만일 그것이 사실이라면 건전하고 적절한 해결책을 제공하기 위해 심문을 하고 증인을 조사하고 피고인을 소환했다. 그리고 할 수 있는 가장 적합한 방식으로 피고인이 고발당했던 사안을 서약 아래 심문하였고, 교회법에 마땅히 의존해야 하듯 우리는 법이 요구하는 대로 관련된 모든 사람들을 개별적으로 추적하였다.

우리는 피고인의 재판을 합당하게 결론짓고 밝혀진 사안들을 명확하게 조사하여 피고인이 그늘 속에서 걸었는지 아니면 빛 속에서 걸었는지, 피고인이 이단의 오염에 물들었는지 아닌지 조사하기를 원했다. 그리하여 우리는 치비달레시의 고명한 행정관인 조반니 바두아리오께서 배석한 가운데 시민법과 교회법의 전문가들을 우리 앞에 엄숙하게 소집하여 이 재판의 공과를 연구한 결과 교회법에 비추어 많은 사람들의 견해에 의해 받아들여진 판결이 정당하다는 것을 충분히 인식하고 있다. 그리고 충고를 받아들여 소화하고, 재판의 증거를 검토하고 신중하게 고려하고, 모든 요인을 동일한 잣대로 재어본 뒤 피고인은 스스로 우리 앞에서 서약하고 발설하였던 자백에 의해 수많은 타락과 이단에 사로잡혀 있다는 결론에 도달하였다.

첫째로, 10년 동안 피고인은 피고인이 베난단티라고 말한 마녀들 사이에서 거주했으며, 이것이 신의 작업이라고 마음으로부터 믿고 피고인의 입으로 여러 차례에 걸쳐 확인했다. 사실, 가장 저주할 만한 것은 피고인이 이 종파에 반대하여 나가는 사람은 신의 의지를 거슬러 행동하는 것이라고 굳게 믿고 말했다는 사실이다. 그리고 피고인은 감히 이 법정에서 그것을 확언했다.

그리고 작지 않은 관심이 가는 문제인 바, 피고인은 그런 일에 몰두한 시절 내내 이 악마적인 종파를 따라다녔을 뿐 아니라 다른 사람들도 따라오라고 권유하여, 그들이 오겠다고 약속하면 이후에도 그들이 원하건 원치 않건 피고인의 구경거리와 범죄에 참여하도록 강요하였다. 피고인은 온 사람들에게 하느님이나 그의 거룩한 성인들의 이름을 발설하면 그곳에 머물러야 하니 발설할 수 없다고 가르쳤다.

　게다가 피고인은 28세이던 해 12월의 사계재일 기간의 목요일에서 이어지는 밤 네 시쯤에 천사의 모습을 한 악마가 찾아와 피고인의 이름을 부르며 "파올로, 마녀들에 대항해 수확물을 지키기 위해 싸워야 한다"고 말했다는 이야기를 피고인의 입으로 우리에게 자백했다. 피고인은 가겠다고 약속했고, 천사는 비첸차 출신의 사람을 보내 피고인을 부르고 안내할 것이라고 약속했다. 그리고 그는 정확하게 12월의 목요일 밤 네 시에 피고인을 찾아와 이렇게 말했다. "대장이 당신을 전투에 나오라고 부릅니다."

　이렇듯 피고인은 악마와 베로나 출신의 대장에 이끌려 이러한 악마의 모임에 가서 그러한 일들에 몰두했다. 그리고 불경스럽고 가장 비열한 것은 피고인이 이런 종류의 구경거리에 참석할 때마다 우상숭배를 했으며, 우리 주 예수그리스도가 성당과 다른 장소에서 찬미되는 것과 똑같은 방식으로 앞서 말한 사악한 천사를 찬미했다는 것이다.

　피고인이 가곤 하던 장소는 그라디스카, 베로나, 이아시코 부근의 코르몬스 등등 주변의 시골이었으며, 사계재일 기간의 목요일에서 이어지는 밤이었다. 재판에서 드러난 바와 같이, 이런 장소에서 피고인과 피고인의 부대는 놀고, 뛰어다니고, 여러 짐승에 올라탔다. 또한 피고인이 수확을 위하여 싸웠다는 것은 언제나 사계재일 때였다. 처음에는 옥수수와 밀을 위하여 그리고 두번째는 작은 곡식들을 위하여, 세번째는 포도주를 위하여, 네번째는 가축을 위하여 싸웠다. 이 놀이와 전투에 들고 갔던 무기는 회향단이나 보통 가막살나무라고 불리는 막대기였다.

　돌아오는 길에 목이 마른 피고인과 피고인의 부대는 집과 지하실에 들어가 마시면서 많은 악한 행동을 했다.

또한 우리는 피고인이 사악한 천사와 대화를 나누고 그 놀이에 갔을 때 영혼이 마음대로 육체를 떠나고 되돌아올 수 있다고 굳게 믿고 주장했다는 것을 피고인으로부터 알았다. 또한 피고인이 이러한 터무니없는 일에 몰두하고 있을 때 누군가가 촛불이나 등을 들고 피고인의 몸이 눕혀져 있는 곳에 다가와 눈을 떼지 않고 바라보면 아무리 크게 외쳐도 그 몸은 움직이지 않지만, 눈을 돌리고 이름을 부르면 즉시 대답한다는 거짓말을 완강하게 확언하였다.

더구나 피고인은 만일 어떤 사람이 밤새도록 침대에 누워 있는 피고인의 몸을 보고 있으면 피고인의 영혼은 밤이 아니면 다음날에도, 그 다음날에도 육체에 돌아오지 못한다고 말했다. 그리고 만일 그 기간에 피고인의 몸을 무덤에 묻는다면, 피고인의 영혼은 신이 정한 죽을 날까지 세상을 떠돌아다니며 방랑해야 할 것이라고 말했다.

그와 비슷하게 피고인은 피고인 부대원들의 이름과 그들이 한 일을 밝히면, 피고인이 당했다고 시인했던 것처럼 피고인의 공범들에 의해 밤에 맞는다고 말했다.

또한 우리는 천사가 피고인에게 나타나기 전 해에 피고인의 어머니가 피고인이 쓰고 태어난 막을 주면서 이렇게 말했다는 것을 피고인으로부터 알았다. "나는 너와 함께 이 막에 세례를 시켰고, 축도와 기도와 성경 낭독을 시켰던 것은 물론 미사까지 아홉 번이나 올렸다. 그러니 이것을 받아 입거라. 너는 시간이 되면 베난단티가 될 운명이기 때문이다."

마지막으로, 피고인은 이 모든 악마적인 일들을 하면서 가장 성스러운 성체와 고해를 받았지만, 고해사에게 이런 범죄를 고백하지 않았다. 그것이 피고인의 불경과 타락의 가장 명백한 증거이다.

그러나 자비롭고 동정심 많은 하느님은 때로 어떤 사람들을 이단과 과오에 빠뜨리는 것을 허락하시어, 교육받은 가톨릭 교인이 거룩한 것을 찬양하도록 훈련시키실 뿐만 아니라, 타락한 자들이 위에 말한 것과 같은 재판의 공과를 열심히 논의하여 더욱 겸손해지고 속죄의 행위를 하도록 하시도다. 그러므로 우리는 다른 덕망 있는 사람들과 우리의 빈번한 지도를 따라 피고인이 더 건전한 견해를 고수하면서 거룩한 가톨릭교회의 가슴과 그 통일성으로 되돌아오리라고 확신한다. 앞서 말한 이단을 건전하게 회피하고 거룩한 교회의 논박할 수 없는 진리와 신앙을 인정하면서 이것을 피고인 몸의 내장 깊은 곳까지 새겨둘지어다.

따라서 우리는 경고의 차원에서 피고인이 다음의 형식에 따라 앞서 말한 이단 및 그 밖의 이단을 공개적으로 포기하는 선언을 하도록 허용한다. 우리는 이단 포기 선언 이후 이단에 빠짐으로써 받아야 할 더 큰 파문의 판결로부터 피고인을 면제시켜줄 것이다. 그리고 피고인을 거룩한 교회와 다시 조화를 이루게 함으로써 우리는 피고인이 교회의 통일성 안으로 진정한 마음과 굽히지 않는 신앙을 갖고 돌아온다면 피고인이 해왔던 것을 믿고 희망을 갖고 있듯이 피고인에게 성사를 복구시켜줄 것이다.

다음과 같이 이단 포기 선언을 진행시키라.

저 아퀼레이아 교구 이아시코 출신의 파올로 가스파루토는 아퀼레이아와 콘 코르디아 교구 전체의 이단적 타락에 대해 심문관 수도사께서 이 자리에 배석한 가운데 거룩한 복음 위에 제 손을 얹고 거룩한 교회가 믿고 고백하고 주장하고 준수하는 가톨릭교회의 신앙을 온 마음을 다하여 믿고 제 혀로 고백하겠나이다. 따라서 저는 거룩한 교회, 로마의 교회, 교황의 교회에 반하는 어떤 종류의 이단과 종파에 대해서도 포기하고 철회하고 혐오하고 부인합니다.

더구나 저는 베난단티와 함께 10년 동안 머무르면서 그것이 신의 작업이라고 믿고 선언했으며, 그에 반대하는 자는 하느님께 반대하는 자라고 했던 죄를 저질렀다는 것을 온 마음을 다하여 믿고 제 혀로 고백하겠나이다.

마찬가지로, 저는 다른 사람들이 그 구경거리를 보러 오도록 만든 잘못을 저질렀다고 고백합니다.

그와 마찬가지로, 저는 천사를 찬미하면서 보여주었던 영광과 찬미를 혐오하고 포기합니다.

또한 저는 수확과 포도주를 위해 다른 베난단티 및 마녀들과 함께 사계재일 때 나간 큰 죄를 저질렀음을 고백합니다.

또한 저는 우리의 영혼과 혼령이 마음대로 육체를 떠나고 돌아올 수 없다고 믿음을 고백합니다.

덧붙여 저는 육체가 무덤 속에 있더라도 혼령이 세상을 헤매고 돌아다니지 않고 돌아다닐 수도 없다고 고백합니다.

또한 저는 이 과오에 대해 결코 고해를 받지 않았던 죄를 지은 것을 시인합니다.

저는 거룩한 교회, 로마의 교회, 교황의 교회에서 비난하는 어떤 종류의 이단도 포기하고 혐오합니다.

나아가 저는 앞으로 어떤 이단을 주장하지도 믿지도 않을 것이며, 이단을 알려고 하지도 다른 사람에게 가르치지도 않을 것임을 맹세하고 약속합니다. 다른 사람이 이단에 물들거나 마녀 또는 베난단티에 속하게 된다면, 저는 그것을 심문관 수도사님이나 그 후계자님께 알려드릴 것입니다.

또한 저는 제게 부과되거나 심문관님께서 부과시킬 그 어떤 벌도 최선을 다하여 수행할 것임을 약속하고 맹세합니다.

저는 도주하지 않을 것이며 회피하지도 않을 것임을 맹세하고 약속합니다. 언제나 부르기만 하면 최대한으로 빨리 따를 것이니, 신이시여, 사도들이시여, 저를 도와주소서. 앞으로 혹시 제가 지금 포기한 죄악에 다시 빠져들어가고 그것이 법정에서 합법적으로 증명되거나 제가 자백한다면, 저는 즉시 재범자로 간주되기를 바라며, 지금 이후 재범자들에게 합당한 처벌에 저를 복종시킬 것입니다.

실로 천국의 주인과 만물의 창조주에게 끼친 해악을 조용히 감내하면서 세속의 영주에게 끼친 해악에 복수하는 것은 가장 비열한 일이며, 세속의 주인보다 영원한 주인에게 무례한 것이 훨씬 더 심각한 것이다. 그러므로 죄인에게 자비를 베푸는 사람들이 피고인에게도 자비를 베푼다는 것을 보여, 피고인이 다른 사람들에게 죄가 처벌받지 않고 넘어가지 않는다는 예가 될 수 있도록, 그리고 미래에 피고인이 더 신중하게 행동하고 앞서 말한 죄와 다른 불법의 행동을 저지르지 않고 망설이도록 하기 위하여,

앞서 언급한 심문관장이자 신앙문제의 재판관인 펠리체 몬테팔코 수도사는 재판정의 회기 중에 사법적 관례에 따르고, 존경하는 카타로의 주교와 주교 대리의 권위와 함께, 신성한 신학과 교회법과 시민법에 능통한 앞서 언급한 행정관과 그 밖의 사람들의 조언을 얻고, 신성한 복음서를 앞에 두었기에 우리의 판결은 신으로부터 나왔으며 우리의 눈이 공정한 것을 구분할 수 있듯이 오직 신과 정통신앙의 훼손될 수 없는 진리만을 눈앞에 두고, 우리 앞에서 심문을 받은 피고인 파올로 가스파루토에게 말하노니, 오늘 지금 이 시간에 이 장소에서 앞서 말한 이단 포기

선언을 실행하고, 다음과 같이 부과된 확정 판결을 들으라.

첫째, 우리는 피고인에게 할당한 감옥에서 6개월 징역형을 살 것을 명한다. 서면으로 획득한 명확한 허가 없이는 그 감옥에서 떠날 수 없다.

둘째, 사계재일의 목요일마다 피고인은 단식을 할 것이며, 그 기간에 저질렀던 죄에 대해 신에게 용서를 탄원하라. 피고인은 2년 연속 이 일을 해야 한다.

셋째, 5년에 걸쳐 1년에 세 번, 부활절과 8월의 성모 승천 축일과 성탄절에 죄에 대해 고해성사를 받고 성찬을 배수받은 뒤, 그 일을 수행했다는 증거를 사제에게서 얻어 이단 심문소로 가져오거나 보내야 한다.

넷째, 피고인은 피고인의 자식들이 쓰고 태어난 막은 물론 혹시 앞으로 막을 쓰고 태어난다면 그 막을 태우지 말고 이단 심문소에 보내야 한다.

다섯째, 우리 주의 승천 축일 전의 기도 성일 행진 때 피고인과 피고인의 가솔들이 가막살나무 가지를 들고 가는 것은 금지되며, 그 가막살나무를 어떤 형태로든 집에 간직하는 것을 금한다.

덧붙여, 3년에 걸쳐 보속행위로서 축일마다 묵주 기도를 암송하며, 피고인이 범한 죄와 과오에 대해 신의 용서를 구해야 한다.

우리는 최선이라고 생각되는 방식으로 피고인으로부터 이 처벌을 전체적으로 또는 부분적으로 경감하거나 면제할 권리를 갖는다.

1581년 11월 26일 일요일

앞서 언급한 판결문은 재판장으로 앉아 있는 존경하는 심문관 펠리체 다 몬테팔코 수도사에 의해 전달되어 사법적으로 기술하여 포고되었다. 모든 사람 앞에서 설교가 끝난 즉시 앞서 언급한 파올로 가스파루토에 의해 이단 포기 선언이 행해졌다. 그 자리에는 치비달레시 성 프란체스코 수도원 성당의 성 안토니오 제단 곁에 존경하는 수도사님이 배석했다.

듣기 위해 이 자리에 있는 많은 사람들과 함께 내게 읽어주시오, 비서 역할을 한 치비달레의 공증인 안토니오 마세토여.

같은 날

위에 언급한 파올로 가스파루토는 앞서 언급한 심문관 수도사에게 겸손하게 기도하며 간청했다. 앞서 말한 가스파루토가 집으로 돌아가 가족과 아이들의 생계를 유지할 수 있도록 하기 위하여 판결문에 포함된 유보 조항에 맞추어 6개월 징역형과 처벌을 면제해달라는 것이었다. 그 조건은 앞으로 보름 동안 가스파루토는 이 도시의 영역을 떠나거나 도피하지 않겠다는 것이었다. 이 요구가 처리되어 징역형이 당분간 면제되었다.

존경하는 프란체스코 수도회의 동료 수도사 보나벤투라 티바루티오 수도사와 이 도시의 고명한 보좌 행정관 줄리오 델라이올로가 배석하였다.

1972년 이탈리아어판의 저자 후기

지난 7년 동안 마법에 대한 저작이 많이 나왔다. 그것은 새롭게 유행한 비학秘學 연구의 물결을 타고 이루어진 것만은 아니었다. 그 저작에는 일반적인 연구와 특수한 연구가 모두 있었으며, 때로 유용하거나 흥미로운 것도 있었다(H. 트레버로페Trevor-Roper의 사례나 R. 망드루Mandrou 등의 연구를 기억하는 것으로 충분할 것이다). 그러한 저작을 고려한다면 이 『베난단티』는 어느 정도 심각하게 재구성되어야 할 필요가 있었을지 모른다.

하지만 나는 확실한 실수를 수정하고(내게 실수를 지적해준 사람들 가운데 특히 아우구스토 캄파나Augusto Campana에게 감사한다) 가끔씩 조정을 가하는 데 머무르면서 큰 변화 없이 재판을 내기로 결심했다. 이것은 오늘날 내가 이 책의 한계를 보지 못하고 있다는 뜻이 아니다. 첫번째 한계는 여러 논평자들이 올바르게 지적하였듯, 이단 심문관들 자신과 마법에 대한 그들의 태도를 충분히 살펴보지 못했다는 것이다. 나를 이 연구에 몰두하게 만들었던 관심사가 그 결함을 (정당화시켜주지는 못한다 할지라도) 부분적으로나마 설명해준다.

이 연구에서 내 관심사는 중세의 망탈리테에 대한 마르크 블로크의 연구는 물론, 민속에 관한 그람시의 옥중 수고와 하위 주체계급의 역사, 데 마르티노De Martino의 저작에 대한 독서를 통해 명확해졌다. 무엇보다도 내 관심을 끈 것은 마녀(또는 베난단티) 자신들이자 그들의 신앙과 태도였던 반면, 대다수 연구자들의 분석 대상은 오직 심문관이나 악마학 연구자로 방향이 설정되어 있었다(뒤늦게나마 최근의 연구는 이런 그림을 수정하기 시작했다). 이러한 관심 때문에 균형이 잡히지 않은 연구의 방향이 결정되었던 것이며, 독자는 그것을 쉽사리 알아차릴 수 있을 것이다.

그러나 지금 내게 더 불만족스러운 것은 서문이다. 아니, 더 정확하게 말하자면 서문의 첫 단락이다. 지금이라면 나는 '집단정서'와 '개인의 태도'를 순진하게 대비시키는 일을 반복하지 않을 것이다. 이 책도 나름대로 (단지 개인에 대한 것이 아니라는 의미에서) '집단정서'에 대한 연구임은 확실하다. 그러나 뤼시앵 페브르Lucien Febvre와 그의 기대를 받은 연구 전통과 그에 의해 출발한 연구 경향에 진 빚을 충분히 인정한다 할지라도, 내가 그러한 용어를 거부하게 된 계기가 있다.

한 논평자가 내게 가한 비판이 그 정확한 이유를 밝히는 데 도움이 되었다. 그에 따르면 나는 베난단티와 심문관들 사이의 차이점과 몰이해를 넘어 "초자연에 접하는 그들 각각의 방식이 갖는 실제적인 결속력을" 더 크게 염두에 두었어야 했다. 어떤 시대의 망탈리테의 '공통적'comuni · '동질적'omogenei 요인을 고집함으로써 우리는 다양한 계급과 다양한 사회 집단의 망탈리테 사이의 차이와 대립을 불가피하게 간과하게 되었고, 무차별적이고 어떤 계급에도 적용되는 '집단정서'에 모든 것을 빠뜨렸다.

어떤 특정 사회의 문화는 언제나 부분적일 수밖에 없지만, 이런 방식으로 그 문화의 동질성이 긴밀한 강압의 과정에서, 따라서 '폭력적인' 과정에서 귀결된 도착점이라기보다는 출발점으로 주어진 것처럼 보이게 되었다(이러한 점에서 베난단티의 역사는 좋은 본보기이다). 그러나 나는 16세기 민중문화에 대한 다른 관점의 연구에서 더 폭넓게 그 문제점들로 되돌아가려 한다.

1972년 10월, 볼로냐
카를로 긴즈부르그

한국어판 서문*

우정으로 빚어진 강한 결속감이 내가 알지 못하는 나라인 한국과 나를 연결시킨다. 그래서 나는 『베난단티』 한국어 번역본을 출판하자는 요청을 즐겁게 받아들였다.

이 책은 내 첫번째 책이었다. 이탈리아어 초판본의 서문에서 밝혔듯이 나는 정확하게 40년 전에 이 책의 저술을 끝냈다. 그뒤로 『베난단티』는 여러 언어로 번역되었다(이 한국어 번역본을 포함하면 아홉이다). 4세기 전 북부 이탈리아의 작은 마을에 살았던 무명의 남자들과 여자들에게 헌정한 한 권의 책이 이렇듯 광범위하고 지속적인 관심을 끄는 이유를 어떻게 설명할 수 있을까? 서로를 배제하지 않고 엮여 있는 다양한 대답이 떠오른다.

첫번째 이유는 자료의 성격이다. 우디네Udine 대교구 참사회의 문서보관소에서 발견된 이단 심문소의 재판기록이 책의 서술과정에서 전반적

* 2004년에 출간한 한국어판 『마녀와 베난단티의 밤의 전투』에 실린 글이다.

으로 인용되었다(그 가운데 가장 오래되었으며 가장 긴 편에 속하는 것이 책의 부록으로 수록되었다). 그것은 특이한 증언에 관한 것이다. 처음 읽었을 때 나는 그것이 독특하다고 생각했다. 유럽 전역에 퍼져 있던 수백의 마녀 재판기록을 읽고 난 지금은 더욱더 그렇게 생각한다. 베난단티의 대답을 통해 재판관이나 역사가들이 만들어낸 전형과는 동떨어진 (특히 농민의) 민중문화가 나타난다.

그렇지만 나는 이 책이 행운을 얻게 된 데에는 서술의 형식도 기여하였다고 믿는다(나는 겸손한 척하면서 이렇게 말하는 것이 아니다). 나는 그것이 새롭다는 것을 의식하고 있었다. 한창 연구중인 나를 만나려고 들렀던 내 동생에게 확실한 자만심을 갖고 제1장의 첫번째 단락을 보여주었던 일을 나는 완전하게 기억하고 있다. 그 이래로 나는 설명의 엄격함을 희생시키지 않으면서도 혁신적인 책을 동시에 두 출판사에서 내도록 해야겠다고 스스로에게 다짐했다. 그 하나는 내 연구에 부합하는 출판사이고, 다른 하나는 전문가가 아닌 더욱 폭넓은 교양 독자층을 위한 출판사를 가리킨다. 비록 내 의도가 언제나 성공했다고 말할 수는 없어도 나는 그러한 다짐을 충실히 지켜왔다. 연구의 어려움은 익숙해지지 않는다. 학술 용어, 암시적인 언급, 모호함을 피하면서 연구 결과를 최대한 명확하게 서술해야 할 필요가 있다. 명확성을 향한 이러한 열정에서 나는 인간으로서, 작가로서, 나의 어머니 나탈리아 긴즈부르그Natalia Ginzburg의 모범과 가르침에 감사한다.

하지만 동시에 두 개 출판사와 접촉하겠다는 생각은 어느 누구보다도 내 스승이었던 역사가 델리오 칸티모리Delio Cantimori와 의도적으로 거리를 유지해야 한다는 사실을 뜻하기도 했다. 역사 서술에 있어서 칸티모리의 문체가 갖는 모호함과 암시성의 미묘한 이유를 설명하는 것은 내

능력을 벗어나는 일일 것이다. 여기에서 나는 단지 그가 (진정한 스승만이 할 줄 아는 방식으로) 나 자신이 납득하도록 도움을 주었을 뿐 아니라, 그에게 반대하여 지금의 내가 될 수 있도록 도움을 주었다는 것에 감사한다고 말할 수 있을 뿐이다.

『베난단티』가 출판되었을 때 나는 27세였다. 나는 이른바 열성을 다하는 조숙아였다. 그것이 내게 도움이 되었는지 해가 되었는지는 나도 모른다. 확실한 것은 전문화가 그 어떤 것이라 할지라도 나는 그 우리 속에 갇히지 말아야 한다는 필요성을 느꼈다는 것이다. 『베난단티』와 함께 내가 들어섰던 연구의 길은 오늘도 가고 있는 길이다. 그러나 그것은 동요와 일탈로 가득찬 고통스러운 길로서, 내가 여러 주제 중에서도 가장 동떨어진 주제에 몰두하게 만든 길이다.

체스 경기처럼 첫번째의 착수가 곧 이어지는 착수를 조건 짓는다. 베난단티를 연구하면서 나는 그들이 수행하는 밤의 과업에 대한 묘사가 샤머니즘의 요소를 포함하고 있다고 확신했다. 이탈리아어 초판본 서문에서 나는 프리울리의 베난단티와 아시아의 무당들 사이에 보이는 연관성이 단순히 유형적 유사성이 아닌 역사적 성격을 갖는다고 감히 기술했다. 그것은 단순한 직관에 근거했다. 적절한 설명을 위해서는 진정 사실적인 연구를 계획해야 했을 것이다.

나는 오랫동안 이 문제를 회피하려 했다. 그 어려움은 넘어설 수 없는 것처럼 보였다. 나는 무엇보다도 언어를 비롯하여 내 인식의 부족한 점에 대처해야 했다. 또한 내가 사용했던 개념적 도구도 아주 부적절한 것처럼 보였다. 돌이켜보건대 1970년대 말까지 피에로 델라 프란체스카(Piero della Francesca: 15세기 이탈리아의 화가-옮긴이)에게 관심을 두었던 급작스러운 결정의 배후에는 베난단티에 의해 제기된 문제점들과 관련된 나의 역사 서술 형성기의 한계에 대한 흐릿한 인식이 있었다고 생각한다. 『피에로 연구*Indagini su Piero*』(1981)는 이미 다양한 의미에서 형태론과 역사학의 관계를 직시했고, 그것은 『밤의 이야기: 사바트의 의미 풀이 *Storia notturna. Una decifrazione del sabba*』(1989)의 중심주제가 되었다. 이 책과 함께 나는 오랜 세월이 지난 뒤에야 프리울리 이단 심문소의 재판기록으로부터 내게 전해진 도전에 대답하려 했다.

이런 것들이 또다른 관점에서 나의 후속 연구를 조건 지었다. 나는 희생자들의 신앙과 태도에 대해 무엇인가 알기 위해 그들의 감정과 동화되려는 힘에 이끌려 마녀재판을 연구하고자 하였다. 그러나 금방 인식할 수는 없다 해도 이런 종류의 계획에는 역설적인 측면이 있었다. 여기에는 유도신문과 고문을 수단으로 하여 재판관들이 희생자들에게 씌운 문화적 고정관념을 희생자들의 탓으로 돌리게 될 위험이 있었다. 나는 내 최초의 질문과 재판기록의 성격 사이에 존재하는 간격에 대한 인식이 또다른 간격의 해결 방안을 찾는 데 도움이 될 것이라고 생각했다. 그것은 재판관의 질문과 베난단티의 대답 사이의 간격을 말한다.

더 일반적으로 말해보자. 나는 최초의 업적 이래로 한 가지 경향을 유지해왔다. 그것은 자료를 만들어냈던 사람의 의도와 관련하여 예상하지 못했던 (또는 그것과 반대되는) 무엇인가가 그 자료에서 드러나게 만든다는 것이다. 그런 경향이 방법론적인 질문에 관심을 갖는 나의 성향을 날카롭게 해주었다고 생각한다. 이런 경향은 1980년대 초엽부터 포스트모더니즘에 반대하는 논쟁에 자양분을 제공했고, 그것은 『권력관계: 역사·수사학·증거*Rapporti di forza. Storia, retorica, prova*』라는 책과 내가 즉시 받아들이려고 했던 다양한 학자들에 의해 수행되었다. 유행이 된 단순한 회의주의에 대해 나는 아주 미묘한 해석학으로 대응하려 하였는데, 그것은 하나의 원천 내부에서 때로는 상충하는 많은 목소리를 들을 수 있도록 만들어주는 해석학이다. 다시 한번 이것은 방어전쟁을 수행하는 것이 아니라 하나의 도전에 대응한다는 문제였다.

이런 것들이 내가 베난단티에게서, 그들에 관한 자료와 그 자료를 사용하여 내가 쓴 책에서 배운 것이다. 왜냐하면 텍스트의 문자 그대로의 의미를 존중하는 것을 포함하여 독서란 저자와 독자가 같은 사람일 때조차 저자측에서는 예상할 수 없는 유비의 차원을 갖고 있기 때문이다. 그렇다면 이번 경우에서처럼 책은 그것이 쓰였을 때의 콘텍스트와는 아주 동떨어진 콘텍스트에서 읽히게 되는 것이며, 매번 읽을 때마다 생기는 간격은 더욱 커진다. 그렇지만 한 권의 책이 계속 살아 있는 것은 이렇듯 예상할 수 없는 새로운 해석 덕분이기도 하다.

2004년 8월, 볼로냐
카를로 긴즈부르그

옮긴이의 말

나는 1981년부터 1991년까지 근 10년을 미국 오스틴에 있는 텍사스 주립대학교에서 보냈다. 유럽사 가운데서도 특히 사상사나 사학사 또는 역사이론에 관심을 두었던 내 유학생활의 초창기는 실망과 좌절의 연속이었다. 그 원인은 무엇보다도 그 무렵 텍사스 주립대학교의 유럽사 프로그램이 기대와 달리 무척 빈약했기 때문이었다. 몇 안 되는 개설 과목은 내용이 부실했다. 낙담 끝에 이탈리아의 역사철학자 비코에 대한 전문가라는 평판이 돌던 시드니 모나스Sidney Monas 교수를 찾아가 비코에 대해 학위 논문을 쓰고 싶으니 지도교수가 되어 달라고 청했다. 그는 흔쾌히 승낙했다. 하지만 문제는 바로 그 시점에 모나스 교수가 안식년을 얻어 1년 동안 유럽으로 연구 여행을 떠난다는 것이었다. 그 1년 동안 나는 주로 이탈리아어와 라틴어를 공부하는 데 몰두했다.

1년 뒤 나에게도 서광이 비치기 시작했다. 빛은 여러 곳에서 비쳐왔다. 역사·문학·철학·어학 등 인문학 전반에 걸쳐 해박한 지식을 갖고 있던 모나스 교수의 수업을 듣는 것 자체가 행복이었다. 게다가 그는 일

주일에 2시간씩을 내게 할애하여 비코의 『새로운 학문*Scienza Nuova*』을 같이 꼼꼼히 읽는 축복된 기회를 제공했다. 학교에서는 유럽사 프로그램을 쇄신하여 젊고 유능한 교수들을 많이 영입했다. 그들의 수업을 듣고 지적 교류를 틀 수 있게 되어 학교에 가는 일이 즐겁기만 했다.

그런데 마치 이런 즐거움만으로는 부족한 것처럼, 이탈리아어를 배워야 할 절대적인 필요성을 갖고 있는 내게 이탈리아 친구가 생겼다. 실바나 파트리아르카Silvana Patriarca라는 이름을 가진 토리노 출신의 자그마한 이 여자 유학생은 지적 능력이 뛰어났다. 대학원 수업에서 학생들의 발표가 끝나고 토론이 마무리될 때에 이르면 실바나의 헛기침 소리가 들렸다. 그것은 발표에 대해 논평을 하겠다는 신호였다. 논평은 언제나 신랄하지만 공정했으며, 관련 주제에 대한 깊은 지식에 근거하고 있었다. 실바나의 논평이 발표에 대한 최종 평결이었다. 실바나 개인에 대한 감탄은 이탈리아의 학문 수준에 대한 동경으로 이어졌다. 미국 학생들의 이론에 대한 무관심을 질책하던 실바나에게 비코의 역사이론을 공부한다는 나는 신기하게 비쳤을지 모른다. 우리는 친해졌고, 때로 나는 서툰 이탈리아어로나마 그녀와 대화를 나누고자 시도하기도 했다.

어느 날, 우연히 대화는 내가 그 당시 읽었던 카를로 긴즈부르그의 『치즈와 구더기』로 이어졌다. 이야기 끝에 실바나는 내게 *I Benandanti*라는 제목의 이탈리아어 문고판을 건네주었다. 그 책을 읽으면서 『치즈와 구더기』와는 다른 긴즈부르그의 학문세계도 알아보고 동시에 이탈리아어 독해능력도 기르라는 배려였을 것이다. 힘들게, 그렇지만 흥미롭게 읽었다. 아직 '미시사'나 '신문화사'라는 개념 자체가 생소했던 그 시기에도 긴즈부르그가 이 책을 통해 전달하려는 취지의 윤곽이 어렴풋이 떠오르는 듯했다. 승리를 거두고 살아남아서 후대에 큰 영향을 미친 인물이나 사상이 역사학의 대상이라는 생각에 사로잡혀 있던 내게 이 책은 충격이었다. 이제는 이름조차 사라져버린 유럽 변두리의 민간신앙이 굴절되고 변형되고 왜곡되어 마침내 소멸해버린 과정을 통해서도 훌륭한 역사가 쓰일 수 있다는 것이 경이롭게 다가왔다.

더욱 놀라운 것은 이 책이 본디 박사학위 논문으로 쓰였다는 사실이다. 학위 논문을 써본 경험이 있는 사람은 이해하겠지만, 집필 기간은 긴장과 고통과 연속이다. 문제 해결을 위한 새로운 방안을 찾으려고 고심하고, 찾았다고 생각하여 희망에 부풀어 있다가도 정작 쓰려고 하면 다른 문제점이 발견되어 새로운 고민에 빠져야 한다. 그런 과정을 눈앞에 둔 내게 이 책은 실낱같은 희망을 갖고 험준한 절벽을 넘어가야 하는 것과 비슷한 감정을 안겨주었다. 학위 논문도 잘 쓰면 국제적으로 학계의 인정을 받을 수 있을 텐데, 과연 이렇게 쓸 수 있을까? 대답은 절대적으로 불가능하다는 것이었다. 그럼에도 이때를 회상하며 흐뭇한 느낌을 가질 수 있는 것은 앎을 향한 의지로 가장 충만해 있었으며, 그토록 뛰어난 학위 논문을 쓰지는 못한다 할지라도 뭔가 새로운 것을 만들어보겠다는 열정이 가장 왕성했던 때가 바로 그 시절이었기 때문이다.

이 책의 번역을 맡겠다고 선뜻 나선 데에는 그 치열했던 나날에 대한 그리움이 깔려 있다. 월요일 저녁마다 모나스 교수의 자택에서 열렸던 사학사 수업에서 격조 높은 강의를 듣고 더 폭넓은 역사관을 알게 되었다는 기쁨에 벅찬 가슴으로 콜로라도 강변을 따라 돌아오던 귀갓길이며, 실바나와 함께 역사철학과 역사이론에 대해 이야기를 나누며 품게 된 이탈리아의 학문세계에 대한 동경이며, 불현듯 자정 무렵 사학과 건물 다락방의 조교실에 올라가 정오가 될 때까지 꼼짝도 하지 않고 책을 읽었던 기억들이 이 책을 통해 새록새록 되살아났던 것이다.

그러나 이 책에 배어 있는 그리움이 아무리 절절하다 해도 그것은 이 책을 번역하려는 본래의 추진력에 더해진 보조 동력장치에 지나지 않을 뿐, 이 책을 우리의 독자들에게 소개해야 할 당위성을 말해주지는 않는다. 『치즈와 구더기』로 대표되는 카를로 긴즈부르그의 미시사는 어느 정도 우리에게 알려져 있지만, 그것은 결코 그의 역사세계의 전부가 아니다. 그는 문헌학·종교·철학·문학·예술·인류학·민속학·정신분석 등등 인간 삶의 다양한 영역에 깊은 관심을 보이며 방대한 지식을 축적했고 끊임없는 저작을 통해 그것을 증명했다.

종교개혁이 진행중이던 16세기 유럽은 종교적 대립에 정치적 충돌이 더해져 혼란상을 보여주고 있었다. 당시 가톨릭이 지배하던 지역에서 프로테스탄트 교리를 믿으면서도 그것을 숨기던 사람들을 경멸하기 위해 칼뱅은 '니코메디즘'이라는 용어를 만들었다. 그 주제를 다룬 『니코메디즘』에서 긴즈부르그는 지성사와 도상학의 연구를 결합시켜 뛰어난 추리 솜씨를 보여주고 있다. 그는 『피에로 연구』를 통해 15세기의 이탈리아 화가인 피에로 델라 프란체스카의 세 작품을 분석하면서 도상학적 상징과 예술 후원자들을 다룸으로써 예술사의 분야로 영역을 넓히고, 역으로 예술사의 영역 확장에 기여하기도 했다. 『밤의 이야기』에서는 마녀에 대한 연구로 촉발된 문제점들을 시간적·공간적으로 확대시켜 수 세기에 걸쳐 형성된 유럽과 아시아 대륙 문화의 심층으로 우리를 안내한다. 물론 그 문화의 내부에서는 궁극적으로 교육받은 계층의 문화가 민중문화를 억압하며 승리를 거두지만, 긴즈부르그가 보여주고자 하는 것은 민중문화가 갖는 독자성과 생명력이라고 말할 수 있다. 『권력관계』에서는 아리스토텔레스와 로렌초 발라의 수사학에 대한 연구를 통해 포스트모더니즘과 관련하여 오늘날 유행하고 있는 회의주의적 경향 속에서 종종 무시되고 있는 '증거'의 문제에 대응하고 있다. 『어떤 섬도 섬이 아니다』에서는 토머스 모어, 피에르 베일, 로렌스 스턴, 로버트 스티븐슨 등 영문학과 연관된 네 편의 글을 통해 문학 비평의 협소한 문제로 여겨졌던 주제들을 국제적인 전망 속에서 엮어내고 있다.

이 모든 것의 출발점에 『마녀와 베난단티의 밤의 전투』가 있다. 이 책이 긴즈부르그의 학문활동의 여정에서 갖는 의미는 그 자신이 한국어판 서문에서 소상하게 설명하고 있기에 부연 설명할 필요가 없겠지만, 그를 단순한 미시사가로 치부할 수 없다는 사실만은 밝혀야 할 것이다. 아울러 『치즈와 구더기』를 통해 소개된 그의 미시사의 세계마저 오해의 소지를 낳을 수 있는 방식으로 번역되었다는 사실이 이 책을 내고자 한 동기의 큰 부분을 차지하고 있다는 사실을 밝힌다.

이 책을 출판하는 과정에서 많은 사람의 도움을 얻었다. 2004년 1학기에 번역한 초고를 갖고 대학원 수업을 진행하였다. 우리나라에도 '막'을 쓰고 태어난 아이들이 있으며, 그 부모들은 그것을 아주 신기하게 생각하고 있다는 것을 알게 해준 이 수업의 수강생들이 초고의 잘못된 부분을 지적해주었다. 이제는 책을 내도 되겠다고 생각할 무렵 뜻밖의 도움이 찾아왔다. 카를로 긴즈부르그의 제자이자 친구로서 전문화가 보편화된 이 시대에도 르네상스 시대의 지식인상을 추구하고 있는 이경룡 선생을 만나게 된 것이다. 이탈리아어 판본과 영어 번역본을 대조하며 번역했지만 영어 번역본에 더 크게 의존했던 내 원고의 세밀한 부분까지, 이경룡 선생은 악화된 건강상태를 무릅쓰고 잘못을 시정해주었다. 게다가 그의 조언은 이탈리아어에 국한된 것이 아니라 여러 개념에 대한 해석까지 이르는 광범위한 것이었다. 이경룡 선생은 자신의 은사 카를로 긴즈부르그에 대한 순수한 애정에서 그 고된 일을 자청하고 나섰으며,

카를로 긴즈부르그는 한국어판 서문을 써줌으로써 그에 답했다. 그리고 정작 그들 사제 사이의 끈끈한 정의 덕을 본 것은 나였다.

한 권의 책을 번역하면서 이처럼 많은 사람들에게 고마움을 표시할 수 있기에 나는 복을 받았으며 더불어 이 책도 복을 받았다. 하지만 그런 수많은 도움에도 불구하고 여전히 많은 오류가 있을 것이며, 그것은 전적으로 나의 책임이다. 계속 주의깊게 읽으며 그 오류를 줄여나갈 것임을 모든 분들에게 약속드린다.

2004년 10월
조한욱

추기

이 책은 처음 나오고 얼마 지난 뒤 절판되었다. 그럼에도 여전히 이 책을 찾는 사람들이 있었는지 중고서점에서는 이 책의 가격이 상당히 높이 올라갔던 것으로 알고 있다. 그러던 차에 교유서가에서 이 책을 다시 내겠다고 출판사와 계약까지 했다고 알려왔다. 나로서는 반가울 수밖에 없는 일이다. 그런데 이 새로운 판본에는 저자 긴즈부르그가 그 책의 출간 50주년을 맞아 새로 쓴 상당히 긴 글이 추가되어 있다. 그 책의 출간 이후 어찌하여 그 오랜 세월 동안 지속적으로 논란이 되었고, 그 논란에 저자 자신은 어떤 방식으로 대응했는지 저간의 사정을 밝힌 글이다.

그 책을 번역하긴 했지만 그 텍스트를 넘어선 곳에 가면 별다른 지식이 없던 나에게 50년 뒤의 소회는 많은 생각할 거리를 제공했다. 긴즈부르그는 유대인으로서 무솔리니 치하의 이탈리아에서 박해를 받았던 의식적, 무의식적 경험이 있었는데 타인의 지적에 의해 자신의 박해 경험이 베난단티의 박해 경험과 유사성을 갖는다는 사실을 인식하게 되었고 그것이 그 책을 집필한 무의식적 동기였을 수도 있다고 밝힌다. 그뿐 아니라 역사학, 사회학, 신학, 심리학, 정치이론, 인류학, 종교학 등등 방대한 학문 분야에서 제기된 문제점들과 그에 대한 자신의 대응을 정리하여 알려주고 있다. 긴즈부르그는 그 책만을 썼던 사람이 아니라 문학비평의 영역까지 넘보면서 학문의 경계를 무색하게 만든 학자였는데, 27세 젊은 나이에 썼던 박사학위 논문에 바탕을 둔 그 데뷔작에 이리도 집요하게 한평생을 매달렸던 것이다.

그 여정에서는 에릭 홉스봄, 토머스 쿤, 마르크 블로크, 안토니오 그람시처럼 모두가 알 만한 사람들은 물론 우리에겐 생소한 여러 학문 분야의 전문가들이 등장하며 지식을 경합하는 향연을 벌인다. 그 향연을 위해 유럽의 여러 나라는 물론 일본까지 방문한 일이 있었던 긴즈부르그는 이번에 다시 나올 『베난단티』를 위해 한국어 서문도 새로 써주기로 약속했지만, 본인의 일정이 너무도 빡빡하기에 도저히 시간을 낼 수가 없다고 미안함을 전하며 양해를 구해왔다. 이곳에선 이제 책이 나와야 하기에 어쩔 수 없이 그 새로운 서문을 포기해야 했다. 그렇지만 50년 뒤의 후기가 한국의 독자들에게 특별한 의미를 갖게 되기를 바란다고 전한 그에게 감사한다.

아참, 한 가지 덧붙일 이야기가 있다. 긴즈부르그의 이름을 진즈부르그로 사용하는 사람이 많았기에 본인에게 직접 문의했더니 그도 자신의 이름이 한국에서 진즈부르그로 잘못 알려져 있다는 사실을 안다면서, 이 책을 계기로 자신의 이름도 제대로 알려지기를 바란다는 희망을 전해왔다.

옮긴이의 글에 등장하는 몇몇 분들의 소식도 여기에서 전한다. 시드니 모나스 교수는 2019년에 작고하셨다. 귀국한 뒤 꼭 다시 찾아뵙겠다고 약속까지 드렸으나 그 약속을 지키지 못해 송구스러운 마음을 다시 표한다. 실바나 파트리아르카는 미국의 포덤 대학교의 교수가 되었고 많은 저술과 학술대회의 발표를 통해 크게 활약하고 있다. 그러던 중 얼마 전 느닷없이 페이스북을 통해 안부를 물어왔다. 반갑게 인사를 나눴는데, 이번에도 실바나는 내게 도움을 주었다. 긴즈부르그의 후기를 번역하는 과정에서 어떤 이탈리아어 사전에서도 찾을 수 없는 단어들에 대한 정보를 알려주었던 것이다. 이곳을 통해 다시 고마움을 전한다.

퇴임을 한 뒤에도 여전히 열심히 공부하고 있다고 자부하고 있던 나는 긴즈부르그를 보며 문득 부끄러워진다. 공부는 역시 평생 이어지는 공부가 되어야 한다. 그러기 위해서는 깊이 파야하는 것과 동시에 넓게 봐야한다는, 평범하지만 실천하기는 어려운 진리를 그는 말해주고 있다.

2023년 4월
조한욱

찾아보기

지은이

카를로 긴즈부르그Carlo Ginzburg

1939년 이탈리아 토리노에서 소설가인 어머니와 역사학자인 아버지 사이에서 태어났다. 1961년 피사대학에서 박사학위를 받았으며, 이후 레체대학, 볼로냐대학, 캘리포니아대학 로스앤젤레스캠퍼스, 피사고등사범학교 등에서 학생들을 가르쳤다.
긴즈부르그는 동시대 가장 저명한 역사가 중 한 사람으로서 미시사 연구의 선구자로 꼽힌다. 그의 관심 영역은 이탈리아 르네상스로부터 초기 현대 유럽사를 아우르며, 하나의 개인, 사건, 장소에 관한 세밀한 분석을 통해 당대의 사상, 정신세계, 문화적 양상에 관한 뛰어난 통찰력을 보여준다.
주요 저서로는 『치즈와 구더기』 『실과 흔적』 『밤의 역사』 『신화, 상징, 실마리』 『재판관과 역사가』 『어떤 섬도 섬이 아니다』 등이 있다.
아비 바르부르크 상(1992), 몬델로 상(1998), 살렌토 상(2002), 훔볼트 연구상(2007), 발잔 상(2010) 등 우수한 학문적 성과를 낸 학자에게 수여하는 많은 상을 받았다.

옮긴이

조한욱

한국교원대 역사교육학과 명예교수. 서강대학교 사학과에 다니며 서양사에 대한 흥미를 갖기 시작했다. 같은 대학원에 진학하여 역사 이론과 사상사에 대한 관심을 구체화하면서 「막스 베버의 가치 개념」이라는 제목으로 석사학위 논문을 썼다. 1980년대 초에 미국 텍사스 주립대학교로 유학을 떠나 1991년 「미슐레의 비코를 위하여」라는 제목의 박사학위 논문을 완성했다. 문화사학회 회장을 역임했다.
옮긴 책으로 미슐레의 『민중』, 비코의 『새로운 학문』과 『자서전』, 피터 게이의 『바이마르 문화』, 로버트 단턴의 『고양이 대학살』, 린 헌트가 편저한 『문화로 본 새로운 역사』 『포르노그라피의 발명』 『프랑스 혁명의 가족 로망스』, 로저 샤툭의 『금지된 지식』, 피터 버크의 『문화사란 무엇인가?』 등이 있다.
쓴 책으로는 『조한욱 교수의 소소한 세계사』 『문화로 보면 역사가 달라진다』 『내 곁의 세계사』 『마키아벨리를 위한 변명, 군주론』 『서양 지성과의 만남』 『역사에 비친 우리의 초상』 등이 있다.

베난단티

16세기와 17세기의 마법과 농경 의식

1판 1쇄 발행 2023년 6월 22일
1판 2쇄 발행 2023년 8월 1일

지은이 카를로 긴즈부르그
옮긴이 조한욱

편집 이희연 김윤하 | **디자인** 이현정
마케팅 배희주 김선진 | **브랜딩** 함유지 함근아 김희숙 고보미 박민재 정승민 배진성
저작권 박지영 형소진 최은진 서연주 오서영 | **제작** 강신은 김동욱 이순호
모니터 이원주 | **제작처** 한영문화사 경일제책사

펴낸곳 (주)교유당 | **펴낸이** 신정민
출판등록 2019년 5월 24일 제406-2019-000052호

주소 10881 경기도 파주시 회동길 210
문의전화 031.955.8891(마케팅) 031.955.2680(편집) 031.955.8855(팩스)
전자우편 gyoyudang@munhak.com

인스타그램 @gyoyu_books | **트위터** @gyoyu_books | **페이스북** @gyoyubooks

ISBN 979-11-92968-30-8 03920